第四届《安徽古籍叢書》編審委員會

主任委員

黄德寬

副主任委員

諸偉奇

丁　放

彭君華

委員（按姓氏筆畫順序）

卞　利　方錫球　牛繼清　王啓才

吴先伍　施立業　胡傳志　紀健生

陳　林　張玉才　曹小雲　曹天生

程德和　楊　軍　楊應芹　趙國華

鮑　恒　樊嘉禄

安徽古籍叢書萃編

康輶紀行　東槎紀略

清·姚瑩 著
施培毅 徐壽凱 點校

黃山書社

图书在版编目(CIP)数据

康輶纪行 东槎纪略 / (清) 姚莹著 ; 施培毅, 徐寿凯点校. —合肥 :
黄山书社, 2014.1
(安徽古籍丛书萃编)
ISBN 978-7-5461-4320-0

Ⅰ.①康… Ⅱ.①姚… ②施… ③徐… Ⅲ.①游记-作品集-中国-清代
②台湾省-地方史-清代 Ⅳ.①I264.9②K295.8

中国版本图书馆 CIP 数据核字(2014)第 005536 号

康輶纪行 东槎纪略

出 版 人 任耕耘
策　　划 任耕耘 赵国华 汤吟菲
执行策划 汤吟菲 徐娟娟
责任编辑 赵国华 徐娟娟 范丽娜

装帧设计 未　氓
责任印制 戚　帅

出版发行 时代出版传媒股份有限公司(http://www.pressmart.com)
黄山书社(http://www.hspress.cn)
官方直营书店(http://hsssbook.taobao.com)
营销部电话:0551-63533762 63533768
(合肥市政务文化新区翡翠路 1118 号出版传媒广场 7 层 邮编:230071)
经　　销 新华书店
印　　制 安徽联众印刷有限公司

开本 880×1230 1/32　印张 21.5　字数 500 千字
版次 2014 年 9 月第 1 版　2014 年 9 月第 1 次印刷
书号 978-7-5461-4320-0　定价 260.00 元

序

黄德寬

值此《安徽古籍叢書萃編》編輯出版之際，欣逢新時期安徽古籍整理出版工作步入而立之年！三十年來安徽的古籍整理出版工作，很值得認真地進行一番回顧總結。

一九八一年，中共中央發布《關於整理我國古籍的指示》，成立了以李一氓同志爲組長的國家古籍整理出版規劃領導小組，正式拉開了新時期古籍整理出版工作的序幕。一九八四年，中共安徽省委決定建立安徽省古籍整理出版領導小組，由時任省人大常委會副主任魏心一同志挂帥，聯合了省新聞出版局等政府部門和安徽大學等高等院校、研究單位，正式啓動安徽省古籍整理出版工作。同年，安徽專業古籍出版單位黄山書社也宣告成立。安徽古籍整理出版工作由此翻開了嶄新的一頁。

三十年間，安徽省古籍整理出版工作堅持初衷，克服困難，在政府部門的支持和社會賢達的關心下，經過學者們的艱辛努力，取得了豐碩成果，其最有代表性的成果就是《安徽古籍叢書》的編纂出版。

《安徽古籍叢書》凝結了當代安徽傳統文化研究領域衆多學者與專家的心血和汗水。以吴孟復先生爲代表，組成《安徽古籍叢書》第一届編審委員會，賡續安徽先哲編刊地方叢書盛業，梳理文獻綫索，擬訂叢書子目，擘劃編纂體例。遵循嚴格的學術規範，《安徽古籍叢書》自一九八九年三月刊出第一種——《舊聞隨筆》，截至二〇一三年底，連同修訂再版，出版已突破百種，成爲我國當代古籍整理一個有影響力的品牌。

收入《安徽古籍叢書》的各類古籍，既有朱熹、戴震、俞正燮、凌廷堪、程瑶田、黄生、包世臣、楊仁山、吴汝綸等學術巨擘的著作，也有張孝祥、錢澄之、方苞、方文、施愚山、姚鼐、吴敬梓等文學名家的作品；此外，包拯、朱升、朱元璋、阮大鋮、姚瑩、方孝標、劉銘傳等皖籍著名歷史人物的著述也盡在其中。正是因爲歷代賢哲創造的精神財富，使得《安徽古籍叢書》一經出版即蜚聲海内外，産生了廣泛的社會影響。李一氓同志曾經撰文，欣喜地表示：

『現在有一個好現象，安徽要編印新的《安徽叢書》。』當代著名學者金克木、胡道静、張岱年、程千帆等先生稱道『這是安徽文化事業的一項盛舉』。法國漢學家戴廷傑也對《安徽古籍叢書》堅持嚴格的學術規範稱賞不已。

《安徽古籍叢書》的順利編輯出版，還因爲改革開放帶來的時代機遇。改革開放三十多年來，我國經濟文化繁榮昌盛，使得《安徽古籍叢書》能够得到有關方面的財力支持。上個世紀八十年代，《安徽古籍叢書》編纂在發軔之時，就不斷有項目入選國家古籍整理出版規劃，得到國家各方面的有力支持。最新公布的《二〇一一—二〇二〇年國家古籍整理出版規劃》中，包括《方以智全書》在内的新列《安徽古籍叢書》項目品種就多達四十八種。安徽古籍的整理編纂工作，正是在改革開放的大背景下，在全國古籍整理出版工作的大格局中，取得了突出的成就并展現着美好的未來。

《安徽古籍叢書》的編纂出版，安徽大學『省古籍整理出版辦公室』發揮了重要作用。古籍辦的同志們長期堅守在古籍整理出版崗位，甘於清苦，默默奉獻，辛勤耕耘，爲《安徽古籍叢書》的編纂和安徽古籍整理出版工作做出了突出的貢獻。二〇一〇年，在『全國專業古籍出版社社長年會暨全國優秀古籍圖書評獎會』上，時任國家新聞出版總署副署長鄔書林同志作題爲《無愧歷史 珍惜時代 出好精品》的講話，指出：『安徽是堅持地方古籍整理工作最好的省份。不少地方古籍辦幾乎都撤了，或名存實亡，安徽則堅持不輟，并做了大量工作。』

黨的『十八大』從戰略層面提出扎實推進社會主義文化强國建設，豐富人民精神文化生活，『建設優秀傳統文化傳承體系，弘揚中華優秀傳統文化』。《安徽古籍叢書》立足鄉邦文獻的整理編纂，因應了國家文化建設的宏偉規劃，是文化强省乃至文化强國建設事業的題中應有之義。這項事業遠非一兩代人所能完成，正如一九八一年中央三十七號文件所指出的，『整理古籍是一件大事，得搞上百年』。

《安徽古籍叢書》煌煌巨制，結構開放，歷時久遠。回顧過去，出版較早的圖書有些已經絶版；叢書版式、裝幀也屢經變更。爲適應集中展示、收藏和研究的需要，對已經出版的《安徽古籍叢書》進行階段性的集中梳理，適當遴選，統一版式，影印出版本套叢書是十分必要的。

作爲首套《安徽古籍叢書》選編本，我們希望通過這套書的出版發行，能使更多的讀者瞭解、認識和利用好《安徽古籍叢書》，有更多的皖籍、非皖籍專家學者參與到安徽地方歷史文獻的研究整理工作中來，讓《安徽古籍叢書》在未來不斷發展壯大。這是我們在新時期安徽古籍整理出版事業三十年之際的殷殷屬望！

二〇一四年六月

凡例

一、本編從二〇一〇年（包括二〇一〇年）以前出版的《安徽古籍叢書》中選取文獻資料價值大、校點整理質量上乘、學界仍有需求的圖書進行重印。

二、二〇一〇年以後出版者因市場上新書尚多，此次不復列入。早期所版《文學研究法》《舊聞隨筆》《桐城文學淵源考·撰述考》《桐城耆舊傳》《爾雅翼》等雖均爲叢書的中堅，因已有修訂新版，此次亦不復列入。《安徽古籍叢書附輯》整體不予列入。

三、所選圖書按初版時間先後順序編排。

四、采用原版掃描影印，不重新録排，儘量保存原書面貌。原書頁眉中的明顯編輯錯誤，逕改不出校；《竇山公家議校注》《康輶紀行 東槎紀略》兩種原書無頁眉，現統一補加。

五、重新設計製作封面，統一規格、工藝。一律采用大三十二開本，精裝。《説文假借義證》一書原版爲十六開，一個頁面放兩個中國頁，此次按統一開本重新排版，一個頁面放半個中國頁。

并新附《説文假借義證索引》於該書書末，以方便讀者檢索。《毛詩後箋》《吴汝綸全集》《田間詩學》《説文假借義證》等原書規模較大，爲方便讀者閲讀，現重新分册。另，《竇山公家議校注》保留原書西式裝訂方式。

六、收録叢書文獻由於各種原因，還存在這樣那樣的不足，請讀者批評指正。

第四届《安徽古籍叢書》編審委員會

二〇一四年六月

康輶纪行
东槎纪略

（清）姚莹 著　施培毅　徐寿凯　点校

黄　山　书　社

责任编辑：胡贯中
封面设计：宋子龙

康輶纪行、东槎纪略

[清]姚 莹著

施培毅 徐寿凯点校

*

黄山书社出版发行

（合肥市金寨路283号）

新华书店经销 安徽新华印刷厂印刷

开本：850×1168 1/32 印张：21.375 插页：2 字数：500.000

1990年1月第1版 1990年1月第1次印刷

印数：00 001—1,000

ISBN 7-80535-036-1/I·5

定价：8.80元

安徽古籍丛书编印缘起

伟大祖国，历史悠久，典籍丰富。我省地处南北之交，学术尤擅其盛。数千年来，哲学、史学、文学、艺术、语言、科技，作者辈出，著述如林，或自成一家，或蔚然成派，多为中华民族文化之精华，有裨于社会主义文化之建设。允宜及时整理，以广流传。

爰自明清，以至近世，南北郡邑已有泾川丛书、龙眠丛书、贵池先哲遗书、南陵丛书诸刻。一九三一年，复有安徽丛书之编印，所收皆皖人著作，分期影印。出至第六期，以抗战军兴而中止。盛业未竟，论者惜之。

今者，中央倡导整理古籍，我省领导对此亦尤为关心。省古籍整理出版规划委员会几经商讨，决定编印安徽古籍丛书。最其体例，约有数端。

一、所收皆为历代皖人著作。地域，以现行省区为准。时间，一般以成书于「五四」之前为限。内容，以文、史、哲为主。

二、整理方式：包括辑、校、标点或注释，尤注意于稿本、稀见本之搜辑与传布。校勘，力求采用善本为底本，校以他书，或加补辑、编次。标点，采用新式标点。注释，务求精确，但不作烦琐考证。

三、先秦两汉著作及文字、训诂之书，皆用繁体字；其余则多用简体字。版皆竖排，以期一律。

四、凡热心于本丛书编印及捐资助刊者，得于书内题名。

安徽古籍丛书编审委员会

一九八九年七月

安徽省古籍整理出版规划委员会

顾　问　张凯帆　苏　桦　侯　永　崔剑晓　杜维佑　李广涛　郑淮舟　胡　坦
光仁洪　潘锷镎　丁继哲　傅大章　陶若存　李天民　王惠鹏

主　任　魏心一

副主任　陶有法　蔡德麟

委　员　黎　洪　吴孟复　金隆德　鹿世金　刘景龙　祖保泉　贾文昭

安徽省古籍整理出版基金会

理事长　苏　桦

副理事长　胡　坦　潘锷镗　丁继哲

秘书长　朱　扬

理　事　钮　涟　马素英　潘培咸　田照临　张振明　张继忠　张立一

陶显斌　张其果　张金环　胡云龙　李庭荣　郑英保　孙智林

陈昌茂　沈基政　万洪翘　李炳忠

安徽古籍丛书编审委员会

学术顾问 王子野　马茂元　胡道静　吴小如　舒　芜　殷焕先　宛敏灏
张涤华　蒋元卿

主任委员 吴孟复

副主任委员 金隆德　祖保泉　贾文昭　施培毅

委　　员 刘学楷　孙文光　朱一清　傅玉璋　徐凌云　殷呈祥　汪福润
李明回　梁垣祥　沙宗复

总目

点校说明

《康輶纪行》十六卷、《东槎纪略》五卷，清姚莹著。

姚莹，字石甫，又字明叔，晚年号展和。安徽桐城人。清嘉庆十三年进士。历仕平和知县，龙溪知县，台湾知县兼噶玛兰通判，武进知县，元和知县。道光十八年就任台湾道加按察使衔。时值鸦片战争，英军侵略闽、浙沿海及台湾一带，姚莹组织军民抗战，计毁敌船，毙俘敌军，缴获甚多，受到朝廷嘉奖，进秩二品，赐二品冠服。道光二十二年，清廷与英议和，英人意图报复，谎称姚莹所毁英船是遇风触礁，并非战败，某些嫉功媚外的官僚也「交章弹劾」，二十三年，姚莹竟以「冒功」罪入狱数月。「奉旨出狱」以后，降为同知知州发四川任用。道光二十四年至二十六年，姚莹两次奉派赴藏，处理乍雅（今作察雅）正副呼图克图争权纠纷。事毕回川，就蓬州知州任。道光三十年，任九江盐卡委员，湖北盐法道。咸丰元年，任广西按察使。二年，病死，终年六十八岁。

《东槎纪略》是姚莹在道光四年前后撰写的。道光九年刊行。内容有：一、平定两起「谋反」事件经过。二、台湾营防制度及有关情况。三、噶玛兰等地的开发。四、台湾关隘、道里。五、治理台湾的意见。姚莹在《自序》中说：「治其民不可不知其情，知其情不可不审其势，审其势不可不察其机」，此书乃为后来「审势察机之「君子」而作」。

《康輶纪行》是姚莹两次奉使西藏所写的日记。姚莹在《自序》中将此书的内容归纳为六个方面，这里不必赘述。至于著书的动机，在他给友人的书信中也有扼要的自述。道光二十七年给林则徐的信中说：「于役两年，成《康輶纪行》十数卷，纪所历山川、风俗、人物，杂论古今学术、文章、政事。因考达赖、班禅、黄、红教而及天主教、回教之源流是非，明辨之以防人心陷溺之渐；因考前后藏而及五印度、西域诸国以及西洋英吉利、佛兰西、弥利坚之疆域情事，详著之以备中国抚驭之宜。」另一封给陈子农的信中说：「思欲以管窥孔见，聊备控驭遐荒及风俗人心之一助云尔。」这本书也是以「经世致用」为目的。

由于时代的局限，书中对兄弟民族有侮蔑之词，这是要用批判眼光去看的。但两书都是作者经过实地调查考证后写成，具有较高的学术价值和资料价值，非一般辑佚搜奇的笔记可比。而且书中忧国爱民之情时有流露，读后不无教益。姚莹是姚鼐的侄孙和弟子，在姚门诸弟子中占有比较突出的地位。他的文笔明快，内容切实。《康輶纪行》中的许多杂论，都写得文情并茂，议论风生，绝少矫揉造作之弊。他又是同时以能诗闻名的少数桐城派文人之一。《康輶纪行》中的诗作，大部收入《后湘续集》第三、四卷，近八十首。这在姚莹的诗作中，占有相当的比重。

我们这次点校《东槎纪略》和《康輶纪行》，以道光二十九年姚莹自编的《中复堂全集》刊本为底本，参考同治六年的《中复堂全集》增补重刻本，清道光《东槎纪略》单刊本及《昭代丛书》中的《东槎纪略》，清道光《康輶纪行》单刊本和民国《笔记小说大观》中的《康輶纪行》。在点校过程中，发现了姚莹的《康輶纪行》手稿，许多疑难得以迎刃而解，并可据以校正所有刊本中的大部分错误，对于研究《康輶纪行》的成书经过和姚莹的思想脉络，也大有助益。这是这次点校工作中的一大收获。（稿本现藏安徽省图书馆。）

《康輶纪行》引文涉及典籍近百种，除个别无法寻觅者外，我们都据原书进行了校勘。举凡照引原文，包括有所删节或字句稍有差异而不违原意者，均加引号，以示引文起讫。经书和少数重要典籍引述有删节差异者，则不加引号。凡属意引，也不加引号。引文讹误或可能讹误之处，一般不作改动，而在每卷之末的《校记》中加以说明。《康輶纪行》的几种版本，各篇题目都放在文末，为适应当代读者的阅读习惯和便于检索，我们将它移至各篇之前。

《康輶纪行》一至十卷由施培毅点校，其余为徐寿凯点校。

我们学识有限，水平不高，错误之处在所难免，欢迎批评指正。

施培毅　徐寿凯丙寅冬月于合肥

自叙

《康輶纪行》者，道光甲辰、乙巳、丙午间，莹至蜀中，一再奉使乍雅及察木多抚谕蕃僧而作也。乾隆中考定，察木多又名喀木，其地曰康，非《新唐书》「南依葱岭，九姓分王」之康国也。使车止此，故名吾书，纪其实焉。外蕃异域之事，学者罕习，心窃疑之。虽历代外夷，史皆有志，而今昔不同，要当随时咨访，以求抚驭之宜，非徒广见闻而已。今理藩院职掌者，特臣属朝贡之国耳。天下有道，守在四夷，岂可茫然存而不论乎？莹自嘉庆中每闻外夷桀骜，窃深忧愤，颇留心兹事，尝考其大略，著论于《识小录》矣。然仅详西北陆路，其西南海外，有未详也。及乎备兵台湾，有事英夷，钦奉上询英地情事，当时第据夷酋颠林所言，绘陈图说，而俄罗斯距英地远近，莫能明焉，深以为恨，乃更勤求访问。适友人魏默深贻以所著《海国图志》，大获我心。故乍雅之役，欣然奉使，就藏人访西事，既得闻所未闻，且于英人近我西藏之地，与夫五印度、俄罗斯之详，益有征焉。顾行笥少书，惟携图说数种，未能博证。然所见闻略近实矣。大约所纪六端：一、乍雅使事始末；二、刺麻及诸异教源流；三、外夷山川形势风土；四、入藏诸路道里远近；五、泛论古今学术事实；六、沿途感触杂撰诗文。或得之佛寺䥶楼，或得之雪桥冰岭，晚岁健忘，不能无纪也。然皆逐日杂记，本非著书，故卷帙粗分，更不区其门类。既以日久，所积遂多，有一事前后互见者，有一类前后纪载不同者，殊不便检寻，乃列其条目于卷首，复于本条各注其目，俾易考焉。昔苏子瞻在海南，杨升庵在滇，皆多所论著。莹何敢望前贤，庶贻同志明所用心而已。博雅君子，尚其审之。姚莹述。

目录

卷二

卷三

卷四

卷六

卷七

卷八

卷九

卷十

卷十一

卷十二

卷十三

卷十四

卷十五

卷十六

康輶纪行

《康輶纪行》卷一

初至成都

道光二十四年，莹奉恩命，以同知知州至四川补用。时大学士、总督宝公，成都将军廉公，布政使王公，按察使潘公，参谒甫毕，即闻藏属之乍雅有两呼图克图相争之事。

乍雅两呼图克图缘起

乍雅者，打箭炉西北，宁静山界外，前藏所辖之部落也。地去四川布政司三千一百有五里，旧为黄教正副两呼图克图所据。呼图克图者，大蕃僧历转世间、不迷本性之称。呼，一作胡。乍雅，俗作乍丫。《四川通志》、《卫藏图识》皆云：即《会典》之札雅庙。按《会典》作乍雅。译无正字，宫吏省文，遂作乍丫，非也。本唐吐蕃地；宋后吐蕃大衰，其众离散，各为部落；明季有蕃僧名高举札巴江错者，与其徒创立寺院讲经，蕃人归之，渐乃分设仓储巴以统其众。仓储巴者，管地方刑名钱粮之大蕃目也。呼图克图统主僧俗，而以讲经习静教众寺院剌麻为业，地方事皆仓储巴为之，事巨者及蕃目除罢，则禀命呼图克图而行。其次曰业尔仓巴，为呼图克图及仓储巴管理杂事。卓尼尔者，为呼图克图传命之剌麻也。又有中译、则本、岁本、达本诸职事剌麻。高举札巴江错初在麻贡建寺，曰札喜曲宗。高举札巴江错死，转世第二辈纳瓦四朗隆珠，复于乍雅建寺，曰噶德学朱青科尔寺，与其徒桑金札喜分驻之。《通志》所云「正呼图克图驻坐乍雅大寺，副呼图克图驻坐卡撒顶寺院」是也。卡撒顶即麻贡，又名烟岱塘，在乍雅西南。历三辈昂汪慈慎勒珠。四辈罗藏朗结时，札喜曲宗旧寺被焚，重建寺曰札喜阳青。康熙五十八年，大兵平西藏，罗藏朗结供应夫马有功，得赐印及号纸，其印文曰「讲习黄法那门汗之印」。那门者，译言经也；汗者，王也。理藩院文作罗布桑木札勒者，即罗藏朗结译之异耳。先是西藏平定，达赖剌麻安床，圣祖仁皇帝命自江卡以西至前后藏地悉予之，乍雅及察木多皆在予中。而两处呼图克图如故，未有更易。雍正三年，世宗宪皇帝以乍雅察木多本呼图克图世管之地，仍给还之。乾隆十六年，罗藏朗结死，驻藏大臣以其徒第二呼图克图罗藏丹巴八曾管地方，奏准护印理事。是为二呼图克图称名入奏之始。自是乍雅二呼图克图之名，及圆寂转世年月，自第一辈桑金札喜至今五辈，先在藏内册档者，遂得并载理藩院矣。康熙中，乍雅号纸为火焚，乾隆二十四年，罗藏丹巴八护印复以为请。理藩院如前给之。大呼图克图第五辈罗藏丹必江策转世，嘉庆十八年死，大臣奏以第五辈二呼图克图罗布藏丹怎嘉木磋护印，即今藏中奏称罗藏丹臻江错者是也。丹臻江错访民间小儿图布丹济克美曲济嘉木参，以为大呼图克图转世第六辈，时三岁矣，与众仓储巴迎回大寺养之。道光八年，送藏学经。十三年，迎回登台受印，仍与同居，商决公事。曲济嘉木参往参达赖剌麻，达赖剌麻谓其性相不善，戒之，有谓其不能辑下者。十五年归，与所亲番者卓尼尔达末谋立威，民人犯法，治以严刑，众怨。复以藏用费巨，乍雅番民所派差费不足，使仓储巴补征之，及向不应差之户。乍雅大仓储巴四朗江折，二仓储巴白玛奚曰：「非旧例也。」曲济嘉木参令发还，而别使罗卜江错征取。怨两仓储巴不为己，谋收诛，而以罗卜江错易之。众仓储巴始见大呼图信用达末，皆不服，及差费事将收诛白玛奚等，益自危。麻贡仓储巴阿札知之，潜使告两仓储巴，两仓储巴别征钱粮，方走纳，惧而逃。大呼图以兵捕之，不得，焚其所居。两仓储巴怨罗卜江错与达末构夺其职，焚抢罗卜江错公寓泄忿。罗卜江错亦焚掠四朗江折弟妇家，缚置岩洞中。众剌麻皆愤，群破罗卜江错家，逐之。两仓储巴又攻其吴公寨。曲济嘉木参自率蛮兵，请察木多署游击都昌阿往捕。至麻贡大寺，众剌麻拒不纳。退至昂地，遇两仓储巴，击败之。两仓储巴走乍雅寺，进围之数日，两仓储巴急取寺中财物掷出，众兵争取，两仓储巴乘间逸，据官角以叛。仓储巴阿札者，大呼图入藏，为集费以行，曲济嘉木参德之。阿札年老将退，无子，请以己职予侄彭错兄弟，其妹之子也，番人谓甥曰侄，曲济嘉木参许之。及泄谋于两仓储巴，乃怨阿札。又有仓储巴彭错达吉者，少而敏，丹臻江错护印爱之。其父尝为仓储巴，死，继之者又死，乃以彭错达吉为仓储巴。曲济嘉木参在藏，丹臻江错使人往告，许之。及归，达末言其少，因事革之。乍雅旧规，大呼图升坐治事，二呼图旁坐同决。达末初劝大呼图希见群下以自重，恐二呼图挠其权，扬言「乍雅惟一呼图克图耳，何有二耶？」丹臻江错不安，出居察野寺。丹臻江错为人宽厚，又护印久，众乐之，而不直大呼图。于是归二呼图者，四朗江折、白玛奚、彭错达吉三仓储巴，阿札、谷喜二仓储巴，依违其间。曲济嘉木参见众不附己，亦出居八日寺。从之者索斗，达末之父也；冷中吉，达末之兄也；俄洛曲错，罗卜江错之弟也；余惟菊美、亚斯彭错，岁本、达本诸小蕃目而已。十六年春，藏中闻乍雅乱，撤都昌阿，遣前藏守备龙启骧、粮务知县万云谕解之。新驻藏大臣鄂公过乍雅，亲讯两呼图克图，将有所曲直。二比闻之，汹汹欲斗。乃使委员及察木多刺麻两释之。彭错达吉已长，无过，谕复其仓储巴。复从察木多刺麻请，使两呼图克图互相为礼，如旧办事。二仓储巴及诸蕃目各以夷例罚赎。两呼图皆遵息矣。曲济嘉木参居八日寺，负气不归。十七年，阿札告退仓储巴，有小蕃目缺，丹臻江错自麻贡遣人以告，曲济嘉木参不答。丹臻江错遂以彭错为仓储巴，又自选人充小蕃目。曲济嘉木参益怒，阴使人至德尔格特借兵，将攻之。十八年秋，丹臻江错闻德尔格特将至，集众仓储巴谋，使业尔巴昂珠往迎大呼图回乍雅，曲济嘉木参不许。有言昂珠欲为大呼图行刺阿札、彭错者，彭错杀昂珠，别有业尔巴蚌底亦为大呼图之众所杀。阿札旋死。或言大呼图咀之。于是彭错、白玛奚与巴贡冷中吉互相攻掠，大道不通。十九年春，乍雅守备杨占春闻于藏大臣，遣察木多游击杨麟、粮务知县刘光第、达尔罕堪布罗桑称勒朗结、博窝总管绒吉堆巴，同占春谕解之，檄两呼图至乍雅庙和会。曲济嘉木参声言，革除二呼图不令管事。蕃目亚斯彭错撤二呼图座。遂聚兵庙内相攻，互有杀伤，毁及大铜佛像。两呼图克图皆走，德尔格特兵亦至，驻乍雅庙外。有红教刺麻出为说和，文武委员亦谕之，德尔格特兵退。曲济嘉木参移兵吴公寨，丹臻江错移兵红布沟，藏委之堪布、博窝总管间道走回。九月，关孟二大臣撤回杨麟，更委游击姜希儒、巴塘粮务通判吴文嘉、千总奚大伦、通巴噶布伦丹臻策旺，及前委之达尔罕堪布查办。二十年五月，关大臣回京，至洛家宗，曲济嘉木参以藏文有「两呼图一体管事无大小之分」语乞辨明。大臣曰：「无此语，恐转译之误，当责惩之。」又乞革逐丹臻江错，重治四仓储巴罪。许为面奏，遂行。海大臣赴藏，及王卡，蕃众遮诉。撤吴、姜二人，限光第、大伦一月竣事。两呼图复聚兵王卡，隔河而营。折差过老龙沟，公文被毁。白玛奚攻独霸沟大呼图居寺及冷中吉寨，焚掠而去。仓储巴谷畜说和不成，汉蕃委员皆被困。大伦以炮击之，始退。噶布伦、堪布请藏调蕃兵往击，不许。二人遂自巴贡回藏，买大伦赴察木多，刘光第走驻包墩。曲济嘉木参挟印信走巴贡草地，至德尔格特，欲再借兵复仇。藏大臣乃奏言：「乍雅两呼图克图争放头人，细故不睦，蛮触相争，尽可不问。乃自道光十五年至今，互相攻杀，委员查办，日久莫结。阿足、王卡诸塘汛，为川藏通衢，折报粮饷，设有疏虞，所关匪细。今改委里塘粮务知县王椿源、守备谢国泰查办，原委之噶布伦、堪布，事未竣辄回，请摘去翎顶，仍同办理。」四川亦奏言：「已飞饬王椿源等速传两呼图克图及诸头人，斟酌情形，镇静剖解，使释争端。传知蕃众，遇往来差使，各出乌拉，听候雇用。」时曲济嘉木参以德尔格特不允借兵，思入京控愬，行至少悟石，为打箭炉文武所阻，止里塘之濯桑格堆滚剌麻寺中。王椿源令回乍雅，称病不行，遣蕃目随往。二十一年，达赖剌麻贡期，乍雅道梗，贡使别由瓦合绕道左贡，出石板沟至江卡东进。七月，藏中奏言：「曲济嘉木参潜至德尔格特借兵未允，遂往少悟石，称患病未回；今遣文武往彼开导，令回乍雅。」而不言阻止京控事。上虑所遣知县、守备，不足弹压，令四川加委干员。乃遣保宁府知府瑞光。瑞请与川北营守备贾献庭俱，许之。十月，王、谢二人先抵乍雅，与堪布、噶布伦檄传丹臻江错、白玛奚等，不至，再促之，复云：「两呼图事十六年判定，今如前判则可，否则不能从也。」二十二年正月，始见四仓储巴于日乃通，从六百骑，盛陈兵仗，诉言：「两呼图教世以来，师徒和睦，自达末用事，旧规尽改失和，众依二呼图求活；乞于二比交界适中之地，调集剖断。」十一日，瑞太守至乍雅。先是王椿源请于四川曰：「曲济嘉木参自藏归后，任性妄为，用刑刻酷，听达末怂恿，变乱旧章，以致人心涣散，群依二呼图克图，为逃死抗拒之计。闻章嘉呼图克图奉命至藏，如能路过里塘，严切训导，革逐达末，则白玛奚等可俯首伏罪。」十五日，章嘉呼图克图至乍雅，言曲济嘉木参未返，丹臻江错及众当在前途候，已约委员及乍雅蕃目伪为送者，遇于王卡，晓譬连日，两呼图之众遵约罢兵，章嘉呼图克图遂行。瑞太守为断牌八条，正大呼图名分，退二呼图不令管事，大道差使专责大呼图供应乌拉；革四仓储巴；罚白玛奚至里塘转经三年；彭错修损坏庙宇；其大呼图下，达末革卓尼尔，罚至西藏转经二年；罗卜江错钻营顶缺起衅，罚至西藏效力赎罪；罗藏江折、亚斯彭错斥革追照；俄洛曲札、冷中吉迟滞差使，失察小头人需索措勒，各予记过；四仓储巴缺，交谷喜暂行统办。四月十五日，缮给断牌，大呼图之众具状，二呼图之众不服而去。委员报至，宝相国檄诸人回，以「道路已通，夷情难诘」复奏完案。二十四年二月，琦大臣赴藏，过里塘，曲济嘉木参出诉，未之查办。而孟大臣回京，行及巴贡，为蕃众留困之五十余日。六月，琦大臣奏言：「丹臻江错抗断，复事劫掠，乍雅之案未结，往来饷鞘差使，复有阻梗」，而不及留困孟大臣事，且云：「地去藏远，不归唐古忒管辖。」

奉使乍雅

九月，上谕四川遴员复往，务须折服其心，勿令阻误差使。节相以莹应命。莹谓：「夷人畏威，难德化，两呼图克图势不并存，汉蕃委员数往不能平释，驻藏大臣出入，敢肆侮困，而莫如何，此非振之以威不可。莹失职下僚，孑身往，徒损国威，必不得已，以大员往，重其威权，莹副之，不敢辞。」节相以为张皇，不许。

和卜、陈二明府赠诗

陈息凡大令钟祥，闻余使乍雅，作诗饯送，依韵答之云：「怪底瑶华惊老眼，相逢鹦鹉托深杯。文章有道宁憎命，山水多情未尽才。万里星轺邛笮近，五更边月帐牙开。康居秃发君休问，雪岭冰天一骑来。」明日再叠前韵云：「扬子宅前惭问字，杜陵笥畔有余杯。锦江人去逢秋色，蜀道吟成信异才。燕垒风高宵幕迴，雁行霜劲陇云开。无端消息传南海，林邑惊心贡使来。」时闻西夷米利坚遣使欲朝京师，有所要求，粤帅却之，不能无感也。

卜达庵大令葆钧，亦和诗见赠，三叠前韵答之云：「冰雪嵯峨天外路，霞文磊落掌中杯。引心已见物交物，远害何知才不才。别史恨长千载近，奇文境险五丁开。巴渝一唱频烦和，绝胜阳关曲里来。」息凡见之，亦以叠韵来，余复答之云：「奉使唐蒙尝蒟酱，消酲西城问藤杯。壮游自诧儒生幸，好友偏多上国才（二人皆浙人）。去日已看黄菊满，归时休放碧桃开。长沙不用嗟迁客，赢得支机天半来。」

发成都

十月一日，发成都。从行者家菊谱少尉，族侄翰卿，把总樊印川、马玉堂。始委钱明府履和为副，不果行。陈息凡及诸君于丞相祠相送。张竹虚、叶砚农、马菱江、家葆叔、柱臣、振之携濬昌别于南郊。五里，过万里桥，即武侯送敬侯使吴处也。三十五里，宿双流县。《蜀都赋》云：「带二江之双流。」县名以此。然惟岷江经此县东境，沱江则由崇庆州东流过成都之北，至新都县折而南为中江，距双流县远矣。此云双流者，当谓岷江与温水耳。二水夹县东西而南流，亦可云双流也。

新津县

初二日，南行十五里，过黄水河。水自温江南流，过县东，至彭山县而入岷江。十里，入新津县境。二十五里，宿新津县，汉武阳地也。署令张君行忠，云南人，其家去昭通府大关厅近。作书托寄家子卿司马。张明府赠《峨眉山志》一部。

邛州

初三日，新津县南十里，过铁索桥，下有铁溪，传武侯烹铁于此。二十里，至斜江河，邛州境也。《卫藏图识》云：「源出大邑县鹤鸣山东，委曲斜流，故名矣。」由此西行六十里，至邛州。成都至此，沃野平畴，村树不断，古称天府，岂虚哉！邛州即古临邛，城郭壮丽，廛市极繁，城南大石桥，尤为雄阔。观今民之殷富，足想汉代卓王孙矣。为一绝云：「碧水双流日易斜，枫林时复见霜花。单车历碌空文藻，闲煞临邛卖酒家。」州刺史为朱东江绍恩，家伯昂总宪门生也。余往见于京师，甚有豪气。

百丈

初四日，出南门，过邛水，一名南河，源出蒙山，东流合大邑、新津、双流诸水，南入岷江。见《通志》。三十里，入蒲江县境。五十三里，入名山县境。七里，至百丈宿，唐百丈县故址也，俗讹为白站。地依山，过此渐崎岖矣。

名山县、雅州府

初五日，西行十五里，道旁一池，相传为赵顺平侯马池。三十五里，至名山县。其北二十里为蒙山，蜀人谓即《禹贡》蔡蒙之蒙。杨升庵云：「非也。」山产茗，贡品也。佳者不易得，寻常贸易者甚劣。县令穆君精阿见赠中品，为诗谢之云：「名山邑小主能贤，赠我龙团逾半肩。待取海西千丈雪，一铛活火换新年。」饭后西南行，登山，十五里，至金鸡关，下山，十五里，渡平羌江，以武侯平羌得名。李太白诗：「峨眉山月半轮秋，影入平羌江水流。」是此水也。又名青衣江，源出天全州木坪土司境内，东南流经雅州府城北，又东南过洪雅县，至峨眉县东，更至嘉定府城南，入岷江。即王阮亭诗「骑马青衣江畔路，一天风雪望峨眉」者矣。渡平羌江，微雨，十里，至雅州府。晤余小坡太守，召饮剧谈，三鼓乃罢。雅安县治，即汉严道县也。成二绝赠小坡云：「锦江西去接平羌，青海遥通古塞长。谁信白头犹奉使，笑他年少戍墩煌。」「使君仗节古诸侯，骢马遥临大渡头。政好不嫌边郡恶，黎风雅雨崄足讴。」大渡河下流即泸水，宋太祖玉斧画界处，在雅州府治南一百三十余里府属之清溪县。古沈黎郡地多风，雅安多雨，故谚语云：「黎风雅雨」。

严道山

初六日，雅州南行五里，上严道山，古鹿角山也，唐玄宗易今名。《通鉴》胡注：杜佑曰：严道，今雅州。宋白曰：秦灭楚，徙严王之族以实此地，故曰严道。山以县得名，故玄宗易之。自此皆山。西四十里，至观音铺，早饭。十里，跻岭颠飞龙关，甚雨。下山十五里许，宿芭蕉湾，雅安、荥经二县交界处也。

荥经县

初七日，冒雨行。十里，过七纵河，即荥水也，源出瓦屋山，北流，东折入平羌江，相传武侯初擒孟获于此。十里，至荥经县，亦汉严道县地。作诗云：「荥水东流瓦屋山，荒城人语半羌蛮。怪他风雨时交会，地在沈黎严道间。」徐明府佩荣，广东人，敦朴可喜。

大相岭

初八日，西南行。三十五里，至安乐坝，荥经县西界也。徐明府云：「前至清溪县，七十五里，当过大相岭，昼短山峻，难逾。」故止宿焉。初九日，由山沟而上。十五里，至小关山。缘溪林木障翳，山谷阴森，《图识》谓其「晴少雨多，云雾常作，兜罗绵现」者信矣。时已冬令，冰雪交凝，山石荦确，逼仄险滑异常。偶见民居村店，屋皆覆板，无复以瓦，可知其艰矣。成一绝云：「严霜草冻石棱顽，峻岭云横雪树斑。板屋数家鸡唱晓，岁寒人渡小关山。」更上十五里，过大关山，岭上积雪盈尺，一望晶明，晴日照耀，目为之眩。《明史·地理志》云：邛崃山上「有九折坂，西有大关山，邛崃关在焉」，是也。关，今废矣。又十五里，至岭上，即大相岭，昔武侯屯兵于此，故名。上有丞相祠。以有小相岭在清溪至宁远府道中，故称大以别之。又称长老坪。昔有高僧居此，居人并塑像祠内。既谒祠，题一律于壁云：「参差林涧挂冰条，岭日晴烘积雪消。千载英灵丞相节，一官落拓野田匏。重承明诏临荒服，敢惜微躯使不毛。天步艰难时事异，古来惟有中兴朝。」《通鉴》：五代蜀王建时，南诏寇黎州，王宗播等败之于山口城，破其武侯岭十三寨，又败之于大渡河。胡注曰：黎州南界有潘仓、武侯岭等十一城。意即此岭矣。十五里，下山过二十四盘，即古笮山也，峻险逾甚。十里，至清溪县。此地西由打箭炉赴藏，南由建昌赴云南，为两路交集之所。往者四川南路多种罂粟花为雅片烟，近时英夷烟土，由哲孟雄经后藏入云南而至宁远，水路自嘉定沿江而下，旱路则由清溪而至成都。故邛州、大邑及雅安匪民，所在邀截，贩烟奸民亦聚众行以御之，亦蜀中大患也。余小坡云：贩烟者曰泥客，抢烟者曰棒客。棒客作俑，始于邛州某刺史。当时烟禁初严，洋烟不至，建昌一带所产烟泥盛行，奸贩如云，号为泥客。官虑兵役之不胜捕也，则大张晓谕，谓泥客本犯法，民能逐捕者听。于是所在游民蠭起，截劫泥客以为利，自称棒客，盖其初固以客自居也。泥客不畏官而畏棒客，则亦结党持械以自卫。相遇则死斗，斗必有一败，败者无食，则扰及居民行旅，而患更不可胜言矣。既而内地烟泥不甚行，泥客稍衰，而棒客反日众，既无所得泥，则害及行旅，以搜泥为名，无所不至。于是客之名，遂变而为匪。今新津、邛州一带，所患固在棒匪，而不在泥客。然其弊实滥觞于邛州某刺史也。

黎头驿

初十日，出清溪县西门，下陡坡，过长沟，复折上山。三十里至富庄，早饭。五十里，至黎头驿，清溪尉驻此。《图识》所谓「自过清溪，皆鸟道羊肠，日益加险」者也。

飞越岭、化林坪

十一日，走山沟中。由老君剑(水急故名)十五里过高桥，上三角坪。二十里，至林口，复行山沟，纡折登山，经伏龙寺(古有寺今无之)，十里，上飞越岭。唐于岭下置飞越县，未几即废，至今犹以名岭。《图识》云：「山势陡峻，怪石巉岩，逼人面起，终年积霜雪，懒云下垂山足，行旅如在层霄，此内地第一险阻。山顶有隘，过隘下山，十五里陡坡无驻足处。」可为极其形状矣。余作一律云：「瘦马峻盘飞越岭，梦魂遥度折多山。天心不隔华夷界，地险何须虎豹关。霁雪冻含云黯嚣，阴崖愁见日闲闲。健儿莫笑书生老，一饮能朱镜里颜。」下山宿化林坪，冷边土司地也，设泰宁营，一都司，兵五百名，归阜和副将辖。《图识》云：「化林坪峻岭临江，斜盘鸟道」。余按：所云江，即宋太祖玉斧画界之大渡河也。署都司为黎雅营守备李昂，选其兵十名随行，盖奉督牌令阜和协拨兵五十名为余护卫西行也。

《通鉴》：「后梁初，黎雅蛮酋刘昌嗣、郝元鉴、杨师泰虽内属于（一）蜀，号金堡三王，而潜通南诏，为之诇导。蜀主以漏泄军谋斩之，毁金堡。自是南诏不敢犯边。胡注：金堡音丁刁翻，蛮语多也。《唐书》：黎、邛二州之西有三王蛮，盖笮都夷白马氏之遗种，杨、刘、郝三姓，世为长，袭封王，谓之三王部落，叠甓而居，号金堡。至宋，又有赵、王二族，并刘、郝、杨谓之五部落，居黎州之西，去州百余里，限以飞越岭。」余按：今自化林坪以西，即古三王蛮地，而汉蛮混杂已久，名为土司，其种类不可复辨，今土司亦多以汉人为之矣。

泸定桥

十二日，小雪节。西北二十里，过沈村，沈边土司之地。十里，至冷碛。又三十里，为安乐村，冷边土司辖地。又十五里，至泸定桥。《四川通志》以为即《水经注》之渽水，广约三十丈，水势深险而急，上架铁索桥。《图识》云：康熙四十年建，东西长三十一丈一尺，宽九尺，施铁索九条，覆木板于上。余按：此桥两旁，尚有铁索各二条为栏，以防颠踬，地属雅州府，天全州任桥工之役。

道光二十三年十月，铁索九条忽断，溺毙多人，今年春中，甫新修焉。土人云：康熙中初建，东岸先系铁索，已以小舟载铁索过重，未及对岸辄覆，久之不成。一蕃僧教以巨绳先系两岸，每绳上用十数短竹筒贯之，再以铁索入筒缚之，以绳数十丈于对岸牵拽其筒，筒达，铁索亦至，桥工以成。桥之东岸，民居百余户，有小市，设一巡检、一千总于此。为律句云：「泸水真如激矢行，砰訇终古不平鸣。九龙铁緶腾空势，万马洪流动地声。历历天星仍北拱，劳劳汉相忆南征。殊方日渐通蛮语，又听蕃僧鬧鼓钲。」

大渡河

泸定桥下水，《四川通志》以为泸水，盖自打箭炉徼外流入大渡河者。按今舆图，水北自章谷土司境内，西南径上鱼通、下鱼通，受打箭炉徼外之水，南过泸定桥、泰宁营、冷边土司，西受松林河水，东南流受老鸦漩河水，东流过清溪县，南受流沙河水，又西受越嶲河水，东至峨边，皆名大渡河。又东则为阳江，入岷江矣。以《水经注》考之，盖古若水之干流，所受诸小水，即古之鲜水、大渡水、绳水、淹水、嶲水、温水、孙水、蜻蛉水、贪水、母血水、涂水、卑水、沪江水也。《水经》云：若水至僰道县，入于江。道元曰：若水至僰道县，又谓之马湖江，绳水、泸水、孙水、淹水、大渡水，随决入而纳通称，是以诸书录记群水，或言入若，或(二)言注绳，亦或(三)言至僰道入江，正是异水沿注通为一津，更无别川可以当之。注又曰：大渡水出徼外，至旄牛道南流入于若水，又径越巂、大笮县入绳。详道元此注，是大渡入若，在旄牛、大笮之间；今之清溪，古旄牛县地；今之冕宁，古之大笮县地也。然则今泸定桥之水，正古之大渡水矣。《通鉴》：唐「李晟迢击吐蕃于大度河外」。胡注：「大度河在雅州卢山县。《寰宇记》：大度河自吐蕃界经雅州诸部落，至黎州东界，流入通望界，于黎州为南边要害之地。」意即今泸定桥一带也。《通鉴》度字无水傍。《水经》云：若又东北至犍为、朱提县西，泸江水入之。注曰：朱提，山名也。应邵曰：在县西南，县以氐焉。三蜀、南中以为至险。有泸津，东去县八十里，水广六七百步，深十数丈，多瘴气，鲜有行者。《益州记》曰：泸水源出曲罗巂(四)下三百里，曰泸水，两峰有杀气，暑月旧不行，故武侯以夏渡为艰。泸水又下合诸水而总其目焉，故有泸江之名矣。余按《水经》此文，朱提县西泸江水，注入今之屏山县马边厅，皆有古朱提县地。武侯所渡之泸江，当在未注若水之前，即道元所云泸津去县八十里者是也。然则武侯南征，固取道马边与屏山，可知泸水所在，盖总归若水千流，以入岷江，固在蜀境，或以为在云南者非也。

头道水

十三日，过桥，沈边土司于此供夫马之役。三十五里，过大烹坝。上山，沿坡十里，过冷竹关。下沟，曲折十五里，过瓦斯沟。又十里，至头道水。山路崎岖。《图识》云：「高崖夹崎，一水中流，居民皆在山麓，水声砰訇如雷霆，岩上有瀑布，夭矫喷礴，亦一大观。」余过瓦斯沟有诗云：

「荆榛蔽石杂芳椒，击柝传呼斥堠劳。斜日破云穿屋漏，远山横路束睊腰。序逢小雪惊时晚，人耐卑官信客嘲。此去鱼通无百里，渡泸谁见水源高。」鱼通长河皆明正土司所属。此水自打箭炉关外流入，盖泼水上流也。头道水行馆甚佳，依山听瀑，小有园亭之趣。为一绝云：「苍藤万仞两绝壁，瀑布一帘杳霭间。走雪飞花三十里，始知银汉在深山。」

打箭炉

十四日，沿河行四十五里，至沈坑。明正土司率人来迎。其衔、名为：明正长河西鱼通宁远军民宣慰使、甲木参龄锡，年十九岁，蕃人，世袭，衣冠从国制，红顶花翎。其大头人仓储巴名穆登华，皆蕃也，三品顶戴，花翎衣冠，亦从国制。或云：甲木参龄锡祖本汉种，其母苏州人。明正土司旧属凡四十九土司，地最广阔，今犹为众土司之长，受辖于阜和协副将及打箭炉同知。十五里，至打箭炉。张司马聘三字莘田、伊署协萨布字濂江、赵都阃瑞，连日见告西域蕃情。打箭炉四面皆山，有土城，东、南、北三关，汉蕃互市之所，蕃民数百户，有大寺剌麻数千，西藏派堪布主之。汉人贸易者亦数，余惟吏役营兵而已。内外汉蕃具集市茶，同知征其税焉。乃边徼重地也。无行馆，寓旅店中。

打箭炉规制

打箭炉昔为南诏所属，去成都西南一千二十里，东西径六百四十里，南北径八百三十里；东至泸定桥，交冷边土司界，一百二十里；西至瞻对，抵热泥塘界，五百二十里；南至雅陇江中渡，交里塘界，二百八十里；北至小金川界，五百五十里；东南至冕宁县，五百里；西南至剌滚，抵澜沧江界，四百八十里。诸葛武侯征孟获时，遣将郭达造箭于此，故名打箭炉。元时属青海部落。明永乐五年，土目阿旺甲木参向化，授长河西鱼通宁远军民宣慰使司，颁给印信，世袭，阅三百年，传十数世，最为恭顺。国朝因之。康熙三十九年，藏遣营官昌策集烈占据其地。四川提督唐希顺克复河西之猴子坡、扯索、咱威杵、泥子牛磨威杵坝、咱哩土司、烹坝诸处(五)，以(六)昌策集烈，安抚汉土人民。宣抚司奢札察巴已故，乏嗣，其妻工喀承袭，后遂传其外孙甲勒参达尔结，所辖十三庄蕃民。明正宣慰司驻打箭炉，辖安抚司六，土千户一，土百户四十八，仍听打箭炉同知、阜和协副将节制，为众土司之首领。以上见和泰庵《西藏赋》注。

糌粑、乌拉

关外数千里皆食糌粑，炒青稞粉为之，麦之类也，无米及诸蔬菜。日用市买，皆以物交易，无用制钱者。其最重之需惟茶。蕃食糌粑、牛羊，性皆热，一日无茶，则病，故尤以为贵。汉使出关数千里，必赍行粮，诸物皆备，乃能就道。夫马皆名乌拉。计余及文武、兵丁、仆从、舆夫、杂役、通事译字宦人数十，行李、粮食，赏需茶、烟、绸缎、布疋及诸物，凡用乌拉百五十有四，皆土司供役。委员既予雇价，复赏诸杂物，日渐增加，西行者无不苦之。惟驻藏大臣及查办夷情之文武官，但予赏需，不领站价，大约每站用一乌拉，给赏物价值银一钱二三分，较站价一钱实有浮也。舆人雇自内地，夫一人长行来往日给工银三钱，守日半之。

蕃人服制

打箭炉刺麻极多，街市皆满，衣败红布衣，袒其背，外加偏单；偏单者，以红布丈许缠其身，左右搭肩上，西域皆然，内地僧之袈裟盖即仿此。刺麻数千，入册给偏单银者千余人，粮台岁给之。不诵经者，终日嬉游街市，男妇杂遝无忌。蕃皆蓄发，长则截留数寸披之。衣毪子如短袍而窄袖，谓之褚巴。足著履，连袜如靴，以毪子或皮为之，其名曰康，男妇皆然，而不裈。妇发结细辫数十而委之，亦有盘额者，衣亦毪子，下系以围，及足如裙。蕃人负物，皆以竹篓，侈口，尖其底，贮物而背之，名为背子。取水则以木背子，而无担荷，多蕃妇为之，重者则以牛马矣。

赏蕃茶物

自打箭炉至藏中，赏诸土司蕃目，皆以绸缎、衣料、帽纬、荷包、小刀、鼻烟壶、烟、茶、布、佛头哈达。哈达者，织素绫为之，每方约二尺，中织佛头，六方为一连，凡蕃目及刺麻见贵客，不用名柬，奉哈达为礼，大刺麻则奉素绫一长幅，或无佛头，即古人束帛相见之意也。客受而还之，亦予以哈达。蕃礼神佛亦然。《会典·西藏贡品》有之，而未言其制。寻常小蕃所用哈达，则绢为之，而无佛头，每方一尺五寸，十方为一连，皆织自成都及西宁焉，其次则五色布及烟，而需茶尤甚。茶凡三品：上品曰竹档，斤值银二钱；次曰荣县，斤值银六分；又次曰绒马，斤值银五分。此炉城市价也。里塘、巴塘、乍雅、察木多以次递增至二两，乍雅则三两二钱，为最贵焉。皆以甑蒸而捣之成饼，每饼七斤，或六斤，谓之一甑，裹以纸，惟竹档茶贴金而加图记，以示贵重，余则无。凡茶四甑，编以竹片而总包之，外加牛皮，始可行远。每牛一驮服四包。赏需以茶为主，然后杂以他物。余计半年之用，市茶百八十包，从行诸人，亦各买茶十数包而行，米面食物，尚不计焉。

打箭炉灾异

打箭炉地气寒，虽盛夏亦服单夹或棉裘。同知所辖，东自泸定桥，西至里、巴二塘，凡土司一百六十余处。本年五月，大水坏三道桥及城垣，居民被淹。九月火灾，市民被焚百余家。十月，白土坎山崩，坏火药局。

瑞都护

十八日，西藏帮办大臣瑞公自成都过打箭炉。公字少梅，冶亭制军子也。前在福建方伯时有旧，连日晤对，承赠新诗，为一律酬之，云：「文采风流传世德，冰壶朗抱动高吟。海西已上筹边论，天外空怀报国心。白首征车惭历碌，青衫薄宦任升沉。相逢郭达山前路，秃发欢迎绛节临。」公在乌什闻英夷事，上言力陈议抚之害，故及之。

寄濬昌诗

将出炉关，有作寄示濬昌，云：「今年垂发欲成童，溽暑随舟向蜀中。晓放书声轻骇浪，夜贪月色坐微风。九旬寓馆魂方定，一夕官符别太匆。问我西行更何处，雪山回首矗苍穹。濯龙锦水渺如烟，杜宇蚕丛又一天。夺色岂无人恶紫，著经犹望汝通元。萧条门户寒儒分，桀骜蕃僧下吏权。终是出关乘使传，得平蛮触即安边。」

出关

十一月初二日巳刻，出南关，文武诸君相送。伊濂江祝余复官。口占为别云：「早年夭梦出阳关，投老西行过雪山。佛国戍屯劳岁币，蕃僧师弟弄刀环。重臣持节多边计，上相陈辞悦圣颜。奉使但期无辱命，白头敢望玷朝班。」

折多山

南行五十里，皆荒山，杳无人烟，虽路尚迤逦，而风景俨然中外之殊矣。遇斗木坪蕃三人赴打箭炉买茶，皆衣红绿氆氇，长袍束带，上嵌白金，四周晃耀，戴黄羊卷毛沿高胎大帽，踏五色皮靴，佩鸟枪二，腰悬利刃，貌甚狰狞可怖。见官长，亦知下马，垂手立道旁候过，颇恭顺。申刻，至折多，依山旅店一家，有塘汛，绝无居民。蕃人谓鬼为折，此地多鬼，故名。

提茹阿娘坝

初三日，晓登折多山，积雪弥漫。南行三十里，过破碉，有碉楼三四，皆坏，无人居，故以名地，西行二十里，为提茹。一路荒山漫坡，行乱石中，坚冰铿然有声。成一律云：「坚冰乱石两嵯峨，臬兀肩舆任侧颇。树短赤茎无绿叶，山高白雪混银河。蛮荒竟日人烟断，野宿炊茶马粪多。千里裹粮骆仆众，乌拉辛苦莫轻呵。」土屋中小憩，饮茶半瓯。南行二十里，过纳哇。下山，东南行十五里，渐平旷，蕃种青稞，收场已毕，禾本尚盈田也。过山水皆西流，碉楼相望。晚宿阿娘坝，蕃百户率众来迎，入其蛮寨，叠石三层，入门拾级而上，四周约数十间，中一楼最高，有金顶，曰供佛之堂也。廊下环小牛皮筒十数，中贯以柱，男妇拽而转之，曰筒内皆皮纸写各部佛经，蕃人聪俊者诵经于佛堂，不能，则日夕转此经筒，以当课诵。

俄松多、东俄落

初四日，晓发，沙路平坦，晴日烘暖。西南行三十里，至瓦切，过俄松多河，木桥颇高，碉楼前后相接，蛮中富庶之区也。蕃人供役，一路行歌，有恬熙之象。作长句云：「蛮寨夜宿阿娘坝，危桥朝渡俄松多。崔巍三日得坦旷，舆马荡荡驰长坡。蕃儿嬉笑红日暖，负戴踏冰行且歌。忆昨百户迎道左，牛酥跪进茶叵罗。拾级导我礼佛处，金顶矗上高巍峨。杂遝男妇堂内外，喃喃经咒能无讹。蠢愚岂尽解梵诵，经筒万转功恒河。吁嗟乎！西方金天气肃杀，淫凶残狠人偏诐。孔孟不到政教缺，慈悲导化烦维摩。圣皇驭世大一统，因俗为治平无颇。迂儒小生强解事，纷纷具论奚足诃。」西南行二十五里，至东俄落，日方过未，有塘汛，蕃民二三十户，旅舍颇洁，主人吴姓，成都人，娶蕃妇家此。与供薪水之蕃，皆赏以茶、布，嗣后仿此。取薪之蕃曰「打役」，汲水之蕃曰「汤役」。

高日寺、卧龙石

初五日，南行三十里，登山至高日寺。山颇峻，蕃人十数，以縴曳舆，一如蜀中，复加四牛，更替曳之而上。《图识》言：过大雪山二，深林密箐，矗如玉立，人迹罕逢。余所见略同，惟积雪半消，林树茂密，作黝黑色耳。至山上，冈路宽平回转，松杉夹道，皆美材也。蕃人不知所用，惟作薪而已。下山，十五里，至卧龙石，宿旅店，即汛兵所设，汉人数家，余皆蕃矣。

八角楼、中渡河

初六日，依山西南行四十里，过八角楼，中渡汛兵来迎，蕃屋小憩。复山行四十里，一路林树，青葱可观，此地稍暖故也。申刻至中渡，又名河口，即雅陇江矣。河东明正司界、河西里塘界乌拉，至此更易供役。两岸汉蕃约百余家。

给谕呼图克图

初七日，遣把总马玉堂及译字蕃书彭错，往濯桑格堆滚给谕曲济嘉木参，使至里塘候讯。

麻盖

初八日，过中渡河浮桥。山行四十里，一路深林，至麻盖，素称险恶，夹坝出入之区。夹坝，番盗也，有戒心焉。

西俄落

初九日，西行，上大雪山，积雪半消。四十里，至蓢子湾，有塘汛。下山，复盘折登山，四十里，杉松参天夹道。过波浪工，有驻防外委。二十里，下山，至西俄落，番百户率众出迎。地颇平坦，居民三十余家。里塘土司遣番目来候。

崇喜土司、咱马拉洞

初十日，西南行，上小山，十数里。曲济嘉木参遣卓尼尔达末率刺麻迎至，言已自濯桑格堆滚至里塘候见。又数里，崇喜土司丁旺泽须，率番目从二十余骑迎谒，绿氆氇大袍，金带红毡，高胎卷沿大皮帽上安蓝色明玻璃顶。随行上大雪山，河冰甚坚，林深谷邃，乱石危崖。四十里，至咱马拉洞塘汛。达末入见，跪献哈达一，方木盒一，言大呼图遣进食物。却之，赏佛头哈达五连，红绫一疋，俾还予大呼图；赏达末佛头哈达一连，五色布各二，众刺麻茶二包，遣去。复传崇喜土司入见，赏佛头哈达二连，色布五疋，茶二包，令还。

火竹卡

十一日，缘山沟行，二十余里，过乱石窖，上小冈。转折三十里，逾大山。二十里，至火竹卡，驻防把总率队出迎。里塘宣抚使松隆多吉来见，令回里塘。

梦诗

余初至成都，僦寓，为一联，语云：「智常无碍须弥小，心自能亨蜀道平。」今晨道中，忽有所触，卒成一律，云：「天女修罗事几更，一灯如豆灭还明。智常无碍须弥小，心自能亨蜀道平。蝴蝶梦中观大化，焦窠枝上足三生。庄严世界知多少，星斗高寒江水清。」

《乌拉行》

余行月余矣，身历边徼山川之险，目睹夫马长征之困，慨然有感，作《乌拉行》云：「蕃儿蛮户畜牛马，刍豆无须惟放野，冬十一月草根枯，牛瘦马羸脊如瓦，土官连日下令符，十头百头供使者。使者王程逾数千，糌粑难厌盘蔬寡，备载糇粮赢半岁，橐装毡裹谁能舍。天寒山高冰雪坚，百步十蹶蹄踠扯，鞭箠横乱噤无声，谁怜倒毙阴崖下。我谓蕃儿行且休，停车三日吾宽假。艰难聊作《乌拉行》，牛乎马乎泪盈把。」

火烧坡

十二日，过小桥，沿河行，纡折登山。二十五里，至火烧坡。下山即平原，曲济嘉木参率执事剌麻二十余人，设帐迎候，跪进哈达。余亦还以哈达。入帐坐，曲济嘉木参侍坐，献茶果，问起居毕，余登舆行。不一里，里塘大寺堪布率众剌麻来迎，停舆见之。里塘粮务黄明府慎修，及守备、正副土司皆出。申刻，至里塘，依山阿为土城，寺宇丛聚，约数百家。其城外东南蕃居百余户，正副土司所居也。余行馆在巴空寺内佛殿右。

讯曲济嘉木参

十三日，北向设香案，文武齐集，立案侧。传曲济嘉木参入。余望阙行礼毕，曲济嘉木参亦行三跪九叩首礼，跪听讯问。诘其何以久住里塘不回？供言：「乍雅案未结，恐为人害。」又问：「阿足六站差使尔例当承应乌拉，何以阻误？」供言：「粮台粮饷委员，均有头人供役，未敢阻误。」问：「藏内现奏夏间阻误，何以言无？」供言：「惟五月间前任孟大臣到巴贡、乍雅，百姓言其在任六年，未结控案，求为判结，阻留五十余日。后奉琦大臣谕，立备乌拉送行。小剌麻时在里塘，不知其事。」又问：「尔控丹臻江错抗断，复肆抢劫，是何年月？在何地名？抢劫何人之物？」供：「此两年来，常在交界地方扰害，不止一次，亦不止一处。」问：「尔手下属番亦有抢劫彼处人否？」供言：「亦有抵御，互相杀伤。」谕令且退。收香案毕，复传入，给以旁坐，细询之。余曰：「佛法戒贪嗔，尔既为呼图克图，当深明佛法，何以与人相争，伤害生灵？」答云：「小剌麻朝夕诵经，不敢为非；因丹臻江错欺陵，求除去，事权归一。」余云：「乍雅两呼图克图办事，一正一副，由来已久，载在《四川通志》，何能改变旧章！且丹臻江错未获罪天朝，不过与尔分党相仇，尔敢阻侮大臣，其咎甚重。两造犯法，当公办，何能独治丹臻江错之罪乎？」

十五日，曲济嘉木参来言，已商派大头目随行候讯，俟奉断牌，即还乍雅，呈送亲供，大略相同。

赏里塘土司

十六日，赏里塘土司袍褂料二副，马褂料二件，色绸二疋，巴缎二疋，荷包四对，小刀、烟壶、哈达、茶、烟、缎、绸、布诸物；副土司及剌麻蕃目以下有差。令备乌拉西进。以大呼图所呈亲供报川藏。

曲济嘉木参求兵

十八日，黄明府来言：「曲济嘉木参有词陈情，求带蕃兵三百名，往灭丹臻江错。」余曰：伊有下情，可使具呈，欲以兵往灭二呼图，不能准也。」

夷禀要求

十九日，黄明府以夷禀来，其言甚繁，使人译之，两日始竣。大略历叙其初奉佛命来乍雅讲经说法，转世数辈，及受印敕，管理乍雅地方；二呼图丹臻江错（理藩院作罗布藏丹怎加木磋）本其徒桑金札喜转世第五辈，同白玛奚诸人屡次欺陵，求革逐；其白玛奚四人，求依汉律重治其罪；若不革逐二呼图，重治四仓储巴，即以印敕交丹臻江错，自出云游；且求以此情入奏。

谕曲济嘉木参，不从

二十日，传曲济嘉木参至，谕以「二呼图克图之名已数十年，载在理藩院，非自今日，亦非私设，前年委员仅不令管事，尚不遵依，今欲革逐，非以兵往不可。现奉上谕，务期折服其心，未许用兵，何得妄动！即白玛奚等与尔属番互相攻杀，亦不能独罪一造，尔宜三思。」曲济嘉木参踌躇未答，达末等罗拜坚求，曲济嘉木参即复持前说。知其不能自主，乃更谕之曰：「尔系原控，不至乍雅，已无凭质讯，复坚执一面之辞，徒往不能结案，往无益也，姑如所言，回省请大宪具奏，俟奉上谕，再行可也。」挥之出。翼日，据情报川藏曰：「大呼图克图以下达末之阴狡，二呼图克图以下白玛奚之强横，殊出寻常。两呼图克图皆不能戢下，曲济嘉木参信任私人，昏聩尤甚。二比本外夷佛教，情事与中土迥殊，既不为蛮触之争振以兵威，断非口舌空言所能折服。可否据情复奏，稍示震詟，待其悔悟，别为处置。」

发里塘

二十三日，曲济嘉木参闻余回省请奏，大惧，求于文武及里塘众剌麻，代请还夷禀。余曰：「两呼图无礼甚矣！十年来诸官员以其桀骜曲狥之，益骄玩，彼恃印符在手，意在挟持，今且还奏，彼惧朝廷震怒，竟夺其印，何能不悔？悔惧后稍震慑之，庶可听命，此禀岂可还耶？」众皆曰：「善！」二十五日，东还。曲济嘉木参道送，复谕慰之曰：「今为尔申达下情，计来年二月当可得旨，或有同吾来者。果否如尔所求，未可知也。」曲济嘉木参懔然。归途感成一律云：「赓卫迢迢万里行，崎岖来往趁冬晴。蛮山欲化千年雪，梵寺空悬五丈旌（番寺楼皆三层，四角树五色幡幢）。帝德远犹同覆载，苗顽久自外生成。小臣职在宣恩意，天上应闻太息声。」

里塘形势

里塘在打箭炉西六百五十里。西至巴塘，五百二十里；东至雅陇江，交明正司界；西至诸噶里布察多，交瓦述土司界；南至唖枃竹，交云南中甸界；北至雄热呢，交瞻对界。昔隶青海岱庆和硕齐部属，旧有剌麻寺一座，堪布掌之。康熙五十八年，大兵道经里塘，青海遣达瓦蓝占巴阻据，前锋都统法喇擒达瓦蓝占巴及里塘营官，斩之。革易其堪布，专兴黄教。设正副营官，董率大小寨堡十五处，土目二十名，百姓五千三百二十户，大小剌麻寺四十五座，剌麻三千二百七十余名。附近里塘之瓦述崇喜、毛雅、毛茂雅、长坦、曲登五酋长，皆呈户口纳粮马。雍正七年，颁正副营官印，授安奔为宣抚司，康确嘉木磋为副土官，五瓦述酋长授土百户，皆给印，世袭。五瓦述所辖地大小三十六处，蕃民六千五百二十九户，剌麻三千八百四十九名。此当时见于籍者也。

至成都

十二月二十二日，至成都，请稍示震慑，并给谕德尔格特土司备兵候调。不许。

节相入奏

十二月二十六日，相国奏言：「此案奉旨委员查办，该呼图克图自应即返乍雅，听候剖断，乃坚不回巢，固执己见，总以革逐二呼图克图、重治白玛奚等始快其意；且恃印信号纸，任意挟制，无论案情未定，即使二呼图克图有罪，亦非该呼图克图所得预行要挟，即此一端，其平日乖谬自用，致失人心，已可概见。现在虽据自认，于川藏往来差使，分照地段承办，不敢迟误，然二呼图克图一比是否不敢阻梗，且如何复行抢劫蕃民，未得确情，未便以大呼图克图不回，悬案不办。查宁远府知府宣瑛，素称明干，现复委令该府及试用通判丁淦，同赴乍雅，彻底查讯，秉公剖断。惟地在南墩以西，距省五十(七)余站，较藏更远，委员到彼，呼应不灵，言语情形，均难通晓。大呼图克图尚如此不听开导，二呼图克图势强人众，上次委员往，已悍不遵断，如果劫杀滋扰，事皆属实，其抗审不服，尤在意中。请敕下驻藏大臣，拣蕃众素所敬服，复能办事，品秩较崇之那们汗，并熟谙蕃情之驻防后藏都司谢国泰，会同川省委员审办，以资慑服。委员姚莹，前在海疆，阅历有素，非不能办事之人，即因呼图克图不遵开导，固执挟制，亦当于具禀后听候批示遵行。今中途先自折回，非惟畏难诿卸，抑且有乖体制，该员已补蓬州知州，应请旨摘去顶戴，随同续委之员前往。且咨理藩院查两呼图克图源流，及乍雅是否川辖，抑归藏辖。」

校记

（一）《资治通鉴》（据清光绪图书集成局排印本，下同）：「于」字下有「唐受」二字，原句应为「虽内属于唐，受爵赏号……」。

（二）《水经》（据清乾隆十八年刊《补正水经》，下同）「或」作「又」。

（三）《水经》「或」作「咸」。

（四）手稿本「儶」作「嶲」，二字通。《水经》作「巂」，似误。

（五）地名、人名断句，均依手稿，下同。（手稿有姚莹圈点）。

（六）《四川通志》、手稿本均作「杀」。

（七）道光本原作「干」，今据手稿本改正。

《康輶纪行》卷二

从宣太守再使乍雅

道光二十五年二月十一日，奉正月上谕：「蓬州知州姚莹摘去顶戴，随同宁远府知府宣瑛、候补通判丁淦，往乍雅查办两呼图克图之事」。十六日，宣太守出成都，入辞，以委员数往乍雅，蓄皆恃险负嵎，多所邀挟，请于打箭炉檄调两呼图克图集讯，以崇体制，然后可判曲直，而谕解其纷。宣公难之，更令至察木多。其地西逾乍雅五百里，距打箭炉二千六百三十里，亦藏内所辖部落也。宣太守即日先行。

再发成都

二十五日，莹与丁别驾发成都，张竹虚绍借行，濬昌与戚友送于丞相祠。是晚宿双流县，邑令为杨君观曜，山西人。

魏鹤山手隶

二十六日，宿新津县，晤张恕堂明府。二十七日，斜江河早饭，蒲江县地也，去县治六十里。晚宿邛州，晤朱东江刺史。行馆本土司公寓，明嘉靖中改祀魏文靖公，今为试院。庭轩极宏敞，有鹤山手作汉隶「云吟山」三字，岁久剥落，后人摹额之。后一小楼，奉文靖神位，极狭隘。余再过拜谒，局脊久之，惜营工者不学也。

余小坡太守

二十九日，张竹虚为宣太守所留，余与丁别驾先发，宿名山县百丈驿。云南提督张公必禄，自建昌入觐过此，携酒来饮，夜分乃散。三十日，名山县早饭，晤穆明府精阿。晚宿雅州府城，余小坡太守召饮，观其近著文章，出示梅伯言所为汤海秋墓志铭、栗朴园河帅小传。小坡谓余：「道不行矣，曷不引身退乎？」曰：「此事思之熟矣，得利则进，失利则退，此廉颇之客，所谓市道交者，可以之事君乎？古之君子，有辞美官者矣，乌有降谪而避者哉！义有所不安，命有所当受耳。」小坡咨嗟而罢。

黎头驿

三月初一日，王平轩观察见过，时已引疾矣。午刻行，宿观音铺。初三日，过大相岭，晴日曈和，晚宿清溪县，晤署令汪君徕溪，甘肃壬午举人，以酉阳州同知署篆，前在州，颇强毅，小吏中之矫矫者也。雅州多雨，清溪多风，古有「清风雅雨」之谚，余三过之，殊不尔，岂偶为耶？（清溪即古沈黎）初四日，富庄驿早饭，晚宿黎头驿。

汤海秋传

初五日，林口早饭，度飞越岭，晚宿化林坪。是夜小雨，觉寒。初六日，冷碛早饭，晚宿泸定桥。因伯言作《海秋墓志铭》有感，更为海秋作传一篇，二鼓就寝。

钟公言藏事

初七日，过大烹坝，遇新哈密大臣钟公芳自藏中还，言：「乍雅两呼图克图事，非兵不可，而番无黄。昨过王卡、头人出候，彼此犹不敢过界。过里塘，见大呼图克图，似有悔惧，惟盼川省委员早至，为之讯办也。」又云：「藏中达赖剌麻，今甫九岁，甚聪异，应对接物如成人，能决事是非，人皆服之。」又云：「藏中至察木多山最险峻，丹达山尤甚，人舆倒行，悬絙而下。察木多以东，稍易行矣。」又云：「达赖剌麻惟食牛乳酥糌粑或糖煎大米饭。自余剌麻多肉食，非如内地僧皆素食。亦有勤苦剌麻习静坐树下经月不食者。」

再宿头道水

是夜宿头道水。山涧水盛，乱石中轰激如雷，走雪翻银，三十里不绝，洵奇观也。行馆后石壁摇天，山巅瀑布直下数十丈，尤奇。院中小亭，壁上有乾隆癸丑年诸公诗刻。

柳杨

初八日，过柳杨山涧，水声渐微，昔人所谓「柳阴密箐」者，今已无之，间见垂杨一两株而已。称杨柳为柳杨者，番语也。明正司率番属来迎。申刻，至打箭炉城。

曲济嘉木参知俱

初九日，宣太守、张竹虚至。初十日，晤伊署协，知曲济嘉木参以余回省，甚惧，呈打箭炉文武乞恩。

复设天主堂

十四日，定议。十七日，出关。留仆及兵丁，护茶、烟、缎疋诸赏需之物续发。十六日，报出关日期，余发省寓及余小坡书，录寄《汤海秋传》稿。伊濂江出示奉文准西洋人设天主堂行教粤中，奏言：西洋人自前明入中国，奉天主教，无非劝人为善，因习教者假此诱淫妇女，取人死后目睛，嘉庆中禁止，今佛兰西在五处马头设天主堂，请弛中国习教之禁，倘有诱淫妇女、取人目睛者，仍如例治罪，系西洋人，交夷目办理。

天主教源流（三条）

《后汉书》曰：「大秦国一名犁鞬，以在海西，亦名海西国。地方数千里，有四百余城，小国役属者数十。以石为城郭。列置邮亭，皆垩塈之。有松柏诸木百草。人俗力田作，多种蚕桑，皆髡头而衣文绣。所居城邑，周圜百余里。城中有五宫，相去各十里，宫室皆水精为柱，食器亦然。其王日游一宫听事，五日后遍。常使一人持囊随王车，人有言事者即以书投囊中，王至宫发省，理其枉直。各有官曹文书，置三十六将，皆会议国事。其王无有常人，皆简立贤者，国中灾异及风雨不时，辄废而更立。其人民皆长大平正，有类中国，故谓之大秦。土多金银奇宝，有夜光璧、明月珠、骇鸡犀、珊瑚、琥珀、琉璃、琅玕，朱丹青碧，刺金缕绣，织成金缕罽、杂色绫，作黄金涂、火浣布，又有细布。合会诸香煎其汁为苏合香。凡外国珍异皆出焉。以金银为钱，银钱十当金钱一。与安息、天竺交市海中。常欲通使于汉，而安息欲以汉缯彩与之交市，故遮阂不得自达。至桓帝延熹九年，大秦王安敦遣使，自日南徼外献象牙、犀角、玳瑁，始乃一通。其所表贡，并无珍异，疑传者过焉。或云：其国西有弱水流沙，近西王母所居处，几于日所入也。《汉书》云：从条支西行，二百余日，近日所入。则与今书异矣。前世汉使，皆自乌弋以还，莫有至条支者。又云：从安息陆道，绕海北行，出海西，至大秦，人庶连属，十里一亭，三十里一置，终无盗贼寇警，而道多猛虎狮子，遮害行旅，不百余人赍兵器，辄为所食。」鱼豢《魏略》曰：「大秦国俗多奇幻，口中出火，自缚自解，跳十二丸，巧妙非常。」《新唐书》曰：「拂菻，古大秦也，居西海上，地方万里。以名通者曰泽散，曰驴分。泽散直东北，不得其道里。东渡海二千里，至驴分国。贞观十七年，遣使献赤玻璃、绿金精。大食稍强，遣军伐之，拂菻约和，遂臣属。乾封至大足，再朝献。开元七年，因吐火罗大酋献狮子、羚羊。」《宋史》曰：「拂菻国东南至灭力沙，北至海，皆四十程；西至海，三十程，东至西大食及于阗、回纥、青唐，乃抵中国。元丰四年，其王遣大酋来献鞍马刀剑真珠，言其国地甚寒，土屋无瓦，产金、银、珠、西锦，王服红黄衣，金线织，丝布缠头；岁三月，诣佛寺，不尚斗战，邻国小有争，但以文字来往相诘问，事大亦出兵，铸金银为钱，面凿弥勒佛，背为王名。」《文献通考》曰：「唐史有拂菻国，以为即古大秦也。然大秦自后汉始通中国，历晋、唐贡献不废，而《宋四朝史·拂菻传》则言其国历代未尝朝贡，至元丰始献方物。又《唐》传言其国西濒大海，而《宋》传则言西距海尚三十(一)程，其余界亦不合，土产风俗亦不同。故以唐之拂菻，附入大秦，此拂菻自为一国云。」《明史》曰：「拂菻，即汉大秦。桓帝时始通中国。晋及魏皆曰大秦，尝入贡。唐曰拂菻，宋仍之，亦数入贡。而《宋史》谓历代未尝朝贡，疑其非大秦也。元末，其国人捏古伦入市中国，元亡，不能归，太祖闻之，召见，命赍诏书还谕其王，复命使臣招谕其国，乃遣使入贡，后不复至。万历时，大西洋人至京师，言天主耶稣生于如德亚，即古大秦国也。其国自开辟以来六千年，史书所载，世代相嬗，及万事万物原始，无不详悉，谓为天主肇生人类之邦，言颇诞谩不可信。」《职方外纪》曰：「亚细亚之西，近地中海有名邦曰如德亚，此天主开辟以后肇生人类之邦，天下诸国载籍，上古事迹，近者千年，远者三四千年而上，多茫昧不明，或异同无据，惟如德亚史书，自初生人类至今，将六千年，世代相传，及分散时候，万物万事造作原始，悉记无讹。地甚丰厚，人烟稠密，是天主生人最初所赐沃壤。其国初有大圣人，曰亚把刺杭，约当中国虞舜时，有孙十二人，支族蕃衍，天主分为十二区，厥后生育圣贤，世代不绝。故其人民百千年间，皆纯一敬事天主，不为异端所惑。其国王多有圣德，乃天主之所简命也。至春秋时，有二圣王父曰大味，得子曰撒刺满。尝造一天主大殿，皆金玉砌成，饰以珍宝，穷极美丽，其费以三十万万。其王德绝盛，智绝高，声闻最远，中国所传为西方圣人，疑即指此也。此地从来圣贤多有受命天主、能前知未来事者，国王有疑事，必从决之。其圣贤竭诚祈祷，以得天主默启，其所前知，悉载经典，后来无不符合。经典中第一大事，是天主降生，救拔人罪，开万世升天之路，豫说甚详。后果降生于如德亚白德梭之地，名曰耶稣，言救世主也。在世三十三年，教化世人，所显神灵圣迹甚大且多，如命瞽者明、聋者听、喑者言、跛者行、病者起，以至死者生之类，不可殚述。有宗徒十二人，皆耶稣纵天之能，不假学力，即通各国语言文字。其后耶稣肉身升天，诸弟子分散万国，阐明经典。教中要义数端：一曰天地间至尊至大，为人物之真主大父者，止有其一，不得有二，一即天主上帝而已，其全智全能全善，浩无穷际，万神人物，皆为天主所造，又恒赖其保持安养，凡人祸福修短，皆其主宰，故吾人所当敬畏爱慕者，独有一天主也。此外或神或人，但能纯一教人以事天主，即为善人吉神，若以他道诱人求福免祸，是僭居天主之位而明夺其权，其为凶神恶人无疑；崇信祭祀此类者，不免获罪。一曰天地间惟一天主为真主，故其圣教独为真教，从之则令人行真善而绝不为恶，可升天堂，永脱地狱；若他教乃是人所建立，断未有能行真善、免罪戾而升天堂、脱地狱者。一曰人有形躯，有灵魂，形躯可灭，灵魂不可灭。人在世时，可以行善，可以去恶，一至命终，人品已定，永不转移。天主于是乃审判而赏罚之：其人纯一敬事天主及爱人如己，必升天参配天神及诸圣贤，受无穷真福，若不爱信天主，违教犯戒者，必堕地狱，永受苦难也。其苦乐永永无改，更无业尽复生为人及轮回异类等事，故实欲升天堂，脱地狱，只在生前实能为善去恶，无他法也。一曰人犯一切大小过恶，皆得罪于天主者也，故惟天主能赦宥之，非神与人所能赦，亦非徒诵念、徒施舍所能赎也。今人生孰能无过，欲求赦宥，必须深悔前非，勇猛迁改。故初入教先悔罪，有拔地斯摩之礼，既重犯求解罪，有恭斐桑之礼。遵依圣教，守戒祈求，必获赦宥，不然，一生罪过无法可去，地狱无法可脱也。钱氏《景教考》曰：「《册府元龟》：天宝四载九月诏曰：『波斯经教，出自大秦，传习而来，久行中国，爰初建寺，因以为名，将以示人，必循其本，其两京波斯寺，宜改为大秦寺，天下诸州郡宜准此。』此大秦寺建立之缘起，而碑言（即景教流行碑也）贞观中即诏赐名大秦寺，夷僧之夸辞也。舒元舆重岩寺碑云：『合天下三夷寺，不足当吾释寺一小邑之数（二），释寺惟一，夷寺有三，摩尼，即末尼也；大秦，即景教也；祆神，即波斯也。』今据《元舆记》而详考之。《长安志》曰：『布政司西南隅胡祆祠，武德四年立，西域胡天神也，祠有萨宝府官，主祠祆神，亦以胡人称其职。』《东京记》引《四夷朝贡图》云：『康国有神名祆，毕国有火祆祠，疑因是建庙。』王溥《唐会要》云：『波斯国东（三）与吐蕃康居接，西北距拂菻，其俗事天地日月水火诸神，西域诸胡事火祆者，皆诣波斯受法，故曰波斯教，即火祆也。』宋人姚宽曰：『火祆字从天，胡神也，经所谓摩醯首罗，本起大波斯国，号苏鲁支，有弟子名元真，居波斯国大总长如火山，后化行于中国。』然祆神专主事火，而宽以为摩醯首罗者，以波斯之教事天地水火之总，故诸胡皆诣受教，不专一法也。大秦之教，本不出于波斯，及阿罗诃者出，则自别于诸胡。碑言三百六十五种之中，或空有以沦二，或祷祀以邀福，彼不欲过而问焉，初假波斯之名以入长安，后乃改名以立异。若末尼，则《志盘统纪》序之独详。开元二十年敕云：『末尼本是邪儿，妄称佛法，既为西胡师法，其徒自行，不须科罚。」会昌三年秋，敕京城女末尼凡七十二人皆死。梁贞明六年，陈州末尼反，立母乙为天子，发兵擒斩之。其徒不茹荤酒，夜聚淫秽，画魔王踞坐，云「佛为上大乘，我乃上上乘」。盖末尼为白云白莲之流，于三种中为最劣。以元舆三夷寺之例核而断之，三夷寺皆外道也，皆邪教也，所谓景教流行者，皆夷僧之黠者稍通文字妄为之词，非果有异于摩尼、祆神也。」《金石萃编》（四）曰：「按西洋奉天主耶稣，或谓即大秦遗教，据碑有判十字以定四方之语，与今天主教似合。然《日下旧闻考》载：天主堂构于西洋利玛窦，自欧罗巴航海九万里，入中国，崇奉天主云云。若大秦一名如德亚，今称西多尔，其在欧罗巴南、印度之西，相距甚远，似不能合为一也。（莹按：此语迂谬。天主教始自大秦，流行于大西洋耳，今且自大西洋流入中国矣，况自唐至明，越千数百年乎？）杭氏谓：唐时回纥，即今之回回，说亦未然。唐之回纥，即回鹘，其地与薛延陀为邻，距长安只七千里；若回回有祖国，以今职方诸书考之，在古大秦之东，一名伯尔西亚，今称包社大白头蕃，与回纥隔远，亦不能合为一也。（莹按：此言亦非。包社乃回回祖国，既云祖国，则近西域诸部为其支派种类明矣。犹吕宋本国在大西洋，与贺兰、佛兰西邻，而其别属近琉球之岛，亦名吕宋耳。）碑称大秦国上德阿罗本，而《唐书·西域传》所载诸国，惟拂菻一名大秦，无一语及景教入中国之事。《唐会要》称波斯国西北距拂菻，则波斯在拂菻之东南，故《长安志》所载大秦寺，初谓之波斯寺。玩天宝四载诏书，波斯经教出于大秦，则所谓景教者，实自波斯，而溯其源于大秦也。《唐书·西域传》：波斯距京师万五千里，其法祠祆神，与《唐会要》语同。然亦无所谓景教者。祆神字当从示、从天，读呼烟切，与从夭者别。《说文》云：关中谓天为祆。《广韵》云：胡神所谓关中者，统西域而言。西北诸国，事天最敬，故君长谓之天可汗，山谓之天山，而神谓之天神（五），延及欧罗巴，奉教谓之天主，皆以天该之。《唐》传载波斯国俗，似与今回回相同。此碑（谓景教流行碑也）称「常然真寂，戢隐真威，亭午升真，真常之道，占青云而载真经」。举「真」字不一而足。今所建回回堂，谓之礼拜寺，又谓之真教寺，似乎今回回之教，未始不源于景教。然其中自有同异，特以彼教难通，未能剖析，姑备录诸说，以资博考。至碑称景教景字之义，文中只二语云：「景宿告祥」，「悬景日以破暗府」，是与景星景光流照之义相符。然则唐避讳而以景代丙，亦此义欤？《四库全书提要》曰：《西学》凡一卷，附录唐大秦寺碑一篇，碑称贞观十二年，大秦国阿罗本远将经像来献上京，即于义宁坊敕造大秦寺一所，度僧二十一人云云。考《西溪丛语》载：「贞观五年，有传法穆护何禄将祆教诣关闻奏，敕令长安崇化坊立祆寺，号大秦寺，又名波斯寺。至天宝四年七月，敕：波斯经教，出自大秦，传习而来，久行中国，爰初建寺，因以为名，将以示人，必循其本，其两京波斯寺并即改为大秦寺，天下诸州郡有者，准此。」《册府元龟》载：「开元七年，吐火罗国王上表，献解天文人文慕闍，智慧幽深，问无不知，伏乞天恩唤取，问诸教法，知其人有如此之艺能，请置一法堂，依本教供养。」段公式《酉阳杂俎》载：「孝亿国界三千余里，举俗事祆，不识佛法，有祆祠三（六）千余所。」又载：「德建国乌浒河中，有火祆祠，相传其神本自波斯国，乘神通来，因立祆祠，内无像，于大屋下置小庐舍向西，人向东礼神，有一铜马，国人言自天而下。」据此数说，则西洋人即所谓波斯，天主即所谓祆神，中国具有记载，不但有此碑可证。又杜预注《左传》「次睢之社」曰：「睢受汴，东经陈留、梁谯、彭城入泗，此水次有祆祠，皆社祠。」顾野王《玉篇》亦有祆字，音阿怜切，注为祆神。徐铉据以增入《说文》。宋敏求《东京记》载：宁远坊有祆神庙，注曰：「《四夷朝贡图》云：康国有神名祆，毕国有火祆祠，或曰石勒时立此，是祆教其来已久，亦不始于唐。」岳珂《桯史》：「番禺海獠，其最豪者蒲姓，号白蕃人，本占城之贵人，留中国以通往来之货；屋室侈靡踰制，性尚鬼而好洁，平居终日，相与膜拜祈福，有堂焉，以祀，如中国之佛，而实无像设；称谓聱牙，亦莫能晓，竟不知为何神；有碑高袤数丈，上刻异书如篆籀，是为像主，拜者皆向之。」是祆教至宋之末年，尚由贾舶达广州，而利玛窦初来，乃诧为亘古未睹。艾儒略作此书，既援唐碑以自证，则其为祆教，更无疑义。乃无一人援古事以抉其源流，遂使蔓延于海内。盖万历以来，士大夫大抵讲心学、刻语录，即尽一生之能事，故不能徵实考古，以遏邪说之流行也。」《澳门纪略》曰：「澳中凡庙所奉天主，有诞生图，被难图、飞升图。其说以耶稣行教至一国，国人裹而缚之十字木架，钉其首及四肢，三日苏，飞还本国，更越四十日而上升，年三十有三。故奉教者必奉十字架，每七日一礼拜，至期，男女分投诸寺，长跪听僧演说。蕃僧不一类，三巴寺僧，削发，披青冠斗帽，司教者曰法王，由大西洋来，澳酋无与敌体者，有大事疑狱，兵头蕃目不能决，则请命，命出，奉之惟谨。龙松庙僧，亦削发，蒙毡，内衣白而长，外覆以青。板樟庙僧，不冠，曳长衣，外元内白，复以白布覆其两肩。噶斯兰僧服粗布衣，带索草屦，不冠不袜，出入持盖。僧有尽削其发者，有但去其顶发者。又曰天主教者，西士曰天主耶稣，汉哀帝元寿二年庚申，生于如德亚国，其书所云五经十诫，大都不离天堂地狱之说，而词特陋劣，较佛书尤甚。尝寻求其故，西洋诸国，由来皆崇佛教、回回教，观其字用梵书，历法亦与回回同源，则意大里亚之教，当与诸国奉佛奉回回者无异。特其俗好奇喜新，聪明之士，遂攘回回事天之名，而据如来天堂地狱之实，以兼行其说，又虑不足加其上也，以为尊莫天若，天有主则尊愈莫若。盖其好胜之俗为之，不独史称历法也。昔西人有行教于安南者，举国惑之，王患之，逐其人，立二帜于郊下，令曰：「从吾者立赤帜下，宥之；否则立白帜下，立杀之。」竟无一立赤帜下者，王怒，然炮杀之尽，至今不与西洋通市，至则举大炮击之，西洋人亦卒不敢往。倭亦然。噶罗巴马头，石凿十字架于路口，武士露刃夹路立，商其国者，必践十字路入，否则加刃，虽西人不敢违。又埋耶稣石像于城阈以蹈践之，盖诸蕃严恶之如此。」

莹按：福善祸淫，虽本天道，然此不过天道之一端耳。至天道之精微广大，与人道之所以参赞化育、克配天地为三才者，岂可以祸福言哉！此义，不但吾儒，即释、老二氏，亦皆知之。彼回教、天主教者，大旨精微，止于敬事天神，求福免祸，正西域之婆罗门耳，佛法未兴时即有之，彼所谓傍门外教也。以其粗浅鄙陋，愚人易于崇信，故行之最易，而何足以当明智之论辨哉！今此二教横行，恐吾人不知其所以为教，故详纪之于此。

《通鉴》：「唐宪宗元和元年，回鹘入贡，始以摩尼偕来，于中国置寺处之。其法日晏乃食，食荤而不食湩酪，回鹘信奉之。可汗或与议国事。」胡注引《唐书会要》：「回鹘可汗王，令明教僧进法入唐，大历三年六月，敕赐回鹘摩尼，为之置寺，赐额为大云光明。六年正月，敕赐荆、洪、越等州各置大云光明寺一所。《新唐史补》：蕃人常与摩尼僧议政，京城为之立寺，其大摩尼数年一度往来本国，小者年转。《唐史·回鹘列传》：元和初，再朝献，始以摩尼至。」《通鉴》又云：

唐武宗会昌五年，「先毁山野招提兰若，敕上都、东都两街各留二寺，每寺留僧三十人；天下节度观察使治所，及同、华、商、汝州，各留一寺，分为三等，上等留僧二十人，中等僧十人，下等五人，余僧及尼，并大秦穆护祆僧（七），皆勒归俗。」胡注：「大秦穆护，又释氏之外教，如回鹘摩尼之类是也。时敕曰：大秦穆护等祠，释教既已厘改，邪法不可独存，其人并勒僧还俗，递归本贯，充税户，如外国人，送远处收管。祆乎烟翻，胡神也，唐制，祠部岁再祀碛西诸州火祆，而禁民祈祭。官品令有祆正，盖主祆僧也。」余按：此言摩尼入中国及毁其寺事，钱氏诸书皆未引之，今补录于此。《通鉴》谓元和二年，摩尼始入中国，本之《唐会要》，观开元二十年教，则其入中国久矣。末尼即摩尼也，《志盘统纪》所引，恐不及《唐会要》确。

二次出关

十七日未刻，出打箭炉南关，得诗一绝云：「泧水噌吰恼客听，云峰石剑路三经。可怜关外犹春色，几树麻杨向客青。」麻杨，即白杨，叶短而干直，蕃人谓之麻杨。是晚宿折多山。

过雪山诗

十八日卯刻，行，三十里，过雪山，晴日晃耀。十余里，下山，阴云霏雪，尚不觉寒。更十数里，风雨横斜，乃大寒欲冻。成七言长句云：「十里晴山千里雪，红日彤云递明灭。日蒸乾雪不肯消，十尺白盐煎灶鐝。雪山蜿蜒不可穷，青海昆仑一望中。枉说长江限南北，车书万里久来同。罪臣来往乘使传，西域蕃僧数相见。欲问金仙苦行时，迷离梵呗无人辨。蛮山三月草未青，碉楼虽破犹堪停。怪底舆中肌起栗，无端风雨却横经。」是晚宿阿娘坝蛮寨中。

《易》九卦（五条）

十九日，宣太守以人众与竹虚先行，余与丁别驾留一日。偶读《易》至九卦之德，孔子反复言之，然后知圣人之道，可以处忧患也。「履」虎尾之险，而以为「德之基」，何也？君子任重道远，非历艰难不能有成，立志之初，若畏而不进，则终身废矣。能知其难，不自疑惧而力行之，如履虎之尾，然后志器宏大，故以为「德之基」也。「谦」者，自卑而尊人，既云自卑，则贫贱过尤，人所难甘之境，皆身任之而不争。既云尊人，则所遇崇高富贵骄泰者，固以礼处之，即贫贱卑幼愚不肖者，亦必以礼处之。持此以行，乃有执持，故以为「德之柄」也。「复」，以一阳处五阴之下，微且危矣。如不自葆其光，非特发之弗耀，且为五阴所恶，必以非类去之，何复之有？惟时自惕厉，善养其阳，然后潜滋暗长，阴将自退，万事万物，由此而生，故以为「德之本」也。既能以卑自处，厚培其本矣。若频更险阻，仍复沮丧，则所得仍失之矣。必行之有恒，如日月之长久，然后不失。故云：「『恒』，德之固也。」行道若此，能贞固矣，未必所如皆合也，或有不得于人，或人不知我，则损毁必至，惟即以其损自惕焉，所谓「为学日益，为道日损」也。前日之谦，我自本处卑下，今日之损，乃我已卑下，人更苛求，我复愈自贬损。修道莫大乎是。故云：「『损』，德之修也。」我能如此，则道积厥躬，悦从者自众，行日宽广，为益多矣。故云：「『益』，德之裕也。」虽然数有乘除，祸福相倚，君子小人，迭为消长，道至益裕，忌者必至，始犹不过损毁，至此且将重伤之矣。君子处此，安能无困乎？惟能固守其困，强力不变素，患难行乎患难，以自验其所守贞固，若此，非仅如前日之有恒而已。若因困而失其所据，则何德之可言乎？至此而自守其常，不失其所，乃可以言德。故云：「『困』，德之辨也」。行道至此，乃终底于成矣。其象如井，自居其所不动，任人往来绠汲迁移，而养物不穷，岂惟一时之利哉！故云：「『井』，德之地也」。而其要总归于刚其中而巽顺其外，以此立身处世，如有定制。故云：「『巽』，德之制也。」朱子本义谓九卦皆反身修德，以处忧患之事，而有序焉。孔子不云乎？所居而安者，易之序也。是朱子之所本也。

「『损』先难而后易」，朱子以为损欲先难，习熟则易，损以欲言，何也？富贵功业声誉，下至服食起居，凡便于己者，皆欲也。得之而喜，失之而怒，未得而求，未失而患，此欲之大者。君子不然，无论服食起居，常取其损，即富贵功业声誉，或受人屈抑，或自处贬损，初行之时，不无强制，是先难也。习行久熟，日近自然，故云后易。本卦象传曰：「君子以惩忿窒欲」，此之谓也。

「『损』以远害」，何也？富贵功业声誉之崇，服食起居之美，人皆欲之，有得即有不得。得者，身处其中而甘之，则晏安酖毒，害即伏于此矣。吾能损其所有，不以为利，尚何害乎？不云无害而云远害者，圣人不易其言也。天下事固有出于常情之外者矣。故虽损以远害，复继之曰：「『困』以寡怨。」

「『困』穷而通」，何也？人至于困，其道穷矣。然穷于人者，不穷于天，君子自「履」、「谦」、「恒」、「损」以来，自反于道无悖，如是而犹困，则非我之咎也，人也。人事境遇，于道何伤？人能困我之身，不能困我之道，大困之后，吾道益彰，通孰甚焉。

「『困』以寡怨」，何也？境遇之困，无非富贵、功业、声誉、服食、起居之事，此数者，我苟有得而人无得，必怨；我身既困，人复何怨？即使有之，亦必寡矣。反是则放利而行怨，有不多者乎？

逸民

吾尝读《论语·逸民章》，乃知圣人论古之宽。古人立身虽有等差，而不必强合也。伯夷七子，出处不同，皆以逸称者，其道不行，为世所遗逸；柳下惠三仕三黜，犹之未仕耳。自后人言之，必以不降其志，不辱其身为是，而非降志辱身矣。身既隐居，何又放言？若虞仲、夷逸、柳下惠、少连者，不亦为君子所讥乎？孔子则各举其是：于虞仲、夷逸，称其「身中清、废中权」；于柳下惠、少连，称其「言中伦、行中虑」。然后知四子者固有其道，非徒为放言，苟为降辱也。宜乎孟子以柳下惠与伯夷同称曰圣，恐七十子之徒，未必皆见及此矣。七子者，其道虽见取于孔、孟，而孔子、孟子皆不为之。必也其孔、孟乎？圣非孔、孟，则宁为七子也可。

东俄洛富庶

二十日卯刻，行至东俄落，五十五里，止焉。道既平坦，天色晴霁，旅店虽狭而洁，心神一怡。盖此数十里者，地稍平旷，可种青稞，碉楼蛮寨相望，俨然有富庶之象矣。是夜雪。

牛纤

二十一日，晨起行平坡，十数里，至高日寺，山下小憩饮茶。踏雪上山，山上松柏杉桧甚茂，雪封枝干，森森峭立，绵数十里，亦异观也。山径峻陡峭曲，肩舆皆蕃人牵曳而上，复驾二牛助之。上下者再，人牛数易，雪光晃耀，深涧俯临，不能无恐。为长句纪之云：「山中夜添雪数尺，天上寒云带愁积。肩舆破晓惊山灵，万柏千杉森玉立。西来冈岭皆不毛，惟闻石涧水怒号。到此乍觉林泉异，何来怪鸟鸣鸱鸮。山高径仄苦难上，蕃儿群曳不可仰。更驾双牛汗喘登，人牛喧杂行踉跄。去年经过前山沟，牛行跌死猿猱愁。蕃儿言之泪交流，问我于役何时休？往来熟识殊春秋，相对忽忘人白头。」是晚宿卧龙石。

《易》言吉凶悔吝

《系辞》言："吉凶悔吝生乎动。"又曰："吉凶者，失得之象也；悔吝者，忧虞之象也。"朱子谓吉凶相对，而悔吝居其中间，悔自凶而趋吉，吝自吉而向凶。余谓：《易》言天道人事，无非示人以趋吉避凶之理，而悔吝者，吉凶之几也。吝者，自遂其过，必至于凶，固可畏矣；人能反是而悔其过，则徙义从善，自可免凶，况复可以获吉乎？六十四卦之辞，言无悔者五，言悔亡者十八，言有悔者四，言小有悔、无祇悔、亏悔、悔厉者各一，未有一凶者。吾人苟思入德，可不先从事于悔哉！耻于悔过，好为文饰，究之人已咸见其过，何能文饰！不悔则吝凶将至矣。推其不肯悔过之心，皆由无所忌惮耳。能悔则忧，忧者生之徒也；不悔则肆，肆者死之徒也。

雪弹子水怪

申刻，晴日颇佳。酉刻，大风雨雪，雹约二寸许，番人谓之雪弹子。闻打箭炉山上有海子，逢旱祷焉，则雨，中有神物，临之者不可语，语则飞雹立至。又巴塘外数站，地名力黍，过者亦然，见《四川通志》。丁戌之别驾言：松潘有海子，不甚大，中有二虾蟆为怪，时吐冰雹，害禾稼，土人候之，见海子有云起，即鸣官自城上然大炮轰之，或延番僧咒之，则雹不作。道光十一年，某同知不信其事，巨雹屡害禾稼，岁大歉，民怨之，群毁其署。土人云：二虾蟆大如车轮，每盛夏烈日中登岸晒其腹，皆赤色，人不敢近。余按书传载：蜥蜴蛇虺之类，皆能吐雹。盖纯阴之极，物理有然，不足为异也。界外深山大泽中，木魈水怪，固宜尔矣。

蕃俗天葬火葬

蕃俗，死者多火葬，不知蕃从佛教乎？抑佛从蕃俗乎？蕃又有天葬、水葬者：水葬投诸江河，以饲鱼鳖。天葬者，人死，问之剌麻，宜从何葬？剌麻察其家有力，则曰宜天葬也，其家设帐于野，舁死人往，群剌麻为之诵经毕，以刀细割其肉，而有乌鸢翔集其傍，剌麻掷肉于空，乌鸢争接而食之，肉尽，则屑其骨碎，和以糌粑而饲之，必尽乃已，其家人乃相庆曰：死者生天矣！《庄子》云：「在上为乌鸢食。」意殆指此耶？

蕃妇衣饰

打箭炉外，汉民娶蕃妇家于其地者，亦多从其俗，男犹汉服，女则俨然蕃妇矣。蕃民无冬夏皆衣毳褐，谓之毪子，或加羊皮，腰系博带，横刀衣前，后撮起带上，饮食器具皆贮其中。男皆披发，妇人结发成绠，盘额上，或为数十细绠，垂之，顶插小银盘为饰，大者如杯，亦有如饼，凿花其上者，肩加羊皮如荷盖而委垂，其后直缀银饼十数，或下垂缨络，皆系长裙，曳地而不裈，前加长幅。纤曳官舆及负载官物，皆男妇杂充其役，谓之背子；薪、水之役，则专以女，水桶取水，背荷之而归。

蕃妇不裈

张司马言：昔在松潘，蕃女短衣及膝，不裈，下缀缨络，取便溲溺。其太夫人谓女不知羞，作裈三百件令著之，欲变其俗。未半岁，死者百数，乃罢。余谓三代以前，皆未有裈，故古人未有衣裳，先惟有芾，后制衣裳犹加芾，示不忘初也。今之蕃妇，乃古遗制耳，不足为异，松潘则稍殊矣。往在噶玛兰，蕃妇夏日皆赤身，以蕃布一副蔽前体而已。余行令女当著裈，三月后，裈者数百人，及后再至台，询之，云：已无不裈者。西洋诸国，风俗亦然。

蕃俗兄弟共妇

《四川通志》言：西蕃兄弟共娶一妇，生子先予其兄，以次递及。余询土人，云：蕃俗重女，治生贸易，皆妇主其政，与西洋同；计人户以妇为主，蕃人役重，故兄弟数人共妇，以避徭役，后遂成俗。亦可哀也！

青稞糌粑

蕃地多寒瘠，不宜五谷，惟赖青稞，亦麦之类也。山谷稍平则种之，熟时刈归，于屋上击取其实，如中土之打麦者，以无地可场，而屋皆平顶，故以为场矣。尝宿蛮寨中，见小蕃女四五打青稞于屋上，群歌相和，与相杵无异。打毕舂之，炒熟磨粉贮之，男妇行皆以二三升自随。复携酥油成块，及茶叶少许，佩一木碗，饥则熬茶，取青稞粉，以酥油茶调拌，手糌而食之，谓之糌粑。余亦喜食之。惟和以糖，不用酥油，颇适口，故行人便之。

八角楼诗

二十二日卯刻，行不数里，雨至，冒雨行四十余里，始霁，幸沿山坡，不甚险仄。巳刻，至八角楼。蛮寨三五相望，杂汉人居，所云八角楼者，耸入云际，如塔而中实。其下青稞被野，长松弥冈，流水小桥，山桃一株正放，出关以来所未见也。茶憩片刻，倚槛欣然为一绝云：「长松掩映水流湾，桥畔桃花辗笑颜。八角楼边晴雨后，蛮中记取此青山。

中渡河换乌拉

未刻，至中渡河口，明正土司界，止此，河西则里塘土司界也。出关之役，明正司供乌拉，送至里塘河以东，自役其蕃，不予值，过河则里塘土百户出乌拉接替，而明正司遣蕃目于此，给脚茶为雇值。其入关之役，则里塘土司送至打箭炉，逾河从东，亦雇明正司之乌拉接替焉。河中设浮桥，守以外委汛兵，稽往来行者，非有官票不得渡，亦蜀藏之咽喉，控扼之要津也。夏水盛大，则去浮桥，蕃人以皮船渡。

鸦砻江

打箭炉与里塘交界之中渡河，即鸦砻江也，一作雅陇。按今舆图，鸦砻江源出固察土司及称多土司境内，东南流至蒙葛结土司，名玛楚河；又东南流百余里，始名鸦砻江。又东南流入明正土司旧属四十九土司境内，有楚穆河，西自上瞻对及霍耳孔撒土司境内，东流来会；南过喇滚土司、瓦述曲登土司、七儿堡土司，稍西为打冲河；又东南流至迷易土司南境，入金沙江。又按《卫藏图识》：中渡河之上流，自上瞻对南流而来，其西为甲楚河，又名上渡；南流过上渣坝、中渣霸，稍东流过喇滚土司，而南至麻盖之东，为中渡；又东南流为下渡。据此，《卫藏图志》所图中渡河在喇滚土司之东南，正与今舆图合，是中渡河即鸦砻江，明且确矣。《图识》所云甲楚河，即今舆图之楚穆河也。楚穆河在上噜对之西，正与《图识》甲楚河在上渡之西相合，其为一河异名无疑。鸦砻江又作雅隆江。

麻格宗

二十三日，候换乌拉。巳刻渡河，自此登山，上下石谷中，四十余里，涧深岭峻，灌木萧椮，翳蔽天日，夹坝之所出没也。中刻至麻格宗，名麻盖者，译之省也。微雨数里。

虞仲、夷逸放言

逸民七人，惟夷逸朱张无考。孔子以夷逸与虞仲并称隐居放言，恐亦有其书，或如《庄子》之类。《庄》以前书皆简古，《三坟》、《五典》、《八索》、《九丘》，不可见矣。六经外如《灵枢》、《素问》、《尔疋》、《山海经》，皆未有放言者。《老子》虽与六经异旨，其言甚约，不可云放。虞仲、夷逸之书，岂蒙庄之祖欤？伯夷、叔齐非周人，而及周有天下，余皆周人，故孔子论列及之，门人记于接舆、长沮、桀溺丈人之后。盖云诸子出处，各有其义，天下后世，必有行之者，而要以孔子为归也。

蕃人毙马不埋

连日途中见毙马，询之通事，云：「一明正司蛮塘之马，一里塘买茶之马。」蕃俗倒毙之马，无人敢食，亦不埋，听其腐烂而已。蕃最恶病，虽父母瘟痘，皆出之于野，云在家恐传染也。死则焚之。西俄落地颇宽平，蕃民风景与东俄落相似。

程制军

丁别驾言：程制军祖洛，风裁甚峻，抚江苏日，公子自徽州省觐，过浙，一知县馈食物二罂，中途启视，则罂下贮金，至以白公，公移文浙抚，具以金还其县，浙抚旋劾罢之。严峻如此，而犹有诬公谓之「程要金」者，至以上闻，何耶？余曰：正以公之严峻耳。公接下不假辞色，批答公牍，驳斥动数百言，有人所难堪者，虽于藩臬亦然，以是人憾之，诬以飞语。然公殊受善，驳诘虽严，若以理事，未尝不回怒听也。余令武进之前岁，公与江督陶公，奏浚孟渎三河，兴工未几，以雨雪盛，工坏，奏缓工期。及余受篆，公檄使兴工，余上言：时在春仲，农事方兴，非作大工时，且前议章程，尚有宜更议者。公怒，严斥之云：「工已奏定，安可改期？该令能言之督抚，督抚断不敢奏之朝廷也。」辞甚厉。余复上书曰：「水利之兴，原以利农人也，今方春播种之时，使民废耕而工作，非农隙也。三河皆以淤不通江，故请浚之，以溉民田，而济漕运。若兴工则首尾筑坝，涓滴不入三河，工长一百六十余里，民田待灌者数十万亩，今悉断其流，是利未兴而受害已大矣。况前年之工以雨雪过盛而坏，今方春仲，鸠工必兼旬始能举事，则已春季矣。大工用夫数万，竣工不止百日之期，已及盛夏，大雨时行，工必再坏，岂可不深长思之？」公见书，怒解，更批答曰：「该令以民事责本部院，本部院安敢不遵？已奏请改于秋后兴工矣。」公之受言如此。

王相国轶事

言次，及道光二十一年河南豫工事，余闻之程明府言在工次，亲见蒲城王相国之临工也。公至河南，力裁浮费，初至日，司供给者进燕窝，公曰：「食以充腹，此物何为？无怪人言河员之侈也。」却之，且告河督巡抚深戒焉。时方冬令，诸公及河厅视工，紫貂猞猁，犹畏严寒，公年逾七十，服羊裘，每日辰初至河干，坐胡床督工，申刻见火归寓，非粗粝不食，时买民夫食物，食而甘之。或言过自苦，公叹曰：「大工之役，终日胼胝于风雪水土中者，真力作之人也，工成全赖若辈，顾其衣食何如？我辈坐而督工，劳逸已霄壤矣，裘衣而肉食，尚谓苦耶？且西夷方肆，天子宵旰宫中，战士枕戈海上，非大臣安逸之时。」夫卒闻之，无不感动踊跃，工日倍。合龙期定，而决口水深十数丈，阔犹数十丈，引河高于决口，水不能泄，请改期。公不许，曰：「不合龙者，水口即吾死所耳。」移坐水口，日夜督之，众方皇遽间，忽大风，河下沙淤数十丈，塞其水口，复见一物如龙，无首尾鳞甲，长十数丈（河工皆呼杠子），水底突至，冲其引河，顷刻宏深，河口水泄，遂如期龙合。咸叹公之忠诚所感。

曲济嘉木参始慢

二十五日，牛马行疲四十里，止咱马拉洞。林谷深邃，有塘汛。崇禧土司纳宗图尔率蕃属来迎，附近里塘四瓦述之一也（四瓦述，一曰崇禧，二曰毛丫，三曰毛茂丫，四曰曲登，皆大兵定藏时，迎师向化之酋长也）。二十六日，谷行数里，山不甚高而长，一望荒草，自此以下，非复前此景象矣。曲济嘉木参属蕃来迎，见余摘顶戴，礼貌始慢。

校记

（一）《文献通考》作「千」，似误。
（二）《海国图志》（光绪二年刊本，下同）「数」作「教」。
（三）《海国图志》「西」作「东」。
（四）「稡」今作「萃」。
（五）《海国图志》「夭」作「袄」。
（六）《海国图志》「三」作「二」。
（七）《通鉴》「祆僧」作「僧祆」。

《康輶纪行》卷三

进退存亡当不失其正

《易》「亢龙有悔」，解者皆谓阳刚之过。以时位言之，则四时之序，成功者退，若贪进不止，则穷灾必至而有悔。是说也，知足之君子皆能之矣。然此但言处常之道，而非处变之道也。其在太平盛时，俱名位太盛，保泰持盈，奉身而退，洵为明哲保身之君子矣。若不幸国家多难，或主少国疑，当此之时，而私计自全，避位远害，则为不忠不义，岂圣人教人之意乎！苟非持禄固宠，则义之所在，虽小臣亦当赴难蹈死，何计利害乎？文王当纣之时，以谏见囚羑里；周公有辅成王之功，因负扆而致流言之疑；此二圣人者，身为《周易》，而亲履患难，曾无所悔。微、箕子、比干，行迹不同，孔子皆谓之仁。诸葛武侯，鞠躬尽瘁，岳忠武被诬见杀，千古以来，忠而被祸诸公，皆不可谓不知《易》者也。孔子既以「知进而不知退，知存而不知亡，知得而不知丧」，明亢之为言矣，必申之以圣人知进退存亡而不失其正，则固有防乎后世之藉口亢龙而失其正者矣。故曰：《易》为君子谋，不为小人谋也。

《易》言吉凶悔吝不同义

《系辞》：吉、凶、悔、吝，四象皆生乎动，既以四象示人矣；乃《易·爻辞》复有言无咎者七十八，言无大咎者二，言何咎、何其咎者二十一，又与无悔、悔七不同者，何也？悔者，自见其过；咎者，人责其过也。悔与吝对，皆在乎己；咎与誉对，皆存乎人。悔在己者，诚见其过，则宜改之勿吝。咎存乎人者，即或无过，亦宜补之。君子之过无多，故《易》言无悔、悔亡、小有悔、无祇悔、亏悔、悔厉者三十一爻而已。人之责君子者常多，故言无咎、无大咎、何咎、何其咎者至于八十四爻。学者言行动止，可不慎乎！

理藩院查呼图克图源流

二十七日，山行六十里，至里塘，飞雪一刻旋霁。粮务黄明府慎修及众剌麻出迎，言：曲济嘉木参自余去岁回省，即甚畏惧，今令赴察木多，已肯随往矣。是日，奉省行知理藩院咨复两呼图克图源流奏（一），其略曰：「臣院承办呼图克图剌麻事，考核源流，总以乾隆五十八年奏准呼弼勒罕印册为宗（呼弼勒罕者，剌麻转世年幼之称，言其甫生仅具魂魄，尚未成人也）。印册原载无名，即不予查办转世，以杜冒滥。现据四川总督请查之乍雅呼图克图，臣等检乾隆五十八年奏定之呼弼勒罕印册，内无其人，因于由藏调存臣院之驻藏呼图克图册档详查，内载：乍雅大呼图克图，乍雅地方人，自第一辈递转至第三辈，各有名字及转世圆寂年月；至第四辈，名罗布桑那木札勒，康熙五十八年，钦差大臣赴藏，供应乌拉，封那门汗，给印敕；雍正三年，以乍雅地方为呼图克图世管之地仍赏给管理（莹按：据《卫藏图识》，先以江卡以西至前后藏皆赏给达赖剌麻，故此时还之也）；圆寂后历第五辈至第六辈转世，名图布丹济克美曲济嘉木参，于嘉庆二十一年三月签掣呼弼勒罕，年甫三岁，奏以其印交第二呼图克图罗布藏丹怎加木磋护理；道光八年，赴藏学经；十三年，回本庙接印；十八年，以剿办博窝番贼，调派士兵，捐助军需，赏给敕书。又册档内载：乍雅第二呼图克图，乍雅地方人，自第一辈递传至第四辈，名字及圆寂转世年月亦详；至第五辈，曾以大呼图克图转世签掣年甫三岁护印。此臣等查乍雅大、二呼图克图之源流，考据设立年分及正副两人，并非定额同掌印信管事，现在之第二呼图克图，亦非奏设，并无别有封号之案据也。复以藏册所开年月，检查院稿悉符。嘉庆二十一年饬令第二呼图克图护印稿内，有循照乾隆十六年前案办理之语。因跟查乾隆十六年《清文稿》，内云：「康熙五十八年，察木多地方吉瓦帕克帕拉呼图克图，名达木拜呢玛；乍雅地方大呼图克图，名罗布桑那木札勒，各以所属徒众请赐名给照，各归所属。议政处议以二人均系西方黄教，大呼图克图请各给那门汗名号敕印。」嗣乍雅大呼图克图于乾隆十六年正月圆寂，驻藏大臣班第据察木多游击饶建厚请，以所遗印信交乍雅第二呼图克图暂行管理。驻藏大臣令查名字源流年岁，复称：乍雅第二呼图克图，年十一岁，系前辈大呼克图之徒众，曾管乍雅地方。驻藏大臣报理藩院奏准护印。此嘉庆二十一年援照之案也。四川总督请查乍雅现归何处管辖，自以归藏管辖为断。

曲济嘉木参遵赴察木多

二十八日，会宣太守、丁别驾，传见曲济嘉木参，谕令至察木多集讯。曲济嘉木参请示行期，谕以分三起行走。宣太守以四月初六日行，曲济嘉木参以次起行，余与丁别驾督其后。是日未刻，飞雪旋霁。四月初一日，会报川藏以曲济嘉木参遵赴察木多集讯，及先后行走日期。

廓尔喀披楞(三条)

古天竺国，一名身毒，即五印度也。地在后藏之西，约一月程。后藏南为廓尔喀，西渡小海港，地名披楞，即东印度，披楞之南，有地滨海，名孟加剌。《明史》作榜葛腊，本东印度地，为英吉利所据，以利诱披楞为其所属。中国不知孟加剌为英吉利所据之马头，但相传为第哩巴察而已。英吉利既据此地，诱属披楞，复诱其傍地皆属之。乾隆五十七年，廓尔喀侵后藏，求助于第哩巴察，其酋果尔那尔，谓其国人在广东贸易，天朝待之厚，却之。廓尔喀既为大兵平服，遂与第哩巴察及披楞有隙。道光十九年，请于西藏，求借兵饷击披楞，不许。其时英吉利先已鸱张，欲谋并廓尔喀，以窥西藏矣。廓尔喀王之正妃与次妃，各生一子，皆幼，次妃有宠，正妃恐己子不得立，因次妃子疾，潜使人药杀之。大臣有毕兴者，为大噶箕（最贵官名），当国，王究药杀状，辞连毕兴，王诛之。其侄乌大巴兴，逃入披楞。道光二十年，廓尔喀王遣使臣两噶箕入贡，未返，乌大巴兴因披楞之助，回国废其王，立正妃之子，尽杀治毕兴狱者。二贡使在其党中，乃籍没其家。二使臣返至藏中，闻变，不敢归国，中道亦逃入披楞。先是披楞贻廓尔喀王木椟，鐍封甚固，曰中皆珍宝，须王亲启。大臣疑有诈，使囚于空地启之，炮发毙囚。益怨披楞。广东方有英吉利之事，廓尔喀使告藏中曰："闻第哩巴察莫斯党（头目之称，谓义律也）与京属打仗，愿借兵饷助击之。"大臣不知所云。第哩巴察者，即英吉利；京属即广东也。奏入，上使查复。乃遍询得前驻藏大臣和泰庵所著《西藏赋》注，有第哩巴察，乃西南徼外一大国语复奏，事遂寝。廓尔喀乘孟加剌之虚，自以兵往袭之，大获。此二十二年事也。英吉利方肆扰浙江、江苏，要求无厌，闻第哩巴察败，亟分兵回救，至孟加剌，厚赂廓尔喀，赎还所掳男妇千人以和。廓尔喀既得志，又以数请助藏中，不许，抱怨，至是乃轻中国矣。

今《四川通志》：西域廓尔喀本巴勒布中一小部落，其地正东自札格达至巴拉打拉罕，计程十日；正南自巴尔布（即巴勒布）至尼诺忒克，计程七日；正西至库尔卡，计程六日；正北至西藏之济隆城卡，二日；自济隆至藏，计程二十日。巴勒布本三罕，曰布颜罕、叶楞罕、库库木罕，雍正十年内附，十一年奉表入贡，嗣为廓尔喀所并。乾隆五十三年，廓尔喀酋长剌纳巴都尔又兼并哲孟雄、作木朗、洛敏汤诸部，遂与西藏以交易滋扰。王师远涉至胁噶尔，震慑投诚，遣酋玛木野入贡。五十六年，复诱执西藏噶布伦丹津班珠尔，由萨迦定日肆掠札什伦布而去，余贼屯济隆、绒辖、聂拉木。五十七年正月，福大将军同超勇公海兰察、四川总督惠龄进讨。大将军自青海至藏，聂拉木之贼，先已为领队大臣成所破。四月，大兵次定日，直取济隆，临贼境，克热索桥。六月庚午，次噶多；癸酉，克其木城碉卡数十。聂拉木兵亦克铁索桥陇冈贼卡，进至利底，绒辖之贼遁去。廓尔喀大惧乞降，不许。七月，复战于堆补木甲尔古拉，直抵朗古。廓尔喀酋再遣人诣营，归丹津巴珠尔等，献札什伦布所掠，使噶箕第乌达特塔巴进驯象、蕃马及乐工一部，不可胜计，奉表归诚。大将军磨崖纪功而还。又曰：披楞西南一大部落，道路险远，在廓尔喀外，自称为噶哩噶达，其别部人称为披楞。其蕃民奉回教，部长乃第哩巴察所放，别为一教，不信佛，惟阿杂拉剌麻有佛庙一，距部长官寨不远，令剌麻一人在官寨通译文书。乾隆五十八年，遣剌麻达齐格哩至藏投禀，极恭顺。又曰：第哩巴察在甲噶尔各部落中，地土较广，所属最多，噶哩噶达为第哩巴察属部中大部落，与廓尔喀南界毗连，为边外极边之国。披楞有小部落，名巴尔底萨杂尔，西通廓尔喀，东通布鲁克巴。乾隆五十八年，廓尔喀贡象、马，由巴尔底萨尔部中绕行，其部长备米草人夫护送，奏赏之。余按：《通志》修于嘉庆中，所谓西藏外诸部落，皆据藏中文案及平定廓尔喀奏章，当时但知披楞为第里巴察属部，以第里巴察为甲噶尔之大部落，初不知其即英吉利也。又称披楞民信奉回教，其部长乃第哩巴察所放，别为一教，不信佛，盖即天主教也。又称披楞之小部落巴尔底萨杂尔，西通廓尔喀，东通布鲁克巴，是时布鲁克巴犹未为廓夷所并也。布鲁克巴本红教剌麻地，与噶毕分为两部，其部长诺彦林亲，乾隆元年，赐额尔德尼第巴印，掌教剌麻为札尔萨立布噜克谷济呼毕勒罕，俱住布噜克巴蜂汤德庆城中。有大小城五十余，人民四万余户，剌麻二万五千余人。其界东至绰罗乌噜克图部，计程八日；南至额讷特克国，计程十日；西至巴木钟岭，计程十日；正北至帕克哩城，乃西藏属也，见《西藏赋》注。巴木钟岭，疑即哲孟雄与披楞隔界之大岭也。

自古九州万国，皆有图籍，掌于太史。意章亥之所推步，黄帝至大禹，皆有其书。春秋时，左史倚相犹能读《八索》、《九坵》，后世乃无习者。犹幸有《山海经》，于大荒之地，山川人物，纪载略具。后人行至异域，往往所见符合。可见《庄子》所言「六合之内，圣人存而不论」(三)者，固欲其存，不欲其亡也。自太史公不信其书，前代诸公，多不留意，凡涉外域诸书，皆置之，一旦有事，茫然不知所为，无怪谈世务者骂腐儒也。

英、俄二夷构兵

莹前在台湾，奉旨查讯夷囚颠林，俄罗斯与英吉利是否远近，当时复奏，但言其不相交结，未知其在印度构兵也。后见林尚书所译西洋人新闻纸，乃知北印度英俄二夷构兵之事。按《澳门月报》曰：「道光二十年七月，澳门接印度五月十四日来信(魏云：即中国四月十三日)，论及俄罗斯欲攻打印度之事。盖我英国之印度兵攻取兴都哥士山(魏云：近巴社国)南边各部落，而俄罗斯边境在此山之北，三年前尚有回教四五国亘隔英吉利与俄罗斯属国之间，各远数百里，今止隔一大山而已，俄罗斯近日直攻至鞑鞑里之机洼(魏云：鞑鞑里谓游牧各部，如哈萨克、布鲁特之类，东起葱岭，西至里塘，南界印度，北界俄罗斯，皆是也。机洼乃鞑鞑里南方部落)，皆因我等攻取阿付颜尼部(此部原属巴社，今为英吉利所据，在印度之西，巴社之东北，鞑鞑里南)，故俄罗斯亦攻至荷萨士河(鞑鞑里地，近机洼)，已约木哈腊(亦鞑鞑里南方部落，近阿付颜尼)同取阿付颜尼部，以攻打印度，为我英国兵头沙阿力山及马约里治堵御，故计不行。俄罗斯前在希腊(巴社国东方部落，近阿付颜尼)与巴社人立约，欲收服阿付颜尼，以攻取印度，亦因我兵头律屋兰所拒(巴社即白头回国，南抵海，西界都鲁机，北界鞑鞑里)。后诡称收回逃散奴仆，突攻取机洼及木哈腊。人皆谓俄罗斯既得此二地，当必退兵，乃又使人日日学习印度事务，又与木哈腊人立约，同取阿付颜尼。不知俄罗斯人要到何地方肯住手。现闻俄罗斯使者已自比特革起程，由鞑鞑里到中国(此鞑鞑里谓喀尔喀，蒙古盖凡各游牧部，皆谓之鞑鞑也)，必怂恿中国人与英国人争斗，并欲得北京出谕与缅甸人，使前来攻击，不知何时使臣能到得北京，我等切不可闭目不理。俄罗斯人曾以兵威自黄海攻至黑海，以广其国境，所以今日必要提防其在荷萨士河驻札之兵前来攻击。倘我将阿付颜尼防兵撤回，则俄罗斯人必带领木哈腊之兵同攻阿付颜尼矣。我等今年若将阿付颜尼王复立于加模尔城(阿付颜尼旧郡)，即应带兵过兴都哥士大山，取回沙苏野所失之三部落(一曰衮都斯，一曰麻尔格，一曰模特散，皆在阿付颜尼北，木哈腊之南)，然我兵到彼，必定遇俄罗斯兵与木哈腊兵约会夹攻我兵，我兵恐即扰乱而回，亦或与俄罗斯人相持。大抵英、俄二国，在阿细亚洲交战之事，不久即至，我等宜先预备出兵矣。」魏源曰：「大海南洋曰印度海，与后藏、缅甸相邻，而廓尔喀介其中，其邻廓夷之孟阿腊，则东印度也。再西南之孟迈等部，则南印度也。溯印度河北上，为痕都斯坦，则中印度也。再北为克什弥尔，古罽宾国，则北印度也。印度河两岸，凡巴社各白头回国，则西印度也(即白帽回)。其国皆在葱岭西南，接中国西域。近日西洋英吉利自称管理五印度，盖惟北、西印度未为所据，其东、中两印度，半属英夷，而南印度则分据于西洋诸夷，此皆近日事也。方康熙、雍正间，英夷仅据有孟阿腊、孟迈二埠，未窥印度全境，而俄罗斯亦方与西北普鲁社构兵，未遑南牧，凡葱岭以西，濒地中海东岸，皆统于天方之回教。故乾隆中，西域甫平，痕都斯坦尚与巴达克山构兵，虽旋为爱乌罕所并(即古大月氏)，亦回教，非西洋教。及乾隆、嘉庆以来，俄罗斯兵出黄海，攻取黑海各部，又日沿里海南侵，而英吉利亦吞并痕都斯坦，泝恒河北上。于是葱岭以西，自布哈尔、爱乌罕诸大国外，凡近里塘之游牧回部号鞑鞑里者，皆并于俄罗斯；凡夹恒河及南洋之城郭回国，半属于英吉利矣。其英俄二境之中，尚隔有数回国，彼此各距数百里。及道光十九年，痕都斯坦北境，有阿付颜尼部者，与沙苏野部相攻，沙苏野请教于英吉利，英吉利遂起各印度驻防之兵，攻灭阿付颜尼部。阿付颜尼亦走愬于俄罗斯，俄罗斯复起驻防鞑鞑之兵南攻巴社，取机洼，取木哈腊，欲恢复阿付颜尼部，以直攻印度。英吉利兵据险力拒，于是英俄二边部仅隔兴都哥士一大山，而血战无虚日矣。(兴都即印度二字音转，其山界北、中二印度之中。)阿付颜尼及沙苏野二部，皆在是山之南，机洼及木哈腊，皆在是山之北，而沙苏野之部落，亦有轶出山北者，是为英俄交恶之由与交兵之界。沙苏野王以道光十八年为阿付颜尼破，走投援印度英吉利镇守印度之兵帅，遂于十九年七月，起孟阿腊、孟迈、痕都斯坦三部之兵，使副兵帅沙机尼将之，而沙苏野犹自以所部兵乡导。时阿付颜尼酋，自都于加模尔城，遣其次子以兵三千五百守牙尼士城，长子以兵数千守加布尔城。牙尼士城本险固，于其城门前复增重濠重墙，守营甚固。英吉利军先营近郊诱战，不出，乃督马炮军、骆驼炮军、步炮军三路进攻，又开天炮击之。天炮者，仰空平炮，飞堕城中。遂逼城而营，并以兵扼加布尔援军之路。阿付颜尼酋遣其长子领千五百骑、步兵三千，由加布尔城赴援，夹攻后路，为沙苏野兵击退。次日，遂会各营，专攻城门，更番迭进，城内兵亦死力鏖战，既而天炮从空雨下，城中震慑，争溃遁。凡二昼夜，拔其城，禽其次子，乘胜两路进攻加布尔城。阿付颜尼酋率其长子，率兵万有三千，守格麻关。而军士夺气，望风解体，父子率三百骑走保麻缅，弃刍糗火炮辎械山积。英吉利遂据二城，沙苏野王复国，酌留欧罗巴兵、痕都斯坦兵及阿付颜尼新降兵，助守其地。此英夷侵北印度之事也。阿付颜尼既遁麻缅，则遣使乞师于俄罗斯镇守鞑鞑里之兵帅。俄罗斯久艳东南印度之富，特隔于各回部，至是乘各部自哄，谋由巴社以图印度。巴社者，回回祖国，即来粤贸易之白头番，所谓港脚是也。小白头为痕都斯坦，大白头为巴社。巴社虽不属英吉利，而与英吉利睦，故英帅律屋兰者，以兵助巴社拒之。俄罗斯复以收逃奴为名，袭破机洼及木哈腊二回部，又攻取沙苏野所属三部之在兴都哥士山北者，遂驻兵荷萨士河，与英吉利接界，并使人习印度法律言语，又购木哈腊人向导，无一日忘印度。而英吉利亦严兵阿付颜尼界为备，且议还阿付颜尼酋于故地，以息外构，而增藩蔽，议未定，而广东之事起。是年，我大清怒西洋鸦片烟之耗蠹中国，严禁鸦片烟，罢英夷互市，声其罪恶，布告诸国，诸国如佛兰西、弥利坚仇英夷者咸称快。廓尔喀亦白驻藏大臣，愿以所部兵收东印度。又传闻俄罗斯使臣已自比革尔国都起程赴北京，约中国兵由缅甸、西藏夹攻印度。事虽未行，而是时英夷则惴甚。」（莹按：以兵法言之，诚难得之事会也。而是时中国不知其情，岂非言语不通、疏于侦敌之故哉！）

第哩巴察即英夷马头

和泰庵《西藏赋》云：「第哩巴察，人隔重洋，噶哩噶达，道通近载。」自注曰：「第哩巴察，西南徼外一大国也，曰噶哩噶达，曰披楞，曰阿咱拉，皆其所属。乾隆五十七年，廓尔喀犯藏境，求伊助兵，其部长果尔那尔复云：我国人常在广东贸易，岂助汝攻唐古忒乎？」又注云：「自布鲁克巴取道，约百日，可至噶哩噶达诸部落。」余按：此但知第哩巴察为徼外一国，尚不知其为英吉利之孟加剌也。此以噶哩噶达、披楞为二，《通志》则云：「噶哩噶达即披楞」，盖后为披楞所并也。布鲁克巴在藏地西南，本西梵部落，雍正十年归诚，南行月余，即天竺国界。

中国佛教与西域不同

释迦二大弟子：阿罗多闻，总持如来，凡所说法，撰集诸部名经，一无遗漏，此佛之教也；迦叶，独得如来法外别传心印，不立语言文字，此佛之心也。佛教广演，遍十方界，愈演愈繁，惟心印之传，有一无二。自迦叶受持衣钵，二十七传，至达摩东来，遂盛行于中国。其在天竺者，未知何似。若宗喀巴之教，行于前后藏者，则全是庄严法相，以持诵经典，不迷本性为宗，盖又阿难传经教门之变也。中国至今日，宗教俱甚寥寥，而印度之地，渐为西洋人所据，天主之教方兴，佛法不其微乎！

中国翻译佛经

朱子谓佛经本皆粗浅，自入中国，文人翻译以《庄》、《列》之旨，润色敷衍，遂益精深。余谓：梁、魏间，异域僧迭至，皆能习汉文，中国好《庄》、《列》者，先与往还讲论，深相契密；及诸僧奉诏翻译，遂以华言润色成之，大义虽是，辞句全非，如梵文或数字成汉文一字，安得截然有四字五字之偈乎？然佛法大旨，又自与《庄》、《列》不同，谓其窃取《庄》、《列》，则又不然。而佛徒展转，翻译日多，各以私意入之，不可复辨，则在所不免，不但华人一房融也。三教分立，同出一性，而旨归迥异，学人见浅见深，各尊所闻，支派相传，不无差别，卮言害道，遂有阳假其名，阴悖其实者，亦必之势也。六朝时诸僧阐说，文字繁兴，复有佛图澄、宝志辈，专以诡异之迹，震炫人主，幸达摩出而直指心源，不立文字，天台出而圆修止观，顿契佛心，然后释氏本旨大明，盖教法流传久之，不能无敝，吾儒且然，况异域之教乎！

明祖崇佛安边

古时诸佛多在天竺诸国，今之五印度是也。廓尔喀在印度之东南，后藏又在廓尔喀之北，前藏又在后藏之东，前后藏通称唐古忒。自青海以西至前后藏，皆唐时吐蕃之地。以近天竺，故皆崇信佛教。自佛入中国后，诸祖相传，高僧代出，皆有法嗣源流可考。而西域传教源流，无人问津，付之荒昧而已。元时帝师帕克思巴，大宣佛教，必有梵册纪载，可以披寻。明初征聘儒臣，纂修《元史》，成书既速，搜讨更疏，且深恶梵僧所为，痛洗膻秽，故一切削去，不复纪载。即宋潜溪所述「教门禅门各有五宗，传授分明」者，亦皆中国之佛教，非西域之佛教也。明太祖深知佛法不可以治世，崇礼儒臣，讲求二帝三王之大经大法，纲纪规模，为汉唐所不及；然勤求安边之道，知殊方异类，不可不因俗为治，故于西域蕃僧，仍崇其封号。洪武六年，置乌斯藏、朵甘二指挥司及招讨司、万户府、千户所，以元国公纳木喀斯丹拜嘉勒藏等领之。又授八思巴之后监藏巴藏卜为大国师，授乌斯藏僧答力麻八剌为灌顶国师，并赐玉印。永乐中，承太祖之制，复先后封其蕃僧为大宝法王、大乘法王、大慈法王、阐教王、阐化王、辅教王、赞善王、护教王，凡八王，并给印诰，或间岁来朝。盖终明之世，惟以其教安抚徼外，非以其教治中国，如元代诸帝受佛戒而后为天子也。

前后藏事始末

《四川通志》：唐吐蕃赞普始建牙于跋布川，其国都号逻些城，今唐古忒语逻些为剌萨。《一统志》谓：土人相传，达赖剌麻所居剌萨之地，即唐时吐蕃建牙之所，有古碑可证。以《唐书》考之，当在今前藏布达拉之地。盖其俗以剌麻立床处为布达拉，以藏王所居为诏，称国曰图伯特，又曰唐古忒。最尊者曰达赖剌麻，曰班禅额尔德尼，代剌麻理事者曰第巴。又有汗，则蒙古部长为之。蕃俗崇奉剌麻，又在蕃王之上。（莹按：赞普奉佛，朝夕首戴而礼拜之，故蕃民谓佛在王上。）本朝崇德七年，达赖剌麻遣使归诚。至顺治九年，来朝，赐以金册金印，授为「西天大善自在佛(三)领天下释教普通瓦赤喇怛喇达赖剌麻」。其后遣使贡献不绝。《通志》又云：相传有宗喀巴者，居剌萨，始兴黄帽之教，后世曰根敦佳木左，立第巴以治国事，索诺木佳木左始称达赖剌麻。又传云旦佳木左、阿旺罗卜藏佳木左。时藏之藏巴汗，威虐部下，毁弃佛教。第巴乞师于额鲁特顾实汗，击灭藏巴汗，遂留其长子达颜为汗，及孙拉藏亦为汗云。康熙三十二年，封第巴土伯特国王，赐金印。达赖剌麻示寂，第巴匿不以闻，潜与额鲁特噶尔丹通好。及召达赖剌麻、班禅呼图克图来京，第巴阻之。四十四年，达赖拉藏汗诛第巴。朝廷嘉之，赐金印，封为辅教恭顺王，遣侍郎赫寿安抚其地。又因拉藏所请，以阿王伊西为达赖剌麻。其后准噶尔策妄阿剌蒲坦兴师侵藏，害拉藏汗，焚毁寺庙，迫逐僧众。时达赖剌麻胡毕尔汉移住西宁塔儿寺。五十九年四月，特命抚远大将军十四贝子永禵、平逆将军延信，统陕西满汉兵护送达赖剌麻归布达拉庙；定西将军噶尔弼统荆州满兵、四川绿旗兵，由巴、里二塘招抚，进藏副都统伍格率江浙满兵，会云南总兵赵坤、副将郝玉麟兵，由中甸进藏。准噶尔闻风遁，藏卫酋长，分迎大兵。九月十五日，达赖剌麻升床，西藏平。雍正元年，撤西藏兵，以贝子康济鼐总理其地，仍以大臣驻藏镇之。五年，西藏噶隆阿尔布巴叛，杀康济鼐。六年，大军进剿，未至后藏，札萨克台吉颇罗鼐，率众部落入藏，擒阿尔布巴，大兵至藏，诛之。七年，以颇罗鼐为固山贝子；九年，晋多罗贝勒，理藏卫噶隆事；乾隆四年，晋多罗郡王。十二年，其子珠尔默特纳穆札尔袭封。十五年，有罪，诛。十六年，以藏地均归达赖喇嘛，其辅国公三人，一等台吉一人，噶布伦四人，皆给敕谕，戴绷五人，碟巴三人，堪布一人，均给理藩院执照，分司藏务。一切赋税献之达赖喇嘛。二年一次入贡，贡道由西宁入，互市在打箭炉。莹按：乾隆中制，西藏贡赋，僧俗官除授，皆达赖喇嘛主之，驻藏大臣督官兵镇压而已。达赖喇嘛尊贵，大臣见之，皆行参谒礼。五十七年，大学士福文襄公至藏，始奏改其制。嗣是藏中事统归驻藏大臣管理；驻藏大臣除上山瞻礼外，其督办藏事，与达赖喇嘛及班禅额尔德尼平等。噶布伦（即噶隆）以下蕃目、管事喇嘛，事无大小，均禀命大臣而行。札什伦布公事，亦令戴琫、堪布禀之驻藏大臣，事权归一。又议唐古忒兵原设五千一百六十五名，毫无纪律，请定其实额，前后藏各设蕃兵一千，定日、江孜各蕃兵五百，原设戴琫三人，请以二人驻后藏，一驻定日，添设戴琫一人，驻江孜，戴琫（即戴绷）外更设加琫十二人，甲琫二十四人，定琫一百二十人，皆由驻藏大臣会同达赖喇嘛以次检补，不得躐等。蕃兵每人岁给青稞二石五斗，岁共青稞七千五百石，在抄没庄田内拨给。戴琫六人各予庄田一区，加琫以下，俸银均于前藏商上支发。又议藏内大小蕃目缺出，立定等级，驻藏大臣会同达赖喇嘛拣放。如噶布伦办理一切事务，戴琫管理蕃兵，商上仔琫及商卓特巴总司出纳，各缺尤要，不可越升。其各大寺坐床堪布缺出，达赖喇嘛知会驻藏大臣、济咙呼图克图，公同拣择，予会印执照，派往住持。又议蕃寨租赋，有以银钱折交物件者，商上收纳不公，苦累蕃民，令商上铸造纯净银钱，用汉字、唐古忒字，于面、背分铸「乾隆宝藏」字，每纹银一两，换新铸银钱六圆、换商上旧银钱及巴勒布钱八圆，仍令驻藏大臣稽察，不得轻出重入。又议卫藏僧俗人众，往来踪迹靡常，由驻藏大臣给路票，令达赖剌麻查造大小庙剌麻名数清册，所管地方及诸呼图克图之寨落人户，一体造册，存驻藏大臣衙门及达赖剌麻处，以备稽查。其蒙古王公，遣人赴藏延请剌麻诵经，亦由驻藏大臣给照。凡剌麻私事往来，概不准擅用乌拉，亦不得私发信票；若公事差遣，须用乌拉，必禀明驻藏大臣及达赖剌麻给印票，始准应付。又议向来达赖、班禅用事亲族及呼图克图，往往听富户大族之托，给免差照票，苦乐不均，应严加查禁，免票概行缴销，不得专派穷蕃。又议达赖、班禅与外蕃通信，应告知驻藏大臣商酌；其外蕃部落差人来藏，由边界营官查报，验放进口；有呈禀达赖剌麻者，送驻藏大臣译阅，酌定谕帖遣回；噶布伦以下，不准私通。又议西藏边界，向无界址，济咙外之热索桥、聂拉木外札木地方之铁索桥及绒辖，皆设立鄂博。又议从前达赖剌麻之叔阿古拉、班禅之父巴勒丹敦珠布、达赖之弟根敦札克巴，倚势妄为，嗣后大小蕃目及管事剌麻，均不准以达赖、班禅族属挑补，俟达赖、班禅转世后，始量才录用。以上厘定章程，凡二十余条，是达赖剌麻之设，犹一外藩耳。自东北蒙古以至西蕃二万里，由此底定。设官定制，广大周详，迥非元、明两朝徒事羁縻之比。呜乎盛矣！今方从事西域，故详考而记之。（《唐书》：骠国之地，「南尽溟海，北通南诏乐些城，北距阳苴城，六千八百里。」（四）乐些，即剌萨音之转也。杜诗「和亲逻些城」即此。惟阳苴城未知今在何处，岂谓阳关耶？今嘉峪关外沙州，东行四日，相传即古之阳关，故址尚存。以道里计之，约六千八百里矣。）

宗喀巴与释迦本教不同

释迦之未成道也，历五百劫，皆苦行勤修；既成佛，入涅槃，即不肯再转法轮。将灭度时，文殊请如来再转法轮，如来曰：「咄！文殊，我说法四十九年，岂尝一转法轮耶！」此如来之本旨也。今藏中达赖剌麻，皆以转世立法，始自宗喀巴创兴黄教，西域以迄蒙古诸部，皆崇信之。其法以当住轮回，不迷本性，教化众生。然宗喀巴遗嘱二弟子，亦止令达赖转世六次，班禅转世七次而已。今则世世转生，不特达赖剌麻已十数辈，其在后藏则有班禅额尔德尼，复有第穆呼图克图、济咙呼图克图，青海则有哲布尊丹巴呼图克图（《卫藏图识》作额尔泽卜尊巴胡图克图），乍雅、察木多、类伍齐三处，亦各有呼图克图，皆以转世为教。而在京师者，则又有章嘉呼图克图，为各呼图克图之首领焉。考其名位，则达赖剌麻最尊，班禅额尔德尼次之；大呼图克图数十，而以哲布尊丹巴呼图克图为第一，章嘉呼图克图次之，济咙、第穆、察木多、乍雅、类伍齐以次序焉。蒙古、西域号呼图克图者尤众，何其多也？盖明成祖所封八王，亦即此类，乃世之人主为之，迥非释迦之教矣。自哲布尊丹巴呼图克图及诸呼图克图坐床后，多至前藏参礼达赖剌麻，或礼班禅，受大戒焉。藏中参礼受戒，必熬茶供僧众，大小招剌麻二三万，皆遍及之，如中国之放斋者。而达赖剌麻坐床，上亦遣章嘉呼图克图至藏照料熬茶，著为例。名秩尊卑，森然不紊，使殊方数万里桀骜强狠之人，知所群奉为活佛者，咸听命焉。其在《礼》曰：「五方之民，言语不通，嗜欲不同。修其教，不易其俗；齐其政，不易其宜。」其此之谓欤？

明时有号番僧世袭

明初，西番诸部族酋长沿元制，元不奉佛为僧，而有妻子世袭。洪武中，西宁番僧三剌建佛刹于碾白南川，以居其众，来朝贡马，请敕护持，赐寺额，帝从所请，赐额曰瞿昙寺。立西宁僧纲司，以三剌为都纲司，又立河州番、汉二僧纲司，并以番僧为之，纪以符契。自是其徒争建寺，帝辄锡以嘉名，赐敕护持。番僧来者日众。永乐时，诸卫僧戒行精勤者，多授剌麻禅师、灌顶国师之号，有加至大国师、西天佛子者，悉给印，许之世袭。自是以后，或由番僧而长其众，或本以酋长而得印敕封号，不可复辨矣。事详《明史》。此皆红教，所云世袭者，皆传其子不传其徒，亦非如黄教之转世也。剌麻二字，当时以为禅师名号，本不甚尊崇，至达赖剌麻，乃加达赖二字于剌麻之上，今为番僧最大之称，而众番僧仍皆名剌麻，一如称僧称和尚耳。

蕃地气候

初六日，宣太守偕竹虚启行。连日阴晴不定，时而日耀晴空，时而阴云霏雪，立夏已数日，犹重裘，气候如此。土人云：五月后始不雪，以地气寒，不宜五谷，故里塘旷地甚多，皆荒无耕者。

达赖剌麻封号

达赖剌麻前后封号不一，《四川通志》与《卫藏图识》亦异，当以《会典》为正。行笥无从订之。然西藏至今贡表称「西天大善自在佛领天下释教普通瓦赤剌怛剌达赖剌麻」（五），自系最后之封。《通志》谓：顺治年间有此封，盖未详也。《明史·乌斯藏传》：永乐三年，「封哈立麻为万行具足十万最胜圆觉妙智慧善普应佑国演教如来大宝法王西天大善自在佛领天下释教」。今达赖剌麻「西天大善自在佛」之封号，盖亦本此。然哈立麻犹袭元之帝师一派，皆红教也，其时宗喀巴之教犹未行。

吐蕃始末

唐时吐蕃之地甚大，本古氐羌也。夏周皆谓之西戎。平王东迁后，内逼诸夏，杂居陇山伊洛之间，汉武帝令居塞上，谓之西羌。《唐书》称其属百五十种，散处河湟江岷间，其酋有发羌、唐旄等，居析支水西或逻娑川，后有鹘提勃窣野者，稍并诸羌，据其地，或曰南凉秃发利鹿孤之后。隋开皇中，伦赞索居牂牁，西灭吐谷浑，尽有其地，建国，居跋布川，改姓为勃窣野，以秃发为国号，讹为吐蕃。史言吐蕃地方万余里，北抵突厥，南邻天竺，盖今之西宁甘、凉二州，为其北境；阿里、巴勒布、缅甸，为其南境，而宁夏洮州、松潘、黎雅、大小金川、大理、前后藏皆其地也。其俗谓雄强曰赞，丈(六)夫曰普，故号君长曰赞普。唐太宗时，其赞普弄赞请婚，不许。入寇松州，命将击破之。俱而退师请罪，复请婚，以宗女文成公主下嫁，弄赞亲迎于河源而归，别筑一城，立栋宇居之。高宗立，授弄赞为驸马都尉，封西海郡王。则天时，弃隶缩赞立，复请婚，中宗亦妻以所养雍王女金城公主。至吐蕃，亦别筑一城以居，睿宗时，请以河西九典为金城公主汤沐地，与之。玄宗开元二年，寇陇右，薛讷大破之。六年，请和，以舅甥署碑文。九年，以王君㚟为河西陇右大使。十年，犯北庭，节度使张嵩大破之。十五年，王君㚟击之于青海西。未几，盗杀君㚟，以萧嵩为河西节度使，御之。十七年，朔方节度使萧祎攻拔其石堡城。十八年，入贡。十九年，金城公主请《毛诗》、《礼记》、《左传》、《文选》，赐之，正字于休烈疏谏，不报。二十四年，常侍崔希逸以杀白狗为盟诎之，破于青海，复绝朝贡。二十八年，寇维州，又破之，得安戎城。二十九年，金城公主薨，来告，复请和亲，帝不许，陷石堡城。天宝五载，王忠嗣大破之于青海积石。七载，哥舒翰筑神武军应龙城，吐蕃不敢近青海。八载，攻拔其石堡城。乾元后，吐蕃乘唐乱，尽有戎境。肃宗年间，遣使请盟，郭子仪令于鸿胪寺歃血，以申蕃戎之礼。广德元年，京师失守，因降将高庭晖(七)入长安，立广武王为帝。郭子仪设疑兵，遁去。德宗建中二年，请以贺兰山为界。四年，遣官盟于清水，即今大诏前甥舅联盟碑也。兴元元年，助浑瑊破朱泚，许报以泾、灵二州，未与，劫浑瑊，陷其军，瑊仅以身免，遂大入寇。贞元中，韦皋数出兵大破之。穆宗长庆元年，复请盟，刘元鼎充会盟使，见赞普于闷惧卢川，赞普夏衙之所也，在逻娑川南百里，藏河所流，西藏之名始此。

吐蕃亦遣使随元鼎来朝。自是不复叛。黄巢后，阻绝，其国亦衰，族种分散，无复统一矣。宋时，屡世授官为大将军、节度使，或加检校太尉太保，尝助击元昊。辽时，亦入贡，有大蕃、小蕃、胡母思山蕃之别。元初，首领章古来朝，封宁濮郡王，镇西宁于河州。太祖四年，设吐蕃等处宣慰使，建元帅府，以洮、岷、黎、雅诸州隶之。世祖以其地广而险远，民犷而好斗，思有以因其俗而柔其人，乃郡县吐蕃之地，设官分职，而领之于帝师。明以其地为乌斯藏，乃吐蕃之一种，别立为国者也。吐蕃中惟乌斯藏专以释道教化，颇柔顺易服，地多僧，无城郭，自元明迄今，皆因俗为治。今自打箭炉外，以至阿里西境，五千余里，无处非僧，不独前后藏矣。

唐使至吐蕃道里

杜佑《通典》云：吐蕃地直京西八千里，距鄯善五百里，其赞普居跋布川或逻娑川。《地理志》：天威军初曰振武军，又西二十里，至赤岭，其西吐蕃，有开元中分界碑。自振武经尉迟山苦拔海王孝杰米栅，九十里，至莫离驿。又经公主佛堂大非川，二百八十里，至那绿驿，吐蕃界也。又经暖泉烈谟海，四百四十里，渡黄河。又四百七十里，至众龙驿。又渡西月河，二百一十里，至多弥国西界。又经犛牛河渡藤桥，百里，至列驿。又经食堂吐蕃村截支桥，两石南北相当。又经截支川，四百四十里，至逻娑驿。乃渡大月河罗桥，经潭池鱼池，五百二十里，至悉诺罗驿。又经乞量宁水桥。又经大速水桥，三百二十里，至鹘奔驿，唐使入蕃，公主每使人迎劳于此。又经鹘奔峡，十余里，两山相崟，上有小桥三瀑，水注如泻缶，其下如烟雾；百里，至野马驿。经吐蕃垦田，又经东桥汤，四百里，至阁川驿。又经恕谌海，一百三十里，至蛤不烂驿；旁有三罗骨山，积雪不消。又六十里，至突录济驿；唐使至，赞普每遣使慰劳于此。又经柳谷莽布支庄，有温汤，涌高二丈，气如烟云，可以熟米。又经汤罗叶遗山及赞普祭神所，二百五十里，至农歌驿；逻些在东南，距农歌二百里；唐使至吐蕃，宰相每遣使迎候于此。又经盐池暖泉江布灵河，一百十里，渡姜济河，经吐蕃垦田，二百六十里，至卒歌驿。乃渡藏河，经佛堂，一百八十里，至勃合驿鸿胪馆，至赞普牙帐。其西南跋布海。今《一统志》云：古吐蕃国，即今卫地，土人相传，达赖刺麻所居刺萨之地，即唐时吐蕃建牙之所，且有古碑可证。以《唐书》考之，亦当在此。莹按：《通典》所云唐使至吐蕃驿道，盖由陕出口西行之路也，姑记此以存古迹云尔。

诸路进藏道里(二条)

王我师《藏炉总记》：西藏天文星次，井鬼分野，古号乌斯藏，唐吐蕃地。其纵横连属者，南界云南怒江，北界西宁河源，西极后藏业尔钦之沙漠，东直达于打箭炉，以近界而论，东止于宁静山界，朗著特收其租赋，各有刺麻专管，实断自洛隆宗为分限也。观其风土。天气严寒，地气瘠薄，千山雪压，六月霜飞，石多田少，五谷难成，间有粟黍豆菽之产者，仅藏地巴塘弹丸区耳。部落万里，惟藉青稞一种为面，名糌粑，及牛羊酥酪，以供朝夕。第糌粑性热，酥酪滑腻，非茶无以全其躯命，故茶商聚于打箭炉，蕃众往来交易，遂为通衢也。自康熙五十八年，安设塘站，以炉为始，而里塘、巴塘、乍雅、昌都、洛隆宗、说板多、拉里，以抵前藏，官兵塘汛地，计八十七站。若炉城右出，自霍尔之甘孜、垒尔格至纳夺，抵昌都，尽属草地。（莹按：《卫藏图识》：打箭炉五十里，至折多山；五十里，至提茹，分路。七十里，至竹卡；四十里，郎岩堡；四十里，八桑岩；五十里上八义，分路。六十里，噶达；五十里，汛马塘；三十里，雀雅；五十里，过山至剌地塘；六十里，孜隆；七十里，甲撒楮卡；五十里，吉如楮卡；三十里，过小山至霍耳章谷；五十里，下山至江滨塘；五十里，竹窝；三十五里，过山至勒恭松多；二十里，过普王隆至甘孜；三十里，过河至白利；五十里，隆坝揆；四十里，阿甲拉洛；六十里，益隆；四十里，至迭格界，即德尔格忒，又名七登；六十里，罗登；六十里，吉马塘；五十里，林葱；六十里，楮泥拉沱；五十里，春耕西河；四十里，上山至班的楮卡；三十里，下山至巴戎；六十里，甲界；七十里，羌党；六十里，草拉；三十里，草里工；三十里，过漫山至峡隆塔；五十里，哈甲；三十里，哈甲峡口；三十里，冲撒得；六十里，过山至察木多。皆与王《记》合，惟纳夺未详。）再由恩达至类五齐，过江达桥，由桐顶（八）至墨竹工卡，亦进藏之大道也，（莹按《卫藏图识》：察木多四十里，俄洛桥，分路。六十里杓多；四十里，康平多；五十里，类乌齐；五十里，达塘；八十里，架喇族；一百里，江青松多；八十里，三冈松多；八十里，过小山四座至塞耳松多；六十里，拉咱；五十里，吉乐塘；七十里，察隆松多，即春奔色擦；七十里，党桥；五十里，拉贡洞；六十里，汪族；八十里，吉树边卡；五十里，大偏关；八十里，噶咱塘；七十里，葛现多；七十里，拉里堡，从右进山沟；六十里，至拉里界；七十里，过山至吉克卡；七十里，沙加勒；七十里，吉华郎；七十里，哈噶错卡；六十里，胖树；六十里，仲纳三巴；六十里，纳定同古；七十里，墨竹工卡。合进藏大路。）西宁进藏之路，由青海玻里、白燕哈利，左折入郎嵯玉树，过河，由毕利当阿，至宁塘南成，可抵察木多。（莹按：《卫藏图识》：西宁出口一百六十里，至阿什汉；七十里，哈尔噶儿；六十里，伙儿；七十里，柴吉口；六十里，苦苦兔儿；六十里，滚厄尔吉；五十里，依麻儿；六十里，朔罗口；五十里，朔罗达巴；六十里，希拉哈布；七十里，得伦脑儿；五十里，苦苦库兔图儿；六十里，阿拉克沙儿；六十里，必流兔；六十里，河牙库兔儿；七十里，黄河渡；六十里，纳木噶；六十里，和多都；五十里，气儿撒托洛流；六十里，和牙拉库兔儿查都；七十里，白兔七儿；六十里，刺麻托洛海；五十里，巴彦哈拉那都；六十里，沙石隆；五十里，衣克阿立各；七十里，鄂兰厄尔吉；六十里，苦苦赛渡；六十里，木鲁乌素；五十里，查汉厄尔吉；六十里，忒们苦住；七十里，白兔七儿；五十里，土呼鲁托洛海；六十里，东布勒兔口；六十里，东布勒兔达巴那都；五十里，东布勒兔达巴查都；六十里，乎兰果儿；五十里，得尔哈达；六十里，顺达；五十里，多洛巴兔儿，系甘肃四川交界处，大兵进藏甘省，安设台站，应付止此。五十五里，哈拉河洛；四十五里，阿木达河；四十五里，因达木；四十五里，吉利布喇克；七十五里，依克诺木汉乌巴什；五十五里，索克东边；七十里，巴木汉；五十五里，泡河老；七十里，沙克因果尔；四十五里，蒙咱；四十五里，蒙古西里克；七十里，绰诺果尔；九十里，楚水拉；五十五里，郭隆；五十五里，哈拉乌苏；七十里，噶欠；七十里，什保诺尔；七十里，克屯西里克；九十里，达木；七十里，羊拉；七十里，夹藏坝；四十五里，达隆；

五十里，沙拉；七十里，甘定郡科尔；九十里，都们；五十五里，郎拉；四十五里，至前藏。《图志》详载西宁进藏之路如此，与王《记》异，似另有一路也。王《记》在雍正年间，《图志》乃乾隆末年之书，似中有改易也。）若由白燕哈利过拉布其图河、木鲁乌苏河，尽属黑帐房草地，至党木热贡八个塔羊八景抵藏。（莹按：此路未详，当于《会典》、《一统志》、《皇朝文献通考》查之。）再考松潘自黄胜关出口，由郭罗克阿树杂竹卡至竹浪过河，亦会琐里麻，与西宁路同。（莹按：《卫藏图识》：黄胜关六十里，至两河口分路。八十里，出皂；七十里，甲望麻望，即甲凹；五十里，杀鹿堂，即撒路；六十里，八吗；六十里，江地克里麻，即勒凹；八十里，龙溪头；七十里，吾浪莽；八十里，宗喀尔；七十里，插汉托灰；七十里，杀那吾旧；六十里，七气哈赖；七十里，过大雪山至安定达坝；七十里，途龙兔老；七十里，塔奔托洛海；六十里，丹仲营；六十里，下牒伦顿；八十里，中牒伦顿；八十里，过大雪山至上牒伦顿；七十里，吾浪牒伦。自吾浪牒伦分四站，每站六十里，至古尔分索罗木，即黄河，合西宁进藏大路。与王《记》又异。）云南进藏者，由塔城关过溜通江，逾大小雪山，直至察木多。至于后藏之辽阔，由札什伦布，过阿里白布布鲁克巴，即与生番喇丹接准噶尔界，再过初布寺刚吉拉，逾荒渺矣，（莹按：王《记》于后藏以外，茫然不能详，盖《记》作于雍正年间，疆理尚未定也。《卫藏图识》自后藏至聂拉木路程曰：札什伦布至乃党尖拉尔宿，计程九十里；耜尖乃安宿，计一百里；热龙尖札什冈宿，计一百十里；半达尖彭错岭宿，计九十五里；乍喜宋尖札塘宿，计一百里；沙巴都尖纳子宿，计一百里；白佳纪冈尖杂务宿，计九十五里；山根尖甲错白宿，计一百十里；油共有尖拉古笼古宿，计一百里；罗罗尖胁噶尔宿，计一百五里；由胁噶尔八十里，至灭猛；九十里，第哩郎古；九十里，弥木耳；一百二十里，擦木达；九十里，下马卡；一百二十里，噶叭角尔杆；八十里，硕马拉杜；一百二十里，重噶尔；九十里，宗喀，由宗咯绕道，九十里，至吗尔；一百二十里，滚达；八十里，卓党；一百十五里，竹塘；八十里，济咙。由济咙绕道八十六里，至俄龙；一百二十里，索绒；七十五里，札林多；八十五里，绒辖；一百一十五里，聂拉木，后藏至此，共二千八百五十一里。）汇考山经，不能琐记；细别河流，亦难穷源，惟取其要隘之区、桥梁之险者，以定控扼之防，则昌都两河环绕，双桥高架，实西藏之门户。（莹按：昌都即察木多二水名，其河南有云南桥，北河有四川桥，乃滇、蜀二省入藏要路。）嘉玉一桥，最为紧要。（莹按：嘉玉又作嘉储，蕃名三坝桥。《卫藏图志》（九）：由昌都西行四百余里，至麻利；过山，三十里，至嘉裕桥，两山环抱，一水中流。《通志》云：洛隆宗所辖也。）若拉里玉树，系其咽喉，工布长江，堪为保（十）障。（莹按：拉里在达隆宗西北，东距察木多一千五百里，至西藏一千十里，时气严寒，山势陡险，诚咽喉也。玉树即朗嗟玉树，在察木多东北，距藏甚远，何以谓之咽喉？工布在拉里西南，为准噶尔入藏要道，昔准夷侵占西藏，工布人坚御之，敌不能入。又有江达，亦在拉里西南三百余里，入藏孔道也。《卫藏图识》谓其凭山依谷，形势险要，《通志》云：江达在拉里西南，其三星桥，甲桑桥二水会合之地，乃东西要津，而所辖之章谷并鄂说与叠工接壤，又北通西海之要隘也。《旧通志》云：江达楮卡河，一自瓦子山发源，经东阁寺宁多至江达，一自禄马岭发源，经顺达刊木至江达，两水合流至工布、江达，会于藏河。据此，是王《记》所云长江，当作长河。）

再则类五齐适姜党之桥，与唐家姑苏之铁索桥，皆须设防者。（莹按：姜党桥见前。《卫藏图识》：自察木多由类乌齐草地进藏一路，在察隆松多西七十里。《通志》无姜党桥，有搭章桥，在类五齐北，与说额地为通西海门户。唐家姑苏之铁索桥，未详。检《通志》，西藏铁索桥有五：一曰蓬多铁索桥，《一统志》：在蓬多城西达穆河旁；二曰鲁衣铁索桥，《一统志》：在达克卜吉尼城南三十里，雅鲁藏布江岸；三曰鄂纳铁索桥，《一统志》：在墨尔恭噶城北二十里，噶尔招木伦江岸；四曰楚乌里铁索桥，《一统志》：在楚舒尔城西南十四里，雅鲁藏布江岸；五曰铁索桥，《水道提纲》：雅鲁藏布江经拜的城北岸北山数十里，受西北来一小水，又东北过铁索桥而至东南，《通志》谓此铁索桥在今前藏西南二百六十里曲水塘南，雅鲁藏布江穿流其下，藏卫往来之要津也。又乾隆五十七年，大学士福公奏于济咙外之热索桥、聂拉木外札木地方之铁索桥、绒辖，均设立鄂博，无所谓唐家姑苏之铁索桥者。惟《唐书·南蛮传》：贞元五年，南诏异牟寻，大破土蕃于神川，遂断铁索桥，溺死以万计。《一统志》：金沙江古名丽水，一名神川，一名犁牛河，今蕃名木鲁乌苏。王《记》所云唐家姑苏之铁索桥，岂即指此耶？以乌苏为姑苏，或传写之讹耶？）右雍正间，王我师所记炉、藏道里形势，余备录而考订之。王以雍正四年，从副都统鄂齐、内阁学士班第、四川提督周瑛，勘定川、滇、西藏疆界，故能略举之如此。是时准夷未灭，后藏亦未全通。及乾隆中，藏地大定，《卫藏图识》乃出，其道路程站，皆据乾隆五十三年军需档案，固宜其详而有征也。嗟乎！中国舆地，历代文人学士多详考之，本朝一统无外，殊方异域，皆我版图，况今夷务纷纭，岂可不于此加之意乎？

西藏疆理（二条）

和太庵《西藏赋》自注云：前藏西北俱系草地，有克哩大山、纳克产隘口，北通哈真得卜（十一）特尔，其东接玉树界，又由羊八井至桑托罗海，越红塔尔山，过拉纳根山，即腾格哩喏尔，蒙古语天池也，乃达木蒙古游牧之处。又由吉札布至僧格物角隘口，东北至噶勒藏骨坌阿勒坦诺尔一带，皆塔斯头，难行，经沙雅尔小回城，过木苏尔达巴罕，通准噶尔境，又由后藏西北阿哩城，交拉达克罕库努特外蕃界，可通和阗及叶尔羌新疆，其路有半月无水草。

《会典》理藩院所掌西藏疆理：西藏达赖刺麻所居曰布达拉，是为前藏；班禅额尔德尼所居曰札什伦布，在布达拉西南，包于前藏境内，是为后藏。前藏东与四川边外土司接界，东北与西宁大臣所属土司接界，北与卓书特部落接界，西北逾戈壁，与和阗、叶尔羌接界，西与拉达汗部落接界，西南与廓尔喀接界，南与哲孟雄部落接界，东南与云南维西厅接界。其余各刺麻皆属于达赖刺麻，东起乍雅达呼图克图，与四川边外土司接界，其西为察木多帕克巴拉呼图克图，又西为硕般多刺麻，又西为类乌齐呼图克图。硕般多、类乌齐之北，皆与西藏大臣所属土司接界。硕般多之南为八所刺麻，又南为工布硕卡刺麻。类乌齐之西为墨竹宫刺麻，又西为噶勒丹刺麻；类乌齐之西北为赞垫刺麻，介居西藏大臣所属土司各族之间。其西为呼征刺麻，噶勒丹之西为色拉刺麻，西与布达拉接界；噶丹之南为琼科尔结刺麻。琼科尔结之西为文札卡刺麻，又西为松热岭刺麻，又西为邦仁曲第剌麻，又西为乃东剌麻；北与布达拉接界，乃东之西为琼结剌麻。布达拉之西北为布勒绷剌麻，西北为羊八井剌麻。羊八井之西为朗岭剌麻，西与札什伦布接界。朗岭之南为仁本剌麻，其西南为江孜剌麻，又西南为冈坚剌麻。冈坚之西为协噶尔剌麻。协噶尔之西为聂拉木剌麻。朗岭之西逾后藏为撒噶剌麻，又西为杂仁剌麻。

众呼图克图

《会典》：理藩院所掌事例；驻京呼图克图曾加国师禅师封号者，左翼头班章嘉呼图克图，二班敏珠尔呼图克图，右翼头班噶勒丹锡呼图克图，二班济隆呼图克图，皆列于雍和宫总堪布之上；其余有洞科尔呼图克图，果蟒呼图克图，那木喀呼图克图，鄂萨尔呼图克图，阿嘉呼图克图，剌果呼图克图，贡唐呼图克图，土观呼图克图；多伦诺尔有锡库尔锡呼图诺颜绰尔济，皆出呼毕勒罕，入于院册。余按：此皆京师热河内地之大剌麻也。其西藏及蒙古各部落游牧剌麻，据《会典》云：前藏曰达赖剌麻，后藏曰班禅额尔德尼。其外有：第穆呼图克图，噶剌木巴呼图克图，色木巴呼图克图，布鲁克巴呼图克图，嘉拉萨赖呼图克图，鄂朗济永呼图克图，朋多江达笼庙之呼图克图，摩珠巩之志巩呼图克图，贡噶尔之嘉克桑呼图克图，奈囊保呼图克图，朗呼仔之萨木党多尔济奈觉尔女呼图克图，觉尔隆阿里呼图克图，楚尔普嘉尔察普呼图克图，多尔吉雅灵沁呼图克图，伦色之觉尔泽呼图克图，协布隆呼图克图，摩珠巩之志巩小呼图克图，达拉冈布呼图克图，凡十八人，及沙布隆十二人，皆出呼毕勒罕，入于院册。又云：康熙三十年，喀尔喀哲布尊丹巴呼图克图，率领喀尔喀七旗，于多伦诺尔地方朝觐。三十二年，封为大刺麻，于喀尔喀地方立为库伦，广演黄教。雍正元年，照班禅、达赖剌麻之例给封号，赐金印敕书，授为启法哲布尊丹巴剌麻，是哲布尊丹巴呼图克图其尊与班禅、达赖等，非诸呼图克图比。余前言呼图克图之名未详，今据《会典》详之。

校记

(一)手稿本「奏」字下有「章」字。

(二)《庄子集解》(清宣统刊本，下同)《内篇·齐物论》原文为：「六合之外，圣人存而不论，六合之内，圣人而论不议。」

(三)「佛」字下应有「所」字(据三联书店版《西藏地方历史资料选辑》)，手稿本原有「所」字，被墨笔点去。

(四)《旧唐书》(中华书局版)原文：「南尽溟海，北通南诏些乐城界，东北距阳苴咩城六千八百里。」

(五)见校记(三)。

(六)道光本误刊为「大」，今据各本改正。

(七)道光本为「晖」，今据各本及《唐书》改正。

(八)各本均误作「项」，今据手稿本改正。

(九)《笔记小说大观》本「志」作「识」。

(十)各本「保」均作「堡」，今据手稿本改正。

(十一)各本皆误作「十」，今据稿本改正。

《康輶纪行》卷四

蕃人礼佛

初八日，浴佛之辰，里塘诸寺集众僧诵经，蕃民男女皆礼佛，一如内地，惟寺僧自然酥油灯，烧旃檀香。蕃人礼佛者不持香，手执牛角，遥望见寺，每行一步，画地膜拜，遍络其寺，而后入门顶礼。余自打箭炉至是，所过刺麻寺多矣，僧既秽浊，其诵经喃喃，皆在喉间，并无音节，亦无钟磬，惟钲鼓喧振，杂以铃钹而已。闻巴塘与藏中有梵音，略如内地。得一绝云：「闻道西来寻梵呗，喃喃不辨鼓还钲。经过三百八十寺，何处一闻清磬声？」

刺麻寺楼诗（二条）

是日将晚，乌云甚浓，阵雨斜飞，忽东西青虹长亘，顷刻晴空，霁色山光，即景欣然成一绝云：「小楼终日对蛮山，积雪时消草尚斑。向晚乌云浑欲雨，晴虹忽堕枕窗间。」

与丁成之别驾，寓里塘小刺麻寺楼上二十余日，督乍雅那们汉西行。室裁方丈，一窗如窦，两人对榻坐卧，户外晨夕炊烟，作马牛粪味。散步无所，兀兀自嘲，口占示别驾调之云：「丈室经旬似系囚，炊烟粪味几时休？无端却忆文丞相，燕市三年一小楼。」又代答云：「生非博望使河源，岂问祇陀孤独园。丈室自开狮子座，文殊摩诘两无言。」

蕃僧服败红衣

佛经言律部沙门比邱，服坏色衣及粪扫(一)衣，即今之缁衣也，升座乃衣僧伽黎，即今之红袈裟也。余自打箭炉以西所见刺麻服色，无不败红者，黄教惟帽作黄色耳，红教刺麻则帽色亦红，从未见有缁衣之刺麻，何耶？近日中国僧衣常服，亦分宗、教、律三种，律门缁衣，宗门淡黄色衣，教门棕色衣，以此为别。惟升座及礼佛，则均红袈裟，犹古制欤？

梦诗

十二日，土司馈牛肉一蹄，饮酒未半瓯，陶然竟睡，梦得一律云：「世事纷纷各有胎，八还物我不须猜。纵成木养形先槁，惯作鸡栖心未灰。泛海黑风时自警，攫金白昼亦堪哀。青天亘古无中外，倦马临歧首重回。」

甚矣，祸福之念，中人深也！西蕃崇信剌麻，非以其教之善，谓其能祸福人耳。乍雅呼图克图住里塘数年，蕃人见之，数十步外即五体投地，匍匐蛇行而前，倘呼图克图手摩其顶，则大喜，以为佛降福也。或病有忧者得之，则以为消灾减病矣，或不验，亦惟自咎罪孽深重而已。尤可怜者，谓呼图克图修行数世，元阳不泄，并其溲溺，亦宝重之，日得其一滴服之，可以延年治病。蕃僧皆楼居，男妇有持器终夜守其下以待者。蕃僧亦自珍贵，以瓶盛贮而蜡封其口，非虔诚备礼求之，不轻予。嗟乎！吾人闻此，未有不笑其愚者。岂知献媚权门，屈身昏夜，得其咳唾，以为珠玉者，亦何异于是哉！

蕃人信呼图克图余溺

读《卫藏图识》诗

十四日，阴晦，霏霰竟日，读《卫藏图识》，漫题云：「细雪霏霏晚未阑，重裘四月觉深寒。携来《图识》多惊异，薄酒灯前拥被看。」

颜制军西藏诗

乾隆中，西藏平定，当时诸公纪事陈风之作甚众，艳传者，如驻藏大臣和泰庵之《西藏赋》及颜惺甫尚书之《卫藏诗》，皆采入《通志》。颜诗八十韵，今摘其三十二韵云：「直北噶丹界，迤南阳布连。西洋为后户，丽水即前川。中拓数圻地，三危别有天。碉房冲月窟，毳幕走云軿。酥酪手相接，氆氇夜自联。豲羝妖祀炽，咒诅土风沿。雪海无方涨，冰天不肯旋。飞桥摇铁索，危渡箯皮船。梯度阻蕃马，绳行抛竹筏。层层逾岭坂，蔼蔼见原田。细碎成村落，纵横展陌阡。麰苗秋隐隐，跋布水溅溅。大小招相别，黄红教各诠。浑无生死法，但有去来缘。般若凌霄峻，浮图射日圆。雷声轰鼓钹，井字列街廛。乞食沙瓶钵，搜山鹿野畋。牛羊纷牧放，茶茗细熬煎。蛮妓经营巧，賨婆织纴便。花裙宁窕窈，赭面亦婵娟。不信清笳队，都教彩线缠。瓢笙芦管乐，乌鬼鸽王延。辛布当胸挂，重环缀耳穿。多情聚麀鹿，奇葬付雕鸢。引袂杂男女，踏歌非醉颠。有时槎碧厨，随意拣红棉。犬或猘头恶，鸡胡象鼻卷。纸光裁贝叶，香烬热龙涎。闰日飞尧典，瞻星失斗躔。地原章步外，人在阆风巅。剥落唐碑卧，婆娑古柳眠。去华真绝远，殊俗若为湔。」颇尽西藏风俗。

马若虚诗

《通志》载马若虚《西藏杂诗四首》，颇具风格，今录之于此：「余本落拓子，浪游川西东。曾磨盾鼻书，卅载三从戎。饱饫五侯鲭，秃颖居囊中。有时草飞布，下马笔如风。迩来藏直弦，三语将毋同。老成渐徂谢，噩梦醒槐宫。来此毡毳乡，习静证六空。回首望蜀道，羌首如飘蓬。（其一）人生日营营，苦为利名逐。袴褶骑塞马，迢递向荒服。如何典春衣，斗酒醉平陆。朝携田间侣，暮向茅檐宿。俯仰庭下松，磥砢多节目。长啸视浮云，无心手翻覆。不求姓名传，亦免污青竹。（其二）暮春风日佳，四山啼蜀魄。忆我浣花溪，柳棉已飞白。时游丞相祠，手摹青铜柏。于今落蛮峤，谁与数晨夕。渴羌难用武，樽酒比琼液。但闻风怒号，势欲卷磐石。闭户送青春，孤负远游客。（其三）灵芝不为瑞，鸑鸟不为灾。鹏翼振九万，藩鹦依蒿莱。穷达由天赋，卫霍生舆台。梦游华胥境，烂醉康衢杯。熙熙乐无涯，醒独支其颐。足迹如大章，恨未穷九垓。野马不受羁，天真返童孩。无端作呓语，释闷非程材。（其四）。」

西域乌鸦

西地乌鸦，大如肥鹅，声若鸺鹠，不巢树而栖人楼屋上，甚可憎，为诗云：「跬步岑楼不出门，密云小霰易黄昏。生憎窗外乌声恶，莫作长沙鵩鸟魂。」

古三危

十五日，晓起阴寒，屋上存霜如雪，旋消去。午后，复小霰半刻。

舜「窜三苗于三危」〔一〕乾隆中始考定其地为康卫藏，在蜀徼之西，滇徼之南，察木多及前后藏，正其地也。余按：《禹贡》「三危既宅」，正义引郑氏注曰：《河图》及《地记书》云：「三危在鸟鼠之西，南当岷山，则在积石之西南。」今舆图甘肃巩昌之渭源县北，有鸟鼠山，以为渭水之源所出是也。然余行履巴里二塘以西及察木多一带，鸟鼠多同穴处，不独巩昌，则三危之为卫藏，似矣。但数千里皆山，不知何者为三危耳。又疑黔、滇、湖南，皆古三苗地，谓之三苗，必有三种，旧说以为兄弟三人，始窜一处，后不悛恶，乃更分析为三而处之。则三危之为一山与否，未可定也。《后汉·西羌传》云：「西羌之本，出自三苗，姜姓之别也。其国近南岳。及舜流四凶，徙之三危，河关之西南羌地是也。」章怀注：「三危，山，在今沙州敦煌县东南，山有三峰，故曰三危也。」「河关县，属金城郡。已上并《续汉书》文。」据此，是古说皆以三危在西，而章怀所指在敦煌县东南者，更明。《传》此文下云：「滨于赐支，至乎河首，绵地千里。赐支者，《禹贡》所谓析支者也。南接蜀汉徼外蛮夷。」此文尤明白。则三危地在今四川西北，甘肃徼外正西，盖青海土尔扈特游牧之间，上距敦煌，适在东南，其西即鄂敦他拉海，所谓河源者也。古说三危山当在此处。诸书皆合。今察木多、札雅、巴塘、里塘，皆在敦煌之东南，上距敦煌已二千余里，与《后汉书》「滨于赐支，至乎河首」者显异，康卫之说果信乎？余谓以诸书考三危，不若以《禹贡》考三危也。《禹贡》三危在黑水之西南导川，文云：「导黑水至于三危，入于南海。」今中国江、淮、河、济，皆入东海，其在占城交趾以南，始为南海，中国所不见也，黑水入之，其不在中国可知。既云「黑水西河惟雍州」，又云「华阳黑水惟梁州」，二州皆以黑水为界，西河即河之西也，华阳即华山之南也。梁州北界既止于华山，其南界何止乎？纪之以黑水，则黑水为梁州南界可知矣。河水发源于中国之西，故谓之西河。雍州界起西河者，雍州之东界也，其西界何止乎？纪之以黑水，则黑水为雍州西界可知矣。今陕西、甘肃，乃《禹贡》雍州之域，四川、云南，乃《禹贡》梁州之域，华山为二州内界之分，是黑水为二州徼外之界，又可知矣。求黑水者，不惟当于徼外，且当于雍之极西，梁之极南，水色黑而入南海者求之乃确。明张机、黄贞元，皆以滇徼外由缅甸入南海之大金沙江当《禹贡》黑水，《一统志》以其水远在西南荒徼外，去雍、梁二州之境甚远非之，而以潞江之上流喀喇乌苏当《禹贡》黑水，是矣。黑水既定，然后可得三危。

黑水（三条）

《一统志》云：「雅鲁藏布江源出藏之西界卓书特部落西北三百四十余里，达本（三）楚克喀尔公喀尔城东北，喀尔招木伦江自北来会，合流为一，复东南流，一千二百余里，经卫之南界，过罗喀布占国，转西南流，入厄纳特克国，会诸水，注于南海。此水源流甚广(四)，不入中国。按《唐书》吐蕃赞普居跋布川或逻娑川。《地理志》跋布川在逻娑川西南，渡藏河乃至其地，疑此即跋布川也。滇人渭之大金沙江。张机、黄贞元谓此真《禹贡》之黑水。张机曰：大金沙江发源昆仑山西北吐蕃地，即《禹贡》黑水也。虽与云南小金沙江及澜沧、潞江皆发源吐蕃，然大金沙江之源，较三江最荒远，且其源于三江源邈不相近，其下流亦十倍小金沙江及澜、潞三江之水。《禹贡》「华阳黑水惟梁州」、「黑水西河惟雍州」。周文安《辨疑录》云：《甘州志》甘州之西十里有黑水，流入居延海，肃州之西北有黑水，东流遐远，莫穷(五)所之。是其源入雍州之西，流入梁州之西南也。《云南志》金沙江出西蕃，流至缅甸，其广五里，径趋南海，得非黑水源出张掖、流入南海者乎？黄贞元曰：大金沙、澜、潞三水，虽皆入南海，大小远近迥不同，澜仅潞四分之一，大金沙十倍澜、潞，澜、潞所出，地名鹿石山，在雍望，俱可穷源，上源亦狭，大金沙上源，相传近大宛国，自里麻茶山至孟养极北，不闻有所往，号赤发野人境，峭壁不可梯绳，弱水不任舟筏，土人惟遥见川外隐隐有人马形，殆似西羌之域也。今姑略其源，惟自经流支流人海可见者言之。水流至孟养陆阻地，有二大水自西北来，一名大居江，或云大库(六)江，一名槟榔江，二水至此合流，又名大盈江，今腾越人总甸内诸水，亦曰大盈江，殆窃侈其名也，江流至此，夷人方名为金沙江。江中产绿玉、黄金、子、金精石、黑玉、水晶，间出白玉，滨江山下出琥珀。滇人相传，名大金沙江，若以别丽水北胜武定马湖之小金沙江耳。自此南流，经官(七)猛莫瞰莫即至猛掌，有一江自西来，入大金沙江，又南下昔朴怕蚱猛莫猛，外经蛮莫，有一江，源自腾越大盈，经镇夷南甸千崖，受展西茶山古涌诸水，伏流南牙山麓，出经蛮莫，入大金沙江。江又经蛮法勒、孟拱、遮鳖营(八)屯、大莒蒲山峡、小莒蒲山峡、课马、孟养、怕奔山峡、户董、鬼哭山、戛撒，昔年缅人攻孟养，以船运饷，到戛撒，为孟养所败者，此江也。正统中，蒋雄率兵追思机发，为缅人所压，杀于江中，亦此江也。大约江自蛮莫以上，山耸水阻(九)。正统中，郭登自章贡顺流，不十日至缅甸者，亦此江也。下流经温板，有一江，源自腾越龙川江，经界尾高黎、共山、陇川、猛乃猛密所部莫勒江，至太公城、江头城，入于金沙江，下流又经猛吉、准古、温板，又名温板江，又名流沙河，皆金沙江也。猛戛马达剌至江头江中有大山，极秀耸，山有大寺。又有一江源，自猛辨洗戛母南来入大金沙江，又经止即龙、大马革、底马、撒跻马入南海。其江自蛮莫以下，地势平衍，阔可十五余里，旧云五里者，非也。经南江益宽，流益缓。缅人善舟，如涉平地。至是，江海之水，潴为一色矣。」按以上张、黄二说，所指大金沙江，其上流即今雅鲁藏布江也。此水虽大，但远在西南荒徼外。去《禹贡》雍、梁二州之境甚远，谓为黑水，其说难信。

《一统志》又云：「潞江在罗隆宗城东北六十里，蒙古名喀喇乌苏，蕃名鄂尔宜楚（莹按：罗隆宗，一作洛隆宗，在巴塘西北八百五十里，类伍齐西南，为炉城、西宁入藏要道），其源出卫之剌萨北二百八十里，有泽布喀，广四百五十余里，其水西北流百余里，入厄尔几根池，池广一百三十余里，又东北流五十余里，入衣达池（衣一作集），池广一百余里，从此池转东南流一百五十余里，入喀喇池，池广一百二十余里，从南流出，名喀喇乌苏，稍东北流四百五十余里，至索克宗城南，百余里，出卫境，入喀木境，名鄂尔宜楚，转东南二百余里，又稍东，过罗隆宗城北，流三百余里，折南流八百余里，经米喇隆地（十），又二百余里，入怒夷界，名怒江；自怒夷界南流三百余里，入云南丽江府界，名潞江；经野人界，又南经永昌府及潞江安抚司境，流至缅甸入南海。」按旧舆图：西蕃之西，大流沙之南，涌出一泽，名嘉湖，即喀喇池也，蒙古名黑为喀喇，水为乌苏。（明《一统志》：潞江旧名怒江，源出雍望，蒙古封为四渎之一。）此水大于澜沧叶榆，而色深黑，故名。其上源出于卫地之布哈大泽，渊澄黝墨，又多伏流，以此为《禹贡》之黑水，则名称犹旧，较之指澜沧叶榆为黑水者，犹为略有依据也。

莹按：潞江自源至流，四千余里，水非小矣，自卫之喇萨，北行一千一百余里，其地接西宁、甘肃外境，即《禹贡》雍州也，自北南流，复入卫境，一千五百余里，入云南，经丽江、永昌二府，至缅甸，入南海，中经喀木。云南，古之梁州也。然则此水曲折经行于雍、梁二州徼外，来往三危，而入南海，脉络分明，与《禹贡》悉合，且喇喀乌苏之名，正为黑水，不惟此水源流具备，并可考见大禹时雍、梁二州疆域之广，以经释经，是三危确在黑水之南，黑水由此入南海，非喀木与卫而何耶？

甘肃黑水非《禹贡》黑水

张氏以大金沙江为黑水，固与黄氏同误，而援《辨疑录》以甘肃二州之黑水为《禹贡》之黑水，又牵合大金沙江而一之，谓即大金沙江之源，尤误。按今《一统舆图》，甘州西有黑水河，北流七十余里，入山丹河。又北数里有沙河，自西南之祁连山二百余里来会；北过高台县，有摆通河来会；北出长城六十余里，名额济纳河，又北流七十余里，有滔赖河，自肃州之南，亦出祁连山，北流四百余里来会；稍东北流四十余里，名坤都伦河，又分为二支河，入居延海。是此河之干流，本山丹河也，黑水乃一小支，河长仅数十里耳。即山丹河自祁连山至居延海，亦不过数百里，何足当雍州分界之识域乎？况山丹河及黑水皆北流入居延海，与《禹贡》「至三危入南海」之文显异，得非古今水道变迁之故乎？莹按《公羊疏》引郑康成注《禹贡》「华阳黑水惟梁州」曰：梁州界自华山之南，至于黑水也。观此，则黑水又在华山之南。若以云南徼外之喀喇乌苏当之，其说亦合。总之，《禹贡》明言「华阳黑水惟梁州」，又云「黑水西河惟雍州」，二州一南一西，相去数千里，皆以黑水纪其疆域，则水之大可知。导川之黑水，明言「至于三危，入于南海」，则三危去南海当近，而叙三危既宅于雍州之域，则三危又不得在梁州，此古注所以云「三危在鸟鼠之南」也。然则黑水亘雍、梁二州，当时导黑水由三危西去，使入南海，其时水道必有可入之理，古今数千年，水道变更多矣，不得以后世水道疑之也。诸说纷纷，存之备考可耳。

《禹贡》黑水有三

《地理今释》按：「黑水之辨，诸家纷如。今考地图，《禹贡》之黑水有三，正不必强合。《水经注》所谓黑水出张掖鸡山（今甘州）至于敦煌（今废沙州），此雍州之黑水也。《汉书·地理志》犍为郡县南广注云：『汾关山，符黑水所出（南广今南溪县），北至僰道入江（今叙州府）。』唐樊绰亦以丽江为古黑水，云罗些城北有三危山（罗些城在今丽江府北境），其水从山南行，上流出吐蕃界。薛季宣谓泸水为黑水（今打冲河），引郦道元说：黑水亦曰泸水，即若水，出姚州徼外吐蕃界中，《山海经》黑水之间有若水，是也。以丽江之说为非。不知打冲河至大姚县，即合金沙江会流入岷江。薛氏之说，原与《汉志》相合，此梁州之黑水也。宋程大昌以澜沧江为黑水，李元阳《黑水辨》亦云：陇蜀无入南海之水，惟滇之澜沧江足以当之。而《元史》载劝农官张立道使交趾并黑水，以至其国，吴任臣《山海经》注，亦以澜沧为古黑水，此导川之黑水也。盖雍州之黑水，其源在黄河之北；梁州及导川之黑水，其源皆在黄河之南，有截然不紊者。第以张掖、敦煌尚在内地，可以寻源而求，而推其委不得，遂托为越河伏流之说。夫昆仑为地轴，其山根连延起顿，包河南，接秦陇，直达长安为南山。黑水自敦煌而南，纵可越大河之伏流，其不能越河以南之南山也明矣。若狃于雍州、三危既宅之说，此是（十一）言雍州分域以内，今终南鸟鼠，皆在河之南，而三危更在鸟鼠之南，其与雍州之黑水又何涉耶？然主泸水、丽江、澜沧之说者，亦皆以意度，未能确指水之分合，不知泸水、丽江，源异而流同，丽江、澜沧，源近而流别。分合言之，梁州之黑水有两支，而与导川之黑水实出一地也。而古未有及之者，盖以二水僻在蕃界，隔蔽南山阻奥，从古未通中国；魏之法显，唐之玄奘，元世祖之南征，邱处机之西游，皆绕出昆仑以外，历西域诸国，至于滇南，总未尝经其地，但从入中国之支流，以古今分域配之，料约为某水某水而已。今海内一统，西南徼外，咸入版图，爰遣使臣，遍历其地，究源讨委，写图以志，支派经络，了如指掌，诸家浮说，有所折衷矣。」

曲济嘉木参启行

十八日，曲济嘉木参来见，告辞启行，赴察木多。余询其过乍雅有无延留，答未能定。谕以尔数年不归，今过所辖地方，岂无公事应部署者？惟此次遵旨赴讯，应早至察木多，不便迟延。同丁别驾赏之而去。

额凹奔松

十九日，晴霁，偕丁别驾发里塘，西行，路颇平广。数里，过汤泉，在道北小冈阜之下，有浴池。二十里，过河，有大木桥，本年新修者。过桥迤逦上山，三十里，冈峦重叠，人马皆在乱石中行，赤棘高丈许，丛生遍地，崎岖罣碍，艰苦殊甚，马既屡蹶，人與亦数覆焉。《卫藏图识》云：此山名阿喇柏桑。峻岭层崖，日色与雪光交灿，今虽四月，雪消过半，而残雪日光，犹相映射。申刻，至头塘，在山坡平坦处，结屋数间，为往来栖止，无人户，惟塘兵数人而已。蕃名其地为额凹奔松。馆舍欹斜欲圮，宿者有戒心焉。余与宣太守捐数十金交黄明府，嘱修葺之。是晚，雪。

里塘土司辖地

里塘土司辖地数百里，正南百数十里为瓦述茂丫土司。又数十里，即云南中甸界。又三百余里，即丽江府治矣。其西有无量河，即丽江，东入金沙江。

刺麻雅

二十日，晓起，大雪迷山，人马冒雪而行。为一律云：「四月今逾半，蛮山雪正飞。马牛毛蹜蝟，男妇毳重衣。怪石欺人立，童山让棘肥。行行明霁色，万里乱光辉。」四十里，至乾海子，與中茶憩。自里塘至此，童山怪石，草木全无，牛马皆饥，过乾海子半里，始见青草贴地。更十数里，上下层峦叠嶂，树木交参，泉流百匝，天日晴霁，山上积雪，时有时无。盘旋五折至刺麻雅山，过拉尔塘，四山霁雪全消，时而震雷忽雨，旋复日出，小河回转数十道。申刻，至刺麻雅，热(十二)傲率蕃民十数来迎。宿蛮寨中，地颇平旷，前后蕃民约二三十户，俨然富饶矣。

明哲保身当衡以义

士大夫好为明哲保身，苟不衡以义，则孔光、张禹、谯周、冯道之流，比肩接踵于天下矣。士大夫好养生之术，岂知单豹八十如处子，嵇康亲著《养生论》，一则终为虎食，一则身遭刑戮乎！士大夫好言先几避乱，余见嘉庆年间，江西、湖北讹言有乱，士大夫多移家江宁，然其故里三十余年，晏然无恙也。道光二十二年，英夷舟入长江，时江宁侨寓之家，皆纷纷奔走故里，丧失殊多，岂不徒多往返耶？嗟乎！世人营营逐逐，无非祸福利害四字锢结胸中耳。苟知死生有命，何如省己守义之为得哉！

二郎湾

二十一日，入山缘涧，上下三十余里，皆无草木，过岭乃见深林密菁，水草遍地。午刻，至二郎湾，地颇宽平，而破鍋前后相望，人户绝少，惟塘舖汉兵三人、蛮兵数人而已。此非宿站，曲济嘉木参昨夜止此换乌拉，今日宿竹登三坝，故同丁别驾止此待之。

归安愚者

丁别驾言：嘉庆中，归安袁家汇有村人幼而蠢愚，其家不中资，衣食不知好恶，卧以美衾，皆手碎之。或卧豚圈侧，贼夜窃豚，更为贼驱其豚使去。人莫不以为愚而弄之。然有言必中，父本沽酒为业，作酒必问愚者获利多寡而后置曲糵，十不失一。愚者不识字，人或问节气，以指轮算之曰：某日当某节气，未尝不与历书符合也。有应童子试者问曰：某今年入泮否？愚者应之曰：来岁。已而果然。乡人患火，置水龙庙中而锸其室，愚者一日忽断其锁，取龙头出舞于市，群诟之，还诸庙，不三日，市中火灾，乃知其异。别驾徐访之，见于佛寺中，村人方环弄之，使觔斗为戏。愚者年二十许矣，体颇丰壮，即于石地上为觔斗，以笨重辄仆，群大笑为乐。别驾试以何日清明？愚者轮其指答曰：昨日也。果然。若此者，其殆隐仙乎？余曰：是人也，盖诚于天者也。人受天地之气而生，惟得一则诚，诚则明，而几于神矣。今夫龟，蠢物也，然而卜者问之，吉凶祸福，其应如响；小鹊，鸟也，望气知人家之衰旺，营巢知天风之向避。物固有然矣。是其知也，得之于天者纯一，曷尝有师授之而勤学之哉！惟能葆其纯一，而不杂以人智，故能不失其知，彼愚者不识美恶，故能有所知，惟诚故也。使愚者衣服饮食起居，一如人有嗜好焉，则失其知矣。《中庸》曰：至诚之道，可以前知。释氏云：一入凡情，五通俱失。（后汉淳于恭家有山田果树，人或盗窃，辄助为收采，则有心矫俗，非愚者比也。）

守其知者无七情

万物之生，皆二气之动使然。方其寂也，若无所知觉；及其动也，知觉即随之而生。飞、潜、动、植之物，无不有知，非特人与鸟兽昆虫鳞介也。草木之荣枯，山峙川流，蕴生万物，非其知乎？草木其细，山川其巨耳。万物能守其知者，惟无七情，无情故不以其知徇人；人常昧其知者，惟有七情，有情故不能以其知自保。

立登三坝

二十二日，登山，缘河，上下迂折五十余里，过木桥三。未刻，至立登三坝，巴、里二塘交界处也。有汉蛮塘兵各数人。巴塘热傚率小蓄来换乌拉。是晚，彤云深布，雪意甚浓。

松林口达麻花

二十三日，晨兴，大雪未已，犯雪登巴山，行三十余里，颇平坦。《卫藏图识》云：上有海子。未见。下山则青松弥望，红日近午矣。地名松林口，一路十余里穿林而行，道旁二树，花一朱一白，叶似枇杷，花皆一干数朵，每朵攒十数小花，状如腊梅，磬口檀心，特色非黄耳。询其名，曰：达麻花也。为长句以赏之云：「蛮方风景日日殊，人物诡异形难模。千山石树万山雪，一花如见倾城姝。达麻之种经所无，叶如枇杷青更腴。朵开合抱花十数，深红浅白聊可娱。檀心磬口牵裳裾，腊梅方之色不如。老夫倦眼行模糊，绿衣红袖相迎扶。遐荒怜汝苦寂寞，野鸽朝暮空飞呼。」

大所塘

未刻，至大所塘，一作大朔巴塘。土司遣蕃目来迎，赏以茶物，遣回。大所地宽阔，水草青肥，三面土山，山上石壁峭耸，奇峰异笋，色多斑驳，甚可观也。倚山蕃户数十家，设汉蛮塘兵各数名。

温、李得罪时相非其罪

唐诗人温、李皆得罪时相，被摈终身，当时，至以为戒，目为轻薄。然考其得罪之由，不过语言文字之小故耳。令狐绹身为宰相，不自咎其不学，反恨飞卿直言；义山乃其至戚，又其父所赏识也，绹既不知存录，反因《九日题诗》而大恨之，此其褊狭忮忌为何如！论者不责时相之忌才，但咎温、李之轻薄，是必以贡谀逢迎者为厚重载福矣。此等议论，正由重视宰相，轻视人才。使令狐绹而贤者，知过能谢，更加礼于温、李，不当又以二人为气节之士耶？若夫狭邪之游，纤靡之作，乃唐代习俗，巨公多不能免，人品邪正，固不存乎此也。唐文皇纤丽之诗，不如隋炀帝长城饮马之什，而李林甫、卢杞之不迩声色，岂贤于郭汾阳、白香山、韩偓哉？

唐、宋小人说

唐人好为小说，率多不见其全，宋时载入《太平广记》者犹百数十种，可见当日文士，喜于记载。然不甚抉择，多出好恶之口，不可遽信，博学笃志者殆不易得。宋以后乃稍抉择，然亦不免好恶之偏，求其是非得失，称量而书，一洽于大公至正者亦寡。夫一言为知，徒徇一己之好恶，不顾事理是非，幸而其书不传已耳，苟其传之，徒为识者所讥，岂非自暴其不知乎？载笔诚不可不慎也。

小巴冲

二十四日，沿沟行，寒甚，逾大雪山，谷邃峰高，积雪盈尺，树木交横，乱石遍地，泉声聒耳。三十里，至山岭，鸟道羊肠，殆不足喻也。下山三十里，亦如之。人马疲殆，停舆坐石块，折松枝，煮涧水，啜茗半瓯，复进。迤逦曲屈，十余里，过崩察木，有蛮塘兵数人，迎于道左。又二十余里，乃至小巴山冲。谷间结蛮寨七八户，巴塘副土司索诺木衮布率众蕃目来迎。

巴塘

二十五日，沿山沟行，涧水皆西流，上下三十里，林谷幽窈，过大木桥二，山谷豁然开朗，则已至巴塘矣。巴塘地土饶沃，青稞、小麦并种，惟无大米耳。天气暄和，四时与内地无异，三四月间，亦有牡丹、芍药二种，余来时花皆过矣。地有都司及粮台文武二员、土官正副宣抚司二员；正土官以年班入京未回，大头人护理正土司事，副土司索诺木衮布能汉言，识汉字。堪布来见，以乍雅大胡图克图从未过此，求留住诵经三日，整乌拉。曲济嘉木参来见，亦言巴塘僧俗之意，许之。

里塘气喘不关药气

自打箭炉至小巴冲，地气皆寒，节气近芒种，衣必重裘。及至巴塘，始觉暄暖，可著棉衣矣。《卫藏图识》云：打箭炉外折多山，产大黄，药气薰蒸，使人气喘。以余所经，不独折多山为然，里塘尤甚，盖自折多至巴塘乃止。良由水性寒重，使人气下之故，非关大黄也。里塘有汤泉，巴塘亦有之，皆地产硫磺，与大黄之性相反，何尝数百里产大黄耶？

巴塘规则

巴塘西即藏界，旧属拉藏罕，有大剌麻寺一座，达赖剌麻委堪布一名掌理黄教，拉藏罕委第巴二名，管束地方。康熙五十七年，护军统领温普大兵入境，至大朔，第巴赴营投诚。五十八年，献寨落三十三处，土目二十九人，蕃民六千九百户，剌麻二千一百人，纳粮，承应差徭。五十九年，定西将军至巴塘，蕃民竭力随军转运。雍正四年，会勘界址，归滇、归川、归藏，分定疆界，于南墩适中之宁静山顶，建立界碑，又于喜松工山与达拉山两界山顶，亦立界石。山以内均为巴塘所属，山以外为西藏所属。雍正七年，授巴塘土官札什彭楚克为宣抚司，大头人阿旺林沁为副土官，颁给印信号纸，凡土目二十五名，大小头人四百二十六人，蕃民二万八千一百五十户，剌麻九千四百八十人，每年上纳折银三千二百两有奇。所辖安抚司十一、长官司七。（右见和泰庵《西藏赋》注。）余按：康熙五十八年，第巴呈献巴塘蕃民六千九百户，剌麻二千一百人。至雍正四年，仅七年耳，乃蕃民遂至二万八千一百五十户，剌麻九千四百八十名，多逾三倍，盖初呈献时，犹多未尽也。以此见巴塘富庶，过里塘远矣。至今二塘气象，犹迥不同，盖地气一苦寒、一温暖故也。

泸水通大渡河

武侯五月渡泸，泸水所入，即今之大渡河也。按今地舆图，大渡河水，源出于松潘厅西北二百五十余里物藏、辖漫二土司境内，南流三百五十余里，为大金川河，南经绥靖、崇化、章谷三屯，小金川河，自东北经抚边、懋功二屯来会，始名大渡河；西南流七十余里，有巴的河，自打箭炉东北会打箭炉河东流入之；南经冷边、沈边二土司境，有什丹河自西来入；又南流至松林地土司境，有老鸦漩河自西南来入；自此乃东流，六十余里，有清溪县之流沙河自北来入；又东流百余里，越巂河自西南来入；东过峨边、马边二厅，峨眉县境南，谓之阳江；又东二十余里至嘉定府乐山县，乃入岷江矣。盖大渡河即古若水，泸水自越巂南来入之。武侯当日南征所渡之泸水，即此水也。故今清溪县东北有山：土名大相岭，自清溪县东南至宁远府有山，土名小相岭，皆以武侯经过得名。盖自成都南行，界隔华夷之水，莫大于此，故武侯举以言之。若今之泸州，乃在成都东南大江之北，若过此而南，当云渡江，不得云渡泸矣。不知后来何以名州也。

古雍州境兼陕甘青海

甘肃洮州之西，三百余里，有西倾山，即《禹贡》之「西倾因桓是来」也。又西南一百余里，即喀喇乌苏河，是洮州距喀喇乌苏河仅千余里耳。黄河在其北，喀喇乌苏在其南，以此为雍州分界，固自了然。故云：「黑水西河惟雍州。」是可见《禹贡》时雍州境兼陕、甘二省，且及青海一带羌戎地矣。

河名大夏

洮州外河名大夏者，以通古大夏国得名。国名大夏，疑以夏禹治河，自大其国，如西海之大秦国也。大禹治水，功莫盛于西陲，故西戎皆称中国为夏，至周末，孔子犹言诸夏。及汉武以后，穷兵朔漠，匈奴畏之，至今蒙古皆称中国为汉人。唐高宗、玄宗之世，再下高丽，南平六诏，武功又莫盛于东南，至今东南诸夷称中国为唐人。皆从其功之盛者称之也。

五省土司地制

庸、蜀、羌、髳，自古列于要服。周武王孟津之会，八百诸侯有其人矣；大禹涂山之会，执玉帛者万国。周末，蜀乃不通中国。余意盖自平王东迁，失诸侯始也。及秦孝王伐之，乃复通，始皇因置蜀郡，自是代有增建，然犹未尽郡县之也。以今舆图考之，四川总督治成都府，领府十二，直隶厅六，直隶州八，厅六，州十一，县百有十一，其大小金川、古称化外者，亦置五屯，可谓盛矣。然北至龙安，西北至松潘，西至雅州，南至宁远，此外为土司者二百六十有九，土司属地，或大于郡县，岂不以地形险阻、种族殊异之故欤？今土司之地，汉人日渐繁多，蕃夷渐慕华风，更千百年，皆将用华变夷，势使然也。又考甘肃九府、六直隶州、九厅、七州、五十一县，而土司之地四十二；广西十一府、一直隶州、五厅、十六州、四十七县，而土司之地四十六；云南十四府、三直隶厅、四直隶州、九厅、二十七州、三十九县，而土司之地五十；贵州十二府、三直隶厅、一直隶州、十一厅、十三州、二十四县，而土司之地八十一。是知天朝抚育万方，惟在安其人民，初非贪其土地，但使靖我边陲，不遽易其风俗，即封疆以内，不妨从事羁縻，更无论边徼外矣。

刺麻牧场

今舆地图青海之南，有达赖商上堪布刺麻牧场。其西二百余里，有班禅商上堪布刺麻牧场。地去前后藏甚远，何以牧场在此？窃意前藏之乱，达赖移居西宁塔尔寺时之牧场也。西宁去青海裁三百余里，固宜有之，达赖回藏后遂相沿不废耳。传记未言班禅移居西宁之事，何以青海亦有牧场？又按图内肃州之北五百余里即瀚海，瀚海北五百余里，有额尔德尼班第达刺麻游牧；乌里雅苏台之南，稍东三百里，有尼鲁班禅刺麻游牧，又东北四百余里，有青殊克图刺麻游牧；又青海达赖刺麻牧场之南百余里，有察汉诺们罕刺麻游牧，其地去甘肃贵德厅仅一百余里；何刺麻游牧之多也？良由西蕃崇信其教，所在各以地予之，青海一带距藏辽远，故随处设刺麻镇抚，犹之设官绥靖边域耳。

巴里二塘馈呼图克图

乍雅呼图克图之去里塘也，堪布率剌麻寺馈银百金，茶二千五百斤，正副土司馈银百金、茶一千五百斤，各乡蛮民供乌拉牛马二百四十头，驮载人物外，更馈银五十金、茶七百五十斤；行过巴塘，堪布及众寺剌麻款住五日，复馈以银、茶、马匹，正副土司亦然。其敬礼之如此！余细询呼图克图，亦食牛羊、衣狐羊诸裘，初无异人处，惟夜坐不眠，所习经典较多耳。巴塘剌麻寺众，少于里塘，经板亦在里塘刷印而来；堪布亦如内地方丈，自三品至八九品，视所管寺院剌麻大小多寡为差。

巴塘风景

巴塘四面皆山，中开绿野平畴，周约三十数里，青稞小麦，弥望葱秀。所居行馆，依近东山面西，正副土司署皆在其北，都司无署，僦民房居之。蛮民数百户，有街市，皆陕西客民贸易于此。旧有蛮城隍庙，神像戎装，近建汉城隍庙及关帝庙。其西山一带，则皆剌麻寺。粮务署在寺内，行馆颇高洁，可时眺望，全塘在目，俨如内地，心神为之一怡。

唐玄宗杨妃年岁

唐玄宗崩于肃宗宝应元年壬寅，年七十八，上溯当生于武后垂拱元年乙酉，中宗景龙四年庚戌讨韦氏之乱，年二十六；睿宗太极元年壬子八月内禅，年二十八。开元二十三年乙亥为寿王贵妃杨氏，天宝四载乙酉，以杨太真为贵妃，是时帝年已六十一矣。杨氏以乙亥年册为寿王妃，年少亦当十五以上，更十年为贵妃，当亦二十五六岁，十五载丙申，死于马嵬，盖三十七八岁也。安禄山出入禁中为儿，在天宝六载丁亥，杨氏年未三十，玄宗甫六十三岁，何其昏瞶乃尔耶？计杨氏浊乱宫闱，八年而禄山反，十年而身死。杨氏死，玄宗年盖七十二，回忆讨韦氏时，四十七年耳。自古人主，一身前后异辙，未有如玄宗者也。

狄梁公大人之义

狄梁公之事武氏，前人议者众矣，皆以反周为唐大其功，或以事武氏为屈其节，未有知其用心所在也。余尝推而论之：方高宗之未崩也，亲以朝政授之武氏，天下称为二圣久矣。中宗庸暗，武氏盖深知之，故甫立而废，更立豫王。夫以母废不才子别立一子，不可为武氏罪也，其罪在改元立武氏七庙耳。然改元三年，固尝归政豫王，则未有移唐社稷之意也。未几，复称制，盖睿宗中下之材，与中宗无甚大异，武氏觉其不能胜任，故复自为之，然后群小争进邪言，武氏惑之，乃大杀唐宗室矣，拜《洛》受《图》矣，服衮冕大享神宫矣，前后杀三宰相矣，除唐宗室属籍矣，改正朔、改国号、改宗庙、称皇帝矣。然犹以豫王为皇嗣，改姓武氏，固未欲自绝其子，不予以天下也。是时也，唐胄存亡如一发耳。仗义讨罪，非无其人，前有李敬业，后有琅琊王冲、越王贞，皆举兵不克。则武氏才智，实有大过人者矣。势不可为，怀忠抱义之士，惟有洁身去耳，然身则洁矣，其如先帝六尺之孤何哉？苟无人焉，以其身冒不韪之名，委曲调护之，则庐陵王及豫王者，不丧于武氏，必丧于三思、承嗣之手，唐室不其终绝矣乎！昔屠岸贾之攻赵氏也，程婴、公孙杵臼皆赵氏之忠，相与谋曰：「杀身易乎？存孤易乎？」婴曰：「杀身易耳，存孤实难。」杵臼曰：「然，子强为其难者。」婴乃自埋身灭迹，蒙历艰难，卒存赵氏，天下皆服婴之义，而大杵臼之功。骆宾王之讨武氏也，为檄文曰：「一抔之土未干，六尺之孤何托。」武氏读檄至此，瞿然而起，是母子天性，固未泯也。梁公窥其微，知天下之犹可为也，故毅然以二王为己任焉。武氏亦知其忠于二王也，二王者，非他人子，固己子也，故深谅而信任之，卒从其劝，召还庐陵王。未几，武承嗣死，庐陵王为太子，豫王为相王，名分既正，天下人心亦定，而梁公之志遂矣。所未竟者，不及身奉庐陵王即位，复唐国号，身先卒耳。身不及为者，复荐五人成其志，夫何憾乎？若狄梁公者，即程婴、杵臼存孤之心，不惜屈其身以成义，而事势之难，且十倍程婴焉。孟子曰：「大人者，言不必信，行不必果，惟义所在。」孔子曰：「岂若匹夫匹妇之为谅也。」梁公可与立矣，复可与权，非折衷孔、孟，安能知大人之义乎哉！

坡公少年作老诗

东坡《九月二十日微雪怀子由》诗：「岐阳九月天微雪，已作萧条岁暮心」又云：「白发秋来已上簪。」按公是时为凤翔府签判，甫二十六岁，乃有白发之句。又《病中闻子由得告不赴商州》诗云：「流年冉冉入霜髭。」子由时年二十四耳，遂作霜髭语耶？余向举杜、韩二公诗文，皆以壮年作老人语，此则未及三十之年，而已如此。盖坡公是时方与陈公弼不洽，子由又为安石持告敕久之不下，大都牢落昂藏之言，不必实有其事，与杜、韩微不同也。

宋代弛刑

宋仁宗时，王伦及群盗剽掠淮南，将过高邮，知军晁仲约度不能御，谕富民出金帛、具牛酒，使人迎劳，且厚遗之；盗悦径去，不为暴。事闻，枢密副使富弼议诛仲约，参知政事范仲淹欲宥之，争于帝前。弼曰：「盗贼公行，守臣不能战守，而使民醵钱遗之，法所当诛；不诛，则郡县无复肯守者矣。」仲淹曰：「郡县兵械足以战守，遇贼不御，法所当诛。今高邮无兵与械，虽仲约之义当勉力战守，然事有可恕，戮之恐非法意。」帝释然从之。时欧阳修为谏官，言：「臣窃见近日盗贼纵横，盖由威令不行。如淮南一带官吏与王伦宴，率民金帛献送，开门纳贼，道左参迎。苟有国法，岂敢如此！而往来取勘，已及半年，未能断遣，遂致张海等，官吏依前迎奉，顺阳县令李正已延贼饮宴，宿于县厅，恣其劫掠，鼓乐送出城外。其敢如此者，盖为不奉贼则死，不奉朝廷不死，所以畏贼过于畏国法，伏望陛下勿行小惠以误大事。」又言：「臣闻议者犹欲宽贷，此由权要之臣多方营救，不思国体，但植私恩。惟陛下以天下安危为计，出于圣断，以厉群下。其晁仲约等，乞重行朝典。」（十三）莹按：庆历君臣，极一时之盛，而仁宗宽厚，又惩辽夏用兵无功，反增岁币，积弱之形已成，遂一切为姑息之政耳。范公宽厚一德，由贷有罪，不可谓非贤者之过也。是时韩公不在朝中，使其在朝，当与富、欧同议，惜方巡边。希文一意弛刑，宋之终于不振也，宜哉。《长编》载仲淹告弼曰：「吾与公在此同僚之间，同心者有几，而轻导人主以诛戮臣下，他日手滑，虽吾辈亦未敢自保也。」此恐传闻之言，似不足信。若尔，则范公竟以私心废法矣，更成何语耶！虽然当时亦仅宥之不诛而已，未以其克全境土为功而赏之也。以仁宗、希文之宽厚，犹不出此，北宋所以犹能立国也欤？

明臣议抚驭外夷

明嘉靖十二年，阁臣夏言、枢臣王宪等议西域称王者，止土鲁蕃、天方、撒马儿罕；如日落诸国，称名虽多，朝贡绝少。宏正间，土鲁蕃十三入贡，正德间，天方四入贡。称王者率一人，多不过三人，余但称头目而已。至嘉靖二年、八年，天方多至六、七人，土鲁蕃至十一、二人，撒马儿罕至二十七人。今土鲁番十五王，天方二十七王，撒马儿罕五十三王，实前此所未有。宏治时，回赐敕书，止称一王。若循撒马尔罕事类答王号，人与一敕，非所以尊中国、制外蕃也。盖帝王之驭外蕃，固不拒其来，亦必限以制，其或名号僭差，言词侮慢，则必正以大义，责其无礼。今谓本国所封，何以不见故牍？谓部落自号，何以达之天朝？今概给以敕，而彼即据敕恣意往来，恐益扰邮传，费供亿，竭府库以实溪壑，非计之得也。帝纳其言，国止给一敕，且加诘让，示以国无二王之义。十五年，入贡，复如故。甘肃巡抚赵载奏：诸国称王者至一百五十余人，皆非本朝封爵，宜令政正，且定贡使名数，通事宜用汉人，毋专用色目人，致交通生衅。部议从之。余谓：外蕃之敢为奸诈欺中国者，以中国无人留心徼外事也。苟每因其来，有人焉，访其山川疆域、国制民风，互相考校，久之必得其实，则彼一有奸欺，我有所据以折之，彼知中国有人，自可销其邪慝。惜乎明代诸臣，徒知防其诈伪，而不知讲求方略，内而中枢，外而边臣，皆不习地形，不晓夷情，一旦有事，惟相与震惊，如鬼魅雷霆，以为不可究诘，罕不望风披靡者，深可悼叹也夫！《明史》言：永乐十三年，使人陈诚自西域还，所经哈烈、撒马儿罕、别失八里、俺都淮、八答黑商、迭里迷、沙鹿、海牙、赛蓝、渴石、养夷、火州、柳城、土鲁番、监泽、哈密、达失于卜花儿，凡十七国，悉详其山川人物风俗，为《使西域记》以献，故中国得考焉。是明初犹有留心此事者，后乃绝少，陈诚之书亦亡。修《明史》时，检讨尤侗撰《外国传》，徒知抄袭王圻《续文献通考》，而王圻又本于《明外史》，今《明外史》，《四库书目》固已无之，仅见于《图书集成》所引。

校记

（一）「扫」字道光本误为「妇」，今据各本改正。
（二）出《尚书·舜典》。
（三）《大清一统志》「本」作「木」。
（四）《一统志》「广」作「远」。
（五）「莫穷」《一统志》作「其水」，疑误。
（六）「库」，手稿本《一统志》均作「车」。
（七）「官」，手稿本，《一统志》均作「宦」。
（八）「营」，《一统志》作「管」。
（九）「阻」，《一统志》作「陡」。
（十）「地」字各本均误为「池」，今据手稿本及《一统志》改正。
（十一）「此是」以下至「又何涉耶」，与《尚书地理今释》（据清光绪四年重刊本）原文不同。
（十二）「热」字道光本误为「熱」，今据各本改正。
（十三）以上出《续资治通鉴》，姚莹引用有删节调整。

《康輶纪行》卷五

外夷形势当考地图

本朝武功，莫盛于西北，自内外蒙古、青海、回疆、西藏，皆入图籍，学人皆得以披考之矣。唯东南岛夷，虽见《四裔考》及传记，苦不明了。《海国闻见录》《海岛逸志》颇有图说，亦但据海舶所经图之，而海岸诸国及在陆诸国，何者接壤，孰为东西，孰为远近，无从知之。幸有西人艾儒略、南怀仁所刻《坤舆图》可以得其形势，盖即利玛窦《万国全图》而为之也。唯方音称名与中国传说诸书各别，某即某地，殊费钩稽。道光二十二年，奉命即诸夷因问英夷及俄罗斯远近，当以夷酋颠林等所绘近海诸国地名形势录供，为说复奏，倥偬军旅之中，未能详加考订也。第就其所绘图取《海国闻见录》与南怀仁二图校之，形势实相符合。尝欲以此三图参互考订，于其地同名异者逐一详辨之，旋为此逮不果。友人邵阳魏默深得林尚书所译《西洋四洲志》及各家图说，复以历代史传及夷地诸书考证之，编为《海国图志》六十卷，可谓先得我心。余尝得英夷图书数部，皆方志也，苦无人翻译，览之茫然。颠林言伊国海舶，无不赍方志以行，盖备风飘至未及之国，以所见天文度数及人物山川稽之，可知其为某国也。倘至粤中，以其书觅人译而出之，不亦善乎？

《西域闻见录》

七椿园《西域闻见录》，余三十年前即见之，所录外蕃之国十八，曰哈萨克，曰布鲁特，曰安集延，曰博罗尔，曰敖罕，曰温都斯坦，曰克什米尔，曰巴达克山，曰退木尔沙，曰沙关记，曰塞克，曰鄂罗斯，曰控噶尔，曰郭罕，曰退摆特，曰辖里萨普斯，曰哈拉替艮，曰布哈拉。绝域之国十五，曰玛辖提，为一大国；曰安他哈尔城，曰看他哈尔城，同一部落；曰赛拉斯城，曰查尔丹城，同一部落；曰噶拉特城，曰查纳阿拉巴特城，曰摩勒城，同一部落；曰乌尔古特雅尔，为一部落；曰盘家戡特城，曰帕尔海城，同一部落；曰巴喇哈，为一大国；曰科罕，为一国；曰阿穆尔城，曰哈拉多拜城，曰巴拉城，曰哈喇他克城，同一部落；曰噶尔洗，为一部落；曰萨穆，曰阿拉克，曰哈他木，曰阿谛，各为一国；曰扎拉巴特城，曰色里丹衣城，曰别什克里城，曰阿色里巴拉城，同一部落。余按：外蕃诸国唯温都斯坦及克什米尔在叶尔羌西南，多江河，近通海洋，时有闽广商船至其地。余皆在其西北，最大者为鄂罗斯，鄂罗斯即俄罗斯，东北界海，南邻中国，西北邻普鲁社，东西距二万里，南北千里至三千里不等，以南怀仁、陈伦炯、颠林三图观之，已接近西洋诸国矣。温都斯坦、克什米尔二国所通之海，盖即南海，其地在印度，与英夷所据乌鬼之地盏加剌及望迈等处相近。克什米尔，即陈伦炯图内之克什米弥也。其绝域诸国中以玛辖提、巴喇哈、萨穆、阿拉克为最大，而玛辖提之铜砲，萨穆之居室修洁，阿拉克之人多巧思，皆类西洋人，其为地近西洋诸国，又可知矣。所言阿谛国人长三四丈，妇女一如常人，则又即《海国闻见录》所言之长人国也。唯言俄罗斯西北，又有控噶尔国，地包俄罗斯外云云，大谬。松相国及魏氏书皆辨正之。（温都斯坦之温，当依今《会典》作痕都斯坦。）

外夷讲图书

七椿园谓：回人文字有医药之书，有占卜之书，有堪舆之书，有前代纪载之书，有各国山川风土之书。余尝至英夷之舟中，见其酋室内列架书籍，殆数百册，问之，所言亦与回人相似，而尤详于记载及各国山川风土，每册必有图。其酋虽武人，而犹以书行，且白夷泛海，习天文算法者甚众，似童而习之者。盖专为泛海观星，以推所至之地道里方向远近，必习知此，乃敢泛海舶纵所之也。吾儒读书自负，问以中国记载，或且茫然，至于天文算数，几成绝学，对彼夷人，能无泚然愧乎？

巴、里二塘食物

住里塘二十余日，食无蔬菜，间有为豆腐者，四方，三寸，值银二分，或易以黄烟一包。余与宜太守、丁别驾、随行弁兵與夫丁役殆百人，月屠一豕而分之，或有馈蔬菜者，皆赍自他处数百里外。及至巴塘，则有青菘、萝白、莴笋，可日充庖馔矣。有河鱼，尾可一二斤，猪肉可间日市买，羊亦壮，时近端午，富都阃馈食物，蒸豚熟鸡外，犹以青菘、萝白、莴笋为礼，居巴塘者，亦不能食此物也。巴塘有售木耳者甚肥而脆，较内地白耳、黄耳尤美，产巴塘所属之空子顶，每斤值银一钱五分，

《坤舆全图》

南怀仁所刻《坤舆全图》本为二图，每图围圆一丈五尺，国名、岛名、山川、人物、风俗皆注之，字细如蝇头，余取其国土山川之大者，缩为小国，台人并陈伦炯、颠林二图刻之，附余复奏《颠林图说》矣。其艾儒略、南怀仁诸说，余亦为录出，意欲取凡外域之书荟萃刻之，名曰《异域丛书》，俾究心时务者有所考镜，而见闻未广，尚待搜讨，今魏默深有《海国图志》之作，余可辍业矣，

西藏外部落

《卫藏图识》载西藏外蕃民部落，一曰阿里噶尔渡，在藏地之西，与后藏扎什伦布、三桑接壤，即古北印度属也。其蕃民帽高尺余，尖其顶，类回子帽形，以锦与缎为之，缘不甚宽，顶缀纬；妇

人帽如笠，以珠下垂前后如旒，密遮面项，著圆领大袖衣，系褐裙，见官长不除帽，唯以右手指自额上，念唵嘛吽者三。余按：英夷见其国王，免冠，以手拔其额上毛三茎投之，与此意同，即稽颡叩首之意尔。阿里部落，地不小于后藏，在叶尔羌南，后藏之西，今舆图有之。二曰木鲁乌素部落，在藏之北，稍东，与西宁接壤。余按：今舆图前藏东北，驻藏大臣所辖三十九族之外，逾阿克达木山北三百余里，有木鲁乌苏河，西自巴萨通拉木山，东入玉树土司界，此所云木鲁乌素番民，似即其地，以乌苏为乌素，音之讹也。然自此东至西宁，尚一千数百里，中隔玉树土司、土尔扈特、青海诸地，谓与西宁接壤者，玉树以东皆西宁大臣所属耳。三曰布鲁克巴部落，在藏地之西南，本西梵国属，雍正十年始归诚。其番民披发裹白布如巾帻然，著长领褐衣，披白单，手持念珠，妇女盘发后垂，如以素冠，著红衣，系花褐长裙，肩披青单，项垂珠石，缨络围绕至背。俗皆皈依红教，崇佛诵经。余按：此言南行月余，接天竺国界，似即东印度也。番民头裹白布，类白头回子，但回子不奉佛教，未知孰是。四曰狢㺄茹巴野人，在藏地之南数千里。其人名老卡止，荒野蠢顽，不知佛教，嘴剖数缺，涂以五色，性喜食盐，不耕不织，穴处巢居，冬衣兽皮，夏衣布叶，猎牲并捕诸毒虫以食，卫藏犯罪至此者，解送怒江，群老卡止分而啖之。余按：既云怒江，则与缅甸邻矣，怒江有怒夷，不知即此种否？但藏地治囚死罪，既送蝎子洞，何又越数千里解送狢㺄耶？此说恐有误。五曰巴勒布，即巴尔布，亦名别蚌子，在藏地西南，与聂拉木接壤（原注即尼雅尔木），计程几两月。天道和暖，产稻谷、蔬果、细缎、木棉、孔雀。向有三罕：一曰布颜罕，和泰菴《西藏赋》作布颜；二曰叶楞罕，三曰库库木罕。雍正十年，遣使内附，嗣为其族廓尔喀所并。其番民皆薙发、蓄小辫，联髪短胡，似西宁回鹘，额涂白土二竖，眉间涂红土一丸，用金珠镶花坠两耳，以布缠头，贱者以青，贵者以红，著青白色小袖衫，以布束腰，踏尖头革鞮，佩短刀状如牛角，挽黑漆藤牌，径约三尺；妇人披发跣足，鼻孔穿金银圈，亦梳洗尚洁。乾隆五十三年，廓尔喀酋喇纳巴都与西藏以交易构兵，六师远涉，震詟投诚，遣使入贡，至今已五十余年。贡道由川入陕至京师，川人犹称为别蚌子，沿其旧也，廓尔喀在后藏正南聂拉木及济咙界外，其东北为哲孟雄、作木朗、洛敏汤三部，皆为廓尔喀所并。其南即东印度也，今为英吉利所据。魏默深云：「廓尔喀界西藏及俄罗斯，摄两大国之间，故内贡中国，亦兼贡俄罗斯，近日英夷西与俄罗斯构兵争达达里之地，其地横亘南洋，俄罗斯得之，则可以图并印度，故与英夷血战。雍正五年，俄罗斯攻取西藏西南五千里之务鲁木，以其地尚佛教，遣人至中国学刺麻，当即与廓尔喀相近。」余按：魏此言恐误。俄罗斯攻取之务鲁木，在西藏西南五千里外，盖西、北印度之间，其中尚隔中印度、东印度，今皆为英夷所据，廓尔喀何由越英夷贡俄罗斯耶？乃谓近俄罗斯，非也。

小西天大西天

《卫藏图识》又云：由后藏塞尔地方行十余日，交白木戎界，再半月，至宗里口，山崖壁立，往来者必以木梯度之，又数日，始自白木戎住牧地。所属种类繁多：一名蒙，身著白衣，不遵佛教；一名总，幼时即以五色涂成花面；一种名纳昂，男女俱不著衣裙，下以白布缠之，卧时以木为枕；

一种名仍撒，男著短衣齐膝，妇亦以布遮其下，重著褌，不著上衣。唯白木戎男妇皆披藏䌷偏单，行坐必佩刀。其地和暖，出产稻、菜、青稞、豆、麦、蔬果、大羺羊、大耳猪、崖羊、野象、独角兽。亦呼为小西天，地连朱巴，中以巴隆江为界，白木戎东至朱巴，南至西天乌盆子，西至白布，北至日盖子，日盖子者，札什伦布仍仲宁翁结巴寺之后山也。由白木戎西去，十余日，交小西天界，再行十余日，始至小西天，从此登舟涉海，约半月即至大西天矣。余按：此言白木戎四至之界，殊不可晓，如云北至日盖子，即札什伦布仍仲宁翁结巴寺之后山，既以仍仲宁翁结巴寺后山为其北界，则白木戎当在山之南矣，山南即后藏，东西甚广，何处著白木戎耶？此山长短未知，若何以意度之！白木戎当在后藏之西南，然后藏之西为拉里噶尔渡，南为廓尔喀，白木戎更在此二国之西南，去仍仲宁翁结巴寺远矣，何得以寺之后山为其北界乎？此条上文但言自后藏之塞尔地方行十余日至其界，不言西行南行。按：塞尔为后藏极西南边界，有赛达尔山，在济咙西八百余里，南即廓尔喀也。然则白木戎者，其在廓尔喀之西北乎？大约作《卫藏图识》者，未及见今舆图，第就所闻言之，故有未确也。此书本之《四川通志》及无名氏《西域纪事》《西藏志》(二书皆抄本)，其中传写之讹，在所不免。马少云于乾隆末年，以幕友删采成书，为当时行军之助。盛梅溪从父官于打箭炉，复征以所闻。固不可以学人考订诸书论之也。讨论之事，岂不有待于后人哉！

详考外域风土非资博雅

历代正史外夷列传及诸方志，皆必详其山川人物风土者，外夷言语不通，文字各异，且古今地名改易，唯山川人物风土不易，故以此志之，虽千数百年后，万数千里外，犹可举辨。习其山川，则知形势之险易；习其人物风土，则知措置之所宜，非如文人词客，徒资博雅助新奇也。故留心世务者，皆于此硁硁焉。

达赖剌麻掣金瓶

今达赖剌麻为十一辈。其十辈于道光十六年圆寂。相传达赖剌麻每于圆寂时先示人以降生之处，其弟子大堪布，往访得之，小儿初见，即能相识。乾隆中，乃发金瓶至藏，贮数小儿名，掣签以防作伪。圆寂后，驻藏大臣行文各路民间，有呈报生子灵异者，或有征验，藏内则遣大堪布、噶布伦持达赖生前常爱用之物数事，杂以他物试之，其儿指取不爽，或见堪布出一二语，乃临圆寂时事，则令其父母携至德庆(距前藏一站地名)。如此者或一二人，或三四人，驻藏大臣复验，择日以金瓶掣签。前七日各大寺剌麻虔诚诵经，帮办大臣至大招行礼，用牙签书各小儿名如其数，人各一签，弥封贮瓶内，盖之。驻藏大臣行礼启盖，掣取其一，对众拆封，既知为某小儿名，则奉众至德庆迎入大招，堪布日夕守护，具奏入呼毕勒罕册，上命章嘉呼图克图至藏照料坐床。六岁学经，七岁受小戒，即学禅坐，不令卧。藏内公事，皆班禅或呼图克图代决。十六岁乃自理事。达赖刺麻有金印玉宝，其印文曰：「敕封西天大善自在佛，统（一）领天下释教普通瓦赤拉怛喇达赖刺麻之印。」玉印文同，唯不称印而称宝。又有金册、玉册，玉册长六寸余，宽约四寸，页厚二分，边刻龙文，面书「敕封达赖刺麻玉册」，其字四体，前汉文、次唐古忒文、次蒙古文、最后清文，国书右行，实则先清文、次蒙古文、次唐古忒文、最后乃汉文也。册凡十五页，不联。金册大小如之，亦十五页，而联其脑，如展书者矣。皆紫檀座盛。班禅额尔德尼有金印、金册，无玉印、玉册。

西藏大蕃僧

达赖刺麻之下有二呼图克图，一为济隆，二为第穆，皆以所辖地名称之。济隆在后藏之南，第穆在工布。又有二那门汗，或作诺们罕。一为荣增那门汗，荣增者，梵言师父，为达赖授经之师也；一为噶勒丹锡呼图萨玛第巴克什那门汗。其人名阿旺札布巴勒楚勒齐木，洮州人，先时在京师，以前辈达赖圆寂，至藏为那门汗代理，赏噶勒丹锡十二字名号，道光二十四年，驻藏大臣奏革之。向例达赖圆寂，以班禅或两呼图克图及那门汗代理，呼图克图较尊，那门汗次之。阿旺札布巴勒楚勒齐木前后代理达赖事二十余年，跋扈不法，十辈达赖刺麻之死，藏人汹汹，言其谋毒，堪布及众刺麻群诉于大臣，事无左验，莫能究也，有不服者，更以抵罪。阿旺札布巴益骄，党羽日众，厚结大臣以自固，至是败窜黑龙江。

西藏僧俗官名

藏中管理寺院、讲习经典之僧官，皆名堪布，最大者曰总堪布，次曰通巴堪布，达尔罕堪布，品级大小有差。札萨克三人，乃济隆、第穆两呼图克图及那门汗理事之大僧官也。岁琫者，达赖剌麻起居之内侍也。其次曰森琫，又次曰曲琫，职司经卷。又次曰孜仲，职司熬茶。岁琫以下，皆堪布之有职事者。卓尼尔，达赖之传事者也。达赖剌麻山上贮金银缎匹珍宝之内库，曰商上，主库之僧官曰商卓特巴，曰仔琫，皆四品。商卓特巴本即仓储巴，以诸处皆有，故特异其名。其主征收者，曰业尔仓巴，五品。主刑名词讼者，曰噶厦，曰协尔帮，五品。主文书者，曰大中译，六品，曰小中译，七品。通传译语者，曰罗藏娃。主马厂者，曰达琫，六品。分管地方，曰希约第巴，曰郎仔辖第巴，皆五品。掌户口册者，曰密琫，五品。主兵者，曰戴琫，次曰加琫，次曰甲琫，次曰定琫。代达赖理事者，曰第巴；统理兵马刑名者，曰噶布伦，又作噶隆；三品，噶布伦凡四人。格隆者，戒僧也；格隆之熟经典者，曰格喜；修行未深，初转一二世者，曰沙布伦；通称剌麻弟子，曰托音。俗官初入籍者，曰东科尔。又有边缺大营官、小营官，皆主地方及兵事。其仔琫、商卓特巴、噶布伦有缺，驻藏大臣会同达赖剌麻选拟正陪二人，请旨补用，余皆会同拣放。他如管门、管草、管糌粑、帐房、牛羊厂诸职事，均听达赖剌麻自用之。乾隆五十七年，大学士福公奏定其制。

巴塘午日诗

五月五日，庖人具鸡、豚、鲜鱼、蔬菜为馔，蛮中不易得也。申刻，雷雨一阵，遥望山色空濛，麦田青秀，如在成都郭外。作一绝云：「轻雷飞雨麦翻风，山色云光态不同。忆向成都行绿野，几人蓑笠在空濛。」

皮船

初六日，巴塘启行，初上小山，路尚迤逦。十数里后，则登大山，人牛曳驾，屈曲崎岖，下临长河，险甚。四十里，至牛古，停舆，茶憩片刻。山下河益深广，即今舆图内之巴楚河，西流入金沙江，《卫藏图识》谓即金沙江者，非也。河干有小木舟一、皮船二，蕃人乘皮船顺流而驰。作《皮船行》云：「皮船形制如方鞋，木口籐腹五尺裁。受人三四一短楫，并舟绳贯行能偕。山高峡水湍流疾，顷刻已过峰千迴。峆岈大石偶击撞，回旋轻软无惊猜，溜筒虽奇尚险绝，此物稳迅谁所开。读书早年想奇制，天使遣谪殊方来。殊情诡物饱经见，赋诗老矣惭非才。」沿山逐河，又五十里，至竹巴笼宿所，住蕃楼，面山，俯临大河，斜阳方照，景物如绘。

空子顶(二条)

初七日，渡河登山，仍傍河行，崩崖下乱石如剑峰森立，陟降之路，一线蜿蜒，不能无恐。四十里，至公拉，河稍浅，舆人涉水而过，余与丁别驾皆乘马渡，水及马腹。息古庙中，观四壁画神佛鬼物，狰狞怖人。更换乌拉西进。河转东流，乃不复见。山谷窈深，树木丛杂，颇似麻格宗，而险仄殊甚。五十里，至空子顶，山巅石尽，绿草如茵，黄花满地，蛮寨二三十家，景物闲适，绿鹦鹉数十飞鸣，蕃女耕夫，杂行麦陇菜畦间，恍如桃源鸡犬，别有天地矣。

空子顶一小沙弥，甚脱秀，年甫十二，已薙发数载。其父为蕃官，甚怜爱之，为净室于家供诸佛像，延僧教习经典，击鼓鸣鱼，诵声清朗可听。槛外绿鹦鹉时来飞绕，若有知音。为二绝句赠之云：「善财几岁得无生，十地初参欲问名。一队绿衣飞不去，朝朝槛外听经声。」其二云：「殊方政教不相如，贵异还同释与儒。若向中华求俊秀，老夫合送五车书。」

莽岭

初八日，空子顶启行，山路颇宽。四十里，至莽岭。势益平远，遥望岚光不断，地亦坦旷，河流清浅，绿草黄花，如铺如衬，马蹄轻软，如行沙堤，沿途杨树相望，景物暄丽。牒巴热傲迎于道周，停舆眺览，几忘身在夷地矣。为一绝云：「黄花贴地草如茵，平远山光欲笑春。怪底轻寒风扑面，雪峰数点又迎人。」《卫藏图识》言：空子顶山峻，夹壩出没；莽里龙新山多积雪。余所见殊不尔，惟山外数峰残雪而已。

邦木宁静山

西行十余里，过邦木，设蛮塘汛于此，巴塘土司所属。麻本（营官名）之弟昂朗，率蛮兵枪马来迎，年十七八，翦发覆额，红呢大帽，绿袍，圆领窄袖，佩刀，束金带，仪容甚都，跪献茶果，却之。过此，则山形耸峻矣。数里，跻其巅，复宽衍。峰峦秀复，即所谓宁静山也。迤逦久之，见雍正五年所立界碑。山以东为川辖，山以西为藏辖，碑裁二尺，字已漫灭。巴塘有巡兵数名于此。山大而长，东向一山如屏，南北各起一峰翼之，势如龙虎，朝拱内地。自打箭炉至此，未有若此山者，宜以宁静得名也。

金沙、澜沧二江分川藏界

里塘至藏，中间最大之水有二：一为金沙江，其上源自木鲁乌素河，东南流，为布垒楚河；又南流至宁静山而东，有巴楚河自东来入，巴塘以此得名；又南为金沙江，东南至云南，北入四川，合岷江，此水之环流向内者也。一为澜沧江，其上源自类伍齐北之匝楚河，南流，历察木多、乍雅、江卡，过宁静山，为澜沧江，西南流贯云南，至交阯，入南海，此水之环流向外者也。宁静山在二水之中，前人于此立界，有以哉！

南墩（三条）

下山，迤南十余里，即南墩，达赖剌麻设台吉于江卡，南墩其边界也。台吉三年更替。现为五品蕃营官俄楮斑角署台吉事，自江卡来迎，率蕃目照料入境乌拉，厚赏之。

南墩为川藏适中之所，蕃民百余户，有行馆一，汉人寺一，屋覆以瓦。每年秋间，巴塘、察木多两地，客民云集，贸易于此。《卫藏图识》所云「如内地庙会」是也。《通志》作湳多塘，谓即南墩，有老堪布闭关习静四十余年，蕃人崇信之，货价高下，行事吉凶，皆取决焉，今逾九十矣。仆人往问乍雅两呼图事，云：「甚难！十月可安静，回省须岁尽也。」

是夜月色甚皎洁，星斗烂然，忽念伯兄儿辈，凄然有异域之感，为一绝云：「浮渡龙眠未有期，锦江春色亦迷离。白头中夜徘徊处，宁静山前月半规。」

古树

初九日，傍山西行，五十里，至古树坡，路平坦，间有石山岁崩。自南墩至此，山下皆可耕种，一路青蒨，地气暄暖故也。遇巴塘粮务钱明府自乍雅查营徇返，言宣太守二十六日过乍雅，曲济嘉木参昨日至江卡、古树。登山盘陟十数里而下，又十余里，至普拉，有行馆可栖。地亦沃衍，与南墩、古树同。沿途蛮塘，举号火以迎，若烽燧然。按《古西域记》云：「塞外无驿邮，往往以烽代驿，玉门关外有五烽，苜蓿烽其一也。」此其遗法欤？乌拉皆蕃民供役，刺麻无多。《图识》云：刺麻供役。以达赖刺麻所辖耳。

江卡

初十日，过河，山高水远，弥望清淑之气，使人心神俱旷。随行兵仆于平原中纵辔驰骋，人马争健，不觉壮念忻然，口占云：「万里关山度险巇，衰年未肯负须眉。平原浅草驰新马，一片愁心付健儿。」六十里，至江卡。有守备、把总各一员，与台吉驻此。负山临河，蛮民百数十户，有刺麻寺，地平旷。对山下蛮民亦数十户相望。自古树至此，川原平沃，开垦可得田万顷，足养数万人，非里塘地寒可比。惜蕃户人稀，所垦仅足终岁之食而已。内地生齿日繁，地不加辟，观此能无不均之叹！

西藏戍兵

西藏额设马步兵六万四千，内分剌萨马兵三千，后藏马兵二千，阿里马兵五千，稞坝马兵一千，党子拉杂浪木错诸地黑帐房蒙古共马兵五千，前后藏拉里共步兵五万，皆唐古忒与蒙古之兵也。散在民间，征调有时，无常饷。乾隆五十七年，改定前后藏有常饷马兵三千；惟前藏札什布城驻绿营戍兵六百余名，三年更替。统以游击外，江孜一守备，定日一都司。道远饷巨，故不能多设戍兵，仅备弹压而已。昔新疆之设也，大小名城，唇齿相接，将军、参赞、辨事、领队大臣、提、镇数十员，副将以下，将备数百员。哈密驻兵一千，巴里坤驻携眷满兵一千、绿营兵三千，乌鲁木齐驻兵五千三百。伊犁驻携眷满兵三千八百、应役遣犯二千；其环列惠远城者，巴彦带驻兵一千九百，博罗他拉驻察哈尔携眷兵一千，他尔奇城、乌哈尔里克城驻屯田绿旗兵二千六百流犯千余，伊犁河南八堡驻携眷席伯兵一千，以上伊犁凡满蒙汉兵一万三百，而携眷者五千八百人，又遣流犯汉人应役者三千。挞拉巴哈台设屯田汉兵一千、满洲蒙古轮班兵一千五百，辟展驻兵三百五十，哈喇沙拉屯田防兵二百，库车城守兵三百，乌什满兵二百，汉兵一千，叶尔羌满兵三百，城守汉兵六百五十有五，喀什喀尔满兵二百五十、汉兵二百五十；以上各城满汉兵又五千九百七十余人。此皆客兵也，其回城本地之兵不与焉。今前后藏自唐古忒兵外，驻防绿营兵仅六百有奇，蒙古驻防亦不过三十九族而已，所恃者唐古忒习于佛教，柔顺易驯耳。然无事之时，固为我用，一旦有事，能保其心不异耶？自来驻藏大臣，加意戍兵，惠爱之无不至。定例：官兵奸民妇有罪，惟西藏戍兵，许佣蕃妇服役，盖所以慰远戍者之心也。近岁议者认为，戍兵奸生子日渐蕃衍，将渐成其种类，严禁革除。然戍兵生子，皆内地种人，如果繁衍，是变蕃人为我族类，我之利也，何谓成彼种类乎？新疆满蒙汉兵既众，复令携眷以往，而召垦屯田，亦皆用眷户，是固欲其蕃衍矣。更以流遣应役，故回城有事，皆得其用。夫罪人以我同类，尚得其用，况戍兵之子乎？昔西洋夷人，贸易广东，例不许其住眷，恐有滋生，于我不利也。近时英吉利求五处马头，弛我之禁，必以许其携眷为约，盖欲滋种于中国矣。夷至中国，犹谋增其种，我在异域，反自弱其人，意殆别有所为，非颛蒙所能喻也。

师生名谊当辨公私

凡人莫不愿为君子，恶为小人。今颂人以公忠，未有不喜；责人以私佞，未有不怒者。然往往终身私佞而自不知，此小人所以多也。古人之事君也，所宝惟贤，不市己恩；所退惟不肖，不避己怨。故大臣举用，不使人知，而受举者亦不谒谢。盖市恩则望人之私报，谒谢则为人之私人也，世安有君子而望人之私报，甘为人之私人者乎？萧何，刀笔吏也，举韩信不遗余力，[9]未尝以为信德，及信有怨望，复为吕后谋诛之。张安世尝有所荐，其人来谢，安世大憾，以为举贤达能岂有私谢，绝弗与通。李光弼固郭子仪所荐也，然二将实不相能，何尝以荐引加厚？他如娄师德之荐狄仁杰，王旦之荐寇准，狄与寇二人初不之知。此皆唐、宋以来贤将相也。后世一为举主，则师生名谊，不惟终其身，且延其世。何怪杨复恭骂唐昭宗为负心门生天子乎？夫师者，必其人文章德行道义可为师法，故以师事之，非师其名位也。唐以礼部试士，士之得举者皆称门生，犹未以师礼事主试之人，主试者亦不尽以弟子待所举之士也。若因感遇知己，不忘旧恩，则存乎其人而已。及乎宋世，乃有以主试所得士必当私报，否则以为荒庄者。相习至今，虽深明古义者，亦不能免俗。甚乃师生谊重，君臣之义转轻，宁忤天子而不忤大臣，宁负朝廷而不敢负私室，以为国求贤之大典，竟为植党营私之善计，私门之害国家甚于朋党，是可深叹也矣！然则师生之谊，将遂废乎？曰：曷为其可废也？谊主于爱，君子之爱人也以德，知己之感，谊何可忘？惟举主以公忠报国、进德修业望其门生，门生亦以公忠报国、不陨名德望其举主，则相得益彰，师生之名实乃称耳。夫举主以得人报其君，门生即以报国家者报举主，谊孰有大于此者哉！若世俗报施之事，患难相急之情，则一饭犹不可忘，知遇之感不待言矣。私不废公，乃可谓之君子焉尔。公义私恩，辨之不可不晰也。

私恩不可安受

人在贫贱患难之中，忽有人周其困乏，出之泥涂，乌能无知遇之感？然苟不择而受之，是妄以身许人也，倘彼有所深求，安知异日不大受其累乎？蔡伯喈旷世逸才，犹失身于董卓；荀文若失身曹操，既悔之而死；此皆贤者，而不能免，无怪后世比附大奸、身败名裂者，不绝于史书也。孟子曰：「志士不忘在沟壑。」谚曰：「丈夫不受人怜。」可不三复斯言乎？

郭汾阳不肯居朝

郭汾阳以玄宗天宝十四载乙未，始为朔方节度使，是时安禄山已反，历事肃宗、代宗、德宗，卒于建中二年辛酉，前后二十七年，常以藩镇将兵于外，以时入朝而已，虽加尚书令，而未尝受。盖所事皆中主，李辅国、鱼朝恩用事于内，元载依附之以固其位，汾阳若为相在朝，力未能诛，必且不安其身，其时外患不已，故宁将兵于外，以重朝廷而镇抚四夷，中外倚之，然后社稷以安，身名俱泰，大智大勇，洵非他人所能及也。若夫身引重兵，入清君侧，此权臣所为，岂忠纯若汾阳者肯出此乎！虽然，唐之郭汾阳，宋之岳忠武，皆纯忠也，幸乃为汾阳，不幸乃为忠武。若高宗者，其又唐肃、代、德三宗之不若哉！

《蕃尔雅》

往读佛经，中多梵语，不可晓。唐僧元应《一切经音义》多所解释，又有《佛尔雅》一书，尝见之矣。《卫藏图识》载《蛮语》一卷，颇近梵语，有可通释者，今采之为《蕃尔雅》十九篇，以资考证，备方言。

《释天》曰：浪，天也。尼嘛，日也。大瓦，一曰达哇，月也。噶儿嘛藏曰宿米，星也。真藏曰风包，云也。托藏曰音独，雷也。律，电也。八木藏曰咔，霜也。咔哇，雪也。木罢，雾也。孜尔罢，露也。岔耳罢，雨也。谢耳哇，雹也。弄，风也。毒哇，烟也。尼嘛贡，日出也。尼嘛浪所，日落也。达哇贡儿，月出也。达哇浪索，月落也。八哇桑，金星也。卜耳不，木星也。呐巴，水星也。迷墨儿，火星也。水巴，土星也。拔息拔，霜降也。弄浪，风起也。弄拉，风住也。半浪，虚空也。擢音法，界也。浪当，天晴也；浪簇，天阴也。真秃，云厚也。真索，云薄也。岔约，有雨也。岔灭，无雨也。弄达耳，风慢也。纳巴拉，风寒也。尼嘛波，日照也。尼嘛交，日遮也。

《释地》曰：萨，地也。只顶，世界也。甲息，皇图也。甲亢，天下也。育密，中国也。萨刹，地方也。出一曰楮，水也。迷，火也。夺，石也。拉，一曰喇，山也。杰嘛，沙也。江错，海也。出称，江也。出窝，河也。出迷，泉也。称罢，井也。姜，墙也。喇瓦，园也。朗，道也。散罢，一曰三墒，桥也。零，长也。同，知也。地零，远也。同他，近也。丁饶，深也。设饶，浅也。托，高也。慢，低也。羊，宽也。夺，窄也。甲扯，广也。竹目，四方也。约，动也。腻，软也。撒，硬也。瀑，流也。拉撒，佛地也。桑结旦巴，佛教也。骂出，黄河也。出戎，好水也。出恩，恶水也。毒耳，尘也。松夺，街也。龙巴，沟也。塔，边也。

《释时》曰：吉卡，春也。约卡，夏也。段卡，秋也。棍卡，冬也。洛，年也。达，月也。尼，日也。菊，时也。尼参，昼夜也。擦，热也。章，寒也。卓，暖也。昔，凉也。恰，冻也。擦章仰，温也。菊错，时节也。泽零，夜长也。泽同，夜短也。达零，今日也。送逆，明日也。达洛，今年也。送迫，明年也。峨马，昔也。达达，今时也。于苓，永远也。尼么，昼也。泽么，夜也。阿卓，早也。赤卓藏日尼嘛拉盖，晚也。朗拉，半夜也。洛鳃，新年也。洛逆，旧年也。

《释名》曰：安奔，大人也。甲本，汉官也。鸾播，宰相也。甲薛，王子也。密本，土官也。育木，地方官也。牒巴，头目也。破本，文官也。嘛本，武官也。洛本，师付也。索嘛，徒弟也。更登，僧人也。滚巴藏曰朱巴，道士也。马米藏曰甲米，兵也。葱巴，百姓也，剌麻，有道僧也。约因，奴婢也。洛孺，聪明也。业瓦，亲也。羊灭，曾祖也。灭播，祖也。拔，父也。妈，母也。库窝扯哇，伯也。库窝，叔也。阿戎，舅也。不，子也。卜磨，女也。扑窝藏曰冰冰，兄也。洛商藏曰角角，弟也。造窝，姪也。羊擦，孙也。结巴，男子也。鸡灭，一曰阿甲，妇人也。钦巴，妻也。出波，富也。物波，贫也。角巴，紧也。达波，主也。拿梭，岁也。格波，老也。甲巴，一曰夹坝，贼也。札巴，和尚也。觉么藏曰阿妮子，尼姑也。拔牙，继父也。妈牙，继母也。朴奴，兄弟也。杂窝，朋友也。江波，伶俐也。其泽，懒惰也。

《释体》曰：慮，身也。俄，头也。吉窝，顶也。匝，发也。密，一曰雪密，眼也。密布，眉也。纳瓦耳也。纳，鼻也。噶，口也。出，唇也。索，齿也。吴麻，乳也。喇巴，手也。辞巴，肚也。桑巴，心也。工巴，脚也。物，气也。孰瓦，一曰独，又曰筋支，疮也。结，舌也。衣足，模样也。菊，筋也。涉磨，力气也。峨，面也。望荡，福气也。端，念也。性尼，心性也。颡，想也。章，胸也。梭磨，指也。称巴，肝也。落牙，肺也。入巴，骨也。布，毛也。刹，血也。望辄，强也。念虫哇，弱也。

《释宫》曰：拨章，宫殿也。亢罢，一曰空罢，房也。喇亢，寺院也。商，一曰作，库也。中译亢，书房也。本亢，衙门也。破，梁也。葛元，瓦也。栋马，椽也。郭，门也。格亢，窗也。宗，寨也。车邓，塔也。马噶，营盘也。

《释器》曰：汤噶，一曰替，印也。卓哇，大碗也。冲哇底，小碗也。楪麻，碟也。冲筒，酒盏也。薄铳，一曰克，斗也。戎罢，一曰桂波，盆也。打札，辔也。绒，一曰拉阿，锅也。角，一曰小，杓也。郭甲，锁也。的，钥匙也。串答，车也。直，刀也。热直，剑也。东，矛也，朴，牌也。茹，弓也。达，箭也。明达，枪也。达儿，旗也。超，甲也。磨，盔也。佳，船也。阿，鼓也。刹嘣，钹也。夺折铃，杵也。箔破，香炉也。绊，幡也。卡阿，锣也。搭巴，绳也。稍斗，伞也。哈，一曰打甲，鞍也。令卜，笛也。渣居，铙也。冬，螺也。丁赤，座也。麻灭，一曰雪灭，镫也。格，梯也。

《释食》曰：萨冻，饮食也。萨，吃也。萨嘛，吃饭也。直，一曰土巴，面也。折，米也。昌，一曰呛，又曰冲，酒也。札，一曰甲大，茶也。糌粑，炒面也。脉儿，酥油也。章孜，蜜也。沙，肉也。甲昌，黄酒也。脈约，清酒也。擦，盐也。艾，一曰拨浪，甜也。渴，苦也。卓洗，麦也。

《释服》曰：拿萨，官服也。郭，一曰褚巴，民服也。热，帽也。物热，官帽也。康，一曰夯，靴也。播，又曰簪，褥也。蕃无袜，与汉语同。葛巾，缎子也。达，绫也。索麻纳杂，麻绳也。杼，一曰浪布，氆氇也。孤巴，一曰葛巾，线也。辍郭，法衣也。

《释色》曰：该布，一曰葛葛，白也。烘布，一曰拉拉，蓝也。谢布，一曰温布，黄也。脉布，红也。黑纳，紫也。卡夺，五采也。江纳油，绿也。

《释佛》曰：诏，如来也。嘛绒节，然灯也。沙加兔巴，释迦也。呐，神也。折，鬼也。剌，上也。麻，无也。剌麻，无上之称也。葛菊，一曰益盖，藏经也。当罢，目录也。班播，卷也。列吾，品也。剌谷，佛象也。工郤桑，三宝也。勒顶，一曰勒角，罗汉也。丹辙，妙法也。

《释文》曰：别岔，书也。哆，经也。构谷，纸也。纳咱，墨也。奴谷，笔也。体物，图书也。萨遗真，字也。播遗，蕃字也。幔遗，医书也。且菊，语录也。

《释方》曰：厦耳，东也。奴，西也。洛，南也。降，北也。顶，上也。卧，下也。怨，左也。叶，右也。顿，前也。交，后也。囊，内也。且，外也。拔耳，中也。囊且，内外也。

《释卉》曰：密朵，花也。甲，一曰极，木也。申卜，一曰酉，树也。纳林也咱，草也。奴麻，竹也。百麻，莲花也。咱瓦，根也。腋，枝也。罗麻，叶也。甚夺，果品也。萃，茜也。阿立看布，杏也。看布，桃也。

《释禽》曰：答，虎也。席，豹也。新革，狮子也。出心，麒麟也。供，彪也。夺，熊也。瓦，狐也。沙瓦，鹿也。章谷，狼也。蚌哇，鼠也。郭，鹰也。安亩，驼也。作，一曰克嘛，牛也。耳工，一曰日工，兔也。律，龙也。直，蛇也。达，马也。路，羊也。折，一曰毕武，猴也。气，狗也。怕，一曰拔，猪也。么亥水，羊也。坡达，骟马也。郭嘛，骡马也。速迷，猫也。穷穷，凤凰也。卯甲，孔雀也。甲，鸡也。昂巴，鹅也。念，一曰阿，鱼也。朴耳，飞也。咂，鸣也。厦，宿也。寻，食也。

《释货》曰、木的，珍珠也。席，玛瑙也。菊六，珊瑚也。不奢，琥珀也。含耳，玉也。谢儿，一曰塞，金也。硬，一曰藕，银也。纳，一曰拉，铜也。然宜，锡也。渣，铁也。出奢，水晶也。硬出，水银也。章卡，银钱也。拔梭，象牙也。

《释药》曰：落，藏香也。赞丹，檀香也(三)。阿葛卢，沉香也。甚艾，甘草也。噶布鲁，冰片也。杂的，豆蔻也。看压，杏仁也。素罢，白芨也。胜棍，阿魏也。撩郭，硃砂也。黎赤，黄丹也。吉望，牛黄也。

《释数》曰：吉，一也。逆，二也。桑，三也。日，四也。阿，五也。竹，六也。顷、七也。杰，八也。固，九也。菊，十也。甲，百也。冻，千也。赤，万也。忙，多也。浓，少也。甲杠，一曰甲嘛，一斤也。松杠，一曰张杠，一两也。若杠，一钱也。喀吗杠，一分也。厘杠，一厘也。

《释人》曰：额，我也。郤，尔也。空，他也。扛，谁也。朗，自也。葛儿，舞也。六朝，唱也。噶，喜也。长情，一曰乂丕，叩头也。棕，笑也。楪瓦，乐也。送，去也。弱，来也。准，请也。列，刻也。拔挫，世职也。裁，寻也。浪，起也。曳，借也。含，知也。悦，在也。念，肯也。入哇，回也。丁，真也。尊，假也。赤，迟也。角，快也。早夺，商量也。胖，可惜也。通，见也。麻通，一曰门通，不见也。笃得，太平也。乌拉，背夫也；又驮畜也。端聂儿，公干也。查赤，一曰约吉，跟随也。董，打也。俄达，投诚也。丹连，管待也。官脚，保佑也。谢，誉也。占，同也。仓瓦，全也。岬，赏也。辄罢，罚也。鳃，新也。宁，旧也。元登，才情也。俄洛，反叛也。亨藏，团圆也。

黎树

曲济嘉木参初八日始过江卡，计至乍雅给假五日后乃赴察木多。余同丁别驾留江卡两日以待之。十三日，启行，五十里，至山根子，茶憩，登山。《图识》所云「终年积雪、盛夏亦凉飈刺骨」者。余过时节近夏至，山凹中积雪数处，行人履之，犹坚冻也。气候亦寒，较江卡以东大异，复觉微喘，恍如折多道上，水土之恶可知矣。上下七十里，至黎树。途中雪雹急雨数阵，倏晴倏阴，止后，复雨雪雹半刻。《通志》云：「黎树不可语，语则有雹。」岂信然耶？此地蛮民二十三户，有塘兵十数人，台吉遣头人于此供应乌拉柴草。十四日，黎树启行，沿山坡，五十里，至阿拉塘，地属阿布拉，蕃人谓山为拉，故以山得名。地亦平广，蕃数十户，有刺麻寺，热傲在此备换乌拉。舆中食鸡子三枚，复过一山，遇雹，再过一山，遇雨，旋霁。申刻，至石板沟止焉。

木兰生地时事考

途中偶忆南北朝代父从军之木兰，前人知为北魏人矣，然究属北魏何时何代人，其从军为何时何地之事，尚未考也。以余考之，木兰盖古武威，今凉州人也。其从军事在孝文帝太和二十年后，宣武帝景明、正始年间，何以见之？即于《木兰辞》中得之也。自古羌胡衣服与中国异，何况女子！

今其辞云：「脱我战时袍，著我旧时裳」，以羌胡女子而为裳衣，显然变服从中国。又云：「归来见天子，天子坐明堂」，按孝文帝太和十六年，始作明堂，行养老之礼，十八年始禁胡服，以此二事证之，故知木兰为孝文作明堂、禁胡服以后人也。曷言乎武威人也？其辞云：「朝辞爷娘去，暮宿黄河边；不闻爷娘唤女声，惟闻黄河流水鸣溅溅。旦辞黄河去，暮宿黑水头；不闻爷娘唤女声，惟闻燕山胡骑鸣啾啾」。详此诗意，是木兰之家去黄河仅一日，而所宿之黄河边去黑水亦仅一日，黑水距其家不过二日，非武威而何？黄河之水自积石而来，至入长城处，已历千里，且受大夏诸河之水，其流盛大，不得作溅溅浅水之鸣，且其家一日至黄河，黄河在南，北去黑水八百余里，安得旦辞黄河、暮宿黑水乎？盖辞本云「黄河边」，边者，近之谓耳。黄河东过大夏，有大通河自西北经祁连山过武威而来会，此水北距黑水之源不及二百里；辞云「黑水头」，头，即源也。祁连山在大通、黑水二河之间，即所云「燕山」也。祁连、燕支二山本一，为胡人要地，汉时匈奴失此二山，为之歌曰：「失我祁连山，使我六畜不蕃息。失我燕支山，使我妇女无颜色。」其为屯兵重地可知。故木兰宿黑水而闻燕山胡骑之鸣也。然则所云「黄河边」者，即今之大通河，以其南入黄为一水，故被以黄河之名矣。木兰所宿之黑水头，去其家仅二日，岂非武威人之确证乎？曷言其从军在太和、正始间也？武威在燕山东南，观其去家至西北从军，则非有事齐、梁矣。孝文帝太和十六年，败柔然于大碛；二十二年，讨破高车；明年，帝殂。宣武帝即位，改元景明，凡四年而改元正始，元年，筑九城于北边。此十数年中，皆有事西北，筑城后乃定。高车、柔然正在燕山之西北，木兰从军十年乃归，且有「将军百战死」之语，度其从军之久，情事多与史合，故知为太和、正始年间，屡次用兵西域时事也。

汉时酒泉、武威、张掖三郡，皆凉地羌人所居。酒泉今之肃州，张掖今之甘州，武威为西凉，今之凉州是也。北魏明元帝泰常五年，西凉王李歆，为北凉沮渠蒙逊所灭。太武帝太延五年，灭北凉；明年，沮渠无讳寇酒泉；太平真君二年，克酒泉，无讳西渡流沙，入据鄯善，又据高昌；李宝自伊吾入据敦煌，封宝为敦煌公；四年，自将击柔然；五年，无讳卒，李宝入朝，留之；六年，伐鄯善，鄯善降，西域复通；八年，平西域，十年，自伐柔然，可汗遁。文成帝太安二年，克伊吾；四年，自伐柔然，刻石纪功而还；和平元年，伐吐谷浑，献文帝皇兴四年，击败吐谷浑，自将击柔然。孝文帝延兴二年，柔然入寇，击走之；三年，吐谷浑入寇，击降之；四年，柔然寇敦煌。盖北魏之世，西北塞外，岁常用兵，未有如木兰从军之久者，以非大将，故史略之，非无名氏一辞，则奇女子竟湮没矣。孰谓文章不足多乎！

五凉

《通典》论凉州云：地势之险，可以自保于一隅；财富之殷，可以无求于中国。故五凉相继与五胡角立，中州人士避难者，多往依之。杨升庵谓其风土可乐如此，引唐韦蟾诗「贺兰山下果园城，塞北江南旧有名」，称其为「塞北江南」以此。余按：今甘肃省治兰州府，县名皋兰，皆以贺兰山得名也，塞北江南，殆指此地，至今繁盛。《通典》所论，乃古之凉州，非今之凉州也。今之凉州在兰州府西北六百余里，古之武威郡也。晋时张轨据河西为前凉，杨云今之甘州；吕光继之为后凉，李暠迁酒泉，杨云今之肃州；又迁沙州，号西凉，杨云今在肃州西八百里；沮渠蒙逊据张掖，号北凉，杨云今镇蕃卫；秃发乌孤据姑藏，号南凉，杨云今之西宁也。此之谓五凉。《通典》盖通论五凉之地云尔。

阿足

十五日，过河沿沟，迎日东行，入山，复东北行，过大山二，坡路颇平，时见积雪，即《图识》所谓大雪山矣。五十五里，至阿足，皆东北行。《图识》云西南行，误也。将至阿足，大呼图克图之兄觉拉率头人来迎，询大呼图克图，云：「十三日至乍雅矣。」阿足乃乍雅首站，山势尚不甚险恶，耕种之地数十顷，蕃民数十户，塘兵十数人，外委一员领之。余与丁别驾宿关帝庙内，觉拉及头人入见，称大呼图命呈送土物，却之。令先回乍雅，谕大呼图五日假满即赴察木多，不可迟延。觉拉言其弟出外数年，今日始归，众头人百姓恳留一月，未敢允许；伊以手足之情，乞准假十五日。余许为伊展一日，为众头人展一日。致谢而去。

校记

〔一〕「统」应为「所」。见前。

〔二〕各本均脱「也」字，今据手稿本补入。

《康輶纪行》卷六

天人一气感应之理

或问天穹窿在上，其于人事无不察者，果以日月照临乎？抑以鬼神鉴察乎？曰：是矣，而不止此也。天无形质，以气为体，气无不在，人在气中不见气，犹鱼在水中不见水，鬼在土中不见土也。六气不时，人感之而疢病，此气之动者耳。不动之气，无时不有，无物不在也。何以见之？于扇之生风见之，室本无风，扇动而风生，岂扇有气哉？以扇摇动，激其气而成风耳。有窍亦皆生风，故当门者有风，窥穴者有风，盖不动之气，渟滀空际，触物必动，透窍必出也。知气无不出，则知天无不在矣。天以气为体，如人以血肉为身。人在气中，如虮虱在人身，随动即觉，岂有告之者乎！故人一举动，天即知之，不待日月之照临，鬼神之鉴察也。虽然天德含宏广大，苟即事物而祸福之，则天不胜其劳，亦不若是之苛也。故阳授其权于日月，阴授其权于鬼神，日月鬼神者，天之一气凝聚之至精者也。日月可见，鬼神不可见。可见者为阳，司阳之权为天子，日月不明，则天子失其治矣。司阴之权为鬼神，鬼神之知能亚于日月，能自祸福人而辅相天子为治者也。人事万殊，天子有知有不知，鬼神则无不知。故天子之祸福，有所及有所不及，鬼神则无所不及；鬼神之无所不及也，一天之无所不及而已矣。（王充《论衡》曰：「天气也，故其去人不远，人有是非，阴为德害，天辄知之，而辄应之。」〔一〕）

于钟二廷尉请托

尹翁归之扶风，过辞廷尉于定国，于欲托其邑子，语终日竟不敢见。何并之颍川，过辞廷尉钟元，元弟威为郡椽而赃，元为免冠请一等之罪，并不许，竟杀之。论者皆美于而薄钟。余曰：钟未可薄也。邑子本疏，其托也可止。威与元兄弟也，为亲故求免一死，其过也可原。元之请，并之杀，一尽其仁，一行其义而已矣。

张亨甫传

连日晴雨不时，寒暄数易，体中微有所感，棉衣三重，加狐皮马褂，尚觉恶寒，惟食粥以清其胃，通事與人亦多病者。曲济嘉木参复请展假。停止一日，为亡友张亨甫作传。午刻雨，申刻始止，河水大涨。

洛家宗

十七日，自阿足东北行，二十里，过阿足河，水稍退，势犹汹涌，肩舆难涉，策马以济。二十里，过歌二塘，川原平阔，停舆候换乌拉。十里，上山，至洛家宗。依山蛮户，二三十家为一处，数处相望。对山一处，则吴公寨，两呼图相争时，白玛奚所攻即此。余与丁别驾共栖土屋一间，壁上土簌簌落，余有覆墙之恐，远墙为行床焉。乍雅守备遣卒十人来迎，谢遣令去。亥刻，闻蛮房有倾覆者，毙七人，伤二人，即乍雅来卒所舍也。卒去而差竣未反之蕃人宿焉，遂遘其祸，岂非数耶？召其头人厚恤之。是夜亥时夏至。

阿足河即勒楚河

阿足所过河，《图识》谓之阿足河，土名也。按今舆图，当为勒楚河，即澜沧江东北一支之上流也。澜沧江来源，干流有二：东北一干最远，其源出玉树土司之南中格尔吉土司境内之格尔吉河，东南流至巴颜囊谦土司境内，名匝楚河，又东南流过察木多之南，二百六十余里，勒索河自乍雅东南合色尔恭河、楚楚河及乍雅西北之猛楚河来会，西南流至阿足，过江卡，入西北一大干流，始名澜沧江。

乍雅

十八日，沿河北行，山坡虽平而迂曲。四十里，过大木桥，即俄伦多山，颇险仄，多偏桥。三十里，至乍雅，驻防守备一员，把总一员，兵三十余名。询曲济嘉木参，已于本日启行矣。胥守备言：宣太守初二日至察木多，遣通事赍谕，传丹臻江错，至王卡不能进，别令土蕃赍往，取夷禀而回，未知复词何若也。乍雅地势平阔，四面皆山，《会典》所云乍雅庙在北山之麓，即曲济嘉木参言其二辈刺麻四朗隆珠所修不果寺，又名噶德学朱青科尔寺也。中宏，可容千人。庙之左偏稍后，为头辈刺麻札巴江错金塔。乱后庙内多倾圮，中有大铜佛像，亦为鸟枪破毁，现存刺麻仅百余人，居庙外之左。其前为转经阁，《通志》所云「男女婚姻，俱于此歌唱以定」者也。余皆头人、蕃民所居，约百余户。山下为守备署，其右为江巴庙，内有石佛，众刺麻诵经礼拜之所。庙门左右有碑，庙之西为关帝庙，更西则行馆也。民居约数十户，兵蕃杂处。勒楚河自山之东南流入，会楚楚、猛楚二河，西南流入澜沧江，自江卡来者。东北过楚楚河，有大木桥，即至乍雅。其东，傍山沟行三十里，为红布沟，即白玛奚辖地。楚楚河自此流出，至乍雅大寺前，与勒楚、猛楚二水会，故名楚楚河也。北行登山，稍西，即往察木多大路。山南，雪水下涧，即猛楚河，南流合楚楚、勒楚二河西去。二呼图所居寺院，名卡撒顶，又名麻贡，土人名烟袋塘；在乍雅之西，马行二日可至。《通志》云：「乍雅在布政司西南三千一百零五里，东至阿足，一百七十里，西至八贡，三百四十里，南界拣哇冈，北界官角。乍雅土域，周围百余丈。」余按：乍雅今无土域，惟麻贡有之，曲济嘉木参言：札巴江错始建庙在麻贡，因其地在山窝，形似帐房，故名其地为乍雅。然则乍雅之地，本即麻贡，初不甚著，及四朗隆珠又建庙于今之乍雅，至罗藏朗结在此庙中受封号，遂相传以此为乍雅矣。

乍雅诸河（三条）

《四川通志》云：「勒楮河，在乍雅大寺前，源出乍雅西北昂喇山下，合甲仓楮河。又有乐楮河，源出乍雅西北作喇山，合甲仓楮河，经流洛隆宗合乐楮河到乍雅界。又有色楮河，源出上纳夺，经流江卡，西南流入察木多大河。」余按：此云勒楮河者，即今舆图之勒楚河也。楮楚音同，乐楮、甲仓楮二河，志说未详。《通志》又云：「昂喇山在乍雅西北，危峻，八十里进藏要道，冬春多积雪。」余按：自江卡至乍雅，皆东北行，乍雅至察木多乃北行，昂喇山为乍雅至察木多所必经，山南雪水，皆东流至乍雅大寺前，会红布沟之楚河而西南流，山北别一水，经王卡来，亦西南流会色楮河入察木多大河。其在王卡之河，颇宽，过王卡必过此河，有大木桥以济行人。昂喇山北有地名昂地，即以山得名也。

又按：《通志》所云「色楮河源出上纳夺，经流江卡，西南流入察木多大河」者，以今舆图考之，上纳夺土司境内，惟有布垒楚河，上承木鲁乌苏河，经上纳夺东南，流过巴塘，入金沙江，与察木多大河入澜沧江者不通，且亦不过江卡，惟上纳夺土司所属四土司之西，有一小水发源于此，西南流入匜楚河，即察木多元大河，南流经乍雅之西境，会楚河、色尔恭河、勒楚河诸水，南过江卡入澜沧江，是色楮河者，即此水耳。色楮与匜楚音固相近也。察木多在江卡之北上流数百里，当云流经察木多大河，南过江卡等处方合。《志》言误矣。

又按：今舆图乍雅东南有水名色尔恭河，发源东北，西南入乍雅境，合江卡东北境之勒楚河，西北流入楚楚河，即《通志》之勒楮河也。勒楮河源出乍雅东南，在江卡之东北，与乍雅西北之昂喇山无涉。《通志》以为源出昂喇，其失远矣。

《邸钞》

二十日，发宣太守书。巴塘钱明府寄示《邸钞》，知刘次白中丞引疾，邓嶰筠先生经理屯田事竣，授陕抚，二月十六日事也。

理藩院请修《刺麻源流册》

理藩院请修《呼图克图刺麻源流册》，其奏略曰：国家统一寰宇，凡藏、卫、西宁之唐古忒呼图克图刺麻，内外札萨克各旗之蒙古呼图克图刺麻，向化输诚，或以功绩优著，或因经典深通，历赏职名册敕印信，其衔有呼图克图、那门汗、班第达、绰尔济之次序，其号有国师、禅师之分，册印或玉，或银，或镀金，各视其职衔名号大小为定。其圆寂转世，溯查远年，漫无规制，遇有报出呼毕勒罕者，但凭西藏唐古忒刺麻吹忠辨认是非。乾隆五十八年定制：于雍和宫暨西藏各设金，蒙古所出呼毕勒罕，由雍和宫暨西藏各设金瓶，蒙古所出呼毕勒罕，由雍和宫签名入掣，唐古忒出呼毕勒罕，由西藏签名入掣，达赖刺麻等俗家不得入掣；凡驻扎前后藏之唐古忒刺麻达赖刺麻、班禅额尔德尼，西宁之唐古忒刺麻章嘉呼图克图，内外札萨克所属之蒙古刺麻哲布尊丹巴呼图克图等，共一百四十七名，汇为一册，原有敕印可凭者，准其补入转世册档，无名者悉不准其转世。立法至美且备。惟后来奉行未善，致虽有敕印，而生前未及补入册档者有之；或转世后前辈确有敕印，而碍于册档无名，不能补入者有之；又或凭其敕印奏准入册，而但于稿内声明，又或册档空列人名，并无事迹可稽；至于其人名下，圆寂转世，地方年月，仅载一辈，其后垂今六十年，未尝修办。前此臣院查出吉勒图堪尼尔德蒙额那门汗，暨有敕印，以遗漏入档，致圆寂后转世将其敕印追销，不准转世；又四川咨查，乍雅呼图克图早经入瓶签掣，而实未入档，但已随时更正。虽觉范与政体难以相提并论，要必准情酌理，有所依据，若不及早修辑，遇事凭何信守。臣等酌议，拣例案较熟司官数员，请旨派章嘉呼图克图会办，详查原册，定出规条，分别应裁应留应补，就平日调到各处文册核对，仍飞行前后藏、西宁、内外札萨克，另造全册送院，以免遗漏。

获青莲教匪

本年正月，甘肃奏获青莲教匪夏长青等，湖北亦奏获教匪陈依精等，皆称听从四川人李一沅传教，四川旋获李一沅及其党郑子青六十余人。李一沅称：在湖北与陈汶阳设坛，请无生老母降乩，令其传徒，录有绫书经句十报、十忏、三皈、五戒之文。称弥勒转生朱家，总教主朱中立在湖北。又号八牛教，分排次第：一等曰内五行，为陈依精、彭依法、林依秘、葛依元等，在湖北传徒；二等曰十地，在川陕各省，掌教李一沅掌四川、陕、甘为一地；三等曰一百零八盘，分至各省传徒。右见《邸钞》及四川奏稿。先是道光七年，四川获教首杨守一及其党，遣发新疆，适有张格尔之乱，诸遣犯从军出力，多赦归，至是复兴其教，幸早破获。然首惑人者朱中立也，若得而诛之，使天下知弥勒之邪说为伪，庶愚民知误，否则其徒众多，可胜诛耶？蜀中啯匪，几于遍地，其党日众，虽时有诛惩，防缉亦严，而伏莽终为可虑，况益以教匪之众！若非此岁丰登，无惴栗乎？嗟呼！盗之为患，自古然矣，苟为上者诚心治盗，必先清心寡欲而后可，盖心清则用人公明，守令得人，盗于何有！

喀拉沙尔屯田

道光八年，张格尔既平，伊犁将军特依顺保请裁防兵，招民屯田。大学士长公议：新疆流民，多只身，日久不免，故绝逃亡，思欲皆成土著，须广招眷户，庶人户日增，田土日辟。当时奏准，惟喀什噶尔及巴楚喀两处兴屯，为数无多。近时议者，多及边外屯田事。道光二十四年，喀拉沙尔办事大臣全庆奏：原设屯工种地，仅止六千余亩，今改招有眷民户，开垦三屯山地共十万四千亩，定界址，开大渠，每户承种以二百亩为率，每亩六升五合升科，年可征粮六千七百六十石余，文本处官兵口粮，各官加增养廉盐菜外，尚有盈余存仓。其三屯每工设户长一人，具状保结，按亩升科。道光二十四年秋后交纳，如有欠粮，惟户长是问。仍令章京均匀分拨渠水，各资灌溉。喀拉沙尔为回疆门户，回众与蒙古诸部分错其间，地势雄险，惟附近城地当冲，辽阔而少人烟。今招来耕民六百三十五户，所种地近往来大路，堪为城郭藩篱，平时赖以耕耘，有事资其捍卫，此后民户日多，气势联络，可以扼南路之冲要，壮回疆各城之声威。以上见《邸钞·全公奏稿》，摘录于此。全公满洲正白旗人，道光己丑进士。

乍雅夷情刁悍

二十二日，复夜雨达旦。胥守备言：乍雅夷情刁悍，地不生树木，营兵苦乏柴薪，惟番人自红布沟以牛粪来市，买作薪，马食山草皆给价而后可近，有马偶多食之，番人遂断水草二十余日，其不驯如此。塘汛之设，不过走递公文。不能弹压也。

江巴庙碑

江巴庙前有二碑，一为兵蕃捐修《本庙缘起》，一则乾隆十八年癸酉七月，乍雅、克察顶、江卡、昂地驻防众官兵为呼图克图平减粮价之「颂德碑」也。其文鄙陋不通，叙列汉蕃官衔名称，管理克察顶一带地方二呼图克图罗藏丹巴八，管理乍雅一带地方三呼图克图罗藏林钦，则是二呼图克图分管地方由来久矣，不惟有二呼图，且有三呼图也。卡察顶，即《通志》之卡撒顶，三呼图不知废自何时。

理数因

儒者言理，术家言数，释氏言因。凡事求其理而不得则参之数，更推其数而不得则付之因，三者若不同而实不相倍。盖理主其常，反是则变，天下不能有常无变也，以数推之，则可即常观变矣。数之变有万，而各有所起，起即因也，以所因究之，则可即起知止矣。常变起止，可推可究，非理乎？一理明则数与因在其中矣。事势所必者理也，数有千万各处其一，随举其一皆可为起，所起者异，即所止之数千万亦异，寻其一而推之，十百千万可知，非理乎？数有尽而理不与同尽，因有起而理即与之为起，故有一而后有万，一即万之因也。因有外来，有自中起，圣人不自起因，坐以观变，故常主于静。

州牧

州牧最尊贵，始自唐虞。诸侯伯之长也。后汉时州牧统诸郡邑。六朝称刺史，亦在郡守之上，其权甚重，如今督抚。宋时改郡为州，分四等，有节度、防御、团练、刺史之别，刺史为下等州，然皆有属邑，实郡守也。今之直隶州，盖宋刺史州矣。世人书文诗歌中，每文其称曰「刺史」，虽僭而非古，犹自有说。若今府属诸州，秩虽五品，实乃令宰耳，不可称刺史矣。今一以刺史称之，非也。至如院司公牍中，毋论直隶属州，同曰某牧，混而无据，不更僭之甚乎！

雪山行

二十三日，晴，觉拉告乌拉已齐，沿山西北行。遥望雪山，凌霄插汉，口占一绝云：「紫菊花开事远游，黄梅子熟尚悠悠。蛮山亦自含愁重，笏立千峰尽白头。」三十里，过雨撒。蕃民数户，甚寥落。又三十余里，上大雪山。积雪甚厚，一望无际，滑险异常，人马数蹶。《通志》云：「昂喇山上下约八十里，进藏要道，冬春积雪，行者苦之。」是矣。作《雪山行》曰：「夏至已过生一阴，雪山雪甚愁人心，崔巍高下浑莫辨，神摇目眩谁则禁。马蹄数蹶骨欲折，十人九仆还呻吟。千年老雕不敢过，狐兔放胆时追寻。日方卓午正腾跃，雪光不受相欺侵。白雪虽白黯无色，惟见缺处杳杳青天青。我闻丹达之山多雪窟，井尝数丈无其深，昔人运饷此一坠，数年雪化躯亭亭，官卑未恤名亦没，神庙赫奕犹垂今。感念贞魂一洒泪，崎岖世路徒惺惺。吁嗟呼！劳人草草古所叹，我歌一阕吾其听。」三十余里，下山至昂地。雪尽水流漫溢，行者苦之。曲济嘉木参留头人于此供应乌拉，其仓储巴谷喜随至察木多矣。

昂地、噶噶、王卡

二十四日，顺山沟西行。三十里，至噶噶，为仓储巴彭错辖地。丹臻江错及彭错、彭错达吉，各遣业尔仓巴来候，呈送土物，却之。过噶噶，西上大雪山，乱石崎岖，上下数十里，极险峻，积雪方化，水流漫溢，既下，沿沟曲折，崎岖益盛。自噶噶西北六十里，至王卡河，西南流，怒涛汹涌，颇深广，意即察木多南来之匝楚河也。王卡南北迂回十数里，沿山碉楼蛮寨，约数百户。山下沃壤长河，极为富庶，仓储巴谷喜之辖地也。曲济嘉木参产此。昨过王卡，留四日乃行，使谷喜来以其情告。谷喜云：大呼图甫行，乌拉须返，而供役牛马疲乏，求休息两日。许之。令传谕曲济嘉木参至巴贡，勿复留滞也。谷喜去巴贡。头人冷中吉来，闻不许大呼图之留，苦恳，许以一日。

陈提督小传

二十五日早起，与丁别驾论近时将帅之廉勇如陈提督(化成)者，为作小传，别驾手录其稿。

老龙沟

未至王卡二十余里，水石纵横，人马行巉岩峭壁下，架偏桥以济，极险隘，名老龙沟，地多邪祟，过者苦触染，蕃僧以二长绳贯沟两岸，小方布书符咒凡数十道，悬以镇之。过沟里许，蕃民数十户，有佛楼，小院颇修整，一刺麻于石壁上砌小屋，方仅丈，于中习静，无梯亦无门，惟一小窦，十日一次，人以竿悬饮食进之，老死乃开而火之。自此至藏，云多有之，闻藏内尤众，有趺坐岩树下经数年者，月或一食。

王卡守乌拉

二十六日，曲济嘉木参遣告：巴贡西，即察木多界。得察木多书云：此行乌拉需五六百，不能速集，嘱其缓进。以书来请示。许停三日。余与丁别驾改以二十九日自王卡启行，书致宣太守，告以缓故，及传谕丹臻江错之事。

左贡入藏道里（二条）

向闻入藏之道，自石板沟分路，由左贡行十一路，可至瓦合寨，不由乍雅、察木多一路，即道光二十一年达赖刺麻入贡之路也。自石板沟至瓦合寨大道，由乍雅、察木多行，凡十四站。左贡一路，可少三站，路甚平坦，亦不过溜筩之险。顷从常行此路者访之，乃得其详。盖自石板沟分道，九十里，过大山，至钟玉喜（有寨落可换夫马）；六十里，过山，至札喜打桑（乃桥名，有寨落）；七十里，至萨玉喜（无寨落，有蛮帐房可住，可换夫马）；八十里，至左贡（有寨落，设蕃官于此，可换夫马）；自石板沟至萨玉喜四站，江卡台吉所辖也；左贡六十里，至天通（有寨路换夫马）；七十里，至纳隆喜（无帐房寨落）；七十里，至奔达（有寨落换夫马）；九十里，至曲札（有寨落换夫马）：自左贡至奔达四站，左贡蕃营官所辖也，夫马柴草，皆其供应；曲札六十里，至角达（有帐房）；六十里，至葛金（有帐房换夫马）；一百二十里，至瓦合寨，复归大道；自曲札至葛金三站八宿，蕃官所辖也，夫马柴草，皆其供应。以上十一站，皆达赖刺麻之地，惟札喜打桑、钟玉喜以东，有二大山，余皆坦道。

藏至瓦合，取道左贡，十一站至江卡，复有一站，并记于此。曰：自瓦合东南行，济仲刺麻所辖黑帐房地一站，曰咽井，有热儆；二站曰曲札，有热儆；三站曰邦达，有大刺麻寺及蛮寨、大热傲；四站曰田都，有头人、蛮寨、小刺麻寺；五站曰左贡，有大营官、蛮寨；六站曰乌鸦，有蛮寨；七站曰东达，过山有蛮寨；八站曰咙行，有小公馆，次日过小山，地名占更，换乌拉；九站曰角，有蛮寨，宿此，明日过溜筩河；十站曰拉窝，过小山即江卡矣。此一路，乃达赖刺麻每年赴藏买茶大道也。通计不及十一站。左贡以上，与前一道同。帼井即葛金，一百二十里，至曲札，道平，一日可至邦达，即奔达也。田都即天通，曲札至此一百四十里，昼长，一日可至。左贡以下乃分道，六站而至江卡。此一路，近十余岁运饷委员由藏返省，皆取道于此，以避察木多、乍雅之顽悍。惟溜筩稍险，人马悬渡，钦使不便耳。十月后，河冰冻合，则人舆可通，亦可以小舟渡矣。

设备道议

蕃性，犬狼也。两呼图克图，各用其私人，构兵不已，屡令文武劝谕之不息，判断之不遵，冷中碛辈，敢阻困回京之大臣，肆其挟制，此而不振以兵威，其有济乎？夫蛮触相争，本可置之不问，其所以不能置之者，徒以川、藏孔道，台站所在，不可梗阻耳。然川、藏自有孔道，非舍此不通，何必沾沾此路哉！乍雅一路，蕃情刁狡难驯，自昔已然。乾隆中即有「恶八站」之称，见于《卫藏图识》，岳大将军进兵西藏，未由此路，至今蕃人不识兵威。每年委员解运藏饷，台站更替，名为承应乌拉，实贪其利，于雇价外更邀赏茶布烟物，复有酒钱，背手种种无厌，每过一站，刁索阻延，无不苦之，皆视为畏途久矣。故文武委员差竣回省，多自察木多别雇骡马，由他道至江卡或阿拉塘，复归大道，以避乍雅，即民间货物往来，亦不由此路，其恶可知矣。今若别为备道，则往来官民既便，刁狡之蕃，无所挟持，即有蛮触之争，而道路无虞梗塞，彼此控愬，或理或否，我得操纵自如，何致顾忌多端，使车仆仆，失体损威，刁风日炽哉！或曰：徭役，人情所不愿也，添设台站，其如他道之人不愿何？曰：不然，余所言备道者非他，固达赖刺麻地也，自江卡以西，瓦合寨以东，别有商贾往来之路，既通商贾，岂不可设台站乎？达赖刺麻，一蕃僧耳，受国家养育之恩，予以全藏地，优崇之者至矣，其土地人民，何一非天朝所有，供此徭役，理复何辞？且此每年之役皆藏饷赏需，初非他人之用，即台站之设，亦皆为藏地联络声势。国家既予以全藏之地，复设大臣重兵为之护卫，以镇抚人民，捍御外侮，更不惜岁费数万帑金，越数千里，委员馈运，成都以西，内而州县，外则土司，为藏地劳费多矣，区区数百里之役，以藏人供藏用，尚何言哉！道光二十一年，乍雅两呼图克图之众相争，达赖刺麻贡使即由彼所辖地行矣。近年委员如朱锡保、武来雨、刘光第、宝钺、徐赓昌，皆自他道回省，即商贾往来大道，非不毛之地也。稍一转移，便利实多，若因循仍旧，其害无已，惟明者察之而已。

巴贡

二十九日，王卡启程，沿河北行十数里，至热水塘，过河为二呼图克图界。又北行，十余里，至三道桥，复为大呼图克图界。头人冷中碛在此迎候。又北行，二十余里，至巴贡，地不甚宽，石山南北对峙，察木多大河自此流入，形势险阻，如石阙然。

火焰苦弄二山

三十日，自巴贡西北行，登大山，即巴贡山也。河北石山接连，四十里，石峰巉削，高下林立，色赭如火焰，故土名火焰山。过山略下，蝉联相接，为苦弄山，乃乍雅、察木多交界处也。蕃人语风曰弄，山高大而多风，行人苦之，故名苦弄。又山多石穴望之如窟，俗遂讹为窟窿山矣。此山又四十余里，乃至包墩，陟降崎岖，较巴贡山尤为陡峻，诚如《图识》所云「终日蹀躞于荒山」者也，惟云「多偏桥」未见。盖数十年来，情形改变矣。（按：苦弄山又名窟窿山，见《卫藏图识》，而《四川通志》无之，惟有鱼别喇山，在察木多西南接乍雅、巴贡界，或即此山。然云不甚险峻，上下约二十五里，似又不同。）

文昌星可以人神为之

星之有文昌也，古矣，神之有文昌也，始于近代。经生家多著论，谓文昌六星，本司禄命，非世所传之梓潼神也。征引古书，其说甚辨。余谓考古之学，自不可少，而天人之理，实不可诬。人本二气五行所生，其始未有非二五之精者也，精则明，明则神，神之与星，一物耳。星之精气，可降生而为人，人之精气，何不可上升而还为星乎？傅说，殷相也，殁为箕尾之星；梓潼神殁，升为文昌之星，亦就是耳。《化书》所云，虽若怪诞，然人物死精气不散，感而复生，实阴阳变化之理，不可以三生之说出于释氏而诞之也。精气本体，无人物之可名，其感而生也，可以人，亦可以物。世儒惟知贵人贱物，独不思人有贵贱，当辨其贤愚，不可概以为贵，犹之物有贵贱，当别其灵蠢，不可概以为贱也。桀、纣、操、莽，有何可贵？麟、凤、龟、龙，岂可言贱？人为桀、纣、操、莽之行，则即豺、狼、蛇、虎之心也，人其形而豺、狼、蛇、虎其心，戾气所聚，虽死不散，感而复生，各以其类，乌能不为豺、狼、蛇、虎乎？此不必有地狱之神，罚之殛之也，自为之也。物有麟、凤、龟、龙之德，则即圣贤豪杰之心也，物其形而圣贤豪杰其心，秀气所钟，死亦不散，感而复生，亦从其类，何必不为圣贤豪杰乎？此亦不必有天曹之神赏之命之也，自为之也。然而实有神焉，赏罚之而殛之命之，何也？天地无心，而有主宰天地之神，圣人无心，而有主宰人物之君，人物之贤愚灵蠢，能自为之，而世运之治乱隆污，人运之盛衰修短，不能自为之，必有司其权者，而后整齐画一，人物以之而定，否则散而无统，大乱之道也。故人所能自致者，身心之善恶耳，所不能自主者，名位之贵贱、气数之修短也。人贵其德，本有可贵其位之理，人善其心，本有可修其数之理，而不必尽然，则司其权者，别有道焉，非人所能知而亦不必知之矣。文昌之星，司人禄命，天星也，可以人神为之。人惟自修其德，安知异日不可为神，不可为星哉？不强其志，不究其理，徒执书传一言，妄为辨难，此亦泥古之过也。六月初一日，驻包墩，丁别驾言梓潼县文昌神庙事，记此。

事物本原于道

天下事物，莫不有所由来，由来者，事物之本原，本原即道也。事物可见，本原则或见或不见，智者明其理，愚人泥其迹，愚者多，智者少，道之所以不明也。六经自秦火后，赖汉儒传之经传即圣人之道以传。汉之大儒伏生、欧阳、申公、董仲舒、大小夏侯、后苍、二戴、孔安国、刘子政、郑康成、贾逵、服虔，粗明圣道，顾所讲说训诂，详于名物度数，而简于道理者。道德性命之精微，即寓于名物度数之中，上智者可即此而见。且名物度数之事，古人童而习焉，目见而身用之，其学之也易。后世三代法物皆不可见，惟于方策是求，其学之也难。穷年毕世，即粗者犹不能尽晓，况其精微者乎？有所及则有所不及，非谓道德性命可不必事事也。此数大儒者，其于性命何若，吾不能知，固皆身蕴道德矣。迨孔光、张禹、刘歆、马融辈，但以传经为业，不以道德为重，乃至身附篡逆，犹自诩通儒，是大叛乎圣人，而为王者所必诛矣。由不知道德性命为所当事也。及乎宋世诸大儒出，深有以明道之本原，知圣人著述六经之旨，固欲以治人善世，非如有司之徒存其器、典守其法也。名物度数，汉儒既已详明，学者可以考索而得，惟道德性命之精微，汉儒有所未及，故以其身所究明者，阐发以示后人。自是六经之旨乃明，圣人之道乃备矣。学者由汉儒所传，有以观圣人之迹，复由宋儒之说，有以得圣人之心，是两代大儒，皆吾父师也。近世诸人，因宋、元、明以来，习汉儒之学者少从事于此，妄自夸诩，遂欲蔑弃宋儒，矢口诋毁，又以宋儒之学，皆修身齐家正心诚意之事，不敢昌言攻之也。思宋儒所专精用力者，无如四子书，三尺童子，无不习之。则曰《大学》、《中庸》，本出《戴记》，当还其旧。若谓：此不过数十篇中之二篇耳。欲行其炫博矜奇之说，则以圣贤切实精微之旨，杂置繁文度数中，使人厌弃之，然后得自显其长。是其用心，全为自矜自炫之私，初何尝为圣人之六经及世道人心起见乎？由其陷溺已深，见宋儒之说有大不便于己，故为邪说以排距之，然「民有秉彝，好是懿德」，天下何能受其欺乎！

包墩猛卜

初二日，夜雨，达晓未已。包墩沿河西北行，过小山二，大山一，偏桥险峻，崎岖难行，复值雨泞，人马苦困。六十里，乃至猛卜，雨犹未已。察木多文游府、藏委会办乍雅案之谢都阃及粮务高明府，均遣人迎候。

猛虎山小恩达

初三日，西北登山，愈形险峻，汛卒曰：猛虎山也。上下三十里，有地曰小恩达，以察木多北去二百余里有恩达寨也。又曰：柳林子，察林多之北数十里，有大柳林，乃呼图克图避暑所盖，蕃僧称其园，皆曰柳林也。有蕃人数十户，复上山，陟降三十里，乃至察木多。

察木多(二条)

察木多，《通志》云：「在布政司西南三千五百二十五里，东至包墩界，一百四十里，西至牛屎沟界，三百九十里，南至结党，北至隆庆界。」又云：「察木多在乍雅西北，即古康地，古称前藏，一名喀木，界通川、滇，其北河有四川桥，南河有云南桥，江巴林寺系江心濯结所建，寺北水名昌河，寺右水名都河，故又名昌都。昔属阐教呼图克图。康熙五十八年，大兵进讨西藏，颁正呼图克图印信，其文系『阐讲黄教额尔德尼那门汗之印』，清字、蒙古字、夷字三篆，住坐察木多大寺，其副呼图克图住坐边坝之西甲喇大寺，有昌诸巴(《卫藏图识》作仓储巴)五家扎聪『所管大小寺院五十座』。」今按察木多正副呼图克图有四，皆住昌都大寺内；仓储巴有二，一正一副。

和泰庵《西藏赋》云：察木多三藏之一，喀木名遥。自注：西至类伍齐，二百二十里，南至结党，北至隆庆，昔属阐教呼图克图。康熙五十八年，颁「结帕克巴拉呼图克图诺们汗之印」。亦系三译，篆文曰「阐讲黄教额尔德尼第巴诺们罕之印」。其二呼图克图号锡瓦拉，三呼图克图号甲喇克，大小寺院五十座，剌麻四千五百名，蕃民七千六百余户，其俗崇信浮屠，生子半为剌麻。其他则层峦叠嶂，怪岫奇峰，乃西藏之门户，古所云康云喀木者即此，合前后卫为三藏，俗名昌都也。共投诚蕃地隶之者二十处。

昂楮杂楮二河合拉楚河(二条)

旧《通志》云：「昂楮河在察木多左，源出中坝，因通云南，亦名云河。」「杂楮河在察木多右，源出九茹，因通四川，亦名川河。水合流入云南界。」今按川河在左，云河在右，旧志误也。《西藏志》云：「裹角大山积雪，五十里，离瓦合一柱拉，三日，过山，至昌都，二日，乃川、滇、西藏三界之中，最为重地，两山环抱，左右有大木桥，东走四川，南达云南，西通西藏，北通青海，乃扼要之区。」余按：察木多大寺，今在山上，南向。其山自西北来，开大嶂寺后，屏开三叠，左右双峰耸峙，中出一支，迤逦而下，二里许，如龙饮水。左右二河，自山后环抱而来，交会山前。其外高山四周，形势非常。昔岳大将军见而恶之，驻军山上，移刺麻于下，断其山脉而还之。今山上刺麻数千。山下土城，为游击戍兵及粮务驻所。城外蕃民四五百户，汉人贸易者数十家，与蕃杂处。

又按《一统志》：澜沧江二源，一名匝楚河，一名鄂穆楚河，皆发源于匝坐里冈城西北，「俱东南流，至匝坐里冈城东北三百余里察木多庙前，二水合流，名拉楚河。又南流九百余里，至云南塔城关西，入丽江府界，为澜沧江。经永昌、顺宁、蒙化、景东诸(三)历阿瓦国老挝地，入交阯界，注于南海。」然则此山前左右二河，来源皆千余里而交会，无怪昌都形势独胜也。《通志》，昂楮河，即鄂穆宜楚，杂楮河，即匝楚也。

建文帝为呼图克图

蕃人相传，察木多之大呼图克图，为明建文帝转世。虽无稽，足见当时天下怜建文，异域亦久而不忘也。感成一绝云：「异代兴亡残骨肉，千年遗憾托浮云。长陵抔土空神武，西域人犹爱建文。」

乍雅两呼图克图曲直

宣太守言：两次檄调丹臻江错四仓储巴不至，今使人三路召之，且使红教剌麻劝其来。因论两呼图曲直，以丹臻江错争权夺印为非。余曰：蛮夷政教与中国殊，自古不绳以法，惟因俗羁縻而已。然曲济嘉木参以蕃僧受印敕，安抚教化，是其职也；不能安抚其下，致众畔散，身自出亡，已非国家设那们汗安抚蕃黎之意。况乍雅不责贡赋，惟供大道乌拉之役，使者往来，复予雇值，而任其属蕃多所邀索，时阻王程，人皆视为畏途，比反，多取道他途避之，国家安用此那们汗为耶？彼自不德，众叛出亡，朝廷不讨其罪，数遣王宫劳费远涉，为之调辑安抚，十年不能定，犹不自反，敢令属蕃阻留大臣五十余日，要求无状，此去叛逆一间耳。丹臻江错护印，与群仓储巴访诸牧竖之中，收养及岁，送藏学经，迎回授印，以为那们汗，曾何负于彼而反以为怨耶？如有争权夺印之心，则不收养送藏、迎回授印矣。且丹臻江错护印理事，乃大臣奏诸，印已交还，何犹言夺？至五仓储巴之放，则四朗江折本曲济嘉木参自放，谷喜、白玛奚、彭错达吉皆在丹臻江错护印之时，彭错则以其叔仓储巴阿札有功于曲济嘉木参，许以其侄接充，后复以乍雅营官捕盗被杀，故使为之，丹臻江错初何尝争其权乎？

拉达克诱森巴犯藏

后藏之西为阿里，其西北界近底穆冈城，东有拉达克城，本一小部落也。东西境长一千五百余里，北至叶尔羌，十八站，西北为克食米尔，西南为森巴，南为哲孟雄、洛敏汤、廓尔喀，又西南为披楞，其西境内有茫玉纳山，自茫玉纳山以西，有地曰补仁，又西曰达坝噶尔，又西曰杂仁，又西北曰堆噶尔本，又西北曰茹妥，皆拉达克之地。堆噶尔本产金。五辈达赖剌麻盛时，夺取此五处。拉达克不敢较。道光十年，有张格尔余党，自叶尔羌逃至其地，拉达克酋长擒献，赏五品顶戴。又尝入藏礼达赖、班禅。后为西界外野蕃森巴侵占其地，走唐古忒求救，驻藏大臣拒之弗纳。拉达克怨，反投森巴，诱之寇唐古忒，欲复茫玉纳山西故地。森巴者，其部有三：最大而远者曰然吉森，次曰索热森，曰谷朗森。道光二十一年，索热森酋俄斯尔遂因拉达克来侵，藏遣噶布伦往御，卒少不胜，补仁五处，皆为所夺。大臣以闻，发唐古忒大兵剿之。森巴勇悍，善枪箭铜炮，而不耐寒。藏有红教剌麻宜玛汤者，能诵经祈雪，深数尺，森巴大冻，唐古忒乘雪以连环枪进攻，森巴大败，阵斩俄斯尔，擒八百余人，尽复所夺地，追至森巴界河而营。督唐古忒兵者，噶布伦策垫夺吉、戴琫比喜也。俄斯尔之妻率众继至，闻败大惧。然吉森以为俄斯尔之勇犹阵亡，又森巴得唐古忒营中护法神像忽自行动，大惧。乃使人请和，未成，决河水淹唐古忒营，兵皆走依山。策垫夺吉、比喜单骑入森巴营责让之，森巴乃奉约而退还所侵拉达克地，以处其酋。

藏委堪布卓尼尔

十五日，藏中委曲琫堪布增卓坚参及卓尼尔阿旺改桑至察木多，会办乍雅事。曲琫堪布者，职司经卷，堪布中为第五等；卓尼尔则为达赖供奔走传宣者。

哲孟雄听披楞通道

前藏西南小部落名哲孟雄，西南邻廓尔喀，南接披楞，去后藏之帕里三百程，北至江孜三百余里。又北一百余里，即札什伦布旧属廓尔喀。乾隆五十七年，廓尔喀平后修好于唐古忒，贡服王化，人强健而地小，素畏披楞。其通披楞之处，中隔大山，有道一线，仅容羊行，天生险隘也。藏人言近为披楞凿宽此道，设卡其上，哲孟雄不敢较。盖披楞欲窥西藏，为廓尔喀所阻，哲孟雄路近而小弱，故思取道于此。

校记

（一）王充《论衡》原文为：「儒者曰：『天，气也。故其去人不远，人有是非，阴为德害，天辄知之，又辄应之。』」此为王充引儒者之论而下文批评之，姚莹引文漏「儒者曰」三字，易使人误解为王充自己的观点。

（二）目录为「三条」。

（三）《一统志》「诸」下有「府」字。

《康輶纪行》卷七

瓦合山海子

察木多西去三百余里，有瓦合山，入藏所必经也。《卫藏图识》云：「高峻百折，山上有海子，烟雾迷离，有望竿，合周天度数，矗立土台之上，大雪封山，藉以向导，过者戒勿声，违则冰雹骤至；山中鸟兽不栖，四时皆冷；上下逾百里无炊烟。」《通志》云：「瓦合大山，在类伍齐西南，山大而峻，历一百二十里，到瓦合寨。」谢都阃云：海子周四十里，每年十月十五日结冰，次年三月十五日冰解，如期不失，人俟有野兽行迹，即从冰上往来，海子中有独角兽大如牛，过者见之，以为祥瑞，蕃人谓之海神。

察木多西二十八站

察木多西去，尖宿二十八站，至拉里。曰俄洛桥，曰浪荡沟，曰拉贡，曰恩达寨，曰牛粪沟，曰瓦合寨，曰麻利，曰嘉裕桥，曰鼻奔山根，曰洛隆宗，曰曲齿，曰硕般多，曰中义沟，曰巴里郎，曰索马郎，曰拉子，曰边坝，曰丹达，曰察罗松多，曰郎吉宗，曰大窝，曰阿兰多，曰破寨子，曰甲贡，曰大板桥，曰多洞，曰擦竹卡，曰拉里，凡一千五百里。

拉里西十六站

拉里而西，尖宿十六站，至前藏。曰阿咱，曰山湾，曰常多，曰宁多，曰拉松多，曰江达，曰顺达，曰鹿马岭，曰推达，曰乌苏江，曰仁近里，曰墨竹工卡，曰拉木，曰德庆，曰蔡里，曰西藏喇萨，凡一千一十里。

类伍齐、洛隆宗诸部

自察木多以西，地皆达赖剌麻遣蕃官管理。部落大者曰类伍齐，一作类乌齐，在察木多西北，为草地入藏径道，所红教呼图克图住坐大寺。康熙中赐印，文曰「协理黄教那们汗之印」，清文、蒙古、唐古忒三篆。有土城，其众剌麻皆居城内，所部蕃民多黑帐房，居土房者少。去四川布政司三千七百四十五里。次曰洛隆宗，一作罗隆宗，在布政司西南四千一百一十五里，其地有嘉裕桥，为藏、炉通津。潞江在其城东北六十里，蒙古名喀喇乌苏，蕃名鄂宜尔楚，其下流为潞江，又作怒江。又有匝楚河，在其城东北一百六十里，其下流为澜沧江。次曰硕般多，一作说板多。一作苏班多，一作舒班多，在洛隆宗西，去布政司四千二百七十五里，乃青海之捷径也。筑土甃石为城，枕山临河，僧众蕃民，皆在城内建房屋以居。次曰达隆宗，在硕般多南，即边坝，又名賨巴，去布政司四千五百五十五里，有沙工喇山在其西，崇峻，上下八十里，相连鲁工喇山，平衍八十余里。《通志》云：「山冬春每积雪难逾」。《卫藏图识》作鲁贡拉山，云：「峭壁摩空，一小沟蜿蜒上下，夏则泥滑，冬则一冰雪槽，行人拄杖，鱼贯而进。」又有丹达山，上有雪城，路径奇险，在鲁工拉山东十五里。相传康熙中有云南解饷官过此，堕雪窖中，没为山神，灵异，土人祠焉，今过山者必虔祀之，否则冰雹立至。成都府城及入藏一路，多丹达王庙，其灵异可知矣。当时微员殁于王事，竟未以闻，不蒙恤典，无有知其姓名者，乃自以神显，可慨也！次曰拉里，一名喇里，在达隆宗西北。《通志》云：「察木多与西藏中通之咽喉也。林拉一山，为喀喇乌苏大道，直通青海。昔准噶尔车零敦多布侵藏，此地有黑刺麻，伪称河州刺麻，迎大兵为向导，阴截军饷，定西将军噶尔弼遣岳钟祺擒诛之，别使刺麻治其地，仍隶西藏，至今服役，极恭顺矣。地去布政司五千二百八十五里。拉里大山甚危峻，上下二十余里，四时积雪，大寺在山之腰。」《通志》云：「山势如龙，前后左右，俱极险峻，惟右有路，盘旋而上，建大寺，设大刺麻一人掌之，众刺麻皆在山上，蕃民住土房者十余户，居黑帐房者百余户。」次曰江达，即工布，在拉里西南。《通志》云：「有三垦桥、甲桑桥，二水会合之地，乃东西要津，所辖之章谷并鄂说，与叠工接壤，又北通西海之要隘也。」莹谓：此西海当即青海也。准噶尔昔侵藏地，工布人民坚御之，敌不能入。《卫藏图识》所谓「凭山依谷，形势险要」者是矣。地去布政司五千七百三十五里。类伍齐、拉里外，洛隆宗、硕般多、达隆宗、江达设热傲或碟巴掌之，以供赋役。江达以东，山皆险阻，以西惟鹿马岭，虽高约四十里，而平易不险，无复冰雪崚嶒，怵心刿目者矣。《图识》云：「墨竹工卡正北接察木多草地之路，其水西流至藏，即藏河也。水驿有皮船，四十里至拉木。」余按：定西将军《平西藏疏》所云「进据墨竹工卡。准噶尔堆木品宰桑坚守，噶尔招母伦渡之兵皆遁。」此渡即藏河也。招母、一作招木，《一统志》称噶尔招木伦江，墨竹工卡《会典》作墨竹宫。

雅鲁藏布江即藏河

《水道提纲》曰：「雅鲁藏布江经楚舒尔城南，又东南至日喀尔公喀尔，城北有噶尔招木伦江，自东北合诸水，西南流经卫地喇萨来会。」疑即古吐蕃之藏河也，噶尔招木伦江源有二：一曰米的克藏布河，出墨鲁公喀城东北三百里米的克池，西南经蓬多城东北，而西南一源来会，曰达穆河，出蓬多城东北二百里之查里克图岭，二源既合，乃名噶尔招木伦江。又东南流，受西来二水之合东注者，又东南折而东流，受北一小水，又东折而南而西南百里，又折而东北数十里，经傲那庙北，又东乃折而东南，受东来冈噶拉岭水，乃西南流过鄂纳铁索桥，又南经墨尔公噶城西，又南折而西，曲曲百余里，经噶尔鞠庙北，又西经第巴达克城南，又南稍西有一河，西北自温主普宗城合三水东南流来会，又南数十里经得秦城北，又折西流，曲曲经刺萨之南，即唐时吐蕃国都，今为达赖所居也。伊克诏庙有长庆碑，西北有库库石桥。噶尔招木伦江又西北流十余里，至董郭尔城东南，受东北来一小水，又西南流数十里，经日噶牛城北，有羊巴尖河合楚普河，自西北合四大水东南流三百余里来会，又南流八十里，折西南流，受西北来二小水，又西南经楚苏拉城东南，又西南至日喀尔公噶尔城之北，而雅鲁藏布江自西来会。（雅鲁藏布江即大金沙江，见前。）

金沙江源

又曰：『金沙江者，《一统志》云：「古名丽水，一名神川，一名犁牛河，今蕃名木鲁乌苏，一名布赖楚河，又名巴楚河。源出卫之剌萨西北八百余里。有山形如牛，蕃名巴萨过拉木山，译言乳牛也。水出山下，名木鲁乌苏。东北流九百余里，至那木唐龙山北，转东南流八百余里，入喀木（即察木多）境，名布拉楚河，又南流少西八百余里，至巴塘西六十里，名巴楚河，又转东南流，六百余里，至云南丽江府界，为金沙江，自丽江府雪山之北折而东南，经永北、武定二府，至四川会川卫西南入四川界，与打冲河合，折东北，经东川府西马湖南至叙州府，与川江合。自发源处至入内地，流四千余里，受大水数十，小水无数，水深流急，沿江烟瘴最多，以江出沙金，故名。」《唐书·南蛮传》：「贞元五年，南诏异牟寻大破吐蕃于神川，遂断铁索桥，溺死以万计。」又《地理志》：「渡西月河，二百一十里至多弥国西界，又经犁牛河，渡藤桥，百里至列驿。」明《一统志》：「金沙江古名丽水，传》：「多弥木西羌属吐蕃，号难磨，滨犁牛河，土多黄金。」又《西域源出吐蕃界犁石下，名犁水，讹犁为丽（莹按：梁周嗣兴《千字文》云：金生丽水，则其称名久矣）。流经巨津，通安宝山州。」按：犁石者，以其石如牛也。其水因之得名，故有犁牛之称。旧志谓此即古若水，不知若水即今鸦陇江。其下流名打冲河，非金沙江也。或谓此即绳水。按《水经注》：若水「迳越嶲大筰县入绳，绳水出徼外。」《山海经》曰：「巴遂之山，绳水出焉，东南流亦（一）为二水，其一水枝流东出，迳广柔县，东流注于江，其一水南迳旄半道，至大筰与若水合，自下亦通，谓之绳水矣。」今金沙江下流，正与打冲河合，其说似之。唐樊绰以丽水为《禹贡》之黑水（莹按：丽与骊古字通，骊，黑也，故樊绰云尔），云与涨诺江合，东入南海。程大昌疑其源流狭小，不足以合雍、梁二州疆境。然今金沙江自与大江合，不入南海，非黑水也。明僧宗泐《望河源诗自记》云：「河源出自抹必力赤巴山，蕃人呼黄河为抹处，犁牛河为必力处，赤巴者，分界也。其山西南所出之水，则流入犁牛河，东北之水，是为河源。」今自黄河源至金沙江源，仅三百六十余里，中隔巴颜喀剌山，河源在山之东，金沙江源在山之西南。宗泐之言与今源合，必力处即布勒楚，声相近也。又徐宏祖《溯江记源》云：「《禹贡》言『岷山导江』，乃泛滥中国之始，非发源也。中国入河之水为省五，入江之水为省十一，计其吐纳之水倍于河。按其发源，河自昆仑之北，江亦自昆仑之南，非江源短而河源长也。」宏祖盖以金沙江为大江之正源，前人已有言之者，自非出于周览，故其言虽是而未能条析。凡水之源，必以远且大者为主，而近者小者附之。金沙江自发源历云南至叙州府，行七千里，始与岷江合，较岷江之源远三四倍，大亦倍之。昔人守《禹贡》岷江之文，不敢别有异辞，然岷山特导江所始，非即江源，犹导河积石，非即河源也。以今考之，江凡三源，最远而大者莫如金沙，其次则鸦陇，又其次则岷江。三源金沙最西，中为鸦陇，东为岷江。鸦陇江流至四川，会川卫西，先合金沙江，金沙江流至叙州府，又与岷江合，斯为大江也。按徐弘祖所言江源，考之舆图，颇得源委；至云河自昆仑之北，江自昆仑之南，则以巴颜喀喇山为昆仑，以星宿海为河源，不知昆仑在回部极西，河源初发在葱岭和阗诸山，其南境与阿里地之冈底斯山相接。（莹按：冈底斯山在阿里之东北境，东距后藏札什伦布一千五百余里，东北去和阗一千五百余里，中皆沮洳之地，有巴哈、伊克二池，池即湖也，其旁小池甚多，巴哈池北有札克安巴山，伊克池西有瑚瑚布哈山，皆阿里境内，北入和阗，过大戈壁，为尼莽伊山，其东散漫之水无数，与巴哈、伊克二池旁小池水皆忽见忽隐，意皆古所谓星宿海也。）计其道里，在金沙江源之西尚四千余里，巴颜喀喇山正当大河伏流重发之地，故所云非江源短而河源长者，未及见今日舆图，沿旧说而云然也。明僧宗泐所言，亦同此误。今辨正其说如此。

黄河源

《西域闻见录》云：土尔蕃哈拉和卓城，即汉都护班超驻札之所。又西南五百余里为贺卜诺尔城。贺卜诺尔者，即世传黄河之源星宿海也。自辟展西至和阗四五千里之南，自和阗南至后藏四五千里之东，周回万里，皆星宿海之海，渺无人烟，间有道途，非戈壁即泥淖。直峰侧岭，旷野平川，无地非泉，或如镜悬，或如瀑布，或错落散布而来，如星之躔度，或万点涌地而出，如珠之走盘，水色赤黄，数其泉不可以万千计，派流莫考，沮洳无垠，无一非夹淤夹沙、汹涌旋流之水。加以雪山之阳，回疆数千里各河东南长趋，俱汇于贺卜诺尔，为黄河极大之湖，瀠洄渟滀，旋转而伏，其东其北，皆峻岭高峰以障蔽之，数百里出山，始见黄水一线（莹按：《尔雅》「河出昆仑墟，色白，其川色黄」，川指出山言，正与此合），自山下涌出，如沟渠耳，东北流入中国，即黄河也。有回村二处，皆名贺卜诺尔，各四五百家，其人不耕不牧，惟以鱼为生。莹按：《汉书》及《元史》所言河源，皆不误。至本朝，其说益明。魏默深曰：「河源出葱岭，行数千里，始汇于罗布淖尔，即古蒲昌海。」是淖尔但可谓河之委，非河之源也。七椿园谓和阗后藏之土鲁番，周回万里，皆星宿海者，约略之辞，实止二三千里耳。《尔雅》谓「河出昆仑墟」，墟者，虚土无人之称，即所谓非戈壁即沮洳也。河源始昆仑，至此散见，故谓之出。及再伏地出山，一线东北，流入中国，则谓之川。乃知古经简明精确，不可及也。因江源并及河源，备记之。

张禹附王莽诡言天道

汉成帝时，吏民上书言灾异，多讥切王氏专政所致。上至张禹家，帝辟左右，亲以示禹。禹自见年老子孙弱，恐为王氏所怨，对曰：春秋日食、地震，或为诸侯相杀、夷狄侵中国，灾变之意，深远难见，故圣人不语怪神，性与天道，自子贡之属不得闻，何况浅见鄙儒之所言，新学小生，乱道误人，宜无信用。上信爱禹，由是不疑王氏。此佞臣假经术以欺人主、附和大奸、致成篡国之言，朱云所以请尚方剑断其头也。乃近世儒者，辄谓性与天道，子贡所不得闻，而讥宋儒言性理之非，是其所为经术者，亦张禹之徒，以为取富贵之具耳。始自公孙宏以明经致富贵，其后纷纷诵六艺以文奸言，致祸极于王莽，可不惧哉！

子产言天道人道

或曰：「郑裨灶言灾异有验，而子产以为『天道远，人道迩』，『灶焉知天道』。子产之言，是亦张禹所本也，乌得而非张禹？」曰：此所谓似是而非者也。子产固云人道迩矣，其意盖在尽修政事，不欲以玄远之言惑世诬民也。故虽以言折裨灶，而缮修火具以防火灾，则未尝不心善其言而从之也。政事既修，人道可回天道，故郑亦不火。此修人道之验，岂天道之无凭哉！成帝之世，天道即云难知，人道之失，岂不彰著？王氏之擅权，后宫之邪嬖，主德之淫昏，何一非失政之大者？禹为师傅，不一正君之非，天既屡示灾变，复为奸佞之言，阿私网上，此并人道而不知，与子产若水火之异，何得援以为说乎？张睢阳骂贼曰：「未识人伦，安知天道！」吾于张禹亦云。

孔光巧佞

孔光典枢机十余年，守法度，修政事，上有所问，对不希旨苟合，如或不从，不强争，以是久安。有所言，辄削草稿，以为彰主之过；有所举荐，惟恐其人闻知；沐日归休，燕语不及朝事。此史臣称光之言也。后世称贤相者，多以此为法，而明人非之，谓为不忠不直，巧佞成性，其削疏稿，正欲自盖其谗谄耳。光当时位太师，在王莽太傅上，尝称疾不敢与莽并，莽所欲搏击，辄为草以太后旨风光，令上之，莽睚眦莫不诛伤，光疏如是，犹有人心乎？宜其不令稿见于天下后世也。余谓光希外戚权臣之旨，苟合如是，史乃称其不希上旨苟合耶？及罢丞相，免为庶人，哀帝使董贤私过之，光下车拜谒，以是夤缘复相，与董贤并为三公；及哀帝崩，董贤自杀，则又希太后旨举王莽为大司马，卒成篡逆，乌在其举荐惟恐人知耶？汉史所言，殆光自言之以欺人耳。然本传但著其美，而散见其恶于他传，盖史法也。后世人但见本传，犹以为师法者，徒取其谨慎可保禄位而免祸耳。夫身为大臣，表师百僚，不思守义持正，尽忠匡辅国家，而孔光是法，徒以保禄免祸为心，非孔子所云「患得患失」之鄙夫乎？幸逢圣世，得全终始，亦浅之为贤矣，不幸而主非圣明，其又何所不至哉。

陆喜论吴士不及张葛

吴薛莹入晋，为散骑常侍，卒。陆喜论之曰：「孙皓无道，吴国之士、沈默其体，潜而勿用者第一也；避尊居卑，禄以代耕者第二也；侃然体国，执政不惧者第三也；斟酌时宜，时献微益者第四也；温恭修慎，不为谄首者第五也；过此以往，不足复数。观莹之处身本末，其四五之间乎？」

余谓陆喜之言善矣。然当时吴臣张悌，以身殉社稷，诸葛靓不受晋侍中之拜，终身不向晋朝而坐，此皆杖节守义，不愧臣节者，喜不及之，是其论犹未尽吴国之士也。岂喜视守义杖节尚不甚重耶？抑有所讳耶？益叹宋儒名教之功，系于天下万世者大矣！

梁琛善读《易》

燕梁琛使秦，苻坚欲留，琛不可。及还燕，慕容暐收系之。苻坚入邺释琛，谓曰：「卿不能见几而作，反为身祸，可谓智乎？」琛曰：「臣闻为臣莫如忠，为子莫如孝，是以烈士临危不惧，见死不避，以殉君亲。彼知几者心达安危，身择去就，不顾家国，臣虽知之，尚不忍为，况非所及耶？」余谓孔子系《易》有「君子见几而作，不俟终日」之言，后世莫不以见几为知，于是爱名德者以去位为美，好功利者以望气为先，庶几《易》中之一端矣。然圣人无适、无莫，义之与比，似不如是也。《易》本文之上，固云「君子上交不谄，下交不渎，其知几乎？」下文又曰：「介如石焉，宁用终日，断可识矣」。一则曰「不谄」、「不渎」，再则曰「介如石」、「不终日」，圣人之意，固谓君子有确然坚贞之守，以为上交下交之用，非教人巧为趋避也。「作」者，用事能断之谓，亦非必超然远举，故曰「知微知彰，知柔知刚，万夫之望」，岂如后世之云乎？如后世解《易》，正梁琛所谓「心达安危，身择去就，不顾家国」者耳。夫为人臣子，心怀去就，是有二心也，岂所云「介如石」者乎？其言不终日者，何也？《论语》曰：「见义不为，无勇也。」君子既有见于吉凶之几，则先事豫防，沈谋有断，毅然行之，确乎其不可拔。孟子亦云：「如知其非义，斯速已矣，何待来年！」此不终日之说也。后人之解，但以趋利避害为言，恐与圣经相背，若不权之以义，岂所安耶？且卦辞文王所作，爻辞周公所作，而文王见囚羑里，周公见谤流言，二圣人岂不见几者哉？惟能知吉凶之义，断然行之，以贞而吉，所以为圣。又如孔子明知道之不行，而栖栖天下，当时隐者皆不谓然，惟子路知夫子，曰：「君子之仕也，行其义也，道之不行，已知之矣。」圣贤立教垂世如此。梁琛之言，其善读《易》者乎？

韦宗未能觇国

秦姚兴使韦宗觇秃发傉檀，傉檀与论当时大略，纵横无穷，宗退叹曰：「奇才英器，不必华夏，明智敏识，不必读书，吾乃知九州之外，五经之表，复自有人。」余谓：雄才大略，本于天授，此不可学而能也。然自古以上智之姿，犹不发学者，圣人之道，大中至正，损有余补不足，苟恃其姿质而自纵焉，何能善其终哉。孔子曰：「苗而不秀者有以夫，秀而不实者有以夫！」韦宗之言，书生之见耳，未为能觇国也。宗归甫五年，傉檀为西秦袭灭，被执，死。议论纵横，果足恃乎？

黄教红教之异

红教剌麻有法术，能咒刀入石，复屈而结之；又能为风雪、役鬼神，非虚也。然自屈服于黄教。盖黄教惟讲诵经典，习静禅坐，不为幻法，而诸邪不能侵之。故蕃人虽愚，其敬黄教，尤在红教之上。此佛图澄所以不如鸠摩罗什，而鸠摩罗什又不如达摩也。然藏中达赖剌麻及班禅额尔德尼，仅以清心无漏为转世法，他无异处；其转世亦在可知不可知之间；如来上乘，似不尔也。驻藏大臣以那们汗阿旺札布巴勒楚勒齐木不法，革遣之，达赖尚幼，访于班禅，以成其狱，失蕃人心。及班禅返后藏，蕃人敬礼大衰，班禅泣而悔之。乍雅大、二呼图克图，既以构兵结讼，类伍齐之大、二呼图克图亦以争权不睦，西方之教，不亦衰甚矣乎！

姚兴论人才

秦姚兴命群臣举贤才，右仆射梁喜曰：「臣累受诏而未得其人，可谓世乏才矣。」兴曰：「自古帝王，未尝取相于昔人，待将于将来，随时任才，皆能致治，卿自识拔不明，安得远诬四海乎？」兴言是也。然国家之兴亡盛衰，自有其运，人才之屯否通塞，亦有其命，求之而不遇者多矣，况无求之诚，复无知人之鉴乎？至若朝廷以阿顺为贤，宰相以直节为忌，群小盈廷，人才野伏，斯又千古之所同病矣。王褒之颂，岂易言哉！

西藏门户

《会典》：西藏之地有四：一曰卫，一曰藏，一曰喀木，一曰阿里，凡辖六十余城。拉擦（即喇萨）居诸藏之中，又名中藏，至京师万有二千余里；后藏在前藏之南（当作中藏西南），至京万有三千余里；喀木在卫、藏之东，至京九千余里；阿里在卫、藏极西，至京万有四千余里。余按：今舆图西藏之东界为江卡，即达赖剌麻所辖，然中隔乍雅，若论形势，当以察木多为藏之门户，以其地本古之前藏，东达四川，南达云南也。东至四川打箭炉，二千六百余里，南至云南维西中甸，不过一千余里，是云南近而四川远矣。故察木多食云南米而川米不至。

唐古忒兵近古制

《一统志》：「藏内三十一城（二），量地大小人之多寡，各设宗布木一二人，管理民事；五户出一兵，每马兵二十五人，步兵二十五人，设一丁布木辖之；其兵多之地，一城有数十丁布木者。凡人马糗粮器械，皆按户均派，有用时传集，事毕仍为民。其东北与青海诸部接界处喀喇乌苏，设一堪东剌麻，木鲁乌苏设一蒙古宰桑，供应往来使者马匹向导，及文移邮递。」余按：今内外土司之地，犹皆古制，兵民不分，故兵多而费少，观于西藏，可知其大凡矣。

《明史·乌斯藏》之非

《明史·西域·乌斯藏传》称其地多僧，无城郭，群居大土台上，不食肉娶妻，无刑罚，亦无兵革，鲜疾病，佛书甚多，土台外僧有食肉娶妻者。余按：此云无城郭，今《一统志》有三十一城者，《志》于喇萨城下注云：本无城，有大庙，土人共传唐文成公主所建，今达赖剌麻居此，有五千余户，所居多二三层，遇有事即保守此地。其余凡有官舍民居之处，于山上造楼居，依山为堑，即谓之城。余按：今自打箭炉外，蕃人所居蛮寨，皆累石为墙、架木为楼，二三层，人居其上，牲畜在下。《明史》所云大土台者，即山阜也。《卫藏图识》云：去西藏五里（此云西藏，谓喇萨之大诏寺也），平地突起双峰，一为布达拉，建金顶大寺，达赖剌麻坐床于此，一为招拉笔洞，建楼房二所，系有行剌麻静修处，中建一塔，峰峦蔚秀，梵宇清幽，西方胜境也。据此，所言即《明史》之土台上僧矣。惟所云「无刑罚兵革，鲜疾病」则不然。兵革见前《一统志》。《图识》云：西藏相沿蕃例三本，凡四十一条，刑法甚酷。大诏旁有黑房数间，拘挛罪人，不论犯法轻重，皆禁于内，绳缚四肢，以待援法。争斗死者，尸弃水，杀人者，罚银钱入公，为尸亲诵经，或牛羊若干，无则缚水中，籍没其家。抢夺劫杀者，不分首从皆拟死，或缚柱施以枪箭较射。饮酒死，则斩首悬示，或送猓猓野人食之，或送曲水蝎子洞令螫之。若攫人财物，则监禁，倍数比追，完，仍抉目劓鼻，或去手足。犯奸，止罚银钱，量其贫富，或责释，无男女皆褫衣责于布，亦有枷号者。又云：西藏医名厄木气，其药与中国异，或购自西洋，不炮制，间用丸散，遇病亦诊视而后用药，其诊视以左手执病者右手，右手执病人左手，一时并诊，疾重始然，若小疾以酥油通体涂之，曝日中，阴晦则覆以绒单，烧柏叶薰之。病无轻重，必延剌麻诵经，或朱巴祈禳。朱巴，道士之类也。或令童男女唱佛曲祛之。百余年来，与《明史》之言不同如此。

剌萨内寺庙（二条）

剌萨内寺庙甚多，其最巨者为大诏，在剌萨东南，面临藏江，蕃人又称为老木郎。《图识》云：建自唐时。周围楼阁及殿宇，瓦盖饰金，中塑佛曰觉释伽摩尼，云自唐初侍公主来藏，年十二成佛。或云铸自中国。左廊有唐公主、吐蕃赞普同巴勒布国王女像，其内神佛万计。《一统志》作伊克招庙，云：蕃语谓大为伊克，庙为招，犹言大庙也。有唐碑在大门外之右，刻唐长庆初与吐蕃会盟文，至今完好。《图识》云：大诏前有唐碑二，一为德宗盟碑，一为穆宗盟碑，即世传长庆碑也。今惟德宗碑文尚存，然亦剥蚀不可读矣。盖《图识》在《一统志》后，故云。而《一统志》以存者为长庆，恐误。大诏北半里为小诏。《图识》云：蕃名剌木契，亦唐建，宏敞壮丽，不亚大诏，中塑佛曰珠多吉，《一统志》作巴汉招庙，云：相传赞普所娶巴勒国女所建。巴汉，译言小也。此二庙内，剌麻二三万人。又有别蚌寺，在剌萨西十五里，内有园亭，乃达赖避署之所，剌麻万余，大堪布一、僧官二理之。甘丹寺在剌萨东五十里，甘丹山，相传宗喀巴成佛处，有土城，壮丽如大、小诏，大堪布掌之。木轆在大诏东，为诸僧习经之所，西有经园，刊布经文。色拉寺在剌萨北十里，依山建金殿三，达赖岁至讲经，剌麻三千余人，俱于寺旁石室中居。桑鸢寺在东南，与甘丹寺近，楼阁、经堂、佛像俱装金，与大、小诏相类，剌麻数千，内奉汉寿亭侯神像，云：唐以前地多怪异为害，神除之始安，因建寺祀焉。多机札古寺附近桑鸢，在渣羊宗山巅，高二千余丈，梯而上，有石穴，内白土可餐，味如糌粑，食尽还生，其穴须然火入；后有一海，恶人至此必坠，莽不敢近。有噶玛霞寺，又名垂仲殿，一作吹忠，译之异也，在大诏东半里许，神像狰狞；内居护法垂仲，其人装束如剌麻而有妻子，世传其术，盖巫之类也，每月初二、十六日下神，金盔鸡羽，背插五小旗，白哈达缠身，虎皮靴，手执弓刀，登坛为人判吉凶，辄应，出则从人装饰鬼怪，旗鼓导引。各大寺皆有垂仲，或亦以女为之。佛地有此，盖犹沿红教之诡异，而达赖亦藉之以惊愚俗，无怪蜀中巫觋之多也。

《图识》云：前藏拉撒，译言佛地也。群山朝拱，碧水环流，阡陌腴饶，径途平衍。其西突起布达拉一山，《梵书》云：普陀山有三，布达拉其一也。奇峰耸翠，飞阁流丹，灵秀所钟，遂成胜境。而峰峦相向，则有招拉笔洞为之辅，山前浮图鼎峙，山后湖水清漪。稍北为禄康插木（在布达拉后，有一池，约四里，中建八角琉璃亭，又名水阁凉亭），中建水阁，登览者济以舟，风景绝佳。由诏而上布达拉，有琉璃桥，桥下水势浩瀚，曰噶尔招木伦江（即藏江），部民夹岸而居，具丰乐之象。江水澄澈，有绿松石，翠色欲滴，顶若盈盎，淘泥掘石，则身大如象，不可取玩也。山之东五里许，有大诏寺，金碧璀璨，其后毘连者曰小诏。山之南七里许（按：此南字误，当作山之东北），有札什城，汉兵居焉。其色拉、别蚌、桑鸢、甘丹诸大寺，或近效其灵，或远挹其秀，而又有宗角卡契园、经园诸胜，错综其间，为达赖往来游憩地，春冬，桃柳松柏，相映自然，梵宇花宫，不亚中土。

谢瞻、颜延之保家

南北朝谢晦为晋右将军，自彭城还都，宾客辐辏，兄瞻为中书侍郎，惊谓晦曰："汝名位未多，而人归趋乃尔，岂门户之福耶？"以篱隔门庭曰："吾不忍见此！"及晦佐命宋朝，位任益重，瞻愈忧惧，遇病不疗而卒。遗书以启体幸全无憾，勉晦为国为家。余谓：此惧贵盛骄泰为门户祸，贤矣！瞻以晋臣，为宋豫章太守，臣节不能无愧也。方晋恭帝逊位，百官拜辞，秘书监徐广流涕哀恸，及刘裕登坛即位，广又悲感流涕。谢晦谓之曰："徐公得无小过？"广曰："君为宋朝佐命，身是晋室遗老，悲欢之事，固自不同。"方之于瞻，不犹贤乎？然刘裕受禅次年九月，弑零陵王，瞻时为豫章太守，遇病不疗，以十一月卒，是犹有故君之恸也，第不敢显为烈士之行，惧取怒新朝，以覆其宗，斩先人之祀，用心亦良苦矣。颜延之为光禄大夫，子竣为右将军、丹阳尹，凡所资供，不受，布衣茅屋，萧然如故。尝乘羸牛笨车，逢竣卤簿，即屏道侧语竣曰："吾平生不喜见要人，今不幸见汝！"竣起宅延之，谓曰："善为之，无令后人笑汝拙也。"尝早诣竣，见宾客盈门，竣尚未起，延之怒曰：「汝出粪土之中，升云霞之上，遽骄佚如此，其能久乎？」竣后竟被祸。延之清俭，知子之明，正与谢瞻同美，《家训》所以作也。然文帝遇弑，延之不能不立于凶劭之朝，竣能佐孝武草檄讨逆，与晦之既佐命而又谋逆者，岂可同日语哉！

宋孝武帝政官制

宋孝武帝不欲权在臣下，分吏部，置二尚书，又选名士为散骑常侍。蔡兴宗曰：「选曹要重，常侍闲淡，改之以名而不以实，虽为轻重，人心岂可变耶？」沈约曰：「君子小人，类物之通称，蹈道则为君子，违之则为小人。是以太公起屠钓为周师，傅说去版筑为殷相，胡广累世农夫，致位公相，黄宪牛医之子，名重京师，非若晚代分为二途也。魏立九品，盖论人才优劣，非谓世族高卑，而俗士凭籍世资，用相凌驾。周、汉之道，以智役愚，魏、晋以来，以贵役贱，士庶之科，较然有辨矣。」余谓：国家立法，各有其制，而用法则存乎人，惟明主贤相能因时损益而变通之，制度一定，可以为中人之法守，欲久而无弊，不可得也。沈约之言，其切中晋世之弊欤？

前藏岁时蕃戏（二条）

《图识》又云：西藏行岁，亦以建寅孟春为岁首，节令多与内地不同，如十二月大建，则以元日为年节，小建，则以初二日为年节。每遇年节，商民停市三日，各以茶酒果食物相馈为礼。其日，达赖剌麻设宴于布达拉上，延汉蕃官会饮，有跳钺斧之戏：选幼童十余人，著彩衣，戴白布圈帽，足系小铃，手执斧钺，前列设鼓十余面，司鼓者亦装束如前，凡觥觞交错时，相向而舞，听鼓声之渊渊，而队兆疾徐咸中节。越日，观飞神，乃后藏蕃民供此役：以皮索数十丈，系于布达拉山寺上下，人捷如猱，攀援而上，以木板护于胸，手足四舒而下，如矢离弦，如燕掠水，亦异观也。过此，择日大诏内聚集众山寺剌麻，拥达赖剌麻下山谒佛，登台讲《大乘经》，谓之放朝。凡蕃民越数千里来者踵相接，以金珠宝玩陈列炫丽，举于首而献之，达赖剌麻若受，即从麈尾拂其首，或手摩其顶者三，出则夸耀于人，以为活佛降福也。上元日，悬灯于大诏内，矗木架数层，安设大灯万余盏，以五色油面，为人物龙蛇鸟兽，穷极精巧，自夜达旦，视天之阴晴雨雪及灯焰之晦明，占一岁丰歉。十八日，扬兵，集唐古忒马步兵三千，戎装执械，绕诏三匝，至琉璃桥南，施巨炮以驱鬼魅，炮大小不一，中一最大者铸自唐时，刊「威剿除叛逆」五字，演毕，商上出金银绸缎布茶劳之，并布施僧众，为诵经之资。越二日或四日，噶布伦、戴琫剌麻，各出幼童，选快马驰骋，自色拉山寺东麓至布达拉后，约三十里，疾驱角胜，先至者受上赏，复以幼童裹体跣足，自布达拉西至拉擦东，约十余里，一时争道而趋，亦以先后较胜负，如力不胜，亲友旁观者以冷水灌顶为之助，此为一年夺标之戏也。二十七日，迎色拉寺之飞来杵至诏。三十日，讽经毕，送老工夹布，即《通志》所谓「打牛魔王」也：以剌麻一人，伪为达赖剌麻，于蕃民中择一人，面涂黑白色，作牛魔王，直诣其前，诋其五蕴未空，诸漏未净，达赖亦以理折，彼此矜尚法力，各出骰一枚，如核桃大，达赖三掷皆「卢」，魔王三掷皆「枭」，盖六面一色也；魔王惊惧而逸，于是僧俗人执弓矢枪炮逐之：先时于对河牛魔山列帐房，待牛魔窜入，系以巨炮，迫以远飏而止；凡作魔王，必以贿得之，盖于魔王避居处预储数月之用以待之，食尽始归耳。二月初二日，达赖剌麻上山。仲春下旬或暮春之初，大诏寺中宝器珍玩陈设殆备，谓之亮宝。翌日，布达拉悬大佛像，其像五色绵缎堆成，自第五层楼垂至山麓，约长三十丈；又有剌麻装束神鬼及诸蕃人物虎、豹、犀、象等兽，绕诏三匝，至大佛前拜舞歌唱，如此一月始散。四月十五日，寺门洞开，亦然灯达旦，任蕃人游玩。六月三十日，别蚌、色拉两寺，亦悬大佛像，有垂仲降神，蕃民男妇皆华服艳妆歌唱，翻悍相扑，诸戏咸备，亦二寺之大会也。七月十五日，任碟巴一人以司农事，其地之蕃自从之游，佩弓挟矢，旗旛前导，遍历郊圻，观田禾射饮，以庆丰年，然后土民刈获，亦所以重农事也。七八月间，临河遍设凉棚帐房，男女同浴于河，即上已祓禊之意。十月十五日，唐公主诞辰，蕃民盛服至大诏顶礼。二十五日，相传宗喀巴成圣日，或云即然灯佛，举国皆于墙壁间然灯，相映灿若列星，亦以灯卜其岁。除夕，木櫶寺跳神逐鬼，有方相氏司傩遗意，男女盛饰，群聚歌饮，带醉而归，以度岁节。

嗟呼！人情不甚相远也。虽异域岂有殊耶？夫佛法精深，上智犹难尽识寂灭之说，欲以化导愚蠢之蕃民，其谁信从之乎？人莫不有好恶，好莫如生，恶莫如死，生矣则更求其福而乐也，死矣则又惧其罪而苦也。释氏深有观乎民情，非徒清净寂灭所能动其信从也，于是庄严色相，使民崇敬而不敢亵，更炫之以富贵，生其歆羡之心，以为从我者如是之福，可极乐也，不惟此生乐之，且生生世世乐之，虽中智亦欣慕焉，况愚蕃乎？犹恐人见佛之死，不见其生，疑为安也，更为转世以示其迹。民曰：佛果转世而有福如是也！欲不坚其信，得乎？至于死后之事，民不得而见也，则告之以地狱果报，神鬼夜叉，凶恶惨酷，以怵其心，复示之变相，以骇其目，虽君子亦有戒心，况小人乎？宋以前古佛诸祖，虽有三生之说，佛经亦但云历劫而已。宗喀巴出，乃实其事，确与否吾不得而知，然西域蒙古二万里，人皆信服而心悦之，数百年矣，虽圣帝明王，威德及于遐荒，不能不藉其教以化凶顽而安边徼，此岂寻常智识所能及哉！观于西藏，听民以百戏相悦，与中国无异，凡所以宣滞导和，鼓舞人心，使皆熙熙皞皞，游于光天化日，而不为乱也。意深哉！虽非古佛之制，而古佛之所许也。昔明太祖既定天下，思以销兵革之气，于金陵设十四楼，出官钱赀酒，帝实以官妓，接待四方之士，而草泽英雄之气遂以潜消。帝王大略如此，虽儒者之亓几，非通智之所善欤？宗喀巴者，其雄杰岂在诸祖之下哉！

人类万殊圣人不一其教

天之生物也万殊，而翘出为人；人之为类也万殊，而各为君长。天不欲人疾病夭折也，复生万物以养之；君长不能人人衣食之也，使人自以技为养；不得其养则争，而杀夺侵陵之祸起；有余其养则侈，而淫佚骄纵之念萌；天既为君长以督约之，复生圣人以教化之，君长以约其身，圣教以化其心，而天之能事毕矣。夫人类万殊，一圣人不能尽天下也，天若曰：圣者觉吾民而已，何必其一哉！中国有孔子又有老、庄焉，西域有释迦又有三大士焉，至于回部、欧罗巴，亦各有穆哈默德与耶稣其人者。他外夷吾不能知，知天必不能恝然置之也。此数子者，皆体天道以立教者也，其教不同，至于清心寡欲，端身淑世，忠信好善而不杀，则一矣。道者何？犹路也，道之大原出于天，犹王人奉使，同出京师，其之四方，则南北东西不能一辙矣。水以舟，陆以车，山以樏，泥以橇，各有宜也，可相废乎？天若曰：吾使此数人者示人以路而由之，免为凶暴淫佚，同跻仁寿之域而已。故使人皆跻仁寿者，天之心也，必非议而相攻，是舍本而求末，岂天之心哉！虽然吾中国之民也，中国有孔子，吾终身由其道犹未能尽，乌能半途弃之，更从他道哉？岐道而徬徨，虽毕其生，必无一至矣。譬如六月盛夏，见美裘而好之，岂能释吾葛而从裘也乎？人能无惑乎此，斯可为知道者欤？（孔子系《易》曰：「天下同归而殊途，一致而百虑」，朋从则非矣。故又曰：「道不同，不相为谋。」）

廓尔喀九塔

谢都闻言：廓尔喀有九塔，相传自天竺飞来。西域花卉不多，亦不常有，惟此九塔上诸花咸备，中国名花，西域所无者皆有之。每十二年，达赖剌麻遣人往修塔一次。近有一塔金顶忽飞去，不知所之，蕃人以为神奇。余谓：塔者佛之表识，观其来去，可以卜地之兴衰。余家自明万历间，先副使宅内，忽一铁镬飞至，满贮麦饭，犹热，自后人物科名益盛。乾隆中，铁松中丞改宅建祠，镬贮楼上，今犹无恙。塔之飞也，亦犹是耳。兴则为祯祥，败则为妖孽，天之道也。

达赖剌麻顶上云气

谢都阃又言：今达赖剌麻，道光十五年生于里塘之泰宁，其祖父本陕人，以业窑至泰宁，父习其业，母蕃女也。昔藏中乱时，达赖剌麻尝移床泰宁，故亦为胜地。达赖生甫三岁，藏中踪迹得之，自其家移大寺中，有五色云覆顶。初不之信，及迎至藏，将近布达拉，亲见其上有五色云如盖，随至布达拉大寺坐床，后始散，乃知灵异非虚。余谓达赖出微贱，一旦置身青云，始在孩提，即为天子隆重，二万里王公僧俗男妇，无不诚心敬礼，苟非福德殊异，何能臻此！昔汉高祖所在，其上常有云气，韩魏公廷唱第一，太史奏五色云见，古有之矣。天降灵祥，必非无意，今之达赖，其有殊乎！抑尝思之，人之始生，本二气之精，与星辰同体，惟受生后物欲习染，蔽其灵明，展转死生，精气耗剥，乃与常人无异耳。守贞抱一之士，与豪杰奇伟之人，精气坚凝，或以时发现，理固宜然，不足怪也。汉高祖、韩魏公与此剌麻之云，非山川之云，乃其本体之精气所发见也。岂但异人，凡大军所在，或千人之聚，其皆有云气，盖众气所凝，虽庸人亦然，不过盛衰明暗之殊耳。

大士阁致敬

余与丁戍之寓大士阁，初至，爇香敬礼，朔望亦然。或曰：土木之形耳，得无过耶？余曰：不然，昔程子入佛寺致敬，不背像而坐，人问之，程子曰：「但具人形，即当致敬。」余谓：礼者，天秩也，无在不当致敬，以礼敬人，正以礼自处也。今至贵人家必致礼于主人，岂有寓佛寺而无礼于佛者乎？礼祀有功德于民者，佛与三大士。福佑中外人民，即以百神言之，不当敬礼耶？耳食肤言，执门户之见，吾所不取也。吾不佞佛，不敢不敬天道。今人有能清心寡欲、正己端身以淑世者，犹必加敬，况佛乎？

校记

〔一〕《水经注》「亦」为「分」。——姚文引号内文字均引自《水经注》。

〔二〕《一统志》作「三十城」

《康輶纪行》卷八

丹臻江错四仓储巴至察

七月初四日，丹臻江错及四仓储巴随从蕃兵三百人至云南桥西，住帐隔河山下，使人报到。

释氏设心亦与孔、老相似

人受阴阳五行之气而有身，受天地之中而有性，此身此性，既受之天地，即当尽此身此性之事，乃可以对天地而无负吾儒之教，不待言矣。即老子言玄理，何一非治世之事，特作用不同耳，非后世服食长生之说也。释氏弃家苦行，以求明心见性，乃与孔、老判然两途矣，然必苦口说法度人，则仍以出世为治世也，其设心与孔、老何尝异耶？三教同一善世，吾人立心立命，当以为善始，以为善终，一息尚存，善根勿断，善莫大于无私，即不能无私，而不可不克，能克一分之私，斯有一分之善，积之日久，所得不已多乎？学者且不必争儒争释，但求自克其私而已，自克未能，徒攻人以口舌，亦德之贼也。孔子曰：「攻其恶，无攻人之恶。」

象耕

传言舜耕于历山，象为之耕，鸟为之耘。余按：象，南方之兽也，历山有象，殆即孟子所云「兽蹄鸟迹之道，交于中国」者。于此可见，逮洪水既治，虎豹犀象被驱，中国乃渐少诸兽，其后犀象皆贡自外夷，以为奇异矣。今之广南、缅甸、印度，驯象甚多，夷人畜之，一如牛马骆驼，使之耕汲，极为驯善。考古九州极大，今之云南、前藏，皆《禹贡》梁州之域也，缅甸接近云南，以象行耕，岂非大舜之遗教乎？

丹臻江错不敢过河

初七日，传丹臻江错及蕃目听讯。复云：前驻藏大臣鄂及章嘉呼图克图谕断，已遵奉无违，无可复求判断之事，因蒙札调，不敢不来。前与差官言，大呼图人众，诡诈不测，不敢过河，求在云南桥外设帐房讯问，差官允许。请如前约。

讨罪外藩当权轻重

国家抚驭外藩，封止其王，若其部属如何制度，皆听自为之，各因旧俗，不为区处而变易之也。有不服或阙贡，大则六师讨之，小者疆吏移文责让之而已。图布丹济克美曲济嘉木参，幼为罗布藏丹怎嘉木磋收养教习，送藏学经，迎回授印，非有无礼之加也。丹怎嘉木磋护印十余年，地方无事，曲济嘉木参受印未几，信用群小，自大立威，加派差费，革易无罪之头人，不令丹怎加木磋管事，激乱人心，此其不德，固无道之酋长。且其印文曰「讲习黄法那门汗」，乃忘其本教，弄兵虐民，群番十年攻杀不已，即以彼教言之，亦黄法之败类也。若兵以义动，方将军去昏暴，另择有德者为之主，而重法诛其叛臣，谁敢不服。今天子洪仁覆幬，不讨其罪，再遣使，和其人民，使者自宜俯顺舆情，辑定蕃庶，令曲济嘉木参率德改行，乃可以安其位耳。善乎明臣之论安南也。昔莫登庸篡黎氏，帝怒，欲征之。广东按臣余光言：莫之篡黎，犹黎之篡陈，不足深较，但当罪其不庭，责以称臣修贡，不必远征疲敝中国。及黎氏请兵，上以仇鸾总督军务，毛伯温为参赞，将讨之，如登庸束手归命，则待以不死。于是登庸请降，削安南国为安南都统使司，授登庸都统使。及莫氏渐衰，黎氏复盛，互相构兵，莫氏列状告当事，黎氏亦款关求贡。广西抚臣陈大科等上言：蛮邦易姓如弈棋，不当以彼之叛服为顺逆，止当以彼之叛我服我为顺逆。今黎维潭虽图恢复，而莫茂洽固天朝外臣，安得不请命而戮之？窃谓黎氏擅兴之罪可不问，而莫氏孑遗之绪亦不可不存。廷议如其言。今不用兵乍雅，总当震以虚威，两声其罪，使之知所儆畏而薄治之，庶可听命，否则益增玩耳。即乍雅暂宁而纵玩，外夷将不叛彼而叛我者继至矣。盖两呼图相攻，乃彼部中之叛服，而不遵判断，阻辱大臣，要挟上书，则得罪于天朝，轻重自有别也。

蒋作梅为西藏城隍

嘉庆中，前藏粮务知县蒋作梅得兵蕃心，正月，攒诏，有汉民为蕃殴毙。藏例：每攒诏，远近蕃人毕至，日数千，达赖选精干刺麻四人，曰「格死鬼」，俾以铁棒，各从十数人，在诏弹压，不法滋事者立击杀之。至是罪人不得，蒋究「格死鬼」甚急，济仲刺麻求缓其狱，蒋不许。乃毁之于大臣某公，又有夷情主事某与蒋有隙，谮之，遂以侵亏饷银、勒索刺麻敷成其狱，奏请斩决。旨至成都，总督常公以法不当决，为之奏请，而未敢阻旨，仍行藏中，竟置于法。汉蕃兵民，咸为蒋冤。此嘉庆十五年正月事也。汉蕃人数千，争累石其死处，为之招魂，顷刻成冢。自是每年五月十五日累石以为故事，复庙祀之。其济仲刺麻、夷情主事，未一岁，皆嚼舌死。先是总督奏至京，睿皇帝曰：「既知藏中拟罪不当，即宜暂留前旨，何以仍行？」严申饬之，赦诏至藏，已无及。十八年，蒋示梦于藏人曰：「上帝怜吾冤，命为前藏城隍矣。」藏人祀之，至今益虔。

丹臻江错诉大呼图狡诈

十九日，丹臻江错之众诉言：「道然十六年，鄂大臣过乍雅亲讯，令两呼图照前和睦，一切如旧例行，不得违误大道差使，龙、万二委员断牌，皆已遵依具结，至今不敢违。嗣曲济嘉木参翻案不遵。二十二年，委员不查前案，所断不公，求查案自明。若两呼图兴一废一，虽天地翻覆，不能遵也。」

录十六年断牌

二十日，宣太守使人往录十六年断牌，且使察木多副仓储巴帕克帕札喜偕卓尼尔往谕以不灭二呼图之意。

前后藏非天竺（三条）

余前以《禹贡》「三危」，即察木多及前后藏地，盖本《一统志》。顷得和泰庵《西藏赋》自注云：「三危者，犹中国之三省也，察木多为康，布达拉为卫，札什伦布为藏，合三地为三危，又名三藏。窜三苗于三危，故其地皆苗种。」此犹可据也。又引《括地志》「天竺国有东、西、南、北、中央五天竺大国，隶属者二十一，在昆仑山南。」谓康、卫、藏在天竺之东，即东天竺。泰庵此言则误矣。考《卫藏图识》，由后藏塞尔地方行十余日，交白木戎界，再半月余至宗里口，又数日始至白木戎住牧地。由白木戎西去（莹按：此言西去，则以上皆南行可知），十余日，交小西天界，再行十余日，始至小西天。从此登舟涉海，约半月，即至大西天矣。据此言之，去后藏之塞尔地方，两月余，且需涉海，乃至大西天。西天者，蕃人称佛国之谓，诸佛出此，故以大西天名之，比真天竺也。即小西天不必涉海，亦尚在后藏之西南界外，则后藏非小西天明矣。若康、卫、藏为东天竺，则藏人当自以为小西天矣，何反指后藏外行将两月之地为小西天乎？且唐时王元策袭执天竺国王，其时吐蕃赞普已以逻娑川为国都，前后藏皆吐蕃地，既称天竺，必非藏地，明甚，何得混藏地为天竺乎？佛经所言山水地名，今前后藏皆无之，则其去天竺远矣。《楼炭经》云：葱岭以东名震旦。盖西域称中国之名也。初祖达摩曰：「当往震旦，设天法乐。」遂泛重溟，达于南海传法。观此，益可见诸佛国自南而往，本尚隔海，则五天竺俱不得在今藏地，断断然矣！今之藏地，或即《括地志》所云五天竺隶属之国耳。《括地志》明言五天竺在昆仑之南，若前后藏则在昆仑之东矣，岂可混耶？

唐史言天竺去京师九千六百里，指长安而言也。今陕西西安府至成都，二千一百余里，成都至后藏，七千四百余里，合之正当九千六百余里。然则天竺者，其今后藏外之阿里以西地乎？阿里在后藏西，地千余里，其东有冈底斯山与后藏接境，北与和阗、叶尔羌诸山相联属，蕃人谓即梵书之阿耨达山，其南有池，谓即阿耨达池，地名阿里者，即以此山得名。《卫藏图识》言：阿里噶尔渡之民，见官长不除帽，以右手指额，念唵嘛吽者三。是其为天竺之教无疑，第未审其为天竺何境，大约近北、中二天竺之间也。（魏默深曰：阿耨达池出四大水，东流为黄河，西南流为恒河，为缚刍河。今黄河源距冈底斯山数千里，如何可通？不以蕃人之说为然。）

钦定《蒙古源流》以额纳特阿克为中印度，而魏默深据《新唐书》及西人《四洲志》定痕都斯坦即为中印度之境，以克什弥尔为北印度，以甲噶尔为东印度云。余按：甲噶尔者，即《明史》之榜葛剌，一作孟加腊，其边城则披楞也。披一名噶里噶达，又云披楞，久为英吉利属国，与廓夷积衅，福公康安进兵征廓夷，尝檄近廓夷东境之哲孟雄、宗木布鲁克巴，西面之木作朗，南面之甲葛尔、披楞等部，同时进攻，许事平分裂其地。由此观之，是西藏与天竺接界，而非即天竺明矣。《续文献通考》亦云：「榜葛剌本忻都州府，西天有五印度，此即东印度也，国最大；从苏门答剌海西北行二十日，抵湖地港，自港至琐纳儿江，有城池街市，聚货通商；再行至板独哇，酋长居焉，王及诸官皆回回人，男祝发，白布缠头，圆领长衣。」余谓此即今英夷所据地也。廓尔喀、哲孟雄界在西藏及披楞之中，为西藏之外藩，屏障英夷，此诚不可以失驭者也，岂可以福公时事衡之耶？

郑氏注《禹贡》三危

《禹贡》「导黑水至于三危」，《正义》引郑注曰：「《地理志》益州滇池有黑水祠，而不记此山水所在，今中国无也。《地说》曰：三危山在鸟鼠之西，而南当岷山，又在积石之西南，当黑山(似是水字)祠，黑水出其南胁。」余按：据此，益州滇池既祠黑水，可见云南西徼外之喀剌乌苏，是黑水所在。此水由三危而入南海，则三危山非卫藏之山而何耶？古地志说，皆以三危为山名，并非一处。《一统志》及和泰庵，以三危为三省，皆本康熙五十九年仁皇帝上谕。

宗喀巴开教

《西藏赋》注云：明蕃僧宗喀巴，名罗布藏札克巴，生于永乐十五年丁酉，幼而神异，精通佛法，号甲勒瓦宗喀巴，在大雪山修苦行，《穆隆经》者所立也。《穆隆经》者，即今之摩罗木也，摩罗木译言攒诏，盖达赖剌麻至大诏，众剌麻所诵经也。宗喀巴初出家时，学经于萨迦庙之呼图克图，乃元时帕思巴之后，为红帽教之宗。宗喀巴修行既成，为蕃众所敬信，衣紫衣，相传其受戒时染僧帽，诸色不成，惟黄色立成，遂名为黄教。其教大行，最盛于前藏，今拉萨诸庙，咸供奉其像。余按：泰庵此注，本之《布达拉经簿》，盖剌麻之家谱也。凡剌麻历代源流事迹，无不具载，亦时有续修，各处剌麻皆有之。稽考前代，必以《经簿》为据。和赋成于乾隆五十八年癸丑，时为驻藏大臣，故得见之。而《经簿》所载，止及其时，后无闻焉。据此言之，是黄教之先，本亦出于红教矣。

达赖世派

《经簿》云：达赖剌麻，宗喀巴之大弟子也。班禅额尔德尼，宗喀巴之二弟子也。头辈达赖剌麻名根敦珠巴，生于洪武二十四年辛未，在喀那木萨喀木青熙饶巴处出家，二十岁受大戒，创建札什伦布庙，诵穆伦经，其时有博洞班禅，在雪地修行，闻名信附，遂号根敦珠巴为汤御清巴，寿八十七岁。（莹按：《经簿》前云宗喀巴生于永乐十五年丁酉，此云达赖头辈生于洪武二十四年辛未，是宗喀巴之生，后于根敦珠巴二十七岁，根敦珠巴二十岁受大戒时，宗喀巴未生，当是受之他师也。）第二辈名根敦嘉木磋，生于明成化十二年丙申（莹按：根敦珠巴生于洪武辛未，年寿八十七岁，则当死于成化十三年丁酉，若十二年丙申，其人尚存，足征转世之谬），创建群科尔汪庙。第三辈名索诺木嘉木磋，生于明嘉靖二十二年癸卯；亲赴各蒙古地方，布行黄教，蒙古王等咸称为达赖剌麻班禅额尔达拉（按此与《通志》言合），明万历间封为大国师。（《明史·乌斯藏传》：有僧琐南坚错者，能知已往未来事，称活佛，顺义王俺答亦崇信之。万历七年，以迎活佛为名，西侵瓦剌，为所败。此僧戒以好杀，劝之东还，俺答亦劝此僧通中国。乃自甘州遗书张居正，自称释迦摩尼比邱，求通贡，馈以仪物，居正不敢受，闻之于朝，帝命受之而许其贡。由是中国亦如知有活佛。此僧有异术，能服人，诸蕃莫不从其教，即大宝法王及阐化诸王，亦皆俯首称弟子。自是西方只知奉此僧，诸蕃王徒拥虚位，不复能施其号令矣。余按：《明史》所云琐南坚错即《经簿》所云第三辈索诺木嘉木磋也，琐南即索诺木之译音，坚错即嘉木锴之译音也。《经簿》所云嘉靖二十二年亲赴各蒙古行黄教，蒙古咸称为达赖剌麻班禅额尔达拉，蒙古王即俺答矣。又云：万历间封为大国师，盖即神宗许其通贡时事，《明史》漏载尔。此其说之有征者也。）第四辈名云丹嘉木磋，生于明万历十七年己丑，生蒙古地方敬格尔家；十五岁至藏，在噶勒丹寺坐台之桑结仁庆处出家，班禅罗卜藏曲津处受大戒；万历间封为沙布达多尔济桑结，能驱邪逐祟，曾于石上踏留足印。第五辈名阿旺罗卜藏嘉木磋，明万历四十五年生于前藏崇结萨尔合王家；其生之日，与释迦牟尼佛同，在班禅罗卜藏曲津处出家受大戒；国朝崇德七年，达赖剌麻同班禅剌麻差乌巴什台吉达盛京进贡，约行善事；顺治元年，达赖剌麻差人进贡；九年入觐，世祖章皇帝赐居黄寺，封为「掌天下黄教西方自在佛足墨多尔济嘉木磋剌麻」，金册十五页。第六辈名罗卜藏林沁仓洋嘉木磋，康熙二十二年生于蒙巴拉沃松地方；按《通志》：康熙四十四年，因拉藏汗请，以阿王伊西为达赖剌麻，疑即此人。第七辈名罗布藏噶勒桑嘉木磋，康熙四十七年生于里塘地方，在察汉诺门罕家出家，按此即《图识》所云噶尔藏嘉慕也；十三岁，康熙五十九年，赐达赖剌麻名号、统领黄教敕书、金印；雍正二年赐「西方汤彻清巴巴木载达赖剌麻掌天下释教」金册、金印。第八辈名罗藏丹碑旺楚克江巴尔嘉木磋，乾隆二十三年戊寅生于后藏托结地方。（按此言达赖封号，与《通志》及《卫藏图识》又有同异，外人未见册文，自当以《经簿》为准，僧家世守册文，宜其有据，今贡表所称，似又在封之后也。）

班禅世派

又云：班禅第一辈名刻珠尼玛绰尔济伽勒布格尔，生于明正统十年乙丑。（按：头辈达赖刺麻根敦珠巴，是时年五十五岁。前云有博洞班禅在雪地修行，闻名信附，计其修行信附，至早亦二十余岁，则根敦珠巴亦将八十岁矣。宗喀巴生于永乐十五年丁酉，至正统乙丑年二十九岁，头辈班禅为其第二弟子，年岁近之。惟前云博洞班禅人名，与此不同，何耶？）第二辈名珠拜旺曲索诺木绰尔济朗布，生年缺。第三辈名结珠拜旺曲罗布藏敦玉珠巴，生明弘治十八年乙丑。第四辈名班禅罗卜藏绰尔济嘉勒参，生于明隆庆元年丁卯，国朝崇德七年遣使进贡，太宗文皇帝诏令班禅、达赖二人内年少者拜年长者为师，学习经典，寿九十六岁。（按：藏中至今，达赖、班禅转世，皆互为师弟，盖始于此。）第五辈名班禅罗布藏伊喜，生于康熙二年癸卯，五十二年赐金册、印，注明札什伦布各庙宇地方属班禅管理。第六辈名班禅哲布尊巴勒丹伊喜，生于乾隆三年戊午，三十年赐金册，四十五年入觐，赐四体字玉册、玉印。第七辈生于乾隆四十七年壬寅。（《经簿》所记，未著其人名，盖其时现在，故讳之。）

大小诏佛像

又云：西藏蕃王传七世至绰尔济松赞噶木布，迎唐公主为妻，又迎巴勒布王鄂特色尔郭恰之女拜木萨为妾，唐公主带来释伽牟尼佛像，拜木萨带来墨珠多尔济佛像，藏王择地兴建大诏供奉之。余按：此说得之。盖《图识》所云大诏之觉释伽摩尼，即唐公主所带之释迦牟尼像也；小诏之珠多吉，即拜木萨所带之墨珠多尔济像也。十二岁之说，何其妄耶！

唐公主修布达拉城

又云：唐吐蕃王绰尔济松赞噶木布，好善信佛，头顶纳塔叶佛，在拉萨山上诵《旺固尔经》，因名为布达拉；西藏蕃众瞻仰，每日焚香坐禅入定，不思他往。唐公主同拜木萨恐有外侮，遂修布达拉城垣，后因藏王莽松作乱，经官兵拆毁，仅存观音堂。至五辈达赖刺麻掌管佛教，兼理民事，盘磴修立白寨。又有代办事务之桑结嘉木磋，修立红寨及内外房屋、金殿佛像；重修平楼十三层，盘磴而上，其上有金殿三座，下有金塔五座，西殿有宗喀巴手足印，世传为达赖刺麻坐床之所。

前藏四大寺

又云：甘丹寺本名噶勒丹寺，在拉萨东五十里噶勒丹山，其形势与布达拉略同，经楼佛像，与大诏略同，乃宗喀巴坐床之所，示寂于噶勒丹寺弥勒前，为黄教发源之地，黄教堪布主之。色拉寺在拉萨北十里色拉山，宗喀巴建，因其弟子甲木庆绰尔济沙克伽伊喜，明时入中国为禅师，赐物甚盛，还藏后宗喀巴令其在色拉山建立大寺，以旃檀香雕刻释迦牟尼佛、十八罗汉及诸佛像，寺依山麓，金殿三座，层楼高耸，寺中供降魔杵一，长不足二尺，唐古忒语名多尔济，相传为飞来者。别蚌寺在布达拉西二十里，《图识》作十五里，宗喀巴之弟子札木洋绰尔济札什巴勒丹在聂乌居住，梦神人语此地宜修寺院，赐五千徒众，无量水泉数处，觉而告其师宗喀巴，乃令修寺，凡出世之呼毕勒罕及远近大小刺麻初学经者，皆聚处于此。桑鸢寺在拉萨山南行二日，地名萨木叶，唐时藏王绰尔济松赞噶木布之五世孙，绰尔济赤松特赞修造，五顶四面八方，以象星宿。

札什伦布

又云：拉萨西南行九日，乃后藏也，寺名札什伦布（按《通志》，此寺名仍仲宁翁结巴寺），头辈达赖刺麻根敦珠巴所建。依山麓起阁，山形如蟹螯夹抱，其后山自西北来，蜿蜒隆突如蜀栈之龙洞背也。楼高四层，上有金殿三座，亦系金瓦，宏敞壮丽，为班禅额尔德尼坐床之所。其外来瞻礼布施者，与布达拉同。僧规谨严，戒律清净，蕃僧必于此山朝礼，为受大戒。其地平敞旷达，南北六七十里，东西百余里；远山为案；其北大山后又有崇岩峻岭，冬夏积雪不消；其东有大江自南北流入东北山后（按：今舆图即雅鲁藏布江也，江在札什伦布山后，自西而东，流至札什伦布之东南，有年楚河自江孜北流至噶则城入江。又札什伦布之西南，有当楚河自佳玛拉扪山北流入江，两河东西夹拱，北流至山后入雅鲁藏布江；其西山势远亘西北，达彭楚岭；西南入萨迦沟。

六辈班禅圆寂

第六辈班禅，以乾隆庚子年圆寂于京师，盖即入觐时也，以患痘症故。此症西域所无。盖蕃僧修心明性，虽与人殊，而血肉之身，与人无异，数之修短，天气感染，亦无如之何也。释迦不能无死，维摩诘不能无病，故释氏以四大和合之身为假相，老子亦云：「处其身而身存。」

班禅被掠

乾隆五十六年辛亥，廓尔喀侵后藏，七月，据聂拉木济咙。八月，班禅移住前藏。九月，贼入札什伦布掠财物以归。大兵平贼后，五十七年壬子五月，班禅仍还札什伦布。余谓：达赖、班禅受四方供献珍异之宝，积富久矣；廓尔塔利其所有故取之，班禅能舍而予之，是也。昔张初昌受嘱，夜怀刀入室将害六祖，祖置金与衣于方丈，张挥刀者三，都无所损。祖曰：「正剑不邪，邪剑不正，只负汝金，不负汝命。」张惊仆求哀，祖与金而去，即此义也。达赖亦以避兵移床。非惟道有魔劫，亦物忌太盛，理宜然耳。佛岂能违天道乎！

布达拉乃三普陀之一

和泰庵云：《梵书》言天下普陀山有三，一在额纳特克国南海中，山上有石天宫，乃观自在菩萨游舍处，此真普陀也。一在浙江定海县南海中，为善财第二十参观音菩萨处。一在图伯特之布达拉，亦观音菩萨化现处。余按：泰庵此说，亦本康熙上谕。图伯特即唐古忒，布达与普陀音相近也。唐古忒谓释迦牟尼佛曰沙迦吐巴绰尔济，乃通经典者称之，俗曰曲结；谓观音菩萨曰江来孜格陀罗尼。

观音三十二应身

如来有三十二相，观音有三十二应身。《楞严经》云：是名妙净，三十二应，入国土身，皆以三昧，闻熏闻修，无作妙力，自在成就。注：观音俱现三十二应，现十法界身而为说法也。

萨迦沟红教

《布达拉经簿》云：萨迦庙之呼图克图，乃元帕思巴之后，为红帽教之宗，仁育菩萨之后人也。其教有家室，生子后坐床掌教，不复近家室矣。其始祖名昆贡确嘉卜，通达经典，见萨迦沟之奔布山，风脉佳胜，欲创建庙宇，从业主降雄固刺哇班第仲喜纳密酌克敦三人乞售，三人乃施舍其地，不取直，遂建庙供释迦牟尼佛。附近土地人民，庙宇僧众，皆其所属，世代相传，至今七百余年。其庙平地起阁，周墙甚固，中殿楹柱皆古树，三人合抱，高三丈余，不加雕饰，其皮节文理如生树然。又有海螺，坚白如玉，左旋纹，向明吹之，背现观音相，寺僧宝之。有藏经数万卷，架函充栋。庙北依山，僧楼梵宇，约数千间，亦有浮屠金殿，供诸佛像，皆红帽刺麻居之。其所诵经与黄教无异。西南通拉孜大道，山南通野人国界。

女呼图克图

《图识》云：多尔吉拔姆宫在羊卓白地海中山上，寺极宏丽，有瀛洲蓬岛之胜。寺中乃女呼图克图多尔吉拔姆所居，云北斗之精化生，昔磔巴三节乱藏时，化猪遁去，藏地呼猪曰拔，故名。（磔巴即第巴，事在康熙四十年间。）余按：《会典》朗岭仔之萨木党多尔济奈觉尔女呼图克图，疑即此人。

冈底斯山阿耨达池

又云：冈底斯山在西藏之阿里东北，周一百四十余里，四面峰峦阻绝，积雪如悬崖，山顶百泉聚流，至麓即伏，实诸山之祖，《梵书》所谓阿耨达山也。余按，今舆图冈底斯山在阿里东境，其北数十里为僧格喀巴布山，其南数十里有玛珀穆达赖池。《图识》又云：玛珀家喀巴珀山，形似孔雀；打毋朱喀巴珀山，形似马；郎于喀巴珀山，形似象；生格喀巴珀山，形似狮；均与冈底斯山相连，绵亘八百余里，所谓阿里大山也。余按：此说本之康熙五十九年上谕所云。生格喀巴珀山，即舆图之僧格喀巴布也，生僧、珀布音同字异耳。《图识》云：阿耨达池在冈底斯南，即舆图之玛珀穆达赖池也。又云：自札什伦布至阿里，夏间随地皆水，谓之陆海。怒江在藏之南，险不可渡。

天人感应

见《邸钞》云：四月，京师缺雨，上命查库案内本身及子孙追赔限满未完、现经在部及直省监追者，俱即释放。五月，复缺雨，上命刑部清滞狱，流徙罪以下减免。福建道监察御史朱琦，请推广直省。上命刑部查案行之。即日，雨。天人感应如此！

再讯曲济嘉木参

二十四日，传讯曲济嘉木参，供如所禀，求革逐丹臻江错，治四仓储巴罪。

再讯丹臻江错

二十九日，太守至云南桥，罗卜藏丹臻江错及四仓储巴四郎江错、白玛奚、彭错、彭错达吉，设帐房二座候讯。丹臻江错年七十余矣，供言：乍雅地方，本伊头辈桑吉札喜同头辈大呼图克图高举札巴江错，建造寺院，开创一切，转世数辈；皆系年小者拜年长者为师，互相传经受戒，讲习黄教经典。地方之事，皆仓储巴管理，两呼图克图不问。遇有要事，两呼图克图会商而行，彼此敬重，坐次大呼图居上，二呼图在下。今第六辈大呼图克图自三岁为所收养，教经受戒，长成后，同众仓储巴经营竭力，送藏学经，数年迎归，登台受印。又赴藏参谒达赖刺麻熬茶，众仓储巴皆尽心奉事。不料信用小人，以众仓储巴乃我护印时所用，欲尽革之，换无根基之人，以致众心不服。十六年，藏中鄂大人同委员讯断，令照旧和商办事，二造已具遵依，大呼图后又调兵滋事，非伊众等翻异。今惟求准复旧规，和商办事，无不遵依。四仓储巴供同。以理藩院文交阅。明日复言：印虽大呼图克图执掌，而地方公事，实系两呼图克图商办，此乃百余年旧章，不自今始，但求率由旧覃，别无他意。

尽物之性

《中庸》：「唯天下至诚，为能尽其性。能尽其性，则能尽人之性；能尽人之性，则能尽物之性；能尽物之性，则可以赞天地之化育。」此可悟原始要终之义。盖性本于天，两间人物，无非天之所生，一本同原，各得之以为性。性在天地，譬诸大海之水，蛟龙鱼鳖以至虾蛙百族，莫不得水为命，惟所受之量有大小清浊不同耳。水族百种，同养于水，人物万类，同育于天。百族犹一族也，万类犹一类也，殊其形不殊其性。天地之大德曰生人。能生育一物，即赞天地生育一物也。人物情状不同，同一好生恶死，吾不能尽知人物之性；但使人物各全其性，而不戕其生，是即尽物之性也。圣人治天下，岂人人物物而饮食之哉！

圣人至德无非一诚

圣人极功至德，无非一诚，诚可以格天地，动鬼神，感人物，小诚小效，大诚大效，至诚则有不可思议之效。然其效也，非揣量计较而得之也，有揣量计较之心，则不诚矣。父母有疾，戚戚焉忧之，百计求愈其疾而已，岂尝计之曰：吾以为孝乎哉？国家有难，不顾身家以赴之，惟期有济于国事，岂尝计之曰：吾以为忠乎哉？惟不自知其忠孝，乃所以为忠孝也，莫之为而为者，诚也。诚于亲则孝矣，诚于君则忠矣。其为物不贰，不贰者无揣量计较之心也。蹈汤火、赴白刃而不辞，其不辞也，不见其可畏也。心专于一，则视之不见，听之不闻，何畏之有！此诚之说也。

无住生心似克己复礼

《金刚经》：「应无所住而生其心」，住即著也。有所住，即著我见、人见、众生见、寿者见之谓；无所住，则无有我见、人见、众生见、寿者见矣。既云「降伏其心」，又云「生其心」者何耶？盖降伏者，有我人众生寿者诸见之妄心，即吾儒所谓人心也。生其心者，无有我人众生寿者诸见之真心，即吾儒所谓道心也。无住而生之心，即应住之心矣。所谓渣滓尽去，清光大来也。孔子告颜子曰：「克己复礼为仁。」己者何？人心是也。意、必、固、我，四者皆己也，孔子绝是四者，自然而无，无事于克，从容中道之圣也。颜子犹待克之，故未达一闻。释氏之无所住，其即吾儒克己之谓乎？无所住而生其心，其即吾儒复礼之谓乎！释氏用功，惟在无所住著而有生心之功；吾儒用功，惟在克己更无复礼之功。释氏并非无心，应无所住而生其心，吾儒心本有礼，必能克己斯复其礼，苟不克己，惟事是己非人，匪但得罪圣人，抑亦见讥于释氏矣。善现问「如何降伏其心」，佛答以「应无所住」，此降伏法也，降伏即克之谓。善现问「如何应住」，佛答以「应无所住而生其心」，此即应住之心矣。生即复也。《孟子》：「今人乍见孺子将入于井，皆有怵惕恻隐之心。非所以内交于孺子之父母也，非所以要誉于乡党朋友也，非恶其声而然也。」此即无住生心之说也。释氏说法，度人一切苦厄，非吾儒恻隐之心乎？受持诵读佛经，免为人所轻贱，非吾儒羞恶之心乎？以世尊之尊，人所敬重，犹亲自率众行乞而食，非吾儒辞让之心乎？分别有无智识，摧灭魔道外教，非吾儒是非之心乎？心性皆同，为善去恶又同。孟子不云乎：「三子者不同道，其趋一也。」

儒释二教皆从平实处起

《金刚经》为大乘上智者说，盖已能通澈诸法，复以此教之，俾得究竟之义；钝根小智者固不可与闻。苟未通诸法，而即欲闻之，是躐等也。钝根小智，既恐堕入魔道，未通诸法，亦恐认贼作子。如来以筏喻法，苟未有筏，身未度河，何云能舍乎？自宋以后，南宋宗门大盛，俗僧轻易说法，苦行全无，惟以口舌体锋取胜，以妄为真，不得为得，其于如来真实不虚之旨，大相违害矣，岂非释氏之罪人乎？此等不但欺人，实是欺心，以欺心人说法，势必堕入恶孽，是可哀也。先圣有言：「下学而上达。」又曰：「中人以下，不可语上也。」学者且莫谈空说渺，先从平实地处做起，方是真正种子耳。行远自迩，登高自卑，为儒者且说子臣弟友，为释者且通四谛十二因缘，是为入德之门。世宁有不入其门先入其室者哉！究之，至深微妙之理，不出平浅实地之中，室亦不在门外，轻易语人，不若使深造而自得之也。

四谛解

佛经注云：四谛者，一苦谛，即逼迫之义；二集谛，即招集之谓；三灭谛，即寂灭之谓；四道谛，即通达之义。《心经》：「无苦、集、灭、道。」古注云：此四谛法也。无苦者，圆觉菩萨谛审五阴十二入之法，皆即真如，实无苦相可舍也；无集者，一切烦恼尘劳不生，因性本清净，实无招集生死之相也；无灭者，生死涅槃，体元不二，实无生死逼迫之苦可断，亦无涅槃之寂灭可证也；无道者，一切诸法，皆即中道，离边邪见，实无烦恼之惑可断，亦无菩提之道可修。从来诸佛度人，先说四谛，得度者万千，今言无者，既到彼岸，筏无所用矣。

十二因缘解

又云：十二因缘者，一曰无明，谓妙法本明，因一念妄动而有迷昧，故号无明；二曰行，本体湛然，因无明鼓动而有迁流，故名为行；三曰识，既迁其体，则智转识矣；此三项乃前世因也。四曰名色，盖因必有果，今识乃四大色身和合，有名有相，故为名色；此初投胎之始，受形之原，住胎凝滑之相也。五曰六入，既入其胎，六根完具，已具入尘之义，故名六入；六曰触，六根既具，形成出胎，根与尘接，故为触；七曰受，领纳所触违顺诸境，故为受；此三项乃今世果也。八曰爱，以受必生爱也；九曰取，以爱心取执也；十曰有，盖取必造业，既造其业，后果不忘，又生后有；此今世因也。十一曰生，既有业因，而后果随之，故有生；十二曰老死，既有生，终归老死；此后世果也。《心经》：「无无明，亦无无明尽，乃至无老死，亦无老死尽。」古注云：众生不知悟道，故有无明等世间因果，圆觉从此十二因缘悟道，故有无无明等出世间因果，若悟正菩提，则不但无世间相，并无出世间相，所谓「无无明尽」至「无老死尽」，则不但本无，并无亦不受，谓之曰：无是为灭无尽相也。

学道从浅近处把握

圣贤教人，从浅近处说；吾人学道，从浅近处做，盖浅近处有把握也。得一尺是一尺，得一寸是一寸，及至工夫将到深妙处，只用一点即醒，若无工夫而早醒，醒犹未醒耳。有以言黑白，无以知黑白，乃学人之通病也。

圣人设教在学者自为

深水大河，兴建长桥，更设船筏，皆渡人之具也。临河观望，不肯举足，其奈此人何哉！故佛不能度人，人当自度，圣人设教，亦在学者自为。如来云：「灭度无量无数无边众生，实无众生得灭度者。」孔子云：「不愤不启，不悱不发。」《易》曰：「匪我求童蒙，童蒙求我。」

邵蕙(一)西

癸卯在京师，仁和邵蕙西(懿辰)非议阳明之学。余曰：阳明自有是处，我辈不及阳明处多矣，未可论之，邵曰：学者当先辨志。余曰：不学阳明，即辨志矣，议论何益于事！蕙西经史之功颇深，有志力行，今学人所罕，余因梅伯言识之。

朱濂甫、陈颂南

桂林朱濂甫(琦)，学行笃实，文章醇朴为言官，数有陈论，皆见其大，不趋权要，虽举主无所阿附，亦不以攻讦见长，此真言官也。与晋江陈颂南(庆镛)同以亢直称颂。南初上封事，语其弟曰：章上，祸且不测，以家事累弟矣。弟慨然任之。及奏入，上为之收回成命，且嘉其亢直敢言。嗟乎！非至诚不能格天，非圣明何能纳谏，濂甫之言，虽未尽施行，未尝不优容于圣主，可谓幸矣。

桐城先辈

吾桐经学，始于钱饮光先生澄之；理学，始于何省斋先生唐；博学始于方密之先生以智；古文，始于方灵皋先生苞及戴潜夫先生名世；诗学，始于齐蓉川先生之鸾，昌于刘峰海先生大概。至于博究精深，兼综众妙，一无理学、考据文人之习，则先姜坞编修及惜抱先生，实后学所奉为圭臬，无异辞者也。今方植之东树，学问文章，体博思精，其亦编修与惜抱先生之后尘矣乎！奉使异域，离群索居，兴念故人，记其敬爱之意如此。

蕃存古礼

蕃人有合古者数事：女衣裳前著幅，一也；蕃僧见人必以哈达，即古之束帛，二也；蕃见官长必偻背旁行，即古「一命而伛，再命而偻，循墙而走」之义，三也；官长有问，必掩口而对，四也。礼失而求诸野，不其信乎？

圆觉即尽性

释氏言「圆觉」，吾儒言「尽性」，只是一义。人性本于天，天之分量何若，即吾性之分量何若，一分未到，即性有未尽也，一分未觉，即觉有未圆也。往尝疑天下只有一理，何以圣贤大儒，亘古以来，言之娓娓不已，千佛菩萨，苦口辩才，岂非多事？今乃知此理，澈上澈下，无有中边，苟有一分窒滞不通，则所为理者皆靠不住，故必充类致义，反复推明，既可觉人，亦以自觉，非弄之曰：「佛智空而无住，妄识住而不空，凡言不空，但妄识不能空，非真实不空也，苟忘怀而达之，佛告须菩提：「若福德有实，如来不说得福德多；以福德无，故如来说得福德多。」方植之解

佛智妄议

布施贯六波罗蜜之终也。

有此一端，推行扩充，以尽其委，广大精微，无所不至，则吾性之分量全体具焉。故仁包四德之全，以我予人，即是无我之见，无我即是无人，一举而两善备焉。孟子曰：「恻隐之心，仁之端也。」并无二义。举布施言，即摄尽诸法，皆在其中矣。盖人贪著种种，皆由不舍我见故也，舍则无贪，布施为六波罗蜜第一义，般若波罗蜜者，第六波罗蜜以智慧为究竟，实则六波罗蜜只是一波罗蜜，施也。天下万事，无非人我之境，或交不交殊耳，我虽未交，已自具交之理，交则布施也。故佛以皆布施也。以财予人，以身及人，以言教人，以意感人，以法度人，皆布我之有以施于人，无非布一部《金刚经》摄尽诸法，何以但举布施言？盖佛所言布施，不止财物，凡出我以加乎人者，

《金刚经》言布施

靥舌是才智也，若眚有一瞭之明，即自谓性已尽，蔑已圆，此非悟也，障耳！

则无所不喻也。如即元珪告岳神，但无情于万物，则都无碍，世所谓真实皆空矣，此所以为破相之宗。庄子曰：「子孙非汝有，身非汝有。」(二)是真实皆空也。空真实以智为本，智者，离相也；离相则见世人皆妄识颠倒。」余谓：全部佛经，只是「天道无心而成化，圣人无为而成能」二语，足以尽之。学者明澈「无心无为」四字，不必受持诵读，可以随取诸经解说而通证之矣。先圣曰：「无为而告治者，其舜也与？」又曰：「天何言哉，四时行焉，百物生焉。」孟子曰：「所恶于智者，为其凿也，禹之治水也，行其所无事也。如智者亦行其所无事，则智亦大矣。」(三)此即天道无心、圣人无为之证也。有凿之智，即妄识也；无事之智，即佛智也。自释氏言之，精深玄妙，自吾儒言之，何等平实！平实，即诚也，释氏亦云真实不虚，佛言真空，即吾儒之言至诚，老子之言自然，岂有二理哉！理一，故其为物不贰。

佛言福德圣人不言福利

佛既空诸法相，何以又言「福德」？为凡夫可以转圣也。凡夫学道，非福德不能发其入道之心，吾儒亦曰「皇天无亲，惟德是辅」；又曰「积善之家，必有余庆」；又曰「故大德必得其位，必得其禄，必得其名，必得其寿」。天道有感必应，本是实理，非圣人之诳人也。特圣人为善，无求福之心，而福自至耳，凡夫为善，有求福之心，而福亦至者，善感则福必至，不问圣凡，如人之有影，人在则影随之，岂问贵贱老幼乎？惟圣人无求福之心，其善无量，即福亦无量，凡夫人有求福之心，其善有量，即福亦有量，此其异耳。譬如士人读书，意求功名，及得功名，其福止矣。圣贤读书，惟在明理，一无所求，斯无所应而无所不应，盖理无尽也，其福岂有量哉。福德不同，转凡可以入圣，此诚而明者之事也。

释氏不切于用

嗟乎！释氏之说，余反复推究，其言心性之旨，未尝不与吾儒同其终始，故程子、朱子，皆谓其言近理。然不可舍吾儒而从之者，高而不适于用，远而不切于事，则不中之过也。未生以前，本有未生前事，既已往而不可问；既死以后，自有既死后事，方未来而不可求。惟此现有之身，则有此身之事，修其五德，敬其五伦，推己及人，推人及物，身修而家齐，国治而天下平。自始生至终死，无私之心行事，事虽烦冗，何损清明？心既清明，事皆利济，一诚积至，上下与天地同流。性本于天，不失其性，则身死而性自存；身亲乎地，不失其身，则归土而身亦完；匪惟不害其身，且亦不害其性，一修身而性无不在，此中庸之道，所以贯始终而澈前后也。佛老皆究人生前死后之事，吾儒之学，只说现在为人之事；佛书专谈六合以外，吾儒只谈六合以内；三教或主出世，或主治世，各行其是，不相为谋也，

唐代三迎佛骨

昌黎《谏迎佛骨表》言：人主事佛愈虔，年代尤促。余按：唐代三迎佛骨，始自德宗贞元六年，诏出岐山无忧王寺佛指骨迎置禁中，又送示诸寺，倾都瞻礼，施财巨万。二月，遣中使复葬故处。是时仅取观之，旋复埋之，未甚崇奉也。然十九年德宗崩，甫一纪耳。宪宗元和十四年正月，迎佛骨留禁中三日，历送诸寺，王公士民，瞻奉施舍，惟恐弗及，有竭产充施者，有然香臂顶供养者，崇奉过于德宗矣。十五年正月，宪宗为陈宏志所弑，才一年耳。懿宗咸通十四年四月，迎佛骨至京师，导以禁军兵仗，公私音乐，沸天烛地，绵亘数十里，仪卫之盛，过于郊祀，上御安福门，膜拜流涕，迎入禁中三日，出置安国崇化寺，宰相以下，竟施金帛，不可胜纪，崇奉又过于宪宗矣。是年七月，懿宗崩，明年王仙芝、又明年黄巢乱起，僖宗出奔。昌黎之言，不其信哉！佛不能福人，可以观矣。人苟修其政事，正其身心，尽其所当为者而为之，无伤天理，无拂人性，未有亡其身家社稷者。盖天之所佑，佛亦佑之，反是，则天恶之矣，佛何能违天而佑之哉！孔子曰：「获罪于天，无所祷也。」孟子曰：「祸福无不自己求之。」佞佛何益，佛又岂受人谄媚者哉？

三讯曲济嘉木参

初九日，宣太守传曲济嘉木参至，谕以去年里塘之禀，已为入奏，大皇帝令理藩院查明，大呼图克图系掌管印信号纸之人，二呼图克图虽非额设，自乾隆以来，即协同管理地方，两次奏准护印，自第一辈至今五辈，名字、圆寂、转世年月，俱在册档，与大呼图克图同，未便因彼此不和，遽行革去，自应如昔年旧章，协同办事，其不法之人，酌量除去，以靖地方。曲济嘉木参狡称：乍雅向无二呼图克图理事；亦未尝护印。以理藩院文反复诘之，无可复辩，则谓丹臻江错心术不端，实难共事。晓喻百端，未即服。夜分令退。

万寿圣节

初十日，万寿圣节，恭设香案所寓庙中，同宣太守、丁别驾行礼。

仁兼四德

《论语》：「知及之，仁不能守之；虽得之，必失之。」集注云：知足以知此理，而私欲间之，则无以有之于身矣。以无私欲释仁，其义精矣。余谓：仁，心之安宅也，事必求其心安，即仁也。知足以知此理，必求实践无违；不能实践，则心不安，斯谓仁能守之矣。不惟知也，即义、礼、信三德，皆非仁不能守。盖仁乃存心之德，义、礼、知、信，则德之交物者也。四者皆由心出，一有不得于物，则心不安，故仁为四德之全，虽寂然不动，无感于物，而四者无不具于心，有感则应之而已。此仁之体也。譬如身有百骸五官，既已具足，随时随事可用，岂待临时现觅耶？

三讯丹臻江错

十一日，宣太守过河，往讯丹臻江错。言年已七十，两人本无嫌隙，因大呼图克图自藏中回，改易旧章，不商同行事，是以众心不服；嗣后果复旧章，自必相安。仓储巴彭错达吉言：父祖皆为仓储巴，父死，接充者二人，一革一死，众番乃举达吉；道光十二年接充时，大呼图克图在藏，二呼图克图使人告知，进奉百金，大呼图克图受金，许之；及十三年回藏，既分其所辖巴贡地予达末之兄冷中吉，复以达末言其年幼革之；十六年，鄂大臣面谕两呼图克图，复以为仓储巴；白玛奚、四朗江折拒捕时，未与其事，四朗江折、白玛奚言：为仓储巴已二十余年，先是乍雅初开，由各村落民人敬信两呼图克图，乐予布施，给役户口，贫富不等，自此为例；乍雅、巴贡(即卡撒顶)二大寺，各设一簿，依昔时户口岁往征收，户口虽增，不增其赋，亡绝者众户均之，每一村落有头人司其事，仓储巴收毕，贮二十寺公所，支应两呼图克图及众刺麻头人一岁之用；其有大事及呼图克图赴藏，皆别有征纳，谓之差费；有四方流蕃日渐聚处无室庐者，谓之黑帐房，向不征输；大呼图克图入藏差费，皆已交纳，不意十五年自藏中回，言此种人户未纳差费，令仓储巴补征，众蕃不愿，大呼图克图别令头人罗卜江错往征之；又有达海牧场，乃众刺麻诵经之业，第四辈大呼图克图曾给照免其赋役，今大呼图克图复令征输，众情不服，完纳稍迟；大呼图克图听达末言，谓两仓储巴有弊，令革二人治罪，二人闻之逃匿；大呼图克图调兵往捕，二人无罪被害，不服，是以抗拒，走归二呼图克图。此其致叛之由也。彭错言：其舅仓储巴阿札，经营大呼图克图入藏有功，面求大呼图克图，以年老欲退，仓储巴缺，请予其甥，大呼图克图许之，予彭错之兄，未及充，从汛官捕盗，为盗所杀，乃于十七年接充，已在两呼图克图不睦、白玛奚等拒捕之后，归二呼图所属。

察木多雪

阴雨旬日，山上有积雪，皆羊裘矣。十二日乃霁。

丹臻江错呈控达末

十四、十五日，丹臻江错之众，呈控达末等，谓：两呼图公同办事，已百余年，若大呼图克图不肯复循旧章，即各管地段民人，各供天朝之役，不能服大呼图克图一人辖治，受其残害。达末亦使人呈请灭二呼图克图。是夜，谢都阃、张竹虚来饮寓寺，罢散后，望月感怀，为一绝云：「投老方为异域行，解纷何似请长缨。蕃儿应笑陈汤拙，拉楚河边空月明。」

四讯曲济嘉木参

十八日，宣太守复传曲济嘉木参至，谕以汉法：地方乃掌印官专责。政教宽平，人民安乐，则有庆赏；政事苛急，人民困苦，则有诛罚。若众人怨叛，则是不能教化，地方官亦有应得之咎。尔谓丹臻江错不当纵令四仓储巴率百姓与尔打仗，试思仓储巴皆尔属蕃，以不为尔加征差费，尔欲治罪而逃，尔即以兵往捕，乃聚众叛尔，与二呼图克图无涉。仓储巴固不当叛，而所以致叛者，尔行事不服人心也。若依汉法，彼固当诛，尔亦不能无罪。案情始末，川藏深知，念尔乍雅本系夷地，不忍以汉法相绳，大皇帝如天覆帱，乃格外之恩，故委员矜全于尔，何尚迷而不悟耶？今再明白教导，将来断牌，惟持公平，不能尽如尔意也。

秋寺诗

两呼图克图事持不下，久寓佛寺，秋日无聊，为一律云：「年来况味是行僧，踏遍千山雪里冰。尘榻鼠跳闻夜雨，佛龛香冷坐秋灯。江湖鸥鹭原无竞，吴越莺花谢未能。袅袅西方吹落叶，祇陀圃畔听呼鹰。」

即事诗

所寓大士阁，为戍兵众建，无居僧，一老卒守香火，巢鸽殿中皆满，羽毛遗粪，纷落坐席，蕃女上酥油灯者朝夕不绝，菊花盛时，献者尤众。万寿一种，以为上品，深紫浅红及白者最多，或栽数本于阶下。为即事一首云：「扫地焚香不见僧，尚怜老卒发鬅鬙。空王绀殿秋巢鸽，蕃女氇裙夜上灯。金菊玲珑栽万寿，宝华圆灿悟三乘。昆仑即此通西极，欲借骅骝试一登。」昆仑山在后藏之北，和泰庵及《卫藏图识》皆以阿里之冈底斯山下大池，为阿耨达池，云相传即王母瑶池也。

博窝马

察木多西北博窝野蕃，多出名马，以去青海近故也，地在博窝博集大山下。马四灶有肉块，行愈远则肉块愈大。余过打箭炉，张莘田司马嘱购之，丁别驾得其二，余亦得一，拟赠张及伊濂江别驾故与张竹虚善骑，日乘试之，竹虚偶坠伤面，诗以调之云：「天马曾闻出渥洼，武皇上厩儿名䯄。而今千里寻常见，西海原来属汉家。书生万里走西陲，更欲穷寻阿母池。騕褭不须怜一蹶，追风善堕是男儿。」

察木多园蔬

打箭炉以西，菜味甚不易得。行过巴塘，馈瓜蔬者如尝异味焉。察木多有四园户，日市莴苣、菘、韭，喜而赋诗云：「菜根百岁腐儒餐，千里西来入馔难。佛地伊蒲甘露好，满园香馥胜芄兰。」

八月杨柳发新枝

察木多八月，杨树皆已脱叶，而干下自抽青枝，且放新叶，盖高处风寒，下得地气故也。蕃地每七八月间多雨，山上雪已封岭，人且重裘矣。

苏过

东坡上文潞公书云：「在湖州就逮时，仅一子迈稍长，徒步从行，余皆幼稚。」所云幼者，次子迨，稚者，过也。公就逮为元丰二年己未，元祐八年癸酉八月，继娶王夫人，卒于京师，公时为端明、侍读二学士。明年甲戌，为绍圣元年十月，到惠州寓居嘉祐寺，与幼子过同游白水佛迹，浴于汤池，距己未十六年矣。犹称幼子，则过是时亦只十余岁、近二十耳。先生五十九岁，丙子七月，朝云卒，长子迈授韶州仁化令。丁丑闰二月，挈家到惠州。五月，公谪授琼州别驾，昌化军安置，即儋耳也。遂留家于惠州，独与幼子过渡海，是时过年殆二十许矣。迈在官所，迨留惠州顾其家。且韶在粤北，琼在海南，惠地适中，可通音问，故惟以过自随，此当日事理之必然者也。王夫人、朝云皆已先亡，先生孑然，乃迈得官韶州，全家过岭就之，谓非天之祐公，不可也。过随公于患难中独久，宜异时诗况胜其伯仲矣。

瓷器

今人饮食之器，皆瓷为之。按《说文》：「瓷，瓦器也。」《玉篇》：「瓷，器也，亦作甆。」《集韵》：「陶器之致坚者。」《文选》潘安仁《笙赋》「倾缥瓷以酌醽」，李善注：缥，青白色。《字林》：「瓷，白瓶长瓾(四)。」邹阳《酒赋》曰：「醪醴既成，绿瓷既启」，又曰：「其品类则沙洛渌醽。」吴录《地理志》曰：「湘东醽以为酒有名。」据此言之，是瓷乃汉、晋时酒器之名。《说文》、《玉篇》但云瓦器，未言何用，然亦以为成器。更以邹、潘二赋及《字林》考之，其为贮酒之用明矣。盖古之酒瓶，其形则《字林》所谓长瓾。瓾字，善注云：大果切。检字书无瓾字。大约长颈宽腹，如今之瓶，后人以其瓦质致坚，凡饮食诸器，皆用此种为之，遂蒙古人酒器之名，通谓之瓷，以别于瓦，为精粗之分，失其本义矣。唐代多为茶器，以作茶碗。陆羽《茶经》曰：「碗，越州上，鼎州次，婺州次，岳州次，寿州、洪州次。或者以邢州处越州上，殊为不然。

若邢瓷类银，越瓷类玉，邢不如越，一也；若邢瓷类雪，则越瓷类冰，邢不如越，二也；邢瓷白而茶色丹，越瓷青而茶色绿，邢不如越，三也。晋杜毓《荈赋》所谓「器择陶拣，出自东瓯」，瓯，越也。瓯，越州上，白(五)唇，不卷，底卷而浅，受半升已下。越州瓷、岳瓷皆青，青则益茶，茶作白红之色。邢州瓷白，茶色红；寿州瓷黄，茶色紫；洪州瓷褐，茶色黑，悉不宜茶。」陆《经》所言，盖以色辨其益茶，不论其质精粗也。许次纾(六)《茶疏》云：「茶瓯，古取定窑兔毛花者，亦斗碾茶用之宜耳，其在今日，纯白为佳，兼贵于小，定窑最贵，不易得矣。宣、成、嘉靖，俱有名窑，近日仿造，间亦可用。次用真正回青，必拣圆整，勿用啙窳。」则明人但以色白为贵，不以辨味矣。程大昌《演繁露》云：「《东坡后集。从驾景灵宫》诗云：『病贪赐茗浮铜叶』，按今御前赐茶，皆不用建盏，用大汤甇，色正白，但其制样似铜叶汤甇，铜叶，黄褐色也。」莹按：观此是瓷器尚白，宋世已然，又在北宋后矣。世以茶一碗为一瓯，瓯非器名，以瓯越瓷器最上，故借名之耳。不可不知所本也。

《太玄经》

惜翁《书录》论扬雄《太玄》曰：「圣人之道，原本盛大，以仁义中正，顺播于万事，惟变所适，而物得其理，于是作《易》以教世，错综万端，经纬人事，虽庸愚不肖，苟筮之而见所以处事应物者，皆合乎圣人之道也。故曰：吉凶者，言乎其失得也。得义为吉，失义为凶。故《易》者，导民于义者也。自孔子之时，老聃之说兴，其道以观乎阴阳运行、屈伸循环，制为用舍进退之度，因时而为业，若有同于《易》者。然而古之圣人，当隆盛治平之世，居位则裁成辅相乎天地，而维天下万世之安，非第不居盛满，功成身退而已。《易》曰：「勿忧宜日中」是也。当否遁之日，有济天下之心，有进德修业及时之志，又不幸所遭祸乱，必不可避，则致命遂志，非第全身远害之为善也。故有休否干蛊者，又有过涉灭顶凶无咎者。以老子之懦弱谦下，而终不涉乎世患，视世之务于功利名誉之徒，其贤则多矣。及以圣人之道揆之，然后知老氏之为陋也。孔子殁，七十子之徒，传诵六艺，转相为说，或得或否，瞀乱本真，其时杂家并兴，仁义蒙塞，而汉世尤重黄老之书，盖至元、成之间，蜀严君平以老子为教，扬雄少而学焉，故雄尝美君平之湛冥。及自著书，覃思竭精，贯律历之数，究万物之精（七），而旨不出乎老氏而已。盖彼不备知圣人之道，而以所窥乎（八）老氏者为同乎《易》，于是作《太玄》以拟《易》而无惭也。其晦家上九赞（九）曰：晦冥冥利于不明之贞；测曰：晦冥之利不得独明也。此特老氏之「和光同尘」，于《易》「箕子之贞明不可息」之训，不亦远乎？」莹按：惜翁此论允矣。雄本辞人，相如、枚乘之流也，既而薄之，又见仕禄不进，乃以道自处，虽较胜于孔光、张禹，而利禄之见未化，由不明于孔子之仁义也。盖以孔子之道观之，雄不免春秋之贬黜，若以老子之道观之，雄其犹贤乎哉？后世君子，世治仕进，但以不居盛满为戒，亟亟功成身退，而不问辅相裁成为何事，世否身危，则但亟亟全身远害，而或疑致命遂志为近名，曾未有衡以圣人之义者，其皆疏广、扬雄之支派乎？然其言则皆曰：吾不为二氏也。其亦未之思矣！

（魏默深见余此条，曰：老庄之学，处乱世则为黄石公，为商山四皓，为盖公，为严君平，可也。岂肯《剧秦美新》、《法言》颂安汉公之德乎，岂肯好奇字取投阁之祸乎？谓雄有当于老氏，吾未之敢许也。余谓：惜翁言旨，不出乎老氏，第就《太玄》言之，明其异于《周易》耳，非许其人当于老氏也，默深误矣。）

校记

〔一〕道光年、手稿本作「蕙」，他本皆作「位」。

〔二〕语出《庄子外篇·知北游》，原文为「舜问乎丞曰：『道可得而有乎？』曰：『汝身非汝有也，汝何道有夫道！』舜曰：『吾身非吾有也，孰有之哉？』曰：『是天地之委形也。生非汝有，是天地之委和也。性命非汝有，是天地之委顺也。子孙非汝有，是天地之委蜕也。』……」

〔三〕《十三经注疏·孟子·离娄章》全文云：「所恶于智者，为其凿也。如智者若禹之行水也，则无恶于智矣。禹之行水也，行其所无事也。」下同引文。

〔四〕「癞」即「躲」字。

〔五〕清刊《续茶经》(下同)，「白」字作「口」。

〔六〕《续茶经》「纾」作「杼」。

〔七〕清道光刊本《惜抱轩书录》(下同)作「情」。

〔八〕《书录》作「于」。

〔九〕《书录》有「辞」字。

《康輶纪行》卷九

《唐书·吐蕃传》(二条)

《旧唐书·吐蕃传》言：其人随畜牧而不常厥居，然颇有城郭。屋皆平顶，高者至数十尺。贵人处于大毡帐，名为拂庐。寝处污秽，绝不栉沐。接手饮酒，以毡为盘，捻面为碗，实以羹酪，并而食之。余按：唐时至今千余年，俗亦不尽尔矣。今蕃人皆室庐碉寨，惟穷蕃有随畜牧者，以黑帐房为居处耳。贵人室颇壮丽，行以毡帐自随。饮食亦有木盘碗，贵人、剌麻多用铜器，有以金为饮食器者。捻面，即今糌粑也。昔以羹酪，今则酥酪，内多加以茶，亦有净用熬茶者。惟贱者无男女皆不知栉沐。《图识》谓其性不好洁，殆信然也。

《新唐书》言：吐蕃以赭涂面为好，妇人辫发而萦之。余按：妇人辫发，至今犹然，赭面之俗，则唐时已革。盖自赞普娶唐公主，公主恶其人赭面，赞普不得已，令国中权罢之，遂至今矣。巴勒布人至今眉额间犹赭之，是其遗俗，亦犹中国妇人之傅粉也。赭白虽殊，习则尚之，何足讶乎？《新唐书》又谓其吏治无文字，结绳齿木为约。今自打箭炉至前后藏，皆有文字。以细木为吐蕃尚无文字，益见前后藏地非天竺也。

元间也。《梵经》汉时已入中国，释迦说法，阿难传经，始自周匡王时，则天竺有文字古矣。唐时

笔，引墨横书如发，字皆右行，谓之唐古忒字，略如西洋夷书。不知始自何代，何人为之，大约宋

前藏三十一城

《一统志》载：前藏三十一城：曰剌萨城，在打箭炉西北三千四百八十里。札什城，在剌萨南七里。得秦城，在剌萨东南三十八里。奈布东城，在剌萨东南二百二十里。桑里城，在剌萨东南二百五十一里。垂佳普郎城，在剌萨东南二百六十里。野而古城，在剌萨东南三百一十里。达克匝城，在剌萨东南三百三十七里。则库城，在剌萨东南三百四十里。满撮纳城，在剌萨东南四百四十里(一)。拉巴随城，在剌萨东南四百四十里。达剌马宗城，在剌萨东南五百六十里。古鲁纳木吉牙城，在剌萨东南六百二十里。硕噶城，在剌萨东南六百四十里。朱木宗城，在剌萨东南七百五十里。东顺城，在剌萨东南七百七十里。则布拉刚城，在剌萨东南八百七十里。纳城，在剌萨东南九百六十里。吉尼城，在剌萨东南九百八十里。日噶牛城，在剌萨西南三十里。楚舒尔城，在剌萨西南一百十五里。日喀尔公喀尔城，在剌萨西南一百四十里，有蕃民二万余家，为卫地最大之城。岳吉牙来杂城，在剌萨西南三百三十里。多宗城，在剌萨西南四百二十里。僧格宗城，在剌萨西南四百三十里。董郭尔城，在剌萨西南三十里(二)。地巴达克匝城，在剌萨东北九十二里。伦卡(三)卜

宗城，在剌萨东北一百二十里。墨鲁恭噶城，在剌萨东北一百五十里。蓬多城，在剌萨东北一百七十里。余按：前藏三十一城，其在西南者仅五城，在西者一城，余皆在东，盖西去六百九十里外，即后藏也。前藏疆域，东至宁静、多松工二山，交巴塘界，三千七百六十五里，内除察木多、乍雅、类五齐各有呼图克图掌理，自洛隆宗为界，只二千一百四十五里；西至谷喜塘，交后藏界，六百九十里；南至奕尔交洛坝生番界；北至木鲁乌苏噶尔藏胡乂，交青海界。

通天河

前藏东北一千四百里之哈喇乌苏河口，及东北二千九百里之木鲁乌苏河口，皆青海与藏交界之要隘也。伊黎叶尔羌至西藏，本有径道，中隔大戈壁，故由西宁、青海绕道而至木鲁乌苏河，蕃人又名通天河，即大金沙江之上流也。以其来源最远，故以通天名之。

昆仑亘叶尔羌和阗(二条)

大地径三万里，昆仑当地之中，为大地最高处，即《汉书》之葱岭，佛书之阿耨达山也。古云：葱岭之水，东注河源，西注洋海。盖山势最高而适中，积雪万古，故其水滂沱四溃而下，中国江、河二条，皆发源于此山下。七椿园云：葱岭，即雪山也，自嘉峪关起，东西绵亘九千余里，至叶尔羌，乃西南折入痕都斯坦，复折而西，直达西海。余按：中国地界，西北尽叶尔羌，东北尽黑龙江，径万五千里，中自嘉峪关至黑龙江，径五千里，则叶尔羌以西喀什噶尔河所出之葱岭，固大地适中矣。河源在叶尔羌之西境，江源在叶尔羌之南境，是所谓昆仑者，其山固半在今中国界内也。葱岭之长数千里，或断或续，亘东西之中。七椿园谓：在中国最大而著名者，于乌鲁木齐为博克搭班，于哈喇沙拉为莫勒土斯，于伊黎乌什之交为穆肃鲁搭班，此皆南北两路所共之天山，非葱岭也。叶尔羌之米勒（勒一作尔，按后皆作米尔搭班）台搭班，则近昆仑之支干。古云昆山片玉，此山之中皆玉，意即所云悬圃者耶？《西域闻见录》云：去叶尔羌二百三十里，有山曰米尔台山，遍山皆玉，五色不同，有大至千万斤者，在绝高峻峰之上，人不能到；土产犛牛，惯于登陟，回子携具乘牛，攀援锤凿，任其自落而收取焉。每岁春秋二季，叶尔羌贡玉七八千斤至万斤不等。又云：叶尔羌、和阗、玉珑哈什、哈琅圭塔克河中所产之玉，无定额，尽数入贡，由台站辇送至京；其山距喀什噶尔之河源颇近。观此，益信为昆仑之近干。《禹贡》：「昆仑、析支、渠、搜，西戎即叙，」又云「厥贡球、琳、琅玕」在梁州者是矣。《西域闻见录》言米尔台遍山皆玉，然多石夹玉、玉夹石，欲求纯净无瑕者，则在峻峰之上。此可为「火炎昆冈，玉石俱焚」之确注也。近时徐星伯太守著《新疆赋钞本》及《汉·西域志补注》见贻，其于山川物产，考订尤详，惜行笥未携，无从证之。

右余所记，据《西域闻见录》。疑在叶尔羌之米勒台山近于昆仑，盖以其山皆玉而证之也。《地理今释》《一统志》则以在和阗之尼莽依山当葱岭。按今舆地图，和阗之南百余里为尼莽伊山，东西亘千余里，叶尔羌在和阗西北七百余里，其境内之山，东南自尼莽依山绵亘而西，至英吉沙尔之南百余里为玉山，玉山之北有玉河，与叶尔羌之米尔台山皆出玉，皆昆仑之近干，但皆非河之正源。《地理今释》即以和阗河为河源，故以和阗玉山为昆仑。此说虽本于《汉书·西域传》，较之执昆仑在吐蕃、在青海者，已为彼胜于此。昆仑本即葱岭，甚长，特其主峰龙池，则在喀什噶尔，其支干横亘，则随在异名耳。二说固相通而无悖，以意逆之可也。

古书言异域

古书所传荒远之区，事不经见者，迂儒孤陋，辄以为诞妄，然有数千年后涉远者亲历其地，往往与古书不爽，乃知古人非凿空妄言，虽或小有讹误，或传闻之异，或今昔变更，未可轻相非议，要必有其近是者，不妨存以待考，乃为善读书人。彼轻于非古者，非孤陋则浮薄，君子不取也。孔子曰：「信而好古」。又曰：「好古敏以求之者」。又曰：「君子博学于文」。又曰：「多闻，择其善者而从之」。世传《穆天子传》「乘八骏至西王母觞于瑶池」，书虽伪撰，然其人固尝博览异域之山川也，《尔雅》《山海经》确有西王母之地，今叶尔羌、和阗实有产玉之河，岂非瑶池所本乎？千里马实出西域大宛诸国，岂非八骏西行所求乎？《传》固言：穆王好游将使天下皆有车辙马迹焉。必古有其事，且有其地，然后得以附会成书，惟博览者辨其真中之伪而得其伪中之真耳。举此类推，学者可以览古矣。（《尔雅》以西王母为地名，《山海经》言西王母形状诡异，皆与《武帝内传》《穆天子传》异，不足辨也。）

大人国

古称龙伯国大人钓鳌，几成寓言矣。余观陈伦炯《海国闻见录》：泛海船者，尝遇其人，长三十丈，见中国人喜而攫之，以柳条贯人腮，系十数人于腰间而行，如贯鱼状，有裂腮而堕，得逃归者，长人亦不之觉。岂非龙伯之类欤？又如《西域闻见录》：绝域诸国，有阿谛者，在西海之滨，其国男子皆长三四十丈，妇女如常人，而与长人为夫妇，但不能生育，必浴于河而后成孕，生女如其母，男则数十丈。此所言阿谛者，似即陈伦炯所言之长人也。龙伯之说，不其信然耶？西域回子，又有郭罕之国，其人男女皆二尺余，魁梧俊伟者亦不能过三尺，是古云小人国者，复有验矣。今西番风俗，兄弟数人共妻，自打箭炉至西藏皆然，而伊犁西北之哈萨克，叶尔羌西之博罗尔，不惟兄弟四五人共妻，其无兄弟者，与戚里共之。天下之大，何所不有，人之见闻几何，未可以其所及废其所不及也。

康熙上谕异域事

康熙六十年三月，上谕大学士诸人曰：今日出榜，黄雾四塞，霾沙蔽天，如此大风，榜必损坏，或因学问优长、声闻素著之人不得中式，怨气所致，或此次中式之人，将来有大奸大恶乱臣贼子，亦未可定。邵子于天津桥闻杜鹃，即知南人有入相者，此皆书册所载，信有明征。其他亦有不可尽信者，如云唐明皇焚珠玉于殿前；珠可焚毁，玉可焚毁乎？又云：风不鸣条，雨不破块；风不鸣条，则无力以散天地抑郁之气，鼓荡万物；雨不破块，何以播种？又云：囊萤读书；朕曾收取百枚，盛以大囊，照书，字画竟不能辨。此书之不可尽信者。然亦有似乎荒渺，而竟实有其事者。东方朔记北方有层冰千尺，冬夏不消；今年俄罗斯来朝，其地去北极二十度以上，名为冰海，坚冰凝结，人不能至，始知东方朔所云不谬。又从前有书吏三人，遍传西边异兽，部议重罪，朕从宽免死，令其往觅是兽。后将军祁里德等来自军前，奏云：果有是兽，目在乳旁，口在脐旁，巡哨侍卫曾亲见之，蒙古名其兽为鄂布，又有飞者，名为积布；蒙古名恶人为鄂布太、积布太。是即《山海经》所谓刑天无首，以乳为目，以脐为口也。故将发遣书吏放还。又《神异经》云：北方层冰之下有大鼠，肉重千斤，名为鼢鼠，穿地而行，见日月光即死；今俄罗斯近海北地，有鼠如象，穴地以行，见风日即毙，其骨类象牙，土人以制碗碟梳篦，朕亲见其器，方信为实。又古人以天市垣为中国分野，朕始疑其说，细玩天球，合以地图，中国去赤道二十四度至四十度，在谷雨、立夏、小满三节，直上天市垣，亦去赤道二十度，恰与中国对照，始知古人分野之说，确有可据。此又书之不可信而可信者也。

西域富区

致富莫如经商，山国不及泽国，乃一定之理。西域贾胡，自古称富，近世所传极富之国，如控噶尔、痕都斯坦、科罕萨穆、阿拉克及大西洋千丝腊诸国，大抵以舟船为利，然必其本国衣食充足，物产丰饶，乃能附益之，非瘠薄之土也。究其所云富者，不过金银珠宝，眩异矜奇，原属可有可无之物，非赖以为命者，何如中国圣人之教，宝此布帛菽粟乎？嗟乎！三年饥馑，虽有黄金白璧，无所用之；众人皆饥，独富适足为累，一人之富，千人之所怨也。有国有家者，可不知所本计哉！

西南二天竺

和泰庵《西藏赋》注：藏南行程月余，为布鲁克巴部落，其长名诺彦林亲，乃红帽教之地，天气和暖，物产与中国相似。再南行月余，即南天竺交界。又云：布鲁克巴界址正南至额讷特克国为界，计程十日。额讷特克国，西南海中大西天也。《楞严经咒》乃额讷特克字，译为唐古忒字。又云：甲噶尔部落在南海，贝叶经皆平头垂露文，译出唐古忒字；其地能织金银丝纱缎，产孔雀。明成化时乩伽思兰国进贡，即此地也，乩音伽，又名乩马天国。又云：由白木戎行十日，至小西天，布尔雅王子住处。从此上船行半月，由海中至大西天，相传汉张骞曾至其地。余按：据此言布鲁克巴南行月余为南天竺界，不云过海，而以南十日隔海之额讷特克国为大西天，是不以南天竺为大西天也。额讷特克、甲噶尔，皆佛经所出，云在南海中，徒以其隔海，故谓其在海中，似不知此乃南海水之汊入者耳。汉夷商舶聚此，接白头回子与痕都斯坦诸国境，藏南诸国皆在其东，额讷特克、甲噶尔诸国在其西，自藏往彼须渡此海，故称之为大西天，其实仍在海岸以内，若由藏之西北一路，仍有陆路可通，非四面皆海如海岛诸国也。盖此二国者，即所谓中天竺矣。

艾儒略《四海说》

西洋人艾儒略《四海总说》曰：「海有二。海在国之中、国包乎海者，曰地中海；国在海之中、海包乎国者，曰寰海。寰海极广，随处异名，或以州域称，则近亚细亚者谓亚细亚海，近欧罗巴者谓欧罗巴海。他如利未亚，如亚墨利加，如墨瓦腊尼加及其他小国，皆可随本地所称。又或随其本地方隅命之，则在南者谓南海，在北者为北海，东西亦然，随方易向，都无定准也。」又云：「海虽分而为四，然中各异名，如大明海，太平海，东红海，孛露海，新以西把尼亚海，百西儿海，皆东海也；如榜葛腊海，百尔西海，亚剌比海，西红海，利未亚海，何摺亚诺沧海，亚大腊海，以西把尼亚海，皆西海也。而南海则人迹罕至，不闻异名。北海则冰海，新增白腊海，伯尔作客海皆是。至地中海之外，有波的海，窝窝所德海，八尔马泥海，泰平海，北高海，皆在地中，可附地中海。」又云：「海岛之大者附载各国之后，大率在亚细亚者，苏门答腊、日本、浡泥最大；在欧罗巴者，谙厄利亚最大；在利未亚者，圣老楞佐岛最大；在亚墨利加者，小以西把尼亚最大；在墨瓦腊尼加者，新为匿亚最大。」余谓此寰海之说，即驺衍所云大瀛海也。艾儒略以为裨海大瀛，属近荒唐，无可证据，特西人自矜所见之广博，而轻中国之古说耳。默深云：谙厄利亚即英吉利国。余按：南怀仁《坤舆图说》无谙厄利亚，有昂利亚，其北接斯可齐亚，岂异名耶？艾儒略在明季，距南作图时前七八十年，谙厄利即昂利之转音也。自明季时，艾即以谙厄利与日本并称，则英吉利之强大久矣，特后来更盛耳。

宣太守集议

二十一日，察木多卓尼尔见曲济嘉木参，劝谕之，不从。宣太守集众议曰：曲济嘉木参久失众心，丹臻江错人众势强，未能即散，且藏中原奏谓其世为师徒，帮办公事，理藩院文亦言二呼图数世名在册档，两次护印，地方安靖，应断令分居寺院，一切复循旧章。仓储巴四朗江折、白玛奚罪在不赦，念其不从大呼图苛敛，情尚可矜，应革退仓储巴，免其治罪。彭错之叔仓储巴阿札年老求退，请以本职予侄接充，曲济嘉木参先已许之，惟不当附从白玛奚为叛，应革退仓储巴，降为小头人，效力赎罪。彭错达吉本无过失，以达末言其年幼革退，十六年前藏大臣谕许复充，亦未同白玛奚等拒敌，应留仓储巴之职，与彭错罚金修庙。丹臻江错与大呼图不睦，致启衅端，复收留罪人，致坏寺院，亦令输金修寺，以示忏罚。曲济嘉木参举措乖方，本有应得之咎，念其初意尚欲整饬地方，免予置议。达末弄权，妄构是非，实为致乱之由，应革退卓尼尔，交其父兄严行约束，不许复充职事。亚斯彭错当十八年两呼图和会时撤二呼图之座，以致偾事，复起兵端，应革退头人，不许复充。嗣有仓储巴缺，令两呼图公同选举，报藏中请驻藏大臣会同达赖刺麻酌定，仍由大呼图自行酌放。至大道差使，责成大呼图督头人供应乌拉，毋得刁难迟误。嘱丁别驾草断牌稿。

尼莽依、冈底斯二山皆非昆仑

《西藏赋》注：冈底斯者，阿哩东北大雪山也，周一百四十余里，峰峦陡绝，积雪千年不消，山顶百泉琛流，至山麓仍入地中，乃诸山之祖脉，《梵书》所谓阿耨达山也。远近蕃民以朝礼此山为幸。不能登。其下阿耨达池相传即王母瑶池，《梵书》云四大水，此其源也。余按：和泰庵此言，与《卫藏图识》同，乃西域蕃人相传如此。考今舆图，冈底斯山直北一千五百余里，为叶尔羌，稍东为和阗，自尼莽依山迤逦而西南折，与冈底斯山若断若续，西至痕都斯坦冈底斯山，东北至尼 依山，东南非大戈壁即沮洳泽，或谓即阿耨达池也。然其地在山之南麓，而不在山颠，《梵书》以阿耨达山为天下诸山之祖，以阿耨达池为四大水之源。四大水者，江河二水流入中国，其北水西流入西海，与冈底斯山不合。余谓：尼莽依山及冈底斯山，距葱岭之昆仑，近者千余里，远者二三千里，蕃人相传，皆被以昆仑之称，犹之太行，远至塞外，皆为一山，而有起伏断续耳。观冈底斯西去千余里之山，蕃人至今犹以西昆仑名之，可见昆仑广远，不必执葱岭之昆仑，遂谓他处不得为昆仑也。阿耨达池自当在葱岭之昆仑为是，以冈底斯山之玛珀穆达赖池当阿耨达池，蕃人讹传耳，和泰庵似未深考。

瑶池在昆仑下，或以叶尔羌之玉池即阿耨达池为瑶池，皆自有说。第不审周穆王所至，为在叶尔羌耶？阿里耶？以事理推之，似叶尔羌为近。默深云：尚非河源，不如葱岭上之大龙池水分注东西大海者为确也。或又谓尼莽依乃须弥二字之反切，即《梵书》之须弥山，亦非。《地理今释》曰：昆仑山在今西蕃界，有三山，一名阿克坦齐禽，一名巴尔布哈，一名巴颜喀拉，总名枯尔坤，译言昆仑也。在积石之西，河源所出。案《汉书·地理志》，金城郡临羌县西北至塞外，在西王母石室西，有弱水、昆仑祠，此蔡传所据以为昆仑在临羌者也。然《汉志》言西有昆仑祠，非言山在县界；汉临羌县在今陕西西宁卫西，昆仑山不当若是之近。《通典》云：吐蕃自云，昆仑山在国中西南，河之所出。《唐书·吐蕃传》云：刘元鼎使还，言湟水入河处西南行二千三百里，有紫山，直大羊同国，古所谓昆仑，蕃曰闷摩黎山，东距长安五千里，黄河重源出其间。盖即今之枯尔坤，然非西域之昆仑也。

圣祖留心地理

康熙五十九年十一月，上谕：朕于地理，从幼留心，故遣使臣至昆仑西番诸处，凡大江、黄河、黑水、金沙、澜沧诸水发源之地，皆目击详求，载入舆图。大概中国诸大水，皆发源于东南诸莫浑乌巴西大干内外，其源委可得缕悉也。黄河之源，出西宁外枯尔坤山之东，众泉涣散，不可胜数，望之灿如列星，蒙古谓之敖敦他拉，西蕃谓之梭罗木，中华谓之星宿海，是为河源，汇为萨陵、鄂陵二泽，东南行，折北，复东行，由归德堡积石关入兰州。岷江之源，出于黄河之西巴颜哈拉岭七七喇哈纳，蕃名岷尼雅克撮，《汉书》所谓「岷山在西徼外，江水所出」是也。而《禹贡》导江之处，在今四川黄胜关外之乃褚山，古人谓江源与河源相近，《禹贡》「岷山导江」，乃引其流，非源也。斯言实有可据。其水自黄胜关流至灌县，分散数十支，至新津县复合为一，东南流至叙州府，与金沙江合流。金沙江之源，自达赖刺麻东北乌尼尹乌苏峰流出，乌尼尹乌苏峰中华谓之乳牛山，其水名穆鲁斯乌苏，东南流入喀木地，又经中甸入云南塔城关，名金沙江，至丽江府，又名丽江，至永昌府会打冲河东流，经武定府入四川界，至叙州府入岷江，经夔州府入湖广界，由荆州东流，至武昌府与汉江合。汉水源出陕西宁羌州北嶓冢山，名漾水，东流至南郑县为汉水，入湖广界东南流，至汉阳县口，合岷江。此诸水在东南诸莫浑乌巴西大干之内，源发于西蕃，委入于中国也。澜沧江有二源，一源于喀木之格尔机杂噶尔山，名杂楮河；一源于济鲁肯他拉，名敖母绰河。二水会于察木多庙之南，名拉克楮河，流入云南境，为澜沧江，流至车里宣抚司，名九龙江，流入缅国。澜沧之西为喀喇乌苏，即《禹贡》之黑水，今云南所谓怒江也。其水自达赖刺麻东北哈拉脑儿流出，东南流入喀木界，又东南流入怒夷界，为怒江。入云南大塘隘，更名潞江。南流经永昌府潞江安抚司境，入缅国。潞江之西为龙川江，龙川江之源，从喀木所属春多岭流出，南流入云南大塘隘，西流为龙川江，至汉龙关，入缅国。此诸水在东南诺莫浑乌巴西大干之外，皆流入南海也。又云南边境有槟榔江者，其源发自阿里之冈底斯山，东达木朱喀巴卜山，译言马口也。其泉流出为雅鲁藏布江，从南折东流经藏危地，过日噶公噶尔城旁，合噶尔诏母伦江，又南流经公布部落地，入云南古勇州，为槟榔江，出铁壁关，入缅国。而冈底斯之南，有山名郎千喀巴卜，译言象口也，有泉流出，入马皮木达赖，又流入郎噶脑儿。两河之水西流至桑南地。冈底斯之北，有山名僧格喀巴卜，译言狮子口也，有泉流出，西行亦至桑南地，二水合而南行，又折东行至那克拉苏母多地，与冈底斯西马卜家喀巴卜山所出之水会。马卜家喀巴卜者，译言孔雀口也，其水南行至那克拉苏母多地，会东行之东南流至厄纳忒可克国，为冈噶母伦江，即佛法所谓恒河也。《佛国记》载：魏法显顺恒河入南海，至山东之渤海入口，应即此水矣。《梵书》言：四大水出阿耨达山，下有阿耨达池。以今考之，意即冈底斯。是唐古忒称冈底斯者，犹众山水之根，与释典之言相合。冈底斯之前有二湖连接，土人相传为西王母瑶池，意即阿耨达池。又《梵书》言：普陀山有三，一在厄纳忒可克之正南海中，山上有天宫观自在游舍，是云真普陀；一在浙江之定海县海中，为善财第二十八参观音菩萨说法处；一在土伯特，今蕃名布达拉山也，亦谓观音现身之地。释氏之书，本自西域，故于彼地山川，亦可引为据也。《禹贡》「导黑水至于三危」，旧注以三危为山名，而不能知其所在，朕今始考其实。三危者，犹中国之三省，打箭炉西南达赖剌麻所属为危地拉里城，东南为喀木地，班禅额尔德尼为藏地，合三地为三危耳。哈拉乌苏由其地入海，故曰导黑水至于三危，入于南海。谨按：仁皇帝圣学渊深，无所不知，西北西南外域，咸入版图，皆遣使亲履其地，考寻山川道里，非如经生但于书籍考索而得，故确实详明，如指诸掌。但其时天山南北路尚未入版图，故止据奉使刺麻所奏冈底斯山为昆仑，及乾陵新疆戡定以后，高宗命馆臣撰《河源考》三卷，始知河源出于喀什噶尔之葱岭，故上谕谓昆仑当在回部，而《皇清通考》及松相国《西陲总统纪略》、魏氏《海国图志》皆宗之，可定千古之案矣。

《西藏赋》言疆域

和泰庵《西藏赋》：「其人民疆域之殊也，图伯特其旧名，唐古忒其今号，地辟坤兑之隅，疆拓西南之奥。其西，锅拉纳、都毕纳石蓄森林（注：札什伦布西行，由拉仔、脅葛尔、定日，宗喀、萨喀通狭巴岭山、锅拉纳山、都毕纳山，一带均设鄂博，此内唐古忒境，此外为洛敏汤、作木朗二部落境），热索桥、铁索桥江流澳澳（注：自宗喀通济隆至热索桥，设鄂博，内为唐古忒境，外为廓尔喀境，自定日通聂拉木至铁索桥，设鄂博，内为唐古忒境，外为廓尔喀境）。丈结、雅纳之巅，波底、羊玛之隩（注：自甘坝至丈结山顶，又自拉孜至绒辖，通波底山顶，又自定结至萨热喀山一带，羊玛山顶，皆设鄂博，内为唐古忒境，外为哲孟雄境）。臧猛谷、帕哩独经，日纳宗、竹巴同好（注：帕克哩俗名帕哩，自帕克哩至支木山一带，臧猛谷、日纳宗官寨，内为唐古忒，外为哲孟雄境，其东为布鲁克巴境，俗名竹巴）。其西南，帕尔、结隆、业朗，鸟道难通（西南至布鲁克巴、廓尔喀二部落为界，一由纳格尔行八日至帕尔，与布鲁克巴交界，山川险阻，难以出入；一由业尔奇木样纳山业朗至结隆，与哲孟雄宗里口交界，一由业尔斯卡禄纳山业朗寨尔交廓尔喀界，亦甚险阻），咱义、阿布、澜沧，人烟可到（西南又自怒江北咱义、桑昂都宗、澜沧各处至阿布拉，通南墩大道）。其南，狢狰茹巴，食人犵狫，札拉噶押，天险怒江（南至狢狰茹巴，怒江为界，又名老卡契，番名罗喀卜古，前藏南行一日，过锅噶拉大山至松布堡，过宋噶拉大山至呷噶，交藏江，至怒江；其地广阔无垠，怒江之水，不知其源，江阔数里，两岸石壁峭立，中流湍急，不可以舟楫，其地名工布）。其东南，春奔边卡，古树金汤（东南由前藏朗陆山转出达克孜，经珠贡寺及沙金塘草地、古树、边卡，至春奔色，入类伍齐境内，可通察木多大道）。其东，南墩分界，宁静朝阳（东至巴塘之南墩，宁静山为界，自前藏至南墩，跬步皆山，崎岖险仄，计程三千五百里）。其东北，南称巴延之边，西宁草地，木鲁乌苏之渡，玉树冰冈（东北至西宁所属之那木称巴延番族为界，由前藏北行十五里，向色拉山之东，过锅拉山至浪荡；由隆竹过松彭多河，有铁索桥；由脚孜拉山㟃正寺僧顶工至木鲁乌苏，通青海西宁大道；又由玉树接西宁松潘、泰宁三处大道；又通洛隆宗、类伍齐）。其北，羊八（四）井、噶勒丹、噶尔藏骨坌，乃青海属蕃之界（前藏西北行，出羊入井口，至新桥平川，西通后藏，东接噶勒丹，北行草地至木鲁乌苏噶尔藏骨坌，交青海界），其西北克哩野、纳克产、腾格哩诺尔，乃达木游牧之场（西北俱系草地，有克哩野大山，纳克产隘口，北通哈真得卜特尔其，东接玉树界；又由羊入井至桑托罗海，越红塔尔小山，过拉纳根山，即腾格哩诺尔，蒙古语天池也，乃达木蒙古游牧之处；又由吉札布至僧格物角隘口，东北至噶勒藏骨坌、阿勒坦诺尔一带，皆塔斯头，难行，经沙雅尔小回城，过木苏尔达巴罕，通准噶尔境；又由后藏西北至阿哩城、交拉达克罕库努特外番界，可通和阗及叶尔羌新疆，其路有半月，戈壁，无水草）。左通准噶尔，右达叶尔羌也。其部落五百余户之蒙古，驻自丹津（青海蒙古王于五辈达赖剌麻时，带领官兵赴藏护卫，留驻五百三十八户，在达木地方游牧，协领八员，佐领八员，骁骑校八员，听驻藏大臣调遣；丹津，蒙古王之名也），三十九族之吐蕃，分从青海（那木称巴延等处蕃民，共三十九族，其地为吐蕃之旧属，居四川、西宁、西藏之间，昔为西海奴隶，自罗卜藏变乱之后，渐次招抚；雍正九年勘定界址，近西宁者四十族归西宁都统管辖，近西藏者三十九族归驻藏大臣管辖）。其西，阿咱游手于边陲（小西天一部落，名阿咱拉，其剌麻亦越藏朝佛），卡契精心于卖买（西域回部，名克什米尔，又名缠头，又名卡契，以白布缠头，精于贸易，在藏住者，有头目三人弹压之）。布延、业楞、库木，巴勒布之三罕（藏西南行，计程月余，其部名巴勒布，俗名别蚌子，又名白布，共地和暖产稻谷，本分三部，一曰布延罕，一曰业楞罕，一曰库库木罕，雍正十二年进表贡一次，后为廓尔略所并；今巴勒布在藏贸易有成家室住数辈者，头目二人管辖），噶毕、诺彦林亲，布噜巴之两解（藏南行月余，其部布鲁克巴，其长名诺彦林亲，乃红帽教，天气和暖，物产与中国相似；再南行月余，即南天竺交界也；唐时赐册印，其文曰「唐国师宝之印」六字。又有噶毕一族，为诺彦林亲所分者，日久势渐昌大，后诺彦林亲之呼毕勒罕楚克赖那木札勒，至其地，噶毕留之，由是成隙，互相仇杀，驻藏大臣遣人和解；雍正十二年，噶毕东噜布剌麻卒，于是土地人民仍归诺彦林亲管辖，呈进奏书贡物。乾隆元年，赐额尔德尼第巴印。今考布噜克巴为红教剌麻之地，其掌教札尔萨立布噜克谷济呼毕勒罕，与额尔德尼第巴诺彦林亲类拉布齐，俱住克噜克巴蚌汤德庆城内，辖百姓四万余户，大小城五十处，寺庙一百二十座，共剌麻二万五千余众，其界址东至绰罗乌噜克图部落，计程八日，正南至额讷特克国为界，计程十日，正西巴木岭钟为界，计程十日，正北至帕克哩城为界，乃西藏属地)。额讷克，横行梵寺之源，甲噶尔，平写翻经之楷(注已见前)。拜木戎、赛尔之一线才通(旧志：由后藏赛尔紧走十日，系白木戎交界；由赛尔西南紧走十八日，到宗哩口，有一崖高约十五丈，以木搭梯往来行走，马不能通；由宗哩紧走八日至白木戎住处。其王所居屋名曰劳丁宰，俱在山上，其先之王名叉多朗结，生一子名局密朗结，承袭，所属百姓，种类不一：一曰总依，生子幼时即五色涂面；一曰纳昂，无论男女，不穿衣服，下以白布缠之；一曰蒙，身穿布衣，不遵佛教；一曰乃撒，男穿中衣，不穿上衣。惟白木戎本地人民，皆披藏紬偏单。有大寺二座，一名白马杨青，一名札什顶，小寺十五座，辖地七处。其方亦呼小西天，与布噜克巴连界，中隔大江，名巴隆江，南至歪物子，西至巴勒布，北至后藏日喀孜。由白木戎再行十日，至小西天布尔雅王子住处，舟行半月，由海中至大西天矣，相传汉张骞曾至其地。今考西南外番，并无白木戎之名，乃知白布缠身者，作木朗也，披藏紬偏单者，巴勒布也，通宗哩口者，哲孟雄也。莹按：《卫藏图识》白木戎出大羯羊、羖羊、大耳猪、崖羊，又产野象、独角兽。地东连朱巴，中以巴隆江为界，南至西天乌盆子，西至白布，北至日盖子，即札什伦布仍仲宁翁结巴寺之后山也)，哲孟雄、臧曲之千家尚骇(后藏西南边外一小部落，今为廓尔喀所侵，尚有臧曲大河北岸迤东三处寨落)。作木朗，唇亡齿寒(后藏西边外一小部落，在哲孟雄北界，亦为廓尔喀所并，今与唐古忒以热索桥为界)，洛敏汤，皮存毛在(作木朗北一小部落，亦为廓尔喀所并)。库努屏藩(在阿哩之西界，其地与甲噶尔、廓尔喀两部落交界，其部长名热咱乌尔古生，嘉庆元月二月，遣人赴藏通好)，拉达邑宰(阿哩之西小部落，名拉达克汗)。第哩巴察，人隔重洋；噶哩噶达，道通近载(注已见前)。惟廓尔喀之投诚，乃唐古忒之乐恺(后藏西南边外地，名阳布，乃廓尔喀所并巴勒布之旧地也，天气和暖，产稻谷花果，其王名拉特纳巴都尔，乾隆五十七年，经大将军福康安、参赞大臣海兰察统师进剿，深入其境，震慑天威，投诚恭顺，每五年一次，遣噶箕头人赴京恭进表贡)。右和泰庵为驻藏大臣撰《西藏赋》，复自为之注，时在乾隆之末。嘉庆初元，廓尔喀平后，其于藏中山川风俗制度，言之甚详，而疆域要隘，通诸外藩形势，尤为讲边务者所当留意，不仅供学人文士之披寻也，故摘录之于此。

中外四大水源

赋注又云：冈底斯之东有泉流出，名达木珠喀巴普。达木珠者，马王也，喀者，口也，巴普者，盛糌粑木盒也。以山形似马口，故名。冈底斯之南有泉流出，名朗卜切喀巴普。朗卜切者，象也，以山形似象，故名。此东南二大水之源也。冈底斯之北有泉流出，名僧格喀巴普。僧格者，狮子也，以山形似狮名也。冈底斯之西有泉流出，名玛卜伽喀巴普。玛卜伽者，孔雀也，以山形似孔雀名之。此西北二大水之源也。余按：此言四山名与《图识》音同字异。杨升庵云：阿耨达池一名卜叉，从琉璃马口出。似亦闻此说而未得其详也。

西昆仑

又曰：札克洞山、日洞山，赴巴则岭，大道，由水过河，上甘布拉，古称西昆仑。又曰：噶如山出宜椒东沟口，望多尔济帕姆宫在海子东岸山麓，世有女呼图克图居之。其海子名曰洋卓雍错海，又名雅木鲁克玉木楚海，广四百五六十里，周岸行四十八日。其中有三大山，一曰密纳巴，又曰鸦波士，一曰桑里，其水时白时黑，或成五彩；过甘布拉岭，沿海岸，经白地亚喜浪噶孜，始进宜椒山口，二百余里，仅其西北角耳。余按：此言女胡图克图、寺名、海名，与《图识》皆音同字异，而赋注较详，称甘布拉为西昆仑者，彼以冈底斯山为昆仑，此在其西，故蕃名之。

巴勒布

廓尔喀本与巴勒布为邻国，部落初不甚大，自乾隆中侵取巴勒布三罕之地，又兼并哲孟雄、洛敏汤、作木朗三部，遂以强大。乾隆五十三年，以互市事扰藏，大兵进讨，甫遣其头人玛木萨野入贡。五十七年，复寻侵扰，大学士福公征之，兵至阳布，畏惧投诚，至今安靖五十余年矣。巴勒布自唐时立国，千有余年，而为廓尔喀所并，廓尔喀复以其人扰藏，扰藏者廓尔喀也，非巴勒布矣。

《易传镫》言九卦

粮务高明府(殿臣)有宋人徐总干著《易传镫》，借读之，大旨谓：《易》为圣人言天命之书，而尤致意于中兴之际。盖南宋隐君子也。序云：尝师吕东莱(祖谦)、唐说斋(仲友)二先生。其论九卦之德云：九卦之德，圣人独于九卦言之，而不以他卦者，盖九卦君子在下，不违其时之用，因时制行，圣人美之，故于九卦各言德而又重复赞之也。「履」之初九、九二，处六三柔履刚之下，初九，素履以往；九二，幽静守正；故美其德基于履，而又赞其履和而至，以和行也。「谦」之初六、六二，处㧑谦、劳谦之下，初六，谦卑自牧；六二，鸣谦守正；故美其德执于谦，而又赞其谦尊而光，以制礼也。「复」，初九，七日来复，能不远修身，致六二之下仁、六四之从道；故美其德本于复，而又赞其小而辨于物，以自知也。「恒」，当君子立不易方之时，九二，能久中而悔亡，故美其为德之国，而又赞其恒杂而厌，以一德也。「损」，当损下益上时，初九，遄往酌损；九二，中以为志；故美其德之修，而又赞其损先难而后易，以远害也。「益」，当损上益下之时，初九，大作、不厚事元吉、无咎，故美其盛德之裕，而又赞其益长裕而不设，以兴利也。「困」，当刚掩有言不信之时，九二，刚中自守，酒食自养，故美其困德之辨，又赞困穷而通，以寡怨也。「井」，当改邑不改井、无丧无得之时，九二，虽无与，九三，虽不食；而九二刚中不变、九三行恻受福，而致六四之井甃、上六之勿幕，故美其为德之地，而又赞其井居其所而迁，以辨义也。

「巽」，当小人武治小亨之时，九二，过于用巽，纷若其言以免咎，九三，频于用巽，至于志穷而致吝；故美其为德之制，而又赞其巽称而隐，以行权也。九卦先后殊时，制行不同，圣人均论其德。前有基柄、本固、修裕之殊，盖明其时之可为也；后有辨地及制之别，盖明其时之难处也。基培于履，柄执于谦，本反于复，固守于恒，修为于损，裕充于益，兹其处于平时者德为可与也。困，穷而能通；井，居其所而能迁；巽，称而能隐；君子处于难居之时，其德重为可嘉。故九卦之序后有「困」、「井」及「巽」，兹圣人所以作《易》有忧患也。徐氏此言九卦之德，分别处于平时及处难居之时，最为明晰，处忧患者所宜深玩。莹按：此说九卦之德，专指在下位者，尤切于用。惟巽称而隐；本义及诸家说义多未明。余谓：巽顺之德，人所称美也，而有时当避其巽顺之名而不居，泰伯以天下让，民无得而称是也。

流沙即沙漠戈壁

余前考论黑水，言《禹贡》雍、梁二州，极今陕、甘、滇、蜀、卫、藏之域。顷思《禹贡》「导弱水至于合黎，余波入于流沙」。又曰：「西被于流沙」。《史记》注引郑注曰：「《地理志》弱水出张掖。」《地说》云「合黎山在酒泉会水县东北，流沙在居延西北，名居延泽。《地记》曰弱水西流入合黎山腹，余波入于流沙，通于南海。」余谓：流沙，即今之戈壁也。巴里坤及哈密以西回部，皆称戈壁，尝行千里皆沙，有水无草，或水草俱无，深处人马常陷不见，西北各处尤多，哈密至伊犁、和阗、叶尔羌及后藏之北，所在有之，皆流沙也。合黎山在今肃州高台县边墙外东北百里，居延海在合黎山北三百余里，居延海之北及东，横亘千余里即瀚海弱水，既入合黎山腹，余波入于流沙，则此流沙当指居延泽，而西域之戈壁皆得称流沙。《辽史》：萧罕嘉努言「太祖西征，至于流沙，准布望风悉降。准布即后来准噶尔，今之伊犁，是其证也。然则雍州之域可知矣。惟天下之水，自昆仑以东皆东流，或北流，或南流，皆入东北二海，故河水江水，皆汇众水东流。弱水在河源之东，其水源出自张掖，北流至居延大泽，未见西流，无缘通于南海，《地记》所云，岂谓入于合黎山腹，遂由地中行耶？自合黎山至海万数千里，中隔昆仑大山，地中之行，何凭见之乎？

三苗非杀

舜「流共工于幽州，放驩兜于崇山，窜三苗于三危，殛鲧于羽山。」(五)《正义》引郑氏注曰：「舜不刑此四人者，以为尧臣，不忍刑之，禹治水毕，乃流四凶。又注分北三苗曰：「流四凶者，卿为伯子，大夫为男，降其位耳，犹为国君，所窜三苗为四裔诸侯者犹为恶，乃复分析流之。」据此是三苗兄弟，先窜一处，后更分析，则三危为一山，非三处矣。既云犹为四裔诸侯，未知兄弟三人孰为诸侯，抑皆为诸侯乎？其后分析者，更离而远之，惧其聚而为乱也。鲧治水不成，当罪，然禹能修其功而底平成之绩，亦已干父之蛊，舜为大圣，必不忍杀鲧。郑注「降其位犹为国君」者是也。《左传》言「诛四凶」，诛者讨其罪而罚之，非必杀戮。《万章》始云「杀三苗于三危」，盖当时传闻之异耳。殛字亦未即是杀，言降谪至羽山后即死于其地，不复归耳。郑注于理为优，当从其说。（方宗诚曰：《说文·山部》𡺞，塞也，读若虞；《书》𡺞，三苗之𡺞。又《穴部》窜，匿也，从鼠在穴中。管异之曰：古书之辞，凡言人必自匿乃曰窜，《国语》「不窋失官，自窜戎狄之间」是也。三苗入三危，乃舜塞之，而非其自匿，曰𡺞，宜也。《虞书》作窜，殆误耳。且三苗未尝死，《孟子》「杀三苗者，正以𡺞、杀形近而讹耳。）

郑注九州五服

「惟荒度土功，弼成五服，至于五千，州十有二师，外薄四海」（六）。郑注曰：「奄大九州四海之土，敷土既毕，广辅五服而成之，至于面方各五千里，四面相距为方万里。师，长也，九州州立十二人为诸侯师，以佐其牧。外则五国立长，使各守其职。尧初制五服，服各五百里，要服之内，方四千里，曰九州，其外荒服，曰四海，此禹所受。地记书曰：昆仑山东南地方五千里，名曰神州者，禹弼五服之残数，亦每服今五（余按：此今字疑是令字）百里，故有万里之界，万国之封焉。犹用要服之内为九州，州更方七千里，七七四十九，得五千里者四十九，其一以为圻内，余四十八，八州分而各有六。《春秋传》：禹朝群臣于会稽，执玉帛者万国。言执玉帛者，则九州之内诸侯也。其制特置牧，以诸侯贤者为之师，盖百国一师，州十有二师，则州千二百国也。八州凡九千六百国，其余四百国在圻内。与王制之法准之，八州通率封公侯百里之国一，伯七十里之国二，子男五十里之国四，方百里者三，封国七十有畸，至于圻内，则子男也。」余按：郑氏此言，通计禹时九州万国之数，盖并名山大川计之。其时九州或平原旷衍，或山陵薮泽，广狭不同，何能截然比齐，不过约略计之如此，未可以辞害意也。其言昆仑山之东南，禹所荒度，合尧之九州，共为九州，有万里之界，万国之封，盖尧之五服小而禹之五服大也。观此益可见今之滇、蜀、藏、卫，皆禹时荒服之国、九州之域矣。九州分其地土之界，五服次其远近之制，非要服尽九州也。以古证今，确乎不爽，学者不见古书，未历今地，识自狭小，岂知域内之大哉。此《山海经》一书所以虽出秦汉人羼杂之作，非伯益原书，而犹可宝贵也。太史公「《禹本纪》、《山海经》所言怪物，余不敢道」（七）者，特孔子「后世有述，吾弗为之」之意耳，岂谓无之哉！

五天竺幅员

宋程大昌《考古编》曰：「五天竺皆释氏地。五（八）天竺与波斯接。五天竺皆在长安西南。唐史记其地去都城九千六百里，以其东行所经诸国及中州地理并数之，尚不及万里，唐史信世之所传，谓为『幅员三万里』，则已夸矣。僧玄奘《西域记》乃言五印度境周九万里，一何荒诞之甚耶？又玄奘以正（九）观三年往，至十九年回，其间以年计，自当得五千余日而已，三分其日之一以为届止询访之日，则其在行者不过十年，不知十年之力，何以能周遍九万里？而经涉他国地理，又未在数，此可见其妄甚明也。」魏默深云：「《唐书》『幅员三万里』者，围员之数，围三径一计之，裁万里耳。乾隆中开辟新疆二万余里，然天山南北路，纵横皆不过六千里，则所谓二万里者，亦围员之数，非径一之数。程氏误认周围为径广，玄奘则以开方为径广，胥失之矣。然则五天竺果径万里乎？曰《明史·历志》谓天方回国在乌斯藏西八千余里，其地为西印度之极边，而西藏、缅甸亦皆东印度边境，此东西径万里之明证也。北印度至南印度海滨，约计六七千里，而南海中三千里为僧伽剌岛，亦佛说《楞伽经》之地，属南印度，此南北径万里之明证也。径一则围三，故知《唐书》『幅员三万里』之说，确不可易。」余谓：魏说得之，而以西藏、缅甸为东印度边境，则未必然。今西洋人言俄罗斯幅员二百零四万方里，又有所得新藩地，东抵海，北抵冰海，西界欧罗巴州内部落，南界中国蒙合索伦，幅员五十万方里；又言阿丹国东西距千二百里，南北距千五百里，幅员百十六万六千方里。可见凡云幅员百十万方里者，皆以开方法言，如阿丹国幅员百十六万六千方里，而言其东西距仅千二百里，南北距仅千五百里耳。《新唐书》又云：波斯居达遏水西，距京师万五千里而羸。夫五天竺之境，既云西抵波斯，又东距长安九千六百里。则是五印度之境，东西约六千里，西藏、波斯皆非天竺也。其南北虽不可知。要亦不过数千里耳。玄奘所云周九万里。当亦以开方计之。特少「方」字，遂为诟病。但开方法：方千里者为方一里者百万，五印度地，姑以方五千里计之，当二千五百万方里。玄奘所云周九万里者。以方里言之，犹多未尽，盖昔人以遐方异域，不复求深，即玄奘未必了然。无论宋人矣《皇清文献通考》言四裔曰：俄罗斯以千步为里，后改五百步为里。然则较中国里数，其狭甚矣。幅员方里之说，乌可以中国类之耶？

安息、条支

范蔚宗《西域传·论》曰：「甘英乃抵条支而历安息，临西海以望大秦，拒玉门、阳关者四万余里。靡不周尽。」余按：安息、条支，皆五天竺以西之国也。《前书·西域传》言：乌弋山离王国，去长安万二千二百里。不属都护。东北至都护治所六十日行，东与罽宾，西与犁靬、条支接。乌弋地暑热莽平，有师子、犀牛，俗重妄杀，自玉门、阳关出南道，历鄯善而南行，至乌弋山离，南道极矣，转北而西，得安息(十)。班书所言乌弋山离，即今中印度之痕都斯坦也。所言地暑热莽平，出师子，重妄杀，与今《西域闻见录》合，其为此地无疑。中印度去长安万二千二百里，转北而西，得安息。不言里数。蔚宗乃言拒玉门、阳关四万余里。计中印度更北而西至里海，即古之西洋，不及万里，条支、安息，安得有四万余里耶？观蔚宗所云「靡不周尽」四字，则是据甘英足所经历，自玉门、阳关至条支、安息四万里耳。盖并往来纡曲之数言之，非径直四万余里也。

葱岭

宋释法显《佛国记》言：自于阗西行二十五日，至子合国，自此南行四日，入葱岭山，到于麾国，行二十五日，到竭叉国，其地山寒，不生余谷，惟熟麦云。国当葱岭之中。从此北(十一)行向北天竺，在道一月，得度葱岭，冬夏有雪，又有毒龙。度岭已到北天竺。据显此言，是葱岭在于西南，凡二十九日程。步行日六十里计之，几二千里矣。自入葱岭行二十五日至竭叉国，不言所向，大约仍西南也，二十五日约一千五百里，为葱岭之中。自此北行向北天竺，又凡一月，约二千里，而后度岭至北天竺。此云北行，不言西者，西南斜行已尽，乃更北行耳。然则其所经行，自入葱岭，历于麾国、竭叉国，度岭至北天竺，凡三千数百里，是绕今前后藏之北而至克什弥尔也。观此则葱岭广长可知。盖于麾、竭叉二国，皆在葱岭之中矣。然其所包亘，岂止此二国哉！

玄奘《西域记》

唐释玄奘《西域记》十二卷言：北印度之北境，最大者迦毕试国，所属有滥波国、那揭罗曷国、健驮罗国、乌仗那国、钵露罗国、呾叉始罗国，此皆迦毕试国之部落，非国也。其南境最大者，迦湿弥罗国，即古罽宾所属。有僧诃补罗国、乌剌尸国、半笯蹉国、曷罗阇补罗国、磔迦国、那仆齐国、阇烂达罗国、屈露多国、设多图卢国，亦皆迦湿弥罗之部落，非国也。此皆北印度也。中如磔迦国，衣服鲜白，少信佛法，多事天神，岂非回教耶？似即今之大、小白头回子矣。

中印度诸国为波理夜呾罗国、秣菟罗国、萨他泥湿伐罗国、窣禄勤那国、秣底补罗国、婆罗吸摩补国（即东女国）、瞿毗霜罗国、亚醯掣呾罗国、毗罗删拏国、劫比国、曲女城国、阿逾陀国、钵罗那迦国、拘睒迷国、鞞索迦国、伊烂拏钵伐多国、羯米温祇罗国、奔那代弹那国，室罗伐悉底国、迦毗罗卫国、波罗柰国、毗舍离国、弗栗恃国、尼波罗国、摩竭罗国、㤭萨罗国、摩湿伐罗补罗国，凡二十七国。如来入金刚定成正觉处，在摩竭陀国；出家修行、还家见父及涅槃处，皆在迦毗罗国。波斯匿王城须达长者祇陀林给孤独园，在室罗伐悉底国，即舍卫国也。玄奘所记佛迹国名，与法显所记不同，盖相去数百年，国有兴废更易也。如来演说宝云等经之灵山，在摩竭陀国殑伽河南，有故花宫城，西南四百里，大山，云石幽蔚；又西南四十五里，渡尼连禅河至迦耶山。溪谷杳冥，峰岩危险，前代之君，莫不登封。自此东渡大河，则前正觉山，即如来入金刚定处矣。

东印度诸国为伽摩缕波国、三摩呾吒国、室利差坦罗国、迦摩浪迦国、堕罗钵底国、伊赏补罗国、摩诃瞻波国(即林邑国)、阎摩那州国、耽摩栗底国、羯罗苏国、伐剌那国、乌荼国、僧伽罗国，凡十三国。诸国人多貌黧俗犷，盖今英所据之乌鬼地是矣。又云：伽摩缕波国东，山阜连接，无大国都，其境接西南夷，计两月可入蜀西南境，似即今之哲孟雄、廓尔喀一带也。

南印度诸国，为羯稜伽国、安达那国、大安达罗国、珠利耶国、达罗毗荼国、枳秣罗国、僧伽罗国(唐言师子国)、恭建那补罗国、摩诃剌陀国、跋禄羯婆国、摩腊婆国(即南罗罗国)、阿吒厘国、契吒国、北罗罗国、邬阇衍罗国、郑枳陀国，凡十六国。摩腊婆，一作摩腊罗，此云阿吒厘国，商贾为业，贵财贱德，纵有信福，但事天神，是玄奘时，已有天方、天主之教矣。又云：枳秣罗国，海舶所聚，濒海有秣剌耶山，山东有布呾落伽山，山顶有池，池侧有石天宫，观自在菩萨往来游舍。按此即今之戈什峡也，是为南海矣。相传观自在菩萨有三落伽山，如今浙江之普陀，前藏之剌萨，皆为落伽山，但非南海耳。

西印度诸国，为阿难陀补罗国、苏剌陀国、瞿折罗国、信都国、茂罗三部卢国、钵伐多国阿点婆翅罗国、狼揭罗国、臂多劳罗国、阿軬荼国、伐剌那国，凡十一国。其最南境阿点婆翅罗国，临信度河，邻大海。余按：唐以前皆名信度河，即今之印度河，信、印，音近也。魏默深《恒河考》则谓信度河即西恒河，殑伽河即东恒河，一水分流入海，则以佛经及各经注证之，亦前人所未发也。以上五印度诸国，玄奘所记详矣。宋代及今，国名数有更易，然犹可有所考按，故备记于此。

法显《佛国记》

法显《佛国记》：四大塔处，佛法相承不绝。四大塔者，一佛生处，在迦罗卫国白饭净王故宫是也；二佛得道处，在迦尸国婆罗柰城鹿野苑精舍是也；三转法轮处，在毗舍离国城西三里，是国王干子放弓仗处，为贤劫千佛是也；四佛般泥洹处，在杨夷那竭国城北双树间希连河边是也。般泥洹即般涅槃，此云灭度。凡此四大塔处，皆在中天竺。又有佛说《首楞严经》处，在摩竭提国，阿阇世王所造王舍新城，耆阇崛山，五山围绕，中峰最高，有佛及诸罗汉弟子各坐禅石窟数百。又有佛自忉利天下为母说法处，在僧伽施国；玄奘云在劫比他国也。又有波斯匿王清佛说法处，在扬萨罗国舍卫城，即波斯匿王所治城也。城南门外千二百步，即祇洹精舍，有波斯匿王所刻牛头旃檀佛像，佛住此处最久。又有阿难般涅槃处，在毗舍离国放弓仗塔东四由延五河合口。阿难于河中央分身作二分，各在一岸，俾两国王各得半身舍利起塔。又有佛现神足降恶龙处，在师子国，自多摩梨靬国海口舟行西南，十四昼夜可到。国在大洲上，东西五十由延，南北三十由延，左右小洲百数，皆统属大洲。

唐大食国界

《通鉴》：唐德宗贞元三年，李泌对德宗曰：「大食在西域为最强，自葱岭尽西海地，几半天下，与天竺皆慕中国。」胡注曰：「大食既并波斯突骑施，又亡其地，东尽葱岭，西南际海，方万余里。」余按：波斯在天竺之西，大食又在波斯之西，唐时尚有吐火罗地在波斯、大食之间，此云东自葱岭、西南际海万余里者，是大食极盛时兼并诸国，极于天主降生之如德亚，似所谓茀林亦在其中矣。所际之海，即西红海地。

华人著外夷地理书

自来言地理者，皆详中国而略外夷。《史记》，前、后《汉书》，凡诸正史，外夷列传，多置不观。况外夷书乎？然今存者宋释法显《佛国记》，乃异域传书之始，自是而唐释玄奘辨机有《大唐西域记》十二卷，宋徐兢有《宣和奉使高丽图经》四十卷，赵汝适有《诸蕃志》二卷，朱辅有《溪峦丛笈》一卷，元周达观有《真腊风土记》一卷，汪大渊有《岛夷志略》一卷，明董越有《朝鲜赋》一卷，黄衷有《海语》三卷，张燮有《东西洋考》十二卷，西洋艾儒略有《职方外纪》五卷，邝露有《赤雅》一卷，朝鲜无名氏有《朝鲜志》二卷，西洋南怀仁有《坤舆图说》二卷，国朝图里琛有《异域录》一卷，《皇舆西域图志》五十二卷，《皇清职贡图》九卷，《满州源流考》十二卷，《盛京通志》一百二十卷，《热河志》八十卷，《蒙古源流》八卷，陈伦炯有《海国闻见录》二卷，王大海有《海岛逸志》二卷，七十四(十二)有《西域闻见录》四卷，松筠有《绥服纪略》一卷，和泰庵有《西藏赋》一卷。近时徐松有《新疆赋》一卷，及魏默深《海国图志》六十卷出，而海夷之说，乃得其全焉。

校记

(一)《一统志》有「札木达城，在剌萨东南五百四十里」。

(二)《一统志》作「西二十五里」。

(三)《一统志》作「朱」。

(四)手稿本，「入」作「八」。

(五)出《尚书·舜典》。

(六)出《尚书·益稷》。

(七)出《史记·大宛列传》，非原文。

（八）清刊《程氏考古编》「五」作「西」。

（九）「正」讳字，应为「贞」。

（十）此为意引，有误，「转北而西」，原文为「转北而东」。

（十一）据台湾商务印书馆《四库全书》本《佛国记》，「北」应为「西」。按：此则及以下《西域记》一则，均为意引，与「四库」本文字差异甚多，以下不再一一摘出。

（十二）「七十四」为「七十一」之误。七，姓，十一，名，见前。

《康輶纪行》卷十

痕都斯坦即中印度

默深以痕都斯坦为中印度。余按：南怀仁《坤舆图》：「濒南海有地曰印度斯单」。即痕都斯坦之音转也。印度者，地名；斯单、斯坦者，国王之称。亦作算端，亦作算滩，亦作士丹，皆君长之称也。《坤舆图》之奔加剌，即孟加剌，亦即东印度。其西有安日河，长四千八百里，分七坌入海。而印度斯单在安日河之西。其西南为本斯利巴当，西北为莫卧尔，其西为西天竺，又西为印度河，长四千里。然则印度斯单正在其中。此可为痕都斯坦即中印度之证。

莫卧尔即北印度

南怀仁又云：莫卧尔印度有五。惟南印度仍其旧。余四印度皆为莫卧尔所并。其国甚广，分十四道。象三千余。尝攻西印度。其王统兵五十万，马十五万，象二百。每象负一木台，容人二十，载铳十门。大者四门。每门驾牛二百，载金银五十巨罂以御，不胜，尽为莫卧尔王所获。东印度有大河，名安日，谓经此水浴，作罪悉得消除。五印度人咸往沐浴，冀灭罪升天。余按：据此之言，莫卧尔兼四印度，则痕都斯坦亦在所并内矣。图内莫卧尔在印度斯单之北，明为二地。印度斯单既是痕都斯坦，为中印度，则莫卧尔当为北印度，岂即克什弥尔耶？图内印度斯单及西天竺之南，有国曰阿里沙，曰古尔官骴，曰木斯利巴当，曰加纳剌，曰毗斯纳加，又总名曰印地亚，盖皆南天竺矣。

俄罗斯方域（二条）

《一统志》曰：俄罗斯在喀尔喀楚库河以北。东南至格尔必齐河北岸，自大兴安岭之阴以东至海，与黑龙江所辖北境接界，西接西洋，西南至土尔扈特旧国及准噶尔界。北至海。莹按：《海国闻见录》：俄罗斯在细密里也之西南，滨死海。西接普鲁社。死海又名里海，死海之南为东多尔其，西多尔其。西多尔其临地中海。俄罗斯西南之境，或有近中海者，若其西境，则隔普鲁社、外黄祁、荷兰、佛兰西、是班呀、葡萄呀诸国，方至西洋，约近万里，少亦六七千里，不能接也。」南怀仁《坤舆全图》无俄罗斯，惟死海之西稍北有俄罗定。其北有没个斯未亚，一作莫哥斯未亚。艾儒略《职方外纪》云：「亚细亚西北，有大国曰莫哥斯未亚。东西径万五千里，南北径八千里，中分十六道。」魏默深云：即俄罗斯也。颠林《图》死海之北有叨思国，又北有罗沙国。余谓：罗沙国即俄罗斯国都。北叨思国盖其南藩新地耳，欧罗巴人《四洲志》曰：「俄罗斯旧国，即古时额利西意大里之东北边地，所谓西底阿土蕃是也，近数百年始强盛，疆域甲于诸洲，有在阿细亚洲者，有在欧罗巴州者，有在墨利加洲者。其在欧罗巴洲七区，曰东俄罗斯，西俄罗斯，南俄罗斯，大俄罗斯，小俄罗斯，加匽俄罗斯。并有所得南隅回教之新藩地，东界阿细亚洲内部落，西界波兰、普鲁社及欧塞特界，南界都鲁机，北抵冰海，幅员二百零四万方里。又有所得阿悉亚洲（即阿细亚洲，南怀仁作亚细亚洲）之新藩地，共四部落，总分二区，曰东悉比里阿，西悉比里阿，东抵海，北抵冰海，西界欧罗巴洲内部落，南界中国蒙古索伦，幅员五十万方里。在墨利加洲内部落者，仅葛西模斯一小隅之地，方里无纪载。其国都原建于大俄罗斯之莫斯科，后改都于东俄罗斯之比特格，今仍还旧都。」余按：《四洲志》所言方里者，开方法也。开方法：方十里者为方一里者百，方百里者为方一里者万，方千里者为方百里者百，为方一里者一百万。今云在欧罗巴洲者幅员二百零四万方里，是仅长二千里，宽一千里，又长二百里，宽二百里耳。衍而伸之，以方五百里计，亦仅长四千里，阔五百里，又长二百里，宽二百里耳。在阿细亚洲者五十万方里，以方二百里计之，当长二千五百里，宽二百里。然东自黑龙江之东海边，西至普鲁社，实近二万余里，此方数殊不合，则所云方里者不足据也。《志》又云：在阿细亚洲者，户百有三万八千三百五十六口；在欧罗巴洲者，户六千五百万口。既有户口之数，则幅员方里不应不确，岂译数有误耶？如《职方外记》所云「东西万五千里、南北径八千里」者，似为近之。若《西域闻见录》言其国东西距二万余里，南北窄狭，自千里至三千余里不等，犹约略之辞耳。

南北都鲁机

默深《西洋沿革图》：「死海之西南，有南都鲁机，一名度尔格，又名西女国，其西北为北都鲁机，一名度尔格，又名额力西，又名厄勒祭，又名岷哞呻。」余按此云南北二都鲁机，皆俄罗斯之南属，即陈伦炯《图》内之东西多尔其也。西人地图作土尔其，土都音近。岷哞呻又在西多尔其之西北，陈《图》不误。默深谓岷哞呻即北都鲁机，恐误。又按：南怀仁《图》死海之南，临小西洋，东接回回，有地名法尔齐，地产五色石、金刚石、青石。其西北又有地名百尔西亚，在莫斯哥未亚之极南，疑即陈《图》之两多尔其，魏《图》之两都鲁机也。南《图》百尔西亚之北，为大白理斯单，东连回回，岂即陈《图》之包社大白头耶？大、小白头皆回回国也。（默深以百尔西亚即包社回国。）陈伦炯曰：大、小白头二国，北接三马尔丹，即噶尔旦之本国也。三马尔丹之北，邻细密里也国，细密里也之西，为俄罗斯国。小白头东邻民呀国，民呀人黑，穿著皆白，类似白头。英机黎、荷兰、佛兰西聚此贸易。民呀之东接天竺佛国，民呀东南远及暹罗，民呀之南临海，民呀之北接哪吗西藏及三马尔丹国属。余以南怀仁《图》考之，五印度莫卧尔之北，有撒白勒斯单，即三马尔丹也。东南隔大流沙，为西蕃，即天竺佛国矣。北有个拉散，似即陈《图》之噶尔丹也。又北有阿被河，长七千二百里，其河之西北近冰海，为西北里亚，亚、也音相近，似即陈《图》北近冰海之细密里也。

控噶尔

《西域闻见录》言：鄂罗斯之外有控噶尔国，更大于鄂罗斯。余以欧罗巴人《四洲志》考之，所云控噶尔国，在鄂罗斯西北，即普鲁社。其北即冰海。其西为绥林国、那威国、琏国、瑞丁国、大尼国。其南为波兰国，即波罗尼，为欧色特里阿国，一作莫尔大未亚。其西南即地中海。据此言之，控噶尔初不甚大，何至如《闻见录》之所云乎？盖回子行商其国，彼国人故作夸大之词，而七椿园以所闻记之，非其实也，松湘浦诸人已辨之矣。

程文简论《庄》

程文简论《庄子》曰：「庄周之书，大抵以无为至，以有为初。其《内篇》之首，寓意于《逍遥游》者，是其特起一书类例，示化有入无宗本，而人多不之察也。夫游而至于逍遥，则意欲乡而神已达，了无形迹得为拘阂矣。其曰游，岂真游哉？精神之运，心术之动，念虑所及，莫非游也。其游也，与圣人过化之过同也。其不游也，与圣人存神之存同也。而可求诸足迹践履间哉！夫游而得至于此，则既从心不逾矩，而猖狂蹈大方矣。借欲举以告人，亦将无地可以寄言，则夫托物以喻游，而绝迹以明无，乃其出意立则，与人致觉者也。是故鸠之决起、鷃之腾跃、鲲鹏之搏击、列子之御风，虽大小精粗，绝不伦等，率皆于假物乎言道，非徒设谐怪以骋辨博而已也。二虫笑鹏，物是未及乎培风者也。不风之藉而羽翰之恃，正如下愚自用，不从格物以求致知，虽作势而上，枪枋榆，翔蓬蒿，稍起辄堕，无与为力焉故也。鹏抟扶摇上至九万里，由北海望南海，背负青天，而风反在下，无一物能为隔阂，则假物之效，殆极于是。是犹躐善信而致美大，超乎其为大人，亦既洪矣。（洪即宏字，宋人讳宏。）然有不能逍遥者，势资之翼，翼资之风，其人也以物，曾不若列子谢弃行迹，御风冷然，更为无著也。凡此三义者，每况愈上，以至列子，则至矣尽矣，不可以有加矣。然亦必有冷然者，以供其御，而非能自往自复也。反复致意，既已详尽，然后直抉其奥而为之言曰：「此虽免乎行，犹有所待（一）也。若夫乘（二）天地之正，而御六艺（三）之辨（四），以游无穷者，彼夫且恶乎待哉？」夫其以有待无待，譬喻有无深浅，而鹏与列子，皆未得为逍遥，则其化有复无之指，其不因事而自著矣哉！得此说而通之，凡其寓言所向，虽精密荒唐，意绪不一，而要其归宿，瓦砾尘垢，无适而非至理也。古今多罪周之诋訾尧、舜、孔子，则相与引绳排根，一切斥为异端，此为世立教者所当然也。然而虞仲、夷逸，隐居放言，身中清，废中权，尚见称于夫子，则周之所以自处者清净无欲，而其所排弃者又皆推见礼法败坏之自，而归诸见素抱朴之域，其折衷轻重有深意，虽放其言，亦隐遁疾邪者之常，不足多责也。若夫谈道之极，深见蕴奥，或时假设古人事为以发其欲言之心，肖写世间物象以达其难言之妙，凡鲁论《周易》微见其端者，至周而播敷展畅，焕乎其若有状可观而有序可循，何可少也？夫子尝曰：「君子不以人废言。」又曰：「三人行，必有我师焉，择其善者而从之。」则周之言，其当概废乎？至于放言已极，太无町畦，周亦自伤其过也，则又取治道本末而究言其精，如九变五本，使遇尧、舜之君，出为陈之，其真放荡无检，如槌提绝灭所云乎哉？」余谓文简之言，于《庄子》可谓得其要矣。当周、程、张子诸大儒讲明理学之时，文简能为此言，是其天资诚有过人者矣。（右见程氏《考古编》，从高明府借阅。）

唐时官给月俸

《考古编》：「今外官给津驿券，其色目有傔钱人，有衙官，本唐制也。唐制：在官者给防阁、伏身、白直、亲事、守当等人，以供役使，已乃敕身当是役者出钱代役，数各有差。开元二十四年，令百官防阁、庶仆俸食杂用，以月给之，总称月俸，则始以所入防阁、白直等顾钱，正供百官俸入也。今其事日远，而给券者犹载其初色目多少之则。」余按：百官自有食俸，其在官之人，供役使者自不可少，故定其制，其身当役而不能供者，出钱于官，顾他人代役耳，非徒出钱已也。若役可免，则当裁其役矣，岂得敕使出钱乎？今制：外官有俸 有养廉，皆给本官；又有役食，以给吏役诸色官人，皆征自地丁，由布政司给领，按月计之，即唐制遗意也。惟养廉一项，始自本朝雍正年间，前古所无。程文简谓唐以所入防阁、白直等顾钱正供百官俸入，恐非也。

伊川坐讲遵祖制

程伊川为讲官，坐而授经，哲宗不悦，以为妄自尊大。此小人不悦于伊川，谗言害之也。程文简《考古编》曰：旧讲筵虽当讲者亦坐，仁宗富于春秋，乃立侍，便于指示，遂为故事。然则宋之初制，讲官本得坐讲，伊川依祖宗旧制，何妄之有！《续通鉴》：宋神宗熙宁元年，「吕公著、王安石等言：『故事：侍讲者皆赐坐，自乾兴以来，讲者始立，而侍者皆坐听，臣等窃谓侍者可使立，而讲者当赐坐。』礼官韩维、刁约、胡宗愈（五）：『宜如天禧旧制，以彰陛下稽古重道之意。』刘攽曰：『侍臣讲论于前，不可安坐。避（六）言语，乃古今常礼。君使之坐，所以示人主尊道乐德（七）也，若不命而请则异矣。』龚鼎臣、苏颂、周孟阳、王汾、韩忠彦皆同攽议，曰：『乾道（八）以来，侍臣立讲，历仁宗、英宗两朝，行之且五十年，岂可轻议变更！』帝问曾公亮，公亮曰：『臣侍仁宗书筵，亦立。』后安石因讲赐留，帝面谕曰：『卿当讲日可坐。』安石不敢坐，遂已」。莹谓：吕、王之言韪矣！刘以经术名者，而其言卑鄙如此，何哉？既知使坐以示人主尊道乐德，则不使坐者为不尊道乐德矣，何不以尊道乐德成其君之美，而陷其君于恶乎？又不命而以请为异，独不思一为定制，即上命矣，况此坐讲本祖宗之命乎？且讲官自请，或犹以为嫌，吕、王当时非讲官，何得以请为嫌耶？仁宗幼年登阼，不知坐讲故事，而其后遂无言者，诸臣之误也。今不从天禧以前之美，而蹈乾兴以后之失，何取乎经术哉！龚、苏以下，更不足责矣！明道是时，亦以侍者皆坐而讲者独立为悖疏论之，明道亦未为讲官也。神宗既纳此言命坐，而安石不敢。是亦为攲言所惑矣。

《海岛逸志》

嘉庆之末，余令龙溪，得邑人王大海所著《海岛逸志》，嘉庆初年刻本也，载东南洋及西洋海国风俗地图。远近甚详。自琉球、小吕宋、噶喇巴至英吉利诸国悉备，与陈伦炯《海国闻见录》二书携至台湾，为观察胡公(承琪)借去，本之作《海天客话》。余罢官，以忧内渡。二书未还，其所著《海天客话》亦未之见也。道光十八年，余复至台，购得《海岛逸志》刻本，则已非原刻。其原书言英吉利蓄心叵测，制为鸦片烟土，以毒中国，既竭我之财，又病我之人，而于其本国夷人立法甚严，食之者死；其说甚长。王盖随其乡人，贾于噶喇巴之巴宝珑，赘于呷必丹，久之乃归，故习诸洋夷国情事也。后刻之本，不知出何人手，凡言鸦片烟事，皆全削去。胡公已殁，原刻无从得之，惟《海国闻见录》则书坊犹多旧刻，而字多漫漶矣。

《纲目》取孙甫《唐史》论断

朱子修《纲目》，编年书法多采前人论说之善者。如三国之帝蜀汉，盖从习凿齿之《汉晋春秋》也。唐中宗废为庐陵王，每于岁首，必书「帝在房州」，世以为从《春秋》书「公在乾侯」之例，不知此从孙甫《唐史》之论断也。孙之论曰：「武后僭窃位号，唐史臣修实录、撰国史者，皆为立纪，系后事于帝王之年，列伪周于有唐之史，名体大乱，史法大失矣。后史臣沈既济奏议曰：中宗以始年登大位，季年复大业，虽尊名中夺，而天命未改，足以首事，足以表年。昔鲁昭公之出也，《春秋》岁书其居曰『公在乾侯』，君虽失位，不敢废也。今请并《太后纪》合《中宗纪》，每于岁首必书中宗所居曰：『某年春正月皇帝在房陵』，太后行某事、改某制，则纪称中宗，而事述太后，俾名不失正，礼不违常。此得《春秋》之法，足正唐史之失也。故从其所议，书武后事于《中宗纪》中，武后改年，是皆妄作，今起嗣圣继以景龙，武后所改，但存其名，备证他事，而不以表年焉。所以正帝统而黜僭号也」。右论如此，是唐世史臣已有正议，而孙从之，故为千秋之公论，非一人私言也。孙字之翰，历官朝散大夫、尚书刑部郎中、充天章阁待制兼侍读、上轻车都尉，赐紫金鱼袋，其所修《唐史》，始以仁宗康定元年庚辰，至皇祐四年壬辰草具，嘉祐元年丙申成书，七十五卷，未上而病，但有纪、传而无表、志，以意在明治乱，昭法戒，制度仪文，则有司存也。古人著书，皆采辑众善，言多删重，例不标明所自，非如考订家以多证为长也。

《乌台诗案巇辞》（二条）

苏文忠乌台诗案，起于元丰二年三月，御史里行何大立摘其《出知湖州谢上表》中语，指为讪谤，未及他诗文也。奏入，神宗但批送中书而已。至七月，御史里行舒亶始搜取外间印行诗文四册奏之，请用重典，付有司。国子博士李宜之亦摘《灵璧张氏园亭记》奏之。上犹批送中书。是时吕公著为相，未究按之也。于是御史中丞李定，遂为「四可废」之奏，请断自天衷，特行典宪。神宗意动，乃令以前后四状并册子送御史台根勘矣。御史台检会，送到册子，题名是《元丰续添苏子瞻学士钱塘集全册》，内目录一卷，诗文三卷，录付中书门下，奏据审刑院刑部尚书，刑部状御史台，根勘到祠部员外郎、直史馆苏轼，为作诗赋并诸般文字谤讪朝政及中外臣僚，绛州团练使、驸马都尉王诜，为留苏轼讥讽文字及上书奏事不实，按之。是当时提勘到御史台者，惟公及晋卿二人，其诗文牵涉诸人，初未按勘也。公自徐州改知湖州，以元丰二年四月二十一日到任，七月二十八日，中使皇甫遵至湖州勾摄。八月十八日赴御史台根勘。二十日供状。除《山村》诗外，其余文字，并无干涉时事。九月二十三至二十七日，始供自来有与人诗赋往还，人数姓名，有此罪愆，甘伏朝典。十月十五日，奉御宝批：见勘治苏轼公事，应内外文武官曾与苏轼交往，以文字讥讽政事，该取会验问看若干人闻奏。至十一月二十一日，准中书批送下本所，伏乞勘会苏轼举主奉旨：李清臣按后声说，张方平等并收坐。又奉旨：王巩说执政商量等言，特与免根治外，其余依次结按闻奏。二十八日，权御史中丞李定札子云：苏轼公事见结按次，其苏轼欲乞在台收禁，听候敕命断遣。奉旨：依奏。三十日，御史台根勘结案状云：前令王诜送钱与柳校丞，后留僧思大师画数轴，并就王诜借钱一百贯，为婢出家及相识僧与王诜处，许将祠部（莹按：即度牒也）来取，并曾将画与王诜装褙，并送李清臣诗，欲于国史中载所论，并《湖州谢上表》讥用人生事扰民。准敕：臣僚不得因上表称谢，妄有诋毁，仰御史台弹奏。又条，海行条贯，不指定刑名，从不应为轻重，准律（莹按：又条者，律文又一条也。海行条贯者，海内通行之条贯也。凡诸定罪，有专条之律；无专条者不指定刑名）：不应为事理重者，杖八十，断合杖八十私罪。又到台累次虚妄不实供通（莹按：通，明也，如今谳文不实供明也。）准律：别制下问按推（莹按：别制者，犹今特旨），报上不以实，徒一年，未奏，减一等，合杖一百私罪（莹按：此拟罪之一条）。一作诗赋等文字讥讽朝政阙失等事，到台被问，便具因依、招通（莹按：因依，如今之犯事人自具遵依；招通者，如今之切结状也。）准律：作匿名文字谤讪朝政及中外臣僚，徒二年；准敕：罪人因疑被执，赃状未明，因官監问自首，依案问欲举自首；又准《刑统》（莹按：《刑统》，宋刑书名）犯罪按问，欲举而自首，减二等，合比附徒一年私罪；系轻，更不取旨。（莹按：此拟罪之二条。）一作诗赋及诸般文字，寄送王诜等，致有镂板印行，各系讥讽朝廷及谤讪中外臣僚，准敕：作匿名文字嘲讪朝政及中外臣僚，徒二年，情重者奏裁；准律：犯私罪以官当徒者，九品以上，一官当徒一年；准敕：馆阁贴职（莹按：贴职，如今之兼衔加衔，非实官也）。许为一官，或以官，或以职，临时取旨。（莹按：此拟罪之三条。）据按：苏轼见任祠部员外郎、直史馆，并历太常博士，其苏轼合追两官，勒停放。（莹按：勒停放者，勒令停其放官也。）准敕：比附定刑，虑恐不中者，奏裁。其苏轼系情重及比附，并或以官，或以职。（莹按：官者阶衔，职者见任。）奉旨：苏轼可责授检校水部员外郎、充黄州团练使，本州安置，不得签书公事。（莹按：李定，王安石所荐也，陈襄弹之，未行间除御史，宋次道、李大临、苏子容不草制，封还之，固宜兴此狱矣。）

右，余从高粮务假得《乌台诗案》，录其始末如此。苏公事，稍涉史者无不知之，惟狱具之辞，及宋时根勘官中文状，文学之士多未见，故详记之。宋以前未有以诗文构祸者，唐人于明皇、杨太真事，播为诗歌，人主曾不寘问，盖犹存古人瞍赋、蒙诵之义，昭法戒于来兹，俾人主知有儆畏，虽孝子慈孙，不能讳祖宗之恶也。前乎此者，惟周厉王使巫监谤者，告则杀之，道路以目，三年，流王于彘。自此后人主监之。至宋神宗专信王安石，始不畏天怒，不畏人言。然安石在朝时，不过贬黜言官异己者，兹已去位，而其党乃兴文字之狱，前古以来所未有也。御史台勘按，援引律文，初无文字谤讪应作何罪名之条，不得已比附作匿名文字，徒二年律。夫匿名者，匿己之名，作为飞语，陷害他人也。今友朋文字来往，以诗赋寓讽刺之义，是古人骚、雅之作也，闻者不知为戒反怒而罪之，罪之者，群小也。观神宗见表，初不问之，既见御史弹奏，亦仅送中书，数月不问，是犹有人君之度也。迨狱既成，始予贬谪，犹存员外官阶，非始终爱才之主乎？以此见宋朝忠厚宽大，德泽于士大夫者，不可及也。（仁宗时，卫尉寺丞邱濬作诗讪谤，执政请诛之，帝曰：「狂夫之言，圣人择焉。古有郇谟哭市，其斯人之徒欤？」乃薄降饶州军事推官，盛德事也。）

蜀孟昶有善政

五代孟昶时，蜀中久安，赋役俱省，斗米三钱，城中人子弟不识稻麦之苗，村落闾巷间，弦管歌声四合，筵会昼夜相接。城上尽种芙蓉，九月间盛开，望之皆如锦绣。昶谓左右曰：「自古以蜀为锦城，今日观之，真锦城也。」其后石曼卿为芙蓉城主，故知为成都之神矣。后苑有瑞牡丹，其花双开者十，黄白各三，红白相间者四，昶宴群臣，皆有赋诗。又于芳林园赏红栀花，青城山中所进，其花六出而红，清香如梅，亦异品也。尝八月游浣花溪，富民夹江皆创亭榭游赏之处，都人士女，倾城游玩，珠翠绮罗，名花异香，馥郁森列。昶御龙舟观水嬉，上下十里，人望之如神仙之境。昶曰：「曲江金殿锁千门，殆未及此。」王廷珪赋诗曰：「十字水中分岛屿，数重花外见楼台。」其盛如此。今则浣花溪去江颇远，岸上居民亦寥落矣。孟知祥颇好学，性既宽仁，待人以礼，有威患，薨之日，蜀人甚哀之。昶亦好学爱民，为文皆依理，尝以王衍浮薄，好轻艳之辞，非之。今所传《戒州县文》「尔俸尔禄，民膏民脂。下民易虐，上苍难欺」者，其所作也。戒文凡二十四句，此四语尤警策，洵足怵目动心矣。又尝刻石经于成都，宋世书传蜀本最善。又尝纂集《本草》，作《书林韵会》；宋儒黄公绍《韵会举要》，盖祖之也。五代僭伪之君，文学惟昶为最，其父子享国四十年上下，太平无事。《蜀梼杌》称：王全斌入蜀，昶降归宋，登舟行日，万民拥道，哭声动地，昶以袂掩面而哭，自二江至眉州，沿路百姓恸绝者数百人。得民如此，于历代亡国之君，洵为可取也。

韩昭好赂被嘲

王衍时，韩昭为吏部侍郎，判三铨，昭受赂徇私，选人诣鼓院诉之，又嘲曰：「嘉眉邛蜀，侍郎骨肉。导江清城（疑当作青城），侍郎亲情。果、阆二州，侍郎自留。巴蓬集壁，侍郎不惜。」昭厝为王宗弼所杀，枭其首。金马坊百姓皆溺之（右见张唐英《蜀梼杌》）。余为诗吊之曰：「广南自古著贪泉，蜀锦澄江色更鲜。犹有巴蓬能不惜，坊过金马为君怜。」（唐时果州，今顺庆府南充县；阆州，今保宁府阆中县；壁州，今通江县；集州，今南江县也，宋为难江县。唐人撰有《难江公山威惠庙记》，县神乃汉张鲁也。见王象之《蜀碑记》。）

酌丁成之诗

大士阁阶下杨柳一株，旧叶方脱，新叶青已满枝，成之别驾转益思归，余酌酒为一绝慰之曰：「又是黄花烂漫天，锦城秋色忆无边。阶前杨柳还相妒，早遣青枝忤客筵。」

东坡乌台供状

东坡乌台供状云：「祠部员外郎、直史馆苏轼，年四十四岁，本贯眉州眉山县。高祖祐，曾祖杲，并不仕；祖序，故任大理评事，致仕，累赠职方员外郎；父洵，故任霸州文安县主簿，累赠都官员外郎；轼，嘉祐二年进士及第，初任河南府福昌县主簿，未赴任，开应中制科，授大理评事，凤翔府签判，覃恩转大理寺丞，磨勘转殿中丞，差判登闻鼓院，试馆职除直史馆。丁父忧，服阕，差判官诰院、兼判尚书祠部，权开封府推官，磨勘转太常博士，通判杭州，就差知密州，磨勘转祠部员外郎，就差知河中府，未到任，改差知徐州，未满，就移知湖州，元丰二年四月二十一日到任。历仕举主：陕西转运副使陆诜，举台阁清要任使；提点两浙刑狱晁端彦，举外擢任使；权两浙提刑潘良器、京东安抚使向京，并举召还侍从；权京东路转运副使王居卿、转运判官李察，并举不次清要任使；安抚使陈荐、苏澥，举外擢侍从；提举李清臣，举不次外擢任使；提刑孔宗翰，奏乞召还；禁近军判章（字阙，此军判当是章传），奏乞召置侍从；安抚使叶康，奏乞显用；提举李孝孙，乞召还侍从；安抚使贾昌衡，奏乞召还近侍。轼任凤翔府签判日，为中元节假，不过知府厅，罚铜八斤；任杭州通判日，不举驳王文敏盗官钱，官员公按，罚铜八斤。皆公罚。并无过纪（纪当作犯）款招。登科后来入馆多年，未甚进擢，兼朝廷用人多是少年，所见与轼不同，以此撰作诗赋文字讥讽，意图众人传看，以轼所言为当。轼与张方平、王诜、李清臣、黄庭坚、司马光、范镇、孙觉、李常、曾巩、周邠、苏辙、王巩、刘挚、陈襄、钱藻、颜复、盛侨、王纷、钱世宏、吴琯、王安上、杜子方、戚秉道、陈珪相识，其人等与轼意同，即是与朝廷新法时事不合，及多是朝廷不甚进用之人，轼所以将讥讽文字寄与。」右东坡先生履历官阶及当时举主往来同志之人，具于所供状内，记之于此，为慕先生者有所考观，亦见宋时对簿之制。

东坡自解讽刺诗

东坡乌台诗案，自说诗文最为明白。《游孤山诗》曰：「误随弓旌落尘土，坐使鞭箠环呻呼」；

言朝廷新法行后，公事鞭箠之多也。又曰：「追胥保伍罪及孥，百日愁叹一日娱」，言盐法收坐同保，妻子移乡，法太急也。又曰：「岁荒无术归亡逋，鹄则易成虎难模」，言岁既饥荒，欲出奇画赈济，又恐朝廷不从，乃画虎不成反类狗也。《戏子由》云：「任从饱死笑方朔，肯为雨立求秦优」，意取《东方朔传》「侏儒饱欲死」及《滑稽传》优旃谓陛楯郎：「汝虽长，何益，乃雨立；我虽短，幸休居」，言弟辙家贫官卑而身材长大，所以比东方朔、陛楯郎，而以当今进用之人，比侏儒、优旃也。又云：「读书万卷不读律，致君尧、舜终无术」，是时朝廷新兴律学，轼意非之，以谓法律不足以致君于尧、舜，今时专用法律而忘诗书，故言我读万卷书，不读法律，盖闻法律之中，无致君尧、舜之术也。又云：「劝农冠盖闹如云，送老齑盐甘似蜜」，以讽朝廷新开提举官所至苛细生事，发谪官吏，惟学官无吏责也，弟辙为学官，故有是句。又云：「平生所惭今不耻，坐对疲氓更鞭箠」，是时多徒配犯盐之人，例皆(例当作类)饥贫，言鞭箠此等贫民，轼平生所惭，今不耻矣，以饥朝廷盐法太急也。又云：「道逢阳虎欲与言，心知其非口诺唯」，是时张靓、俞希旦作监司，意不喜其人，然不敢与争议，故毁诋之为阳虎也。又《山村》诗第三首云：「烟雨濛濛鸡犬声，有生何处不安身，但令黄犊无人佩，布谷何劳也劝耕」，是时贩私盐者多带刀杖，故取前汉龚遂令人卖剑买牛，卖刀买犊，则自力耕，不劳劝督也。第二首云：「老翁七十自腰镰，惭愧春山笋蕨甜。岂是闻韶解忘味，迩来三月食无盐」，意谓山中之人，饥贫无食，虽老犹自采笋蕨充饥，时盐法峻急，僻远之人无盐食，动经岁月也。第四首云：「杖藜裹饭去匆匆，过眼青钱转手空，赢得儿童语音好，一年强半在城中」，言百姓虽得青苗钱，立便于城中浮费使却；又言乡村之人，一年两度夏、秋税，又数度请纳和预买钱，今更添青苗、助役钱，因此庄家子弟多在城中，不著次第，但学得城中语音而已；以讽青苗、助役不便也。又《差开运盐河》云：「居官不任事，萧散羡长卿。胡不归去来，留滞愧渊明。盐法星火急，谁能恤农耕。薨薨晓鼓动，万指落沟坑。天雨助官政，泣愁淋衣缨。人如鸭与猪，投泥相溅惊。下马荒堤上，四顾但胡弸。浅路不容足，又与牛羊争。归田虽贱辱，岂识泥中行。寄语故山友，慎勿厌藜羹。」是时卢秉提举盐事，擘画开运盐河，差夫千余人，轼于大雨中部役，其河只为般盐，既非农事而役农民，秋田未了，有妨农事，又其河中间有涌沙数里，轼宣言开河不便，自嗟泥雨劳苦，羡司马长卿居官而不任事，又愧陶渊明，不早弃官归去也。农事未休而役夫千余人，故云「盐事星火急，谁能恤农耕」。又言百姓已劳苦不易，天雨又助官政劳民，转致百姓疲役，人在泥水中，辛苦无异猪鸭；轼亦泥中与牛羊争路而行，若归田，岂至此哉！故云：寄言故山友，勿厌藜羹，而思仕宦，以讽朝廷开运盐河不当，妨农事也。知徐州日《寄和李清臣祈雨》云：「高田生黄埃，下田生苍耳。苍耳亦已无，更问麦有几？蛟龙睡足亦解惭，二麦枯时雨如洗；不知雨从何处来？但闻吕梁百步声如雷；试上南城望城北，际天菽粟青成堆。饥火烧肠作牛吼，不知待得秋成否？半年不雨坐龙慵，但恐天公不怨龙。今年一雨何足道，龙神社鬼各言功。无功日盗太仓粟，嗟我与龙同此责。劝农使者不汝容，因君作诗先自劾。」言本因龙神慵懒不行雨，却使人心怨天公，以讥大臣不任职，不能燮理阴阳，使人怨天子，以天公比天子，以龙神社鬼比大臣及百执事，又自言无功窃禄，与大臣无异也，又《和李清臣》云：「五十尘劳尚足留，闭门却欲治幽忧。差为毛遂囊中颖，未许朱云地下游。无事会须成好饮，思归时欲贼登楼。羡君幕府如僧舍，日向城西看浴鸥。」轼为屡言新法不便，不蒙施行，以朱云自比，言圣明之世无诛戮之事，故轼未许与朱云地下游；王粲在荆州依托作《登楼赋》中有怀乡思归之意，轼亦欲作此赋也。《清臣差修国史送诗》云：「珥笔西归近紫宸，太平典策不缘麟。传君此事全书汉，载我当时旧过秦。门外想无千斛米，墓中知有百年人。看君两眼明如镜，休把春秋坐素臣！」轼于仁庙朝，曾进论二十五首，皆论往古得失，妄以贾谊自比，欲清臣于国史中载所进论也。《次章传韵》云：「马融既依梁，班固亦事窦，效颦岂不欲，顽质谢镌镂」，梁冀、窦宪，因时君不明，遂跻显位、窃威福用事，而马融、班固二人皆儒者，并依托之，轼诋毁当时执政大臣，不能效班固、马融，苟容依附也。《送刘述》云：「君王有意诛骄虏，椎破铜山铸铜虎。联翩三十七将军，走马西来各开府。」是时朝廷遣使诸路，点检军器，及置三十七将官，轼将谓今上有意征讨胡虏，以讽朝廷诸路遣使及置将官张皇不便。又云：「南山伐木作车轴，东海取鼍鞔战鼓。汗流奔走谁敢后，恐乏军资污刀斧。保甲连村团未便，方田讼牒纷如雨。迩来手实降新书，决剔根株穷脉缕。诏书恻怛信深厚，吏能浅薄空劳苦。」以讽朝廷法度屡更，事目烦多，吏不能晓。又云：「况复年来苦饥馑，剥啄草木啖桑土。今年雨雪颇应时，又报蝗虫生翅股。忧来洗盏欲强醉，寂寞空斋卧空瓶。公厨十日不生烟，更望红裙踏筵舞。」又云：「近来屡得山中信，只有当归无别语。犹将鼠雀偷太仓，未肯衣冠挂神武。」意谓迩来饥馑，飞蝗蔽天之甚，以讽朝廷政事阙失，新法不便之所致也；酒食无备，斋厨索然，以讥朝廷行新法减削公使钱太甚；公事既多，旱蝗又甚，二政巨藩尚如此窘迫，所以言山中故人寄信令归，但轼贪禄，未能便挂冠而去也。又云：「四方冠盖闹如云，归作二浙湖山主」，以讽朝廷近日提举所至，生事苛碎，故刘述之宫观归湖山也。《颍州别子由》云：「至今天下士，去莫如子猛」，为弟辙曾在制置条例充检详文字，争议新法不便也。《杭州寄子由》云：「独眠林下梦魂好，回首人间忧患长，杀马破车从此誓（当作逝），子来何处问行藏。」又云：「眼看时事力难胜，贪恋君恩退未能。」意谓新法青苗，助役等事，烦杂不可辨，亦言己才力不能胜任也。《游径山留题》云：「近来但觉世议隘，每到胜处差安便」，以讥朝廷之用人，多是刻薄褊隘之人，不少容人过失，见山中宽间之处为乐也。《杭州观潮》第四首云：「吴儿生长狎涛渊，冒利忘生不自怜。东海若知明主意，应教斥卤变桑田」，盖言弄潮之人，贪官中利物，致其间有溺死者，故朝旨禁断，轼谓主上好兴水利，不知利少而害多，东海二句，言此事之必不可成，讽朝廷水利之难成也。《依黄庭坚韵答和古风》云：「嘉谷卧风雨，莨莠登我场。陈前漫方寸，玉食惨无光。」以讥今之小人胜君子，如莨莠之夺嘉谷。又云：「大哉天宇间，美恶更臭香，君看五六月，飞蚊隐回廊。兹时不少假，俛仰霜叶黄。期君看蟠桃，此日终一尝。顾我如苦李，全生依路傍。纷纷不足惜，悄悄徒自伤。」意言君子小人，进退有时，如夏月蚊蝱纵横，至秋自息，比庭坚俟蟠桃进必迟，自比苦李以无用。《全生诗》云：「忧心悄悄，愠于群小」，以讥当今进用之人皆小人也。《差往湖州相度堤堰利害与知州孙觉》云：「若对青山谈世事，直须举白便浮君」，言时事多不便，更不可说，说亦不尽。又云：「天目山前渌浸芜，碧澜堂下看衔舻。作堤捍水非吾事，闲送苕溪入太湖。」轼为先曾言水利不便，却被转运司差相度堤埠，本非兴水利之人，以讥时世与昔不同而水利不便也。《题张方平乐全堂杂咏》云：「人物已衰谢，微言难重寻。清谈未足多，感时意殊深。」

晋元帝时，卫玠初过江左，不意永嘉之末，复闻正始之音，轼意言晋元帝时人物衰谢，不意复见张方平之文章才气，以讥今时风俗衰薄也。以卫玠比方平，故云「清谈未足多，感时意殊深」，言我非独多卫玠清谈，但感时之人物衰谢，微言难继，此意殊深远也。又云：「少年有奇志，欲和南风琴。荒林蜩蚻乱，废沼蛙蝈淫。遂欲掩两耳，临文但噫喑。」言轼少年本有志欲和天子薰风之诗，因见学者皆空言无实，杂引佛老异端之书，文字杂乱，故以荒林废沼，比朝廷新法屡有变改，事多荒废，致风俗虚浮，学者诞妄，如蜩蚻之纷乱，故遂掩耳不欲论文也。又云：「萧然王郎子，来自缑山阴。云见浮邱伯，吹箫明月岑。遗声落淮泗，蛟鼍为悲吟。」以王子晋比王巩，以浮邱伯比方平也。（莹按：公时在徐州，方平令王巩将诗来。）「愿公正王度，《祈招》继愔愔。」据楚灵王欲求九鼎于周，求地于诸侯，令尹子革谏王，其诗曰：「祈招之愔愔，式昭德音，思我王度，式如玉，式如金，形民之力，而无醉饱之心。」楚灵王不能用，以及于难。轼欲张方平勿为虚言之诗，当作讥讽朝廷政事阙失，如祭公作《祈招》之诗也。

东坡讽刺不同谤讪

坡公在乌台，初不肯延累众人。王晋卿先以往还诗文陈出，李定等又执诗册苦诘之，公遂畅所欲言，欲悉以上闻，冀神宗之有感悟也。莹尝论人臣事君，固当称美而不称恶，乃作为诗歌，昌言讥讽朝廷之失，可乎？曰：讥讽可也，谤讪则不可。有别乎？曰：有！所谓讥讽者，心在君国，不谋己私，见有不利于君国之政，不利于君国之人，力不能去，言不见用，则假物以陈言，因事以明状，陈小民之疾苦，昭前人之炯戒，俾得辗转上闻，庶几吾君有万一之悟耳。不幸而终不能悟，或更以为罪，虽九死而无悔。此其忠爱之诚，惟知有君国，其讥讽也，犹之在位之谏诤也，是《小雅》骚人之旨也。且必君国之失，已明章于天下，天下之人，皆已嗟怨吾君，非可隐讳之比，在位亦既言之争之，未尝面欺而腹诽也。不用，出外，不忘吾君，又亲见民之困苦憔悴于虐政，顾如未见者而置之，则向日所言所争者何事乎？拳拳不已，复欲言之争之，而职非言官，既不得显然上奏，班非侍从，更不能面对从容，计无复之，不觉其即事即物而感发也。夫徒有感发，而九重高远，何由上达？则思从而播之，如风之动于四方上下，乃可以达。其顺而为君子采之以进耶，诚所愿也，不幸而为小人摭以构焉，亦所弗怨也。曰：吾目见于外，欲告吾君者，果得告之，犹之夫前此之言、前此之争之心云尔。而以所目见者为言，较前益为切实，安知吾君不憬然悟而信之乎？即不遽信，亦必有惕然不安于中者，则庶有万分之一缓民命而利吾国者矣。此忠臣之所以为讥讽也。小人则不然，何者有利君国，何者有害君国，泛泛然不切于心也。心志之所存，步趋之所向，惟知有身家耳、子孙耳。何以利吾身资？曰富贵；何以利吾子孙？亦曰富贵。故有能益我之富贵者则师之，且父之矣，不问其人之奸否也；如有损我之富贵者，则怨之，且仇之矣，不问其人之贤否也。彼其所师所父者深矣，更何知有君哉！此私门所以有死党，而公家所以少忠臣也。小人失位则以为嗟怨，虽不利于国，亦归过于君而播其君之恶，是之谓谤讪。孔子曰：「恶居下流而讪上者。」下流者，小人也。焉有君子而讪上者哉！观乌台诗案，然后知苏公之所以为忠也。

《益州名画录》

宋景德中，李畋作《益州名画录》，自唐肃宗乾元初至宋太祖乾德间，图画之精者，目之所击，五十八人，品以四格。逸格一人：孙位，号会稽山人，僖宗时入蜀，画西方天王、部众，人鬼相杂，矛戟鼓吹，纵横驰突，交加戛击，欲有声响，龙水松石，笔精墨妙，雄壮气象，不可记述。神格上品二人：赵公祐，长安人，宝历、开成间为李赞皇所礼。范琼，不知何许人，开成中与陈皓、彭坚同寓蜀中，皆善画天王、佛像、鬼子、天女、大悲变相人物。妙格上品六人：陈皓、彭坚，不知何许人。画之六法：一曰气运，生动是也；二曰骨法，用笔是也；三曰应物，象形是也；四曰随类，赋采是也；五曰经营，位置是也；六曰传移，模写是也。六法名辈少该，唯范琼与皓、坚，俱尽其美，而范为冠。张腾，太和末年止蜀川。赵温奇，公祐子；德齐，温奇子，唐乾宁、蜀光天间，三代居蜀，一时名振。卢楞伽，京兆人，明皇时自汴入蜀。张素卿，简州人，为道士，乾符中，居青城山，有《老子过流沙》、《五岳朝真》、《九皇》、《五星》、《老人星》诸图，《二十四化真人像》，容成子、董仲舒、严君平、李阿、马自然、葛玄、长寿仙、黄初平、葛永、窦子明、左慈、苏耽《十二仙像》。妙格中品十人：辛澄，建中间，在蜀。李洪度，蜀人，元和中，武元衡重之。左全，蜀人，宝历中，画诸佛变相。张南本，中和年间，寓成都，相传于金华寺大殿画八明王，才毕，一老僧入寺，蹶仆于门下，不知是画，但见大殿遭火所焚；其时孙位画水，南本画火，代无及者。又于宝历寺画天神、地祇、三官、五帝、雷公、雷母、岳渎、神仙、自古帝王一百二十余帧。高道兴，成都人，攻杂画，触类皆长。房从真，成都人，攻画甲马人物鬼神，有《宁王猎射图》、《羌人移居图》、《冷朝阳王昌龄常建冒雪入京图》、《陈登斫鲙图》。赵德元，雍京人，天福年入蜀，画车马、人物、屋木、山水、佛像、鬼神，独步川中。裴孝源《公私画录》云：自魏、晋以来，终于贞观，秘府并人间画，共集成二百九十八卷。张怀瓘云：昔梁武帝博雅好古，鸠集名画，令鉴者数人共详名氏，兼定品格，供御赏玩。及侯景作乱，江陵府将陷，元帝先焚内库书画数万卷，深可叹惜。其后帝王亦有兼爱，人多进之，又盈秘府。天后朝，张易之奏召天下名工修诸图画，因窃换真本，私家收藏，伪本将进，易之殁后，为薛稷所得；稷殁，岐王所获；虑帝忽知，乃尽焚爇。吁！天下重宝，再经灰烬。当时天府所藏，多涉于伪，人间所畜，或乃是真。古画频经焚烧，积年散失，能秘在者，得非稀世之宝耶！蜀因二帝驻跸，昭宗迁幸，自京入蜀者，将到图书名画，散落人间，固亦多矣。杜天师在蜀，集道经三千卷，儒书八千卷。德元将到梁、隋及唐百本画，或自模拓，或是粉本，或是墨迹，无非秘府散逸之本。相传在蜀，后学之幸也。常粲，雍京人也，咸通年入蜀，路岩礼之。粲善传神，杂画有《七贤像》、《六逸像》，女娲、伏羲、神农像，谓之《三皇图》，《立释迦像》、《孔子西周问礼像》、《名医下蛊像》、《龙树验丹图》(验当作炼)、玉局北壁道门尊像，甚多。常重胤，粲之子，僖宗幸蜀，回日，蜀民请留写御容于大圣慈寺，宣令重胤中和院上壁，及写随驾文武一百余人。黄筌，成都人，幼有画性，刁处士教之竹石花雀，又学孙位龙水松石，李昇山水竹树，皆曲尽其妙。孟知祥建元，授翰林待诏，淮南通聘，有生鹤数只，蜀少主命筌写鹤于偏殿之壁，警露者、啄苔者、理毛者、整羽者、唳天者、翘足者，精弥体态，更愈于生，往往生鹤立于画侧，蜀主叹赏，遂目为六鹤殿。又于八卦殿壁画四时花竹、兔雉鸟雀，五坊使呈进白鹰，误认殿上画雉为生，掣臂数四，蜀主叹异，命翰林学士欧阳炯撰《壁画奇异记》以旌之。筌有《春山图》、《秋山图》、《山家晚景图》、《山家早景图》、《山家雨景图》、《山家雪景图》、《山居诗意图》、《潇湘图》、《八寿图》。妙格下品十一人：李昇，成都人，小字锦奴，山水天纵，不从师学，每含毫就素，必有新奇。《桃源洞图》、《武陵溪图》、《青城山图》、《峨嵋山图》、《二十四化山图》，后学得之，以为亡言师。明皇朝有李将军，擅名山水，蜀人皆称昇为小李将军。李昇，张元，杜𪨗龟，刁光胤，蒲师训，赵忠义，黄居宝，黄居寀，李文才，阮知诲，张政。能格上品十五人：吕峣、竹虔，周行通，孔嵩，石恪，杜措，杜宏义，杜子瓌，杜敬安，蒲延昌，赵才，程承辩，邱文播，阮惟德，杨元真。能格中品五人：道士陈若愚，张景思，麻居礼，僧楚安，滕昌祐。能格下品七人：姜道隐。禅月大师，俗姓姜氏，名贯休，字德隐，天复年入蜀，王先主赐紫衣师号，师之诗名高节，宇内咸知，善草书图画，时人比之怀素师、阎立本，画罗汉十六帧，庞眉大目者，朵颐隆准者，倚松石者，坐山水者，胡貌梵相，曲尽其态。或问之，云：「休自梦中所睹尔。」又画释迦十弟子，亦如此类，人皆异之，当时卿相，皆有歌诗求其笔，惟可见而不可得也。太平兴国初，太宗搜访古画，给事中程羽牧蜀，以贯休罗汉十六帧进呈。张询，宋艺，道士李寿仪，僧令宗，邱文晓。右《画录》叙五十八人，凡二卷，余摘记之。蜀故名都，诗画名人，毕萃于此，亦盛矣哉！

李赞皇《五长史写真记》

《名画录》载《李赞皇重写前益州五长史真记》曰：「益州草堂寺（原注：《成都记》云：寺在府西七里，去浣花亭三里）列画前长史一十四人（原注：节度使职不带尹，则带长史，非今宾佐也），代称绝迹。余尝于数公子孙之家获见图状，乃知草堂缋事，靡不造真。昔岩野旁求，徒闻审相，稽山高谢，唯上熔金，孰若托之丹青，妙画神照。然楚国祠庙，鲁王宫室，暨此邦文翁旧馆，皆图历代卿相，粲然可观。唯有慕于前良，曾莫究于形似，与夫年代既远，遗像犹存，入庐室而烟霞晳披，拂浮埃而瑶林斯睹。余以精庐甚古，画壁将倾，乃选其功德尤著五人，模于郡之厅所。追惟二汉台阁，皆有图写，黄霸于定国虽宰相名臣，不得在画像之列；卓子师德行君子，而居功臣之右。今之所取，其在兹乎？采色既新，光灵可想，俨若神对，吾将与归。因叙其事，以贻来哲。太和四年闰十二月十八日，剑南西川节度大使、知节度事、银青光禄大夫、检校兵部尚书兼成都尹、御史大夫、赞皇县开国伯李德裕记。」

浣花溪草堂寺

李畋载此文前云：浣花龙兴寺《成都记》云：本正觉寺，内有前益州长史、临淮武公元衡并从事五人具朝服绘于中堂，淳化五年兵火后，无画踪矣。余按：杜少陵草堂，本以齐周容言蜀有草堂寺，林壑可怀，故名其堂，寺盖古矣。李赞皇以太和四年作记，上距少陵作草堂时约五十年，距作寺四十余年，记文称草堂寺，而李碑乃在正觉寺，似即一地，不知何时改正觉、又改龙兴也。宋太宗淳化五年，贼李顺陷成都，遣宦者王继恩讨平之。《成都记》宋人撰，所云兵火，盖指此也。本书前叙房从真画云：王蜀先主，于浣花龙兴寺修圣夫人堂。则龙兴之名旧矣，岂以僖宗幸蜀名之耶？非帝王之兴，不得有此名也。《容斋随笔》云：成都龙兴寺碑，前蜀王时所立，及唐诸帝讳，皆阙画云。正觉名寺，又在龙兴前，是正觉、龙兴，皆唐代寺名，草堂至此，三易名矣。然《赞皇记》云：草堂寺列画前长史十四人。又云：精庐甚古，画壁将侵，计其时至宋淳化五年，凡一百六十五年，何得尚有武临淮像？且《赞皇记》称前长史十四人，此只一人，亦属不合，岂浣花草堂寺外，别有正觉寺耶？是可疑也。（武公帅蜀，在韦南康后，顺宗永贞元年也，明年宪宗元和元年，武公入相，距赞皇帅蜀盖二十五年矣。

韩拙论画

宋韩拙《山水纯全集》曰：昔人云：画有六要，一曰气，气者随行运笔，取像无惑。二曰韵，韵者隐露立形，备仪之俗（此四字未详）。三曰思，思者顿挫取要，凝想物宜。四曰景，景者制度时用，搜妙创奇。五曰笔，笔者虽依法则，运用变通，不质不华，如飞如动。六曰墨，墨者高低晕淡，品别浅深，文彩自然，似非用笔。有此六法者，神之又神也。莹按：此言六法，与李畋不同，盖各以所得言之。

校记

（一）《庄子集解》有「者」字。

（二）《庄子集解》作「乘」。

（三）《庄子集解》作「气」。

（四）《庄子集解》作「辩」。

（五）《续资治通鉴》（古籍版）有「言」字。

（六）《续通鉴》有「言」字。

（七）《续通鉴》作「尊德乐道」。

（八）应为「兴」字。

（九）手稿本作「缋」，《四川通志》作「绘」，二字通。按此篇所引与《四川通志》所载文字小异，不一一摘出。

《康輶纪行》卷十一

《刍言》

宋人崔敦礼《刍言》三卷，上卷言政，中卷言行，下卷言学。余爱其言治曰：「得民之劳者昌，得民之忧者康，得民之死者强。不有逸之，孰为劳之；不有乐之，孰为忧之；不有生之，孰为死之。」又曰：「医之活人，方也；杀人，亦方也。人君治天下，法也；乱天下，亦法也。方能治病，而不能尽天下之病，遇病而不通于方，杀人矣。法能治变，而不能尽天下之变，遇变而不通于法，乱天下矣。九人屦，其一跣焉，则跣者耻，九人跣，其一屦焉，则屦者不能为俗。赭衣墨服，舜之刑宽矣，而民愈避。断文体，残肌肤，秦之法严矣，而民愈犯。民非畏宽而易严也，法宽，则刑者少，刑者少，则民为耻矣。法严，则犯者多，犯者多，则民为玩矣。舜之民十人而九键者也；秦之民，十人而九跣者也。」又曰：「危国若实，安国若虚。盛也若不足，衰世若有余。危国若实，府库溢（当作謚）也；安国若虚，损在上也。盛世若不足，民俭而重本也；衰世若有余，俗偷而纵欲也。」又曰：「尊卑殊，贵贱异，民至卑贱，而不敢争者也。尊逸而卑劳，贵荣而贱辱，民至劳辱，而不敢怒者也。不敢争，则欲之至矣；不敢怒，则怨之至矣。怨欲在心，如物之有毒，如蓬之藏火，乱之所蓄与！是故圣人之治，不曰不争，不使敢欲；不曰不怒，不使可怨。禄不以功，爵不以德，启民之欲者也。法禁烦，徭赋重，贾民之怨者也。」又曰：「媒妁誉人，非不美也，而人莫之德；取庸而强之饭，非不勤也，而人莫之惠。有所利而名仁者，非仁也；有所要而称义者，非义也。慈父之爱子，不可移于性，非为报者也；圣王之养民，不可改于心，非求用者也。是故至仁不为恩，至义不为功。至仁所施，不知亲而亲之；至义所加，不知尊而尊之。」又曰：「非弓矢无以射，非法令无以国。人有忧射之不中者，曰是弓矢之过也，调弓矫矢，而去愈远。忧国之不治者，曰是法令之过也，变法更令，而乱愈甚矣！是故弓矢，中之具也，非所以中也；法令，治之具也，非所以治也。」其言行曰：「誉人而无要誉，毁人而无反毁，斯毁誉之当也。誉人而人亦誉之，则是自誉矣；毁人而人亦毁之，则是自毁也。自誉，仁之贼也；自毁，义之贼也。」又曰：「鹪巧而危，雏拙而安。（雏或作鸠。）巧不足，则鹪脱其危矣；拙不足，则雏失其安矣。是故智不欲有余，愚不欲不足。智不足者，厌事者也，守常者也，畏行险者也。愚不足者，无能而为有能，无用而为有用。无智而为有智者也。智不足，可以免过；愚不足，乃以失宁。」又曰：「君子之为善，贵乎有止也。为仁止于爱，为义止于宜，为礼止于敬，为智止于知。爱而不止，不仁矣；宜而不止，不义矣；敬而不止，不礼矣；知而不止，不智矣。」又曰：「福者，祸之先也；利者，害之始也；恩者，怨之媒也；誉者，毁之招也。君子不要福，故无祸；不求利，故无害；不广恩，故无怨；不敢誉，故无毁。」又曰：「好贤者轻誉，好仁者轻予，好义者轻许。轻誉失实，轻予失恩，轻许失言。」又曰：「古之隐也，将以为止也，今则将以为仕也；古之俭也，将以为廉也，今则将以为贪也；古之礼也，将以为逊也，今则将以为争也。」又曰：「设机以拒祸者，祸之标的也；任数以防乱者，乱之薮泽也。扃鐍固而盗贼至矣，权量作而斗争兴焉。革坚而兵刃利焉，城成而冲機（或作梯）生焉。智不可以胜奸也。勇不可以御暴也，辩不可以释诽也，险不可以避患也。」其言学曰：「工求其工，学者亦求其工乎？曰：雕镂剞劂，木之病也；纤织组丽，丝之蠹也；穿凿破碎，道术之衰也；钩棘排偶，文章之弊也。工乎工乎，拙者笑之矣！」又曰：「持宝以求市者，不欲人夺之，择善而求友者，不欲人誉之；薄我货者，欲与我市者也；訾我行者，欲与我友者也。故君子因訾而情疏，因诤而友密。」又曰：「相入者相贼，不相入者相息。胶漆之投，天下莫解焉，而同归于物。冰炭之反，天下莫合焉，而各全其天。故情坏于所溺，心坏于所杂，君子之性，恶其有入也。」

吴箕《常谈》六条

吴箕《常谈》云：「轿，今人所乘竹舆也。《汉书·严助传》：『舆，轿而逾岭。』轿之义，与今正同。服虔：音桥，『谓桥梁隘道舆车也。』臣瓒谓：今竹舆车也。江表作竹舆以行是也。」项昭：『轿，音旗庙反。』师古以服音为是，而项氏为缪。以今世俗所呼，则服音为缪。」余按：桥中高而前后下，轿形似之，故字从乔。乔，高也。俗人不知音义，故从项说。

《常谈》又云：「何比干，孝武时为廷尉，张汤持法深刻，而比干务仁恕，数与汤争，所济活以千数。其子孙，至肃宗时犹有显著。汤之后，亦累叶贵盛，至东都益显。善恶之报，果何如耶？」余谓：汤已身受祸矣，故更无殃及子孙，而身为大臣，执法不市己恩，有为国受恶之义，子孙之昌，亦其宜也。

又云：「史臣讥汉宣帝为不用儒术。宣帝非不用儒，其不用者妄儒尔。且汉之贤辅，孰如魏相，刚直笃学，孰如萧望之，帝则任相为宰相。又以望之『经明持重，议论有余，材任宰相』，既群试其政事，位御史大夫。相明经，以贤良登第。相与望之，非儒而何？张禹、匡衡，当时皆有荐者，又经试问，疑若可用，帝悉罢归。其后二人皆怀奸，匡衡之畏事石显，张禹之依阿王氏，终亡汉室。至于僮乡之封，几同垄断；肥牛之请，贪污身后。汉之大奸，无若二人，帝之不用儒者如此，贤矣哉！」余按：嗣之儒者，而持论如此，由与金溪游，讲明义理故也。嗟乎！子夏圣门文学之科也，不惟深通六艺，而尤以讲习礼乐制度为事。夫子他日顾谓之曰：「女为君子儒，无为小人儒。」君子小人者，义利之辩而已。即子夏自言亦曰：事父母竭力，事君致身，交朋友有信，虽曰未学，必谓之学。世之俗儒，何不一猛省也。

又云：「世俗于清明前一（一）日谓之寒食，在春最为佳节。其俗，以为由介之推火死，故为之不举火而食熟物，寒食之义始此。然以史考之，周举为并州刺史，太原一郡旧俗，以介之推火骸，有龙忌之禁；至其亡月，咸言神灵不乐举火，由是士民辄冬中一月寒食，莫敢烟爨，民甚不堪，岁多死者。举乃作吊书以置子推之庙，言：盛冬去火，残损民命，非贤者之所忍为。民俗难革，即此考之，则子推之死，当在十一月，民寒食，故在冬中也。今之寒食，乃在三月初，节与盛冬盖远，岂亦自有所谓龙忌之禁！章怀以心星为言，亦未必不然。《荆楚岁时记》云：「冬至后一百五日，必有风雨，谓之寒食。」魏武令云：「冬至后一百五日，民多寒食。」又岂周举所谓盛冬去火，残损民命者耶！」莹按：介之推晋人，于荆楚无涉。一在冬中，一在春季，时亦不同，自是两事。意周举作吊书后，太原之俗遂革，而荆楚之俗犹存，附会者遂以为一事耳。又案：寒食不同之说，始于洪景庐，北宋人，在吴箕之前。查初白云：「《汝南先贤传》：『太原旧俗，以介子推焚骸一日寒食。』」《邺中记》云：「并州冬至后一百五日，为介之推断火，冷食三日，作干粥。后世以清明前一日为寒食本此。」冯星实云：「《荆楚岁时记》引《琴操》以介子推作介子绥，以清明前一日为五月五日，不得举火，与《邺中记》又不同」。莹按：介子推事，最先见者《后汉·周举传》，其后，乃有《汝南先贤传》、《邺中记》、《琴操》及《荆楚岁时记》，当以《后汉书》为正。《邺中记》，晋人所作，魏武时已称为冬至后一百五日矣。《琴操》最后，又以为五月五日。此等姑存而不论矣。

又云：「补官旧用板，宋明帝泰始中，因子勋之难，板不能供，始用黄纸。唐诰用绫，然亦有用纸者。士大夫多自书，今《颜平原诰》有存者，手笔甚奇。」余按：世以衔名通谒，红帖为之，而名手板，观此可知其由来也。《释名》曰：「书姓名于刺上，作再拜起居字，皆画其体尽边，如画刺，平交用之；下官刺上官，中央一行而已。」记此，见古人手板投刺之制。

又云：「房元龄、杜如晦同功一体。元龄任公竭节，心无媢忌，务为宽平，宜若有后，一传而隤其家，不若如晦之后，累叶宰辅，与国终始，何也？史称元龄善谋，如晦长断。岂阴谋之罪，造物所不贷耶！陈平亦曰：我多阴谋，道家所忌。吾世即废，亦已矣，不能复起，以吾多阴祸也。宋广平清节刚正，而六子皆以不肖斥。盖人太察，则失之不恕，非所以贻后。」此吴嗣之说也。莹观世之贪人鄙夫，身既显荣，子孙复繁者多矣。岂其自居卑下，或能多所宽容乎！清风劲节，声闻百代，而后人往往不振，或有无后者，大都自处过高，不能容物。高而能下，清而不刻，其庶几乎！《虞书》曰：「敬敷五教，在宽」。又曰：教胄子，「宽而栗」。《汤诰》曰：「宽而无虐。」《论语》曰：「宽则得众」。宽者，仁之基也。安有仁人无后者哉！小人能宽，尚可保身有后，况君子乎！

曲济嘉木参不受断牌

初七日，曲济嘉木参使头人菊美来，称乍雅系藏辖，愿就藏讯。询之，盖理藩院方改造呼毕勒罕册，藏中檄察木多及乍雅，询大呼图克图，外复有几人，印信、号纸得自何年，系何人执掌？曲济嘉木参得此，以为藏中直大呼图细二呼图也，故欲至藏讯。初九日，宣太守遣卓尼尔特断牌付丹臻江错，受之；遣包千总持付曲济嘉木参，不受。是日有馈葡萄者，感成一律云：「殊方三值思亲日，可奈茱萸忆弟时。骏马新求西域神，葡萄还似故园枝。（伯兄宅中葡萄一株，味极相似，不食已十五年矣。）空闻使节和钩町，未许军丞斩郅支。圣主如天明诏美，小臣何敢惜烦辞。」

何武传赞

《汉书》何武等传赞曰：「武、嘉区区，以一蒉障江河，用没其身。」又曰：「依世则废道，违俗则危殆，此古人所以难于受爵位也。」魏鹤山尝录此语，余感为五言一首，云：「一蒉障江河，违俗道宁失。三危居半岁，殊异未可述。信知九州广，奚必恋蓬室。寂寓忆陈言，久坐消白日。阶前菊已衰，枝上杨未密。志旷居无陋，行孤动斯窒。谁言柳下和，已信三黜直。」

与竹虚夜话诗

与竹虚夜话，自癸卯二月由台湾入都，假回桐城，至成都奉使西域，中更里塘往返及今，行径二万八千里矣。患难相依，壮怀犹昔，不觉身之衰老也。赠一律云：「三年二万八千里，双骑东西南北人。故国江山随过眼，蛮天风雨苦侵身。箧中剩有楞伽字，爨下空劳汲黯薪。一语应输莼脍客，此行犹未到崑崙。」

赵忠简奏对

宋赵忠简公鼎著有《建炎笔录》三卷，记高宗乘舆播迁，逐日诸军进退，及绍兴中进用奏对事。盖有鉴于《哲宗实录》之诬，目睹同时奸人并进，惧纪载之失实，故笔之也。又《辨证笔录》一卷，则众奸排挤，贬责后，于贬所笔之也。绍兴七年，公为左仆射，上前泛论时事，因及国史。上曰：「前日观朱墨本，内用朱勾去者，也是太冗。」公奏曰：「朱勾者，最是美事，皆蔡卞等不喜之语，亦以其不学，故不知去取耳。如《吴奎传》载《上神宗疏》曰：『臣愿陛下为尧舜之主，不愿陛下为唐德宗猜忌之主。』卞等签云：『所引狂悖，今删去。』臣谓载之乃见神宗之圣，盖主圣然后臣直也。使唐魏征、王珪传中，不载当时献替之言，则后世亦安知太宗为纳谏之君！」上深以为然。公又曰：「使一部尽作谀词，此岂奚事？古谓之不讳之朝，盖屡闻直声，德盛故也。帝王一代之典，是非褒贬，非子孙所敢为者，所以使后代人君常怀儆惧之心，不敢为非，此孔子作《春秋》之意也。奸人常以《春秋》为鲁讳者，大恶讳，小恶必谨而书之，不隐也。如吴奎之疏，皆谠言正论，人所难堪者，神宗能容之，是乃盛德事，谓之大恶可乎！何讳之有。」上曰：「卿所论甚正，非他人可及也。」赵公此奏，后世修国史者，不可不知，人主观史，尤不可不知也。淮西之变，张魏公已落职，上犹盛怒之。公每随事开解，一日内降周秘、石公揆、李谊弹章，后批「张浚谪授散官，安置岭表。」公封批，未即行，榻前解救再三，乃许安置永州。上曰：「浚平日兄事卿，卿一旦去国，浚所以挤陷卿者无所不至。今浚得罪天下，卿乃极力营救，贤于浚远矣。」此事可见公之不以私憾废公是也。公字元镇，晚号得全居士。有《自志》一篇，历叙生平出身、官阶，至于贬谪。公谪后八年，卒于海外吉阳军贬所，年六十三，为绍兴十七年丁卯，去岳少保被杀已七年矣。

知县与县令不同

汉、唐及宋县官，皆称某县令，宋乾德中，乃有知县之称，自是与县令不同，后乃混而为一。李焘《长编》云：「乾德元年六月，命大理正奚屿知馆陶县，常参官知县，自屿等始也。」注：「《实录》建隆二年十一月，以祠部郎中王景逊为河南令。不知诸书何故乃言知县始此，岂令与知县不同乎？」李心传《旧闻证误》云：「按京朝官出为赤县令者，不复带本官，自唐以来皆然，如建隆四年，以水部员外郎李瑛为浚仪令之类。至是，奚屿始带大理正出知馆陶县，故史臣云：『常参官知县，自屿始也。』然建隆二年六月，曹州冤句令曹陟，以清翰闻，擢任左拾遗知县事，又在奚屿之前，则常参官知县，不自屿始矣。岂非陟以就任改秩之故，不得为事始，而史臣特取常参官自京都出知外县者而记之耶。大抵国初之制，朝官出为县令，则解内职；朝官出为知县，则带本官。由此言之，令与知县不同甚明。」莹按：县令者，本官也；言知县者，非本官也。宋时，以某官知某县事，犹之以某官知某府、州、军，皆仍带京朝官，言衔大而职小。今守牧，或以京官除授而不带本官；县令，则无京官除授之事。元、明以来，县令皆曰知县，盖昧其名官之本义矣。今直省官惟督抚、学政，兼带京朝官衔。督抚即不由内官除授者，亦得兼京衔。以钤辖兵马，故兼兵部尚书及侍郎；以纠弹举奏，故兼右都御史、右副都御史。宋敏求曰：「九节度州为三品，刺史州为五品。国初，曹翰以观察使判颍州，是以四品临五品也。同品为知，隔品为判。自后惟辅臣、宣徽使、太子太保、仆射为判，余并为知州。」

张、胡二忠简奏对

李心传《朝野杂记》：「孝宗隆兴初，汤思退复相。王谏议大宝上章论列，不从，奉祠。台谏多引退者。张忠简阐为工部尚书，面言之。上谓士大夫多卖直，故难其选。张曰：『直言，士人所尚。陛下开纳，则有益于国家。』胡忠简铨为左史，因造朝以此事质之。上曰：『朕以张阐言台谏事，当辨曲直，非谓卖直也。』明日，张请对，又论台谏一空。上曰：『卿与胡铨，昨日议论一同，得非傅会。朕止欲辨所论曲直。非恶直也。』张曰：『陛下当受垢纳污，若较曲直是非，便是拒谏。』上改容纳之。隆兴主圣臣直盖如此。」

苏文忠赠太师

苏文忠未尝执政，孝宗乾道末，赠太师。《朝野杂记》载其事，曰：「仁宗时，苏仪甫尝为翰林学士，元祐中，以子贵赠太师。始仪甫尝游金山，题诗曰：「僧依玉鉴光中住，人在金鳌背上行。」至是，蜀僧宝印住金山，摘其诗名轩曰「玉鉴」，嘱张安国大书而刻之。张跋云：此翰林学士赠太师苏公所赋也。碑成，僧摹以遗大珰甘升。一日，上过其直庐外望见，索观之，意以为文忠也。时文忠曾孙季真，为给事中，他日，上更书文忠诗以赐之。识其末曰：「故赠太师苏轼诗」。季真拜赐，疑之，前白曰：「先臣绍兴初，尝赠资政殿学士，未尝赠太师，今蒙圣恩，乞白(二)朝廷行下。」上愕曰：「朕记赠太师久矣。」季真不敢白，间为执政言之。执政因奏以为言，上始喻金山寺乃苏绅也。即曰：「如轼名德昭著，亦当赠太师。」于是，降旨施行。然上实雅敬文忠，居常但称子瞻、东坡，舍人草制有曰：「人传元祐之学，家有眉山之书。」盖词无所凭，故但为好语耳。」余谓：文忠之文章气节，异世犹重于人主。孝宗所谓名德昭著，当赠太师者，诚千古之盛事，是即所凭矣。顾逊于因子荣贵而赠官耶，伯微此言欠斟酌矣。

丹臻江错缴断牌

十三日，丹臻江错及四仓储巴以禀来乞恩，宣太守不许，断牌亦令缴回。盖丹臻江错、彭错达吉已遵，白玛奚被革亦服。惟彭错与四郎江折，以被革之恩，求为查追抢失财物也。

宋诸公谥

宋一代名臣最多，说部诸书，皆称其谥。今略记其常见者，如：赵韩王忠献普、曹秦王武惠彬、曹武穆玮、潘武惠美、吕文穆蒙正、吕文靖夷简、李文正昉、宋惠安琪、宋元宪庠、宋景文祁、杨文庄徽之、吕正惠端、李文靖沆、王文正旦、寇忠愍准、张忠定咏、富文忠弼、韩忠献琦、文忠烈彦博、范文正仲淹、曾宣靖公亮、欧阳文忠修、苏文忠轼、苏文定辙、刘忠定安世、杨文公亿、赵清献汴、李文定迪、司马文正光、毕文简士安、狄武襄青、王文正曾、钱宣靖若水、薛简肃奎、孙宣公奭、蔡文忠齐、张文节知白、明文烈镐、吴正肃育、余襄公靖、孙温靖固、向文简敏中、鲁肃简宗道、陈文忠尧叟、张忠献浚、吕忠穆颐浩、韩蕲王忠献世忠、岳鄂王忠武飞、李忠定纲、刘武僖光世、宗忠简泽、刘忠武锜、吴武安玠、冯文简当世、陈忠肃瓘、邹忠公浩、虞忠肃允文、洪忠宣皓、洪文惠适、洪文敏迈、王文公珪、王文忠尧臣、曾文安巩、洪文安遵、胡忠简铨、张忠简阐、丁文简度、李文简焘、范文穆成大、黄文节庭坚、范蜀公忠文镇、胡文公宿、种忠宪师道、赵忠定汝愚、陈正献俊卿、胡文靖晋臣。

宋举制科

宋时举行制科，盖以求贤良方正、直言极谏而设也。旧制：「命两省学士官考试于秘阁，御史监之。试六论，每首五百字以上(三)，于九经、十七史、七书、(未详)《国语》《荀》《扬》《管子》《文中子》正文内出题，四通以上为合格。仍分五等，以试卷缴奏御前，折号。入四等以上，台赴殿试。其日，上临轩亲策，限三千字以上(四)，宰相撰题，并用注疏对策，先引出处，然后言事。绍圣后废制科，南渡复举，有司请除疏义、不可，久之无应者。孝宗乃诏：权于经、史、诸子正文出题。仅得李垢一人应诏。淳熙四年，复举贤良方正，垢弟李塾及朝官姜凯、郑建德、马万顷应诏。近侍贵珰，恐制策攻己，共摇沮之。舍人钱师魏，承燮近旨，奏言制举甚重，请难其题。因差师魏考试，故事：六题，一明一暗，(原注：上下文有度数及事数谓之暗题。)师魏所命，皆暗题，试卷内，多不知题出处，有仅及二通者。上命赐束帛罢之，举者皆放罪。李垢时为著作郎，被旨考上舍，试策问本朝制科典故，有云：苏洵皆尝黜落，富弼，张方平粗识题意，亦不免错误，遂为台官所攻罢去。明年，言者又论：注疏命题，盖以观其博洽，谓宜复旧。又从之。十二年，李献之以右史直禁林，面奏：贤良之举，肇自汉文，本求谠言以裨阙政，未闻责以记诵之学也。使其才行学识，如晁、董之伦，虽注疏未能尽记，于治道何损？乃复罢注疏命题。右见李心传伯微《朝野杂记》。余谓：事当顾名思义，制科所举，名为贤良方正、直言极谏，而乃欲以观其博洽，与设科之义何涉？

夫不又有博学鸿词之举乎！国家取士，人材原不一途，要以植品立行、通达治理，为有体有用之学，得之，乃可相与为治，如博学鸿词之士，不过人才中之一端耳，较之体用兼赅者，固犹后焉矣。而乃逐末遂忘其本，则虽有管、葛、姚、宋之俦，亦皆下第矣，岂但晁、董之伦哉！为人君者，求治之诚，既有所不足；而执政嬖近，又恐对策者或攻其短，则惟以隐僻杂艺之事难之，使不暇于言治，而其言则曰：欲以观其博洽也。呜呼！非英明特识之主，其能不为所蔽惑也哉！

太学与国子监不同

前代，太学以养天下之士；国子监，以养胄子。宋时，太学养士，最盛于崇宁、大观年间。绍兴中，诏以七百人为额：上舍生三十员，内舍生百员，外舍生五百七十员。每三年科场，率四人而一。若积行校艺而升上舍者，则不待选举而释褐焉。「国子监生员，皆胄子也，行在职事官，同姓缌麻亲、厘务官大功亲，听补试入学，每三年科场，率三人而取一。然太学生皆得以公私试积，校定之（五）数升舍，惟国子生，以父兄嫌，但寄理而已；须父兄外补，乃移入太学而后得升。」是太学与国子监判然两学明矣。又有宗太学，即今之咸安官（六）学也。今之景山官学、八旗官学，即古之国子监也。乃诸官学不云国子，而以太学为国子监，名实似有舛异。盖沿明制，未之厘正，学者不可不知。

南宋钱赋烦苛

李伯微言：「宋初混一，天下岁入缗钱千六百余万，太宗以为极盛，两倍唐室矣。天禧末，所入增至二千六百五十余万缗。嘉祐间，又增至三千六百八十余万缗。至熙、丰间，合苗、役等钱所入，乃至六千余万。元祐之初，除其苛急，岁入尚四千八百余万。渡江之末(字恐误)，东南岁入，不满千万，逮淳熙末，遂增至六千五百三十余万缗。今东南岁入之数，独上供钱二百万缗，此祖宗正赋也。其六百六十余万缗，号经制，盖吕元直(七)在户部时复之。七百八十余万缗，号总制，孟富文秉政时创之。四百余万缗，号月桩钱，盖朱藏一当国时取之。自经制以下钱，皆增赋也。合茶、盐、酒、算、坑冶、榷货、籴本、和买之入，又四千四百九十余万缗，宜民力之困矣。」

「经制钱者，宣和末，陈亨伯(八)以发运兼经制使，创比较酒务及(九)头子钱。头子钱，即唐德宗除陌钱之法。五代、国初，亦取之以供州用。康定元年，始令具数申省。政和四年，又令给纳系省钱物，每贯取五文。及亨伯(十)为经制，遂令凡公家出纳，每千取二十三文，其钱止供十三州县，及漕计支用。靖康初废。高宗建炎二年，上在维扬，四方供赋不能如期至行在，户部尚书吕元直、翰林学士叶少蕴，乃请复之。三年冬，遂命东南八路提刑司，收五色经制钱赴行在：一、收添酒钱(十一)；二、量添买糟钱；三、增添田宅牙税钱；四、官员等请受头子钱；五、楼店务添收三分房钱。绍兴十年，又增头子钱十三文，充经制，东南岁入凡六百六十余万缗，而四川不与焉。凡公家出纳，每千经，总二制，共取五十六钱，视宣和时过倍。」

「总制钱者，绍兴五年，高宗在平江，孟富文提领措置财用，请以总制司为名，专察内外官司隐漏遗失(十二)。从之。于是，首增头子钱为三十文。(莹按：原制二十三文，今增七文。)既又请收耆户长庸钱、抵当四分息钱、转运司移用钱、勘合朱墨钱、常平司七分钱、人户同零就整二税钱、免役一分宽剩钱、官户不减半民户增三分役钱、常平司五文头子钱，并令诸州通判、诸路提刑，催充总制。乾道元年，又增头子钱每贯十三文。」

「四川经、总制钱额五百四十余万缗，其一百三十余万缗，赡军；一百三十四万缗，应副湖广总领所；一百六十九万缗，上供；六万余缗，诸郡支用。」

「田契钱者，亦隶经、总制司。旧时民间典买田宅，则输之为州用。嘉祐末，始令每千输四十钱，宣和增为六十，靖康初罢，建炎三年复之。绍兴五年，总制增为百钱，以其三十五钱，为经制窠名；三十二钱半，为总制窠名；三十二钱半，为州用。乾道末，曾怀在户部，又奏取州用之半入总制焉。先是，绍兴五年，诏牙税外，每千收勘合钱十文，后增三文，并充总制窠名，而牙税勘合之外(十三)，每千又收五十六文，分隶诸司。大率民间市田百千，则输于官者十千七百有奇，而请买契纸、贿赂吏胥之费不与。由是人多惮费，隐不告官，谓之白契。三十一年，军兴，王瞻叔为四川总领，乃括民间白契税钱以赡军。许人告，没三之一，以其半给告者。嫁资移嘱，隐其直者，视邻田估之。虽产去券存者，皆信其赋。细民基(十四)地亦有算纳钱。除威、茂、珍州、长宁军，及关外四州不括，凡三十二郡，共得钱四百六十八万缗。成都等二十四州，未见数。明年，沈德和为制置使，首以蜀中括白契钱不便为言，议者亦谓其敛怨。乃诏自登极赦前（是年孝宗登极），有带白契者，皆蠲之；即已输，许对折二税。」

「称提钱者，四川益、梓、利三路，茶、盐、酒课，及租佃官田应输钱引者，每千别输三十钱为铸本。」

「月桩（十五）钱者，盖自绍兴二年，淮南宣抚使韩世忠，驻军建康，令江东漕臣月桩（十六）钱三十万缗。以酒租、上供经制等钱应副。其后，江、浙湖南皆有之。虽命以上供经制、系省封桩（十七）等钱充其数，然所桩（十八）不能给十之一二，故郡邑多横赋于民，如江南之科罚，湖南之麹引，在上者无以禁之，大为东南之患。」

「身丁钱者，东南淮、浙、湖、广等路皆有之。自马氏据湖南，始取永、道、郴州，桂阳军、茶陵县民丁钱、绢、米、麦。嘉祐四年，诏无业者与除放，有业者减半，然道州丁米，岁犹二千石，人甚苦之。绍兴五年，守臣赵垣，请以一分敷于田亩，一分（十九）敷于民丁。诏下其议，漕司言：如此，则贫民每丁当输二斗有奇，乞尽敷于田亩。言者以为太重，请损其一分。诏漕司相度。六年，枢密院检详王迪，又请两路丁田随田带税，不果行。十四年，知永州罗长源，言于朝，遂尽放湖南诸郡丁钱。然上供桩（十九）数则如故。后十余年，杨良佐邦弼为漕，乃奏除之。江东诸郡于丁口盐钱者，李氏国日所创也。盖以秦（当作泰）州及静海军（今通州）盐货，计口俵散，收钱入官。其后失淮南，盐不可得，既又令折绵绢输之，民益亦为病。明道二年，范文正公为江淮安抚，乞会稽一路王户（二十），以见在盐价，于春时给盐食用，随夏税送纳价钱。奏可。其后谓之蚕盐者，此也。两淮身丁钱者，始未行钞法以前，每丁给盐一斗，输钱百六十有六，谓之丁盐钱。皇祐中，谕民以紬绢依时值折纳，谓之丁绢。自钞法行后，盐尽通商，民无所给，每丁仍增钱为三百六十，谓之身丁钱。大观中，始令三丁纳绢一匹，当时绢贱未有倍费，其后物价益贵，乃令每丁输绢一丈、绵一两，皆取于五等下户，民病之。建炎三年，诏以一半折绢，一半纳见钱。绍兴二十五年，上念浙民困，特免丁绢钱、绵一年，以内府钱帛偿户部。乾道三(二一)年，免两浙灾伤都邑身丁钱十三万七千缗、绢十六万二千匹。临安，驻跸所在，每三年，辄下诏除免一年，至开禧元年，御笔：浙路身丁钱永与除免。」

「两淮丁钱者，不知所从始。乾道末，诏民户一丁充民兵者，本身丁钱勿输。二广丁钱，亦不知所始。广西郡县贫薄，凡民间父祖年六十以上，而身丁未成者，亦行科纳，谓之挂丁钱。大抵丁钱多伪国所创，尝谓：唐之庸钱，已均入二税矣，后世差役，复不免焉，是力役之征既取其二也。本朝王安石，令民输钱免役，而绍兴后所谓耆户长、保证催(二二)钱，复不给焉，是取其三也。合丁钱而论之，力役之征，盖取其四矣。而一有边事，则免夫之令又不得免焉，是取其五也。孟子曰：有布缕之征，有谷粟之征，有力役之征。用其一，缓其二；用其二而民有莩；用其三而父子离。今布缕之征，有折税，有和预，四川路有激赏，而东南有丁绢，是布缕之征三也。谷粟之征，有税米、有义仓、有和籴(川路谓之劝籴)而斗面加耗之输不与，是谷粟之征亦三也。通力役之征而论之，盖用其十矣，民安得不困乎！」右李心传伯微《朝野杂录》通载宋时丁赋之弊如此。盖南渡偏安，又军旅数兴故也。而当时民心不以为怨，则祖宗忠厚之泽深矣，后世谋国用者所当考镜也。《文献通考》或有未详，余故喜而录之。宋时封桩，盖如今之封贮，桩者，封之不动，以备非常，此与公使钱皆法之最甚者也。」

「宋时又有僧道士免丁钱，绍兴十五年始取之。自十五千至二〇千，凡九等。大率律院散僧丁五千，禅寺僧，宫观、道士观散众，丁二千(二三)。长老(二四)、知观、知事、法师、有紫衣师号者，皆次第增钱，六字、四字师号者，又倍。于是，岁入缗钱约五十万，隶上供。二十四年，以紫衣师号不售，乃诏律院，有紫衣若(二五)师号者，输钱视禅刹禅僧，及宫观道士有之者，丁输钱一千三百有奇。」

「祠部度牒，自治平四年冬始鬻之。熙宁之直为百二十千，渡江后增至二百千。其后民间贱之，止直二(二六)十千而已。绍兴中(二七)，李仲允入见，言今岁鬻度牒万，是失万农也，积而累之，农几断矣。上纳其言。十二(二八)年罢兵，遂不复鬻。久之，复以其绝产，隶郡国养士。二十六年，王大宝为国子司业，复请放行。上谕大臣曰：『人多以鬻度牒为利，亦以延人主寿为言。朕谓人主，但当事合天心而仁及生民，自当享国长久；如高齐、萧梁，奉佛皆无益也。僧徒不耕而食，不蚕而衣，无君臣父子之礼，以死生祸福恐无知之民，蠹教伤民，莫此为甚，岂宜广也。』辅臣皆称善。然诸路僧尼，犹二十余万人；道士女冠，万余人。明年，遂诏：换给不尽度牒，皆归礼部。三十一年，闻虏金亮欲败盟，始放度牒，增直为五百千。隆兴初，诏减为三百千。因出度牒二万，鬻于江、浙、湖南、福建，计直六百万缗，期以一年。州县皆抑以与民，民大以为扰。御史周元特言之，乃损为二百五十千。自辛巳后，九年之间，鬻度牒十二万道。孝宗知之，诏权行住卖。乾道六年，又增为四百千。淳熙初，又增五十千，复诏四川度牒，每道估川钱引八百千。自后四川总领所，岁得度牒六百六十一道，以补还酒课蠲减之数。而东南诸路，委都司察给卖，岁亦不下二千三百有奇。然僧、道士有金钱，而度牒不可得，故蜀中度牒，官直千引，民间至直千六百引。嘉泰二年，朱晦翁为浙东提举(二九)、遇饥岁，亦请度牒于朝，以备衆济。盖度牒已为缓急所仰，不可复度矣。度牒，初以黄纸，绍兴五年，易以绢，七年，又易为绫。」莹按：僧道出家，所以讲习经法，脱遗世俗，修身心也，乃以数百缗、千缗买度牒为之，何哉？是其所利，必有十倍于度牒者矣。高宗所云「蠹政害民」者，诚中其弊也。徒以军兴绌费，遂自反其污，至大儒亦因饥岁，请用以救荒。盖当时寺观，历经人主崇奉，士大夫亦好为方外之交。长住产业本丰，又益以不时之施入，金钱广积。与其供不肖缁黄之侈奉，毋宁损其所有，以赡军用而活民命也。权其轻重，谁曰不宜。

银贵钱贱

今时自京师至直省，皆患银贵钱贱。乾隆、嘉庆之间，银一两，易钱一千文。嘉庆末年，易钱一千二百文，道光以来益增，十五年后，每银一两，直铜钱一千六百文，至今莫能减也。说者皆以纹银西北出边、东南出洋为病，是则然矣。然尝考南宋时，诸道上供银，皆置场买发，蜀中银每法称一两，用本钱六引，而行在左藏库折银，才直三千三百文，民间之直，不满三千。是今时极贵之银价，尚不过南宋时银价之半直也。李心传《朝野杂记》言：宋初诸道「岁贡银额一千八百六十余万两」，考其时惟广南、江东、江西、浙东、浙西、福建有银坑。渡江后，复停开(三十)银坑八十四处，所出产者本少，故贡额不及二千万。本朝各直省，岁征各项额银五千四百余万两，岁入银数，倍半于宋，而银矿停闭已久，民间所贡输者，皆明季国中之余积也。用而无继，何能不匮，即无出边、出洋之患，犹不能使其不贵，况出外者滔滔无已耶。古人有言：「天不爱道，地不爱宝。」夫道无古今，其为物也虚，故用之无尽。宝之在地，非千数百年蕴气含精，不能产之，其为物也有数。当其竭也，地即欲不爱之而不能。人值其际，惟撙节之以待其继而已，强欲其盈，岂可得哉！

异域产金银

异域诸国产金银者，班书言：罽宾国，有金、银、铜、锡。以金银为钱，文为骑马，幕为人面。乌弋山离国，钱货金珠，皆与罽宾同。其钱，独文为人头，幕为骑马。以金银饰仗。安息国亦以银为钱，文独为王面，幕为夫人面。王死，辄更铸钱。大月支国，钱货同安息。范书言：大秦国，在海西，多金银奇宝。以金银为钱，银钱十，当金钱一。与安息、天竺交市于海中，利有十倍。天竺国，土出金、银、铜、铁、铅、锡。赵汝适《诸蕃志》言：阇婆国领兵者，岁给金二十两，胜兵三万，岁亦给金有差。婚无媒妁，但纳黄金女家。罚罪者，随轻重罚金以赎。以铜、银、锡，杂铸为钱，钱六十准金一两。苏吉丹国，民间贸易，用杂白银为币，状如骰子，上镂蕃官印记。六十四只，准金一两，名曰阇婆金。大食国，巨富，金银以量为秤。层拔国，产生金。芦眉国，金银为钱。宴陀蛮国，有大山，有井，每岁两次水溢，流入于海，所过沙石，经此水浸，皆成金，合山人常祭井。

如铜、铁、铅、锡，用火烧红，取水沃之，辄变成金。《坤舆图说》言：「热尔玛尼亚之属国波夜米亚，生金块，有重十余斤者，河底常有金，如豆粒。诺而忽惹亚国，欧罗巴称第一富庶。多五金，财货贸易不以金银，以物相抵。莫诺木大彼亚国，黄金最多，地无寸铁，特贵重之。百尔西亚国，一塔以黄金铸成。亚喇比亚国，土产金银。以西把尼亚国，产五金，有名城，曰巴未利亚，近地中海，为亚墨利加诸船所聚。金银如土。欧罗巴洲，大小七十余国，出五金，以金、银、铜铸钱为币。伯西尔国，有银河，水味甘美，涌溢平地，水退，布地皆银沙、银粒。金加西腊国，地出金银，天下称首。其矿有四坑，深者二百丈，役者常三万人。所得金银，国王什取其一。其山麓有城，名曰银城，百物俱贵，独银至贱。贸易用银钱，五等：大者八钱，小者五分。金钱，四等：大者十两，小者一两。欧罗巴自通道以来，岁岁交易，获金银甚多。白露大小数十国，广袤万余里，出金矿。取时，金土互溷，别之，金多于土，故金银甚多。国王宫殿，皆黄金为板饰之。独不产铁，兵器用烧木铦石，今渐知用铁，然至贵。余器物皆金、银、铜三种为之。右凡海外异域诸国产金银者，略见于此。以余所闻见，蜀、滇诸土司境内，及打箭炉外，至前后藏及阿里，其产金之地尤多，而土司、夷人，皆爱惜之，甚恐汉人开采。大吏亦体盛代示禁之意，恐生边衅，皆置之不复事采取，故边境稍安。此岂外夷贪利所能仰企万一者哉！

公使钱

苏长公《送刘述诗》：「忧来洗盏欲强醉，寂寞空斋卧空甄。公厨十日不生烟，更望红裙踏筵舞。」公在乌台自解此诗云：「酒食无备，斋厨索然，以讥朝廷新法行，减削公使钱太甚。」余按：李心传《朝野杂记》：「公使库者，诸道、监、帅、司，及州、军、边县，皆有之。盖祖宗时，以前代牧伯皆敛于民，以佐厨传，是以制公使钱以给其费，惧扰及民也。然正赐钱不多，而著令许收遗利，以此州郡得自恣。若帅、宪等司，则有抚养、备边等库，以助公使。」又云：「公使苞苴，在东南为尤甚，扬州一郡，每岁馈遗见于帐籍者至十二万缗。江、浙诸郡，每以酒遗中都官，岁五六至，至必数千瓶(三一)。淳熙中，王仲行尚书为平江守，与词官范致能、胡长文厚，一饮费千余缗。又有蜀人守潭，及以总计摄润者，视事不半岁，过例馈送至四十五万缗，供宅酒至二百余斛，孝宗怒而绌之。近蜀中会聚折俎，率以三百五十千为准。有一身适兼数职者，则并受数人之馈。陈给事岘为蜀帅，冯少卿宪为成都漕，就以所遗原物报之，陈怒，奏其容复赃本，朝廷移之，逮陈败，乃得直。时芮国器侍郎、赵子直丞相，相继为西江漕(三二)，凡四方之聘币，皆不入家，置养济院于南昌，以养贫者。朱少卿时敏为潼川守，受四方之馈，每以其物报之。赵德老镇成都，受而别储之，临行，以散宗室之贫者，此皆廉节之可纪者也。」右李所记公使钱本末如此，是州、军以下，正赐钱外复许收遗利，宜可自恣。观南渡后所费之侈，殊不如苏公之所云也。窃意当日神宗见公诗，必有感悟而宽恤臣下者。其后章、蔡当国，四方馈赂争致，州、军所取于公使、遗利之外者，不知凡几矣，岂仅见于帐籍之数乎！蜀道去京师远，自古称铜山之富，宜帅此者如贪泉之饮也，朱、赵诸公，何殊吴隐之之在广州耶！

宋孝宗《原道辨》

宋淳熙中，孝宗「尝作《原道辨》，大略谓：三教本不相远，特所施不同，至其末流，昧者执之，而自为异耳。以佛修心，以道养身，以儒治世可也，又何惑焉！文成，使人持示史文惠（浩）。史公时再免相，侍经席，奏曰：『臣惟韩愈作是一篇，唐人无不敬服，本朝言道者亦莫之贬。盖其所主，在帝王传道之宗，乃万世不易之论；原其意，在于扶世立教，所以人不敢议。陛下圣学高明，融会释、老，使之归于儒宗。末章，乃欲以佛修心，以道养生，以儒治世，是本欲融会而自生分别也。大学之道，自物格知至，而至于天下平，可以修身，可以养生，可以治世，无所处而不当矣，又何假佛、老之说耶！陛下此文一出，须占十分道理，不可使后世之士议陛下如陛下之议韩愈也。望稍窜定末章，则善无以加矣。』程泰之以刑部侍郎侍讲席，亦言之。于是易名《三教论》。」孝宗又尝「亲批刘后溪策论《科场取士之道》后数百言，略曰：『用人之弊，人君患在乏知人之哲，宰于学而昧于道，况又择相不审，至于怀奸私、坏纪纲、乱法度，及败而逐之，不治之事，已不可胜言矣。宰相不能择人，每差一官，则曰此人中高第，真好士人也，终不考其才行何如。国朝以来，过于忠厚，宰相而误国者，大将而败军师者，皆未尝诛戮之。要在人君必审择相，宰相为官择人，懋赏立乎前，严诛设乎后，人才不出，吾不信也。」御笔既出，中外大耸。一日，上遣持示史魏公浩。史公曰：「唐、虞之朝，四凶极恶，止于流窜，而三考之法，不过黜陟幽明而已，未尝有诛戮之科也。若《甘誓》、《胤征》所云，乃为行师用众设耳。盖诛戮大臣，乃秦、汉法也。汉之七制，可称治主，然见为杂霸，不得进于三代，此其大疵也。太祖皇帝，深以行一不义、杀一不辜为戒，制法以仁，待臣下以礼，列主传心，至仁宗而德化隆洽，至于朝廷之上，耻言人过，故本朝之治，独与三代同风。此则祖宗之家法也，而圣训则曰「过于忠厚」。夫为国而底于忠厚，岂易得哉！而岂有过哉！臣恐议者，以陛下欲行刻薄之政，而归过祖宗，此不可不审思也。若必欲宣示于外，乞改曰「一于忠厚」，尚庶几焉。」丞相（疑是赵卫公雄）亦言：「宰相如司马光，恐非懋赏严诛所能勉励。」孝宗悔，乃改削其辞，宣示，仍付史馆。」李伯微谓「史公为人重厚，进说上前，务存大体，多有裨益。」余按：史浩自编《鄮峰漫语》，有《回奏御制原道辩》及《策士圣训》载此事。家惜抱先生曰：「浩谓恐其君过语传于天下，是以致辩，欲掩其失，今反载之己集（三三），是扬君过，而己（三四）为名也。况孝宗所云国朝以来「过于忠厚」，此于事颇得实，未为失，浩之斤斤致辩，徒为将相误国失事者地耳。」浩颇主和议，与张魏公异议，特尚喜荐人才，故为朱子所称，伯微遂盛称浩。此二事，要当以惜翁之言为允云。李伯微非惟熟于朝章典故，明于政事得失，且议论醇正，余深服之。如论高宗配享，以吕忠穆、颐浩、赵忠简、韩忠献、张俊配，而不及张魏公。其议首建于洪景庐，则详记杨廷秀万里之奏，以明洪议之非。复自著曰：「吕元直不厌人望，张俊晚附秦桧，力主和议，诬杀岳飞，不宜在预享之列。」又曰：「魏公不得预享，但以富平、淮西、符离三败之故，而不考曹彬岐沟之役，其丧师蹙国，亦不下于富平与符离。今以一眚掩其大德，盖景庐兄弟，皆汤思退旧客，夙有恨于魏公，故以复辟之勋，归之吕元直也。」又论光宗配享不及周益公必大、留衞公正，以学党之故，则谓：「前朝如富公、司马公，皆尝被罪于熙宁、绍圣之间，而不害其配享，未可以此致疑。」又论宣圣配享，以未去王安石父子为恨，且曰：「周、二程、张四先生，继绝学于千载之后，正人心，明天理，自游、夏诸贤有不能及。其视马，郑诸儒之功孰多，虽以配享可也(三五)。然论道统之传，则当升曾子、子思于堂上，而始(三六)列四先生及朱先生于从祀。余老矣，自念不及与朝廷之议，会有达者举行之云。」余按：朱子卒于宁宗庆元六年庚申，伯微此书著于嘉定九年丙子，其持论如此，是时距朱子卒，甫十六年耳。及理宗淳祐元年辛丑，遂诏以周、张、二程与朱子，并从祀孔庙，黜王安石，距丙子盖二十五年，恐伯微不及见之矣。正论早定，其合天理厌人心如此，非有见于圣人之学者，其能为此言乎！

李伯微论配享(二条)

又，记孟子庙配享从祀云：「自元丰以孟子为邹国公，配食先圣，而邹国公庙，在兖州之邹县。政和五年春，乃诏乐正子克配享，公孙丑以下从祀，加封爵焉：乐正子克，利国侯；公孙丑，寿光伯；万章，博兴伯；浩生不害，东阿伯；孟仲子，新泰伯；陈臻，蓬莱伯；充虞，昌乐伯；屋庐连，奉符伯；徐辟，仙源伯；陈代，沂水伯；彭更，雷泽伯；公都子，平阴伯；咸丘蒙，项城伯；高子，泗水伯；桃应，胶水伯；盆城括，莱阳伯；季孙，丰阳伯；子叔，子阳伯。（叔字下当有脱字，子阳，似当作滋阳。）自渡江以后，邹、鲁隔绝，而孟子无庙，其配食从祀，学者多不及知，故表出之。」

宋孝宗为南渡令主，而溺于藩邸旧人龙大渊、曾觌。帝以绍兴三十二年六月，受内禅。是月，龙大渊即自左武大夫为枢密副都承旨，曾觌自武翼郎带御器械、兼干办皇城司。二人，帝为建王时内知客也。其年十月，刘汝一度除右谏议大夫入对，首论待小人不可无节。明年三月，「上奏劾大渊轻儇浮浅，凭恃恩宠，入则侍帷幄之谋，出则陪庙堂之议，摇唇鼓舌，变乱是非。凡皇闱宴昵之私，宫嫔嬉笑之语，宣扬于外，以自夸谀（三七），上累圣德，伏望斥退。又进故事，因论京房指谓石显，元帝亦自知之而不能用，盖不能以公议胜私欲耳。反复数百言，尤为切至。越日，诏：大渊，除知阁门事；觌，权知阁门事。汝一言：『臣欲抑之，而陛下扬之；臣欲退之，而陛下进之；臣欲使之畏职，而陛下示之以无所忌惮，是臣所言，皆为欺罔，乞赐贬黜。』不报。张直（三八）父震，为中书舍人，缴其命至再。侍御史胡周伯沂，亦论二人市权招士望，并远之，以防其微。给舍金彦行、金安节、周子充、（周）（三九）必大，再封还录黄，言二人功过能否，臣等初不详知，但见缙绅士民指目者多，今论其职事，则或舍剧就闲，论班次则皆迁矣。帝以为朋党，众人相继乞去。大渊自左武大夫宜观察使、干办皇城司，除知阁门事。」不三年，帝察其奸欺，诸人相继召用，大渊卒以斥死，可谓明矣。而其后，曾觌卒为节度使，除少保。当时论觌者尤众，中外皆恶之，帝独怜觌之不恤也。嗟乎，自古以来，侍藩邸东宫之旧，虽为士人，而轻儇浮浅，市权招士，如王伾、王叔文者有之，岂独若辈哉！人君亦既知之，乃或黜而死，或已黜而卒为使相，岂小人富贵亦有其命，虽明主亦无知之何耶！幸而人主英明，不能为患，设如汉之桓、灵，明之熹宗，其不殆哉！

金字牌驿递

秦桧趋召岳侯自朱仙镇班师，用金字牌，未闻其制。顷见《朝野杂记》云：「近岁邮递之最速者，莫若金字牌递，凡赦书及军机要务，则用之。仍自内侍省遣拨，自行在至成都，率十八日而至，盖日行四百余里。乾道末，令枢密至军期，急速文字牌，雄黄（四十）青字，日行三百五十里。绍熙末，改作黑漆红字牌。奏委逐路提举官催督，岁终，校其迟速最甚，以议赏罚，仍命逐州通判，具出入界日时状申省。久之，稽缓复如故。邱宗卿帅蜀，始创摆铺，以健步四十人为之，岁增给钱八千余缗。月以初三、十八，两遣平安报，至行后，卒一月而达。自后私书丛委，每递至教百，由是往来稍逾期，自成都而东犹不过月，自行在而西，或三十五六日云。」余按：南宋所云行在者，杭州也。当时陕、豫不通，取道皆由湖北、江南，而至浙西。金字牌文，日行四百里，十八日而至，盖凡七千二百里也。当时军机急速，日行仅四百里，今则自三百里递紧至六百里，而红旗大捷之报，且八百里矣。《孟子》：置邮传命。古注云：置，驿也；邮，馹也。杨升庵据《说文》：馹，传也；驿，置也，以为置缓而邮速、驿迟而馹疾。置有安置之义，如今制云日行一程；邮有过而不留之义，如今制云倍道兼行也。更引《左传》梦子乘驲车，会师于临品之上；祁奚乘驲而见范宣子；子木使驲谒诸王。又云：吾将使驲骋问诸晋。《左传》四驲字，皆速驰之义，后世吏牍俗书，以驲为驿之省文，《春秋大全》遂尽改《左传》四驲字为驿，作者之精意隐矣。又曰：汉制四马高车为置传，皆君与大夫所乘，其行安舒。一马二马为轺传，军书使命之用，不得不急。汉文帝自代来，乘六传车，亦取其速。由此言之，可以考古人传命之制矣，故因金字牌而附及之。

校记

（一）一，《四库全书。常谈》作「二」。
（二）白，《四库全书·朝野杂记》作「自」。
（三）每首五百字以上，此七字，《朝野杂记》系注文。
（四）限三千字以上，此六字，《朝野杂记》为注文。
（五）兮，《朝野杂记》作「公」。
（六）宦，原作「官」，误，据《清史稿·选举志》改。
（七）直，《朝野杂记》作谊，非是。
（八）、（十）陈亨伯，《朝野杂记》作陈亨仲，《宋史·食货志》作陈亨伯。
（九）及，原作「即」，据手稿本及《朝野杂记》改。

(十一)收添酒钱，《朝野杂记》作「榷茶酒钱。」

(十二)失，《朝野杂记》作「欠」。

(十三)外，原无此字，据手稿本补。

(十四)基地，《朝野杂记》作「墓地」。

(十五)、(十六)、(十七)、(十八)、(十九)桩　原作「椿」，据《朝野杂记》及《宋史·食货志》改。

(十九)一分，《朝野杂记》作「二分」。

(二十)乞会稽一路王户，《朝野杂志》作「乞会一路至户」。

(二一)三，《朝野杂记》作「元」。

(二二)催，《朝野杂记》作「雇」。

(二三)禅寺僧，宫观、道士观散众，丁二千，《朝野杂记》作「禅寺僧、舍观道士散众，丁二千。」

(二四)长老，原作「长安」，误，据《朝野杂记》改。

(二五)若，《朝野杂记》无此字。

(二六)二，《朝野杂记》作「三」。

(二七)中，《朝野杂记》作「初」。

(二八)二，《朝野杂记》作「三」。

(二九)嘉泰二年，朱晦翁为浙东提举，误。按：嘉泰二年，朱熹已故。《朝野杂记》此段文字作「今总所对减酒课度牒，僧结已输钱至嘉泰十五年。(今方嘉泰二年)顷朱晦翁为……」

(三十)开，平稿本作「闭」。

（三一）岁五六至，必至数千瓶，《朝野杂记》作「岁有五六千斤，以至数千瓶。」

（三二）西江，《朝野杂记》作「江西」。

（三三）、（三十四）已，原作「巳」，误。

（三五）可也，原作「也可」，据《朝野杂记》改。

（三六）始，《朝野杂记》作「姑」。

（三七）谀夸，手稿本作「夸娉」，《朝野杂记》作「夸娉」。

（三八）真，手稿本及《朝野杂记》均作「真」。

（三九）括号内金、周二字，均点校者所加。

（四十）雄黄，手稿本及《朝野杂记》均作「雌黄」。

《康輶纪行》卷十二

州县相验尸格

今制：州县官相验命案，皆依部颁尸格。官亲率刑仵验毕，刑仵高声喝报，某处伤有或无，本官亲以硃笔逐一填注，此格存案。刑吏照录尸格五本，著验官衔名，及刑仵结状姓名，用印申报所司。此制盖亦创自北宋，始先检验之法甚备，其后郡县玩弛，或不即委官，或所委官不即至，至亦不亲视，甚则以不堪检复告。由是吏奸得肆，冤枉不明，狱讼滋炽。淳熙初，浙西提点刑狱郑兴裔，乃创为检验格目，排立字号，分界属县。遇有告杀人者，即以格目三本付所委官，凡告人及所委官属行吏姓名，受状承牒及到检所时日，廨舍去检所远近，伤损痕数，致命因依，悉书填之。一申所属州县，一付被害之家，一申本司。又言于朝，乞下刑部镂板，颁之诸路提刑司准此。从之，遂著为令。此淳熙元年五月事也，见《建炎以来续朝野杂记》。元、明至今，格式相因，惟小有更异，此法则自郑创始也。兴裔，平阳人，后徙开封，徽宗后戚也。早以后泽入官，历有政绩，仕至武泰军节度使，谥惠肃。（宋世州县官不自相验，始自太宗至道元年，令节度至刺史勿与金谷、刑狱，止委通判及判官，见《宋史》。）

曲济嘉木参诉藏

二十六日，察木多大仓储巴来言，始见两呼图克图劝解，巴各有悔意。讵大呼图连得藏檄，达末、洽中吉怂恿之，已决计诉藏求讯。二呼图克图闻之，亦决意回巢矣。

昌都河鱼

察木多河鱼不甚大，而味殊佳，刺麻及蕃、汉民皆食糌粑、牛羊肉而已，不解鲜食，故少卖鱼者。蕃童偶钓得鱼，余与丁别驾辄买之。尺鱼一尾，约银二分。嗣是有鱼每持来，余为一绝赠鱼童，曰：「两三土屋傍河干，十五儿童解钓竿。卖去素鳞欢阿母，糌粑几日足朝餐。」

《诸蕃志》

赵汝适《诸蕃志》：东南海中有「毘舍耶国，语言不通，商贩不及，袒裸盱睢，殆畜类也。泉州有海岛，曰彭湖，隶晋江县，与其国密迩，时至寇掠，其来不测，多罹生啖之害，居民苦之。淳熙间，国之酋豪，常率数百辈猝至泉之水湾、围头等村，恣行凶暴，戕人无数，淫其妇女，已而杀之。喜铁器及匙筯，人闭户则免，但刓其门圈而去。掷以匙筯，则俯拾之，可缓数步。官军擒捕，见铁骑，则竟刓其甲，骈首就戮，而不知悔。临敌用标枪，系绳十余丈为操纵，盖爱其铁不忍弃也。」余按：此云毘舍耶国，即今之台湾也。其言人之情状，与今生蕃在山中者正同。道光元年，余至噶玛兰，其人男女犹多袒裸者。生蕃喜铁，善用标枪，至今犹然。而山外熟蕃，则衣冠饮食，多与汉人同，亦知耕种五谷矣。南宋去今八百余年耳。台湾自明季始为红毛所据，郑氏父子，驱逐红毛而有之。本朝康熙二十七年入版图至今，得沐圣化教养近二百年，已变革盱睢，富庶若此，更百余年，山后之地尽辟，岂非海外一大都会耶。吾人生居中土，但见盛世文物声明，如书籍所载太古淳朴陋野之风，徒存想像。以余所见台湾生蕃，则已身游洪荒之世矣！今又来兹异域，畅览夷风，然后知六合之内，人物由朴而华，作之君师，其理一也。

商贾说外夷有裨正史

西南诸夷，自汉迄明，载于正史者略备矣，大抵皆入贡之国。马贵与《四裔考》亦与史相出入，而不及元以后。自明成、宣二帝，屡遣内侍（一），遍历洋岛，由是华人益造海舶逐利，至今数百年，闻见益真。而诸蕃亦自攻夺相仍，国名今昔互异，制度风俗，由朴而华。古时奉佛诸国，自欧罗巴耶稣以后，多已改奉天主之教。又翻译语言文字，时有讹误，欲指今时某地即古之某国，诚茫然也。

讲地理者，于中国古今郡县，犹多未能确指，况外夷乎！虽然，宇内之事，无非以渐而开，其始莫不荒渺，必有人焉，留心采访，随时纪载，以贻后人，积久考订，可以得其梗概。故商贾之言，时裨正史，国家或有事边海时，亦有需于此，岂徒夸学人之博物哉！以余所见，正史外夷传、魏法显、唐玄奘《佛国记》，及赵汝适《诸蕃志》、艾儒略《职方外纪》、马端临《四裔考》、南怀仁《坤舆图说》、陈伦炯《海国闻见录》、王大海《海岛逸志》、七十一(二)《西域闻见录》、松相国《绥服纪略》数种，稍得其概，欲论著之，未果。近岁，邵阳魏源，字默深，得林尚书所译欧罗巴人《四洲志》，更以旧闻异域之书十余种，遍加考证，作《海国图志》六十卷，通中外之异言，订地名之沿革，诸国崇奉佛教、回教、天主教之异同源流，大山巨泽之原委分合，五天竺、俄罗斯、英吉利佛兰西、弥利坚、利未亚，各域内区分之部落，贸易、攻战之所长，金银货贝之所出，无不详载(三言之，如指诸掌，皆有据依，非凭臆说。余数十年之所欲言、所欲究者，得默深此书，可以释然无憾矣！

海国古今异名

默深有《海国古今沿革图》，余略为考订之，今录于此，古今异名，可以一览了然。

东南洋诸岛国：

日本，古曰倭。

琉球，古曰中山。

台湾古曰昆舍耶，曰鸡笼山。

小吕宋，一曰蛮里剌。

苗里雾，一作猫里雾。

万老高，无异称。

丁机宜，无异称。

美洛居，一作木路各，一作马路古，一作米六合。

吉利门，一作西里米，一作笔尖关。

大新荷兰，古曰婆罗岛，曰婆泥，曰大爪哇。内有息利大山，各国环之：为马辰国，一作马神，文莱国，一作文郎；与苏禄国、朱葛焦剌国而四。

新埠，古曰槟榔屿，曰交栏山，一作勾栏山。

小新荷兰，古曰呀瓦，曰小爪哇，曰葛留巴，一作交留巴，一作加留巴。

苏门答剌，古曰婆利，曰亚齐。

三佛齐，古曰勃林，曰旧港，曰于陀利，曰万古屡。

下港，古曰阇婆，一作社婆，曰诃陵，曰顺塔，曰莆家龙。

东南洋岸国：

朝鲜，古曰高句骊，曰高丽，曰新罗，曰百济。

越南东都，古曰象郡，曰交阯。越南西都，古曰越裳，曰日南，曰林邑，曰古城。越南西都滨海之地曰龙奈，一作农耐，一作禄赖，古曰宾童龙，一作宾陀罗，又曰宾龙卢，明以来入贡中国。曰港口，英夷称之曰干陀底阿。

暹罗，古本二国，曰扶南。

暹罗之东，滨海地曰柬埔寨，自称曰甘孛智，古曰真腊：一陆真腊，曰名蔑；一水真腊，曰本底。

南掌国、车里国、老挝国，皆介暹罗之西、缅甸之东，古史无考。

整线整迈，即古大小八百息妇国。八百息妇之东南，斗入大海，各国环错：一曰未腒胯，亦作宋卡，一作宋脚，亦曰大泥，亦作大年。一曰吉兰丹。一曰丁葛奴。亦作丁加罗。一曰彭亨，亦作邦项。一曰新加坡，亦作新忌利坡，亦作新州府，古旧柔佛国也，亦曰乌丁焦林。一曰满剌加，古曰顿逊，亦曰哥罗富沙，亦曰麻六甲。缅甸，古曰骠国，曰朱坡，今称之曰乌土。

又有吉德国、沙剌我国、大葛兰、小葛兰国，皆在东印度大金沙江东岸，疑古云柯枝国、盘盘国也。

东印度之北境曰廓尔喀，即哲孟雄、洛敏汤、作木朗三部，又并古巴勒布及布鲁克巴二国地。

东印度，一作东天竺，其河曰东恒河，大金沙江入之，英夷称之曰安日得河，一作安市治河，一作潋治新河。

西南洋诸岸国：

西洋古里、西洋琐里、坎巴，皆见《明史》，今无闻。地在东印度东恒河北岸。

北印度克什弥尔国，一作乞石米尔，一作伽湿弥罗，古曰罽宾。北印度之北境巴达克山，古曰乌秅，曰覩贺罗，曰梵衍罗。

北印度之西境爱乌罕国，古曰毕迦试，曰喀布尔。

扒祛国，一曰东多尔其(四)，又作土尔其，即小白头回国也。

中印度，即中天竺，亦作身毒，亦作痕都，亦作温都斯坦，亦作忻都，古曰舍卫国、摩竭陀国、乌戈山离国，元代曰额纳特珂克。南怀仁《图说》之莫卧尔国，《海录》之金眼回子地，皆指此也。

东印度孟加剌国，《明史》作榜葛剌夷，曰孟阿剌夷，曰明阿剌夷，曰明绞膂，在东印度东恒河南岸，今为英吉利大埠。

南印度，曰曼达剌萨，古分数国，见《大唐西域记》，在印度南，横隔恒河，斗入海中。今则西洋各国市埠环之：英埠，曰笨支里、佛兰西埠，曰马英、曰固贞；荷兰埠，曰加补、曰西岭、曰即社；葡萄牙埠，曰淡项、英吉利埠，曰孟迈，一曰望迈，一作孟买，又一埠曰马剌他。葡萄牙又埠，曰戈什塔，古曰补陀落伽山。

西印度，古曰安息，曰大食，曰巴社，一作报达，一作高奢，一作包社。《坤舆图》谓之伯尔西亚，《明史》谓之忽鲁谟斯，即大白头回国也。其水曰乾陀卫大江，亦名枝扈黎大江。

里海，古曰雷翥海，亦曰北高海，亦曰鹹海，亦曰滕吉斯湖，亦曰格滕里泽，英夷谓之加士比唵海。

东红海，一曰遏达水。

南都鲁机，古曰西女国，曰度尔格国，曰惹鹿惹亚。《坤舆图》谓之东多尔其。

西印度之如德亚，古曰拂林，曰大秦，即耶稣本国。

西印度之天方，古曰条支，曰波斯。《明史》曰阿丹，曰默德那。坤舆诸图谓之亚剌伯，曰亚辣波亚，曰亚黎米亚。

小西洋诸岸国：

伊揖国，《坤舆图》谓之麦西，曰厄日多，一作厄入多，《元史》曰马八尔。

阿迈斯尼国，《坤舆图》曰亚毘心域，《元史》曰俱蓝。地跨泥渌河两岸，即黑人域也。

东利未加八国，俗谓顺毛乌鬼，一作马黑牙斯。

中利未加三十国，古无称，是否黑人，未详。

大浪山，古无称，今曰兀贺屿。荷兰、英吉利，分兵守峡，即《海国闻见录》之呷也。

南利未加四国，俗谓阎年乌鬼。

危黎弥安河，贯利未加洲，其河南十四部，皆卷毛乌鬼。曰工鄂苏麻勿，今(五)匍匐牙埠；曰西覇得、曰弥黎只郎，今英吉利埠。

西利未加河北十部，皆卷毛乌鬼，有英吉利埠。

北利未加四国：曰马罗可，一作摩罗果；曰弗沙，一作苗里苗亚。古本二国，今分为四，皆海贼。佛兰西以兵守之。

大西洋诸岸国：

俄罗斯国都，《元史》曰阿罗思，一作鄂罗斯，一曰罗刹，一曰罗车，一曰莫哥斯未亚，一曰葛勒斯，一曰缚罗答，一曰斡鲁思，一曰兀鲁思。《颠林图》作北肋思，又曰罗沙国。

黑海，《坤舆图》曰黑阿底湖。

波兰，《坤舆图》曰波罗尼，曰麻底河。

黄海，《坤舆图》曰死海。

普鲁社，一曰埔鲁社，一曰埔鲁写。《异域录》曰图理，惟英夷谓之破路斯。《坤舆图》曰比河尔弥亚，《西域闻见录》误为控葛尔，乃汗名，非国名也。

北都鲁机，古曰额力西，一作厄勒祭，曰度尔，曰哷年呻。《坤舆图》曰西多尔其。

绥林，《坤舆图》曰匪马尔，与那威本一区，而以论佛厘尼斯山为界。

那威，《坤舆图》曰波的亚，《颠林图》作那委。

琏国，《坤舆图》曰雪祭亚，曰苏厄祭，曰吝因。

瑞国，一作瑞士国。《坤舆图》曰绥亦，古曰大马尔齐，粤人谓之蓝旗，英夷谓之绥沙兰，亦曰赫底委尔唵司。在洲中海南。

领墨，《坤舆图》曰盈黎马禄加，曰大泥亚。《海国闻见录》曰黄祈，粤人谓之黄旗。

耶马尼，《坤舆图》曰热尔麻尼亚，一作亚勒玛尼，一作亚咩(六)里隔，一作阿里曼，一作日尔曼，一作亚勒墨厄亚。今分二十五国。

欧塞特里，《坤舆图》曰中莫尔大未亚，曰奥地利亚，粤人谓之双鹰，以其旗名之。

寒牙里，《坤舆图》曰博厄美厄，曰班那里河。

意大里亚，一作意达里亚，一作伊达里，亦曰罗问国，又曰罗马国。今分为九国。

瑞丁，在洲中海北，一名诺尔勿惹，与海南之瑞士国各别。

荷兰，古曰法兰得斯，又曰和兰。

弥尔尼壬，与荷兰连，一作北仪国。

大吕宋，《坤舆图》曰以西把尼亚，一曰是班牙，一曰斯扁亚。

佛兰西，即《明史》之佛郎机，又作佛朗机，一曰法兰西，一曰拂郎祭。祭一作察，刻本之误也。

布路亚，一作博尔都噶亚，一作葡萄牙，即澳门之大西洋也。《颠林图》曰布度基。

英吉利，一作谙厄利，一作英圭黎，一作英机黎，一作鹰吃黎。《坤舆图》曰昂利亚，又曰斯可齐亚。

葛斯兰岛，《坤舆图》曰思尔齐亚，今属英吉利。

意尔兰大岛，《坤舆图》曰喜百尼，今属英吉利。

英吉利

《皇清四裔考》曰：「英吉利，一名英圭黎国，居西北方海中，南近贺兰，红毛蕃种也。距广东界，计程五万余里。国中土地平衍。宜麦禾果豆。有一山名间允，产黑铅，民为开采，输税入官。国人出入处，左有那村，右有加厘皮申村，皆设立炮台。二村中皆有海港，通大船。海边多产火石。王所居名兰伦，有城，距村各百余里。其俗信奉天主，每七日一礼拜，诵经。男女不问年少长，以相悦而成婚姻，或有以媒合者。女率赘男而居，妇亡，则更赘于女，不置妾媵。男戴三角帽，其鞋袜衣制窄小，男下体著裤，女则施裙而已。色以红、绿、白为吉，青为凶。相见脱帽握手为礼。多佩刀，饮食用金银器。人有丧，即日营殡葬，所亲送葬，相与掩土而归。男女闭户号泣，不设位，断烟火，所亲馈之食则食。七日后，始开门生火。王姓名世系，远者不可考，其近者为弗氏京亚治，传子昔斤京亚治，传孙非立京亚治，即今之王也。（乾隆三十年间）康熙间，英吉利始来互市，后数年不复来。雍正七年后，互市不绝。初，广东碣石镇总兵官陈昂，奏言：「臣遍观海外诸国，皆奉正朔，惟红毛一种，奸宄（七）莫测。其中有英圭黎诸国，种族虽分，声气则一，请饬督、抚、关、部诸臣，设法防范。」乾隆七年十一月，英吉利巡船遭风，漂至澳门海面，遣夷目至省城求济。广东总督策楞，令地方官给资粮、修船只。先是，其互市处所，或于粤，或于浙。二十二年，部议：英吉利不准赴浙贸易，于是皆取泊广东。每夏、秋之交，由虎门入，呈产则有大小绒、哔叽、羽纱、紫檀、火石及所制玻璃镜、时辰钟表等物，精巧绝伦。二十四年，方严丝觔出洋之禁，两广总督李侍尧，奏言：「近年英吉利夷商，屡违禁令，潜赴宁波。今丝觔禁止出洋，可抑外夷骄纵之气。惟本年丝觔已收，请仍准运还。」奏入，报可。是年，英吉利夷商洪任辉，妄控粤海关陋弊。讯有徽商汪圣仪者，与任辉交结，擅领其国大班银一万三百八十两，按交结外国互相买卖借贷财物例治罪。二十七年，英吉利夷商白兰，求照前通市，两广总督苏昌奏准，照东洋铜商搭配绸缎之例，酌量配买。每船准买土丝五千斤，二蚕湖丝三千斤，其头蚕湖丝及绸绫缎疋仍禁止，不得影射。自是英吉利来广互市，每船如额配买，岁以为常。其明年，并准带绸缎成匹者二千斤。《海录》曰：「英吉利，在佛朗机西南对海，由散爹里向北少西，行经吕宋、佛朗机各境，约二月方到。海中独峙，周围数千里。民少而豪富，房屋皆重楼叠阁。急功尚利，以海舶商贾为业，海中有利之区，咸欲争之。贸易者遍海内，以明牙剌（即孟加剌）曼达剌萨、孟买为外府。民十五以上供役于王，六十以上始止。又多养外国人为卒伍，故国虽小，而强兵十余万，海外诸国咸惧。海口埔名懒伦，山口入，舟行百余里，地名兰伦，国中一大市镇也。楼阁连亘，林木葱郁，居人富庶（八），有大吏镇之。水极清甘，河有三桥，谓之三花桥。桥各为轮，激水上行。以大锡管藏地中，接注通流。人家用水，不烦挑运，各以小铜管接于道旁，藏墙间，别有小轮注于器。其禁令严，无敢盗取者。国多倡伎，有盛宴，则少女盛服歌舞，富贵家女，亦幼习之以为乐。」《四洲记》曰：「英吉利，本荒岛，始自佛兰西人。因戈伦瓦产锡最佳，有商舶往贸于彼。耶稣未纪年以前，蛮分大小三十种，居于西者，曰墨士厄；居北者，曰木利庵斯；居于南者，曰西鲁力斯；居于糯尔和者，曰委力斯、曰矮西尼；居腹地者曰萨㒎、曰埂底伊，尚有诸蛮，俱居于弥特色斯。旧皆茹血、衣毳、文身，惟墨士厄数种，渐兴农事，创技艺，制器械，修兵车，各蛮效之。为意大里国征服，旋叛旋抚。至耶稣纪岁百五十年（汉孝桓帝和平元年），分英地为七大部落：曰景，曰疏色司，曰依掩那斯，曰委屑司，曰落滕马兰，曰伊什，曰麻可腊，与邻部塞循，各自治理。八百年间（唐德宗贞元十五年），委屑司之伊未，遂并七部为一国，始名英吉利，建都兰顿，从此不属意大里国。又二百年（宋真宗咸平三年），为领墨所攻，遂属领墨，其后叛服不常。公举壹货为王，传至显利二代王，先得爱伦（即哀邻），次得斯葛兰。显利四代王，弃加特力教，而尊波罗特士教。至显利七代王，娶依来西白剌为国郡（英夷称其王妃为郡），始革世袭之职，皆凭考取录用。开港通市，日渐富庶，遂为欧罗巴大国。其职官：曰律好司衙门，管理各衙门事务，审理大讼。曰巴理满衙门，额设甘弥底阿付撒布来士一人，专辖水陆兵丁；甘弥底阿付委士庵棉士一人，专司赋税。凡遇国中有事，甘文好司至此会议。甘文好司者，理各部落之事，并付巴厘满衙门会议，凡六百十八人，由各部落议举殷实老成者充之。曰布来勿罔色尔衙门，掌理机密之事。供职者，先立誓后治事。曰加密列冈色尔衙门，额设十名，分管库印各口。曰古色理职官争控之案。曰溢士知加衙门，专理田土、婚姻之案。曰阿西士庵尼西布来阿士衙门，专司审利衙门，专管审理案件及判事之职。曰经士冕治衙门，专司审理上控案件。曰甘文布列衙门，专审讯英吉利人犯。曰依尼拉尔戈达些孙阿傅厘比士衙门，每年审讯各部落人犯四次。曰会腊达文衙门（此官职事原缺）。曰历衙门，每年派马落百人，稽查各部落地方，是否安静，归则具结一次。此外，额设律占麻连官，值宿官卫；马士达阿付厘骖士，专司马政；色吉力达尔押窝，专司收发文书；特里舍厘阿付利尼微，管理水师船；勃列士顿阿付厘墨阿付特列，专司贸易；委士勃列士顿阿付厘墨阿付特列，副理贸易；比马士达阿付厘颗士，专司支放钱粮；陂率马土达依尼拉尔，专司驰递公文；流底南依尼拉阿付厘曷南士，协理火炮；法士甘縻孙拏阿付厘兰利委奴，管理田土钱粮；押多尼依尼拉尔，即总兵官；疏利西多依尼拉尔，即副总兵官。其军伍：额设水师战舰百有五十，甘弥孙，百六十人，管驾水师、战舰，水师兵万人，水手二万二千。英吉利陆路兵八万一千二百七十六名，阿悉阿洲内属国兵一万有九千七百二十名。其政事：凡国王将嗣位，则官民先集巴厘满衙门会议，必新王背加特力教，而尊波罗特士顿教，始即位。国中有大事，王及官民，俱至巴厘满衙门公议乃行。大事，则三年始一会议。设有用兵和战之事，虽国王裁度，亦必由巴厘满议允。国王行事有失，将承行之人，交巴厘满衙门议罚。凡新改条例，新设职官，增减税饷，及行楮币，皆王颁巴厘满转行甘文好司，而分布之。惟除授大臣及刑官，则权在国王。各官承行之事，得失勤怠，每岁终，会核于巴厘满，而行其黜陟。兰顿，建大书馆一所，博物馆一所；渥斯贺，建大书馆一所，内贮古书十二万五千卷；感弥利赤，建大书馆一所。有沙士比阿、弥尔顿、士达萨、特弥顿四人，工诗文，富著述。俗贪而悍，尚奢嗜酒，惟技艺灵巧。土产麦、豆、稻，不敷民食，仰资邻国商贩。千八百年，各国封港，外粮不至，本国竭力耕作，粮价始略减。所产呢羽，皆不及佛兰西。纺织器具，俱用水轮、火轮，亦或用马，毋烦人力。国不产丝，均由他国采买。其国在欧罗巴极西，四面皆海。南距佛兰西，仅一海港；东近荷兰罗汶，东临大海，与士千里那威耶对峙，西抵兰的；北抵北极洋。幅员五万七千九百六十方里，户口千四百一十八万有奇。国东平芜数百里，西则崇山峻岭。

大部落五十有三，小部落四百八十五：曰弥特色部，即兰顿国都，其首部也。都在甜河北岸，东西距八里，南北五里，领小部落三。曰落滕马(九)兰部，领小部落十七。曰垦马伦部，领小部落二十三。曰育社部，领小部落四十三。曰委士摩含(十)部，领小部落七。曰兰加社部，领小部落十七。曰支社部，领小部落七。曰那弥部，领小部落七。曰讷鼎含(十一)部，领小部落八。曰领戈吾社部，领小部落二十二。曰勒伦部，领小部落三。曰利洗达部，领小部落六。曰斯达贺部，领小部落七。曰佘(十二)勒社部，领小部落九。曰佛凌部，领小部落二。曰领弥部，领小部落五。曰格那完部，领小部落四。曰敖厄里西岛部，领小部落四。曰麻里垣匿社部，领小部落四。曰闷俄墨里部，领小部落三。曰加尔里部，领小部落三。曰拉落社部，领小部落四。曰希里货部，领小部落五。曰洼洗士达部，领小部落五。曰窝溢部，领小部落七。曰落斯含顿部，领小部落五。曰韩鼎伦部，领小部落二。曰感密力治部，领小部落四。曰落尔和部，领小部落一十五。曰伊什部，领小部落三十。曰萨㵱部，领小部落七。曰赫贺部，领小部落四。曰脉贺部，领小部落五。曰墨经含部，领小部落五。曰恶斯贺部，领小部落五。曰俄罗洗斯达部，领小部落八。曰墨力诺部，领小部落三。曰格尔马廷部，领小部落三。曰宾目鹿部，领小部落四。曰额腊磨凝部，领小部落七。曰满茅治部，领小部落三。曰戈伦和尔部，领小部落一十七。曰里完部，领小部落二十三。曰疏马什部，领小部落十四。曰落尔什部，领小部落十。曰稔社部，领小部落十一。曰含社部，领小部落十六。曰疏色司部，领小部落十六。曰景部，土旷而沃，物产丰盛。所属落洼之新圭博，在国之南，海舶出入要港，距兰顿甚近，对海即佛兰西，实兰顿咽喉之所。设立落哇大炮台，水师巨舰，多舶此及渣咸两地。所有军装器械火药火炮，均贮渣咸库。领小部落十七。曰舍利部，领小部落七。曰脉社部，领小部落五。曰特尔含部，领小部落九。曰萌(十三)岛部，领小(十四)部落四。英吉利所属斯葛兰岛者，本三岛相接，爱伦岛人所开，为士都轧部落，于千六百有三年(明万历三十三年)，为英吉利所灭，设官通商，然其众心，至今向士都轧，而不向英国也。其幅员，二万九千六百方里，大部落三十，领小部落三百三十八，以伊邻麻社为首部。爱伦国者，亦英吉利所属，在英吉利西少北，独峙一岛，佛兰西始开垦，耶稣纪年九百，始属于领墨，二百余年，为英吉利侵夺。设官约束，法令严刻，止准货物运售兰顿，不许通他国。部众劫于威，心皆不服，遂于千六百四十年(明崇祯十三年)，聚众屠杀英人四万，尽驱余众出境，旋为兰顿平服。后乘英国与弥利坚连年争战，爱伦人始得渐与他国贸易。千七百九十八年(嘉庆三年)，英国与佛兰西争战。佛兰西阴结爱伦人为助，爱伦遂复叛，军无纪律，佛兰西不及救。数月，仍为英吉利所平。自后英国亦敛其苛政，设爱伦总理大员，驻札腊墨领。建书馆，贮书十万卷。赋税，每年征收银二千二百万四百七十六圆。爱伦幅员，三万方里，大部落三十二，小部落四百四十二，以腊墨领为首部。」 魏源曰：「西洋国皆奉天主教，故其纪年，以耶稣生于如德亚，当汉哀帝元寿二年庚申为托始。今英吉利辟天主教，不供十字架，而其书称一千八百四十年九月二十日，即道光二十年八月二十五日者，以旧为欧罗巴属国，犹随欧罗巴之称也。其国所宗教主，曰葛尼，其神曰巴底行，距今千有六百二十六年。神有须发，一为立而合掌仰天之像，一为跪而合掌仰天之像，在家人奉之。亦有佛像曰巴底利，出家僧供之。僧尼缁衣大袖，无发。以三月九日祭天，无木主，惟入庙诵经，追荐而已。国中女子之权，胜于男子，富贵贫贱皆一妻，无妾；妻死，乃待继娶虽国王亦止一妃，宫女有妊者，生子亦归正嫡，止可谓私幸，不得有嫔妾名号，其子亦不得称庶母也。」道光二十二年，莹在台湾，讯取英吉利囚颠林本国陆海两路形势，为图说入奏，台人已具梓矣，其时默深《海国图志》犹未出也。以上诸说，为颠林所未及，今摘录于此，可全得其要领矣。台湾原奏图说，已刻入《海国图志》第三十五卷。

四大洲

战国时邹衍大九州之说，其书不传，释氏乃有四大洲之说，曰：东胜神洲、南赡部洲、西牛贺洲、北具卢洲。又曰东弗婆提洲、南阎浮提洲、西瞿耶尼洲、北郁单越洲。异其名者，各举方言也。近世西人，则以天下为五大洲，始自利玛窦，而艾儒略、南怀仁详之，以佛说为妄。魏默深中佛说，而以西人之亚细亚洲、欧罗巴洲并利未加洲总为南赡部洲，以南北墨利加洲为西牛贺洲。曰：「佛经四洲，西人止得其二，其二洲未见。以西人所言，墨瓦腊尼加洲为东胜神洲，阻于南冰海，西士但知有其地，未遇其人也。」默深之说甚辨，详《海国图志·地总论》中，未知孰是。然默深所云「释氏以北极、南极分上下，而以前后左右为四方，与儒家六合之说相符。其谓天顶为北者，乃中土人一方斜睨之见。其实，天顶辰极，岂偏于北，安得以南极为南乎？」此说余颇取之。

佛经四洲日中夜半

《超世经》言：「南阎浮提，日正中时，东佛婆提日则始没，西瞿耶尼日则初出。北郁单越正当夜半，易地皆然。又，阎浮提洲所谓西方，瞿耶尼洲以为东方；瞿耶尼洲所谓西方，郁单越洲以为东方；郁单越洲所谓西方，弗婆提洲以为东方；弗婆提洲所谓西方，阎浮提洲以为东方。南北亦然。」《楼炭经》云：「日绕须弥山，东方日出，南方夜半，西方日入，北方日中。如是右旋，更为昼夜。」余按：西人地体浑圆之说，自幼闻之以为信，然独疑其说地下人与地上人足相抵，果尔，则是地下人足皆履地，不知海水在于何处！谓地下之人，首上戴天，可也；谓人首上戴海，可乎？及观释氏所言，则天上地下，仍有定分，海自在地之下。日月环绕地之东西，非环绕地之上下，其日月经行之道，则更在海外，人以所立之地斜睨之，则若日月更行海底耳，其实非也。此说于理乃足，西人之言，固未审矣！《周髀算经》亦云：「日运行处极北，北方日中，南方夜半。日在极东，东方日中，西方夜半。日在极南，南方日中，北方夜半。日在极西，西方日中，东方夜半。凡此四方者，天地四极四和。」然则中国之有此说久矣。《楼炭经》安知非译经之人，依傍《算经》而为之乎！理足之言，可谓善于依傍矣。

四洲四主

释典云：赡部洲中有四主，东人主即震旦，南象主即印度，北马主即蒙古、哈萨克，西宝主即大、小西洋。默深谓是阿细亚、欧罗巴、利未加，皆属赡部洲之证。余谓：此释氏自以所生之国在印度者为中国，其言四方，皆据中印度言之也。印度向南之国，象最多，耕田、载运、战阵，无不以之；蒙古、哈萨克之地，马最蕃衍；大、小西洋诸国，专重贸易，宝物最富，故以其方所产最多者为主。诚然，若震旦之人主，则默深所据西洋人之书其证明矣！《澳门新闻录》曰：「中国人民，居天下三分之一，生齿之繁，无国可比。即如俄罗斯，地方百四十一万四千四百方里，户口不过四千一百九十二万五千名。而中国只湖广一省，广不过十四万四百七十方里，已有户口四千五百零二万名；江南地方九万二千九百方里，户口即有七千二百万名。由此观之，中国只有一省，即抵佛兰西、英吉利、欧罗巴特厘阿三国之人民」。又《华事夷言》曰：「中国繁庶，甲乎四海，但即广东一省之人，可敌他方十余国。各国皆地广人稀，即印度户口最稠，亦尚有旷土。中国则不惟平地皆田，即山巅岭侧，无不层层开垦，寸壤不遗。其散布于海外各国者，尚不知凡几，诚四海所未有。」默深云：「由是观之，则东方之宜人信矣！」余谓：天地之性，人为贵。此佛法所以东来震旦，穆哈默德、耶稣之徒，亦无不景企中国也。

佛法兴衰

魏默深曰：「《隋书·经籍志》：佛说：『灭度以后，正法五百年，象法一千年，末法三千年。』考耶稣生汉哀帝元寿间，上距周庄王十年，恒星不见，佛生阅八十岁涅槃，当周匡王六年，凡六百有二岁，而天主耶稣生，力距佛教，此正法五百年之应。汉元寿下距开皇十四年，回教穆哈默德辞世之岁，共五百九十四年，内除其生世数十载，正五百余年，驱僧毁寺，变西北诸印度为回教，此像法千年之应。是则自周至汉至隋，佛教东流，而天主与天方，迭据印度，代兴持世，入主出奴，各乘气教，皆悬记于千载之前，而符合乎千载以下。天时人事，有开必先，不翅五德迭王、文质递尚焉！而近日黟县俞正燮，作《释迦文佛生日论》，独谓佛生于汉成帝元延元年四月丁丑，沸星四面下至地之日，与耶稣生同时，至隋世，回教兴，始为正法五百之岁。由其说，则佛生距汉明永平三年感梦之时，仅七十二岁，是佛与明帝同时，遽已名闻汉廷，光征帝梦，而白马驮经之使，竟当亲觏金容，面聆口授乎！至像法千年，则俞氏以佛授记，旃檀像于佛灭度千年后像往震旦当之。（见《辍耕录·元碑》）即使果如所论，而旃檀佛像，以梁天监十年四月五日至扬都（见《法苑珠林》），距周匡王六年佛灭度时，千有百载，亦正合千年之谶。若佛灭于汉章帝时，则至梁天监，仅四百余年耳。佛灭四百载，旃檀佛像已离西域，适中土，安得谓西方像法垂千年乎！俞氏于汉永平之梦，则欲减佛寿为六十七岁以就之；于像法千年，又有旃檀像至宋太平兴国始移东都当之。不以其离西土之岁，而以其在中土迁移之岁，则此像至今尚存燕京旃檀寺，不将谓像法二千年耶！考证弥勤，踳盭弥远。天方辟佛，天主岂不辟佛！乃以正法之替，独归之回教乎！计道光二十有二年，距周匡王五载，佛灭度之岁，凡二千有四百四十四年，距汉元寿初天主耶稣降生之岁千有八百四十二年，距隋开皇十四载回教主辞世日千有二百五十年。今列中国西洋年表，而以回教佛教年岁缀其后云。」莹谓：《家语》孔子言黄帝之德三百年，日服其教者百年，畏其神者百年，盖在崩后。然天下被其德者万世，岂止三百年而已。释氏正法五百年，像法千年之说，仿佛其意，固实有事证，未可尽以为荒诞也。特中土未得异域之书，足不出乎房闼，辄以闻见不及而诞之，此何异夏虫语冰乎！佛生之岁，前乎孔子，行其教于西，以先圣之多闻，宁不之知，特不欲以惑吾人，故曰「索隐行怪，后世有述焉。」不曰后世有作，则固明有所指矣。列子乃有西方圣人之称，托其说于孔子，此岂孔子之言哉！及乎今日，异域之言，已盈天下，乃犹争之曰无有是事，则愚矣。故录佛教、天主、回教之大凡，俾世知其说，无相震惊也。

外夷留心中国文字

「《澳门月报》曰：『西洋人留心中国文字者，英吉利而外，耶马尼国为最，普鲁社次之。顺治十七年，则有普鲁社之麻领部一士人，著书谈中国，现贮在国库内。又有普鲁社之摩希弥阿部落教师，亦曾译出中国《四书》一部。又有普鲁社之般果罗尾部落一名士，曰阿旦士渣，著书论中国风土人情，但用其本国文字。嘉庆五年间，有人曰格那孛罗，熟谙中国文字，但恃才傲物。又有耶马尼国之纽曼，曾到广东，回国著一书论佛教，一书论中国风土，将带回(十五)书籍与耶马尼诸国人考究。又翻出《诗经》一部。又有力达者，著《中国地理志》一本，说中国如极乐之国，今耶马尼人人惊异。又有耶马尼之包底阿，现在佛兰西国雕中国活字板，普鲁社亦出财助成其事。又有欧色特厘阿一人，曰庵里查，亦著一书，论中国钱粮。」又曰：「中国官府，全不知外国之政事，又不询问考求，故至今中国仍不知西洋，犹如我等至今未知利未亚洲内地之事。东方各国如日本、安南、缅甸、暹罗，则不然：日本国，每年有一抄报，考求天下各国诸事，皆甚留神。安南亦有记载，凡海上游过之峡路皆载之。暹罗国中，亦有人奋力讲求，由何路可到天下各处地方，于政事大得利益。缅甸，有头目曰弥加那者，造天地球、《地里图》，遇外国人，即加询访。故今缅甸国王亦甚知外国情事。中国人果要求切实见闻亦甚易，凡老洋商之历练者、及通事、引水人，皆可探问。无如骄傲自足，轻慢各种蛮夷，不加考究。惟林总督行事全与相反，署中尝有善译之人，又指点洋商、通事、引水二三十位官府四处探听，按日呈递。亦有他国夷人，甘心讨好，将英吉利书籍卖与中国。林系聪明好人，不辞辛苦，观其知会英吉利国王第二封信，即其学问长进之效验。」又曰：「道光十七八年，澳门有《依湿杂说》，乃西洋人士罗所印，由英吉利字译出中国字，以中国木板，会合英吉利活字板，同印在一篇。序云：数百年前，英吉利曾有一掌教僧，将本国言语，同诸体那言语同印。今仿其法，所言皆用中国人之文字。此书初出时，中国人争购之，因其中多有讥刺官府之陋规，遂为官府禁止。中国居天下人中三分之一，其国又居阿细亚洲地方之半，周围东方各国，皆用其文字，其古时法律、经典，皆可长久，其勇敢亦可与高加萨人相等，性情和顺灵巧，孝亲敬老，皆与欧罗巴有王化国分相等。惟与我等隔一深渊，即是言语文字不通。马礼逊自言：只略识中国之字，若深识其文学，即为甚远。在天下万国中，惟英吉利留心中国史记、言语，然通国亦不满十二人，而此等人，在礼拜庙中尚无坐位，故凡撰字典、撰杂说之人，无益名利，只可开文学之路，除两地之坑堑而已。【一】莹谓：中国，周有象胥之官，所以通四方夷狄之言语也。又有外史，掌四方之志，如晋《乘》、楚《梼杌》之类，大抵不出《禹贡》九州之域。盖三代以来，不勤远略，非复黄帝、神农以前，德被遐荒之旧矣。儒者习于所见，皆以侈谈异域为戒，而周穆王之享西王母，汉武之通西域，无不诟其夸侈，为其病中国也。然而古今异势，非可拘谈，三代王畿，不过千里，其外，自侯、甸以逮要、荒，屏藩以次巩固，自无事于远求。及秦、汉以来，天下一统，则昔之所谓要、荒者，今皆吾接壤，直侯、甸耳，岂勤远略哉！谓固我屏藩，不劳师于异域可也，若坐井观天，视四裔如魑魅，暗昧无知，怀柔乏术，坐致其侵凌，曾不知所忧虑，可乎！甚矣，拘迂之见，误天下国家也！平居大言，谓一事不知为耻，乃勤于小而忘其大，不亦舛哉！观英吉利、普鲁社、耶马尼之留心中国文字，日本、安南、缅甸、暹罗之讲求记载，是彼外夷者，方孜孜勤求世务，而中华反茫昧自安，无怪为彼所讪笑、轻玩、致启戎心也。然如西洋士罗所印，说英吉利留心中国史记、言语，亦不过十二人，礼拜庙中尚无坐位，岂叶公好龙，中外有同慨耶！余于外夷之事，不敢惮烦，今老矣，愿有志君子，为中国一雪此言也。

丹臻江错回巢

三十日，丹臻江错使人告辞，回巢，兵从三百余骑，鼓吹而行。自愤失职无权，坐视两呼图克图桀骜，莫能禁服也。为一律曰：「万方櫜甲庆承平，小吏严符敢惮行。冰雪未消千里冻，触蛮难罢十年争。忧时绠短肱空折，怀古心长泪欲倾。佛火一龛忘异域，宵来犹待晓钟鸣。」

陈寿讥蜀不置史

陈寿讥蜀不置史，注记无官，以故行事多遗，灾异靡书。诸葛亮虽达于为政，若此之类，犹未周焉。宋唐庚辨之曰：「《礼记》：人君左史记言，右史记动（十六）。而《周官》不闻有所谓左右史者，虽有太史，然不以注记为职，是时诸侯皆有史，岂天子独阙乎！春秋时，卜田宅者、占云日者，皆称太史，则太史殆阴阳家流。然书赵盾者、书崔杼者，亦称太史，则太史又掌注记。盖方是时，学者通知天人，而卜兴废者亦不纯用蓍龟。太史伯，以祝融之功，而推楚国之必兴；太史赵，以虞舜之德，而占陈氏之未亡。其议论证据，有绝人者，故阴阳、注记得兼掌之。汉司马谈父子为太史令，以论著为己任，而又掌天官，则兼掌之效，于兹可见。魏、晋之际，始置著作郎，自是太史之职，分而为二，孔明之时未也。后主景耀（非辉）元年，史官奏景星见，于是大赦改元，而曰蜀不置史，妄矣！」余按：唐子西此言是矣，然承祚之意，盖以贡谀晋人，特置著作郎，谓孔明犹未及此，如讳司马懿畏蜀，则谓孔明不长将略耳，景星之奏，岂自忘之耶！谯周之识天文，固即太史也。使蜀无置史，记注时事，不知承祚为先、后二主逐年纪事，又凭何书之！

蜀汉诸贤早卒

子西又云：「庞德公以孔明为卧龙，士元为凤雏，则士元之齿当少于孔明。孔明卒时，年五十四，而士元先卒二十有二年，则士元物故，尚未三十也。建安二十四年，先主始王汉中，是岁关侯卒；明年黄忠、法正卒；又明年，张桓侯卒；又明年，马超、马良卒。基业未就，而一时功臣，相继沦谢，如有物夺之者。明年，后主践祚，旧人独有孔明、赵子龙。后七年，子龙卒；又五年，孔明卒，而勋旧于是乎尽。正卒时年四十五，超年四十七，良年三十五，自余不著其年。《桓侯传》称：关侯年长数岁，飞以兄事之，则卒时年方五十许；霍峻年四十。此数杰者，皆以高才早逝，而谯周至七十余而终，天不祚汉明矣。」余按：蜀汉诸人年岁，子西所考备之，记此有同慨焉！

晋时鹅极难得

《世说》：王右军爱鹅，至手书《道德经》换之。窃疑，鹅一常物耳，何爱之若此！顷见宋赵叔向《肯綮录》云：「今自淮而北，极难得鹅。南渡以来，虏人奉使，必载之以归。晋、宋以前，虽南方亦不多得，武陵王至手自割炙。刘毅谓庾悦曰：『身今年未得于鹅，岂能残炙见惠？』庾不答，至为死仇。会稽有孤居姥，养一鹅，王右军求市不得，至携亲友命驾就观。又为道士写五千言而易鹅，则知当时亦难得见也。唐时价每只犹三、二千。」观此，乃知右军爱鹅之说。

东坡先生易箦事

赵又记东坡先生易箦事云：「东坡建中靖国初，寓居毘陵，无何，以疾请老。疾亟，一日折简钱世雄济明云：『昨日齿中出血，如蚯蚓状无数，盖是热毒，根深不浅，即今诸药尽，惟人参、茯苓、麦门冬瀹汤，渴即饮之。』《庄子》云：『在宥天下，未闻治天下也。』三物可谓在宥矣，此而不愈则天也。又径山长老惟琳来问疾，说偈答曰：『与君皆丙子，各已三万日。一日一千偈，电往那能诘。大患缘有身，无身即无疾。平生笑什么，神咒真浪出。』琳问神咒事。索笔书：『昔鸠摩罗什病亟，出西域神咒三番（十七），令弟子诵以免难，不及事而终。』并出一帖云：『某岭海万里不死，归宿田里，有不起之忧，非命也耶！但死生亦细故耳，为佛法、为众生自重。』盖绝笔也。迨将属纩，闻观先离，琳叩耳大声曰：『端明宜勿忘西方。』先生曰：『西方不无，但个里著力不得。』钱济明云：『先生平时践履，至此更须著力。』曰：『著力即差。』语绝而逝。」莹谓：先生生平，胸襟洒落，脱离尘垢，更贯穴百家，精通内典，阅历身世，功名患难，一切明了，其于死生之际，脱然一无挂碍，不其宜乎！然西方者，特诸佛所生之地，今则无矣。径山犹以西方二字嘱咐，何其滞也！佛果必在西方耶，四维上下虚空，别有佛境。先生答语，高于径山。而余亦不能无疑，「著力即差」四字，则洞然耳。

郑夹漈诗

郑夹漈先生专精考博，疑其拙于诗也。得其遗稿，诗殊清腴有味，如《谷城山松隐岩》云：「青嶂回环画屏倚，晴窗倒入春湖水。村村丛树绿于蓝，列列行人去如蚁。新秧未插水田平，高低麦陇相纵横。黄昏倦客忘归去，孤月亭亭云外生。」《送芹斋》云：「千载清风去不留，何人能伴赤松游。乞骸直到骸归去，告老须临老尽头。元亮田园何处有，向平婚嫁几时休。湖州别驾发深省，挂却朝冠便自由。」《题溪东草堂》云：「春融天气落微微，药草葱芽脉脉肥。植竹旧竿从茂谢，栽桃新树忽芳菲。天寒堂上燃柴火，日暖溪东解虱衣。兴动便携樽到岭，人生真性莫教违。」《湘妃怨》云：「黄埃游辇毂，翳日冷旌麾。龙去攀髯运，鸾孤对影微。魂沉江缥缈，泪染竹依稀。枯树空千载，寒松已十围。芦花深月色，燐火剧萤飞。横笛潇湘暮，哀猿何处啼。」《北山石》云：「西风曳曳片云间，一夜寒泉卧北山。倚杖岩头秋独望，稀疏烟垄是人间。」偶录数首，不愧高人风味也。

岳忠武降乩

岳忠武王以绍兴十一年十二月除夜，死于临安狱中。明年元夕，常州有人扶鸾，箕重不可举，忽大书曰：「辛苦提兵十二秋，功多怨少未为仇。主恩未报遭谗谤，幽壤含悲晴点头。」其后书飞押字。是时犹不知王坐狱及死事也。后有人至临安，茶肆中，偶与人言，遂为逻事者所捕，以送棘寺，穷治其狱。事见赵叔向《肯綮录》。余谓：王之冤狱，亘古所无，乃神自言之，忠厚乃尔，殊无怨愤，精忠之义，生死不殊，谈之使人悲敬。孙白谷大司马，于乾隆间，尝降《箕诗》于滦州曰：「一代英雄付逝波，壮怀空执鲁阳戈。庙堂有策军书急，天地无情战骨多。故垒春生新草木，游魂夜览旧山河。陈陶十郡良家子，杜老吞声意若何。」后书杏园败将，知为孙公。事见纪文达《滦阳销夏录》，忠文之辞，先后一辙如此。

《州县提纲》

宋陈襄字述古，东坡先生所与往还同志者也。著有《州县提纲》，其目：曰洁己、曰平心、曰专勤、曰奉职循理、曰节用养廉、曰勿求虚誉、曰防吏弄权、曰同僚贵知、曰严内外之禁、曰防私觌之欺、曰戒亲贩鬻、曰责吏须自反、曰燕会宜简、曰吏言勿信、曰时加警察、曰晨起宜早、曰事无积滞、曰情勿壅蔽、曰四不宜带（谓亲随仆友中，不宜带医、卜、僧、道也。）、曰三不行刑（一我醉、二彼醉、三羸㊀瘠也。）、曰俸给无妄请、曰防市买之欺、曰怒不可迁、曰盛怒必思、曰疑事贵思、曰勿听私语、曰勿差人索迓，凡二十七则，皆切要语也。天理人情，去私杜弊，居官者不可不读。今摘其目，可以知其书矣，元人章贡、黎志远刻之，吴草庐为之序。

古人不死其亲

《檀弓》子游曰：「始死，脯醢之奠；将行，遣而行之；既葬，而食之。未有见其飨之者也，自上世以来，未之有舍也，为使人勿倍也。」谈此可见古人不死其亲之义。夫鬼神一气耳，人生而有血肉之养，死则飨血肉之气。熟食以后之人，死而不荐以熟，享者其慽然矣！荐熟，则必温之，欲申其气，庶鬼神可飨也。今人祭祀，或不以熟，或熟而不热，皆未之思尔。

三魂七魄

人之有魂魄也，古人言之矣。魂之有三，魄之有七，何也？曰：魂魄者，人所受于天，而以之为知觉运动者也。运动由气，知觉者，气中之精，主此气而运动之。其为物也不二，即心即性，虚灵不昧，所谓魂者此物，所谓魄者亦此物也。曷为其魂之而且三之，又曷为其魄之而且七之乎？曰：

魂者，知觉之清虚而灵者也。念念清明，无感不动，动焉而慈祥惠爱，则谓之仁；动焉而聪明敏慧，则谓之知；动焉而发强刚毅，则谓之勇。其德有三，皆清虚而灵者为之，故其物也阳明而上申，斯有魂之名矣。魂惟一也，以具此三德，遂从而三之，曰三魂。魄者，知觉之昏濁而蠢者也。昏庸沉滞，执迷不脱，展转于喜、怒、哀、惧、爱、恶、欲之七情。其感不同，而情有七，变清虚为昏浊，变灵为蠢，故其物也阴暗而下降，斯有魄之名矣。魄惟一也，以迷于七情，遂从而七之，曰七魄。贤者保其三德，不堕七情，则有魂而无魄，非无魄也，魄从魂化也。愚人沦于七情，失其三德，则有魄而无魂，非无魂也，魂为魄囚也。余向有言：至人以魂化魄，不以魄因魂者，此之谓也。

神悟道不贪血食

少时见一书，言一方崇祀一神，极其灵显，香火血食之盛异常。有老僧过之曰：「堕落哉神也。」其夜，神果乞僧超度。僧为说法，其神感悟而去。自是民人祈祷不灵，香火遂绝。读之初不甚解，亦未究其所说何法也。顷间思之，盖恶其贪著耳。夫聪明正直之谓神，乃以血食香火之故，久作威福于一方，是弄其聪明正直也。以其聪明正直，而沾沾于血食香火，恶在其为聪明正直乎。凡夫历劫不能自脱者，皆为贪著一念，展转沉沦耳。心无贪著，则威福胥忘，并聪明正直亦自忘之，而何有于香火血食，何有于一方哉！吾不难于老僧之说法，而难于此神之闻言感悟也。自世人言之，反疑此神经老僧一过，失其灵矣，岂知神之得矣，非世情之得失哉！嗟呼，人能不自有其聪明正直，是乃所以为聪明正直也。

十月初六日，宣太守以两呼图克图不遵判，报川藏。

报川藏

禹贡四载

《禹贡》「四载」，古说不同，孔安国云：水以舟，陆以车，泥以楯，山以樏，此一说也。《夏本纪》云：水乘舟，陆乘车，泥乘橇，山乘檋。《河渠书》作山乘桥。《沟洫志》作山即梮。此二说也。许叔重注《淮南子》云：水宜舟，陆宜车，沙地宜肆，泥地宜楯。此三说也。而许自为《说文》，又云：水乘舟，陆乘车，山乘樏，泽乘杊。此四说也。《尸子》云：行涂以楯，行险以樶，行山乘樏，行沙乘轨。此五说也。其解之者，如淳云：橇，以板置泥土通行；檋，以铁如锥头，长半寸，施之履下以上山，使不跌。孟康云：木橇形如箕，擿行泥土。罗泌、杨慎，皆从《尸子》。罗以楯、轨、樏、橇，是曰四载；舟车常所乘，宜不在四内。其字之音读，则诸家以橇作毳，祖芮切。檋，音鞠。楯与杊同，敕伦切。樏，力追切。罗谓：橇非杊也，宜音樶，险所乘者。檋与梮同，即樏也，当读如济漯之漯，其音作桥者，殆梮之转音。杨合诸家为之说云：「行涂以楯，行险以樶，行山乘樏，行沙乘轨。涂即泥也，楯即輴也、䡅也、檋也，状如长状穿程（当作长林穿绳），前后著两金而关轴焉。其状庳下而宽广，故行涂用之。樶即橇也，如晋人登山履。今人之脚涩中用木，故字从木；

上系用绳，故字从毳，下用铁钉之，使不跌，故行险用之。樏即欙，与《周礼》辇车同制，如今之登（二十）山轿，以人拽绳为牵（去声），《周礼》所谓挽以任载器也。故登山乘之。轨车，最使沙不能陷，故行沙乘之。行涂、行险曰以（此下当有行山二字），行沙曰乘，盖有升车与徒步之别。总名曰「四载」云。」余按：《尸子》之说，亦有可疑。夫泥沙与山皆险也，泥沙之险为其陷，山之险为其跌。今于泥、山、沙外，又列之以险，将何指乎？山如不险，又何用载？岂以山有高大而不险者，故出险以别之欤？如升庵之解，以橇如登山履，使不跌，则橇与樏，皆登山之载矣。谓樏与辇车同制，如今之登山轿，此说良是。《夏本纪》：山乘欙，《河渠书》作山即桥，可见二者一物。欙字从木，从共车，非今之山轿，而何以桥为轿俗字，固有所从来也。升庵又谓：行险、行涂曰以，行山、行沙曰乘，此自以解《尸子》可耳。《禹贡》明言「予乘四载」，何尝分别耶！载即有乘义，特乘以人言，载以物言，皆谓人有凭驾以行者，岂升车徒步之说乎！自来说经诸家，往往详于传注，而不觉其背于本经，是以谓之支离。

佛兰西

《明史》曰：佛郎机，古不知何国。正德中，据满剌加国，逐其王。十三年正月，遣使臣加必丹未等，贡方物，请封，诏给方物直遣之还。其人久留不去，剽劫行旅（二一），已而贪缘中贵，许入京。武宗南巡，其使火者亚三，因江彬侍帝左右。帝时学其语为戏。其留怀远驿者，益掠买（二二）良民，筑室立寨，为久远计。御史邱道隆，言：满剌加乃我敕封之国，而佛郎机敢并之，且啗我以利，邀求封贡，必不可许。御史何鳌，言：佛郎机最凶狡，兵械较诸蕃独精。前驾大舶，突入广东会城，炮声殷地。留驿者，违制交通；入都者，桀骜争长。今听其往来贸易，势必争斗杀伤。南方之祸，殆无纪极。乞悉驱在澳蕃舶，及蕃人潜居者，禁私通，严守备，庶一方获安。疏下，礼部言：道隆先宰顺德；鳌，顺德人，故深悉利害。宜俟满剌加使臣至，诘佛郎机侵夺邻邦、扰乱内地之罪，奏请处置，其他悉如御史言。报可。明年，武宗崩，亚三伏诛，绝其朝贡。其将别都卢，率其属疏世利等，驾五舟，横行海上，击破巴西国。嘉靖二年，寇新会之西草湾，指挥柯荣（二三）、百户王应恩御之。生擒别都卢、疏世利等四十二人，斩首三十五级，获其二舟。余贼复率三舟接战，应恩阵亡，贼亦败遁。官军得其炮，即名佛郎机，副使汪鋐进之朝。九年，鋐为右都御史，上言：今塞上墩台、城堡未尝不设，乃寇来辄遭蹂躏者，盖墩台止瞭望，城堡又无制远之具，此所以往往受困也。当用臣所进佛郎机，其小止二十斤以下，远可六百步者，则用之墩台；其大至七十斤以上，远可五六里者，则用之城堡。五里一墩，十里一堡，大小相依，远近相应，可坐收不战之功。帝从之。其后，巡抚林富，上言：粤中公私诸费，多资商税，蕃舶不至，则公私皆窘。许佛郎机通市，有四利；部议，又从之。自是，佛郎机得入香山澳为市，而其徒又越境，商于福建。至二十六年，朱纨为巡抚，严禁通蕃，其人无所获利，犯漳州之月港、语屿，副使柯乔等御却之。二十八年，又犯诏安，官军进击于走马溪，生擒贼首李光头等九十六人，余遁去。纨用便宜斩之，怨纨者御史陈九德，劾其专擅，帝遣给事中杜汝祯往验，言：此满剌加商人，岁招海滨无赖之徒，往来鬻贩，无僭号流劫事，纨擅自行诛，如御史所劾。遂被逮自杀。盖不知满剌加即佛郎机也。自纨死，海禁复弛，佛郎机遂纵横海上。

《皇清四裔考》曰：「佛郎机一名和兰西，亦红毛蕃种也。东与荷兰接，其国都地名巴离士(二四)。至中国，水程五万余里，从罗令山峡出口，境绝险。风俗略同荷兰、英吉利诸国。顺治四年八月，广督佟养甲疏言：佛郎机国人，寓居壕境澳门，与粤商互市于明季，已有历年，后因深入省会，遂饬禁止，请嗣后仍准蕃舶通市。自是，每岁通市不绝，惟禁入省会。」《职方外纪》曰：「拂兰祭，即佛兰西。国在倚西把尼东北，南起四十一度，北至五十度，西起十五度，东至三十一度，周一万一千二百里。地分十六道，属国五十余，其都城名把理斯。设一共学，生徒尝四万余人，共并他方学共有七所。又设社院，以教贫士，一切供亿，皆王主之，每士许费百金。院居数十人，共五十五处。中古有一圣王名类斯者，恶回回占据如德亚地，兴兵伐之，始制大铳。因其国在欧罗巴内，回回遂概称西土人为拂郎祭，而铳亦沿袭此名。是国之王，天主特赐宠异，自古迄今之主，皆赐一神能，以手抚人，疬疮应手而愈。至今，其王每岁一日疗人，先期斋戒三日，凡患此疾者，远在万里之外预毕集天主殿中，国王举手抚之，祝曰：『王者抚汝，天主救汝。』抚百人，百人愈；抚千人，千人愈，其神愈如此。国王元子，别有土地供其禄食，不异一小王，他国不尔也。国土极膏腴，物力丰富，居民安逸。有山出石，蓝色质脆，可锯为板，当瓦覆屋。国人性情温爽，礼貌周全，尚文好学。都中梓行书籍繁盛，甚有声闻。又奉教甚笃，所建瞻礼天主与讲道殿堂，大小不下十万。初传教于此国者，原系如德亚国圣人辣杂琭，乃当时已死四日，蒙耶苏恩造，命之复活，即此人也。」

《澳门每月统纪传》曰：「法兰西国，东连阿里曼国，西及大西洋西班牙国，南及地中海意大理国，北及英吉利海峡北利润国，广大六百二十万正方里。（叶翰池云：《职方外纪》言：拂兰西国，周一万一千又二百里，以一千二百里为截长补短，其一万里作四方实地，每面当二千五百里，纵横相乘得六百二十五万方里。《外纪》又言：拂兰西，南起四十一度，北至五十度。每度二百五十里，九度当二千二百五十里。西起十五度，东至三十一度，相距十六度，当四千里。截长补短，亦仅方二千五百里，与此所言方里合。）分八十六部落，田四十万三千有余顷，园圃山林，万八千有余顷。岁出土产，约价银九万三千五百七十四万圆，户三千二百五十万口，（英吉利户口才千四百一十八万，而拂兰西户口三千二百五十万，是多于英吉利一倍有余。）马二百十七万，牛六百九十七万，羊四百五十万。岁出葡萄酒，价银约万有六千万圆。丝茧足用有余，织绸缎，极精巧。巨战舰三十六只，中战舰三十五只，火轮舟八只，各项水师船百八十六只。水师武官、梢手，共万有四千九百，商船梢手三十二万八千，营兵二十三万。岁入国帑银二千五十四万圆，出二千七十万圆。当中国汉代前，此国土蛮，强梗化外，攻邻焚掠，罗马国帅，领兵平服蛮族，以其地为本国属部。齐明帝二年，土酋击败罗马之兵，创立新国。旋进天主教，立庙建殿，传至其苗裔，耽声色，委政臣下。回回国来侵，举国震恐，有臣曰鎚者，血战三日，破走敌寇。其孙甲利太甫，于唐德宗六年登位，才德出众，创立法制。东界土蛮叠侵，甲利败之，将和，而罗马之教皇，遣使来约，净除土蛮，甲利遂进擒蛮王，禁之。复进攻回回，败还；世子作乱，东蛮悖叛。甲利旋师，虏四千五百人，糜烂之；自赴罗马国都与教皇定议，遂为西朝之君。（罗马即意大理亚，为天主教之宗国，称曰教皇。凡西洋各国王即位，必得教皇札付而后立。）礼贤兴学，文教日进，其所建创，至今遗迹尚存。崩后，诸子分国战争，国中五爵，各自擅权，故王威福不行。在宋朝时，有民赴犹太国，观耶稣所活之地；又拜圣墓，往彼圣域。回回族恶之，监禁天主教之信士，杀之。五爵尽起兵击回回国，取圣城。国王乘其远出，籍其家产，人心遂离。宋理宗二年，路易王登位，兵政由旧，判事明允，人心悦服。拒破英吉利之兵，攻破回回，名扬四海。嗣王复战胜英吉利，恃胜而骄，国政混乱，垂及百年。勿有童女，劝民出力，驱逐叛逆。法兰西王先发新教，贤女教之捕焚新教，广布善教。明正德年间，与阿里曼国连战，王为所虏，后归，复结他国报复，胜负相当。万历二十五年，显理王复兴正教，百姓归之，为邪教之党所弑。其孙接位，好武用兵，诸国来朝，骄傲凌辱，诸国怨之，纠军协攻，王愤辱而崩，当康熙五十三年。其孙登位，纵情背理，佞臣、娼妓弄权，奢用公钱，兵败国虚。新王嗣位，是时，北方亚墨里加与英吉利交战，王助亚墨利加，战胜。然其饷钱渐减，故招爵、僧、民三品会集，行聚敛之法，国人弃王杀之。七年，国政混乱，有臣曰那波利稳，武功服众，嘉庆八年为王。九年，特强黩武，旋败失位。前王之苗裔复立，民暂安息。及弟嗣位，复激民变，逐王而别择亲属立之。道光十年，新王创立国家，受谏宽仁，百姓安堵。论西国之权柄，大有势力我（二五）英吉利为第一，俄罗斯为第二，法兰西为第三焉。」颜斯徐《海防余论》曰：「佛兰西，地广人多，旗色纯白，可与英吉利抗衡。自古有大仇，不能解释，每二三十年争战一次，每战辄数年，而后各国为之讲解罢息。近与荷兰连结，改旗号红、白、蓝三色，而竖用；荷兰国旗，则三色横用。」《海岛逸志》曰：「勃兰西，居西北海，与和兰、英圭黎，鼎峙为邻。其状貌衣服器用并同，惟字迹言语则异。性甚强悍，少经商之徒，所以罕至葛留巴者，和兰每受红毛欺陵，则倚以为助；勃兰西国大人众，英圭黎所畏惧也。

英吉利幅员不过中国一省

按欧罗巴人《四洲志》云：「英吉利，幅员五万七千九百六十方里，大部落五十三，小部落四百八十五。所属斯葛兰岛，幅员二万九千六百方里，大部落三十，小部落三百三十八。爱伦岛，幅员三万方里，大部落三十二，小部落四百四十二。通计三处，地不足十二万方里。澳门人言：中国湖广一省十四万四百七十方里，以此观之，是英吉利本国与二属岛，尚不及中国湖广一省地也。第不知近年所占中东二印度地幅员何若，大约不过斯葛兰岛及爱伦二岛之地耳。以较俄罗斯之地方二百五十四万方里者，仅及十分之一差强，较之中国且不及十分之一矣，宜其畏吾中国与俄罗斯也。再以人户考之，《澳门新闻录》云：『中国人民生齿之繁，无国可比。只湖广一省，已有户口四千五百零二万名，江南一省户口已有七千二百万名。由此观之，中国只一省，已抵佛兰西、英吉利、欧罗巴特厘阿三国之人民。』又，《华季夷言》云：『中国繁庶，甲乎四海，但即广东一省之人，可敌他方十余国。各国皆地广人稀，即印度户口最稠，亦尚有旷土。中国则不惟平地皆田，即山巅岭侧，无不层层开垦，寸壤不遗。其散步于海外各国者，尚不知凡几，诚四海所未有。』嗟乎，海外诸国，其地之幅员何若，其人之生齿何若，吾不知也，海外夷人讲求世务者，乃能知之，而且言之，并吾中国之土地人民亦能知之、言之，确与否吾亦未知也，然大略可睹矣。夫以中国土地之大，人民之众，甲乎四海如此，海外诸国，无不震惊而尊之如此。彼区区英吉利者，地不及吾二十之一，人不及吾百之一，且其本国有佛兰西，其新开西海之地有弥利坚，新开印度之地，又有俄罗斯，皆强邻逼近与为仇雠者。彼之患在肘腋，实有旦夕之虞，苟能知其虚实与其要领，何难筹制驭乎方略乎！曷不尽取外夷诸书与留心时事者，日讲求之，更进外夷之人素仇英吉利者，日咨访之乎？」

校记

（一）诗，手稿本作使。

（二）七十一，原作七十四，据《清史稿·艺文志》改。

（三）哉，原作栽，据手稿本改。

（四）东多尔其，同治本作西多尔其。

（五）今，原作其，据手稿本及同治本改。

（六）咩，原作洋，据《坤舆图》同治本改。

（七）先，原作究，据手稿本及同治本改。

（八）富庶，原作密庶，据《增广海国图志》及手稿本改。

（九）马，原作司，据《增广海国图志》改。
（十）含，原作舍，据《增广海国图志》改。
（十一）含，原作舍，据《增广海国图志》及手稿本改。
（十二）余，原作奈，据《增广海国图志》改。
（十三）萌，原作萠，据《增广海国图志》及手稿本改。
（十四）领，原无此字，据《增广海国图志》补。
（十五）带回下，《增广海国图志》引有「许多」二字。
（十六）《礼记》：人君左史记言，右史记动句，《礼记·玉藻》作「动则左史书之，言则右史书之」。《汉书·艺文志》作：「左史记言，右史记事」。
（十七）蕃，手稿本作番。
（十八）羸，原作羸，字当作嬴。
（十九）摘，《汉书》作擿。
（二十）登，原作泰，据手稿本改。
（二一）行旅，原作行李，据《明史》改。
（二二）掠买，原作掠贸，据《明史》改。
（二三）柯，原作柏，据《明史》改。
（二四）巴离士，原作巴离土，据《皇清四裔考》改。
（二五）我，《小说大观》本作者。

《康輶纪行》卷十三

《尚书》九州十二州

杨升庵《经说》解「肇十有二州」曰：「《春秋纬》云：『神农地过日月之表。』《淮南子》曰：『神农大九州，桂州、迎州、神州等州是也。至黄帝以来，德不及远，惟于神州之内，分为九州。』《括地象》曰：『《昆仑东南万五千里，名曰神州是也。』黄帝以后，少昊、高辛，皆仍九州，惟舜时，暂置十二州，故《书》曰『肇十有二州。』肇之为言始也，至夏，还为九州。《左传》云：『夏之方有德也，贡金九牧』可证。」莹按：舜改九州为十二州，建置十二牧，如《舜典》所载，乃舜受命以后事，尧犹在也。大禹治水，《书》不言始于何年，竣功告成，又不言何岁。大约治水亦在虞舜受命、禹作司空之后。及治水告成，乃更还定为九州，皆有虞一代之事也。自《尧典》至《甘誓》、《古文尚书》(一)皆谓之《虞》《夏》书，故尧、舜、大禹三圣人事，皆通纪之。以揖让相承，故通纪之曰受命。至商、周，以征诛改(二)易，称之曰革命。然则舜之十二州，犹尧命之；禹之九州，犹舜命之云尔，非易姓改制之谓也。人皇氏兄弟九人，分治九州，即大九州也，大九州之分始此。盖天皇、地皇之世，其德盛神远，天之所覆，地之所载，皆其所治。混沌淳闷。人事未开，其所动作，神灵有不可思议者矣。人皇之世，土宇渐广，人物渐繁，势须分理，故兄弟九人分地而治。《春秋命历序》曰：「人皇氏依山川土地之势，财度为九州，谓之九囿，各居其一而为之长。」人皇居中州，以制八辅，似即《括地象》所云也。《括地象》又云：「禹所治四海，内地东西二万八千里，南北二万六千里。有君长之州，州有九阻。中土之文德及而不治。」由此言之，伏羲、神农、女娲之世，治犹及远。黄帝之世，乃专治神州。然八州之地，犹有治所及者。自此以后，则治不及矣。治既不及，纪载无稽，故《尚书》断自唐、虞，惟治所及者，详之而已。《括地象》言：「昆仑东南万五千里，名曰神州，盖中州也。」郑注《尚书》引地记书曰：「昆仑山东南地方五千里，名曰神州。」较《括地象》少一万里。郑解之曰：「此禹弼成五服之残数也。」郑意似亦少之，未知郑所据「地记」何书，康成好用纬谶，《括地象》乃河图纬书之一，不应舍之别取。今天下舆图，昆仑东南，实万五千里，所云「地记书」，岂即《括地象》《命历序》等乎！以非一书，故总称地记耳。日月出入大地外，乃云神农地过日月之表，纬书侈言可笑。

大九州

邹衍云：「九州之外，复有九州。」《史记》及《河图·括地象》皆同其说。隋代郊天，尝以其名人从祀之位。史炤《通鉴释文》曰：「此九州，其昆仑统四方之九州乎？或曰神农地过日月之表，盖神农之九州也。」《淮南子》诸书云：「九州，东南神州，曰旦土，一作晨土(三)。正南邛州，曰深土(四)，邛一作迎，深一作沃。西南戎州，曰滔土。正西弇州，曰升土(五)，弇一作拾，升一作拜。正中冀州，曰白土(六)。正东阳州，曰信土(十)。西北柱州(七)，曰肥土。正北元州(八)，曰成土，元一作营。东北咸州(九)，曰隐土，隐一作急。此大九州之说，出于战国，时周太史所掌三皇、五帝之书，及楚史倚相所读《三坟》、《五典》、《八索》、《九邱》，或犹有存者，似可信也。道经云：海外有五岳灵山：「一曰广乘之山，天之东岳也。在东海之中，为发生之首。上有碧霞之阙，琼树之林，紫雀翠鸾，碧藕白桔。主岁星之精，居九气青天之内。二曰长离之山，天之南岳也。在南海之中。上有朱宫绛阙，赤室丹房，紫草红芝，霞膏金醴。主荧惑之精，居二气丹天之内。三曰丽农之山，天之西岳也。在西海之中。上有白华之阙，三素之城，玉泉之宫，瑶林瑞兽。主太白之精，居七气素天之内。四曰广野之山，天之北岳也。在北海弱水之中。上多琼楼碧阙(十一)，金液龙芝，主辰星之精，居五气玄天之内。五曰昆仑之山，天之中岳也。在八海之间。上当天心，形如偃盖，东曰樊桐，西曰玄圃，南曰积石，北曰阆苑。上有琼华之阙，光碧之堂，瑶池(二十)翠水，金井玉粱。主镇星之精，居于中元一气天中焉。」此道经所言海外五岳，则无稽之谈，因大九州之言而衍之，不足信矣。即如昆仑一山，今已入版图矣，何尝有如所云者哉。

七始咏

《汉书·律历志》引《古文尚书》：「予欲闻六律、五声、八音、七始咏，以出纳五言。」孟康云：「七始者，天、地、四时、人也。」史绳祖据此以今文「在治忽」为近于傅会。升庵取史说，而七始之义不取孟康，自为说曰：「今之切韵，宫、商、角、徵、羽之外，又有半商、半徵，盖牙、齿、舌、喉、唇之外，有深喉、浅喉二音，此即所谓七始咏，咏即韵也。《汗简》，隶古七始咏，夹始。盖古文七作桼，桼与夹相近而误，犹可验史氏之说为是。由此言之，切韵之法，自舜世已然，不起于西域胡僧又可知，余特表出之。」莹按：升庵以孟康说七始为「意料之言」，其所自说亦意料也。然舜言声律之事，忽杂以天、地、四时、人，实为不伦，孟说诚非。杨以牙、齿、舌、喉、唇、深喉、浅喉当七始咏，似近理。或疑六律、五声、八音，皆主乐言，何以及于文字之声韵。盖乐必有歌，歌者人声，皆自牙、齿、舌、喉、唇出，歌则有字、有文、有声矣。苟无韵以比齐之，其声不嫌乱乎！故又曰「声依永，律和声。」永即咏也，声依永，以歌者言；律和声，以乐器言也。人声既依其咏，六律复和其声，然后「八音克谐，无相夺伦矣。本朝江慎修作《古韵标准》，以今之韵即古之均，本《周礼·大司乐》为据，正与升庵同义。

三公

《尚书》太师、太傅、太保曰三公。《书大传》曰：「太师，天公也；太傅，地公也；太保，人公也。烟氛郊社不修，山川不祀，风雨不时，雪霜不降，责在天公。城郭不缮，沟池不修，水泉不隆，责在地公。臣多弑主，孽多杀宗，五品不训，责在人公。」此说三公分天、地、人，必有所本。杨升庵以为：「后汉张角弟兄，称天公将军、地公将军、人公将军，盖窃古义。」余谓：此升庵愤后世三公不职，痛诋之，比黄巾贼耳。张角之教，何知古义耶！升庵又有言曰：「古之三公，论道经邦，后世三公，则择其老病不任事，依违不侵权，唐史所云『禁声伴食』，宋代所云『敛迹缩手』者居之。张禹、孔光、李志、胥蜍，由此其选也。汉、唐以来，三公滥授，莫甚于宋之宣和，所授非人，固不待言，而名体有未正者。盖郓王、肃王辈为之，是以子为师傅也；童贯为之，是以厮役为师傅也。近代又以十三身袭富平侯，及平生不读半行书者为之。不知何道可师，何德可傅，何功可保乎！」观升庵此言，可知以张角称三公将军为窃古义者，洵愤诋之词矣！余谓：唐、宋以后，不过以此三公之号，为荣宠贵臣之加衔耳。有衔无职，虚而不实，予者受者，皆夫尝顾名思义久矣。然世之居官，能称其职者几人，岂独三公也哉！宋英宗时，贾黯奏：「近者皇子封拜，并除检校太傅。案官仪，太师、太傅、太保是为三师。子为父师，于义不可。前后因循，失于厘正。请自今皇子及宗属卑者皆毋兼师、傅官。」中书亦言：「自唐以来，亲王无兼师傅者。国朝以三师、三公皆虚名，故因而授之，宜正其失。」诏可。则当时已非之矣！时在中书者，韩忠献、欧阳文忠也。

杨升庵说濮、髳

升庵说《牧誓》「微、卢、彭、濮」之「濮」曰：「伊尹为四方献令，正南百濮。《郑语》：「楚蚡冒始启濮」。刘伯庄曰：「濮，在楚西南。」《左传》：「麇(十三)人率百濮伐楚。」《通典》有「尾濮、木棉濮、文面濮、折腰濮、赤口濮、黑梦濮。」《尔雅》：「南至于濮铅。」周书王会篇：「卜人以丹砂。」注云：「西南之蛮，盖濮人也。诸濮地与哀牢相接。」今按：哀牢即永昌。濮人今名濮蛮，其色黑，折腰文面，是其饰也。濮与蒲字音相近而讹耳。」又解「庸、蜀、羌、髳」之「髳」曰：「髳，即叟也，音搜。《史・西南夷传》「自巂以东北，君长以十数，徙、筰，都最(十四)大。」注：「徙、筰都(十五)二国名也。」徙音斯。相如《难蜀文》「略斯榆」，谓斯与楪榆也。此斯即《西南夷》之徙。《玉篇》作郪。注：「狄国。夏为防风氏，周为髳，汉之宝叟，地在蜀之边。」今按：髳也，徙也，斯也，叟也，郪也，賨也，一种夷人，古今随呼而易其名，因易其字，非博考何以别而合之。」莹按：叟即《禹贡》「渠叟」，谓之西戎，在蜀徼外。今西南诸夷不知何地当之。窃意渠之言大也，名曰渠叟，其人之大可知。禹会诸侯，防风氏后至，戮之。骨节专车。渠叟即防风氏之类。《国语》谓即长狄。孔子云：汪芒氏之君也。后迁于北。《文献通考》曰：「长人国在新罗之东，人类长三丈，锯牙钩爪，黑毛覆身，不火食，噬禽兽或搏人以食。其国连山数千里，有峡，固以铁关，号关门。新罗常以弩士数千守之。」是为大人国之证。岂即《庄子》所云龙伯国耶！《西域闻见录》有河谛国，在西海之滨，其国人男子长三四丈，岂即防风、渠叟之裔耶！西南诸夷舍此更无大人之国矣。

媵有男女之义

升庵说《诗·江有记(十六)》小序嫡媵之义，取戴埴《鼠璞》之言曰：「郑引《公羊》，诸侯一娶九女，二国媵之皆礼，注：古者女嫁，侄娣送之。晦翁以此诗「不见劳而无怨之说」，以序为疑。余(十七)固不敢妄议，然考经传，媵特送婚之名，犹丧之赠与赙。《史记》载伊尹为有莘媵臣。古史载汤婚有莘，乃以伊尹为媵送女。《春秋》载公子结媵陈妇于鄄，与执虞公及井伯以媵秦穆姬。晋将嫁女于吴，齐侯使析归父媵之。初不言某国之女为某国之媵妾也。左氏同姓媵之，异姓则否，不过为同姓至亲，可讲馈送嫁女之礼；异姓则可略也。然《春秋》书齐人来媵，与卫、晋无异词，书人不书女，其事甚明。矧当时鲁为弱国，尝为齐、晋所陵，犹恐不屑以女为媵，齐、晋大国，肯以女为从妾乎！」及升庵异日说《左传》「侄从其姑」，则又曰：「《谷梁传》侄、娣者，不孤子之义。一人有子，三人缓带。注：侄，音迭；娣音弟，侄之为言迭也，娣之为言第(一作递)也。更迭次第御于君也。古者天子一娶九女，同姓媵之。《易》曰：其君之袂，不如其娣之袂。良后世自兄弟之子为侄，夫男子而字从女，六书之义舛矣。又变迭之音而为直，何啻千里！又按于令升《左传注》曰：

姪、娣者，同姓媵兄之称也。兄之女来媵曰姪；妹来媵曰娣（十八）。若兄之女不媵者，但曰兄之女而不曰姪；妹不从媵者，但曰妹，不曰娣。古人之正名审称如此。由此论之，姪之字不惟不可加于男，亦不可混称于兄之女也。莹按：升庵前说取戴埴同姓国不媵女，后说又取于今升姪、娣为同姓媵女之称。盖后说意在辨兄子不可称姪，而忘其自碍前说也。余意媵女以同姓者，或但以本国之同姓，如秦伯妻公子重耳以怀嬴为媵是也；异姓之国，或但有媵臣无媵女耶！若兄弟之子，则《尔雅》字本从人曰侄，不从女曰姪。

神籤字当作谶

今人祷于神祠，问事休咎，神示诗词，言未来吉凶，辄验，人皆名其诗词曰籤。神诗不一，或百首或数十首。问者人既不一，所问之事，亦各不同，故多设其词，而以木或竹为条，如其诗词之数，状如官府遣役施令之签，以纪其数。又如古人标架上书目，是书第几函几部之牙籤，故俗人遂名神祠为签，而文士则目之以籤也。其事始见于蜀，王衍闻唐师至，祷于张亚子庙，得籤词云云，沿袭至今，天下神庙皆有之矣。余按：事未来而先辨其吉凶之兆，本于卜筮，系之以辞，则谓之繇，其在《周易》，则谓之彖、爻。及周秦之季，处士或圣门弟子，因六经而作七纬，楚、汉之间乃有十三谶之作，又因七纬而衍之，皆预言未来之事而为隐语。相传子贡、子张之徒所作，盖缘子张「百世可知」（十九）之问而为之也。汉宣、王莽，皆以符命兴，光武以合谶文得天下，云台二十八将又离合谶文得其姓名，自是谶纬之学与六经同重，大儒多习之，康成至用以解经。此皆术数之学与卜筮之书，同示人以未来之言也，神祠之籤，即其遗意，字当作谶，较之曰籤、曰签，为典而有本矣。（贾谊《鵩鸟赋》「发书占(二十)之，谶言其度。」师古注曰：「谶，验也，有徵验之书也。」）

察木多闻雁

察木多少雁，立冬后偶一闻之。盖北方塞外苦寒，故秋必入关。此地虽塞外，而在西南，不甚苦寒，故雁无庸(二一)入关也。感而赋之云：「十月长河已上冰，数声寒雁若惊矰。旅人莫问湘湖事，北向南翔总未曾。」

卜卦用钱代蓍

古人占易以蓍草，物不易得而仪繁，焦赣、京房以干支配八卦，创为飞伏，世应为之辞，曰《易林》。严君平因改为钱卜，唐诗并有「君平掷卦钱」，是也。自是火珠林法起，人皆以钱卜，而卖卜者各自为说，古法尽变，古义亦寖亡矣。今士大夫犹知设蓍，诚洁占之，以《易》卦象、爻辞解所谋事，往往其应如响，即《易林》亦有应者，余家有蓍草，未能携带，每行次以钱代卜如世法，更以占卦象、爻辞断之，亦无不验，盖鬼神教人，无乎不在，惟存乎其人，精神心气所感而已。杨升庵云：「古之占法，一爻变，以变爻为主，二爻变，占事之始终，三爻变，以二卦象辞，占事之始终。四爻变，以二爻不变，占事之始终。全不变，以本卦象为主，全变，以变卦象为主。」

干支五情六情

韩文公《陆浑山火诗》「女丁夫壬传世婚」，董彦远曰：「元冥之子曰壬夫，娶祝融之女曰丁竽，俱学木仙，是为温泉之神。」升庵谓「董解不知所出」，又引风角书曰：「五情者，天干也。甲乙为本情，丙丁为合情，戊己为刑情，庚辛为冲情，壬癸为钩情。六情者，地支也。申子为贪狼，寅午为廉贞，亥卯为隐贼，己酉为宽大，戊丑为公正，辰未为奸邪，六情之中，分喜、怒、好、恶、哀、乐。喜行宽大，怒行阴贼，好行贪狼，恶行公正（此下当有「哀行廉贞」四字），乐行奸邪。阳主生，故天干有合。甲己为中正之合，乙庚为仁义之合，丙辛为威权之合，丁壬为淫泆之合，戊癸为无情之合。阴主杀，故地支有冲」。升庵谓「可补翼奉传之遗」。余谓：古之圣皇，造为天干地支，阴阳配偶，合于五行，行于六气，天运之盛衰，人事之休咎，莫不由之，诚学者所当究心也。秦汉以上，多习闻之，后乃仅流于术数之家，儒者不屑言之，而所为天人之际者，皆以习见之理为言，所不可通者，则概委之曰：是数也云尔。于是，古今以来遂分理数而二之，谓不可以合，且若理有不能胜数者，岂知天地之道，惟贞夫一，数即理也，乌有二道哉！惟数之所以为理者，古书云亡，儒者莫知其义。一二微文残说，仅存于星日、风角者流，衍而推之，以行其术，或自眩神奇，祕其所本；或妄为謑说，假托古书，真伪混淆，不可复辨。而古圣皇制作，开天成务，以明天道而全民用者，其义其说，徒付之不可知，且以为不必知也，不深可叹惜也哉！

干支五合六冲

风角书云：「阳主生，故天干有合；阴主杀，故地支有冲。」此古说也。今世所传星命、六壬、占卜诸书，天干五合，地支六冲，皆祖古说。而地支则又有三合之说，以地支六情，变为四局：申子配辰为水局，寅午配戌为火局，亥卯配未为木局，巳酉配丑为金局。分寄辰、戌、丑、未于四局，盖有二义：一以土旺于四季；一以木、水、金、火四行，必有所附以成形，犹万物之归附于土也。故以辰、戌、丑、未为四库，又谓之四墓。皆收藏之义，言四行之归，皆于此也。其言十干、五行，各有生死衰旺之义，此非术士所能造，其必出于古说可知，惜未得其所本也。惟地形家以廉贞为火，与此寅午为廉贞之义合，而以贪狼为木，与此申子为贪狼者又异。至若文曲水、武曲金、巨门土、破军土等说。则又本之奇门大乙，与此风角所谓六情者，迥不同矣。即六壬、星命诸书，亦未有言此六情者，岂各有所祖耶，抑未之知耶！《汉·艺文志》有《六合随典》二十五卷，《转位十二神》二十五卷，在五行家。

蕃人真金缕衣

唐人有「金缕衣」曲，少时以为如今之金线织成耳。杨升庵云：「宋徽宗宫人，多以麝香色缕金罗为衣裙，引元裕之诗『北去穹庐千万里，画罗休缕麝金香』。」又云：「仙女天衣，有金缕单丝，销縠银泥，五晕罗裙，见《许老翁传》。」余谓：宋宫人衣裙，既以罗称，亦不过缕金线于其罗上为饰耳，非织真金也，缕字当作镂，从丝。至仙女之衣，则尤取轻软，故有五铢之称，更非织真金而成。然西域诸国，实有抽真金银丝织锦缎为物者。宋赵汝适《诸蕃志》云：「大食国王，所居帘幕，用百花锦，以真金线夹五色丝织成。天竺国，出金缕，织成金罽。芦眉国，产间金，间丝织锦绮。」七椿园《西域闻见录》云：「鄂罗斯国人，喜楼居，开窗四达，饰以各色玻璃，或缕金银丝以隔蔽之。科罕国人，富饶，以金银丝缎噶拉明镜为衣，倭缎为缘，以金银丝绣之。温都斯坦国，人习技巧，制作精奇，抽金银为丝，织绸缎，遍货于西域诸国。」谢都阃言：「今前、后藏中，达赖剌麻、班禅额尔德尼，有真金丝织蟒袍，皆别国所献，其入贡诸品物内，亦有真金丝织蟒缎。」古称西域贾胡多奇富，诚然。又按：《唐六典》曰：「金十四种：曰销金、曰拍金、曰镀金、曰织金、曰研金、曰披金、曰泥金、曰镂金、曰捻金、曰戗金、曰圈金、曰贴金、曰嵌金、曰裹金。」胡侍《真珠船》曰：「黄金，汉时最多，自西教盛行，弃之于土木者，既不胜计；而衣物之饰，又日趋于华靡。有金线、金箔、泥金、销金、贴金、镂金、间金、戗金、圈金、戭金、解金、剔金、捻金、陷金、明金、楞金、背金、影金、阑金、盘金、织金、蹙金、蒙金、搯金、镀金、流金、渗金、减金、描金、煮金、洒金、皮金、遍地金。其名号至夥，耗费若斯，焉得如昔之多。」《燕翼贻谋录》曰：「大中祥符元年二月，诏金箔、金银线、贴金、销金、间金、蹙金线，装贴什器土木玩好之物，并行禁断，非命妇不得以金为首饰。」据此言之，是中国亦旧有织金，特未以之为衣，不过装饰器物耳。若去其耗费，富岂不若诸胡耶！

理当观其会通

天下道理只是一般，智者常观其会通，愚者强生其分别。舜好问而好察迩言。诗曰：「先民有言，询于刍荛。」古人于迩言、刍荛，犹必察之、询之，况贤哲乎！世人耳目肤浅，未尝用心，惟以门户之见，强为分别，此皆客气自矜，岂智者会通之道乎！夫迩言、刍荛未必尽是，亦未必遂无一是：乃一概置之曰：此无可察、无可询也，岂其然乎！譬如过世家之门者，肃然兴敬，有延迓者，必忻然入矣。过市人之门者，皆望望去之，虽强邀，亦未肯入也。殊不知彼世家者，子弟不肖，父祖之遗书、家法，实已荡然，而樗蒲酒肉是事。此市人者，身无恶行，敦朴自守，家有子弟，能《诗》《书》，其中相去，不啻霄壤也。及后知之，岂不愕然悔哉！此门户之见，强为分别之过也。尝叹古今贤豪之士，习闻二氏之说为先儒所辟，皆置其书不观，屏其人不接，拒之若毒蛇猛虎。及身既衰老，或频更患难，困抑无聊之中，忽遇方外高人，晤谈竟日，不觉向慕倾心，复索其书观之，身心渐为安定，神气忽尔清明，烦恼顿除，怨尤胥泯，然后知向之以为毒蛇猛虎者，固清心治病之良方也。若是者何哉？其始皆客气矜心，轻浮浅躁乘之，及血气既衰，躁妄复去，故前后若两人焉，则皆不思之过也。若此者，非惟不知二氏，实于吾儒之道亦未尝学焉！即有平日自谓博雅、著作等身者，皆圣贤之糟粕，并未尝从事于身心、人己、日用之间，虽自命为儒，抑岂所云学道之君子哉！

《心经》六根、六尘

《心经》以眼、耳、鼻、舌、身、意为六根，色、声、香、味、触、法为六尘。或疑法者，所以破此五尘，净此五根，何以上指为尘，而与五尘等列？且本经上文，明言五蕴皆空，五蕴非五根、五尘乎，何以此处又添出一根、一尘？曰：此乃所谓阿耨多罗三藐三菩提也。盖五蕴兼六根、六尘言之，五根在我，五尘在物，我自我，物自物耳。我惟意动，然后物之色入我之眼，物之声入我之耳，物之香入我之鼻，物之味入我之舌，物之身触我之身。我若无意，则此眼、耳、鼻、舌、身者，如士卒未得将令，安坐訾汛，不为敌人所诱，则色如无色，声如无声，香如无香，味如无味，触如无触矣。其所以著此五尘者，皆意动而后五根从之，是著五尘者，虽是五根，而意乃五根之主人翁也。欲制此主人翁，非法不可。意于何动，即心是也。未动为心，发动为意，则心又意之主人翁也。主人翁欲制五根，必先制意。夫心住于法，随尘而有，法住尘消，五根自净。若意未发动，即不见心，心本无心，法亦无有。菩萨《心经》为贤者说，不为愚者说，贤者之五尘，非愚者之五尘也。所以异者，贤者已得正法，五尘已清，五根已净。然犹心住于法，不能舍法，则法亦是尘，意即五根之根，故总而言之谓之六根、六尘矣。有此一尘，则五蕴仍不能空，只能到得色不异空，空不异色，仍是意识境界，未能到得色即是空，空即是色。有得皆无所得境界，非阿耨多罗三藐三菩提也。《譬喻经》云：「五根之祸，剧于毒龙。五根如箭，意想如弓。」其言虽浅，正是《心经》注脚。自吾儒言之，先做工夫，必须非礼勿视，非礼勿听，非礼勿言，非礼勿动。及克己复礼之后，仍是予欲无言。周子云：「太极、本无极也。」释氏说法万四千卷。皆为恒河沙数钝根人说。其上等人，更无多说，不过《金刚经》、《心经》一两部足矣。孔子曰：「中人以下，不可以语上也。」朱子深得孔子著六经之意，一生议论，说向中人以下者，十之七八；说向中人以上者，十之二三而已。惟老子、庄子不然，只为中人以上者说，中人以下皆置之不论，学者不可不知。

化治皆道家言靖室之名

世传蜀中文昌二十四化，皆作教化之化解。杨升庵谓：「奉道之室曰化，又曰治，治字音雉，犹今之曰宫、曰观耳。」其说出《六朝诗话》，云：「钱唐杜明师，夜梦东南有人来入其馆，是夕灵运生于会稽，其家以子孙难得，送灵运于杜治养之。十五方还，故名客儿。注：治，音雉，奉道之家靖室也。」莹按：《六朝诗话》以道家靖室为治，盖本道书，陶宏景、寇谦之等所撰集也。道书《正一经》曰：「张道陵学道于蜀鹤鸣山时，蜀中人鬼不分，灾疾竞起，感太上老君降授正一盟威法，始分人鬼，置二十四治，至今民受其福。」又按：《太平寰宇记》平都山汉阴长生，白日升天，即此张道陵二十四化之一也。据此言之，盖所云治，如今郡县治之治，理事之所也。道陵治鬼，置二十四治，盖其治鬼之处有二十四所。或又以治作化，为二十四化，言化导人鬼，亦治之义耳。文昌二十四化，岂因道陵而附会之欤！后又转为变化之化矣。王蜀时，李升善画，有《二十四化山图》，则谓张恶子非道陵也。是时蜀中已盛祀张恶子矣。又今人多以靖室作净室，亦非靖犹治也。

六时

升庵又云：「唐张乔诗『远公独刻莲花漏，犹向山中礼六时』。按佛藏云：『远公弟子惠要，患山中无刻漏，乃于水上制十二铜叶芙蓉，因波随转，分别旦夕，以为行道之节，名莲花漏。』何兆诗『芙蓉十二池心漏，薝蔔三千灌顶香』是也。六时者，僧规以六时经行，六时燕坐。六时：日幽谷时，寅也；高山时，卯也；日照高山平地时，辰也；可中时，巳也；正中时，午也；鹿苑时，未也；至申，则旦过而退。」莹按：朱子半日读书，半日静坐，盖本此。

屠羊说辞赏

刘向《新序》：楚昭王失国，屠羊说走而从于昭王。昭王反国，将赏从者。及屠羊说，说曰：「大王失国，说失屠羊；大王反国，说亦反屠羊，臣之爵禄已复矣，何赏之言！」王曰：「强之。」说曰：「大王失国，非臣之罪；大王反国，非臣之功，故不敢当其赏。」王曰：「见之。」说曰：「楚国之法，必有重赏大功而后见。今臣之知，不足以存国，勇不足以御寇。吴军入郢，畏难而避寇，非故随大王也。今大王欲废法毁约而见说，此非臣之所以闻天下也。」王谓司马子綦曰：「屠羊说居处卑贱，而陈义甚高，子綦为我延之以三旌之位。」说曰：「三旌之位，吾知其贵于屠羊之肆也；万钟之禄，吾知其富于屠羊之利也。然岂可以贪爵而使吾君有妄施之名乎！说不敢当，愿复反吾屠羊之肆」，遂不受也。《新序》、《说苑》，皆子政所著，其论古事亦互相出入。世但知鲁仲连辞赏，余谓仲连犹有豪士之风，屠羊说义更敦朴，其言皆人所不肯言者。始不受违心之赏，终且不使君有妄赏之名，此其笃行类有道矣，不又加于仲连一等哉！嗟乎，世之妄希宠利者，岂可不闻此风谊乎！

雪

二十六日晓起，白雪盈庭 亦已晴霁。立冬至是三雪矣，皆微不及寸，今始约三寸耳。未刻，一老卒自硕板多至，云：「诸处皆盛雪久矣」，察木多四面山高障风，地气独暖，虽隆冬雪不盛，大山外则不然也。为诗云：「五月千山时积雪，冬来翻觉雪时稀。殊方竟岁重裘惯，不畏宵深炭火微。」

管子言敬静

《管子》曰：「凡人之生也，必以平正，所以失之，必以喜怒忧患。是故止怒莫若诗，去忧莫若乐，节乐莫若礼，守礼莫若静。内静外敬，能反其性，性大定。」又曰：「凡人之生也，必以其欢。忧则失纪，怒则失端，忧悲喜怒，道乃无处。爱欲静之，遇乱正之，勿引勿推，福将自归。彼道自来，可藉与谋，静则得之，躁则失之。灵气在心，一来一逝，其细无内，其大无外，所以失之，以躁为害。心能执静，道将自定。」莹按：《管子》一书，皆言治道，而推原人生之本，必先理其性情而归之于心。盖理其性情，莫非心之为用，一则曰内静外敬，能反其性，性大定；再则曰心能执静，道将自定。大哉，此霸者之言也，而犹谆谆于心性静敬之功，况王者之佐乎！古今治道，王、霸二者尽之矣，此有宋大儒讲学，所以必首心性静敬之功也。世人著书立说，动执子贡「性与天道不可得闻」一语，苦诋程朱，是殆未尝读《管子》者，况孔孟之书乎！嗟乎，圣人之道，无非修己治人之术，君子学道则爱人，小人学道则易使。古人之学者，道也，舍修己治人之道，又何学乎！世之君子，读书稍多，往往自矜博洽，而不问古人著书之本义，良可叹也。

管子用心天德

《管子》又曰：「人能正静，皮肤裕宽，耳目聪明，筋信而骨强，乃能戴大圜，而履大方，鉴于太清，视于大明，敬慎无忒，日新其德，遍知天下，穷于四极。敬发其充，是谓内得。」又曰：「守善勿舍，逐淫泽薄。既知其极，反于道德。全心在中，不可蔽匿，和于形容，见于肤色。善气迎人，亲于兄弟，恶气迎人，害于戎兵。不言之声，疾于雷鼓，心气之形，明于日月，察于父母。」余谓：《管子》此篇，前言正静敬慎，此德之充于内者也，后言全心在中，不可蔽匿，此气之发于外者也。《大学》云：「诚于中形于外，心广体胖。」《孟子》言：「仁义礼智，根于心。其生色也，睟然见于面，盎于背，施于四体，四体不言而喻。」《中庸》言：「君子不动而敬，不言而信，不赏而民劝，不怒而民威于斧钺。」正与《管子》之言相发明。人但知《管子》之霸功，岂知其用心于天德者固若是哉！宜孔子称之曰「如其仁，如其仁也！」

管子言教民

《管子》又曰：「知者知之；愚者不知，不可以教民。巧者新之，拙者不能，不可以教民。非一令而民服之也，不可以为大善；非夫人能之也，不可以为大功。是故非诚贾不得食于贾，非诚工不得食于工，非诚农不得食于农，非信士不得立于朝。」莹按：此所言者，乍聆之与孔子「民可使由之，不可使知之」似相反，一若管子不肯欺其民，孔子乃欲愚其民者。细思之，固同一义也。盖天下万事万物，各有其迹，亦各有义。迹者，其当然，指以示人，人皆见之；义者，其所以然，虚以语人，惟贤知者见之，愚不肖者莫能见也。士农工商，今教之曰：安其业，可以得食；不安其业，则不得食，此人人能知其当然，故莫不由之矣。今必语之以天之所以生民，圣王所以安民，四民所以各自为安之义，则学士大夫，毕世穷年，有莫能究也，而可以责之蚩蚩者哉！此为民可使由，不可使知；此为愚者可知，拙者可能。管子之言，即孔子之言也，孔子非欺其民而愚之也。孔子他日系《易》亦曰：「易则易知，简则易从。」天地自然之理，如是焉耳！

纬书言五藏

《春秋元命苞》论五藏曰：「目者，肝之使；肝者，木之精：苍龙之位也。鼻者，肺之使；肺者，金之精：白虎之位也。耳者，心之候；心者，火之精：上为张星。阴者，肾之写；肾者，水之精：上为虚危。口者，脾之门户；脾者，土之精：上为北斗，主变化者也。」余按：以五藏配五行，此古人不易之论，人辨乎此，故能养生而治病。乃更以上应北斗二十八宿，则侈言无用，义复不精，周、秦间子书之陋习也，分别观之可耳。

世俗贵古贱今

杨升庵曰：「史说：世俗神贵古昔而贱䮁同时，虽有追风之骏，犹谓不及造父之御也；虽有连城之珍，犹谓不及楚人之泣（二二）也；虽有超群之人，犹谓不及竹帛之所载也。是以仲尼不见重于当时，《太玄》见嗤于比肩也。俗士多云：今山不及古山之高，今海不及古海之广，今日不及古日之耀，今月不及古月之朗。重所闻，轻所见，非一世之患矣！昔之破琴剿结者，谅有以乎！」余谓：美不见知，乃美之精也；知我者希，则我贵矣，何必斤斤于俗士哉！孔子曰：「不患莫己知，求为可知也。」老子云：「知其白，守其黑。」又曰：「和其光，同其尘。」

《六弢》《管子》战具寓农器

《太公六弢》曰：「战攻守御之具，尽在于人事。耒耜者，其行马蒺藜也；马牛车舆者，其营垒蔽橹也；锄耰之具，其矛戟也；蓑苴簦笠，其甲胄干橹也；钁锸斧锯杵臼，其攻城器也。牛马，所以转输粮也；鸡犬，其伺候也；妇人织纴，其旌旗也；丈夫平壤，其攻城也；春钹草棘，其战车骑也；夏耨田畴，其战步兵也；秋刈禾薪，其粮食储备也；冬实仓廪，其监守也；田里相伍，其约束符信也；里有吏、官有长，其将帅也；里有周垣，不得相过，其队分也；输粟取刍，其廪库也；春秋治城郭，修沟渠，其堑垒也。故用兵之具，尽于人事也。」（莹按：人事当作农事）《管子》亦曰：「什伍，以为行列；赏诛，以为文武；缮农具，当器械；耕农，以当攻战；推行铫耨，以当剑戟；披蓑，以当铠镭；菹笠，以当盾橹。故耕器具，则战器备；农事习，则战功巧矣。」杨升庵谓：「合《六弢》《管子》观之，可见古人寓兵于农之意。」

得家书

十一月初一日，阆中县田明府蕙田，运饷赴藏，过察木多，携余省寓书及桐城信至，知家中戚友颇多物故，感怆不已。方植之、马元伯、光律原〔一二三〕皆有诗见怀。戴生蓉洲书来，求撰桐乡书院叙，盖去岁过孔城所许也。孔城为吾桐四大乡镇之一，在县治北三十里，面桐梓山，一峰独秀，大河环绕，东南至枞阳入江。戴南山先生产此，近复有刘孟涂，皆孔城人也。

金人铭辞

《古金人铭》辞，备载《皇览》，今录于此：「武王问尚父曰：『五帝之戒，可得闻乎？』尚父曰：『黄帝之戒曰：「吾之居民上也摇摇，恐夕不生朝，故为金人三封其口，曰：古之慎言人也，戒之哉！无多言，无多事。多言多败，多事多害。安乐必戒，无行所悔。勿谓何伤，其祸将长；勿谓何害，其祸将大；勿谓不闻，神将伺人。焰焰不灭，炎炎若何；涓涓不塞，终成江河；绵绵不绝，或成网罗；毫末不札，将寻斧柯。诚能慎之，福之根也；曰是无伤，祸之门也。强梁者，不得其死；好胜者，必遇其敌。盗憎主人，民怨其上。君子知天下之不可上也，故下之；知众人之不可先也，故后之。温恭慎德，使人慕之；执雌持下，人莫逾之。人皆趋彼，我独守此；人皆惑之，我独不徙。内藏乃智，不示人技；我虽尊高，人弗我害。惟能于此也，江海虽左，长于百川，以其卑也。天道无亲，常与善人。戒之哉！尧之居民上也振振，如临深渊，舜之居民上也栗栗，如夕不见旦。」』武王曰：『吾拜殷民，居其上也，翼翼惧惧，不敢息。』尚父曰：『德盛者，守之以谦；威强者，守之以恭。』武王曰：『如尚父言，因是为戒随躬。』」余按：金人一铭，全是老子所本，故世以黄老并称。

洪范五行传

《洪范五行传》曰：「维王后元祀，帝令大禹，步于上帝，维时洪祀「六沴」，用咎于下，是用知不畏而神之怒。若「六沴」作见，若是共御，帝用不差，神则不怒，五福乃降，用章于下。若「六沴」作见，若不共御，六罚(二四)既侵，六极其下。禹乃共辟厥德，受命休令，爰用五事，建用王极。长一事(长犹首也)曰貌，貌之不恭，是谓不肃，厥咎狂，厥罚恒雨，厥极恶；时则有服妖，时则有龟孽，时则有鸡祸，时则有下体生于上之痾，时则有青眚、青祥。次二事曰言，言之不从，是谓不乂，厥咎僭，厥罚恒旸，厥极忧；时则有诗妖，时则有介虫之孽，时则有大祸，时则有口舌之痾，时则有白眚、白祥，维木沴金。次三事曰视，视之不明，是谓不哲，厥咎舒，厥罚恒燠，厥极疾；时则有草妖，时则有倮虫之孽，时则有羊祸，时则有目痾，时则有赤眚、赤祥，维木沴火。次四事曰听(二五)，听之不聪，是谓不谋；厥咎急，厥罚恒寒，厥极贫；时则有鼓妖，时则有鱼孽，时则有豕祸，时则有耳痾，时则有黑眚、黑祥；维火沴水。次五事曰思，心之不睿，是谓不圣；厥咎雺，厥罚恒阴，厥极凶短折；时则有脂夜之妖，时时有华孽，时则有牛祸，时则有心腹之痾，时则有黄眚、黄祥，时则金木水火沴土。皇之不极，是谓不建；厥咎眊，厥罚恒阴，厥极弱，时则有射妖，时则有蛇龙之孽，时则有马祸，时则有下人伐上之痾，时则有日月乱行、星辰逆行，维五位复见辟沴。曰二月、三月，维貌是司；四月、五月，维视是司；六月、七月，维言是司，八月、九月，维听是司；十月、十一月，维思心是司；十二月与正月，维王极是司。凡六沴之作，岁之朝，月之朔，日之朝，则后王受之；岁之中，月之中，日之中，则正卿受之；岁之夕，月之夕，日之夕，则庶民受之。」右五行传说出于刘向，皆衍《洪范》为之，以诸咎徵戒人主也。六沴，皆五行反其常德，所云维火沴水、维木沴金是也。此本三事，曰维水沴火，水本克火之物，不得言沴。又，五事曰时则有金木水火沴土，语势与上文四沴不类，义亦费解，此必有讹误。疑三事当作维水沴土，五事当作维土沴木，记此更检正之。又，一事下少一沴，是有漏也。共御共辟之共，义与恭同，《诗》曰「靖共尔位」是也。

占梦书

《御览》引古梦书曰：「梦者，像也，精气动也，魂魄离身，神往来也；阴阳感成，吉凶验也。梦者语其人，预见所造过失，如其贤者知之，自改革也。梦者，告也，告其形也。目无所见，耳无所闻，魂出游，身独在，身心所思，念念身也；受天神戒，还告人也；受戒不精，忘神言也；名之为寤，告符臻也；古有梦官，世相传也。昔圣帝明王之世，神气昭然先见，古尧梦乘龙，上泰山，舜梦击天鼓，禹梦其手长，汤梦布令天下，其后皆有天下。桀梦疾风坏其宫，纣梦大雷击其首，齐襄梦为大禽所中，秦二世梦虎啮其马，其后皆失天下。」余按：此言梦乃人魂出游，受天戒，还告人者，诚然矣。魂即人之神，常栖于心。心有所思者，神之动也。五官、百骸，皆受命于心，心复受命于神。德善过失，皆心为之，即己神为之也。人神不自知其吉凶，惟天神知之，或爱其人也，则以告；或恶其人也，亦以告。爱之告也，为喜而贺之也；恶之告也，为忧而戒之也。余少时，尝梦在朝端愤杀大奸，为人所纠，谴戍出关，行见边外旷野，或古木萧椮，夜藉败叶尺许为床，以《汉书》枕首而卧。忽登一亭曰望雨亭，题诗一绝，记后二语云：「试看壮士浑忘死，今日还登望雨亭。」寤后，以为读书怀古之妄梦耳。及台湾狱起，乃知神固先数十年告我也。其时，自分当有远戍，及出狱，竟得免，而复予官，心窃讶之。今卒有乍雅之行，始以出使，继复获咎，然后知梦之不爽也如此。又常梦在古庙殿上，左右侍者，皆古宫人服饰，殿庭甚大，古柏参天，鸦鸣鹊噪。每月一再梦，至授室乃已。及壬寅之岁，则梦至一庙，殿上神坐极众，皆古衣冠而多败落，旋闻江浙说兵之不利，余亦被劾，殆其验也。至梦中出关，以《汉书》枕首之故，盖《汉书》始有《西域传》，余将赴西域，使详知西事乎！

纬书当分真伪

《春秋元命苞》曰：「天有九部、八纪，地有九州、八柱。州之为言殊也，合同类异，别其界也。昴毕，间为天街，散为冀州，分为赵国，立为常山。牵牛，流为扬州，分为越国，立为扬山。轸星，散为荆州，分为楚国。荆之为言强也，阳盛物坚，其气急悍也。虚危之精，流为青州，分为齐国，立为莱山。天弓星，主司弓弩，流为徐州，别为鲁国。徐之为言舒，言阴收内安详也。五星，流为兖州。兖之言，端也，堤精端，故其气织杀（织杀未详），分为郑国。钩钤星，散为豫州。豫之言序也，言阴阳分布，各得处也。东井鬼星，散为雍州，分为秦，东距嵴坡，西有汉中，南含离山，北阻店庸。得东井动深之萌，其气险也。觜参，流为益州。益之为言隘也，谓物数并决，其气急切决烈也。箭星，散为幽州，分为燕国。幽之为言窈也，言风出入窈冥，敏劲易晓，故其气躁急。荣室（即营室），流为并州，分为卫国之镇，立为明山。并之为言诚也，精舍并，其气勇抗诚信也。」余按：此言九州之解，与诸书多异。又以某星流为某州，尤无理解，义亦谬妄，且以粱州为益州，周、秦皆未有益州及汉中居庸之称也，张衡以为成、哀间伪撰无疑。康成用以解经，已属牵强，后人作疏，益大援之，宋儒弃而不取，不可易也。近世文士，喜其华藻，必讳注疏之短，苦与宋儒为难，岂其然哉！或曰：纬与谶遂可废乎？曰：纬书始自周、秦诸子，原有真者，其亡已久。武帝求书，汉人乃依傍伪撰，魏、晋所传，已真伪莫辨。谶则全是汉人所为，此其异耳。至于今日，则均为古书可贵，而中有悖理者，不可一类从之也。

铁盆拨火诗

连日风雪，假得铁盆，手自拨火，殊不知寒。丁别驾始见笑之，既亦仿焉。慰之以诗曰：「铁盆拨火夜犹温，一觉能招天外魂。行处但须清梦稳，家人无事骂章惇。」

郭翼笔记

元人郭翼，字羲中，著《雪履斋笔记》，偶沦经义，注疏说有胜集注者，折衷取之，辞气粹然，非如文士浮夸，自矜习气也。笔记之作，盖亦遭逢摈抑，能以理自遣者，渊源有自，亦非冬烘肤学者所能。今录其数则于此。一曰：「陆务观云：『忠州最号穷陋，白乐天诗乃有「今夜酒醺罗绮暖，被君融尽玉壶冰」之句，忠州岂有此景！当时不堪司马闲冷，骤易刺史，故亦见其乐尔，可怜哉！』又邓栟榈北：『王涯谗白乐天出为江州司马，及甘露之祸，朝士殆无遗者，而乐天方在洛中，游香山寺，然则涯果能陷乐天否乎！小人无知，欲以人胜天，类皆如此，但可怜耳！』两君一怜乐天，一怜王涯辈，然乐天江州数载，徙倚匡庐瀑布之间，仰观山，俯听泉，傍睨竹树云石，至欲引妻子抱琴书以终老，岂肯受人之怜！若王涯辈者，乃当如栟榈之言耳。」又一则云：「阻风京口三日，同泊千余舟。忽东风呼号，耶许之声如雷，瞬息过郭璞墓，回视波间突兀，真所谓『金山一点大如拳』也。前后帆影层叠悬挂，遮却半江，非兹地不能得此壮观，非滞石尤累日，不能得贾船、客船如许之盛，乃知世间失意处，反成就无限快事，要须耐烦等耳。」又一则云：「山兀然不动而已，能使之断续隐显，又能使之多少者，云为之也。观云可以慨悟身世。」又一则云：「有治有乱，有盛有衰，有得有失，有忧有喜，有毁有誉，删除一件不得。若欲占住一边，推去一边，此天地鬼神所不能也。其间分数之多寡，或有偏在一边者，亦但就百年以内评量耳。试从历劫旷观，定无铢两轻重。」又一则云：「孔子论中庸之圣，只「遯世不见，知而不悔」。他日赞《乾·初九》，乃析为二语，曰「遯世无闷，不见是而无闷」。遯世，自我而言；不见是，自人而言。遯世，尚有独宽寤言，永矢弗谖之乐；至于不见是，则所谓一国非之，天下非之，几于俯仰跼蹐，到此而能无闷，只是不见一物，洗心退藏之学，何以复加！此等人出而用世，则圣而不可知之谓神也，又安有亢龙之悔哉！观前三则，犹不过达观之见，后二则非知道者不能为此言矣。虽然，余更进一解曰：得失不过一身，是非或关乎天下。苟事业一身，得失置之可也；若明明见有害吾君国者，亦概以达观置之，可乎？《小弁》、《离骚》之作，恶能无怨于彼妇、谗人哉！孔子曰：「无适也，无莫也，义之与比。」

李翀辨佛

元人李翀《日闻录》，恶世人奉佛之诬，辨之凡数千言。盖亦尝涉猎佛书，然皆以粗浅者言之，精深之义未有闻也。元代蕃僧，污秽中国，与世之求福利而奉佛者，不可不使闻之耳。

极乐世界在人心

世非无佛。但释迦本旨，为世人缠缚于富贵声色，恶孽无边，思救之，故以身说法，屏绝情欲，使不累心，并父母妻子王位皆弃不顾。成道后，已为国王供奉、大众尊荣，犹不安居受享，一日仅一食，偏乞城中，食已，则说法度人，以示不肯素食之义。何等谦卑，何等志愿，宜其为天人鬼神之所钦服也。其以祸福言者，世人愚昧，非祸不足以生其恐惧戒谨之心，非福不足以生其向往悦慕之心，犹之帝王治天下，爵禄刑赏以驭天下之意云尔。然佛本欲人不贪富贵声色，若仍以此富贵声色歆动世人，则非立教本旨矣。故别为福德之说曰：若能舍此世间之富贵声色，自有世外之富贵声色，不可思议，即所谓极乐世界者也。此世界中各人现处之地，先时缠缚沉迷于富贵声色，得之，则忻喜欢爱，贪念不舍；失之，则忧惧愤怒，愁苦怨恨，展转烦恼，此心若焚。一旦恍然大悟，此皆浮云幻相，变灭须臾，本非实境，则烦恼顿除，无所挂碍，心神爽然，耳目开朗，如脱离火宅，遍体清凉，岂不快哉！人犹是人也，事犹是事也，地犹是地也，日月犹是日月，天犹是天，世界犹是世界也。我前日所为忻喜欢爱、贪恋不舍、忧惧愤怒、愁苦怨恨之心，缠缚默迷，无限烦恼者，今一旦爽然开朗，出火宅而就清凉，心境一变，对所见所闻所思，别是一世界，是即目前之极乐世界矣！凡夫愚昧，以妄为实，故佛既说种种法已，复恐人既知眼前富贵声色之非实，又思种身后来生之福，终不离人天果报，则是妄中转妄。故《金刚般若》、《心经》，随说随扫，反复叮咛付嘱，欲人舍渡河之筏也。凡夫愚昧，不能解佛所说法，其求极乐世界之心，仍是求富贵声色之心；其欲生净土之心，仍无异求人天果报之心。六朝以来，世主好佛好仙，但非富贵声色已极，贪著不已，或更求长生，或种福死后，其好佛也，犹是求仙之心耳，岂佛所以立教救世之心哉！以达摩东来，面斥梁武福田功德之问，曰「此但人天小果有漏之因也」。嗟呼！名教自有乐地，孔子曰：「饭疏食饮之水，曲肱而枕之，乐亦在其中矣。」即颜子之「箪瓢陋巷，不改其乐也」。孟子曰：「君子有三乐，而王天下不与存焉。父母俱存(二六)，兄弟无故，」乐也，仰不愧于天，俯不怍于人，二乐也，得天下英才而教育之，三乐也。又曰三乐人之乐者，人亦乐其乐。」此则吾儒真实之乐，即佛所谓极乐也。蓬池大师，学佛者也，其言曰：「我见极乐，实无可乐。若见可乐，与若何殊。」

西方无极乐世界

吾儒以治世为教，佛法以出世为教。出世者，离此五浊恶世，而超天界法界也。愚人执著西方，以为佛界。夫世俗所谓西天者，特昔时诸佛所生之地耳，其风土人物，与诸蕃无异；其人依然有死生、疾病、困苦、声色、货利、战争、奸盗，犹夫中国，故佛生其地，说法以救其人，何尝以彼为极乐之国乎！然则佛天自有其处，不在西方，明矣。吾见学佛者，往往犹以往生西方为念，其愚妄邪见，何足以当高僧一棒乎。

魏默深论诸教

魏默深《海国图志》曰：「天佑下民，作之君，作之师，君长一国一时，师长数十国数百世。故自东海以至西海，自北极以至南极，国万数，里亿数(二七)，人恒河沙数，必皆有人焉。魁之桀之，纲之纪之，离之合之。语其纵，则西域自佛未出世以前，皆婆罗门教，以事天治人为本，即彼方之儒。自佛教兴而婆罗门教衰，佛教衰而婆罗门教复盛。一盛为耶稣之天主教，再盛为穆罕默德之天方教，皆婆罗门之支变。婆罗门教，游方之内者也；佛教，游方之外者也。语其横，对自中、南、东三印度，而缅甸、暹罗，而西藏，而青海、漠南北、蒙古，皆佛教。自西印度之包社阿丹、而西之利未亚洲，而东之葱岭左右，哈萨克、布鲁特诸游牧，而天山南路诸城郭，皆天方回教(二八)。其大西洋之欧罗巴各国，外大西洋之弥利坚各国，则皆天主教。与中国、安南、朝鲜、日本之儒教离立而四。语其支派，则佛教分为三：一，墨那敏教，即(二九)印度国旧教，一名兴杜教。一，大剌麻教，即西藏之黄教。一，墨鲁赫教，即西藏之红教，一名墨低兰教。天方回教分为三：一，由斯教，即婆罗门旧教。一，马哈墨教，即穆罕默德所创，行于阿丹者。一，比阿厘教，则其兄子所传，行于巴社都鲁机者。天主教总名为克力斯顿教，亦分为三：一，加特力教，乃意大里亚所行天主旧教。一，额利教。一，婆罗特士顿教，则诸国所后起。大都有不供偶像，而尚供画像(三十)及礼拜前贤生日者；有一切不供，惟致天主者；有供十字者；有不供十字者。世传西洋惟英吉利一国独辟天主教，不知英夷所辟者加特立教尔，故英夷国王将立，则国人必会议，约新王背加特立教而尊婆罗特士顿教，始即位，英夷何尝尽辟克力斯顿教哉！又有道教，散处各国，孑身修炼，名巴柳士艮教，欧罗巴、利未亚洲皆有之，特不及各教之纪年建朔云。自道术分裂，儒分八，墨分三，释、道亦各分教支。同中立异，斗诤坚固，于一教中且自相胡越，况欲并包殊方(三一)，泯其畛域，会其大同，此必不然之数。广谷士川弄俗，民生其间，刚柔轻重，迟速异齐。皇清能并回部，不能使天山南路舍回教而被儒服；能服蕃、蒙，不能使西藏、漠北舍黄教而诵六经。鄂罗斯兼并西北，英吉利蚕食东南，而不能使白帽、黄帽之方，尽奉天主，故曰因其教，不异其俗；齐其政，不异其宜。」

诸国教门考

《海国图志·诸国教门表》曰：「东南洋海岸之国，除安南兼儒、佛二教外，暹罗、缅甸佛教。南掌、老挝整线各国并同。东南洋海岛之国，除日本、琉球，兼儒，佛二教外，小吕宋岛旧本土蕃，无教门；明以来，西洋据此地，行加特力教。大爪哇岛苏禄、文莱等，旧佛教，今回教。小爪哇岛葛留巴等，亚齐岛、苏门答剌、三佛齐等，皆旧佛教，今回教。西南洋五印度各国，除西藏及蒙古皆剌麻黄教外，东印度榜葛剌，南印度孟迈、锡兰等，中印度温都斯坦，皆墨那敏佛教。西印度包社，旧佛教，今阿比厘回教，或曰即巴柳士艮教。西印度阿丹，旧佛教，今马哈墨回教；又由斯回教。北印度克什弥尔，旧佛教，今马哈墨回教。南都鲁机，旧佛教，今阿比厘回教，兼由斯回教，又有加特力教。其葱岭以西之哈萨克、布鲁特、巴达克山、爱乌罕、布哈尔、敖罕，葱岭以东之八城回部，自明以来，皆改佛教为马哈墨回教。小西洋利未亚洲各国内，伊楫国，由斯回教、额利教、加特力教，亦有佛教。阿迈司尼国，由教、加特力教。东利未亚洲八部，内六部未详何教，其二部属阿丹，马哈墨回教。北利未亚四部，马哈墨回教。西未利亚廿四部，小国土蛮，祀鬼，不知教门。南利未亚四部，亦小国土蛮，不知教门。中利未亚二十五部，马哈墨回教。大西洋欧罗巴洲各国：葡萄亚国，加特力教。荷兰国，婆罗特士顿教。弥尔尼(三二)壬与荷兰同国，而别奉加特力教。佛兰西国，加特力教。英吉利国，婆罗特士顿教。意大里国，加特力教。耶马尼国二十七部，半加特力教，半婆罗特士顿教。欧塞特厘阿国，加特力教、婆罗特士顿教；塞牙里与同(三三)国，亦兼有二教(三四)。波兰国，加特力教。绥林国，婆罗特士顿教。领墨国、瑞国皆加特力教。普鲁社国，或由教，或墨(三五)低兰教，或加力特教，或婆罗特士顿教。北都鲁机国，阿比厘回教。北洋俄罗斯国各部内：大俄罗斯十七部、西俄罗斯八部、东俄罗斯五部、小俄罗斯三部、南俄罗斯五部、加匽俄罗斯四部，皆额利教。西南新藩俄罗斯五部，马哈墨回教，以本回部故也。东北新藩俄罗斯四部，刺麻佛教，以近蒙古部落故也。外大西洋墨利加洲各国内：北洲弥利坚国二十七部，或加特力教，或婆罗特士顿教。南洲智利国，或加特力教，或婆罗特士顿教。其余北洲内墨西科等国，南洲内孛露国，金加西腊国、伯西尔国、智加国，教门未详。」余按：默深此表，盖本欧罗巴人《四洲志》而作，《四洲志》言加特力教，万有千六百万人；额利教，七千万人；婆罗特士顿教，四千二百万人；由教，约四五万人；马哈墨教，万有二千万人；巴柳士艮教，七千三百万人；墨那敏教，七千万人；大刺麻教，五千万人；墨鲁赫教，四千万人，共计各教六万七千一百万人。默深曰：「克力斯顿乃西洋本教，或能悉其多寡，至西藏、蒙古之佛教，新疆南路之回教、与各洲之道教，英夷何由藉其人数耶？」余谓：夷人夸其博识，与僧徒道流撰经，好为夸张，以耸人听信，何所不至！固非吾儒大中至正、徵文考献之比。即天主既分三教，互相攻击，争夸取胜，彼此未必以实在人数相告，则所云万有千六百万人、七千万人、四千二百万人者，且不足信，况其他耶，是亦不足

嗤矣

虞文靖《鸣鹤余音》

虞道园有《鸣鹤余音》为〔苏武慢〕十三阕，晚年退闲，与冯尊师唱和之作也。在词家虽非当行，然读之飘然有凌云之意。今录其八(三六)阕云：「自笑微生，凡情不断，轻弃旧矶垂钓。走马长安，听莺上苑，空负洛阳年少。玉殿传宣，金銮陪宴，屡草九重(三七)丹诏。是何年梦断槐根，依旧一蓑江表。 天赐我、万叠云屏，五湖烟浪，无限野猿沙鸟。平明紫阁，日宴元州，晞发太霞林杪。苍龙腾海，白鹤冲霄，颠倒一时俱了。望青都，独步高秋，风露洞天初晓。」(其一)「山月来时，海风不动，平地玉楼瑶宇。桂子飘香，露华如水，自按洞箫如缕。杳杳冥冥，泠泠历历，青鸟频传芳语。太微中，鸾鹤相求，尽是旧时真侣。 君听取、列豹重关，鼓雷千吏，天界更多官府。石女簪花，木人劝酒，为我此间聊住。高唱微吟，挥毫万丈，尘世等闲今古。看空山，一色青青，何处断云残雨。」(其三)「皓月清霜，钓舟如叶，闲渡小溪澌碧。银汉无声，玉虹横野，斗柄正垂天北。半幅乌纱，数茎华发，一两野凫飞舄。问回仙，城南老树，能见几何今昔。 西华顶，十丈高花，九天秋露，结就翠房瑶室。脱屣非难，凌空何远，三丽雪融冰液。辟谷神方，餐霞真诀，一去更无消息。笑人间，长住虚空，谁似一轮红日。」(其五)对酒当歌，无愁可解，是个道人标格。好风过耳，皓月盈怀，清净水声山色。世上千年，山中七日，随处惯曾为客。尽虚堂，北斗南辰，此事有谁消得● 曾听得、碧眼胡僧，布袍沧海，直下钓丝千尺。掣取鲸鱼，风云变化，不是等闲奇特。寒暑相推、乾坤不用，历劫不为陈迹。可怜生，忘却高年，长伴小儿嬉剧。」（其六）「忆昔坡公，夜游赤壁，孤鹤掠舟西过。英雄消尽，身世茫然，月小水寒星大。何似渔翁，不知今古，醉傍蓼花燃火。梦相逢，羽服翩翾，未必此时非我。谁解道，岁晚江空，风帆目力，横槊赋诗江左。清露衣裳，晚风洲渚，多少短歌长些。玉宇高寒，故人何处，渺渺予怀无那。叹乘桴，浮海飘然，从者未知谁可。」（其七）「十载燕山，十年江上，惯见半生风雪。对雪无舟，泛舟无雪，不遇并时高洁。断港残沙，今兹何夕，一似剡溪归越。但掀蓬，数尺梅花，人迹鸟飞俱绝。 君不见，五老峰巅，浮邱绝顶，笑我早生华发。返老还童，易粗为妙，定有九还丹诀。霁景浮空，天光眩海，一体本无分别。便堪称，太一仙公，千古太虚明月。」（其八）「六十归来，今过七十，感谢圣恩嘉惠。早眠晏起，渴饮饥餐，自已了无星事。数卷残书，半枚破砚，聊表秀才而已。道先生，快写能吟，真是去之远矣！ 没寻思，拄个青黎，靸双芒屦，走去渡头观水。逝者滔滔，来之滚滚，不觉日斜风细。有一渔翁，蓦然相唤，你在看他甚底。便扶携，穿起鲜鱼，博得一樽同醉。」（其十）「十年窗下，见古今成败，几多豪杰。谁会谁能谁不济，故纸数行明灭。乱叶西风，游丝春梦，转转无休歇。为他憔悴，不知有甚干涉。 寥寥无住闲身，尽虚空界，一片中霄月。云去云来无定相，月亦本无圆缺。非色非空，非心非佛，教我如何说。不妨跬步蟾蜍，乃上银阙。」（末附「无俗念」一首。）元诗人四大家，文靖学问湛深，文尤淳厚，此虽小词，亦足使人向往也。

文贵沉郁顿挫

古人文章妙处，全是沉、郁、顿、挫四字。沉者，如物落水，必须到底方著痛痒，此沉之妙也，否则仍是一浮字。郁者，如物蟠结胸中，展转萦遏，不能宣畅；又如忧深念切，而进退维艰，左右窒碍，塞厄不通，已是无可如何，又不能自已，于是一言数转，一意数回，此郁之妙也，否则仍是一率字。顿者，如物流行无滞，极其爽快，忽然停住不行，使人心神驰向，如望如疑，如有丧失，如有怨慕，此顿之妙也，否则仍是一直字。挫者，如锯解木，虽是一来一挫，而齿凿巉巉，数百森列，每一往来，其数百齿，必一一历过，是一来凡数百来，一往凡数百往也；又如歌者，一字故曼其声，高下低徊，抑扬百转，此挫之妙也，否则仍是一平字。文章者去其浮、率、平、直之病，而有沉、郁、顿、挫之妙，然后可以不朽。《楚辞》、《史记》、李杜诗、韩文是也。嗟乎，此数公者，非有其仁孝忠义之怀，浩然充塞两间之气，上下古今穷情尽态之识，博览考究山川人物典章之学，而又身历困穷险阻惊奇之境，其文章亦乌能若是也哉！今不求数公之所以为人，而惟求数公之所以为文，此所以数公之后罕有及数公者也。

刘改之诗

南宋刘过，字改之，诗名《龙洲集》。七言佳处，颇近黄、陆风格，今录其数首于此。《喜雨寄徐东阳》云：「和洲昔有贤从事，今作东阳父母官。百里望风皆畏易，四郊得雨及时难。秋成有望米价减，水满不争民业安。诗事定多公事少，不妨闲寄故人看。」《呈胡季解》云：「老病疏慵药不医，粗狂骂坐欲何为。前生纵使希真是，已死尚存忠简知。颠倒六经鹦鹆舞，澜翻一曲竹枝词。虽然结袜王孙僭，人以此贤张释之。」《南康邂逅吴运判》云：「一节西来已骇传，不堪归去便湘川。舟行彭蠡轻文种，酒到浔阳醉乐天。台谏久无公议论，朝廷新有骤除迁。臣心毕竟终忧国，不敢瞻乌涕泫然。」《张帅干席上》云：「海线婆娑日出东，一年穷处已残冬。春衫湿到西湖雨，魂梦觉来长乐钟。梅掷白英楼压凤，灯挑红焰剑缠龙。便教分阃持麾去，未惬平时锦绣胸。」《放翁坐上》云：「林雾霏霏暖意凉，野栀才蕊已传香。幸哉世事日相远，怪底诗情老更狂。腊蚁三杯浮重碧，春膏一幅研青黄。何如放浪形骸外，尽乞江湖作酒乡。」《赠永嘉张相士》云：「青城游遍蜀中山，归看公卿饱已谙。桀骜(三八)稍能儿德祖，兴亡何阙百曹参。诸公富贵纸上语，满座风雷终日谈。我似北人君记取，偶然留滞在东南。」《南康天开图画楼》云：「楼外烟波渺去鸿，楼头庐阜翠摩空。故知造物铺张巧，不费丹青点染工。赤壁江山横夜月，辋川亭馆卧秋风。只今满地无图画，尽在西湾杳霭中。」《自述》云：「扁舟送客出姑苏，晓泊吴江夜雨余。波浪稍平风力定，青黄相间橘林疏。匆忙旅馆催行酒，草率杯盘旅买鱼。与我壁间题岁月，无人为作小王书。精神凋耗鬓毛衰，劫火光中第几回。无可奈何教老去，有时猛省忽愁来。师崇道学元非伪，客寄苏州却类呆。明日重阳又佳节，得钱且醉菊花杯。」改之尝与辛稼轩、杨诚斋、周益公、陆放翁诸人以诗往还，晚作学官，诗虽工致，不及诸公，而清旷之气，非胸次凡俗者可及也。诗中「已死尚存忠简知」，岂谓赵忠简鼎耶！赵公以绍兴八年戊午再罢相，十年庚申，被窜海南，遂卒于贬所，在绍兴十七年丁卯，计其年似不相接，疑当是胡忠简铨也。又有张忠简阐与胡皆孝宗朝人。又云「师崇道学元非伪」，陈贾请禁道学，在孝宗淳熙十年癸卯，是时王淮方相，未几，周必大、留正、赵汝愚相继秉政，邪说尚未横行。及宁宗庆元元年乙卯，赵汝愚以贬窜死，余端礼、京镗、谢深甫相，乃禁用伪学之党，削朱子官，窜蔡元定，召陈贾为侍郎矣。诗言「台谏久无公议论，朝廷新宥骤除迁」指此事也。「兴亡何翙百曹参」或谓葛邲、陈自强辈耶！

银印龟纽

古人印绶皆佩带在身，其印制小不过寸。《汉书》严助言：「陛下以方寸之印，尺二之纽，镇抚方外」是也。至《宋史·舆服志》「诸王及中书、门下印，二寸一分，枢密、宣徽、三司、尚书省诸司印，方二寸」，「节度使印，方一寸九分」，余印方一寸八分，则较古印倍之，然未有如今印之大也。古印，四品以上，银为之，纽作龟形，盖本于汉制。《汉·百官表》「凡吏(三九)比二千石以上，皆银印青绶。」注：卫宏《汉旧仪》曰：「诸侯王印，黄金，橐驼纽，文曰玺。列侯，黄金印，龟纽，文曰印。丞相、将军，黄金印，龟纽，文曰章。中二千石，银印，龟纽，文曰章。千石、六百石、四百石，铜印，鼻纽，文曰印。」谢灵运诗：「牵丝及元兴，解龟在景平。」李善注：「牵丝，初仕也；解龟，去仕也。」余按：元兴乃晋安帝年号，安帝以丁酉年即位，戊午年为刘裕所杀。景平乃宋营阳王年号，甲子年为徐羡之所杀，是年八月后，即文帝元嘉元年，灵运旋见诛矣。谢仕晋、宋间，前后盖二十年，于此可见。

马轧椅

今人所用马轧椅，即古之胡床也。其制以四木交叉，两长两短，中以皮为座，长木后靠作背，可仰卧，故有床名。始制自北边外，军中用之，行则收合，可挟以走，故曰胡床。其后，非军中亦用之矣。晋刘琨坐而啸咏，《通鉴》唐征高丽，郝处俊「据胡床，食干糒。胡注曰：『胡床，即今之交床』」者是也。亦可挂壁间。魏裴潜为兖州太守，尝作一胡床，及其出，留以挂柱。梁简文帝诗「不学胡威绢，宁挂裴潜床」，太白诗「去时无一物，东壁挂胡床」，观此是古时贵者所坐，今则常人通用之矣。吴梅村《投赠马开府》诗「五管风清持使节，百蛮风静据胡床」，可见国初时犹不能妄用也。

齐武帝乐府

《乐府》载齐武帝作《估客乐》云：「昔经樊邓役，阻潮梅根渚。感意追往事，意满辞不叙。」自作此曲，令释宝月被之管弦，帝遂数乘龙舟游江中，以纸（四十）越布为帆，绿丝为帆纤，篙（四一）者悉著郁林布，作淡黄裤，舞此曲，用十六人云。杨升庵谓：「史称武帝节俭，自言朕治天下十年，当使黄金与土同价。然其从流忘反之奢如此，贻厥孙谋，何怪乎金莲步地也。」余谓：帝王歌辞，自有气象。如汉高帝大风之歌，何尝不于富贵后，感慨故乡穷贱时，而其意则欲得猛士以守四方，故能开四百年基业。今齐武于贵后，感往时阻潮梅渚，觉今日贵为天子，遂自谓意满，何其气象之隘耶，宜国祚之不永也；至于帝王游幸，龙舟用布帆丝纤，舞人著淡黄布裤，此不足为奢侈，较诸锦帆彩女为何如耶？升庵之讥，似未为得尔。宝月以僧人为预天子歌舞之事，与倖臣无异，盖当时佛法盛行，风气已如此矣，达摩乌得不东来乎！

杨升庵说诗（九条）

《升庵诗话》：「谢朓《酬王晋安》诗「南中荣橘柚，宁知鸿雁飞。」后人不解此句之妙。晋安即闽泉州也，「南中荣橘柚」即谚云「蛮树不落叶」也。「宁知鸿雁飞」，即谚云「雁飞不到处」

也。树不凋，雁不到，本是瘴乡，乃以美言之，此是隐句之妙。」升庵此言善矣。古人诗文用意，无不婉切，所以情味耐玩。今人诗文只一览便尽，故情味浅泛，由不知隐句露句之别也。其实不难晓，只是明说不如暗说，正说不如反说，顺说不如倒说尔。总之，古人诗不苟作，故妙；今人诗文不及古人，病正在一苟字。无情而作，无才而作，无学而作，无为而作，皆苟也。升庵又爱梁元帝、韦应物《萤火》二诗，谓「比之杜子美，则杜似太露。」元帝诗曰：「本随秋草并，今与夕风清。萦空若星陨，拂树似花生。屏疑神火照，帘似夜珠明。逢君拾光彩，不恪（四二）此身轻。」苏州诗曰：「月暗竹亭幽，萤光拂席流。还如故园夜，又度一年秋。暂惬观书兴，何惭秉烛游。府中徒冉冉，明发好归休。」余谓：苏州咏物，不著滞，故应佳胜。元帝之作，惟末二语意味佳，前六言亦退之「缟带银杯」之比耳，何能胜子美耶！升庵性好六朝、以同时何、李皆尊尚子美，故其说如此。

《升庵诗话》云：「庚信之诗，为梁之冠绝，启唐之先鞭。史评其诗曰绮艳，杜子美称之曰清新，又曰老成。绮艳、清新，人皆知之，而其老成，独子美能发其妙。余尝合而衍（四三）之曰：绮多伤质，艳多无骨。清易近薄，新易近尖。子山之诗，绮而有质，艳而有骨，清而不薄，新而不尖，所以为老成也。若元人之诗，非不绮艳，非不清新，而乏老成。宋人诗则强作老成态度，而绮艳、清新，概未之有。若子山者，可谓兼之矣。」右升庵论庚诗，可谓得之矣。其论宋诗，则非宋人妙处。升庵何尝知之，由其不喜宋人诗也。历代诗人、不一其体，各有长短，当取其盛者言之，岂可一语抹煞耶！元人若虞道园、吴立夫未尝不老成也。升庵谓：「唐人诗主情，去三百篇近。宋人诗主理，去三百却远矣。匪惟作诗也，其解诗亦然。」余谓：此言误矣！三百篇惟《国风》多言情耳，

《雅》、《颂》诸作，八九言理，直赋其事，何尝尽主情耶！至于春秋时列国卿大夫，及周、秦、两汉诸子，援引诗辞，何一不主理言。至于圣门说诗，尤主理言，《论语》、《孝经》、《礼记》所载，指不胜屈，岂圣门诸贤解诗皆非，反不及唐人耶！姑举一两端言之，孔子谓可与言诗者，莫如子夏、子贡二子。子夏问：「巧笑倩兮，美目盼兮，素以为绚兮」，夫子答以「绘事后素」，而子夏遂有「礼后」之悟。若自升庵言之，则正喜巧笑之倩、美目之盼为形容美人之工，谓作诗者当极力揣摩倩盼二字矣。又如夫子与子贡论贫富，而子贡却举切磋琢磨之诗为言，以诗本篇中何尝言贫富乎，若如升庵言，则子贡之说直是支离矣。升庵自好为六朝、唐人之诗可耳，何必如此说三百篇乎！其所为《话诗》，极以声情绮丽为尚，虽亦诗之一端，然不得以此概尽诗道也。

升庵他日又云：「宋诗信不及唐，然其中岂无可匹体者，在选者之眼力耳，如苏舜钦《吴江》诗：『月从洞庭来，光映寒湖凸，四顾无纤尘，鱼跃明镜裂。』王半山《雨诗》云：『山中十日雨，雨晴门始开。坐看苍苔纹，欲上人衣来。』孔文仲《早行》云：『客行谓已旦，出视见落月。瘦马入荒陂，霜花重如雪。』崔鸥《春日》云：『落日不可尽，丹林紫谷开。明明远色里，历历暝鸦回。』寇平仲《南浦》云：『春风入垂杨，烟波涨南浦。落日动离魂，江花泣微雨。』郭功甫《水车岭》云：『千丈水车岭，悬空九叠屏。北风来不断，六月亦生冰。』苏子由《中秋夕》云：『巧转上人衣，徐行度楼角。河汉冷无云，冥冥独飞鹊。』《旅行》云：『猿狖号枯木，鱼尤泣夜潭。行人已天北，思妇独江南。』朱文公《雨诗》云：『孤灯耿寒焰，照此一窗幽。卧听檐前雨，浪浪殊未休。』张南轩《题南城》云：『坡头望西山，秋意已如许。云影度江来，霏霏半空雨。』

《东渚》云：「团团陂风桂，宛在水之东。月色空林影，却下碧波中。」《丽泽》云：「长吟《伐木》诗，伫(四四)立以望子。日暮飞鸟归，门前长春水。」《西屿》云：「系舟西岸边，幅巾自来去。岛屿花木深，蝉鸣不知处。」《采菱舟》云：「散策下舸亭，水清鱼可数。却上采菱舟，乘风过南浦。」五诗有王维辋川遗意，谁谓宋无诗乎！」余谓：升庵此言，盖当时何、李诸人诋薄宋人太过，不能厌服人心，故取其近于唐音者摘录数首，以塞众口耳，宋人佳篇何止此耶！

升庵说诗，善处自不可没。如谓「作诗用字，当有出处，语意须有含蓄」，自是正论。又历举古人诗，不知其用意用字所本，不可妄改。余记其数条于此：「曰古书不可妄改，如曹子建《名都篇》「脍鲤臇胎鰕，寒鳖炕熊蹯。」此旧本也。五臣妄改作「炰鳖」，不知李善注云：「今之时脯谓之寒。」盖韩国馔用此法。《盐铁论》「羊淹鸡寒」，《崔骃传》亦有「鸡寒」。曹植文《寒鸽蒸麑」，刘熙《释名》「韩鸡为正」，古字「韩」与「寒」通也。（莹按：此所引寒鳖、寒鸡、寒鸽凡三品矣，岂皆韩国之馔耶！盖馔用热食者，其常也，而亦或有时以寒食为美。今人熟物之后，冷而食之，或连羹冻食者多矣。）王维《老将行》「耻令越甲鸣吾君」，此旧本也。近刻改作「吴军」，不知此出刘向《说苑》「越甲至齐，雍门狄(四五)请死之，曰：「昔者王田于囿，左毂鸣，军左(四六)请死之，曰：「吾见其鸣吾君也。」今越甲至，其鸣君，岂在左毂之下哉！」」唐郑培诗「戎垒三和夕」，《文苑英华》改「和」作「秋」，不知《孙子兵法》「两君相对曰和」。《战国策》「章子为齐将，与秦军交和而舍」。又《楚策》「开西和门」注：「军门曰和」。孟蜀牛乔〔杨柳枝〕词：「吴王宫里色偏深，一簇烟条万缕金。不分钱唐苏小小，引郎松下结同心」。「松下」用古乐府《小小歌》「何处结同心，西陵松柏下」，牛诗用此意，咏柳而贬松，唐人所谓尊题格也。后人改作「枝下」，语意索然矣」。（莹按：乐府「西陵松柏」之语，盖用《魏武遗教》铜雀伎「望吾西陵墓田」意，苏小亦伎、故比事用之耳。）又曰：「观乐生爱收古书，言有一种古香可爱。余谓此言末矣！古书无讹字，转刻转讹，莫可考证。余于滇南见故家收《唐诗纪事》抄本甚多，近见杭州刻本，则十分去其九矣。刻《陶渊明集》，遗《季札赞》。《草堂诗余》旧本，书坊射利，欲速售，减去九十余首，兼多讹字，余抄为《拾遗辨误》一卷。先太师收唐百家诗，皆全集。近苏州刻，则每本减去十之一，如《张籍集》本十二卷，今止三四卷，又傍取他人之作入之。王维诗，取王涯绝句一卷入之，诧于人曰：「此维之全集，以图速售。今王涯绝句一卷，在《三舍人集》中，将谁欺乎！此其大关系者。若一句一字之误尤多，略举教条，如王涣《李夫人歌》「修嫮秾华销歇尽」，「修嫮」讹作「德所」。武元衡诗「刘琨坐啸风清塞」，讹作「生苑」。刘琨在边城，则清塞字为是，焉得有苑乎！杜牧诗「长空澹澹没孤鸿」，今妄改作「飞(四七)鸟没」，平仄亦拗矣。（莹按：此语不然。「飞鸟没」三字，起语甚健，「没孤鸿」乃常语耳。杨好靡弱之音，故不喜也。）杜诗「七月六日苦炎蒸」，俗本「蒸」作「热」。（莹按：唐太宗诗云：「世皆苦炎热，我爱夏日长」。杜或本此，何便以为俗乎！）「纷纷戏蝶过开幔」，俗本「开」作「閑」，不知子美父名閑，诗中无「閑」字。（莹按：子美父名闲，其字从木，乃防闲之义，与从月之閒静，字似不同。）「还(四八)欢卜夜关」，今俗本作「卜夜间」，「曾闪朱旗北斗殷」，妄改「殷」作「间」，成何文理！前人已辨之矣。刘巨济收许浑手书，其诗「湘潭云尽暮烟出」，今俗本「烟」作「山」，亦是浅人妄改。湘水多烟，唐诗「中流日暮见湘烟」是也。「烟」字大胜「山」字。李义山诗「瑶池宴罢留王母，金屋修成贮阿娇」。俗本作「玉桃偷得怜方朔」似小儿语耳。（莹按：此二本未易优劣，皆用内传事。而王母与阿娇，两以妇人言，未免犯复，则不如用方朔事，而王母在其中也。）书所以贵阳本者，可以订讹，不独古香可爱而已。」又曰：「陕西近刻左克明《乐府》本，节郭茂倩《乐府诗集》，误字尤多。如《读曲歌》云：「逋发不可料，憔悴为谁覩」。「逋发」，谓发之散乱未料理也。今改作「通发」，何解也？又〔乌栖曲〕云「宜城酘酒今行熟」，「酘酒」，重酿酒也，不知何人改作「投泊」。「酘酒熟」则有理，「投泊」岂能熟也！虽郭本亦误。按《北堂书抄》云：「宜城九醖酒曰酘酒」。并引此句。晋〔白紵舞〕辞「罗维徐转红袖扬」，何承天〔芳树曲〕「微飚扬罗绁」，皆误「绁」作「鞋」」。又曰「宁戚《饭牛歌》「康浪之水白石烂」，康浪水在今山东，见《一统志》，可考。今《乐府》误作沧浪之水。沧浪在楚，与齐何涉！骆宾王文云：「观梁父之曲，识卧龙于孔明：歌（四九）康浪之歌，得饭牛于宁戚》，此可以证。近书坊刻《骆宾王集》，又妄改「康浪」作「康衢」，自是尧时事，与宁戚何涉也」。又如「梁萧子云上飞白书屏风十二牒」。李白诗「屏风九叠云锦张」，「牒」即「叠」也。宋词「屏风叠叠开红牙」，今改「叠」作「曲」，非」。「王季友《观於（五〇）舍人壁山水画》云：「野人宿在人家少」。《唐音》误「人家」作「山家」。既云野人，何得少宿山家耶」！「杜牧之〔江南春〕云「十里莺啼绿映红」，今本误作「千里」。「千里莺啼」，谁人听得？「千里绿映红」，谁人见得？若作十里，则莺啼绿红之景，村郭楼台、僧寺酒旗，皆在其中矣。（莹按：此亦不然。杜咏江南春乃总言江南春景，非指一处，故下云「南朝四百八十寺」，若十里之中，如何容得许多寺，且十字亦犯复，自以千里为是。）又《寄扬州韩绰判官》云「秋尽江南草未凋」，俗本作「草木凋」，秋尽而草木凋，自是常事，不必说也。况江南地暖，草木不凋乎？（莹按：江南草木未尝不凋，但稍迟耳。）此诗（五一）杜牧在淮南（今寿州一带）而寄扬州人者，盖厌淮南之摇落，而羡江南之繁华，若作草木凋，则与「青山明月」、「玉人吹箫」不是一套事矣。」「又如陆龟蒙《宫人斜》诗「草著愁烟似不春」，只一句，便见坟墓恻恻之意。今本作「草树如烟似不春」，「草树如烟」，正是春景，如何下得「不春」？读者往往忽之，亦食不知味者也。」

又引范元实《诗话》曰：「白乐天《长恨歌》工矣，而用事犹误。「峨眉山下少人行」，明皇幸蜀，不行峨眉山也，当改云剑门山。（莹按：剑门乃入蜀大道，可云少人行乎？白以峨眉为蜀中名山，其下人行甚少，以言蜀道艰难，常人且少行者，明皇以天子蒙尘至此，为可悲叹耳。岂如博士作记里鼓耶！）「七月七日长生殿，夜半无人私语时」。长生殿乃斋戒之所，非私语地也。华清宫自有飞霜殿，乃寝殿也，当改「长生」为「飞霜」，则善矣。按郑嵎《津阳门诗》：「金沙洞口长生殿，玉蕊峰头王母祠」，则长生殿乃在骊山之上，夜半亦非上山时也。又云「飞霜殿前月悄悄，迎风亭下风飔飔」，据此，元实之所评信矣。」莹谓：元实，范祖禹子、秦少游婿也。升庵喜以考博谈诗，未免好新尚异之过。如元实言以长生殿为斋戒之所，自必有所本，固不敢妄定是非。若郑嵎之诗可据，则骊山自有长生殿矣。骊山为巡幸之所，华清宫之建，以汤泉在此，所谓离宫别馆也。斋戒大事，岂有建至山上游幸之理！若是斋宫当在大内，考《雍录》云：「华清宫，开元十年建，初名温泉宫，天宝六载，始改华清。明皇每岁十月往幸，岁尽乃归」。与《通鉴》正合。或十月有事，则十二月、正月，从无七月往者。白诗既云七月七日，则非骊山矣。若云斋宫，岂有携妃嫔往者，似亦非斋宫也。此歌前以华清、温泉与昭阳殿、蓬莱宫杂举，未尝以长生殿属骊山，且亦鸿都道士虚渺之言，诗人迷离其词，何可征实耶！

升庵谓「李太白始终（五二）学《选》诗。杜子美好者，亦多是效《选》诗，后渐放手，初年甚精细，晚年横逸不可当。」升庵此言良是。六朝人诗，字句意格，无不精造生新，故少陵云「熟精《文选》理」，李、杜大家，特变其貌耳。后人不知此理，轻易开口下笔，故流易浅俗，虽名家不免此病，其去古人之远，莫不由此。

升庵说杜诗「白首重闻止观经」，引佛经云：「止能舍乐，观能离苦。」又云：「止能修心，能断贪爱；观能修慧，能断无明。止如定而后能静，观如虑而后能得也。」余谓：舍乐、离苦二义，解止观甚精，包括一切矣。修心修慧已是剩语，升庵更援定虑之义，似可不必。又解「波漂菰米沉云黑」四句云：「皆有所本，但变化之极其妙耳。隋任希古《昆明池应制》诗曰：『回眺牵牛渚，激赏镂鲸川』。便见太平宴乐气象。今一变云：『织女机丝虚夜月，石鲸鳞甲动秋风』，读之则荒烟野草之悲，见于言外矣。《西京杂记》云：『太液池中有雕菰，紫箨绿节，凫鸰雁子，唼喋其间。』《三辅皇图》（五三）云『宫人泛舟采莲，为巴人棹歌』，便见人物游嬉，宫沼富贵。今一变云『波漂菰米沉云黑，莲房不采坠粉红』，读之则菰米不收而任其沉，莲房不采任其坠，兵戈乱离之状具见矣。杜诗之妙，在翻古语，因悟杜诗之妙（五四）。如此四句，直上（五五）与《三百篇》『牂羊羵首，三星在罶』同。」升庵此说甚好。

升庵解「舍南舍北皆春水」，引韦述《开元谱》云：「『倡优之人，取媚酒食，居于社南者，呼之为（五六）社南氏；居于北者，呼之为（五七）社北氏』，杜诗正用此事，后人不知乃改『社』作『舍』。」余谓：杜公卜居浣花溪者，取其偏僻也。故又有诗云：「幽栖地僻经过少」，与此诗「舍南舍北皆春水，但见群鸥日日来」，情景正同。若作社南社北，则是倡优繁华之地，幽栖地僻全相反矣。何以云「皆春水」，又何以云「但见群鸥」乎！且杜公虽狂放，亦何至自托倡优所居间，择言不伦如此乎！宜为钱牧斋之所纠也。

升庵又摘韩文公《赠张曙》诗云：「『久钦江总文才妙，自叹虞翻骨相屯。』以忠直自比，而以奸佞待人，岂圣贤谦己恕人之意哉！考曙之为人，亦无奸佞似江总者。若曰以文才论，何不以鲍照、何逊为比，而必曰江总乎！此乃韩公平生之病处，而宋人多学之，谓之占地步。心术先坏矣，何地步之有？」余谓：升庵此论，可谓深文矣！唐人推重江总文才，由来久矣，「前身应是陈江总」，「名总还须字总持」，非唐人语乎？当时钦羡才人，以江总为比，可见江总才名盛于唐代也。六朝才人多矣，独言江总者，以其身入唐代为一朝文人之先声也。韩公以江总称张曙，不过以其文才相似称之，且曰久钦文才之妙，语义甚明，何尝以奸佞待之！虞翻谪广州，韩公亦贬潮州，同一岭南，故以自叹，何尝以忠直自夸！如此论诗，是舒亶、李定辈有心锻炼「乌台诗案」也，不亦大伤风雅乎！又如少陵以庾信比太白，又以自比，若以人品言之，则庾信以南朝人屈身北朝，历事数姓，岂以讥太白且自讥耶！又如刘梦得《送李仆射》云「稚子争迎郭细侯」，若必求其疵，则郭汲自哀、平间辟大司空，王莽时为并州牧；及光武时，复为并州，亦非佳士，安得完人而称之乃无语病哉！

张曙蜀人，升庵每夸蜀中名贤，疑昌黎轻之，又生平厌宋人言理学，遂溯源而诬及昌黎，岂洛、蜀分党之见，异代犹不能忘欤！此明人所以有《正杨》之作也。

草堂寺

今成都西城外五里草堂寺，有康熙十年碑，司理朱嘉徵撰文，曰：「益州西郊十里梵安寺，古刹也，亦名浣花溪寺，不知创自何代。杜少陵筑室其西，自题曰「草堂」。今地以人重，因名草堂寺。」引曹能始《名胜志》：冀国任夫人为旭上人浣衲溪中，百花俱满，溪由是名，寺盖在公之前。又引《唐书》：肃宗上元元年，公至成都，寓浣花溪寺；二年，裴冀公冕出牧，为公卜筑浣花溪居云云。是但知寺在草堂前，而犹以草堂名寺在公后也。余按：钱牧斋杜诗笺云「《北山移文》李善注引梁简文帝《草堂传》曰：「汝南周颙（五八），昔经在蜀，以蜀草堂寺林壑可怀，乃于钟山雷次宗学馆立寺，因名草堂山茨，所谓草堂之灵也。」草堂寺自梁时已有之，故李德裕记云：「精舍甚古」。甫卜居浣花里，近草堂寺，因名草堂。《志》云寺枕浣花溪，接杜工部旧居草堂，俗呼草堂寺，此大误也。」右钱义甚明，康熙十年，作碑者不见钱书，故仍沿俗说。今此碑具完，其文载《通志》，恐误后人，特举钱说正之；且知杜公以草堂名其居有所本，非漫然也。

王阮亭毁邓艾庙

王阮亭《渔洋诗话》言：奉使蜀中，道过剑州邓艾庙，命地方官毁之，「改祀姜维」，且题诗曰：「剑阁至今思伯约，蜀巫翻祀棘阳儿」。此事大快人心，风力不小。余按：唐人唐彦谦《过邓艾庙》诗云：「昭烈遗黎死尚羞，挥刀斫石恨谯周。如何千载留遗庙，血食巴山伴武侯。」则邓艾有庙久矣。此人心之所同恨也！独怪千百年宦蜀诸公，名贤不少，何以无人料理及此，直待渔洋一过客为之，然后知兴废有数，虽血食一方之鬼，犹必有待而更替也。按王象之《蜀碑记》隆庆府有《魏太尉邓艾神庙记》，唐长庆四年刺史邢丹题。又有《邓艾卫圣侯碑》，唐中和五年刺史郭淮立石。是唐时邓艾之祀方盛，故唐彦谦不然之也。宋隆庆即今剑州。象之又云：「南平军有姜维碑，在吹角坝穴内，相传为姜维碑，今已磨灭。」余按：宋南平军今重庆府南川县也，吹角坝在溱州堡。象之云：「坝有古磨崖，风雨朘剥，苔藓侵蚀，惟识建安二字，他不可辨。」

王阳明梦郭璞诗

王阳明梦郭璞示诗，极言王导之奸，寤而作《纪梦》诗。人少见其诗也，《升庵诗话》全载之。阳明本不以诗鸣，景纯作颇浅陋不类，盖殁已千数百年，精灵虽存，不能以生前之工力望之矣。今录于此，曰：「慎尝反复《晋书》，目王导为叛臣，颇为世所骇异。后见崔后渠《松窗杂录》，亦同余见。近读阳明《纪梦》诗，尤为卓识，自信鄙说之有稽而非谬也。其自序曰：『正德庚辰八月廿八夕，卧小阁，忽梦晋忠臣郭景纯氏以诗示余，且极言王导之奸，谓世之人徒知王敦之逆，而不知王导实阴主之。其言甚长，不能尽录，觉而书其所示诗于壁，复为诗以纪其略。嗟乎！今距景纯若千年矣，非有实恶深冤，郁结而未暴，宁有数千载下，尚怀愤不平若是者耶！』诗云：『秋夜卧小阁，梦游沧海滨。海上神仙不可到，金银宫阙尚嶙峋。中有仙人芙蓉巾，顾我宛若平生亲。欣然就语下烟雾，自言姓名郭景纯。携手历历诉衷曲，义愤感激难具陈。切齿尤深怨王导，深奸老滑长欺人。当年王敦觊神器，导实阴主相缘夤。不然三问三不答，胡忍使敦杀伯仁。寄书欲拔太真舌，不相为谋敢尔云。敦病已笃事已去，临哭嫁祸复卖敦。事成同事帝王贵，事败仍为顾命臣。几微隐约亦可见，世史掩覆多失真。袖出长篇再三说，觉来字字能书绅。开窗试抽晋史阅，中间事迹颇有因。因思景纯有道者，世移事往千余春。若非精诚果有激，岂得到今犹愤嗔。不成之语以筮戒，敦实气沮竟殒身。人生生死亦不易，谁能视死犹轻尘。烛微先几炳《易》道，多能余事非所论。取义成仁忠晋室，龙逄、龚胜心可伦。是非颠倒古多有，吁嗟景纯终见伸。御风骑箕游八垠，彼敦之徒草木粪土臭腐同沉沦。』郭景纯《梦中诗》曰：『我昔明《易》道，故知未来事。时人不我识，遂传耽一技。一思王导徒，神器良久觊。诸谢岂不力，伯仁见其底。所以敦者仇(五九)，罔顾天经与地义。不然百口未负托，何忍置之于死地！我于斯时知有分，日中斩柴市。我死何足悲，我生良有以。九天一人拊膺悲，晋室诸公亦可耻。举目山河徒叹非，携手登亭空洒泪。王导真奸雄，千载人未议。

偶感君子谈，重与写真记。固知仓卒不成文，自今当与频谑戏。倘其为我一表扬，万世万世万万世。』」

东坡开杭州西湖（二条）

升庵又云：「东坡先生在杭州、颍州、许州，皆开西湖，而杭湖之功尤伟。其诗云：『我在钱塘拓湖渌，大堤士女争昌丰。六桥横绝天汉上，北山始与南山通。忽惊二十五万丈，老葑席卷苍云空。』此诗史也，而注殊略。今按《宋长编》云：『杭本江海之地，水泉咸苦。唐刺史李泌，始引西湖水作六井，故井邑日富。及白居易复浚西湖，所溉千余顷。然湖多葑，近岁废而不理，湖中葑田，积二十五万余丈，而水无几矣。运河失湖水之利，则取给于江潮。潮浑多淤，河行阛阓中，三年一淘，为市井大患，而六井亦几废。公始至，浚茅山、盐桥二河，以茅山一河受江潮，以盐桥一河专受湖水。复造堰闸，以为湖水蓄泄之限，然后潮不入市间。至湖上，周视良久曰：「今愿去葑田如云，将安所置之？湖南北三十里，环湖往来，终日不达。若起（六〇）葑田，积之湖中为长堤，以通南北，则葑田去而行者便矣。」堤成，杭人名之曰苏公堤云。』合是观之，则公之有功于杭人大矣。呜呼，治水之难久矣！宋之世，修六塔河、三股河，安石以范子渊、李仲昌专其事，听小人李公义、宦者黄怀忠之言，用铁龙爪浚川杷，天下皆笑其儿戏。积以数年，靡费百十万之钱谷，漂没数十万之丁夫，迄无成功，而犹不肯止。绩败功圮（六一），而奸臣李清臣为考官，犹以修河问策欲掩护之。甚矣，宋之君臣愚且戆也。视东坡杭湖、颍湖之役，不数月之间，无糜百金，而成百世之功，其政事之才，岂止十倍时流乎，」升庵论苏公此事，可谓善矣。余谓：苏公杭湖之事，后人有难继者二：《论语》曰：「君子信而后劳其民，未信，则以为厉己也。」夫浚湖，民之大利也。而二十五万丈之葑田，主之者必众矣，其肥也可食，其枯也可薪；民习已久，一旦去之，愚民必有沮之者矣。公以谏新法不便而出守，天下皆信其爱民，况杭人乎！信而劳之，故民见其利不见其劳，一也。宋民以前有力役之征，大工大役，官得用其民，不尽给雇值；今世但有雇役无力役，凡有工，官皆计工给值而后行，以二十五万丈之葑田掘而为堤，此其夫工不少，则工费金钱甚巨，而云无糜百金，此必不能行之事，时势不同，二也。尽心民瘼者，惟先期大信于民，因其利而为之，更相度时势，不伤大费，庶乎其可耳。郭璞《江赋》「标之(六二)以翠翳，泛之(六三)游菰。播匪艺之芒种，挺自然之嘉蔬。」升庵云「菰即葑也，指为嘉蔬，其美可知。故《诗》云：『采葑采菲，无遗下体。』」(《长编》，即李焘原文。升庵颇有删节，《长编》盖本之子由所作墓志。)

又按：西湖去葑之议，本杭州旧制。史载：仁宗庆历初，郑戬知杭州。有钱塘湖，溉民田数十顷，钱氏置撩清军以疏导游滞，既纳国后，不治，葑土堙塞，为豪族僧坊所占冒，湖水益狭，戬发属县丁夫数万辟之，民赖其利。事闻，诏杭州岁治如戬法。大约其后复弛，及东坡守杭时，葑复堙塞，公乃大修之耳。故知百世之利，非一时之功矣。为下必因川泽，兴民利者，可不善所因乎。

校记

（一）《古文尚书》，原夺一「文」字，据手稿本补。

（二）改，手稿本作「故」。

（三）晨土，「晨」，民国五年上海书局石印本《淮南子》作「农」。

（四）正南邛州，曰深土，《淮南子》作「正南次州，曰沃土。」

（五）正西弇州，曰升土，《淮南子》作「正西弇州，曰并土。」

（六）正中冀州，曰白土，《淮南子》作「正中冀州，曰中土。」

（七）西北柱州，《淮南子》作「西北台州」。

（八）正北元州，《淮南子》作「正北沵州」。

（九）东北咸州，《淮南子》作「东北薄州」。

（十）正东阳州，曰信土，《淮南子》作「正东阳州，曰申土。」

（十一）碧阙，本条与（十二）条均录自杨慎《谭苑醍醐》卷一《海外五岳》。据《四库全书》本「碧」，作「宝」。

（十二）瑶池，原作「瑶地」，据杨引改。

（十三）麋，原作「麋」，据《左传》改。

（十四）最，原作「取」，据《史记》改。

（十五）都，《史记·西南夷传》无此字，似为衍文。

（十六）氾，原作「圯」，误，当为「氾」字。

（十七）余，手稿本及杨慎《经说》均作「予」。

（十八）娣，原作「妹」，据手稿本及《左传注》改。

（十九）百世可知，《论语》作「十世可知」。

（二十）占，原作「古」，误，据《史记》、《汉书》改。

（二一）廥，原作「容」，误，据手稿本改。

（二二）泣，原作「位」，误，手稿本作「泣」。又，语出《抱朴子·尚博》，亦作「泣」，据改。

（二三）光律原，「律」原作「聿」，同治本作「律」，是，据改。

（二四）六罚，手稿本作「六伐」。

（二五）次四事，原无「事」字，据《小说大观》本改。

（二六）俱存，原作「具存」，据同治本及《孟子》改。

（二七）国万数，里亿数，原作「国千亿里数」，误，据《海国图志》改。

（二八）天方回教，《海国图志》无「回」字。

（二九）即，原作「则」，据手稿本及《海国图志》改。

（三十）大都有不供偶象，而尚供画象，《海国图志》作「大都有不供他神，而尚供天主偶象、画象」。

（三一）殊方，《海国图志》作「殊族」。

（三二）尼，原作「利」，据《海国图志》改。

（三三）同，《海国图志》作「阿」。

〔三四〕二，《海国图志》作「三」。

〔三五〕墨，《海国图志》作「鲁」。

〔三六〕八，同治本作「十」。按：所录实为七阕。

〔三七〕九重，原作「九种」，据手稿本及同治本改。

〔三八〕杰鹜，同治本作「桀鹜」。

〔三九〕凡吏，「吏」下《汉书·百官表》有「秩」字。

〔四十〕维，中华书局一九七八年版《乐府诗集》作「仁」。

〔四一〕篙，《乐府诗集》下有「榜」字。

〔四二〕愘，原作惜，据中华书局一九八三年版《历代诗话续编·升庵诗话》改。

〔四三〕衍，原作「言」，据手稿本及《升庵诗话》改。

〔四四〕伫，《升庵诗话》引作「停」。

〔四五〕雍门狄，《升庵诗话》引作「雍门子狄」。

〔四六〕军左，《升庵诗话》引作「车右」。

〔四七〕飞，《升庵诗话》引作「孤」。

〔四八〕还，《升庵诗话》引作「邀」。

〔四九〕歌，《升庵诗话》引作「听」。

〔五十〕於，手稿本及《升庵诗话》均作「于」。

〔五一〕诗，原作「时」，据手稿本及《升庵诗话》改。

（五二）始终，《升庵诗话》作「终始」。

（五三）三辅黄图，《升庵诗话》作「三黄旧图」。

（五四）杜诗之妙，在翻古语，因悟杜诗之妙。按：据《升庵诗话》，姚引在「在翻古语」下，删去「《千家注》无有引此者，虽万家注何用哉！」故文义有所不顺。

（五五）上，原作「下」，误，据《升庵诗话》改。

（五六）、（五七）为，《升庵诗话》均引作「谓」。

（五八）周颙，原作「周容」，据手稿本改。

（五九）仇，同治本作「俦」，手稿本作「仇」。

（六〇）起，《升庵诗话》引作「取」。

（六一）圮，原作「圯」，误，字当作「圮」。

（六二）、（六三）之，原均无「之」字，据手稿本及《江赋》改。

《康輶纪行》卷十四

左担道

杜公《愁坐诗》曰：「高斋常见野，愁坐更临门。十月山寒重，孤城水气昏。葭萌氐种迥，左担犬羊（一）存。终日忧奔走，归期未敢论。」夫羁旅穷愁之人，未有不急切思归者。今目击蜀道之险，反以奔走为忧，至不敢论归期，其愁思更何如乎！然葭萌左担险矣，犹内地也，以余今日，则望左担如故乡矣。因反其意云：「白头来异域，竟岁狎侏儒。赦手人如堵，涂酥嚗作医。天中冰雪岭，屋角鬼神旗。左担休惊险，能归亦解眉。」杨升庵说「左担」云：「按《太平御览》引李克《蜀记》云：『蜀山自绵谷葭萌，道径险窄，北来担负者，不容易肩，谓之左担道。』又李公胤《益州记》云：『阴平县有左肩道，其路至险，自北来者，担在左肩，不得度右肩。』常璩《南中志》云：『自僰道至朱提，有水步道九道，有黑水及羊官水道，度三津，至险难行。故行者谣曰：「楢溪赤水，盘蛇七曲。盘羊乌栊，气与天通。庲降贾子，左担七里。」又有牛叩头、马搏坂，其险如此。』据此三书，左担道有三：绵谷，一也；阴平，二也；朱提，三也。义则一而已。朱提，今云乌撒，云、贵往来之西路也。

古韵当辨方音

沈约以吴人作《声韵》，其韵皆吴音也。四声之说，初起南朝，一时文士，莫盛于南，故言韵者，莫不从之。自唐礼部以取士，更为遵王之制矣。其实四声出于五音，五音出于五方，水土之轻浊不齐，五方之言不同其音者，天地自然之音也，乌得以一方之音而比齐之乎！古人书可以同文，未闻言可以同音者，文由人造，音自天成故也。宋以后，渐觉沈韵之非，乃以六朝以前古人有韵之文，逐类求之，递元、明以迄今日，古韵、古音之学乃大明矣。余少时谈吴才老、陈第、顾亭林、邵子湘、江慎修诸家之说，深焉之，而惜其于古人之音，往往彼此牵合，未能各以其方求之，犹不能得其真也。欲自《三百篇》为主，下逮《楚辞》及周、秦、汉、魏诸子诗赋有韵之文，皆汇取其全。以地分人，并取其文，比附其音，订为一书，以求古音之真。尝语友人，颇然其说。而早以饥驱奔走四方，及从宦后，吏事纷纭，不暇搜讨，此念至今犹耿。今老矣，方使外域，更何能言学。偶见杨升庵论沈约之韵未必悉合声律，而今诗人守之如金科玉条，若作填词，自可变通，甚取元人《中原音韵》之作。余因记此，姑引其端，以俟后来贤哲。周德清《中原音韵》，余家有之，乃近世之音，非古音也。然亦可见南北韵之大凡矣。

柳下惠

孟子称柳下惠曰：「不羞污君，不卑小官。进不隐贤，必以其道。遗佚而不怨，厄穷而不悯。与乡人处，由然不忍去也。尔为尔，我为我，虽袒裼裸裎于我侧，尔焉能浼我哉！故闻柳下惠之风者，鄙夫宽，薄夫敦。」七篇之中，凡再三言之。孔子亦称其「言中伦，行中虑。」而其妻之诔辞曰：「夫子之不伐兮，夫子之不竭兮，夫子之诚信而与人无害乎！屈柔从俗，不强察兮！蒙耻救民，德弥大兮！虽遇三黜，终不蔽兮！岂弟君子，永能厉兮！嗟呼惜哉，乃不世兮！庶几遐年，今岁逝兮！呜呼哀哉，魂神泄兮！夫子之谥，宜为惠兮！」合观孔、孟之言，与其妻之诔辞，然后知柳下之德之全。当其生时，所见称于人者，特其小焉者耳。传记所载事只二三，不足以彰其实，而孔子称其「行中虑」，孟子称其「进不隐贤」，其妻称其「蒙耻救民」，意其为士(二)师时，政事之及于民者多矣！三黜之事，虽不可考，其为不能枉道，以直见黜可知。孟子不称其直而称其和，其妻亦不称其直而称其惠，若与其自言不类者何也？直者，君子之一节，自好者优为之，不足以尽柳下惠也。和者，其德之盛；惠者，其行之实，非柳下不足以当之。后世谥法全滥，至以和、惠二字为中人之德矣。循名责实，无愧者几人哉！嗟呼，宋、元以前，犹有私谥，是清议之所存也。私说废而清议亡矣！大官贵戚，莫不以有谥为荣，究之贤佞忠奸，公论仍在天下，又何尝以一字为轻重哉！师保之名，宋、明阉寺，且被之矣，易名之称，复不足恃，是以人贵自立也。

杨升庵都鄙说

杨升庵《谭苑醍醐》说都鄙二字甚确，今记于此：「都何以训美？都者，鄙之对也。《左传》曰：『都鄙有章』。《淮南子》云：『始乎都者，常卒乎鄙。』盖天子所居辇毂之下，声名文物之所聚，故其士女雍容闲雅之态生。今谚云『京样』，即古之所谓都。《相如传》『车从甚都』是也。边氓所居，蕞尔之邑，狐狸豺狼之所嗥，故其闾阎学啬村陋之状出，今谚云『野样』，即古之所谓鄙。老子云：『众人皆有以，而我独顽似鄙』是也」。

五岭

升庵考五岭曰：「裴氏《广州记》云：『五岭：大庾、始安、临贺、桂阳、揭阳』。邓德明《南康记》云：『五岭者，台岭之峤，五岭之第一岭者，在大庾。骑田之峤，五岭之第二岭也，在桂阳。都庞之峤，五岭之第三岭也，在九真。萌渚之峤，五岭之第四岭也，在临贺。越城之峤，五岭之第五岭也，在始安。』『都庞』，《水径注》作『部龙』；『萌渚』，《舆地志》作『明诸』。徐广曰：『五十万人守五岭』。《淮南子》曰：『始皇利越之犀角、象齿、翡翠、珠玑，乃使尉屠睢，发卒五十万为五军，一军塞镡城之岭，一军守九嶷之塞，一军处番禺之都，一军守南野之界，一军结余干之水。」注：「镡城，在武陵西南，接郁林　九疑，在零陵；番禺，在海南(三)；南野、余干在豫章。」其说五岭又不同，并志之于此。」余按：五岭者，皆以南越言之。裴、邓二说近是。小颜《汉书》注从裴说，见《张耳陈余传》，《淮南子》乃言五军所驻之地，不云五岭，其文如番禺之都，余干之水，岂可以岭言耶！尉屠睢即尉佗也，徐广与《淮南子》文不相应，未可强合。

蛮妇席帽

余初至广东，过大庾岭，见妇人担负者，首戴席帽如草笠，空其项以出髻，有帷四垂，深约四寸，轩其前，轾其后。嗣至闽中，妇人担负者亦然。尝语友人曰：此即古者女子出门拥蔽其面之义。宽大其帽，使可视地；深其帷，所以蔽面也。今乃浅其帷而轩其前，若以为饰者，失古意矣。虽然，犹存古制仿佛，岭以内未之见也。士大夫家则越、闽亦不然，盖出以人舆，无事徒步，故不用耳。朱子守漳州，乃制妇人出门，以蓝夏布一幅，围罩其首及项，亦宽其前，使得视地。身穿大布宽衣，拄杖而行，皆良家妇也。妓女行，则擎雨伞，半展以罩其首，为良贱之分。至今漳州妇人，称蔽首之布曰文公兜，衣曰文公衣，杖曰文公杖，盖变古制而得其意者也。升庵云：「古时宫人骑马，多著羃䍦，全身障之。又首有围帽，谓之席帽，垂丝网之，施以珠翠。(今演剧中有之)至炀帝淫侈，欲见女子之容，诏去席帽，戴皂罗巾帼，而以席帽油之御雨云。唐永徽中，皆用帷帽施裙到颈，渐为浅露。开元初，宫人马上著胡帽，靓妆露面，古制荡尽矣。今山西潞州妇人，出以锦帕覆面，至老犹然。云南大理妇人戴次工大帽，亦古意之遗焉。」按锦帕覆面，即綦子为制之意；次工大帽，殆即闽、广之制。

岷江即汶江

蜀之岷江，岷，古字作汶。《史记》引《禹贡》「岷、嶓既艺」及「岷山之阳」、「岷山导江」皆作汶。《苏秦传》：苏代约燕王曰：「秦之行暴，正告天下。告楚曰：『蜀地之甲，乘船浮于汶，乘夏水而下江，五日而至郢。』」皆指岷江而言。司马温公《类篇》曰：「字通用也」。《三国志》「蜀后主至湔，登观坂，观汶水之流」。《五代史》「蜀主王建贬卫尉少卿李钢为汶川尉。」徐无党注：「汶读作岷」。升庵以今读作问，非。

手势酒令

唐人有手势酒令曰：「亚其虎膺，曲其私根。以蹲鸱间虎膺之下，以钩戟差玉柱之傍。潜虬阔玉柱三分，奇兵阔潜虬一寸。死其三洛，生其五峰。」谓之抬手令。解之者曰：「虎膺，谓手掌；私根，谓指节；蹲鸱，大指也；钩戟，头指；玉柱，中指也；潜虬，无名指；奇兵，小指也；死其三洛，谓舒其腕也；生其五峰，通呼五指也。」一名五指甚奇。余谓：唐代佛书盛行，以五指屈伸作手势，盖佛经所谓手诀也。唐人戏效之为酒令耳。升庵读《五代史》史肇宏与苏逢吉饮酒，酒令作手势。引唐人酒令，谓其类此。讥其「以将相大臣而为此态，甚于侧弁起舞，二人宜其罹祸。」余谓：汉、晋以后，酒宴之间，自为起舞，各出新名，多矣，何足讥耶！（手势令见《通鉴》胡注）

古人书疏体式

余幼时见家存先薑坞编修及惜抱先生与人手启，皆空其尾，书「敬余」二字。盖古人尺牍皆然，以俟友朋批答也。本以施于尊贵，王子敬作佳书与谢安，意其必留，安就其后批答还之，子敬大恨，是其事也。今时官中陈事公牍亦然，特详册有正幅，正书于册，副则摘录事要，谓之简文，以俟批示可否。上司录批于册首，留存公案，而还其文，以存属案。至奏疏、对策，则空其首幅，以待上批，更无副本。疏则括其所疏大略，揭帖于前，以纸细书，谓之贴黄。考之于古，蔡邕《独断》载汉代章奏之式：所谓需头者，盖空其首一幅，以俟诏旨批答，陈请之奏用之；不需头者，申谢之奏用之。此其制之所仿也。古人奏事朝廷，其状曰疏。国初，臣下奏事皆用疏；其后分疏、折二体。凡公事，循例者，皆用疏奏上，发内阁中书稽核，票签拟其可否，然后进呈取旨。其事尚未定，先陈事之情形，非定例可循者，则用折。先至御前阅之，硃笔批示，或传示军机大臣拟旨。此制，初为军务机密行之，后遂非军务亦然。分别题本为疏，奏事为折。今内而部科、外而各省督抚、将军，奏事有所论建举劾，皆折也。而及其身后，汇刻其文者，概以疏名之，乃文之耳。」

行过江源诗

「我家江水初发源，宦游直送江入海。」东坡《金山》诗句也。余家江南，来此西域，过岷山江源，又三千余里矣。更反其意云：「海入江流是我家，江源行过路还赊。西来寒日多长景，为伴羁人驻岁华。」

《栖鸦》、《晓日》诗

家惜翁在锺山书院日，有句云：「空庭残雪尚飘萧，时有栖鸦语寂寥。久坐不知身世处，起登高阁见江潮。」乃深得寂静中境味语也。余顷寓察木多久之，境昧不同，而白日荒寺，惟事笔墨，虽已近冬至，殊不觉昼之短。二鼓后，就枕熟睡，甫再醒，日已照窗间矣。窗外杨柳一株，上有栖鸦，时作独语。忆惜翁诗，似有所得，未知同异也。为句纪之云：「寒窗迟日度疏棂，鹫岭秋来已断青。欲问此身真住处，栖鸦时复语空庭。」又有《晓日》一首云：「晓日玲珑照槛清，山高未许障光明。负喧无限茅檐叟，先动穹庐挟纩情。」

古韵标准

余始读江慎修《古音标准》及《四声切韵表》，言三代以上，即有声韵。举《大司乐》「皆均之以八声」，言韵即古之均也，深服其论。顷见杨升庵《谭苑醍醐》云：「《唐书·乐志》：古无韵字，均即韵也。五帝之学曰成均，均亦音韵。《书》曰：『命汝典乐，教胄子。』《论语》曰：『成于乐』，是成均之说也。周人立太学，兼五帝及二代之名，东学为东序，西学为瞽宗，北学为上庠，南学为成均。宜学言语者处之成均。则均之为韵也益明矣。潘安仁《笙赋》：『音均不恒，曲无定制』，注：『均，古韵字。』《鹖冠子》：『五音不同均，然其可喜一也』。《唐书·李纲传》引《周礼》『均工乐胥，不得列于士伍』」据此，则均之为韵，其说旧矣。既恨向来读书之少，复怪江氏当时何以未及此也。盖杨所引固为详明。而《大司乐》之言，乃均之根据，江氏既得其根据，遂无事繁称博引欤！

昌黎与大颠书

韩公《与大颠书》世皆疑之。余谓昌黎所恶于佛者，恶其徒之惑世诬民耳。若大颠者，清修一身，屏绝情欲，世间富贵荣利之事，一切不以累其身；贫贱威武患难之境，一切不以动其心。吾儒自反，或有未之能者，恶能不之致敬乎！世儒耻为自反，徒负气大言，岂孔子「无我」、「无固」之教哉！譬如告子之不动心及其言性，与孟子有水火之别，然孟子未尝不敬其人。老子之书，与孔子六经相反，然孔子从之问礼，叹其「犹龙」，自谓「窃比」，何尝有轻慢之意！世人不在道德真实处讲求，惟于门户影响苦争闲气，恐真儒不如是也。韩公无此书则已，如其有之，正韩公不可及处，而疑之，无乃浅人之见乎！

禹生石纽乡

《易林》：「舜升大禹石夷之野」。《后汉·戴叔鸾传》云：「大禹生(四)西羌」。《水经注》：「禹生于蜀之广柔县石纽村」。杨慎曰：「今之石泉县也。石纽村，今之石鼓山。其山朝暮二时，有五色霞气。又有大禹采药亭，在大业山，其地药气触人，往往不可到。地志不载，闻之土人云。」余按。舜生于余姚，越人也。都在冀，而崩于苍梧之野。禹生于石纽，蜀人也。都在安邑，而会稽有禹陵，盖亦巡狩而崩。蜀为禹生地，少习西羌，得江河二水之源。窃意伯鲧亦以此，故当时治水，莫有如其父子者，良有以也。升庵谓「太史公所探之禹穴，即蜀石泉。谓之禹穴，其石杳深，人迹不到。仪封刘远夫修《蜀志》，搜访古碑，刻有禹穴二字，乃李白书，始知会稽禹穴之误」。余按：《史记·叙传》「二十而南游江淮，上会稽，探禹穴，窥九疑，浮于沅湘。」是时迁未入蜀也，则此禹穴自当从张宴说，以在会稽为是。《叙传》下文云：「迁仕为郎中，奉使西征巴蜀以南，南略邛、笮、昆明，还报命」。盖至此乃入巴蜀，距探禹穴之时远矣，何待牵禹穴于蜀中耶！升庵说古事多不考上下本文，又自以蜀人，喜张大之耳。李白书禹穴字，安知非好事者为之乎，果使太白为之，亦自错误，不足据也。

川中传谕使归

十七日，成都、华阳二县来书云：「相国传谕：两呼图克图事，闻难结，宜即返，勿久留生玩。」

云南山水

升庵《云南山川志》曰：「玉案山，在云南府城西二十五里，一名列和蒙山。秀丽多泉石，石有碁盘。山北平坡中，有三泉，如盆池，郡人春日游赏于此，山中有玉案兰若。

金马山，在府东二十五里，西至碧鸡山，中隔滇池。山不甚高，而绵亘西南数十里。上有长亭，下有金马关。

碧鸡山，在西南三十里，东瞰滇泽，苍崖万丈，绿水千寻，月印澄波，云横绝顶，云南一佳景也。汉宣帝时，方士言益州有金马、碧鸡之神，可祭祀而致。遣王褒往祀，至蜀而卒。颜师古言：

金形如马，碧形如鸡。未知果否。

太华山，在碧鸡西北。

敕霁山，在嵩盟州东四十里。世传蒙世隆征乌蒙，得四女。归至此山，四女遥望故乡，俯仰叹息，忽山巅雾结三峰，蛮谓三为敕，雾为霁。其山峇岑独峻，登眺，则云南悉在目中。又名峻葱山。

滇池，在府城南，一名昆明池，一名滇南泽。周广五百余里，合龙盘江、黄龙溪诸水汇为此池。中产衣钵莲，花艳千叶，蕊分三色。下流为螳螂川，中有大小卧、纳二山。《史记》：滇水源广末狭，「有似倒流」，故曰滇。汉武帝欲伐滇国，于长安西南穿昆明池象之，以习水战。

点苍山，在大理城西，高千余仞。有峰十九，苍翠如玉盘，亘三百余里。山顶有高河泉，深不可测。又有瀑布诸泉，流注为锦浪等十八州（当作十八川）。蒙氏封为中岳。

凤羽山，在浪穹县西南三十里。旧名罗浮山，相传蒙氏细奴逻兴时，有凤翔于此，故名凤羽，后凤死，每岁冬，众鸟哀吊其上，故又名鸟吊。至今土人于鸟来时举火取之，鸟见火辄赴火自死。

九曲山，在洱海东百余里。峰峦攒簇，状如莲花，九盘而上，又名九重岩。上有石洞，人莫能通。

西洱海，在府城东（大理也），古叶榆河也，一名濔海，又名西洱河。源自邓川，合点苍山之十八川而汇于此，形如人耳。周三百余里，中有罗筌、浓禾、赤厓三岛，及四洲、九曲之胜。下流合于样备江。浓禾岛，形如几案，故亦名玉案山。

判丈山，在临安府城南二十里，高千余仞，中有三峰削出，形如笔架。昔段思平外舅衅判，死居其上，因名，有祠在焉。

碧玉峰，在宁州北五十里。岩石磷磷。下瞰抚仙湖，波光涵浸如碧玉。上有碧玉神祠，傍有石，如悬钟，又名石钟崖。

玉璧山，在定远县东六十里。高(五)可千仞，望之色如玉璧。其东有凤羽山，南有易者(字疑误)山，北有绝顶峰，皆丹崖壁立，高出群山之表(六)。

雪山，在丽江府西北二十里，一名玉龙山。条冈百里，岿岿十峰，上插云汉，下临丽水。其巅积雪，经春不消。岩崖涧谷，清泉飞流。异牟寻封为北岳。

九隆山，在司城南七里。山有九岭，又名九坡岭，沙河源出于此。昔有妇名沙壹，浣絮水中，见沉木有感，因孕，产九男。后沉木化为龙，众子惊走；惟季子背龙而坐，龙因舐其背，蛮语背为九，谓坐为隆，故名九隆。长而黠，遂以为酋长。山下又有一夫妇，生九女，九隆兄弟娶之，种类遂繁。皆刻画其身，象龙文于衣，皆著尾，世居此山之下。武侯南征时，凿断山脉，以泄其气，有迹存焉。

哀牢山，在司城府东二十里，本名安乐，夷语讹为哀牢。绝顶有一石，如人坐，怀中有二穴，名天井，土人于春首，视水之盈涸，以卜岁之丰凶，至者见水溢，以为吉兆。穴下相通，取左穴水，则右穴水涸；取右亦然。又山下有一石，状如鼻，二泉出焉，一温一凉，号为玉泉，故又名玉泉山。

博两山，在永平县西南四十里，一名金浪颠山，一名丁当丁山。极为险隘，乃蒲蛮出没之所。澜沧江，经司城东北八十五里罗岷山下。汉明帝兵开博南，行者愁怨作歌：「汉德广，开不宾，度博南，越澜津；渡澜沧，为他人。」旧渡处，以竹索为桥，后废。洪武末，镇抚华岳，铸三铁柱于岸以维舟。

方丈山，在鹤庆府城南一百里，巍然峻拔。山半有洞，中有池，深不可测。水滴岩下，如方响音。昔蒙氏罗阁凤琢观音像于壁，故又名观音山。南诏名山凡十七，此其一也。

蒙乐山，在景东府北九十里，一名无量山。高不可跻，连亘三百余里，中有石洞，深不可测。一峰特出，状若崆峒，蒙氏封为南岳。其南有泉，为通华河；其北有泉，为清水河，俱东入于大河。

乌蒙山，在禄劝州东北三百里，一名绛云露山。北临金沙江。山有十二峰，耸秀为一州诸山之冠。八九月间，常有雪，其顶有乌龙泉，下流为乌龙河。蒙氏封此山为东岳。

高黎共山，在司城东北一百二十里，一名昆仑冈，夷语讹为高良公。山极高峻，介腾冲、（疑当为越）潞江之间。冬月，潞江无霜，其山顶霜雪，极为严冱。蒙氏封为西岳。其顶有分水泉，极清冽，行者咸掬饮之。

卧狮山，在法宝山之南五里，以形名。高百丈余，袤二里。其下有洞曰芭蕉，广二寻，高称之，深百五十步。其中，石乳灿烂，有如莲、如钟、如伞之异，故又名石花。

云岩山，在城北二十五里。高二百余丈，盘三里许，杂木阴森。岩石深百步，中有石，横卧于下，长丈余。好事者凿为佛，建寺覆之，扁曰「云岩卧佛」。其左有洞，洞门高三尺，深十丈余。寺外筑台建门，台下有池，东望泬漻，足为佳丽。

罗岷，在城北八十里，即澜沧江两岸。高千余丈，延袤四十里。旧传：蒙氏时，有僧自天竺来者，名罗岷，常作戏舞，山石亦随而舞，后没于此，后人立祠祀之。岩下时坠飞石，过者惊趋，俗谓之催行石。按：飞石本岩上野兽抛踏而下。相传有人于将晓时，见石自江中飞上雾中，甚多。罗岷之南为险山，势极峻绝，迩年循鸟道辟仄路，以通来往，行人便之。

易罗池，在龙泉门外之九隆山麓。泉由地喷者九窦，滚滚沸出，不舍昼夜。郡人神之，因名曰九龙池。周遭甃以砖石。内有荷花，夏月盛开。西岸有二亭：其一，旧名观澜，御史阴汝登重建，题曰「九龙清派」。其一，跨沸泉之上，旧名偕乐，副使郭春震重建，题曰「龙池春晓」。泉石澄清，游人络绎，足为一方形胜。」右滇中山川，升庵所记名胜略备矣！地既僻远，开辟最后，名人游至者少，余因卫藏之纪，全录之。

唐宋人论文（二条）

唐人李华论文曰：「文章本乎作者，而哀乐系乎时。本乎作者，六经之志也；系乎时者，乐文、武而哀幽、厉也。有德之文信，无德之文诈。皋陶之歌、史克之颂，信也；子朝之告，宰嚭之词，诈也。夫子之文章，偃、商传焉，偃、商没而伋、轲作焉，盖六经之遗（七）也。屈平、宋玉哀而伤，靡而不返（八）！六经之道遯矣。沦及后世，力足者，不能知之；知之者，力或不足，则文义浸以微矣」。萧颖士论文曰：「六经之后，有屈原、宋玉，文甚雄壮而不能经；贾谊文辞最正，近于治体；枚乘、相如，亦瑰丽（九）才士，然而不近风雅；扬雄（十）用意颇深；班彪识理；张衡宏旷；曹植丰赡；王粲超逸；嵇康标举；左思诗赋，有《雅》、《颂》遗风；干宝著论，近王化根源，此后复绝（十一）无闻焉。近日惟陈子昂文体最正。」右李、萧二人之论，可谓得文章之大体矣，而不及昌黎、柳州、李习之之精，盖各以所得言之耳。余合唐、宋以来及本朝诸公至吾家惜翁之论，总括之曰：文章之道，惟志正而体赡；学博而思切；辞约而义精。气足举辞，光不掩质，是之为美。至于繁简、宏纤，曲直、微显，则审时发情，各得其当，无有定也。愿与深于此事者商之。

宋晏元献论韩、柳二公文曰：「退之扶导圣教，刬除异端，则诚有功；若其祖述坟典，宪章骚雅，上传三史，下笼百世，横行阔视于缀述之场者，子厚一人而已。」晏公此论，世人多不谓然，而非无所见也。王半山评欧文云：「积于中者，浩如江河之渟滀；发于外者，烂如日星之光辉。其清音幽韵，凄如飘风急雨之骤至；其雄词闳辨，快如轻车骏马之奔驰。」又称老泉之文云：「其光芒灿烂，若引星辰而上也；其逸驶奔放，若抉江河而下也。」苏子瞻论王半山云：「文字之衰，未有如今日者也，其原出于王氏。王氏之文，未必不善也，而患在使人同己（十二）。自孔子不能使人同。颜渊之仁，子路之勇，不能以相移；而王氏欲以其学同天下。地之美者，同于生物，而不同于所生；惟荒瘠斥卤之地，弥望皆黄茅白苇，此则王氏之同也。」善乎苏子之言文矣！岂惟文哉，古今学术亦犹是也。余尝语友人曰：天下之人不同貌，而同一好善恶恶之心；自古圣贤不同道，而同一乐天济世之志；孔子《六经》不同文，而同一修己安人之求；千古忠臣孝子不同行，而同一竭力致身之义。世人不求其所以同，而惟于其不必同、不可同者，曲求其肖；彼即真肖，吾犹以为非，况必不能肖哉！历举前人之论文者可以悟矣，家惜翁《古文辞类纂》之说所以为大公至正也。

和同

《国语》周·史伯曰：「今王去和而取同。夫和实生物，同则不继。以它平它谓之和，故能丰长而物生（十三）之。若以同裨同，尽乃弃矣。故先王以土与金木水火杂，以成百物。是以和五味以调口，刚四支以卫体、和六律以聪耳，正七体以役心，平八索以成人，达九纪以立纯德，合十数以训百体，出千品，具万方，计亿事，材兆物，务和同（十四）也。声一无听，物一无文，味一无果，物一无讲。王将弃是类而与刬同。天夺之明，欲无弊，得乎！」此论和与同之得失，可谓尽之矣。《左传》晏子辨和同亦云：「以水济水，谁能食之！若琴瑟之专一，谁能听之！」自古以来，能知和同之辨者鲜矣，平居空言，颇能了然，而临事取人，仍不免于党同伐异，良可叹也。

修己安人守身治人

孔子言「修己安人」，孟子言「守身治人」。曰修、曰安者，顺乎天，则行所无事，圣人之道也。曰守、曰治者，强力而行，务尽其道，贤者之事也。君子当行贤者之事，以求合圣人之道。有行之而不至者矣，未有不行而能至者也；有知之而不行者矣，未有行之而不知者也。

三大士佑人与鬼神同理

或曰：世传三大士灵迹，岂皆妄欤！曰：曷为其妄也。佛以觉世为心，为人作福，固佛之本愿也。三大士者，皆以佛愿为愿者也。世有大善至诚，往往获佑于鬼神者，其灵爽昭昭矣。三大士之灵迹，何殊于他鬼神乎！天道无亲，常与善人。三大士不能违天道而福恶人，明矣！人第强力为善，百神罔不佑之，岂惟三大士哉！故曰：鬼神不能祸福人也，人自求之。孟子曰：「祸福无不自己求之者。」今终日为恶而求福利，鬼神必且恶之，三大士何异焉！明于鬼神之理，则洞然于三大士矣，不求身心，求三大士何益！

霍集占非回回种

《钦定西域图志》曰：「回部世系，其始祖青吉斯汗为第一世（元太祖也）。子察罕岱为第二世（太祖次子，分封四部者，是为回首之初祖，山南北皆其封地），哈喇拜苏毕喇克为第三世，达瓦齐为第四世，巴尔当为第五世，巴图尔博汗为第六世，图墨讷为第七世，阿沽斯为第八世，海都为第九世（元世祖时有海都叛王，非此人也），萨木布瓦为第十世，特木尔图胡鲁克为十一世，克则尔和卓为十二世，锡喇里为十三世，锡喇玛哈木特为十四世，玛木特为十五世，玉努斯为十六世，阿玛特为十七世，赛叶特为十八世，阿布都里锡特为十九世，阿布都喇伊木为二十世，巴巴汗为二十一世，阿克巴锡为二十二世，阿哈木特为二十三世，莽苏尔哈色木为二十四世，阿布都勒拉为二十五世，即顺治十二年上表之叶尔羌回汗也」。又曰：「回教之祖派，噶木巴尔第一世，同祖兄子阿里为第（十五）二世，鄂赛音为第三世，再努勒阿毕丁为第四世，玛木特巴克尔为第五世，札丕尔萨氏克为第六世，木色伊喀则木为第七世，阿里伊木西里杂为第八世，赛叶特勒塔里布为第九世，阿布勒拉为第十世，阿布杂勒为十一世，阿布都勒拉为十二世，阿哈玛特为十三世，玛木特为十四世，沙喀三为十五世，沙额色尹为十六世，札拉里丁为十七世，克玛里丁为十八世，布尔哈里丁为十九世，米尔氏瓜纳为二十世，玛木特为二十一世，布喇尼丁为二十二世，札拉里丁为二十三世，玛哈图木阿杂木为二十四世，玛木特额敏为二十五世，玛木特玉素普为二十六世，伊达雅图勒拉和卓为二十七世，雅雅和卓为二十八世，玛罕木特为二十九世，波罗尼都、霍集占为三十世。」又曰：「玛罕木特子波罗尼都、霍集占即大和卓木、小和卓木两逆酋也。其第二十五世共十二支，析居布哈尔、痕都斯坦诸处。第二十六世之哈色木，后迁布哈尔；木萨尔后迁拜勒哈，世次不备载。」《西域水道记》曰：「玛木特玉素普之初迁喀什噶尔也，土人(十六)庞雅玛，献所居地为寺，死即葬焉。墓在回城东北十里许。回人墓即为祠堂，曰玛咱尔。」魏源曰：「西域自唐以前，无论葱岭西东，皆有佛教，无回教。其以回教称者，自隋、唐之间始，且其教止盛行于极西，而未及葱岭以东。其盛行葱岭以东者，自明季始。教虽东行，而山南各回城酋长，尚皆元太祖之裔，于回裔无与。其被灭于准夷，则自国朝康熙间始。以此三事证诸群书，则其言西域自古皆佛教者，见于《晋书·鸠摩罗什传》及晋僧法显、魏僧惠生、唐僧玄奘使西域之记；见于《魏书》《旧唐书》《宋史》西藏各传；见于今日叶尔羌城内之古浮图、阿克苏城外数十里河岸之千佛洞及石佛洞，库车城西六十里之大佛洞，皆像好庄严，梵经隶刻。是回疆之旧皆佛教，昭如星日。其言回教旧在极西，明季始被葱岭以东者，见于《唐书·西域传》之大食、波斯，《西域传》之天方默德那；又见于回部之自叙世系(此见《西域图志》所引)及《西域水道记》。盖隋、唐时，谟罕默德崛起天方，臣服诸国，创教事天，西域尊曰天使，语曰派罕巴系。其地在葱岭西万余里，二十五世始分十二支，适布哈尔、敖罕、痕都斯坦、克什弥尔、巴达克山诸国；至二十六世玛木特玉素普，始东迁喀城，立寺行教，死即葬焉，即霍集占高祖，是为新疆南路回教之祖。然仍以极西之祖国为天堂，故回疆习教之人，终身必赴西海礼拜一次。是葱岭东之有回教，近始明季又昭如星日。其言新疆回首，国朝以前皆元裔者，见于

《元史》、《明史》；见于《钦定外藩王公表传》所载顺治初年之上谕、康熙中之贡表与夫张勇、班第、黄廷襄先后之奏。盖元时，葱岭以西，为太祖驸马赛马尔罕封地；葱岭以北之阿罗思钦察，为太祖长子术赤封地；金山以北，为太宗孙海都笃娃昔里吉等封地；葱岭以东、天山以南，为太祖次子察罕代封地，建阃于叶尔羌，其苗裔分王南路各城。其见《元史》者，如于阗为宗王阿鲁忽所封。见《明史》者，哈密为元威武王所封，皆察罕代之孙，而朝廷别建南路元帅府于别什八里、北路元帅府于阿力麻里，以控御之。元末，天山为强臣脱欢所距，别为准部。于是，元裔惟有天山南路。国初顺治中，回酋表贡，尚以叶尔羌酋为大宗(十七)，称臣成吉思汗裔，承苏赉满汗业，其诸弟分长八城，即元裔之二十五世也。至康熙中，并灭于准夷，拘各城元酋迁之山北。虽康熙三十五年灭噶尔丹时，纵回酋归叶尔羌，亦终于不振。自后汗位遂绝。故乾隆荡平准部时，各回城无复元裔。于是霍集占以回教横起据之，前此从无回教酋长表贡之事，是霍集占以前之皆元裔非回裔，亦昭如星日。而近日《西域图志》独以新疆南路从古皆回教，尽斥历代《西域传》之谬。然无以处夫唐以前也，则取元成吉思汗至顺治初，凡二十五世之藩封，并移诸上古，谓其更在派罕巴尔以前，与元太祖同名；又以派罕巴尔即迁喀城始祖。而无如回教祖墓在天方极西，载在《明史》也，则析派罕巴尔与穆罕蓦德为二人，谓回城酋长，自元、明即皆回教，而顺治间表贡之元裔酋长何人，竟置不问；于《钦定外藩表传》之官书，亦置不问。推原其故，皆由明季回教由天方至喀城时，诸元裔酋长靡然奉之，故康熙初，土鲁蕃贡表署千八十三年，此元裔改奉回教之证。故华人遂误以元裔为回裔，并误以新疆自古皆回教，此皆凿枘之至大者。今特尽录诸书于前，案而不断，以昭慎重。《唐书》言：「于阗、疏勒、俗事祆神」。《宋史》言「其佛寺外，有末尼寺及波斯寺」，此回疆旧兼有天祠之事，又岂得谓西域自古皆天主教乎！佛经屡言：婆罗门外道，事大自在天祠，虽佛世不能尽绝，岂得谓天竺自古皆祆神教无佛教乎！（莹按：此当云岂得谓自古皆佛教无婆罗门教乎！盖祆神仍本婆罗门耳）唐时，长安有大秦波斯寺，今京师及澳门有天主堂，各省有礼拜寺，又岂得谓中国皆奉祆神无他教乎！惟回疆南路之祆神，昔特间有其祀，不及佛教十分之一；至其数千里并为一教，家喻户晓，佛教扫迹不行，则实始于明之末叶。不特此也，回鹘，回回，皆葱岭以东国名，其教创于天方，本名天方教，不名回教；其葱岭以西奉教各国，亦皆不名回回，犹之蒙古崇佛教，岂可并称印度为蒙古教耶！今中土称天方为回回教，并称为回回国，不知回部之去天方万有余里，正犹天主教行欧罗巴，即古之大秦，后人因并称天主所生之如德亚为大秦，不知实隔地中海也。」莹按：回回种类，奉天方教者，今其人遍中国，已与齐民无异矣。而霍集占之遗孽在敖罕者未除，如近日《西域图志》以元裔为回裔，并谓新疆自古皆回回教，岂非更助逆焰乎！默深此辨，不可不使天下知之，且使回人知霍集占祖父未尝君长回部也。

王文成古本《大学》说（二条）

王文成有《旁注古本大学》（十八）一卷，朱竹垞《经义考》盛称之，喜其与朱子立异也。竹垞虽于圣人之道无所知，其好古也，正文中子所谓「今之好古也，聚财者也」。文人之习，厌故喜新，争相夸尚，但知唐帖不如晋帖，周鼎不如商彝耳。其于古圣贤所以制作垂世教人之本义，则置不问，未尝深思力行于身心家国也。讲考古者，皆喜而附和，遂竞为汉学，以驾宋儒而上之，究何益于身心家国之用乎！竹垞盛称文成《旁注古本大学》之善，试问文成之学，在致良知，以诚意为大学之主；竹垞之学，以淹博为能，辞章为美，其于文成不啻千里之远，况孔门明德亲民之旨乎！讲汉学者，于圣学之体，既未尝究心；圣学之用，又未尝从事，惟日孜孜于新异，假古胜今，自托经儒，此文成之所不屑为者矣。虽然，六经之存，古本自为可贵，譬日月经天，万物各被其光；江河在地，偃鼠各满其腹。仁见为仁，智见为智，朱子之本，朱子之说也；戴记之本，戴记之说也；文成之注，文成之说也。执朱子所订之本，遂弃戴氏原记之本不读、文成古本之记不问，亦非也。今虽异域，何敢忘之。

阳明既取《古本大学》为之旁注，复自为序，曰：「大学之要，诚意而已（十九）矣。诚意之功，格物而已（二十）矣；诚意之极，止至善而已。正心，复其体也；修身，著其用也。以言乎己，谓之明德；以言乎人，谓之亲民；以言乎天地之间，则备矣。是故至善也者，心之本体也；动而后有不善。意者，其动也；物者，其事也。格物以诚意，复其不善之动而已矣。不善复而体正，体正而无不善之动矣，是之谓止至善。圣人惧人求之于外也，而反复其辞，旧本析而圣人之意亡矣！是故不本于诚意，而徒以格物者，谓之支；不事于格物，而徒以诚意者，谓之虚；支与虚，其于至善也远矣。合之以敬而益缀，补之以传而益离，吾惧学之日远于至善也，去分章而复旧本，旁为之释，以引其义，庶几复见圣人之心，而求之者有其要。噫，罪我者其亦以是夫（二一）！」

朱子学宗孔子

阳明讲学，本于陆子，由收放心之说，而扩之为致良知，与朱子显异。明儒当时多非之，莫详于罗整庵辨正三书，此明儒一大公案也。余何敢妄议先儒，第以孔子之言折衷之，似朱子之言为得其正。孔子曰：「吾十有五而志于学。」学者何，道是也。故又曰：「志于道。」道体至大，无物可名。恐其堕于空虚也，必有所据依，乃不至于离畔，故曰：「据于德，依于仁。」德仁二者，皆必于人事见之；舍人事而言德、言仁，则师心自用，有认贼作子者矣。苟非从事于学，恐所谓德与仁者，犹未尽善也。曰「志于道」者，所志之本也；曰「志于学」者，道之所从事也。言道则高远，言学则切近矣。学之从事奈何？曰文是也。孔子自言曰：「文不在兹乎！」是孔子所自命者文矣。孔子教弟子者亦即以此。颜渊亚圣，其言夫子之善诱曰：「博我以文，约我以礼。」匪惟颜子言之，即孔子亦曰：「君子博学于文，约之以礼，亦可以弗畔矣夫。」又曰：「行有余力，则以学文。」由孔子、颜子之言观之，则孔门之学可知矣。孔子又尝自言之曰：「下学而上达。」下学者何？文是也；上达者何？道是也。又曰：「我非生而知之，好古敏以求之(二二)。」又曰：「多闻择其善者而从之，多见而识之。」《中庸》之称孔子，则曰：「祖述尧、舜，宪章文、武，上律天时，下袭水土」，皆孔子好古敏求之实也。夫道有大小、精粗、醇驳不同，亦本末、体用、经权互异。生知之圣，莫如尧、舜，而一庭咨询，何等恳切，未尝师心自是也！周公思兼三王，其有不合者，仰而思之，夜以继日。古昔圣人，勤学好问如此；不敢自恃其资质之美如此；孔子自言，与弟子之称述又如彼；何尝有若阳明之说者哉！阳明徒见孔子语曾子、子贡皆有「一贯」之言，且谓非多学而识，以为此乃孔门心法，其平日所言，乃教人浅近之法耳。试问：孔门弟子，颖悟莫如颜子，其次子贡，孔子何不于其入门即教以精深，而以浅近者教之乎？可见学问之道，必先由粗入精，由浅入深，乃所谓「下学而上达也。」《中庸》明言之矣，曰：「君子之道，辟如行远，必自迩；辟如登高，必自卑。」又曰：「尊德性而道问学，致广大而尽精微，极高明而道中庸，温故而知新，敦厚以崇礼。」阳明截取孔子之言以教人，何怪人不肯从之乎！即如《大学》本书，明言「物有本末，事有终始」，自格物致知，以至家国天下，先后次第，反复言之。阳明则以诚意二字为主，贯彻前后，自觉与「壹是皆以修身为本」之言有碍也，则又弥缝之曰：修身工夫，只是诚意。夫《中庸》言圣人之德之实，无非一诚，造乎其极，则曰「至诚」，故又曰「不诚无物」。天下万事万物，莫不以此。身心、家国、天下，非诚其意，心何以正？身何以修？家何以齐？国何以治？天下何以平乎？然《大学》不曰壹是皆以诚意为本，而曰以「修身为本」者，发意犹在心内，虚无可见；惟身乃内外、人己、事物之交，莫能遁饰，必以此言，然后着落实际有把握也。此圣贤所以立法教人之苦心，亘万世而无弊也。阳明深于禅者，禅家教人，亦以筏喻，未渡河，必用筏；河既渡，筏当舍。今人尚未渡河，先教人舍筏，有是理乎？且阳明悟道已在贬龙场驿丞之后，并非少即能之。其未贬之前，亦尝泛滥于百家之说，阅历于万物人事之交；及身遭忧患，澄心渺虑，然后得之。是其自己亦是用筏渡河之人，乃舍筏后，遂不以筏示人可乎！十一月辛巳冬至后二日记。

《四库书提要》驳西人天学

《四库全书存目提要》曰：《天学全函》诸书「《二十五言》一卷，明利玛窦撰。西洋人之入中国，自利玛窦始；西洋教法传中国，亦自此二十五条始。大旨多剽窃释氏，而文词尤拙。盖西方之教，惟有佛书；欧罗巴人取其意而变幻之，犹未能甚离其本。厥后既入中国，习见儒书，则因缘假借，以文其说；乃渐至蔓衍支离，不可究诘，自以为超出三教上矣。附存其目，庶可知彼教之初，所见不过如是也」。又「《天主实义》二卷，明利玛窦撰。是书成于万历癸卯，凡八篇。首篇论天主始制天地万物而主宰安养之。二篇解释世人错认天主。三篇论人魂不灭，大异禽兽。四篇辨释鬼神及人魂异论(二三)，天下万物不可谓之一体。五篇排辨轮回六道，戒杀(二四)生之谬，而明斋素之意在于正志。六篇解释意不可灭，并论死后必有天堂地狱之赏罚。七篇论人性本善，并述天主门士之学。八篇总举太西俗尚，而论其传道之士所以不娶之意，并释天主降生西土来由。大旨主于使人尊信天主，以行其教。知儒教之不可攻，则附会《六经》中上帝之说，以合于天主；而特攻释氏以求胜。然天堂地狱之说，与轮回之说相去无几，特小变释氏之说，而本原则一耳」。又：「《〈畸人十篇〉二卷，附〈西琴曲意〉一卷》，明利玛窦撰。是书成于万历戊申，凡十篇，皆设为问答以申彼教之说。一谓人寿既过，误犹为有。二谓人于今世，惟侨寓耳。三谓常念死后，利行为祥。四谓常念死后，备死后审。五谓君子希言，而欲无言。六谓斋素正旨，非由戒杀。七谓自省自责，无为为尤。八谓善恶之报，在身之后。九谓妄询未来，自速身凶。十谓富而贪吝，苦于贫窭。其言宏肆博辩，颇足动听。大抵掇(二五)释氏生死无常、罪福不爽之说，而不取其轮回戒杀、不娶之说，以附会于儒理，使人猝不可攻，较所作《天主实义》纯涉支离荒诞者，立说较巧。以佛书比之，《实义》犹其礼忏，此则犹其谈禅也。末附《西琴曲意》八章，乃万历庚子利玛窦朝觐京师所献，皆译以华言，非其本旨。惟曲意仅存，以其旨与十论相发(二六)，故附录书末焉」。又「《七克》七卷，明西洋人庞迪我撰。书成于万历甲辰，其说以天主所禁罪宗凡七：一谓骄傲，二谓嫉妒，三谓悭吝，四谓忿怒，五谓迷饮食，六谓迷色，七谓懈惰于善。迪我因作此书发明其义：一曰伏傲，二曰平妒，三曰解贪，四曰熄忿，五曰塞饕，六曰防淫，七曰策怠。其言出于儒墨之间(二七)，就所论之一事言之，不为无理，而皆归本敬事天主以求福，则其谬在宗旨而不在词说也。其论保守童身一条载：或人难以人俱守贞不婚，人类将灭。乃答以傥世人俱守贞，人类将灭，天主必有以处之，何烦过虑？其词已遁。又谓：生人之类，有生必有灭，亦始终、成毁之常。若得以此终、以此毁，幸甚大愿，则又词穷理屈，不觉遁于释氏矣，尚何辟佛之云乎」？又：「《辨学遗牍(二八)》一卷，明利玛窦撰。乃其与虞淳熙论释氏书及辩莲池和尚《竹窗三笔》攻击天主之说」。齐固失矣，楚亦未为得也。又：「《交友论》一卷，则利玛窦游南昌与建安王论友道，因著是编以献。其言不甚荒悖，然多为利害而言，醇驳参半。如云『友者过誉之害，大于仇者过訾之言』，此中理者也。又云『多有密友，便无密友』，此洞悉物情者也。至云『视其人之友如林，则知其德之盛；视其人之友落落如晨星，则知其德之薄』，是导天下以滥交矣。又云『二人为友，不应一富一贫』，是止知有通财之义，不知古礼惟小功同财，不概诸朋友；一相友而即同财，是使富者爱无差等，而贫者且以利合，又岂中庸之道乎？王肯堂《郁冈斋笔麈》曰：「利君遗余《交友论》一编，有味哉，其言之也，使其素熟于中土语言文字，当不止是，乃稍删润著于篇」。则此书为肯堂点窜矣」。又：「《西学凡》一卷，明西洋人艾儒略撰。儒略有《职方外纪》已(二九)著录。是书成于天启癸亥，《天学初函》之第一种也，所述皆其国建学育才之法。凡分六科：所谓勒铎理加者，文科也；斐录所费(三十)者，理科也；默第济纳者，医科也；勒义斯者，法科也；加诺搦斯者，教科也；陡录日亚者，道科也。其教授，各有次第，大抵从文入理，而理为之纲。文科如中国之小学，理科则如中国之大学，医科、法科、教科者，皆其事业，道科则在彼法中，所谓尽性致命之极也。其政力亦以格物致知为本，以明体达用为功，与儒学次第略似，特所格之物皆器数之末，而所穷之理又支离神怪而不可诘，是所以为异学耳」。又：「《灵言蠡勺》二卷，明西洋人毕方济撰，而徐光启编录之。成(三一)于天启甲子，皆论亚尼玛之学；亚尼玛者，华言灵性也。凡四篇：一论亚尼玛之体，二论亚尼玛之能，三论亚尼玛之尊，四论亚尼玛所同好恶(三二)之情，而总归于敬事天主以求福，其实即释氏觉性之说，而巧为敷衍耳。明之季年，心学盛行，西士(三三)慧黠，因摭佛经而变幻之，以投时好，其说骤行，盖由于此。所谓物必先腐而后虫生，非尽持论之巧也」。又：「《空际格致》二卷，明西洋人高一志撰。西法以火、气、土、水(三四)为四大元行，而以中国五行兼用金木为非，一志因作此书以畅其说。然其窥测天文，不能废五星也，天地自然之气，而欲以强词夺之，乌可得乎，适成其妄而已矣」！「《寰有铨》六卷，明西洋人溥汎际撰。书亦成于天启中。其论皆宗天主。又有《圜满纯体不坏》等十五篇，总以阐明彼法。案：欧罗巴人天文推算之密，工匠制作之巧，实逾前古；其议论夸诈迂怪，亦为异端之尤。国朝节取其技能，而禁传其学术，具存深意」。右《四库书提要》辨驳西人天学，大旨如此，世未见西人书者，皆震惊疑怪，而不知其所以为说，观此则亦浅陋之甚耳，故悉录《提要》，俾无惑焉。魏默深有《辨天方教、天主教》二篇，极详善，文繁不能载也。

兵事不外战守

兵事不外战守：战在鼓气，守在固心。气不能鼓，不可战也；心不能固，不可守也。何以鼓之、固之？是在主者。夷务军兴以来，智虑之士，纷纷陈策，友人方植之东树、鄱阳陈伯游方海，皆以书生建议，伯游有《御寇》、《筹军费》二议，皆可用。植之所言，尤得其本。若魏默深诸论，则已自刻于《海国图志》中，是皆有可采者，然主兵不得其人，则亦空言无补而已。

校记

〔一〕犬羊，《升庵诗话》引作「犬戎」。

〔二〕士，原作「土」，据手稿本改。

〔三〕海南，《谭苑醍醐》作「南海」。

（四）生，《后汉书·戴良传》作「出」。

（五）高，原作「亭」，误，据《一统志》引《云南山川志》改。

（六）皆丹崖壁立，高出群山之表，原作「皆丹崖壁山高出群山之表」，误，据《一统志》引《云南山川志》改。

（七）遗，同治本引作「意」，误。

（八）靡而不返，「返」，原作「远」，误。语出李华《赠礼部尚书清河孝公崔沔集序》，《序》作「返」。姚系引自杨慎，因杨引作「远」致误。据改。

（九）瑰丽，原作「坏丽」，字当为瑰，杨引正作瑰。

（十）扬雄，原作「杨雄」。据手稿本改。

（十一）敻绝，原作「曼绝」，误，杨引不误，据手稿本及杨引改。

（十二）已，原作「已」，误。

（十三）生，《国语》作「出」。

（十四）同，原作「用」。误，据《国语》改。

（十五）第，原无此字，手稿木有，据补。

（十六）土人，土，原作「士」，据手稿本及《西域水道记》改。

（十七）大宗，「大」，同治本作「太」，手稿本作「大」，字通。

（十八）古本大学，民国二十五年世界书局《王阳明全集》作「大学古本」。

（十九）、（二〇）已，原均作「已」，误，据同治本改。

（二十一）《王阳明全集·大学古本序》与此所引略有文字上的不同。

〔二二〕所引孔子语，两「之」字下，均夺一「者」字。

〔二三〕人魂异论，「论」字原夺，据《四库全书总目提要》引加。

〔二四〕杀，「杀」字下原衍一「放」字，据手稿本及《四库全书总目提要》删。

〔二五〕掇，原作摄，误，据《四库全书总目提要》改。

〔二六〕发，「发」字下，《四库全书总目提要》有「明」字。

〔二七〕间，原作「门」，据手稿本及《四库全书总目提要》改。

〔二八〕牍，原作「积」，据手稿本及《四库全书总目提要》改。

〔二九〕已，原作「己」，误。

〔三十〕费，「费」字下，《四库全书总目提要》有「亚」字。

〔三一〕成，此字之上，《四库全书总目提要》有「书」字。

〔三二〕好恶，《四库全书总目提要》作「美好」。

〔三三〕西士，原作「西土」，据手稿本及《四库全书总目提要》改。

〔三四〕土水，《四库全书总目提要》作「水土」。

《康辅纪行》卷十五

一贯、忠恕之旨

或问圣人「一贯」之旨。曰：「曾子明言之矣，『忠恕是也』。不必说向精微高妙，而精微高妙之至。忠者，尽己之心，即孟子所云：『尽其心者，知其性也；知其性，则知天矣』。恕者，推己及人，即孔子告仲弓『己所不欲，勿施于人』。又曰：『老者安之，朋友信之，少者怀之』。孟子云：『老吾老，以及人之老；幼吾幼，以及人之幼是也』。忠以成己，恕以成物。《中庸》曰：『成己，仁也；成物，知也；性之德也，合外内之道也』。成己，则内圣也；成物，则外王也。德不至于圣人，不可为成己；功不及于天下，不可为成物。此圣道之大全也。」曰「既有人己（一）、内外，则二之矣，曷为其一也？」曰：「忠恕一物也。合而言之曰仁而已，仁以全爱为心，成己（二）者，爱己也；成物者，爱物也。己（三）有未成，则己之爱未全；物有未成，则物之爱未全。全者何？生是也。天地之大德曰生。人物受生于天，莫不有其性命，一有伤焉，则无以全其生矣。如何而可以全其生乎？曰仁而已。仁于己（四）之谓忠，仁于物之谓恕。人物虽有外内之分，而吾之仁则一，是之谓一贯。」曰「德有五：曰仁，曰义，曰礼，曰智，曰信。今举仁一德言之，可乎？」曰：「义者，所以正吾仁也；不得其正则辟矣。礼者，所以序吾仁也，不得其序则乱矣。知(五)者，所以辨吾仁也，不得其辨则愚矣。信者，所以守吾仁也，不得其守则失矣。故仁为天德之体，四德者，天德之用，辅仁道而行之。仁者譬其君，四德则公、卿、大夫、士也。《帝典》曰：『惟精惟一』。《中庸》曰：『其为物不二』。《孟子》曰：『不同道，其趋一也』。一者何？曰仁也。」

伊川师道尊严

杨龟山先生「程门立雪」一事，学者盛称之，余窃以为疑。《礼》曰：「侍坐于长者，不命之退，不敢退」。伊川先生瞑坐之时未命，故有侍焉。宋儒教人半日读书，半日静坐。平时常有瞑坐，弟子侍而不退。是日瞑坐不觉，成寐久之，适门外雪盛；既觉，乃命之退耳。然《礼》又有之曰：「侍坐于君子，君子欠伸，撰杖屦，视日之早莫，侍坐者请出矣」。此敬老之礼也。既言撰杖，则年逾六十可知，老者不以筋力为礼，坐久，精神倦怠，侍坐者当望见颜色，不待命退，而自请出，以便老者安息，不宜复拘命退之文也。宋代诸儒，惟伊川先生年逾八十，想其精神强健，必有过人者，然既因瞑坐成寐，则此时之倦可知，乃不请退，犹立侍之，毋乃过乎！且父坐子立，礼也。师弟之礼，席间函丈，立则侍立，坐则侍坐。今侍川坐而龟山立，以此见伊川师道之过于尊严，龟山执礼之近于拘泥也。又疑明道之学，所得者，粹然以和，其气如春，其式如玉，类乎颜子；

伊川之学，所得者，肃然以厉，其气如秋，其式如金，类乎孟子。朱子于二程之言，更不分别，统称之曰程子。盖明道先亡，伊川享年最永，门人所闻明道之言，多得之伊川故也。然所得不同，造诣差别，虽曰其道则一，譬如孟子之言，以为即颜子之言，可乎？

古人言恭敬有二义

宋儒讲学，以敬静为主。盖本孟子求放心之说，以此为操存之功也。孔子亦云：「修己以敬」，又曰：「敬以直内」，敬之为道大矣。然圣门雅言，恭、敬二义，实有不同。其分言之，如曰「恭己（六）正南面而已」，曰「恭而安」，曰「恭而无礼则劳」，曰「恭则不侮」，曰「笃恭而天下平」，曰「柳下惠不恭」，曰「贤君必恭俭」，曰「恭者不侮人」。凡此言恭，皆修己之端庄也。曰「敬事而信」，曰「事君敬其事」，曰「为礼不敬」，曰「居敬而行简，以临其民」，曰「敬鬼神而远之」，曰「上好礼，则民莫敢不敬」，曰「临之以庄则敬」，曰「行笃敬」，曰「祭思敬」，曰「为人臣，止于敬」，曰「敬大臣也」，曰「斋庄中正，足以有敬也」，曰「君子不动而敬」，曰「君臣主敬」，曰「礼，人不答，反其敬」，曰「敬老慈幼」，曰「敬兄、敬叔父」，曰「迎之致敬以有礼」。凡此言敬，皆接物之诚肃也。其合言之，如曰「居处恭，执事敬」，曰「其行己（七）也恭，其事上也敬」，曰「貌思恭，事思敬」，曰「恭敬之心，礼也」，曰「恭敬者，币之未将者也」。恭以在己（八）言。敬以接物言，其义分明若此。古铭辞曰：「火灭修容，戒慎必恭。恭则寿」，亦以修己言也。《丹书》曰「敬胜怠者，吉；怠胜敬者，灭」。亦以敬事言也。《管子》亦曰：「内静外敬，能及其性」。皆与后来言敬不同。窃意恭字从心，谓两手奉持一心，盖执持其心，如所谓拳拳服膺弗失也。心有执持，体自端庄，无所妄动，而静在其中矣。正与宋儒主一无适同义。但以恭言，觉端庄之中，不失温和；以敬言，则诚肃之中，不免严厉耳。濂溪、明道，孔、颜之徒也；伊川、朱子，孟子之徒也。横渠，颜、孟之间也。诸儒资质不同，学问所得，气象亦异。学者各以所近求之，不必一涂。然学明道，可以服王荆公；学伊川，不免洛、蜀之党。夫学问必有所主，孔子之教人曰「主忠信」，忠信者，诚实无妄之谓。人能诚实无妄，尚何放心之患哉！孔子教子张以忠信笃敬，并言此圣门之全功也。

察木多跳神

二十七日，察木多山上，大诏跳神，仓储巴请往观宴，却之。使人往视，云：大诏内，剌麻数百，分行列坐于地，诵经。庙外设场，剌麻二十四人，执五色旗，分立四方，二十四人，各执鼓一面，分立东西而击之。上坐剌麻三人，皆鸣大钹。场中设铜炉二，热檀香。剌麻四人，二持大瓶，贮茶水；二持盘，盛青稞面，覆之以锦。下立剌麻十五人，戴面具，或如神鬼，或如羊鹿，头角诡异。身以彩画洋布衣裙，手执器械。其外层，又立剌麻十五人，不面具，戴高冠，顶上刻一小鬼头，半其身；两手上托，如擎物状；身着青绸大袍，阔其袖；肩披彩绘，如朝衣之披肩状；前后缀长彩緫四；手执拂尘。地画各人所立方位。听鼓钹之声，则面具者举器械，鬼头冠者扬袖举拂，应节回旋而舞，但不歌耳。舞有数成，毕，则执瓶盘者，至舞者前，各出一小杯，受茶及青稞面，随执瓶盘者下至山足河边，设一假人皮，身手足皆具，伏于侧岸(九)，散其茶面而返。场之四角，各立刺麻一人，执铁棒，谓之格死鬼，以镇压游观者。是日，蕃人男妇杂集，如堵墙云。余谓：此即藏中刺麻为蕃戏，以悦神人之意，在中国，则村巫之陋耳，然夷人以为诚信，不易其俗，虽佛教亦然。

岁暮杂咏诗

十二月初一日，与戍之饮酒且醉，得七言五首，云：「浊酒盈卮莫纵狂，《汉书》谁与醉沧浪，效颦幸免依梁窦，束发先曾薄孔张。惨淡风云空骋辔，徘徊歧路惜亡羊。多情一片天山月，照我殷勤似故乡。」「巫峡丹枫思渺茫，不须玉露叹凋伤。九天鸣鹤曾垂地，六月飞蚊尚隐廊。铁索纵横通佛国，金轮历碌转山王。破车杀马从君誓，林下谁知忧更长。」「老去方知世事艰，侧身千古孰跻攀。木灰盐荚思商管，橇檋箪瓢讶禹颜。黄鹄漫寻天地阔，青松久谢水云间。少陵绝塞愁豺虎，落日孤城且闭关。」「青山何处觅埋忧，白发萧萧倦倚楼。星近不知霄汉迥，身险始觉海沤浮。碑寻逻些余长庆，江问金沙更上游。耳道瑶池能宴饮，飘然还欲小神州。」「爱古谁能不薄今，古山今海自高深。功名已付阖棺论，著作常怀复瓿心。茶菿涉城喧鼓角，晏陀蛮水变铅金。西来便到天尽处，枉事成连学抚琴。」

察木多贪狡

察木多驻游击一员，守备一员，千、把总各一，统领江卡、乍雅、察木多、硕板多十三汛，粮务知县一员，形势可谓重矣。察木多夷情，虽不似乍雅桀骜，而贪狡过之。戍兵汉人，雇用蕃妇者，岁饮河水，每岁终，刺麻使人索取水钱，他可知矣。

偶成二绝句

初六日，偶成二绝，云：「唐、宋、元、明各有人，诗成不解若为邻。欲寻群怨兴观旨，衫服红妆漫斗新。」「歌行律句总心声，风月江山别有情。底事楼头翻水调，湘娥一夕泪纵横。」

慰丁别驾诗

资斧久竭，贷于西贾，艰甚！延望省批不至，成之有忧色，诗以慰之。云：「万里乘槎欲到天，星霜回首易经年。六官自惜封桩库，异域难求公使钱。未必张骞留汉渚，还如夸父饮长川。人生逆旅寻常事，犹胜穹庐啖雪毡。」

蕃酒鸦头

宜(十)城酒有九醖，古人谓之酘酒，以为佳酿。酘字，田候切，读如豆。今时久不闻有此酒矣！蜀酒以大麴为善，亦麦酒也，其去西北高粱之味颇远。打箭炉以西，并大麴不可得。蕃人以青稞为之，甫酿微酸，即云成熟，蕃谓之冲，多饮亦能醉人。余令作酒者重酿之，稍可饮。戏为诗曰：「曾闻九醖自宜城，留得微酸亦有情。绝域逢人休道恶，须知薄醉胜清明。」东坡诗「恶酒如恶人」，意彼时，恶人犹可避耳；若处今日之地，尚能别其佳恶哉！蕃女多无夫，父母不问，听自为生，与妓无异。不知妆饰，但栉发洗面耳。察木多卖酒之家数十户，皆有蕃女，名之曰冲房，冲读如铳。戍兵、刺麻杂遝其中，歌饮为乐。日酿青稞四五百桶，蕃人称妇，无少长，皆曰鸦头，盖汉人之教也。为一绝云：「鸦头三十曳氍毹，解唱夷歌不见夫。佛子健儿同一醉，不知何以舞巴渝。」

夜坐诗

初六日，夜坐有作，云：「男儿富贵剧堪怜，第近城南尺五天。受缚名王羞伍哙，失官故相敬迎贤。成都有桑八百树，地下更将十万钱。斥鷃鲲鹏莫相笑，御风列子亦泠然。入宫见妒为蛾眉，客作还闻叫子规。世事何尝异今古，解人或许共欢悲。栖身辽海原无计，卖卜成都未是痴。天汉悬名辞不得，怪君终日下帘帷。」

月令节气（二条）

蜀人李调元著《月令气候图》，引明人张鼎思云：「今甲午正月一日雨水，二月二日春分，三月三日谷雨，四月四日小满，五月五日夏至，六月六日大暑，七月七日处暑，八月八日秋分，九月九日霜降，十月十日小雪，十一月十一日冬至，十二月十二日大寒。节气之改，月与日符。考《癸辛杂著》，元至元甲午，正月一日立春，历至十二月十二日小寒。自元至今盖四百年而再遇云」。莹按：张氏所云今甲午者，明神宗万历二十二年也。自元世祖至元三十一年甲午至是计之，才三百年耳，言四百年者误也。至元甲午年十二月节，各如其日之数；万历甲午年则十二中气，月日各如其数。夫历法，推气盈朔虚而置闰，故有大、小建之异，节与中气，安得十二月皆与日符，不知当时之大、小建如何，乃十二月皆递推一日也。元世祖至元十七年庚辰，颁行郭守敬《授时历》，推算甚精，至甲午岁甫十余年，断不有误。即万历中《西洋历》《回回历》及中法并用，讲求备至，更益精密。乃三百年而节气日月符合如此，七政运行之盈缩，诚有不可妄测者哉！

本朝雍正十二年甲寅，正月一日戊寅，卯时立春，小建；二月二日戊申，丑时惊蛰，大建；三月二日戊寅，辰时清明，小建；四月四日己酉，寅时立夏，大建；五月五日庚辰，巳时芒种；六月以下不符。乾隆十八年癸酉，正月一日立春，大建；二月以后不符。三十七年壬辰，正月一日立春，小建；二月二日惊蛰，大建；三月以下不符。嘉庆十五年庚午，正月一日立春，小建；二月二日惊蛰，大建；三月二日清明，小建；四月四日立夏，大建；五月五日芒种，大建；六月以下不符。道光九年己丑，正月一日立春，小建；二月二日惊蛰，大建；三月二日清明，小建；四月四日立夏，大建；五月五日芒种，六月以下不符。九十六年而五见元日立春，则岁朝春犹为常事矣。

七政乱行

或问："古人皆以七政乱行，占国之殃咎；自西法入中国，而推步家以为七政自有行度，无关人事，则占验家之说遂可废欤？"曰："胡可废也。试以譬言之，国有王公卿士，所以布政于四方者也。政有常经，布行有序，则四方受其福矣。王公卿士，或失其道，起居无节，号令不以其时，谓四方之民安乎？否乎？王公卿士，皆七政精气之所主，故治乱祯祥，常相感应，或人事失修，则七政示变；或七政顺轨，亦人事休和，数也而理存焉，乌可委诸度数，而不知所敬畏乎！西人不知道理，惟自矜其术，吾儒当明天道以教之，奈何反为所惑耶！"

回教源流

西印度之阿丹国，唐以前名条支，唐以后为波斯、阿丹、天方、默德那等国。《新唐书》曰：

「波斯居达遏水西，距京师万五千里而羸，东与吐火罗、康国接，北邻突厥可萨部，西南皆海滨，西北赢四千里，接佛菻界。其先，波斯匿王，大月氏王别裔，因以姓为号。治二城，有大城十余。俗跣祠天地日月水(十一)，祠夕，以麝揉苏，泽髭颜、鼻、耳。西域诸胡受其法，以祠祆，拜必交股。俗跣踪(十二)，丈夫祝发，衣不剳(十三)襟，青白为巾帔，缘以锦；妇编发著后。隋末，西突厥叶护可汗，讨残其国，其孙奔拂菻，国人迎立之。贞观十二年，遣使朝贡。其王为大酋所逐，奔吐火罗，半道，大食击杀之。吐火罗以兵纳其子。龙朔初，天子方遣使者到西域，分置州县，以疾陵城为波斯都督府，俄为大食所灭，不能国，西部独存」。《明史》曰：「天方，古筠冲地，一名天堂，又曰默伽。水道自忽鲁谟斯，四十日始至；自古里西南行，三月始至。其贡使多从陆道，入嘉峪关」。「嘉靖十一年，遣使来贡，称王者至二(十四)十七人」。「天方于西域为大国，人皆颀硕，男子削发，以布缠之；妇女则编发盖头，不露其面。相传回回(十五)教之祖曰马哈麻(即谟罕驀德)，首于此地行教，死即葬焉；墓顶常有光，日夜不息。后人遵其教，久而不衰。故人皆向善，国无苛扰，亦无刑罚；上下安和，寇贼不作，西土称为乐国。(莹按：此夸词也。)俗禁酒。有礼拜寺，月初生，其王及臣民，咸拜天，号呼称扬以为礼。寺分四方，每方九十间，共三百六十间。皆白玉为柱，黄甘玉为地。其堂以五色石砌成，四方平顶，内用沉香大木为梁，凡五。又(十六)以黄金为阁，堂(十七)垣墉，悉以蔷薇露、龙涎香和土为之。守门以二黑狮」。郑和使西洋时，传其风物如此。又曰：「默德那(十八)，回回祖国也。地近天方。宣德时，其酋长遣使，偕天方使臣来贡，后不复至。相传：其初，国王谟罕驀德，生而神灵，尽臣服西域诸国，诸国尊为别谙拔尔(十九)，犹言天使也。国中有经三十本，凡三千六百余段。其书旁行，兼篆、草、楷三体，西洋诸国皆用之。其教以事天为祖，而无像设，每日向西虔拜。隋开皇中，其国撒哈八撒阿的干葛思，始传其教入中国；迄元氏(二十)，其人遍于四方，皆守教不替，不食猪肉，尝以白布蒙头。」又曰：「阿丹国，在古里之西，顺风二十二昼夜可至。永乐十四年，遣使表贡方物。地膏腴，饶粟木(二一)，人性强悍，有马步锐卒七八千人，邻邦畏之。王及国人，悉奉回回教」。杭世骏《景教续考》曰：「西域三教：曰大秦，曰回回，曰末尼。大秦，则范蔚宗已立传；末尼，因回回以入中国；独回回之教，种派蕃衍。回回之先，即默德那(二二)国。国王穆罕默德，生而灵异。《天方古史》称：阿丹奉真宰明谕，定分定制，传及后世。千载后，洪水泛滥，有大圣努海，受命治世，使其徒众四方治水，因有人焉。此去阿丹降世之初，盖二千余岁。后世习清真教者，乃更衍其说曰：阿丹传施师，师传努海，海传易卜欣，欣传易司马仪，仪传母撒，撒传达五德，德传尔撒，尔撒不得其传。六百年而后，穆罕默德生，命曰哈听，犹言封印云。具见《天方古史》。」又言：「国中有佛经三十藏，自阿丹至尔撒，凡得百十有四部，如《讨剌特》(降与母撒之经名)，《则逋尔》(降与达五德之经名)、《引支纳》(降与尔撒之经名)，皆经之最大者。自穆罕默德，按经六千六百六十六章，名曰甫尔加尼。此外，为今清真寺所诵习者，又有古尔阿尼之《宝命真经》、特福西尔噶最之《噶最真经》、特福西尔咱吸堤之《咱希德真经》、特福西尔白索义之《大观真经》、蜜迩索德之《道行推原经》、勒瓦一合之《昭微经》、特卜绥尔之《大观经》，侏离味任，不可穷诘。而其隶在四译馆者，回回特为入馆(二三)之首。问之，则云：书兼篆、楷、草，西洋若土鲁蕃、天方、撒马尔罕、占城、日本、真腊、爪哇、满剌加诸国，皆用之。今考其教之入中国者，自隋开皇中国人撒·哈八撒阿的干思葛始，故明初用《回回历》，其法，亦起自开皇。至唐元和初，回纥再朝献，始以摩尼至，其法，日晏食，饮水茹荤，屏湩酪。二年正月庚子，请于河南府、太原府置摩尼寺，许之。明洪武时，大将入燕都（二四），得秘藏之书数十百册，称乾方先圣之书，中国无解其文者。太祖敕翰林编修马沙亦黑、马哈麻译之，而回回之教，遂盘亘于中土，而不可复遣矣。至于天方，则古筠冲地，亦名天堂，本与回回为邻。明宣德间始入贡，而今之清真、礼拜寺遂合而一之，念礼、斋拜（二五）、朝五之类，月无虚夕。异言奇服，招摇过市，恬不为怪，亦可谓不齿之民也矣。」右见《道古堂文集》。《西域图志》曰：「回人尊敬造化之主，以拜天为礼。每城设礼拜寺，始生教主，曰天主也；天主再世，号曰派噶木巴尔。每日对之诵回经五次。拜毕，则宣赞其义，略云：『至尊至大，起无初，了无尽，无极无象，无比无伦，无形无影，大造化天地主儿。』凡有职之人，与夫诚心守教法者，莫不如是。每七日，赴礼拜寺诵经一次。务集四人合诵，不论贵贱贫富皆然。回人通经典者，曰阿浑，为人诵经以禳灾迎福。又，回国前有得道者，如哈帕体和卓、布楚尔哈尔和卓辈，共有七人，每月四次，众人馈送阿浑，向七和卓像礼拜诵经。」《西域闻见录》曰：「回地始立教者曰吗哈木脔，回人称之曰马鲁克（大也），牌罕帕尔（圣贤也），谓去今时乾隆三十七年，凡一千一百七十余年。所传经一类，曰《阔尔罕》，凡三十篇。经内皆教人敬天积福行善，禁服红赤，谓招兵劫之患。男服白，女服黑，谓火胜金、水克火也。」

西域叶尔羌外诸国（二条）

七椿园谓：西域一大国曰塞克，在敖罕西，绝非回子种类。称其王曰汗，部落数百处。城池巨丽，人民殷富，居室宽广整洁。人家院落中，各立木竿，向之礼拜。冬、夏和平，风俗坦白。去叶尔羌二万余里，西北与俄罗斯萨穰接壤，或曰与阿喇克等国犬牙相错，大抵世俗所传之大西洋也。

魏默深曰：「既云接敖罕西，则去叶尔羌不过二三千里，即至俄罗斯界，亦不过五千余里。」松筠奏疏：「敖罕西有布哈尔大国，统属百余城，介鄂罗斯、敖罕之间，不应更有他国也。阿喇克即哈萨克之音转，塞克即萨克之音转，盖布哈尔，即西哈萨克国。哈萨克有四大部：左哈萨克，其东部；右哈萨克，塔什干，其中部；布哈尔，其西部也。此三部外，尚有北哈萨克，逼近鄂罗斯，不通中国，疑即此所谓阿喇克者欤？左、右二部，为古康居；西、北二部，为古大夏，而分有大宛西境。明时为撒马尔罕地，自明末撒马尔罕分裂，敖罕得其十之三，布哈尔得其十之七，近日布哈尔又灭敖罕而有之，则兼并大宛、大夏之域矣。」壹按：《明史》：「撒马尔（二六）罕，即汉阗宾地，隋曰漕国，唐复名阗宾。元太祖荡平西域，尽王诸王驸马，易前代国名以蒙古语，始有撒马尔罕之名。去嘉峪关九千六百里，元末为之王者，驸马帖木儿也。洪武二十年，首遣回回满剌哈非思等来朝」。默深按：「《明史》『撒马尔罕即汉阗宾地』，此语沿王圻《续文献通考》之谬。撒马尔罕沿林河，今在敖罕西北，塔什干西南，则是古大宛、大夏地，敖罕、布哈尔皆无撒马尔罕所辖之地，与阗宾无涉。」

叶尔羌外诸国，莫详于《西域水道记》，较《西域闻见录》为核，今录之曰：「塞勒库勒，在叶尔羌城西八百里，为外藩总会之区。达外藩凡三道：自塞勒库勒南，十四日程，曰巴勒提；又东南一日程，至其属邑，曰哈普伦；哈普伦南，十六日程，曰土伯特，即藏地。由巴勒提西南，行三十九日程，曰克什米尔，地出研蜡纸。又西南四十三日程，曰痕都斯坦，善镂玉。以上皆各自为部，不相属。自塞勒库勒西，五日程，曰黑斯图济；又西南三日程，曰乾竺特，岁贡金一两五钱。又西四日程，曰博洛尔，其地，南即巴勒提，曾贡剑、斧、匕首。乾竺特西北，九日程，曰拔达克山，其汗素尔坦沙，献霍集占首、贡刀、斧、八骏。又北五日程，曰塔木干；又北三日程，曰差雅普；又西南三日程，曰浑渚斯；又西北三日程曰塔尔罕，与噶斯呢为邻。自黑斯图济至塔尔罕，皆噶勒察种也。博洛尔西，二十日程，曰爱乌罕，亦曰喀布尔，乾隆二十七年，其酋(二一七)爱哈默特沙，攻痕都斯坦，杀其汗，其子逃窜。爱哈默特沙取札纳巴特城，以伯克守之，自居拉固尔城；又统兵至固珠喇特，攻克什米尔，执其头目塞克专。二十八年，贡刀及四骏。其属邑曰拉虎尔，距叶尔羌六十二日程。自塞勒库勒北，三日程，曰滚；又西北，二日程，曰斡罕；又西北，二日程，曰差特拉勒。分二道：北一日程，曰罗善；西一日程，曰克什南(二一八)。乾隆中，有与叶尔羌阿奇木伯克鄂对为仇，肆凶暴，名曰沙关机者，即克什南(二一九)头目也。又西北二日程，曰达尔瓦斯。自滚以下，亦噶勒察种。达尔瓦斯北，为喀尔提锦部布罗特；罗善北，为霍汗(三十)。霍汗(三一)城东南，距塞勒库勒十日程，其属城：曰玛尔噶浪，在东北，一日程；曰安吉(三二)延，在东北，三日程；曰窝什，在东南，八日程；曰纳木干，在西南，二日程；曰塔什罕，在西北，四日程；曰科拉普，在西北，五日程；曰霍占，在西南，五日程。其大伯克自称曰汗，居霍罕城。其塔什罕城，旧为舍氏和卓与摩罗沙木什二人分治。舍氏和卓渐强，摩罗沙木什被其侵夺，诉与霍汗（三三），乞师复还侵地。舍氏和卓又会西哈萨克，攻杀摩罗沙木什二子额尔德呢，遂攻塔什罕；丕色勒来援，哈萨克后得之，终入霍罕。霍罕与回部分界处有二岭：曰噶布兰，曰苏提布拉克，额德格纳部布鲁特居之。岭东为回部，岭西为霍罕。西十五日程，曰布哈尔，亦大国，东南距塞勒库勒，三十二日程（三四）；曰拜尔哈，在东北，三日程；曰噶斯呢，在西南，十日程；曰坎达哈尔，在西南，二十日程。」莹按：此云霍罕，盖即敖罕，又曰浩罕，自玛尔噶浪至霍占等，即所称敖罕八城也。逆回张格尔遗孽，所居即此地。或云张格尔妇，敖罕女也，遗孽未除，不可不留意焉，故详记此。

一腔热血须真

或谓余：一腔热血，何必掬以示人。余谓：君血自未真热耳！所谓热血者，视天下国家之事，皆如己事（三五）；视人之休戚痛痒，如己（三六）之休戚痛痒，展转于怀，不能自已，夫是之谓热血；岂可轻易言之耶！试思三教圣贤，苦心苦口，著书垂训，所为何事？千古忠臣义士，剖心沥血，又是为何？世人只知自己身家名利，于他人是非得失，不甚关痛痒；又习见世俗轻儇巧薄，以为此处世之道当然也。不但古圣贤忠义之所以存心为人者，未尝体会，即前辈诚朴忠信之风，亦所未见，故见有正直不时趋者，则诧而怪之矣！此事存乎其人，岂口舌所能喻哉！昔方灵皋先生见人，苦口言事。一臣公谓人曰：「灵皋学问人品，诚不可及；惟好强聒，常使人厌。」当时论者，皆哂此公，以为失言。呜呼，惟好强聒，此灵皋之所以为灵皋也。

乡原亦不易及

今有以乡原称人者，其人怫然曰：「奈何薄我？」曰：「乡原未易及也。万章曰：『一乡皆称原人焉，无所往而不为原人』。孟子曰：『非之无举也，刺(三七)之无刺(三八)也。同乎流俗，合乎污世，居之似忠信，行之似廉洁；众皆悦之。』君自问己(三九)能及此否？」其人曰：「未也。」曰：「君所自以为是者，不过『曰何以是嘐嘐也！言不顾行，行不顾言，则曰：古之人，古之人，行何为踽踽凉凉！生斯世也，为斯世也，善斯可矣』。君之所见，不过如此，其贤于世俗之汶汶者，不已多乎，然而非狂狷之志。」或曰：「吾所谓狂者，内省诸己(四十)，无欲于人；外视众人，若沉若浮；内藏我知，不示人技；不合我者，冷之而已。」余曰：此老子之似也，庶不失己(四一)矣。荷蒉有言曰：「深则厉，浅则揭」。

王卡蕃狡诈阻差

初八日，察木多统领，得乍雅守备报云：十一月二十六日，有噶噶小蕃，抢王卡小蕃帐房、牛马，伤人。王卡蕃，亦率众抢伤噶噶蕃。二比互相防守，王卡头人言：「若有差使，乌拉难进。」

示竹虚诗

竹虚乘醉，以书述志，寓见规之意。为诗谢之，云：「颜寿彭殇未可齐，漫漫长夜叫天鸡。早闻宁戚歌牛角，晚读蒙庄废马蹄。一错已知成铸铁，三缄真愿学有溪。寸阴苦惜今垂老，又现昙花到海西。」

醉马草

蕃地有草颇肥，马误食之，辄醉，名醉马草。马产蕃地者，皆避之不食；内地马贪其肥，则昏然欲睡，不能动食矣。余初至察木多，圉人不知，误引马于山上食之，马醉，乃悟。古云：西域有藤，为杯，可解酒病，名消酲杯。余访之，今已无，惟有木名札木札鸦，以为杯碗，可解饮食毒耳。

然亦不易得，尝见乍雅二呼图有一碗，外裹以金，其贵重如此。（《图识》云：藏中木碗有二种：一名札木札鸦，木色微黄，坚润有细纹，能避毒。一名浑拉尔，木色微黄，花纹略大，亦能避毒，其价俱昂。）

僧齐己诗

五代僧齐己（四二），以诗投钱武肃王曰：「一瓶一钵垂垂老，万水千山得得来。」钱王大赏之。得得究作何解？明时蜀人李实《蜀语》曰：「小儿学行状曰跱，亦作得」。陆鲁望云：「非得得行，不可适其下。」观此乃知此句之妙。

笮桥

蜀有笮桥，李实曰：「笮，音作。松潘、茂州之地，江水险急，既不可舟，亦难施桥于两岸。凿石鼻，以索絙其中，往南者，北绳稍高；往北者，南绳稍高。手足循索处，皆有木筩缘之，护手易达。不但渡空人，且有缚行李于背而过者。《前汉书·西域传》「度索寻橦之国」，《后汉书》「跋涉悬渡」，唐独孤及云：「复引一索，其名为笮，人寻半空，渡彼绝壑」是也」。余按：今江卡至藏，间道亦有之，谓之溜筒。人马货物，皆缚于筩而悬渡焉。惟十月后，水结坚冰，人可由冰上行，马与重物则仍悬渡也。

乌鬼

杜诗「家家养乌鬼」，注家以为鸬鹚也。李实《蜀语》曰：「蜀人好祀坛神，名主坛罗公，黑面，持斧吹角，设像于室西北隅，去地尺许，岁暮则割牲延巫，歌舞赛之」。考《炎徼纪闻》曰：「罗罗，本卢鹿，而讹为罗罗。有二种：居水西十二营宁谷马场涓溪者，为黑罗罗，曰乌蛮；居慕役者，为白罗罗，曰白蛮。罗俗尚鬼，故曰罗鬼，今市井及田舍祀之，缙绅家否。杜诗之乌鬼即此」。余意恐未必尔。

苏文忠留题月日

王象之《蜀碑记》，有《苏文忠公留题》，注引《成都志》云：「极乐院有文忠公壁间留题：『至和丙申，季春二十八日，眉阳苏轼与弟苏辙，来观卢楞伽笔迹。』今存」。余按：今存者，王象之谓作记时也。丙申为宋仁宗嘉祐元年，何以公称至和丙申？至和建元二，惟甲午、乙未、无三年。盖是年改元嘉祐，公留题时方在蜀中，未之知也。明年欧阳文忠知贡举，公与子由登第矣」。

成都《观政阁记》

《蜀碑记》：「成都有《观政阁记》，注：『秦、汉至唐，领太守、刺史、节度使之职，有功绩可考者，画像得二十八人，别图于他阁而榜曰观政。』吕大防《成都志》云：『二十有八人：李冰、文翁、王遵、张堪、第五伦、廉范、种暠、李膺、高眹、诸葛亮、王济、高俭、陆象先、苏颋、严武、翼宁、韦皋、高崇文、武元衡、段文昌、李德裕、杨嗣复、杜悰、魏謩、牛丛、夏侯孜、高骈、陈敬暄。』」余按：此记不著何人作，画像二十八人中，颇不伦，第取其有功绩于蜀中耳。其人之贤否自不具论，非比云台之选也，视李文饶《重写益州五长史真记》抑有间矣。

庞士元有子

《蜀碑记》云：「涪州有涪陵太守阙，书『汉涪陵太守庞肱阙』。肱，即士元之子。淳熙中，贤良任子宜，舟过涪陵，于小民家见汉隶隐然，遂载以归，碑在左绵任贤良家，至今犹存」。余按：《蜀志》本传：「统子宏，字巨师，刚简有臧否。轻傲尚书陈祗，为祗所抑，卒于涪陵」。太守肱即宏也，士元有贤子，不可不表出之。

成事不说当观何事

或谓：「已误之事，不必再议，徒滋是非。」余曰：子言即孔子「成事不说」之意也。然当分别言之。齐陈恒弑君，何与鲁事！孔子何以沐浴请讨？「季氏舞八佾，三家以雍彻」，事行已久，孔子何以一再非议之？季氏已旅泰山，孔子何以责冉有弗救？非皆成事之后乎？后世唐明皇初宠禄山，赦其罪；张九龄争之，不听。禄山反，明皇幸蜀，乃思其言，时九龄已殁，犹遣使祭其墓，唐室所以能中兴也。宋高宗信用秦桧，杀岳飞，忠义之臣，贬窜殆尽。桧死，乃复张浚、胡寅、张九成等二十九人官，岳赠王爵，皆当时言官追论之，南宋所以能偏安也。若执「成事不说」一言，是苏味道之模稜，岂圣意乎？

西域物产

打箭炉至藏地，物产亦各有同异。曰青稞，曰牦牛（长毛野牛），曰山羊，曰酥油，曰圆眼（似萝蔔而圆，蛮种也），曰白菜，炉城产也。曰麸金，曰葡萄根木碗，曰凤眼菩提子，曰贝母，曰冬虫夏草（出拨浪工山，《本草》不载，性温暖，补精益髓），曰山草，曰牦牛，曰牛毯，曰酥油，曰青酥，曰大麦，曰圆眼，里塘产也。曰白葡萄，曰葡萄根木碗，曰石榴，曰天鼠（似猫，皮可为裘），曰水银，曰犁牛，曰青稞，曰豆（豌豆也），曰麦，曰黄蜡，曰蜂蜜，曰酥油，曰白菜，曰圆根，曰韭菜，曰桃，曰李，曰西瓜（味皆劣），曰牡丹，曰芍药，巴塘产也。曰松蕊石，曰梨干，曰葡萄，曰核桃，曰犏牛，曰绵羊，曰青稞，乍雅产也。曰秔稻，曰生姜，曰黄连，曰麝香，曰熊胆，曰波里凹，曰牛毯，曰牦牛，曰山羊，曰青稞，曰大麦，曰圆眼，曰豌豆，曰核桃，曰松蕊石，察木多产也。曰铁，曰骡，曰马，曰鹿，曰鸡，曰牦牛，曰绵羊，曰酥油，曰牛毯，类伍齐产也。曰犛牛，曰山羊，曰青稞，曰青金石，洛隆宗产也。曰青稞，曰莜麦，曰牛，曰羊，曰酥油，硕般多产也。曰麸金，曰银矿，曰犁干，曰核桃，曰马，曰骡，曰牦牛，曰青稞，曰酥油，达隆宗产也。曰犏牛，曰绵羊，拉里产也。曰青稞，曰毛毡，曰青精石，曰大面氆氇，曰秔稻，曰大面偏单，曰大面羊毯，曰白菜，曰筍，曰竹片弓，曰竹箭杆，曰骡，曰大头狗，工布江达产也。曰秔稻（沼中畜水为圩，多种之，其耕耨亦如中土，但牛具微小，有五头作一具者），曰青稞，曰蚕豆，曰小麦，曰豌豆，曰莱子，曰黄豆，曰绿豆，曰四季豆，曰葱，曰蒜，曰蒝荽，曰白菜，曰苋菜，曰菠菜，曰莴苣，曰萝葡，曰圆根，曰藏核桃，曰藏杏，曰藏枣，曰盐（后藏之札野克登察噶产盐，多系于沙土中刨出，蕃民每资以易食物诸物），曰藏香（有紫黄二种，真者焚时烟凌霄汉，盖以珍宝屑成之），黑白香（四三）（白香亦名吉吉香，黑香亦名唵叭香），曰藏茧，曰藏紬，曰氆氇，曰栽绒，曰细毯（即致毯，天竺贵布也，见《涅盘经》），曰毽子，曰花紬，曰花布，曰藏红衣，曰青金石，曰松蕊石，曰玛瑙、曰琥珀，曰蜜蜡，曰珊瑚，曰硨磲，曰硇砂，曰阿魏，曰黄连，曰胡连，曰茜草，曰紫草茸，曰石青，曰桂皮，曰诃梨勒（诸书未详，疑即梨也），曰木碗（其种有二，说已见前），曰马，曰骡，曰驴，曰犏牛，曰犂牛，曰黄牛，曰羚羊，曰牦牛，曰青羊，曰绵羊，曰猪（颇小，至大不过五十斤），曰鸡，曰黄鸭，曰白雕，曰苍鹰，曰雉，曰兔，曰狐，曰天鹅，曰细鳞鱼，曰牡丹，曰西天花（即虞美人），曰剪碎绒，曰蜀葵，曰金盏，曰米囊花，曰芍药，曰山丹（有红白二色），曰赛兰香，曰藏菊花（有红黄二色），曰松，曰柏，曰白杨，曰来禽，西藏产也。以上所记，余据《卫藏图识》，以较《通志》，大略相同。惟《志》云：「藏中又有硼砂，马品木达赖池旁出者最佳；有紫黑二色。豌豆，作莞豆；戕麦，作乔麦。」藏中又有金、银、铜、锡、铅；又有豊豆云，俱见《旧唐书·吐蕃传》。又有藏纸，捣柘皮为之，长径丈，宽约二尺，质坚色白。此纸余及见之，乍雅两呼图，所具夷禀，皆此纸也。与英吉利夷纸同，特不及高丽之细致光洁耳。藏中复有紫檀、梅花，《图识》皆无。以余所见，巴塘有米囊花，甚多；与察木多皆有鸡有鱼。乍雅之昂地，出雪里莲花，有红白二色，云可治血症。空子顶有黑木耳，甚肥脆，胜内地。察木多之包𡼖山中有白鸡，似雉，能飞而无尾，名马鸡，即《西藏赋》所云「雪鸡大如鹅」也。又有小竹鸡如班鸠，杂色二种，味与雉鸠无异。兔狐颇多，亦有猞猁、水獭，则云来自藏中也。并记于此，以补诸书所未及。

西藏双忠

喇萨有双忠祠，祀傅公清及拉公布敦。乾隆十五年，傅公以都统与左都御史拉公驻藏，时朱尔墨特那木札尔，袭其父颇罗鼐郡王爵，不法。公裁抑之，遂有异志。公密以闻，上虑公孤悬绝域，不欲轻举，命都统班第代拉公。未至，那木札尔反谋益亟，驻藏大臣一举动，皆侦察之，禁邮递不得通，将尽诛异己(四四)者，潜结准噶尔为外援。公知事发必死，与拉公密谋，十月十三日，称有旨议事，使其党罗卜藏达什召那木札尔。那木札尔以公势孤，不之疑。二公登楼以待，止其众于楼下，随者仅四五人。公见之如平时，引入卧室，阖门，亲擘刀砍之；而仆从者复棓击其首，立毙。罗卜藏达什在外，闻格斗声，知变，抉窗跳走，告其壻第巴喇布坦，以贼众至，焚楼，公手办数贼，身被三伤，自到而死；拉公亦被创死。班公及四川总督策楞至，贼党悉就擒诛。盖渠魁已戮，无能为也。事闻，诏书褒嘉，与拉公俱赠一等伯，入贤良、昭忠二祠，复命建双忠祠，遣大臣致祭，子孙以一等子世袭。大学士福公康安，傅公侄也，五十六年至藏，新其祠而为之碑。

感怀诗

是日，感怀有作云：「绝域滔滔送岁穷，谁将长剑倚空同。奉檠曹沫羞三北，瞻马荀卿欲再东。远水迷离萦客梦，蕃儿诘曲学华风。陇西老将头如雪，醉尉宵来近几逢。」

川省批回

十二日，川省文至，督批宣太守报云：「二呼图克图既已返巢，该委员等，即速回省，面询情形，以凭具奏」。宣太守即日行知大呼图克图，移察木多文武，传牌察东各站，使备乌拉。

释迦剖母胁

佛书言：释迦剖母胁而生，儒者诞之。不知《史记·楚世家》：陆终氏娶于鬼方，曰女嬇，孕三年不育，乃剖其左胁，获三人焉；剖其右胁，获三人焉。《毛诗·疏》亦引之。《吴越春秋》：女嬉吞薏苡而孕，剖胁而生高密。高密，即禹也。则剖胁而生，古有之矣。诸说皆在佛书未入中国前，后世自以目所未见，诧为奇异耳。万物之生育，不可以常理测者，岂少也哉！鬼方即西域也。然则剖胁生子，固不足异。（《史记·楚世家》：「吴回生陆终（四五），生子六人，坼剖而生（四六）焉」。《风俗通》：「陆终氏娶于鬼方，是谓女嬇，孕而三年不育。启其左胁，三人出焉；启其右胁，三人出焉」。干宝曰：「先儒学士，多疑此事。谯允南作《古史考》，以为作者妄记，废而不论；余亦尤其生之异也。然按六子之世，子孙有国，升降六代，数千里间，迭至霸王，天将兴之，必有尤物乎！若夫前《志》所传，修己背坼而生禹，简狄胸剖而生契。历代久远，莫足相证。近魏黄初五年，汝南屈雍妻王氏，生男，从右胳下小腹上出，而平和自若，数月创合，母子无恙。此盖近事之信也。以今况古，固知注记者之不妄也。天地云为，阴阳变化，安可守之一端，概以常理乎！《诗》云：「不坼不副，无灾无害」，原诗人之旨，明古之妇人常有坼副而产者矣；又有因产而遇灾害者，故美其无害也」。莹按：《史记》及《风俗通》本文如此，余前未检，合二说而一之，今更录正之，并记干宝之言于此。）

湘水二妃

自《楚辞·九歌》有《湘君》、《湘夫人》，谓娥皇、女英二女之神。又，《礼记》云：「舜葬苍梧，三妃未从」。文人相沿，太白遂有《古别离》之作。余尝思之，舜生三十，征庸，帝使二女事之，古者，女子二十而嫁，是二女小于舜十岁也。舜崩，年百有十岁；二女若在，亦近百岁矣。相从南巡，已似可疑；既从至湘水，何以不至苍梧？或以九嶷岭高难逾；抑或闻舜崩，而至于湘时，舜已葬，遂止湘，而终未可知也。《水经注》言：「舜之陟方也，二女往征，溺于湘江。神游洞庭之渊，出入潇湘之浦。」然则《记》云「三妃未从」，盖言未从葬耳。后人为庙，祀二女之神，宜矣，然犹作少女之貌，可乎？或云湘水之神，乃舜二女，非二妃也。《帝王世纪》：「舜长妃娥皇无子；次妃女英生商均；次妃癸比生女：宵明、烛光。」湘水之神，盖宵明、烛光。故《楚辞》称「帝子」，此帝指舜。按舜纳癸比，生二女，其年不可考，即以在位后言之，计崩时二女年亦非少，且不应无夫而同没于湘也，又不若二妃之为近理矣。或曰古人善养，颜色虽老不衰。龙妆玉貌，本后人想象为之也，翠羽明珰，亦以后世服饰加之，譬如宣圣追封，塑像则为王者之服矣，况楚人尚鬼，屈大夫时亦从俗为辞耶！又疑舜生时已禅位于禹，受命神宗，固在帝都。禹既受命，即当行天子之事而巡狩；舜既不为天子，何以百有十岁之人，犹远狩苍梧，此亦理事之不可解者！岂舜晚年禅位后，亦如黄帝之问道崆峒故至苍梧耶！黄帝之崩，世传鼎湖升仙，虽云出于方士不可信，然古帝圣神，其生死灵奇之迹，亦岂后世经生所能臆度者哉！精华已竭，褰裳去之；当八伯和歌，星烂云缦之日，帝意已夐乎远矣。（康成注《礼记》，谓：「舜征有苗而死，遂留葬焉」。此说尤妄。舜禅禹时，有苗之格久矣。即使复叛，禹为天子当征之，何为舜往征之乎？）

报启行回川

十四日，宣太守定稿，报川藏云：十八日启行旋省。

食、色乃性之欲

告子曰：「食、色，性也。」《乐记》曰：「人生而静，天之性也；感于物而后动，性之欲也。」二说必兼看，其义乃备。食、色，本皆物自外至，何以云性？盖物虽外至，而有感斯动者，我也。我何以有感斯动，则欲之故。我本有所欲，然后外物能感；若我本无此欲，外物何能感动乎！感者，两相交之谓也。食、色之感，不待教而能，受之于天，非性乎？然同一食、色，而有邪正之殊，则非纯乎天矣，故以为性之欲。善乎孟子之言也，曰「养心莫善于寡欲」，不曰无欲，而曰寡欲，甚以无欲之难也，可谓从容不迫矣（四七）。

酬里中友人寄诗

方植之、马元伯、光律原，闻余西域奉使，皆寄诗见慰，各依其体寄酬。《酬植之》云：「深思好学邈先儒，头白犹闻力著书。自守《元经》贻范望，何须《羽猎》似相如。《考槃》《半字》精无对，红树青山健有余。念我题诗来异域，蓬莱征路欲回车。（《考槃》《半字》君自名诗集也，君著作甚多，诗其一种耳）商声古调入君弦，掩抑金徽几岁年。召饮偶开元亮径，卜居常近范公泉。（余前岁归，再饮君家，君极贫而甚廉，非其义一介不取）射蛟台树藏春艇，投子山钟隔暮烟。自有醍醐堪灌顶，不烦薝葡觅三千。」（何兆诗「薝葡三千灌顶香」，君善解佛理，此翻其意）《酬光律原》云：「黑发归田阅岁华，成书直欲满十家。输启终始神仙侣，老我迟回博望槎。自毁刘安鸣木铎，虚鲜郭璞笑兰葩。（《淮南子》「铎以鸣自毁」，郭璞云：「兰葩岂虚鲜」）黄河灌溉空前语，何似朱明天半霞。（余昔尝与律原书曰：「君如天半朱霞，云中白鹤，可望而不可及；某则如黄河之水，一曲千里，虽涓流细滴，亦足以灌溉田园，而兼挟风沙，中不免于污杂」。盖三十年前语也。）《酬马元伯兼寿其七十》云：「谭经绛帐是家风，早岁才名冀北空。虎观自通申鲁说（君著有诗经），郎官常济水衡功。画图出塞鸣笳壮，辽海还家得句工。不信龙眠山色好，看君七十少如童（四八）。」

西蕃历法

历法，今年无闰。察木多、乍雅，皆用藏历。本年蕃人有闰九月，今十二月，盖蕃人之十一月也。今《时宪书》颁行外藩者，盛京、雅克萨城、黑龙江、三姓、伯都讷、吉林、朝鲜、琉球、越南。诸土司之地，则三杂谷、党坝、绰斯甲布、金川勒乌图、噶拉、依瓦寺、革布什咱、布拉克底、小金川美诺、巴旺、沃克什、明正、木坪，皆测其太阳出入昼夜时刻，与节气时刻。惟前后藏及察木多、乍雅、回疆、内外蒙古，虽隶版图，设立王官，而不予颁律，《时宪书》亦未列其太阳出入时刻与节气云。

忆伯兄诗

十月中，得家书，言伯兄近颇衰惫，心常忧之；以余比年多故，兄之衰，有由来也。祀灶日念及，悽然有作，云：「伯子传闻近益衰，故乡绝域不胜悲。百年身世常忧患，十口亲情半别离（兄子继光，以增，尚客闽中）。买与神方迟大药（昔在仪征，虑兄晚岁患痺，得再造丸方，购备诸药，惟水安息，苦不可得，致延未就）。营成先兆憾灵龟（兄营葬先祖，近有蚁患，兄甚悔之，亟谋迁兆。）入天一事聊驰慰，满载归鞍佛国诗。」

西藏闰日

和泰庵《西藏赋》云：「减凶辰而闰日，别正朔以为年。」自注：「藏中朱尔亥，如初一、初二、初三，初二日凶，则减去初二日，闰初三日，故无小建。」又云：「其正朔，与中国不同，止有八大节；其交节之日，亦前后差数日；三年置闰，亦与中国异。考旧说，西藏用地支，而不用天干，非也。今见藏中纪年，如甲子年，则云木鼠；乙丑年，则云木牛；丙寅，火虎；丁卯，火兔；戊辰，土龙；己巳，土蛇；庚午，铁马；辛未，铁羊；壬申，水猴；癸酉，水鸡。以此推之，亦六十甲子，仍用天干也」。又引《十六国春秋》云：「有赵瞰传，河西敦煌人，善天文算数，据云传自西域。」莹按：今察木多与乍雅诸蕃地，年月置闰，皆与藏中无异，乃知不须《时宪书》之所由也。

载蕃酒诗

余既与成之别驾，贷得蕃贾茶，值千金；谢都阃见赠博窝马各一；余复买蕃酒一瓶，系以诗云：

「西蜀灵芽万里还，博窝骐骥耀尘寰。蕃儿忽讶归装富，更买新醪醉入关。」

林制军内召

闻少穆先生以九卿内召，喜而有作，云：「白发丹心出玉关，清风皓月满天山。五年中外同翘首，一夕乌孙报赐环。明诏应收父老泪，花砖仍冠上卿班。三吴故吏如存问，新探江源雪岭还。」

察木多东还

二十八日卯刻，宣太守东还；巳刻，余与丁别驾发察木多。

四川复奏

二十六年二月十七日，宣太守至成都；二十六日，余及丁别驾，谢都阃续至。余上《乍雅地形》及《左贡入藏二道图》，以备异日之用。四川复奏曰：「宣守等行抵察木多查讯，各执己私，抗不遵断。臣查二呼图克图，管理地方，已非一世，蕃众依附者多；遽予斥革，固无此办法。白玛奚等，聚众滋事，本咎有应得，然亦由大呼图克图相逼而成；且大呼图所属之达末等，互相争斗，咎亦相同。乃检阅呼图克图等屡次译禀，在大呼图克图，非重办白玛奚等，断难输服；二呼图克图，总欲如旧管事，各仓储巴亦仍前安设，及不遂所欲，即请提审，或自飏散，似此顽梗，断非口舌所能折服。惟地处口外，且皆西方黄教，蛮触相争，其于川藏往来差事、饷鞘、文报，并无阻误，又未便慑以兵威。现控之件，据白玛奚等称：自二十二年后，并无劫杀；即大呼图克图，亦不能确切指证。是大呼图克图在藏所控，已无可查办，当即就此完结，毋庸提审，以免烦扰该委员等。臣于接禀后，即批令回省，此后饷鞘、文报倘有阻误之处，随时查明惩办。蓬州知州姚莹，前于具禀后，不候批示，辄中途折回，经奏明摘去顶戴。今该呼图克图，固执己见，不遵审断，其所控之件，亦无可查办，虽非委员等办理不善，惟姚莹前于具禀事件，不待回报，即自转回，究属非是，应请开复顶戴，仍交部议处。」事下理藩院，议曰：「乍雅与前后藏不同，其呼图克图庙宇、徒众、钱粮等级，皆不由官经理，是以理藩院则例不载，即乾隆五十八年呼毕勒罕源流册档，亦无其名，因曾蒙赐封，始拟补入册档。今呼图克图各执私见，蛮触相争，应如四川所奏，文报、饷鞘，是否日久不误，随时查明，相机办理，以妥夷情而肃邮政。」吏部议：「姚莹罚俸一年。」均得旨：「如议行。」

校记

(一)、(二)、(三)、(四)、(六)、(七)、(八)，己，原均作「已」，误，据同治本改。
(五)知，同治本作「智」，字通。
(九)侧岸，手稿本作「岸侧」。

（十）宜，《小说大观》本作「宣」，误。
（十一）水，「水」字下，《新唐书》有一「火」字。
（十二）跣踪，《新唐书》作「徒跣」。
（十三）割，《新唐书》作「剖」。
（十四）二，殿本《明史》及中华书局标点本《明史》「二」均作「三」。
（十五）回回，二字下，《明史》有一「设」字。
（十六）又，原作「丈」，误，据手稿本及《明史》改。
（十七）堂垣墉，「堂」下，《明史》有「中」字。
（十八）默德那，原作「默那德」，误，据《明史》改。
（十九）拔，《明史》作「抚」。
（二十）元氏，「氏」字，手稿本作「代」字，《明史》作「世」字。
（二一）木，《明史》作「麦」。
（二二）默德那，原作「默那德」，误，此处手稿本不误，据改。
（二三）入馆，原作「八国」，误。乾隆四十一年刊本《道古堂文集》、《海国图志》、《增广海图国志》均作「入馆」，据改。
（二四）入燕都，「入燕」，原作「八蒸」，误。手稿本「八」作「入」，《景教续考》「蒸」作「燕」，据改。
（二五）拜，《景教续考》作「课」。
（二六）尔，《明史》作「儿」。
（二七）其酋，《西域水道记》作「其头人」。

(二八)、(二九)克什南，《西域水道记》均作「什克南」，所附图作「克什南」。

(三十)、(三一)、(三三)汗，《西域水道记》均作「罕」。

(三二)吉，《西域水道记》作「集」。

(三四)日程，「程」下，《西域水道记》尚有「其属城：曰鄂勒推帕，在东，七日程；曰济杂克，在东，三日程」。

(三五)、(三六)已，原均作「已」，据同治本改。

(三七)、(三八)刺，原均作「剌」，误，据同治本及《孟子》改。

(三九)、(四十)己，原均作「已」，误。

(四一)已，同治本作「已」，据改。

(四二)齐已，原作「齐已」，误。

(四三)黑白香，「黑」字上，《卫藏图识》有「曰」字。

(四四)异已，原作「异已」，误。

(四五)生，《史记》「生」上有「终」字

(四六)生，《史记》作「产」。

(四七)想因考虑关系的缘故，手稿本在此条下，删去如下一条：「宣太守急欲东旋，将自以轻骑，由左贡间道行。使人告察木多仓储巴，出重价，购买左贡乌拉。仓储巴见太守，力劝请行大道。其王卡事，愿使人致约两呼图劝阻，求稍缓行期。太守不许。余谓丁别驾曰：两人行粮资斧，仅可行及巴塘。若由左贡，则并不能至江卡，非太守之身有余资比，且同行间(道)，是示之以弱也。」

(四八)想系出于同一原因，手稿本在此条下删去如下一条：「二十日，藏中琦大臣(点校者按：琦善也)，致书察木多仓储巴，称其造送胡图克图源流册之善。大臣与仓储巴书，破格也。」

《康輶纪行》卷十六

附《中外四海地图》说

历代疆域沿革，中国通人犹难言之，矧四裔绝域，海外遐荒，其国地名称，远近方位，欲一一举之，不其妄欤！然而无难也，在有心者求之耳。秦以前无论矣，自汉武穷兵大漠，通西域，而东南、西南诸夷，始见班、范诸史。北魏土宇，兼有中外，纪序尤详。隋、唐、宋、辽、金、元、明，四夷列传，日益广博，皆有征矣，顾未有图也。明成祖、宣宗，数遣中使至海外，遍历诸国，颇以图还，而人间未见。及万历中，西洋人利玛窦，以《万国全图》来献，惟时廷臣多诞之莫信，其徒艾儒略，嗣作《职方外纪》，世乃稍闻其说。然利《图》亦在内府未出，变乱后，莫知所在；今惟传艾儒略圆图一、方图四，亦曰《万国全图》。崇祯中，汤若望本之为《坤舆全图》。本朝康熙甲寅，南怀仁又有《坤舆全图》之作，刻于京师。士大夫多与之游，亦以西人外之，莫有究其说者。乾隆中，英吉利始通中国，又西南海船日盛，则有南澳总兵陈伦炯，著《海国闻见录》，图海外诸国，辨其远近方位，是为中国民间有图之始。其书先播，后收入四库。伦炯，闽人也。嘉庆中，海洋多盗，讲修防者，乃争购其书，亦第考中国沿海诸图，至其海外全图，仍茫如也。道光己亥、庚子之间，尚书侯官林公，以英吉利事至两广，求粤人通晓西洋事者，得欧罗巴人所撰《四洲志》及《澳门月报》，凡以海洋事进者，无不纳之，所得夷书就地翻译，于是海外图说毕集。邵阳魏源，固专勤世务而素以宏博闻者，得林公《四洲志》，更取平日考证诸书，繁引而辨证之，更为新图，考其沿革，分别海岸海岛，著《海国图志》五十卷。起自汉代，以迄今时，首末具备，而中外地舆形势以全，可谓盛矣！莹以道光二十二年备兵台湾，获夷酋颠林，上命讯其情形，更使颠林绘图为说以闻，惜其未备也。尝取南怀仁、陈伦炯及颠林三图，考其同异，别订一图，欲自成书，不果。今得魏著，余可辍笔，特不欲自弃其说，乃附于《康輶纪行》之末，以中多及兹事故也。

艾儒略《万国全图》说

明万历中，西洋人利玛窦进《万国图志》，本西洋文字，中国无知者。上命西洋人庞我迪译之，其本图固藏内府也。其徒艾儒略，以天启三年本利、庞二家旧说，更润色之，为《职方外纪》。自叙云：「吾友利氏，赍进《图志》，已而吾友庞氏，又奉翻译西刻地图之命，据所闻见，译为图说以献，但未经刻本以传。今上御极，儒略偶从蠹简得睹所遗旧稿，乃更取西来所携手辑《方域梗概》为增补一编，名曰《职方外纪》」。是此书、此图，实外域地图之权舆也。

至崇祯时，西洋人汤若望作《地球图》，为十二长圆形，本朝康熙中，南怀仁又作《坤舆全图》，大有增益。今考《外纪》，艾图为圆图一、方图四。圆图按天度经纬，划三百六十度，著南北二极及赤道昼短昼长三线；又作弧线，十度一规。方图复据圆图中五大州界，按天度各自为图。图既为方，则画线不免稍变，故作直线十度一方，以定方域之准，颇为精密。今复增虚线以别五大洲，曰亚细亚，曰欧罗巴，曰利未亚，曰亚墨利加，曰墨瓦辣尼加，并录其五大州总图界度解于左。

其解曰：天体一大圜也，地则圜中一点，定居中心，永不移动。盖中心，离天最远之处，乃为最下之处，万重所趋，而地体至重就下，故不得不定居中心；稍为所移，反与天体一边相近，不得为最下处矣。古贤有言：试使掘地可通，以一物缒下，至地中心必止；其足底相对之方，亦以一物缒下，至地中心亦必止。可见：天圆地方，乃语其动静之德，非以形论也。地既圆形，则无处非中，所谓东南西北之分，不过就人所居立名，初无定准也。天有南北二极，为运动枢，两极相距之中界为赤道，平分天之南北；其黄道斜与赤道相交，南北俱出二十三度半。日躔黄道正交赤道际为春、秋分规，南出赤道二十三度半为冬至规，北出赤道二十三度半为夏至规。黄道之枢与赤道之枢，亦相离二十三度半，其周天之度，经纬各三百六十。地既在天之中央，其度悉与天同。如赤道之下，与南北二极之下，各二十三度半。二至规外四十三度，分为五带：其赤道之下二至规以内，此一带日轮常行顶上，故为热带；夏至规之北至北极规，冬至规之南至南极规，此两带因日轮不甚远近，故为温带；北极规与南极规之内，此两带因日轮止照半年，故为冷带。赤道之下，终岁昼夜均平，自赤道以北，夏至昼渐长，有十二时之昼，有一月之昼，有三月之昼，直至北极之下，则以半年为一昼矣。往南亦然。以南北距度考之，不得不然也。其在东西同带之地，凡南北极出入相等者，昼夜、寒暑、节气俱同，但其时则有先后，或差一百八十度，则此地为子，彼地为午；或差九十度，则此地为子，彼处为卯，余可类推也。居赤道下者，平望南北二极，离南往北，每二百五十里，北极出地一度，南极入地一度；行二万二千五百里，则北极正当人顶，出地九十度，而南极入地九十度，正对人足矣。从南亦然。此南北纬度也。至于东西经度，则天体转环无定，随方可作初度，而天文家亦立一法算之，以日行天周三百六十度，每时得三十度，如两处相差一时，则东西便离三十度也。以此推之，东西之度可考验矣。古来地理家，俱从西洋最西处为初度，即以过福岛子午规为始，仿天度自西而东十度一规，以分东西之度。故画图，必先画东西南北之规；后考本地离赤道之南北，福岛之东西几何度分，乃置本地方位。譬如中国京师，先知离赤道以北四十度，离福岛以东一百四十三度，即于两度经纬相交处得京师本位也。但地形既圆，则画图必于极圆木球方能肖像。如画于平面，则不免直剖之为一图（即椭圆形，自北极剖至南极为直剖），或横截之为两图（循赤道线剖之为横截），故全形设为二种：一、长如卵形（即直剖者），两极居上下；赤道居中。一、圆如盘形，南北极为心；赤道为界（即横截者，原书无此图）。又于二全图外，各设为一图，曰亚细亚，曰欧罗巴，曰利未亚，曰墨利加也。而墨瓦蜡尼加，则国土未详，图不另立。图中南北规规相等，皆以二百五十里为一度，赤道之度亦然。其离赤道平行东西诸规，渐近两极者，其规渐小，里数亦以次渐狭，别有算法；其方图者，画线不免稍变，毕竟惟圆形之图，乃得其真也。

附：叶棠书《艾儒略万国全图说》后

图，所以辅书之成也。书，非图不显；图，非书不明。原解辞多杂乱，颇难卒读，大抵翻译有误也。因重加校勘，删其繁芜，正其讹谬，增其注解；盖汰去沙砾，精金乃见云。叶棠识。

西人汤若望《坤舆全图》说

汤若望作地球图，为十二长圆形，盖自球之南北极，循环直剖之而成者也。北极居上，南极居下，赤道居中。赤道北二十三度半为夏至昼长线，又北四十三度为北极界线；赤道南二十三度半为冬至昼短线，又南四十三度为南极界线。其经纬亦各分三百六十度，每十度一规，又因图未尽圆形，至两极中尚差十度，复作两圜以补之，各十二平分，而中心为两极，可合前图成圆球也。

南怀仁《坤舆图略》

南图凡二：以亚细亚洲、欧罗巴洲、利未加洲三洲为一图，东起日本小东洋，西至以西把尼亚大西洋，北至冰海增白蜡，南至则意兰岛南极下。又以南北亚墨利加洲、墨瓦腊尼加洲二洲为一图，盖二洲转出亚细亚、欧罗巴三洲后，其东接大西洋，其西即接日本小东洋也。地球本圆，亚墨利加二洲之东，乃亚西亚三洲之西；亚墨利加二洲之西，乃亚细亚三洲之东，犹夫天文之分南北极为二图耳。其图各围圆丈有五尺，山川、国名、异物甚多，字细如蝇。今缩之尺幅，不能全载，仅择其大而显著者图之，故称略云。

陈伦炯《四海总图》

陈图有六：一曰《四海总图》，二曰《沿海全图》，三曰《台湾图》，四曰《台湾后山图》，五曰《澎湖图》，六曰《琼州图》。其云沿海者，指中国言之，东起盛京，西讫交阯，其他外夷不及也。《四海总图》，乃东至日本，西至葡萄牙，北至冰海，南至大石山，总为一圆图，不及南怀仁之详备，即异域国名、地名殊异，以得自海舶老商，所译语音各别之故，然形势大略亦与南同，特无五洲之说耳。盖陈，武人，未见南图也。今依原本图之；余五图，皆习见，不具载。

夷酋颠林绘图进呈说

颠林者，英吉利酋，道光二十三年犯台湾就获者也。酋五人就获，奉上命讯其国情，地去俄罗斯远近。颠林能作图，授纸笔使绘之。既得其国情，海陆形势颇具，乃为说并图进呈。惜其仅知西南海陆事，自俄罗斯东北，未能悉也。其说详余原奏，台人已有刊本，今载魏著《海国图志》中，兹录原说，并载此图，可与南、陈二图参阅。

英吉利国，又称英机黎，或作膺吃黎氏，通称红毛。在大海极西北隅，四面皆海，其国都名兰邻。北枕大山，名哀邻；隔海而南，与贺兰、佛兰西、大吕宋邻近，相去皆千余里；又有米利坚在其西南海中，相距约万余里，国皆强大，不相统属，惟大吕宋稍弱。近中国之属岛名小吕宋者，久为英吉利所据，不能争。近七十年，英吉利谓其地少利，吕宋始以金赎回。贺兰亦常为英吉利侵陵，倚佛兰西为援，佛兰西大于英吉利也。然佛兰西人不善经商。今广东贸易之夷，自大西洋外，有英吉利、米利坚、贺兰、黄祁、佛兰西诸国，惟英吉利船多，年常六七十艘。诸国无公司，独英吉利有之。公司者，其国王自以本钱贸易，故名。诸国至广东十三行商，公建楼屋，居之如客寓，诸夷商去来无定，非如大西洋之常住(一)澳门也。英吉利通商广东，自云二百余年矣。英吉利王城，东西南北周六十里，东南城外，车行半日即海。本国虽不甚大，人精巧，善制器械；以其强黠，胁制海中小国皆为属岛。自王城稍西海中一岛名埃伦。又南为弼爹喇，王城至此，舟行十五昼夜。弼爹喇之西北一岛，名急时烟士。又西北为那古士哥沙。又西南为间拿哒，皆其所辖。弼爹喇之西南，隔海一大国，名米利坚，即华言花旗国之北境也。其北至南境，陆地大于英吉利数倍，船炮如之。英吉利入中国，必由其海面，故畏之；而于米利坚之东，据一小岛名的赊士，设埠头；又于的赊士隔海相对一高山名散打连，亦设一埠头；又于散打连之东名金山，设一埠头，三处相望，其用心之密如此。义律即的赊士人也。自散打连而南为士娇也；自金山而南为急卜碌，即《海国闻见录》所云呷也，盖海中大地西南一角之尽处。由弼爹喇至急卜碌，舟行五十日夜，皆自西而南；自此以后，则舟行转向东北。初为骂喇加时架，更东北为骂哩询，又东北为息赊厘，又北为士葛打喇，又北为烟，其东为望迈。自急卜碌至望迈，舟行五十日夜。更自望迈而南为士啷，又东北为袜打喇沙，北为孟呀剌，即孟加剌。又东南为磨面，又南为槟榔屿，一名新埠，又东为骂叻格，即《明史》所云麻六甲也，前明本满剌加国，为佛郎机所灭，后归贺兰。英吉利有一地在其南，名孟姑伦，与贺兰互易而有之；乃于其地之西，新开槟榔屿为大埠头；又东为新地波。自急卜碌至此，本皆黑鬼地，而英吉利据之，总称牛捞油，华言无来由是也。自望迈至新地波，舟行二十五日夜。其东北即近安南，更舟行向东，七日夜即广东。《明史》：西洋利玛窦言，其国至中国九万里，英吉利又在其北，海道可知。骂哩询之极南，又有路士伦；又东北有蝶士爹厘耶，皆英吉利属岛，占自他国，以为聚积贸易之所。谓之埠头，盖华言也。自埃伦至新地波，凡二十六岛，皆设官主之。诸岛在海中，相去或千里，或二三千里，势相联络。其左右复有别岛，或自为国，或为贺兰及其他国所属者尚数十，而以英吉利为最。此其海路之形势也。其陆路自本国外，别无土地。国之东北，隔海而地相连者，为士袜国，罗委国、叻伦国、颠麦国，一名黄祁国；更东为什卑厘国；又东为挞地厘国。其北即北海，极寒，冰厚二三丈，盛夏不解，人无敢往者。其国之东南隔海而地相连者，最近之东为贺兰国，自此而南为拿打伦国、米莉毡国、佛兰西国、捷罗那国、布度基，即华言大西洋国也。广东澳门即大西洋所居，纳税文官名加文打华，谓之番差；武官名知你药，华谓之兵头。贺兰之东，迤南为鸦沙尔国、布路沙国、记利时国、埃地利国、大吕宋国，又东为的记国。自西洋以东，如大吕宋、埃地利、记利时、布路沙至的记诸国，皆沿中海，此其国以东陆路之情形也。问以俄罗斯及回部，皆茫然不知；惟言贺兰之东北为罗沙国，又东稍南为北叨思国，与《海国闻见录》载俄罗斯隔普鲁社即系黄祁、贺兰之境相似。乾隆年间，俄罗斯女王，即西洋国之女，则其相去当不甚远，特地名，字音各别；或即所云罗沙即北叨思也。颠林未至东北诸国，故不能明，然其所绘图，与康熙年中西洋人南怀仁之《坤舆图说》、乾隆年中总兵陈伦炯之《海国闻见录》形势大略相同，二书收入四库中，可以参考。故大学士臣松筠，尝为臣姚莹言：俄罗斯大臣多西洋人。乾隆五十八年，英吉利贡使玛葛尔言：今俄罗斯之哈屯汗、本大西洋国女、乃前哈屯汗之外孙女也；其表兄袭汗，娶以为妻；然则俄罗斯与大西洋世为婚姻。英吉利本近大西洋，妇人为王，其俗同；人之状貌又同，则其近可知。俄罗斯人有在京者，传询当得其实。然英吉利既隔海；而俄罗斯尚隔黄祁、贺兰、佛兰西诸国，未必与英吉利交结，故颠林及律比皆不知之。若回部，则以南怀仁及陈伦炯之图考之，相去甚远，所隔国尤多矣。至的记之东为已罗，又东为茂加，又东南为也加喇，又北为亚巴赊，又东北为烟你士丹，皆乌鬼地。其自的记转南，沿中海而西者，为衣接埠头、为礼卑厘、为埃治也、为都利士埠头，亦皆黑鬼地，正与《海国闻见录》形势相同。颠林言：伊船内本有《四海各国全图》，船破失水，不知所在；今据所能记忆者图之，其言或可信也。至其立国，自称一千八百余年，本无稽。然国俗：王死无子，则传位于女，其女有子，俟女死后立之，实已数易其姓，而国人尤以为其王之后，足见其夷俗之陋。道光十八年，其国王死，无子复无女，乃传位于侄女，名役多厘里也，今二十二岁，招夫丙次阿不尔，称为边连士亚弼，犹华言驸马。生一子，今年二岁，异时女王死，即立为国王。边连士亚弼不理国事，大政则有三大臣在女王左右议决之。其第一者名马伦侍，极贵；次二人，不知其名。其国文官少、武职多，大埠头设文官，名罗洛坚，如中华督、抚；中埠头设文官，名沙外廉叻洛坚，如中华知府；小埠头设文官，名末士洛云，如中华知县。诸埠头均有大武官，名马凝接，如中华总兵；其余武官，不可悉数。此次统兵至定海之统帅，其人名沙连弥仆鼎查，其官为比利呢布颠剃衣弥，最贵，一切由其调度。各官虽授自国王，有事故则仆鼎查遣代。其次主兵之官为赞你留，其人名沙有哥哈，即巴噶。又主船政之官为押米喽，其人名沙外廉巴加，即思亚敕力巴敦。时皆在浙江。其在厦门管船者，官为善用叻弥沙，人名时篾，又称士勿。在广东、香港者，文官为马厘士列，华言马礼逊，其人名赞臣；武臣为善用哈沙，其人名礼也。时凡管理贸易及船政官，皆名甲毕丹，即《明史》所称加必丹末，又称急敦，如华言船主也。船上管黑夷者，头目有正副：正名沙冷，副名燉底。大船一正，五副；中船一正二副；小船一正一副。此次至内地夷船，名百余只，其实不过七十余艘；且多贸易之船，配以夷官，非尽兵船也。又火轮船亦不过十只，用以急递信息，为诸船导引，黑夷皆雇自诸岛，日给工资番银二三元至七八元，不下数十万。其官，由仆鼎查年给俸银三万元，以等递减，小者亦数百元。凡造一船，费数万计，炮械、火药，资用尤多。闭市后，洋货不售，有私售者，货价大减；用兵日久，复多丧失，亦自苦之。其女王之出，戴金丝冠、四面缀珠；身衣红色多罗连长袍，或羽毛为之；胸前系金珠为饰。乘大马，上用平鞍，后有靠背，左右扶手；前后随者，有步有骑。夷人见王不跪，惟免冠手拔额上毛数茎，投地为敬。其国人肌肤皆白，长身，猫睛、高鼻，类在京之俄罗斯，而发拳黄，故称红毛。亦有肌白而发黑者，不贵也。初奉佛教，后奉天主教，净髭须，其产鸦片烟土者，凡三处：一为望记；二为望迈；皆出小土，每块重六七两。惟孟加剌出大土，每块重四十五六两。海外诸国，皆以其所有，易其所无，自洋布、多罗连、羽毛、红木、紫檀、花梨、冰片、龙涎香、海参、燕窝、丁香油之类数十种，鸦片特其一。而望迈、孟加剌，皆英吉利埠头，故其国货船，此物独多。各国人皆不食，即英吉利亦自不食；惟华人及黑夷多嗜之。凡贸易，诸船皆商贾自为之，王收其税，亦有领国王本钱者。谨据夷酋颠林、律比供及图，证以诸书如此。

李明彻《地球正、背面图》说

粤人李明彻，字青来，著《圜天图说》三卷，有地球正方、背面二图。盖粤人多通习西洋人说，以澳门为诸国夷船所集，通译者多故也。其图亦以周天三百六十度割圜为之，亦著赤道、昼长、昼短三线。所载外洋诸国，不及南怀仁《图》之详，而形势无异。今载之，以备参考。近南北极处，圜线甚狭，诸国不能容写，阅者以意会之可也。

《今订中外四海舆地总图》

前载诸图，方位大略仿佛，而国名、地名互有异同，或此有彼无。余更取魏默深书，以今时地名参互考订之，作此图。其不备者，可按原书。明乎此，然后四海万国，具在目中，足破数千年茫昧。异时经略中外者，庶有所裁焉。余尚有英夷诸国图册，俟得通夷文者译之，详加厘正，俾无舛误，其所裨益当何如耶！

南怀仁《图》，有地中海，东自如德亚，西至布路亚，横亘几及万里。欧罗巴洲在其北岸，利未亚洲在其南岸；盖大西洋海水之横入地中者也。西洋入地中海，其口外有巴尔德大峡，海舟至地中海，出入皆经此峡。惟如德亚在其东尽，联贯二洲陆地，东西约二千里。如德(二)之东即西红海，则南洋海水之汊也。大西洋诸国海舟，至东南二洋诸国，须绕利未亚一大洲，道远二万余里；故每以如德亚之间隔为恨。又有洲中海者，在欧罗巴洲西北境内，小于地中海，寒牙里、耶马尼、领墨、荷兰、佛兰西诸国在其南岸；绥林、那威、瑞国跨海地、领墨国跨海地、琏国皆在其北岸。此洲中海更东尽于南都鲁机，为泰海，欧寒特里国在其北岸；翁加里国、南都鲁机在其南岸。又有里海者，在亚细亚洲境内，四面不通外海，俄罗斯在其北，敖罕在其东，巴社回国在其南，南都鲁机在其西。明乎二洲境内有此三海，然后沿海诸国可得而求矣，亦犹中国言地理者，当明四渎也。

《新疆南北两路形势图》说

新疆之地，南北两路，皆以伊犁为总汇重地。天山北路，以塔尔巴哈台为极边，其北边外与哈萨克接界。天山南路，以喀什噶尔、叶尔羌为极边，其西边外为敖罕及巴达克山诸国界。天山北路，本准部厄鲁特之种；南路，自哈密以西，皆回部也。准噶尔之种，自大兵剿灭后，今其余存之厄鲁特，皆昔为准噶尔所虐，赖天朝出水火而复幬之者，久已倾心服役无他。独回部之酋，自大、小二和卓木，为隋、唐之世始创回教谟罕默德之三十世孙；其高祖玛墨特者，当明之末年，远从天方东逾葱岭至喀什噶尔兴教，诸回部翕然从之，一如蒙古之崇信剌麻而实非其种类也。和卓木者，回子尊奉之称，如华言圣裔耳。大和卓木布那敦（一作波罗尼都），小和卓木霍吉占，先为准噶尔所囚，天朝拯而出之，不知感德，反行叛逆。大兵既诛之，抚众回部与齐民无异，亦皆安堵百余年矣。而布那敦之子，有逃匿边外诸回国者，众以为玛墨特之裔，皆保护之；故敖罕于道光六年，复助布那敦之孙张格尔为逆。张逆旋已伏诛矣；道光二十二年，敖罕酋长亦为西域大国布哈尔（又作布噶尔）所灭；而布那敦之支种犹有存者，在诸回部中，时复煽惑回众云。然助张逆者，敖罕之酋也，布哈尔既灭敖罕，虏其酋长，实尝告捷于卡伦；若乘此通好于布哈尔而控驭之；得布那敦之遗种而区处之，西边庶可以久安矣乎！

自京师西至兰州，三千八百八十五里，又西二千二百四十里出嘉峪关外为安西州，又西九百里至哈密；哈密北行过大雪山名腾格里山，即古之天山也。其山亘数千里，西接葱岭，南入痕都斯坦，山莫大于此。故古以天山名之。山以北，自巴里坤至伊犁，皆旧准部；山以南，皆回部也。哈密西行天山南路七百七十里至辟展，又西二百余里为土鲁蕃，又西八百余里为库车，又西六百余里为阿克苏，又西二百余里为乌什。自乌什而南八百余里为和阗，乌什西南九百余里为叶尔羌，乌什西南稍北又九百余里为英吉沙尔，自乌什西南又稍北九百余里为喀什噶耳，此其远近之形势也。哈密以西诸城，皆镇以防兵，设参赞、办事、领队大臣，是为镇城本。回城之大者，皆以重兵守之；其左右仍各有回城参错，以居回子。又有布鲁特一种，在诸回城西北，与回子素仇，皆游牧于西北诸回城之间，此皆可为我用以制诸回者也。阿克苏以东皆安靖，乌什以西诸城，最易反复。有事则伊犁西逾冰山出阿克苏以应之，诸城只宜自为防守，不能恃为应援也。

自哈密而北，逾腾格里山三百里为巴里坤，巴里坤西二百里为古城，又西五百里为乌鲁木齐，又西千数百里则伊犁矣。塔尔巴哈台又名雅尔，在伊犁之北一千九百里，其西北边外皆哈萨克界也。自伊犁而西，约二千里，南逾冰山，可至喀什噶尔及阿克苏一带，故东以哈密为通衢，西则阿克苏为间道焉。总而论之，新疆北尽俄罗斯界，东尽喀尔喀界，西尽布鲁特界，南尽乌斯藏界及青海。东西七千余里，南北三千数百里，此其大略也。今自京师至叶尔羌，并西北诸部为一图于左，皆依《皇朝舆地全图》，而兼采诸家之说云。

北边口外自盛京、吉林、黑龙江不纪外，以八旗蒙古为首，盖有内外旗之别。内旗者，科尔沁等四十九旗札萨克王公是也；外旗者，喀尔喀七旗札萨克王公是也。内札萨克四十九旗。本元世后裔。共有六盟，游牧均相联络。其极东界连盛京、吉林者为科尔沁、札赉特等十旗，谓之哲哩木盟；迤西则有喀喇沁、土默特等五旗，谓之卓索图盟。其游牧，南与山海关外老边、九关台及关内喜峰口接，西与热河围场东崖口接。又围场东北有巴林、奈曼、敖罕、翁牛特、克什克腾等十一旗，谓之招乌达盟；迤西转南与直隶张家口外察哈尔八旗蒙古界接，有乌竹木亲、霍奇特、阿巴噶、那尔、宿尼特等十旗，谓之锡林果勒盟；又西南与山西归化城土默特八旗界连，为四子部落、乌喇特、茂明安等六旗，谓之乌兰察布盟；又西南与陕、甘界连，为鄂尔多斯等七旗，谓之伊克格盟；此即明之河套西通宁夏者也。近宁夏有阿拉善厄鲁特亲王一人，其游牧遥通青海，此为内八旗之极西边者矣。至喀尔噶（三）者，其全部环包六盟游牧之外，亦元之后裔也。本兄弟七人，分居大漠，谓之七旗；自康熙二十七年，喀尔噶（四）全部内附，乃定制以一札萨克为一旗，凡四部八十札萨克，是为八十旗，其游牧在阿拉善北与科布多边地相近者，为札萨克图汗部，东为三音诺颜部，又东为土谢图汗部，又东为车臣汗部；自此南与锡林果勒盟游牧界接，东与黑龙江将军所辖呼伦贝尔、索伦达呼尔界接，右内外旗凡六盟四部，均有特授之正、副盟长。其外则俄罗斯矣。

西域自汉、唐之世，皆隶王官，皆尝设都护以镇抚之。元代悉以皇子分藩诸部，当时区地皆极分明；而后之学士文人，罕所讨论；元世地志，尤为荒略，《汉书·西域传》所载诸国，今在何处，未有确然指证之者。本朝底定新疆后，乃遣大臣驰往勘其道里、疆域、山川，使儒臣搜讨而考证之。《钦定西域图志》贯串汉、唐，大约今之伊犁当古之乌孙，今之吐鲁蕃当古之车师前王庭，今之乌鲁木齐当古之车师后王庭，今之塔尔巴哈台当古之北匈奴，今之左中部哈萨克当古之康居，今之右部哈萨克及安集延、敖罕当古之大宛，今之喀、叶二城当古之疏勒、高车诸国，今之布鲁特当古之循休、捐毒，今之巴达克山当古之乌秅，今之爱乌罕当古之大月氏，殆其然也。

《西边外蕃诸国图》说

《皇朝一统舆地全图》不载边蕃外国，更无论未与朝贡之地矣。其远者，尚可姑置勿论，若其近边诸国，时或侵扰于我，或臣服于我，乌可不悉其情形，以求抚驭之宜耶！七椿园作《西域闻见录》颇及外藩，而不能详其所在，亦时有传闻之误。《皇朝文献通考·四裔考》中所载为详，而能实言近边诸国之方位远近者，则莫核于《西域水道记》。按《水道记》曰：「塞勒库勒，在叶尔羌城西八百里，为外藩总会之区，达外藩凡三道：自塞勒库勒南，十四日程，曰巴勒提；又东南一日程，至其属邑，曰哈普伦；哈普伦南，十六日程，曰土伯特，即藏地。由巴勒提西南，行二十九日程，曰克什米尔，地出砑蜡纸。又西南四十三日程，曰痕都斯坦，善镂玉。以上皆各自为部，不相属。自塞勒库勒西，五日程，曰黑斯图济；又西南三日程，曰乾竺特，岁贡金一两五钱。又西四日程，曰博洛尔，其地，南即巴勒提，曾贡剑、斧、匕首。乾竺特西北，九日程，曰拔达克山，其汗素尔坦沙，献霍集占首，贡刀、斧、八骏。又北五日程，曰塔木干，又北三日程，曰差雅普，又西南三日程，曰浑渚斯，又西北三日程，曰塔尔罕，与噶斯呢为邻。自黑斯图济至塔尔罕，皆噶勒察种也。博落尔西，二十日程，曰爱乌罕，亦曰喀布尔，乾隆二十七年，其酋(五)爱哈默特沙，攻痕都斯坦，杀其汗，其子逃窜。爱哈默特沙取札纳巴特城，以伯克守之，自居拉固尔城；又统兵至固珠喇特，攻克什米尔，执其头目塞克专。二十八年，贡刀及四骏。其属邑曰拉虎尔，距叶尔羌六十二曰程。自塞勒库勒北，三日程，曰滚；又西北，二日程，曰斡罕（六）；又西北，二日程，曰差特拉勒，分二道：北一日程，曰罗善；西一日程，曰克什南（七）。乾隆中，有与叶尔羌阿奇木伯克鄂对为仇，肆凶暴，名沙关机者，即克什南（八）头目也。又西北二日程，曰达尔瓦斯。自滚以下，亦噶勒察种。达尔瓦斯北，为喀尔提锦部布鲁特；罗善北，为霍汗（九）。霍汗（十）城东南，距塞勒库勒十日程，其属城：曰玛尔噶浪，在东北，一日程；曰安吉（十一）延，在东北，三日程；曰窝什，在东南，八日程；曰纳木干，在西南，二日程；曰塔什罕，在西北，四日程；曰科拉普，在西北，五日程；曰霍占，在西南，五日程。其大伯克自称曰汗，居霍罕城。其塔什罕城，为舍氏和卓与摩罗沙木什二人分治，舍氏和卓渐强，摩罗沙木什被其侵夺，诉与（十二）霍汗（十三），乞师复还侵地。舍氏和卓又会西哈萨克，攻杀摩罗沙木什二子额尔德尼，遂攻塔什罕，丕色勒来援，哈萨克后得之，终入霍罕。霍罕与回部分界处有二岭：曰噶布兰，曰苏提布拉克，额德格纳部布鲁特居之。岭东为回部，岭西为霍罕。西十五日程，曰布哈尔，亦大国，东南距塞勒库勒，三十二日程（十四）；曰拜尔哈，在东北，三日程；曰噶斯呢，在西南，十日程；曰坎达哈尔，在西南，廿日程。」莹按：此云霍罕，盖即敖罕，又名浩罕，自玛尔噶浪至霍占等，即所称敖罕八城也。逆回张格尔遗孽，所居即此地。或云张格尔妇，敖罕女也，遗孽未除，不可不留意焉。今据此记，绘具《西域近边属国》一图。

《水道记》言西边外属国详矣。《新疆识略》云：「距叶尔羌十三站者：曰瓦罕，曰绰禅，曰赫斯图济。距叶尔羌十五站者：曰沙克拉，曰什克南，曰罗善，曰乾竺特。距叶尔羌十八站者：曰达尔瓦斯，曰窝什。距叶尔羌二十站者：曰博罗尔，曰巴尔替。距叶尔羌二十三四站者：曰哈普隆，曰玛尔噶朗，曰依色克。距叶尔羌二十七八站者：曰纳木干，曰塔什干。距叶尔羌三十站者：曰霍占，曰科拉普，曰塔尔罕，曰浑渚斯，曰鄂勒堆拍。距叶尔羌三十七站者：曰济杂克，曰拜尔哈。距叶尔羌三十九站者：曰图伯特（即西藏）。距叶尔羌五十站者：曰噶斯呢。距叶尔羌六十站者：曰坎达哈尔。距叶尔羌六十二站者：曰拉虎尔，虽通贸易，不能自达于天朝，或即各大国之附庸。右说可补《水道记》之所未及，当参考之。

哈萨克分左右三部：左部在准噶尔西北，右部在准噶尔西，皆北界俄罗斯。东去塔尔巴哈台，南去伊犁皆千里。其左部曰鄂尔图玉斯，东西千里，南北六百里，环境皆山。西北境曰伊什河，地苦寒，其汗惟盛夏居之，余时逐水草游牧。广莫蕃茂，谷量、牛马、风俗、物产、文字略同准部。其右二部曰齐齐玉斯，曰乌拉玉斯，亦称中部、西部。其地东南接准部，南接布鲁特、安集延，纳木干诸部，西南逾塔什干西六百余里地，在葱岭上游，有哈喇库勒，即释典所谓阿耨达龙池，盖昆仑之颠也。其哈沙斯河、锡尔洽河之间，冈岭绵亘，北为腾吉斯大泽；尚有北境接俄罗斯，至今未通中国。布鲁特分东西部，东部五，西部十有五。东部在天山北，准部之西，南近葱岭，距伊犁千四百里。每部长皆以鄂拓克为名，旧游牧于特穆图泊左右，为准部所迫西迁，寓安集延；王师定伊犁，始复故地。其西十五部，则在天山南回部喀什噶尔城西北三百里，道由鄂什逾葱岭而至。其部落每部所辖或二百余户，或七百余户，或千有三百余户。乾隆中，共二十余万口，今殆倍之矣。皆以额德纳部长之，遂水草游牧，衣冠风俗同东部。

敖罕，葱岭以西回国也。有四城，俱当平陆。最西为敖罕城，亦曰浩罕，又作霍罕，其渠居之。

最东曰安集延，与布鲁特毗连，去喀什噶尔城五百里；好贾远游，遍南北二路。从安集延西百八十里，为玛尔噶朗城，有二万余户。又西八十里，为纳木干城，万余户。纳木干一曰奈曼。又西八十里，为敖罕城，三万余户，皆滨那林河岸。四城皆有伯克，而敖罕城额尔德尼为之长。又有塔什干等城，以三和卓分辖其众，亦附庸于敖罕，故亦称敖罕八城。然塔什干乃哈萨克族，实不尽属敖罕也。其西又有布噶尔国环之，世为勍敌。敖罕风俗，略同南路诸回城，而鸷勇倍之。

巴达克山，扼葱岭之右，去叶尔羌千有余里。西北至伊西洱河，有城郭，负山扼险，户口十余万。乾隆二十四年，逆回酋霍集占兄弟为王师所败，西奔巴达克山，诡言假道往墨克国谒其教祖，而纵兵肆掠。其酋素尔坦沙、因执博罗尼都，而以兵攻围霍集占，禽而拘之。副将军富德进军瓦汉城，移檄索贼。素尔坦沙以逆酋与已同牌罕巴尔之裔，欲缚献，恐为诸部所责；既而霍集占复阴约塔尔巴斯国，使攻巴达克山；而痕都斯坦国亦兴兵谋夺霍集占兄弟；大将军又压境檄索，乃围霍集占兄弟于密室，殪之，而驰献其馘，率所部十万户及邻部博罗尔三万户纳款，乾隆五十年尚入贡云。

爱乌罕在巴达克山之西，大回国也。有三大城，曰喀宾，曰堪达哈，曰默沙特。其喀宾城，三面皆山；堪达哈城，四面依山；其汗所都默沙特城，旧属伊兰部，为爱乌罕所并，遂兼治。三大城，每城相距皆二十余程，地广数千里，北界布噶尔，南界痕都斯坦，东界巴达克山。胜兵十有五万，惟火铳、刀、矛，无弓矢。重农桑，鲜物采，商旅罕至。自兼并痕都斯坦后，于是金丝之缎，工镂之玉，奄竖传令，声明文物，出诸国上。乾隆二十七年入贡，为中国回疆最西之属国，于古为大月氏境。再西为默克等部，即回教祖国。中隔沙漠，过此即海。南有思布部落，过此亦海。皆古安息、条支境域，然其海皆西人所谓地中海，非大西洋之海也。以上见《新疆识略》及松相国《奏回疆事宜兼西域图志》。

克什米尔，在达克山之南，七椿园曰：「距叶尔羌西南，马行六十余日，中隔冰山，回子一大国也。其人深目、高鼻、黄睛、多须，衣圆领、窄袖，称其君曰汗；所属回众数十万户」。余按：即古印度地。

痕都斯坦，又作温度斯坦，盖痕都，其国之名；斯坦，则其王之称，如称汗、称比耳，又作斯滩。其地在克什米尔之西南。七椿园曰：「自叶尔羌西南，马行六十余日，至克什米尔，又西南行四十余日，至痕都斯坦，水亦可通。两地贸易之人，多资舟楫往来，所辖大小回城百有数十，亦回子一大国也」。余按：此地即古之中印度，北接布哈尔，今为布哈尔兼并其北境，英吉利据有其南境地。

布哈尔，一作布噶尔，在敖罕之西，痕都斯坦之北，回子极西之大国。地方数千里，兼并敖罕及痕都斯坦之地，即《西域闻见录》所云之塞克也。非准非回，别为一种。称其王曰汗，部落数百处。城池巨丽，人民殷富，居室敞洁；人家院落中，各立木竿而礼拜之；人多力善射，发必命中。

《西藏外各国地形图》说

前、后藏，本古吐蕃地，又名唐古忒，元尝郡县之，设宣慰司元帅府。明为乌斯藏。本朝复入版图。其东北通青海，西宁交界。北通和阗、叶尔羌。东与四川、东南与云南交界。后藏之南聂拉木界外为廓尔喀所兼并之哲孟雄、作木朗、落敏汤三小部落，又南即廓尔喀所兼并之巴勒布及布鲁克巴二国地。其国旧都名阳布。又南即披楞，盖英吉利所并东印度之地也。披楞西南为孟加剌，《明史》作榜葛剌，藏人呼为第里八察。本东印度一大国，为英吉利所据。盖东印度全境已据其七八矣。廓尔喀本亦东印度小国，兼并各国，今皆名廓尔喀，藏人呼为别蚌子。廓尔喀地自乾隆五十八年平定后，三年一贡，已为我全藏藩篱，而与英吉利有隙。道光十八九年间，英吉利初扰广东，廓尔喀求助之饷，往攻第里八察。大臣不知第里八察即英吉利之孟加剌也，不许。及英夷大扰江、浙，廓尔喀乘其虚，自以兵往攻，直至孟加剌，大有破获。英夷自闽、浙、广东抽兵回救不及，乃以所得中国银百万，赎被掳男女千人以和。廓尔喀既以请助饷不与，有憾于我，又中国和英而彼大胜，益有轻中国心。先是哲孟雄与披楞隔界有大山，甚险阻，无路，有一线道可容羊行。近为英人所据，屯兵其上，凿宽山道，可以长驱抵藏矣。后藏之西为阿里，亦藏之境也。阿里西边外为拉达克，本有阿里半境，而为达赖剌麻所有。道光二十年，尝诱森巴入寇。森巴在拉达克之西北，其南为白木戎，又南即通中印度之痕都斯坦，近亦为英吉利所据矣。痕都斯坦之北为克什弥尔，即北印度也。又北则葱岭前后诸国。痕都斯坦之西为包社大白头回国，又西北则俄罗斯所据南都鲁机地。近年英、俄二夷，在西北二印度之间搆兵，盖俄罗斯之垂涎印度，亦犹英吉利之垂涎前、后藏也。今为此图，俾吾中国略知其形势云。中国西边与英吉利所有东、中二印度地，皆以黑线界之。

《乍雅地形图》说

乍雅地形，东西不足五百里，南北不足四百里。图内外线，是其疆域；内线二：是两胡（十五）图克图现在之分界也。自阿足至昂地；又自王卡至巴贡，大胡图辖之。东自坑达，西至撒金拉，二胡图辖之。本五仓储巴分地，仓储巴既分属，故地亦随之而分，非旧制也。大寺院二坐：一在乍雅，即《通志》所云正胡图驻坐之处；一在烟袋塘，又名麻贡，即《通志》所云副胡图驻坐之卡撒顶也。八日寺乃大胡图初次出避之小寺，察野寺乃二胡图初次出避之小寺。乍雅东界、南界外，为唐古忒之江卡台吉所管；西南界外，为唐古忒之左贡大营官所管；西北界外，为察木多胡图之地，正北、东北界外，为德尔格特土司之地；东南界外，则三岩野蕃之地，皆驻藏大臣之所辖也。故乍雅形势，不过弹丸，但驰檄界外诸蕃，四面蹙之，塞其走越，即无能为；况两胡图内讧，人心叛散！兵威遥振，彼必惶惧听命；我乃抚其顺驯，讨其顽梗，何所施而不可哉！自乍雅桀骜十年，诸蕃皆不直之；及再见阻辱，大臣莫之诘问，诸夷皆将效尤，其患甚多。乍雅一定，则全藏皆安矣。至入藏之道，舍乍雅外，尚有左贡一路，为唐古忒辖地，藏中茶客往来，皆由于此。近十余年，至藏委员回省者，皆取道左贡，以避乍雅。道光二十一年，达赖剌麻贡使，亦自此行，至石板沟复归大道。若设台站，亦易事耳。

校记

(一)住，原作「往」，据同治本改。

(二)如德，「德」字下，当有「亚」字。

(三)、(四)喀尔噶，「噶」，同治本作「喀」，附图亦作「喀」。

(五)其酋，《西域水道记》作「其头人」。

(六)斡罕，原作「干罕」，据卷十五所引及《西域水道志》改。

(七)、(八)克什南，所附图亦作「克什南」，《西域水道记》作「什克南」。

(九)、(十)、(十三)汗，《西域水道记》均作「罕」。

(十一)吉，《西域水道记》作「集」。

(十二)诉与，原本「与」字，据卷十五所引及《西域水道记》补。

(十四)日程，「程下」，《西域水道记》尚有：「其属城：曰鄂勒推帕，在东，七日程；曰济杂克，在东，三日程。」

(十五)胡，本节所作各「胡图」之「胡」，同治本均作「呼」，本版他处亦常作「呼」。

叶棠跋

《康輶纪行》一书，石甫先生在蜀中两次奉使乍雅，抚谕番僧，记其途中道里远近，山川风土；或博考古今；或畅言得失；或登楼远眺；或临流赋诗；感慨系之所由作也。戊申夏，退还龙眠，重加缮写，厘为十六卷；列图于卷末，命余绘成；复出全部，命余校正讹误，并属作记。竟读再周，然后知此书因纪乍雅使事，而连及外藩天竺五印度，更广求天方回回，并详考西洋欧罗巴各国方域情事，诸教源流；又泛论古今学术，兼言天人心性，或治文章，以及理数、星象、律算、小学、杂艺之属，无不备载。言皆征实，义必折衷。呜呼，可谓盛矣！然外藩异域之事，学者罕习，读此书者，亦第与《山海经》、《十洲记》诸书同类并观；而不知有裨国家实政，关乎世道人心，真济世之津梁，岂徒资学人之博览也哉！先生夙夜在公，懋勤职业，而心闲若水，孜孜好学，用其心于人所不用之处，世不多觏。棠自惭学浅，敢不勉竭鄙思，以仰答下问之勤乎！校雠卒业，用记芜言。同邑后学叶棠谨跋。

附：同治六年《中复堂全集》本方复恒跋

右《康輶纪行》十六卷，吾桐姚展和先生，奉使西藏，抚谕诸番，随时札记之书。先生学问，文章、政事，海内知名久矣，著书若干种，皆雕板行世。先生于复恒为姑丈，复恒少时往来先生家，获闻绪论。粤西寇起，先生以忧劳卒军中，及桐城陷没，此书藏板遂毁。去年冬，复恒来安福官舍，适外弟慕庭，重刊先集，出是书属为校对、绘图。复恒细读一过，观其所记风土人情、山川形势，实有以证海国诸书之虚实，而救其罅漏者，又泛及天人性命、学术政治之源，星象理数、制作杂技之末，无实不是，无义不精。盖先生身历时艰，实有见夫事势之杌棿，而大惧于将来，因使车所止，穷考西方诸国及异教源流，俾天下晓然，不为蛮夷所欺，原其忧国忧世之心，岂不深远也哉！复恒学识浅陋，无所阐明。读先生书，而环顾宇内，不禁废然浩叹矣。校既竣，敬记数语于卷末，亦藉以不朽云。同治六年孟夏月同邑后学姻愚侄方复恒谨跋。

东槎纪略

目录

卷四

卷五

序

造物之生才也，必有所以用之，用之大，则功被六合，教垂百世；用之小，即功在一隅，而其言之立，亦自足以不朽。如吾友姚石甫大令所著《东槎纪略》一书，其庶矣乎！石甫夙留意经世之学，不为詹詹小言；及为县令台湾，兼摄南路同知，又权判噶玛兰，习知其地势民俗，遇事激昂奋发，锐欲有以自树立。其为是书也，始平定许、杨二逆事，而以陈周全案纪事终焉。凡五卷，其中言兵事诸篇，切实详备，凿凿可见之施行，既不減鼂家令矣，而记飚异篇，议论尤卓绝，未之言也。人人意中所未尝有，而及其既言之也，又若人人意中所共有也。韩子曰：「其皆醇也，然后肆焉」，其是之谓欤！石甫方以高才硕画，见重当世，造物者盎将有以大用之，非仅于此书为足自表见也。然即此而观，后之从事台湾者，必取其言以为鉴，岂非不朽之盛业也哉！石甫尝谓余，有志立言之士，遇所闻见，美恶皆宜据事直书，以寓劝惩之旨，乃克扶树教道，而有补于人心。读石甫之书，足以知其识之宏，而志之所存者远矣。道光壬辰五月宜兴吴德旋序。

自序

台湾，海外一郡耳，悬绝万里，而糖米之货利，天下帆樯所至，南尽粤、闽、两浙，东过江南、山东，北抵天津，以及沈阳，旬月之间可达也。地亘千里，沃饶甲于南服。然其人蓄庶强悍，易动难静，归化百四十年，乱者十数起；械斗劫掠，比比有之。国家岁费帑金二十八万，设一总兵、三副将，水陆十六营，戍兵一万四千六百有奇，其重之也如此。夫无事则享其利，有事则弄其兵，区画而措置之者，吏也。置兵所以治民，治其民不可不知其情，知其情不可不审其势，审其势不可不察其机。故情得则势见，势见则几明，势见几明而方略出焉矣。顾或习近闻阎，而闇于制度，或锐意兴革，而昧于事情，逐末者忘本，务名者乖实，言之娓娓而无所用，发于其政，害于其事，利害相乘，不可不辨也。嘉庆己卯、庚辰之岁，余从政台邑，兼摄南路同知，今上元年，权判噶玛兰，稍识全台大略，尝有所言，上官弗善也，未几罢去。癸未春，先师赵文恪来督闽、浙军，深忧海外，特请以知福州府方君往守，属要务十余事焉。君知无不言，每陈事，文恪未尝不称善，立从所请，卒能戡弭祸乱，海外以安。甲申夏五，中丞孙公巡台，表上其绩。会诏问贤能，文恪以君对，擢汀、漳、龙道，仍守台事。又一年，文恪督云、贵去乃易。夫天下治安在守令，督抚虽贤，耳目固难真切，即切矣，而奉行之实仍待其人。故知之而不能言，咎在其下；言之而不能举，咎在其上。若夫言而举之，合如针芥，吾不以羡君之遇，而叹文恪之知君，能竟其用也。余以羁忧，栖迟海外，目睹往来论议区画之详，实能明切事情，洞中机要。苟无以纪之，惧后来者习焉不得其所以然，设有因时损益，莫能究也。乃采其要略于篇，附及平素论著涉台政者，而以陈周全之事终焉。世有审势察几之君子，尚其有采于兹。道光己丑冬月。

《东槎纪略》卷一

平定许、杨二逆

台湾入籍一百四十年，奸民十一起，浮动好乱，其土性然也。生齿日繁，所在多游手，非械斗则为盗。道光三年，赵文恪督闽，患之，慎选守令，以福州府方传穟署台守。一时台湾道孔昭虔、台湾县李慎彝、凤山县杜绍祁、嘉义县王衍庆、淡水厅吴信诚、噶玛兰厅吕志恒，皆有声。四年五月，凤山县打鼓山鸣，园竹生花，七月逢闰，民间以为昔林爽文反，有此兆，讹言间起。台防同知缺，杜绍祁代之。署凤山县者，刘功杰也。颇锐意捕盗，未几而许尚之事起。许尚者，凤山广安庄人，业卖槟榔，素结诸无赖，群盗悦之。为乡保所告，惧捕，遂与所善蔡双弼、张仔来、高乌紫、王曾、杨良斌、沈古老、徐红柑、林溪，及番人潘老通谋反，其党甚众。期以十月十一日，集议先攻下淡水县丞署，次攻埤头，遂及郡城。苦无赀，先肆劫掠，时反谋未露也。传穟闻盗，檄县急捕。尚将起，其庄人刘黄中，微闻其谋，留诸家劝之，不使尚出。功杰捕尚及良斌，不得，焚其居，迹至黄中家。十三日，遂以尚献。械系驰送于郡，传穟亲讯之，得其反状。言于镇、道曰：「许尚之党俱在，事破必速乱，埤头无城，不可守也。刘令初仕，其参将又懦，宜增兵防。且台地匪民，所在啸聚甚易。曩者，南路有事，则北路起应；北路有事，则南路骚动，郡兵常苦为所掣。今宜及未起，速备北路，俾我得专力于南。镇、道皆然之，乃密饬嘉、漳、淡水为备。时苦积潦，郡城、嘉义，城垣皆圮(一)，急缮治之。而使绍祁偕县丞丁嘉植、都司翁朝龙，以郡兵二百协守埤头。埤头者，凤山县治也。旧县毁于林爽文，移治埤头，仅树竹围，又毁于蔡牵，故虑之，至则民间已纷言贼起，争避郡城。然莫知贼所在，营、县日出清庄，捕贼十余人，最后得其军师林溪。许尚之被获也，其党将散，杨良斌不可，众乃推良斌为首，聚议黄梨山中。良斌制刀杖旗帜，使潘老通借炮于其舅番通事潘巴能。以林溪为军师；王曾为都督，领红旗；李川、郑荣春为正副先锋，领乌旗；蔡双弼以下皆为头目。分招贼众，期二十四夜攻埤头，戕官据地，即乘胜攻郡城。使徐红柑自台湾，沈古老自嘉义，各招其党并起。又使吴赐潜入郡城，结匪民内应。约既定，二十一日，林溪至埤头，市五色绸制旗。溪故县中白役侦贼者也，阴为贼主谋，官所往，贼先知之，故其谋甚密。溪市得绸，使人持往，已(二)将饭而后行。其母知，出首，故获之。讯未即服。良斌见获溪，不待众集，二十二夜，遂以贼数百人，分西北两路攻埤头，杀苦苓门汛兵，自竹围隙处以入。埤头先有备，绍祁、功杰守县署，朝龙、嘉植守仓。贼先至仓，朝龙挥兵击之，伤毙二贼。贼燃大炮，不震，遂败走。其县前贼已砍栅门将入，亦为乡勇击退。参将某，闻贼，拥兵火药库不出。翼日，语朝龙曰：「贼虽败，必且大至。埤头仓署皆不可守，火药库有土垣，四面阻水，昔蔡牵攻不能破，可速据此。」朝龙惑之，遂移兵入。文官相率随入，民大惶惧奔逃，奸人乘间抢掠，塘报兵又为贼杀，道路遂梗。二十三夜，郡中闻警，乃议：昭虔、慎彝，以城守左营及安平水师兵守郡，传檖与署台镇赵裕福、中营游击杨俊，督师援凤山，许尚犹在府监，斩之而后行。时郡中讹言四起，人心震骇。绅士韩高扬、黄化鲤等，入见传檖，请方略。传檖曰：「凤山虽一隅，距郡城百里，贼朝发可夕至也，恐有奸宄应之，宜固根本。今郡城垣坏，漏夜筑之，两日可竣。城内外街市，多立木栅。君等率丁壮，随李令日夜亲巡城上，分布兵勇。安平副将率水师六百人，驻西城外蝼蛄石，以卫商行为犄角。城内设劲兵三百人，环甲露宿，足为策应。各衙门及绅士家，皆募乡勇，以收游民，无使助贼。惟大兵南下，贼必溃走，已遏之，勿使越入郡境。已饬台湾、嘉义营、县，分屯兵勇，扼其要隘。且令各庄耆简壮丁，相为守援，土贼不得往应，则吾事济矣。」或请闭郡八门。曰：「不可。南路难民避贼者，日数千至，不能无纳。且毋使北路谣传郡城被困，启奸人心也。道试甫毕，各学官俱在，率兵役守门，稽出入而已。」众悦。守备遂严。二十四日，镇将兵起。传檖部署毕，二十五日，亦以兵二百、乡勇二百继之。经阿公店，南北适中地也，民居颇稠，留兵勇二百人，使训导谢代埙驻之，以扼其冲，道乃通。二十六日，至埤头，撤功杰，使绍祁回任署；镇亦撤其参将，以朝龙代。传檖乃督民夫增补竹围，绕围浚深沟，中插竹签，招抚逃民。谕各乡守庄捕贼，其先受贼约，能自首者免罪。绍祁更募乡勇八百名，以四百人守埤头，四百人偕官兵捕贼。县役中有通贼者，不敢动而颇自危。绍祁大度示之，不复穷究，反侧遂安。贼自埤头走黄梨山，竖旗招众。镇将初至，不测贼众寡，又以负险，颇患之，未遽击。既而各路兵屯乡庄，受府、县约束，阻守要隘甚密。所在匪民，观望待起者，不下数千，贼不能通，至是竟无敢应者。嘉义贼将，自内山潜至，扼于王、李二令，皆散走。吴赐至郡城，为慎彝获诛。新授台湾镇蔡万龄亦至。良斌见众不集，大惧，其党乃离。兵勇进攻之，遂溃。传檖、绍祁，亟悬重赏捕贼，王曾、李川、蔡双弼以下全获，伏诛。良斌驾小舟入海，逃至彰化，县令李振青获之，送郡，南路遂平。是役也，自许尚起及竣事，仅一月，不烦内兵，不使贼蹂躏闾阎；南路办贼，北路宴如；凡用饷银数万，皆筹款补给，不费帑金者，郡县待人之效也。奏入，上大嘉之，曰：「方传檖总司筹办，悉协机宜，特赏花翎。镇、道以下，各从优议叙。」明年，乃建凤山县城于旧治。

复建凤山县城

凤山县旧有土城，在兴隆里龟、蛇二山之间，外有半屏、打鼓二山环抱，形势天成。康熙六十一年，知县刘光泗建。雍正十二年，知县钱洙，环植莿竹。乾隆二十五年，知县王瑛，曾于四门增建炮台。五十一年，废于庄大田之乱，改治埤头，插竹为城。嘉庆十一年，蔡牵攻台湾，吴淮泗乘间陷埤头，颇有残毁。议者皆谓：埤头土薄水浅，地苦潮湿，不如旧城爽垲，且负山面海，形势雄壮，将军赛公冲阿，遂请移回旧治。十五年，总督方勤襄公维甸，至台相视，奏如赛议，改建以石，奏请围龟山于城中，以免敌人俯瞰。费巨，部驳未行。其后颇思捐建，而民间未有应者。道光三年，勤襄从子传檖，署台守，濒行，总督赵文恪公，令相度成之。明年，巡抚孙公尔准巡台，复采舆论奏建。适有杨良斌之乱，传檖议请官捐，以为民倡，众从之。因为檄谕诸绅士曰：「台湾，富庶之国也，而困于兵燹亟矣；自康熙二十二年入版图，三十五年则有吴球之乱，四十年有刘却之乱，六十年有朱一贵之乱。雍正九年，吴福生乱于冈山。乾隆三十五年，黄教乱于大穆降。五十一年，林爽文、庄大田相继乱，北路先陷，南路应之。六十年，陈光爱、陈周全相继乱，南路甫平，北路旋失。汪降之乱也，在嘉庆五年；许北之乱也，在十五年。中更间以蔡牵之乱，则吴淮泗陷凤山矣；胡杜侯之乱，则陈锡宗据曾文矣。百三十年，变乱十一见。近者，杨良斌之事，又用兵，虽饶富，其何堪乎！且乱贼如吴球也、朱一贵也、庄大田也、陈光爱也、汪降与许北也、吴淮泗与杨良斌也，皆凤山之事。前后十二乱，凤山独居其八。此一隅兵燹尤多者，何也？则近郡之故也。譬诸一身，郡城如心，凤山则元首也，嘉则腹而彰则腰，淡水直胫股耳。嘉义以北，关键重重。凤山逼近咽喉，朝发而夕至，中无屏障，元首病则心以之，岂腰腹胫股所能救哉，此贼之所以常在于南也。南路有事，郡城必先受兵，北路之贼，乘间再发，则郡城恒有不及之势，故凤山尤重。南路安，则北路即有事，可无虞矣。古者，五十里之国，必有三里之城。今凤山，北自二赞行溪，南至崐峤二百二十里，至沙马矶头四百里；西至海，东至傀儡山下，亦百余里，而无城，欲丑徒无觊觎之心，不可得也。凤山旧城之宜建，众议佥同，今将易土而石，乃以费重，久不举行，岂台人好义之风稍衰乎？惟无以倡之耳。命匠计工，需番银十二万有奇，愿官与民分任之。今本道衙门筹捐三千，府捐一万二千，凤山县捐六千，淡水、台湾、嘉义、彰化四厅、县，捐一万二千，台防同知捐二千五百，鹿港、澎湖、噶玛兰三厅，捐四千五百，凡官捐者四万，外此不能不于士民是望」，台人感动，于是凤山士民佥议：纳正供者，每谷一石捐番银一圆，凡四万有奇。富民别捐，又四万四千。郡中绅商闻之，亦捐二万五千有奇。传禨乃选绅士黄化鲤、吴尚新、黄名标、刘伊仲等，为城工总理，分门鸠工，不经胥役，自与知县杜绍祁亲巡督之。道光五年七月十五日兴筑，六年八月十五日工竣。为石城周八百六十四丈，城楼、炮台各四，用番银九万二千一百。又建知县、典史衙署各一，仓廒、监狱备具；参将衙署一，火药局附，用番银二万五千，以次兴修，尚余银三万，为岁修之费。巡抚韩公克均奏闻，议叙绅商有差。其明年，署淡水同知李慎彝，亦劝捐建城竹堑焉，自是山前郡县始皆有城矣。

改设台北营制

台湾地势延长，自郡以南，尽凤山之沙马矶头，四百五十里；北至淡水之大鸡笼，八百余里。郡城虽云中路，实南偏也。由郡至嘉义，两日；至彰化，四日；至淡水，七日。噶玛兰在淡水极北山后，自淡水至兰城，又六日。溪岭险恶，生番出没。镇、道重兵，皆在郡城，控制遥远。旧制：北路设副将一员、中营都司一员，驻彰化，辖嘉义都司为北路左营，竹堑守备为北路右营。嘉庆十年，蔡逆自沪尾登岸，径至新庄，复移台协水师右营游击，驻淡水之艋舺，兼辖水陆；移延平协守备，为游击中军；又移兴化协守备，驻沪尾，为水师守备；噶玛兰新设守备，亦辖于艋舺。于是艋舺游击辖三守备，陆路自新庄以北至噶玛兰，边界三百余里；水路，自大甲外洋北过八里坌，绕鸡笼而南，至苏澳，八百余里。道光三年五月，总督赵文恪公檄台湾镇、道、府曰：「台北道远，郡兵难以遥制。北路副将，驻彰化，尚觉鞭长莫及；艋舺游击，所辖洋面尤宽，兼辖陆路，未免顾此失彼；兰厅有事，恐难策应。今欲以北路副将，移驻竹堑，改右营守备为中营，抽拨彰化额兵二百，艋舺额兵一百，归竹堑守备，随副将驻劄；改彰化都司为北路左营；改艋舺守备为北路右营，同兰营守备四营，统归副将辖。其嘉义都司，改归郡中城守参将辖。如此，则南可以应彰化，北可以应噶玛兰，形势始为扼要，而艋舺水师游击，亦将专事洋面，水陆两路，均可得力矣。兰境新开，额设守备一员、千总一员、把总二员，战守兵四百名。其地逼近生番，兵力尚薄，拟增设都司一员，驻五围城内。守备移驻头围，千总移驻三貂。复设在城千总一员、外委二员，战兵一百二十名，守兵八十名，庶巡防周密。其俸薪、养廉、马乾、兵饷，就兰厅正供、余租支给，不敷则以盐课、税契留支。此项额兵，毋庸内遣，可自台湾城守、嘉义二营抽拨。衙署、兵房、移建增设费，如何筹，其悉心会议。」总兵观公喜，议将遵檄，而水师提督在台，谓是减艋舺水师事权也。北路副将，亦贪彰化富庶，不愿移营。道、府惑其说，乃复议，请北协驻彰化如故，改艋舺游击为参将，以大其阶，拨城守、北左、艋舺三营兵三百入兰，增设都司、千总如檄。其拨兵分汛，廉俸、粮饷，皆未筹也。十月，方传檖至台，观镇军以告，为艋舺事有成议，不及争。未几，传檖署道，乃会详兰营之制，曰：「兰地民人，三籍漳最多，泉、粤人少，漳、泉兵不可用也，请悉用上府兵，以免分类械斗之隙。台湾城守左右两军，旧额一千一百六十七名，可拨左军冈山汛兵四十、右军大武龙汛兵三十。北路左营，原额一千二百六十八名，可拨嘉义存城兵八十，斗六门汛兵三十，盐水港、西螺二汛兵二十。艋舺陆路，原额兵八百名，可拨艋舺讯兵一百。凡拨战兵二百、守兵一百，以入兰营。其兰营形势，五围城中最要。原设守备、把总、外委各一员，额外二员，兵丁二百一十五名。请改驻都司一员、在城千总一员、外委二员、额外二员、战守兵三百六十。头围，北当北关，东扼乌石港，人烟稠密，地方孔要。原设千总一员，兵六十名，请改驻守备一员、外委一员、战守兵一百。嶐嶐岭汛，为淡、兰二厅交界，接连三貂大岭，俯瞰鸡笼、卯鼻，茂林峻岭，匪民之所逃匿也。旧有石堡，设额外一员、兵二十名，请改设千总一员，战守兵五十名。马赛草山之外，曰苏澳，接界生番，东临大海，可泊大小百艘。昔蔡牵、朱濆二逆，屡泊舟于此，以窥噶玛兰。至今南风盛发，土匪小船，时有藏泊。土坑亦有民人私垦。昔杨廷理原议，于草山下建立南关，然地势平阔，关未易建，不若于山上建立炮台、土堡以防。苏澳，请设把总一员、战守兵五十，防守边界，堵缉洋匪。加礼远港，在东势大溪出海之口也，沿港皆番社，港口仅容小船出入。杨廷理原议，建炮台于此，似可毋庸。请设额外一员，兵丁三十名，稽查挂验。余若溪洲汛，为东势适中，向设把总一员，兵四十名。北关汛，在梗枋，为入兰锁钥，向设外委一员，兵四十名。三围汛，在兰城西北，向设兵十名，请仍其旧。惟炮台塘，在乌石港口，向设兵十名，今增五名。以上兰营新增旧设　凡都司一员、守备一员、千总二员、把总二员、外委四员、额外三员、战守兵六百九十五名，以为定制。噶玛兰年额征余租番银一万八千六百六十八圆，折纹银一万三千三百三十四两。额编文员廉俸、祭祀、役食银一千四百零二两；原设兰营官兵廉俸、乾饷银七千二百二十六两；故兵白事运殖运柩，班兵盘费车价银六百两；遇闰多支饷银五百三十两；仅存三千五百余两。兰营原定：戍兵加饷，岁支银一千九百一十两，于盐课支给，余银不及二百两。今新设官弁兵丁，年支廉俸、乾饷，需银五千五百一十三两，逢闰多支饷银四百，又新兵加饷，全年银一千四百四十两。兰地所存余租、盐课不敷，而税契年无定额，应请旧制如故。新设营员俸薪、廉、乾，及戍兵加饷，均于盐课、余租动支，尚有赢，为故兵白事诸用。其新增兵额，乃由城守、北左、艋舺三营抽拨，其饷银四千八百两，及逢闰多支饷银四百两，本有台府大饷之额，请仍于府库关支，兰厅年额征供耗谷一万四百五十八石，兰营新旧兵丁，年支米二千五百二十七石二斗，逢闰加支兵米二百一十石六斗，尽由兰仓支给。此抽兵分汛及俸饷兵米之大略也。兰营守备、存城把总，头围千总、溪洲把总，旧皆有署，今改建各官，但稍为增廓。城中更造兵房三十间。杨廷理原议：加礼远港建炮台，马赛山下建南关，今改建炮台于苏澳，则南关之费可省。惟苏澳草山上，筑一土堡，以围炮台，设把总署及兵房二十间，加礼远港，建外委公所及兵房十间，费省而工易竣。所有艋舺游击改为淡水营参将，与新设噶玛兰营都司、千总，印信钤记，咨部铸造，更给可也」。道光四年二月，议上，文恪公悉奏行之。

改配台北班兵

台湾一镇，水陆十六营，班兵一万四千六百五十六名，自内地五十三营遣戍，三年更替，至台分入各营，戍满由鹿耳门配舟内渡，此旧制也。台北各营，至郡道远，跋涉维艰。嘉庆十五年，总督方公维甸奏：嘉义以北班兵，改由鹿港登舟。时以为便。既而港门淤浅，船少兵众，候配需时。

定例班满出营，即停给粮饷，虽准借支盘费，回本营坐扣，而所借无多。其初调戍也，皆至厦门提督点验，惟水提、金门两标最便，上府各标，自五六站至十七八站不等。点验配船，候风东渡。至台后，中营、北协，两次点验，然后入艋、兰两营归汛。道远时久，沿途已有借贷，三年戍满，每不能偿。濒行，借支盘费，辄以偿还，依然枵腹，群环带兵官，乞借为之赔垫，无以给，至或被殴。以故带弁畏之尤甚。所在厅、县，常为所啖，而船户之骚扰，无敢言者，商亦苦之。道光三年，鹿港行商，求与淡水之八里坌口分船配载。赵文恪公行镇、道、府议。四年正月，方传檖署台道，以问鹿港同知邓传安、署淡水同知庞周，皆言兵商之困。传檖乃与总兵观公喜议，复曰：「台湾三口对渡：鹿耳门与同安厦门对，鹿港与泉州蚶江对，八里坌与福州五虎门对。戍兵往来，本可量地配载，徒为向例厦门、台郡点验之故，跋涉迂途。台湾北协中、左、右三营，兵三千一百十名，艋舺参将水、陆二营，并兰营新旧兵二千二百一十四名，凡五千三百五十四名，尽由鹿港一口配舟，八里坌并无配载，商人苦乐不均。且带弁有赔垫之苦，亦难责其钤束。官与兵、商三者，皆不便，亟宜量为变通。请以兰、艋、沪尾，北右四营中，上府兵二千二百四十一名，改由艋舺参将点验，自八里坌配渡，径入五虎门。四营中下府兵，与北协三营兵，仍由鹿港如故。其内地换班来台，应拨兰、艋、沪尾、北右四营者，亦请以督标、福协延、建、邵、汀、福宁、长福、海坛、闽安、罗源、连江、桐山、枫岭、烽火诸营上府兵，由督协或福协点验，合闽安协，酌拨福宁、烽火、闽安诸营水师哨船配载。有不敷，令福防同知府雇商船协载。均自五虎门竟渡，八里坌登岸，由艋舺参将点验，分收各营。仍如鹿耳门向例，即顺载戍满各兵回内。商船，每兵一名，减配官谷三斗。惟兰营中有兴化兵数十名，虽非上府，而距福州甚近，且素与漳、泉兵不和，请皆由省点验配载。戍满之日，亦由艋舺参将点验，自八里坌配渡归营。如此，则戍兵来往，无跋涉之劳，带兵可免赔垫之苦，而商船亦不致偏困之嗟矣！」文恪公如议奏入，遂以施行。今载兵册于后，以见台营大略，俾考营制者，有所稽焉。

艋舺营参将，辖艋舺陆营兵七百七名：

罗源营，兵一百七名，内外委一员。

桐山营，兵七十名，内外委一员。

长福营右军，兵三十六名，内额外一员。

福宁镇右营，兵一十八名，内外委一员。

建宁镇中营，兵一十六名，内外委一员。

督标右营，兵六名。

枫岭营，兵六名。

延平协右营，兵一十三名。

右艋舺营旧额上府兵二百六十七名。

海坛镇右营，兵一十八名。

海坛镇左营，兵四十六名。

烽火营，兵一十八名。

闽安协左营，兵三十三名。

闽安协右营，兵五十名。

督标水师营，兵五十名。

右艋舺营新拨上府兵二百一十五名。

艋舺营参将，辖沪尾水师营七百七名：

督标水师营，兵一十五名。

海坛镇右营，兵五十九名。

海坛镇左营，兵五十六名，内外委一员。

烽火门营，兵二百四十四名，内外委一员。

福宁镇左营，兵一十九名，内额外一员。

闽安协左营，兵二十一名。

闽安协右营，兵二十一名。

右沪尾水师营上府兵四百三十五名。

艋舺营参将，辖噶玛兰营新旧兵七百二名：

延平协左营，兵四十一名，内外委一员。

延平协右营，兵四十二名，内外委一员。

建宁镇中营，兵四十二名。

建宁镇左营，兵四十一名。

建宁镇右营，兵四十一名。

汀州镇中营，兵三十五名。

汀州镇左营，兵三十六名。

汀州镇右营，兵三十七名，内额外一员。

邵武协左营，兵四十一名，内额外一员。

邵武协右营，兵四十一名，内额外一员。

右噶玛兰营旧额上府兵三百九十七名。

福宁镇右营，兵三十三名。

海坛镇右营，兵七名。

建宁镇中营，兵四十一名。

建宁镇左营，兵十名。

建宁镇右营，兵六名。

福宁镇中营，兵三十名。

连江营，兵五十名。

长福营右军，兵五十名。

罗源营，兵三十五名。

长福营左军，兵十名。

连江营，兵十二名。

延平左营，兵十三名。

兴化协左营，兵十五名。

兴化协右营，兵十五名。

右噶玛兰营新拨上府兵三百名。

北路协，辖竹堑右营兵七百二十六名：

福宁镇中营，外委一员。

福宁镇右营，兵一百三十三名，内外委一员。

福州协右营，兵一十八名。

建宁镇右营，兵一百六十四名，内外委一员。

长福营左军，兵七十三名，内外委一员。

桐山营，兵一百零五名。

枫岭营，兵一百零八名，内外委一员。

海坛镇左营，兵二十二名。

右北路左营上府兵六百二十四名。

以上艋舺、沪尾、噶玛兰、北右凡四营，上府兵二千二百四十一名，由八里坌配渡入五虎门。

艋舺参将，辖艋舺陆营内：

金门镇左营，兵五十名。

金门镇右营，兵五十名。

水提标中营，兵二十五名。

水提标左营，兵二十五名。

水提标右营，兵二十五名。

水提标前营，兵二十五名。

水提标后营，兵二十五名。

右艋舺营新拨下府兵二百二十五名。

艋舺参将，辖沪尾水师营内：

铜山营，兵七十九名，内额外一员。

金门镇右营，兵二十六名，内外委一员，额外一员。

水提标中营，兵二十三名。

水提标左营，兵二十三名。

水提标右营，兵二十四名，内外委一员。

水提标前营，兵二十三名。

水提标后营，兵二十三名。

金门镇左营，兵二十四名。

南澳镇左营，兵二十七名。

右沪尾营下府水师兵二百七十二名。

北路协，辖竹堑右营内：

陆提标前营，兵五十四名，内外委一员。

陆提标后营，兵四十三名，内外委一员。额外二员。

漳州镇右营，兵五名。

右北路右营下府兵一百零二名。

合前兰、艋三营，共下府兵五百九十九名。仍由鹿港配渡蚶江。

筹给艋舺营兵米

嘉庆十一年，蔡牵自沪尾登岸，蹂躏新庄、艋舺。十五年，乃设艋舺一营，兼辖水陆兵一千四百。兵米仰给于淡防厅仓。而额征供、耗谷不敷者，每年六千二百七十石。借碾备贮，仓贮已空，复借屯租。屯租者，淡厅每岁协济台、凤二邑屯丁之饷也。二邑屯丁索饷，当事患之，而艋舺兵米尤急。部议：噶玛兰存仓余谷，台、凤、嘉、彰四县截旷兵米，尽数拨补；不足，由司发价采买。台湾道胡承珙遵檄议曰：「淡防厅册报，嘉庆十五年起，垫给艋舺兵米，以本营截旷同存余供谷拨补，并藩司发银一万一千三百两，采买尚未补谷三万五千八百二十九石，此二十五年以前之数也。各县扣存截旷兵米内，彰化一县本营加润兵米不敷，不可拨。道光元年以前，台、凤、嘉三县，扣存截旷谷七千零七十石，噶玛兰存供、耗谷一万六千七百四十石，以补淡仓。尚不敷一万二千余石，与道光元年后应给之兵米，请以上三县截旷及兰厅存谷，自元年起，年约七千石，运赴淡仓，给新兵额米，且陆续归补垫谷。惟陆运费繁，当由海运。三县运至鹿耳门澳，台防厅就往淡水贸易之艕船配运，令行户保结。其兰厅余谷，每年春夏间，淡防厅雇船往运。照台运章程，内洋被劫，地方官赔补；外洋被劫，营弁买赔。船至内港，驾驶不慎搁损，或船户中途盗卖者，行户赔补；外洋遭风，咨部豁免。至运脚费，及淡厅年征拳和官庄租谷变价银六百六十九两发给。其二十五年以前厅、县应补谷二万三千八百余石，脚费无项可知，令二厅三县摊捐。」议上，司道请咨，赵文恪公疑之，未行。道光四年三月，传樾署台道，复议曰：「淡厅所急者，每年支放新增之兵米也。新支一日不定，则旧垫一日不清，造册频更，纠缠殊甚。部中查取者，嘉庆十八年以前垫给之数，而承珙所议，则淡厅现送二十五年续造之册，较前数已增。其道光元、二、三年，垫给之数，将来造册。又不止三万五千八百余石而已。此时即计补还，亦难清讫。且厅中历年借款，有本厅及府仓备贮之谷，有司库发价采买之银，有协济台、凤二邑屯饷，本厅应解税契及拳和庄租之银。或系外款，碍难报部；或系借银，不能还谷。又如各县屯饷，亟待支放；而司库发价，则无用归还。种种不同，未能一律。惟有先筹当年之谷，毋庸再垫；然后，历年借数，可以截清。或分别归补，或准予开销，此拨补之中，后先缓急所当分计者也。各县截旷米谷，嘉庆二十三年后现册：台湾存二千五百九十一石，凤山存三千三百零二石，嘉义存一千一百七十六石，彰化存八百九十三石。虽奉部议，尽数拨补，但彰化县年额支放兵米，无闰之年，余谷有限，五年再闰，即已短缺，不得不将截旷存留。而凤山自蔡逆军需之案，所有备贮焚抢无余。每年供谷，支放兵米可余二千，再收回旷米谷，年可一千余石。若以留补本仓，则十年之后，即可归补大半。嘉庆二十五年，前人悮以此谷代嘉、彰两邑，运回内地，补二十二年前民欠之额，置本邑仓储于不问，已为失计；若再以拨补淡厅，则凤邑、淡厅，事同一律，岂可顾彼失此！承珙但知彰化之谷当留，不知凤山之谷尤不可拨，此情形所当通计者也。至于海道运谷，既责令三邑，运赴鹿耳门澳；又设立行保，责令淡𦨭船，按梁头大小配载；而兰厅之谷，又令淡厅专雇船只往运。及至遭风、被劫，又责令地方文武及行保，分别著赔。不但举动纷烦，为官、商日后无穷之累，且𦨭船之大不及千石，鹿耳门往来载民间日用货物者，台湾、凤山、嘉义三县耳，淡水、艋舺，踞郡窎远，货船向无往来，安得多船配运！即使有船，而近年内地商船配运已多困累，尚当妥议章程，岂可使此等小船又滋弊害。此又民间久远之累所当深计者也。艋舺、沪尾两营，原增戍兵八百七十一名，岁支米折谷六千二百七十一石，遇闰加给米折谷五百二十二石六斗者，此乃道光四年以前之数。现在改议营制，抽拨艋舺营兵一百名入噶玛兰营，则兰厅之兵谷有增，而淡厅之兵谷可减。据淡厅造送册内，无闰之年，扣除截旷，实支两营新增兵米谷，不过五千八百余石。今减兵百名，则无闰之年，实支五千二百余石，逢闰乃五千六百余石耳。淡厅年额征供谷一万三千零七十石，淡水北路中、右营实支兵米谷，无闰之年一万一千二百余石，尚存一千八百余石，逢闰多支六百余石，应存剩谷一千二

百余石。以两年无闰之谷并计，为数尚多，然则每年不敷之数，实不过四千石而已。噶玛兰年额
供、耗谷一万四百五十八石，除本营新旧戍兵岁支五千余石外，可拨给淡厅四千，即此一款，已敷
支放，毋庸拨动四县截旷，以免每年海运之纷繁，日后官、商之赔累。并请如噶玛兰吕倅所议，由
兰厅将谷变价番银四千圆，赍赴淡厅，递年输买米谷放给。或民价昂贵，兰厅输买之年，由噶玛兰
通判筹款凑补；淡厅输买之年，则以拳和庄租银准其开销。既可免海运脚费，与遭风赔累；又可免
频年采买，骚扰闾阎。其事并无窒碍，如蒙宪准，则自本年为始，即饬兰厅在年额征谷内动拨四千
石，秋收后赍赴淡厅，预先买谷存仓，以为来年兵食。如此，则艋舺兵米不敷垫给之数，可自本年
截清。而道光五年以后，皆预运一年，无垫给之虞矣。垫数截清，然后饬令淡厅，将历年垫给之
款，分别银谷，何者当还，何者毋庸归补；何者急需，何者可缓；数目截清，事乃有绪。即如现据
淡厅查复兵米案内，借动台、凤二邑协济屯饷一款，自嘉庆二十一年至道光四年，共未解番银一万
八千三百五十圆，此垫款中之亟当先还者也。噶玛兰通判吕志恒造送兰厅支销册内，截至道光元年
冬季，除备贮谷二万石外，实存仓供、耗谷二万三千二百九十五石，即系应拨补淡厅之数。而兰厅
一带，海道艰险，遭风失水，即干着赔，且乌石港口门浅窄，只容三五百石小船。运谷至二万三千
余石，需封雇民船六七十只，小民殊多不便。卑护道现于清查屯租案内，详请将兰厅应拨之谷，照
余租例，每石变粜番银一圆，先以淡厅协济屯饷一款，代解府库，饬台、凤二邑领回发给屯丁清
款，尚余番银四千九百四十五圆，拨解淡厅，同本年应协济台、凤屯租番银四千六百五十圆，并存
淡厅收贮，分年买补，归还垫款。至于截旷米石，除凤、彰二邑免拨外，每年台邑约可收回谷八百

余石，嘉邑约可收回谷四百余石，膨船配运赴淡，实多不便。查淡厅垫给兵米内，有借动府仓备贮谷九千五百石，请饬令台、嘉二邑，将此项截旷，三年一次，就近拨解府仓，代还淡厅之款。俟府仓借款还清，即行停止。如此通计，则艋舺新兵之米有出，而淡厅垫给之数可清矣。」议上，文恪公乃与巡抚咨部行之，全台称便。

筹议商运台谷

闽省内地，水陆官兵五十三营，与驻防旗兵不下十万。岁征粮米，惟延平、建宁、邵武、汀州、兴化五府产米之区，给兵外尚有赢米，以济他府。福州、福宁、泉州、漳州四府，兵多米少，协济犹不足，则半给折色。督标、金厦、漳镇、铜山、云霄、龙岩、南澳诸营，有全折者。雍正间，先后题请半支本色，于台湾额征供粟内拨运。嗣又增给戍台兵眷米，亦以台谷运给。于是，台湾岁运内地兵眷米谷八万五千二百九十七石，有闰之年八万九千五百九十五石。乾隆十一年，巡抚周学健，奏定分配商船运赴各仓，此商运台谷所由来也。台湾商船，皆漳、泉富民所制。五十九年水灾后，二府械斗之风大炽；蔡牵骚扰海工，军兴几二十年，漳、泉之民益困，台湾亦敝，百货萧条。海船遭风，艰于复制，而泛海之艘日稀。于是台谷不能时至，内地兵糈孔亟，厅、县皆借碾备贮，而仓储空矣。商船大者，载货六七千石，小者二三千石。定制：梁头宽二丈以上者，配官谷一百八十石；一丈六尺以上者，配谷一百三十石。每石给运脚银六分六厘，初无所苦。既而运谷至仓，官吏多所挑剔，而民货一石，水脚银三钱至六钱不等。又商船自台载货至宁波、上海、胶州、天津，远者或至盛京，然后还闽，往返经半年以上。官谷在舱久，惧海气蒸变，故台地配谷，私皆易银置货，其返也亦折色交仓；不可，然后买谷以应。官吏挟持为利，久之遂成陋规。于是，内地有台谷厅、县，皆赖以济公，如江浙之漕焉。嘉庆十四年，总督方公维甸，以台谷积滞，奏开八里坌口与鹿耳门、鹿仔港一律配运。凡渡海渔船，梁头宽五尺以上至一丈二尺者，皆令配谷三十石至八十余石。然奸商诡谲，往往减报梁头，巧为规避，官谷积滞如故。十六年，总督汪公志伊，奏请专雇商船，委文武大员至台运谷十万。二十三年，复雇运七万。先是彰化县知县杨桂森，尝建言请台地改征折色，奏停台运。省议不可。奸民卢允霞者，以健讼遣戍，赦归，在鹿港闻之曰：「此奇货也。」一谓所善商人，我能革除陋规。众惑之，以为谋主。乃设馆抽各船户钱，给允霞为讼费。然独鹿港十数家，其台郡及泉、厦众商船不愿也。二十五年，台澎道叶公世倬至自鹿港，受其肤愬，以为商果病也，欲除其弊以恤商，议罢商人配谷，请制官船海运，以语台湾县姚莹。莹曰：「台谷岁十万石，舟以二千为率，法当用五十艘。一艘工料五千为率，当费金二十五万。既有粮艘，必用弁兵管驾，并舵工水手，每舟不下数十人，岁费金又数万。海舟驾驶三年当一修，费又数万。重洋风涛不测，一有沉失则舟谷两亡，是漕艘之外又增国家一病也，不可行。」叶公疑其有私，及为巡抚，力持前说，未及改制，罢去。赵文恪公与孙公尔准为督、抚，患商运不前，属台湾府方传檖筹之。传檖以鹿港口门淤浅，商舟不前，道光四年，采舆论，请开五条港利商船，而是年方奉旨运米十四万至天津，免配兵谷者六十余艘，配运之船益少。传檖议曰：「今虽极力疏通，不足运本年之额，计来岁积欠当十三万以上，势必又需雇运，然非善策也。重洋险阻，商船往来，岁有漂沉。平时配运止百余石，糖市倍之，即失水责偿，为数无多，故行之可久。若雇船专运，每船奚止十倍，设有不虞，官、商皆难著赔。虽前已三次行之，而未可恃也。昔时商本丰厚，其船工料坚固，近今商船薄小，南北洋中，沉碎者多。民间置货千石，犹必分寄数船，以防意外，官谷岂可不加郑重乎！积谷十三万，用商船六七十艘，厦、蚶二厅雇拨，当为四起或五六起，每起必有文武正副委员，及护送弁兵。供应犒赏，皆取诸四县，赔累已甚，而内地各仓，既失商运之利，则必多所挑驳，非云谷杂糠沙，则云斗斛不足，纷纷檄行四县补运，此累之在官者也。官谷运脚，每石六分六厘，较民货水脚，仅十分之二。每船以二千石为率，船户仅得运脚银一百余两，不敷舵水饭食工资，其船本及修整蓬索、桅椗之需，皆于何出？每逢雇运，众行商及通港之船，皆科派津贴，而船户仍不免赔，此累之在商者也。台湾三口来往商船只有此数，既专运积谷，则明年新谷必有短配，是为疏积欠及增新欠，亦非计之得者。况台地近年米贵，一闻雇运，民间米价必一时腾跃，匪类藉以滋事，是官、商既病，而并以病民。传檖之愚：惟有暂停新谷，以折色支放兵食；尽配积谷，免雇运而补仓储。请饬下台湾厅、县，查明欠运谷数，至本年止，实若干石，照旧配运。其道光五年新谷，令四县尽数易银，按中平市价每一石易价番银一圆三角，分四季解至内地福州厦防厅库收贮。有谷厅、县，领回按月折放兵食。内地番银一圆，可易制钱八百余文，以二谷一米计之，每米一斗，可折放制钱二百文。其内外厅、县领解番银脚费、平水，即以商运例给之脚价予之。俟积谷运竣，仍配新谷如旧。数年之后，再有积谷，亦可仿此而行，则永免雇运之害，而台湾之积谷可清，内地之仓储可补矣。」文恪公深然之。

水师提督许公松年，力阻其议。适卢允霞入京师上控，求罢商运。事下督、抚议，司道乃采杨桂森之说，停止商运，请台地供粟，半收本色，以给台营；半收折色，每谷一石，改征银一两二钱，以给内营，即全数划抵台湾兵饷。台地免一领一解之烦，内地免解饷遭风之虑，每年又可省运脚银六千余两。文恪公曰：「闽省漳、泉诸府，负山环海，田少民多，出米不敷民食，台郡产米之区，故令征收本色，运给内营兵食。原以台地之有余，济内营之不足。今不令将本色运内济兵，转使改解折色，已失立法之本意；况台府请暂停一年，改解折色，司道已虑米价昂贵，营员藉口，若此后尽解折色，岂米价独可无虑耶？台郡各属，征收供粟，向无半本半折之例，方守所议暂解折色一年，犹属一时通融之计，尚可由官酌办。若改征半折，则台民有谷之家较多，纷纷粜谷完银，必有平水、火耗之加，更滋流弊，是利商以病民也。更易旧章，未可草率，其再议之。」于是台湾道孔昭虔、台湾府方传穟、台防同知杜绍祁、鹿港同知邓传安、淡水同知吴性诚、台湾县李慎彝、嘉义县王衍庆会议，皆谓商运不可罢。台民闻将改折，大哗。绅士咸曰：民间完纳正供已百余年，虽今昔情形不同，私有折色，亦皆按时价之低昂，并无一定。若改征折色，每谷一石征银一两二钱，转成定例，行之日久，势必又有加征平水、火耗，将来受累更深。且台民市易，皆用番饼，并无纹银，全赖每年兵饷散布民间，纹、番两便，故钱价得平。若大饷永停，则纹银断绝，番饼增昂，必致民商两困，大不便时，孙公亦以改折抵饷之说，密访于传穟，传穟复书曰：「今之纷纷言商病者，皆务虚名，未计其实也。商船往来台洋一次，贩货之获利，与船户之水脚所得，凡数千金。以数千石之船，仅运百余石之官谷，复给以每石六分有奇之运价，国家恤商，可谓厚矣，何病之有！所谓病者，有司之陋规耳，有国法在，罪之可也，裁之可也。今乃改易旧章，设有他弊，又何以处之，自古无不敝之法，利之所在，弊即生焉。苟鉴于末流，遂并亡其本，是为因噎废食，乌可不之察乎！夫商船运谷，虽以养兵，其端亦原于正供。台地产谷之区，颇艰银货，故昔人因地定赋，有供粟而无地丁，虽有匀丁杂税，为数无几。而漳、泉、福州，兵民繁庶，产谷不足。故以有易无，运台谷以济各郡之兵糈，发帑银以给全台之兵饷，各得其所，民间便之久矣。虽近时台属之正供，不无折收；内地之兵米，不无折放；船户之运谷，不无折交。然名存法在，每有需谷之时，犹可立备；一经改制，则内地永无得谷之期，台地永无见银之日，一旦实需其用，反费周章，其不便者一。台属贸易，俱用番饼，官民收用纹银，皆仰给于台饷给兵后散布民间，舍此，则海外纹银断绝矣！其不便者二。全台兵饷，岁发银二十一万一千有奇；逢闰年，发银二十二万六千有奇，又加饷银六万七千有奇；台属额征、盐课、叛产官庄、杂项钱粮、捐款，尽数划扣，历年司中尚应发银十四五万有奇；今以通台运谷折价，即使年清无欠，裁十万耳，不足抵大饷之数。设岁有歉收，民欠积累，则支绌立形。海外兵饷攸关，贻误匪细，其不便者三。自古三代不废力役之征，国有征发，里出车徒马牛，惟所用。唐定租、庸、调之法，史犹称善。善军国之需，不能不资民力。匪特赖以济事也，亦阴以维持上下，使民知趋事赴功、尊君亲上之义，故民安其分而忘其劳。今西北、直省，犹有车马差徭，故其民情愿朴，而以奉公为分所应尔。东南诸省，民俗浇偷，一切便民，犹谤其上者，不知分与义也。海船无他徭役，官使往来，皆予雇值；独过台配载军工、回棹配载运谷，此二事尚有奉公之意耳。然亦有水脚之给，虽稍赔费，亦由船户自图巧利，为口员胥吏之所挟持，虽成陋规，非无故而致也。若裁去运谷，则商船自此不识奉公之义，设一旦有意外之征发，反相与嗟怨，以为不当役使之矣。履霜坚冰，由来有渐，其不便者四。卢允霞一无赖讼棍耳，昔尝以唆讼拟遣，逢恩赦归，又盘踞鹿港，倡为邪说，煽惑商民，假控革陋规之名，设立公馆，每船抽费银数十，是以奸民横征暴敛也。各商船户，惟泉郊数人，稍稍附之，余皆已悟其奸，有赴厅控其假公敛费者，此前岁邓丞所以往毁其馆也。彼挟此恨，又为众船户所归尤，故冒死叩阍，以塞众人之责。始因敛费而控陋规，继则因陋规而条陈改制，是一奸民而敢恣横议变乱祖宗成法矣。虽停罢商运之议，启自杨桂森，然桂森之议，昔已不行，今则因卢允霞之控而行之，是奸民舞智，反优于邑令之建言也。此风一开，异时必有纷纷效尤，竟议国政者。语云：天下有道，则政不在大夫。乃反在奸民，可乎！其未便者五。州县亲民之官，必使有力办公，乃可不形竭蹶。台谷之陋规，不但内地各属赖之者多，即台属厅、县，亦有折半征收之利。每谷一石，折收番银二圆或一圆八角，可当纹银一两四钱或二三钱。今使以半折抵给台饷，则官无丝毫之余羡，而厅、县从此大困矣。海外经费，无一不倍内地，幕友脩金，岁常四五千金，捐赔之款，又一二千两。廉俸无几，何以供之，非尽为入橐肥私之计也，其不便者六。虽有廉吏，亦必俾能自给，然后不侵国帑，不朘民膏。陋规改尽，势必亏空仓库。否则词讼案牍，剖克赃私，民间受祸更烈，海外隐忧，方自此深矣，其不便者七。夫病商之弊，其害犹小，若以便商之故，而病官与民，因以病国，则其害甚巨。古之为政者，利均，则权之以义；害均，则权之以大小，轻重不可不谨也。本朝制度宽大，一切便民。或因时损益，小有变通则可；若竟废前人之法，窃恐殆悔他时。」书上，孙公纳之。文恪公与传檖书曰：「比阅陈议，所见正同。

事关国制，不可不尽言也。」然已违众议，不罢商运，传毯所云运旧停新之策，亦遂置之，明年仍雇运焉。传毯复请为减运之法，曰：「比阅台湾三口运谷册数，每年积压约二万以上，若减运眷谷，则无积矣。眷谷者，非戍兵正粮也，每戍兵一名，月给眷米一斗，岁运二万六千余石。各兵眷历年米票皆转以卖钱，并不赴仓领米，莫如照台谷平价每米一石折予纹银一两，藩司于台饷扣发，台属以折色纳府抵大饷焉。」是时文恪公已去闽，省议虽暂行之，而未能奏咨，传毯旋亦内渡矣。

筹建鹿耳门炮台

道光三年七月，台湾大风雨，鹿耳门内，海沙骤长，变为陆地。四年三月，总兵观喜，署道方传毯、署府邓传安，上议建炮台于鹿耳门。其略曰：「台湾孤悬海外，屏幛四省。郡城根本重地，设险预防，尤为紧要。鹿耳门一口，百余年来号称天险者，盖外洋至此，波涛浩瀚，不见口门。水底沙线横亘，舟行一经搁浅，立时破碎其中。港门深仅丈余，非插标乘潮，不可出入，此险之在外者也。口内出水沙线二道，横亘南北，为其内户。南线又名北线尾，大船入口，更易小船，循此线内东南行二十里，过安平镇，为入郡咽喉，更东十里，然后达郡。北线又名海翁隙，其内可泊大船，自此至岸，亦二十余里，为郡北之洲仔尾及嘉义县地。水深浪涌，舟不能近，无由登陆，此险之在内者也。往时伪郑重兵皆守安平，恃鹿耳门之险，不为设防。王师平台，乘潮一入，郑氏面缚输诚，朱逆之乱，郡城已陷，贼亦恃此门，不为设备，大兵再入，朱逆授首。本朝定制，台协水师副将驻守安平，以防大港。而鹿耳门口，以水师中、右两营游击，轮巡防守。嘉庆十年，前镇、道议奏，添善字号梭船三十只，专守鹿耳门，可谓周密。然十一年，蔡逆犹进鹿耳门，直薄郡城，则所谓天险者，果何如也。其时，天设之险无恙而已如此，今则海道变迁，鹿耳门内形势大异。上年七月风雨，海沙骤长，当时但觉军工厂一带沙淤，厂中战舰不能出入。乃十月以后，北自嘉义之曾文，南至郡城之小北门外四十余里，东自洲仔尾海岸，西至鹿耳门内十五六里弥漫浩瀚之区，忽已水涸沙高，变为陆埔。渐有民人搭盖草寮，居然鱼市。自埔上西望鹿耳门，不过咫尺。北线内深水二三里即系浅水，至埔约五六里。现际春水潮大，水裁尺许，秋冬之后，可以撩衣而涉。自安平东望埔上鱼市，如隔一沟。昔时郡内三郊商货，皆用小船由内海骤运至鹿耳门，今则转由安平大港外始能出入。目前如此，更数十年继长增高，恐鹿耳门即可登岸，无事更过安平，则向之所谓内险，已无所据依，北路空虚，殊为可虑。非于鹿耳门对岸埔上建筑炮台，守以偏师，几无屏幛矣。康熙年间，鹿耳门旧有炮台，其后不知何时倾失，遂未再建。考府、县志，自乾隆年间至今营制：安平副将所辖中营炮台七座，蚊港汛四、大港汛三。左营炮台七座，安平镇三，笨港、海丰港、三林港、鹿仔港各一。右营炮台五座，在打鼓港。而鹿耳门重地独无炮台之设，仅中营有炮架八座，右营有炮架七座，为守鹿耳门之用而已。窃疑前人定制不应疏略，推原其故，盖以鹿耳门口水势浩漫，说者谓南北二线海上浮沙，易于陷没，不能建设，建炮台亦无处可设营汛。故嘉庆十年，新议亦止添造梭船。然南线旧建天后宫已百余年，其左右文武二馆，为台防同知、安平中、右营员稽查商船出入挂验之所，至今未见沦陷。岂以之查验商船则可，以之防御外患则不可乎！人情喜逸恶劳，避难趋易，于此可见。况今昔形势不同，宜为百年之计。新长陆埔未久，潮长时，海水犹不无渍湿；且地势平阔，未有要隘，应俟三五年后，居民渐稠，地土坚实，移安平右营于此，以当北路之冲。其鹿耳门南线天后宫，请先建筑炮台，围以土堡，使巡防鹿耳门之兵有所据依，以堡卫兵，以兵卫炮，然后鹿耳之险，庶乎可据。」省议以道光元年甫有鹿耳门不能建筑炮台之奏，未便歧异，叓俟数年后议之。遂不果建。今存其说于此，以待来者。

埔里社纪略

埔里社者，台湾彰化县之归化番社也。其地在彰化东南山内，为社二十有四。《府志》所载：曰埔里，曰决里，曰毛碎，曰猫丹，曰社仔，曰木扣，曰木武郡，曰子黑，曰子希，曰倒咯，曰峦峦，曰田仔，曰猫兰，曰田头，曰思顺，曰挽兰，曰外斗截，曰水眉里，曰内斗截，曰内眉里，曰平来万，曰致雾，曰哆咯啷，曰福骨，凡二十四社。埔里，特其一耳。距县治九十余里，中隔大山，路径崎曲㟪通。其入社之道有二：南路，自水沙连沿触口大溪东行，越狮仔头山，至集集铺广盛庄；更越山东行十里，至水里社之柴围。又北逾鸡胸岭、芊蓁林、竹仔林十五里，而至水里之头社。地颇平广，皆番垦成，田甚熟。更进八里，则为水社。中有大潭，广可七八里。潭中有小山，名珠仔山，番皆绕山而居。《番俗六考》所谓「青嶂白波，云水飞动，海外别一洞天」者也。潭之东岸为剥骨社，西岸则水里本社。其番颇饶裕，善种田，能织罽毯。番皆白晰佼好，《府志》称之。绕潭更北行，逾山七里，至猫兰社。又北五里，至沈鹿，地颇宽广。迤西复入山几十里，谷口极狭，几于一丸可封，最为险要，名曰谽口。过此以北，始为埔里大社。地势平阔，周围可三十余里。南北有二溪，皆自内山出，南为浊水溪源，北则乌溪源也。乌溪为入社北路，自彰化县东之北投，北行过草鞋墩至内木栅阿发埔。渡溪东北行，至火焰山下，五里；过大平林，入山，十里；逾内龟洋至外国胜埔，更渡溪而南，二十五里，至埔里社。自水沙连入，可两日程。北路为近，然常有凶番出没，人不敢行，故多从水沙连入。水沙连则番社之久输贡赋者也。盖埔里乃界外番社，例禁越垦，故汉人图垦，则假名于水沙连耳。相传：埔里社更东北越山五日行，即通噶玛兰。东南则奇来及秀姑兰一带。《番俗六考》云：「水沙连属番二十余社，各依山筑居。山谷巉岩，路径崎岖，惟南北两涧，沿岸堪往来，外通斗六门。竹脚寮乃各社总路隘口，通事筑室居焉」。余谓：南北两涧，即触口与乌溪也。斗六门为嘉义所辖，距彰属水沙连颇远，盖万斗六之讹耳。《府志》言：「康熙六十年，阿里山水沙连各社，乘乱杀通事以叛。六十一年，邑令孙鲁，多方招徕，示以兵威，赏以烟、布、银，乃就抚。自后无闻焉。」乾隆五十三年，开屯各社，遵设屯丁。水里、埔里二社，内有屯田一百余甲，其番自耕田亦百余甲，未垦荒埔无数。嘉庆十九年，有水沙连隘丁首黄林旺，结嘉、彰二邑民人陈大用、郭百年及台府门丁黄里仁，贪其膏腴，假已故生番通事、土目赴府，言积欠番饷，番食无资，请将祖遗水里、埔里二社埔地，踏界给汉人佃耕。知府某许之。大用随出承垦，先完欠饷，约垦成代二社永纳，余给社众粮食。倘地土肥沃，垦成田园甲数，仍请升科，以裕国课。二十年春，遂给府示，并饬彰化县予照使垦，然未之详报也。其受约者，仅水沙连社番而已，二十四社皆不知所为。郭百年既得示照，遂拥众入山，先于水沙连界外社仔垦番埔三百余甲，由社仔侵入水里社，再垦四百余甲，复侵入沈鹿，筑土(三)再垦五百余甲。三社番弱，莫敢较，已乃伪为贵官，率民壮佃丁千余人至埔里社，囊土为城，黄旗大书「开垦」。社番不服，相持月余。乃谋使番割诈称罢垦，官兵即日撤回，使壮番进山取鹿茸为献。乘其无备，大肆焚杀，生番男妇逃入内山，聚族而嚎者半月。得番串鼻熟牛数百，未串鼻野牛数千，粟数百石，器物无数。闻社中风俗，番死以物殉葬，乃发掘番冢百余，每冢得枪刀各一。既夺其地，筑土围十三，木城一，益召佃垦。众番无归，走依眉社赤崁而居。先是汉、番相持，镇、道微有所闻，使人侦之，皆还报曰：「野自与社番斗耳。社番不谙耕作，口食无资，汉佃代垦，以充粮食。又人寡弱，倚汉为援，故助之，所杀者野番也。」二十一年冬，武镇军隆阿，巡阅台北，悉其事，严诘之。于是，彰化县令吴性诚，请谕垦户，驱逐众佃出山，而奸民持台府示不遵。有希府中指者，言汉佃万余，所费工资甚巨，已成田园，一旦逐之，恐滋变。性诚上言曰：「埔地逼近内山，道路丛杂，深林密箐，一经准垦，人集日多。窃恐命盗凶犯，从而溷迹。倘招集亡命，肆行无忌，奈何。且此埔素为生番打鹿之场，即开垦后明定界址，而奸贪无厌，久必渐次私越。虽番性愚蠢，而凶悍异常，一旦栖身无所，势必挺而走险，大启边衅。不若乘未深入，全驱出山，尚可消患未萌。」镇、道深纳其言，饬台府撤还。二十二年六月，传诸人至郡会讯，予郭百年以枷杖，其余宥之。署鹿港同知张仪盛、彰化县知县吴性诚、吕志恒，赴沈鹿，拆毁土城。水、埔二社耕田尽撤。生番始各归社。集集、乌溪二口，各立禁碑。然二十四社自是大衰。汉人稍稍复入，社仔社番被逐，并入头社；猫兰并入水里社。而哆咯啷、福骨两社，与沙里兴为邻，混入凶番。眉里、致雾、安里万三社，亦暗通凶番以自固。埔里人少，虽与水里和睦，而不能救援，甚自危。道光三年，遂有万斗六社革通事田成发，诡与埔里社番谋招外社熟番为卫，给以荒埔垦种。埔社听之。田成发乃结北投社革屯弁乃猫诗、革通事余猫尉，招附近熟番，潜往复垦。而汉人阴持其后，俟熟番垦成，溷入为侵占之计。先是成发之党，尝与水沙连社丁首萧长发有隙，长发乃首破其谋。道光三年九月，鹿港同知邓传安，会营入埔里社察之。越垦熟番，闻声先遁，抚谕社众而还。然传安颇有开设之议。又有流寓绍兴人马裁士者，至福州诱商人林志通，谋为业户。赵文恪公以问前台湾县姚莹，莹曰：「台湾生齿日繁，游手甚众，山前无旷土矣。番弱，势不能有其地，不及百年，山后将全入版图，不独水、埔二社也。然会有其时，今则尚未可耳。」四年五月，孙公至台，欲议其事。传安力言其地膏腴，山川秀美。孙公意动，欲如噶玛兰故事，以问台湾知府方传穟。时姚莹在台，传穟访焉。莹曰：「必欲开二社也，有要略八事，君其言之。」传穟问其略云何，莹曰：「往者噶玛兰之开也，乾隆间即有民人潜往。嘉庆元年，吴沙率众佃入山，占夺攻杀，凡十余年。杨廷理往开时，大局已定。故众社番献纳舆图，设官经理。然委员督垦之初，东势社番，亦尚相持，强而后可。今埔社开垦之民，已驱逐出山，社番并未输诚愿纳，前此汉人焚杀，夙怨未忘。今往开垦，必先和睦番情，其一也。番、汉言语不通，和番需用通事。而通事多即奸人，彼不以国家安抚为辞，而以危辞恫喝。社番畏而从命，心实不甘。设有异谋，殊伤国体。况开设之初，番、汉交涉，事多小故，斗殴皆足酿乱，通事必求良善，其要二也。水社在外如社仔、审鹿诸地，已为汉人占垦者无论矣。

埔社周围十余里，其中社番自垦成田者，不过十之一二，余皆荒埔。今外社熟番往垦者，不过二百余人，官垦则招佃，约用巨万。将以何者为番田，何者为官佃？官课、番租，不可淆混，其要三也。社东北沿山各社，即非埔里之地。其内[illegible]诸处，是否并开？或以山为界，其山外通噶玛兰及奇来、秀姑兰诸处，开设后，不无民人私越往来，其中界址作何开闭？其要四也。前此汉民往垦，各有头人承领垦照(四)，其意在充业户，此时必仍萌故智。业户之设，其弊无穷，初不过十余人出名领照，名为自出工资募佃，实即鸠合朋充，私相契约。及垦成，报官勘丈，戈甲若干，四至何所，业户一人。界广易于隐匿，赋定之后，遇水旱偏灾，可任意影射。且征收租课，户止一名，欠尝千万，一有破败，更换为难。不若官荒召佃，永除业户之名，此前守杨廷理所以力破业户之议也。然奸人鸠呰谋充，其利甚大，不惜贿赂，以求必得，则倡为邪说，以惑上听。惟奸计不行，然后民佃乃可相安，其要五也。地方数十里，垦田数千甲，用佃多者，殆将万人。纷纷乌合，苟无头人经理，不但无从约束，且工本何出？昔兰人之法，合数十佃为一结，通力合作，以晓事而呰多者为之首，名曰小结首。合数十小结，中举一富强有力、公正服众者为之首，名曰大结首。有事官以问之大结首，大结首以问之小结首，然后有条不紊。视其人多寡，授以地。垦成，众佃公分，人得地若干甲，而结首倍之或数倍之，视其资力。今开埔社，亦当略仿此意行之，庶乎其可，其要六也。噶玛兰地，南北盖百余里，并山计之，几于二百。东西腹内，亦四五十里，不足置县，故设一厅。今埔社方三十余里耳，并水社山埔计之，或百余里，似不足为一厅、县。然其地在万山中，南自集集铺，北自乌溪，两路入山，皆极迂险，内逼凶番，后通噶玛兰、奇来诸处，盖全台之要领，前后山海之关键，形势天成。去彰化县城辽远，非佐杂微员所能镇抚，不得不略如厅、县之制。文武职官廉俸、兵饷，作何筹给，不可不为计及，其要七也。田园日辟，生聚日多。不特商贾货贩通行，即所产米谷民食，必须凿山通道。其南路由鎗口进水社，山岭重峻，势不可行。惟北路乌溪，水道可通，而溪水上流颇浅，乱石巉岏，亦当开通，以便舟楫，其要八也。以上八事，乃开设之大纲，其余细务，犹在所后。经理之人，非才识足以干事，操守足以信众不可。」传穟陈其说，孙公见而难之。时吴性诚为淡水同知，吕志恒为噶玛兰通判，令传穟更集众议。性诚、志恒皆以为禁之便；传安不能执前说也，亦以为当禁。传穟乃采众议，详请禁之如故。

论曰：台湾本海外岛夷，不宾中国。自郑氏驱除狉獉，始辟入籍，时止三县；半线以北，康熙之末，犹番土也。朱逆既平，乃增彰化，设淡厅，遂极其北境，至于鸡笼，山前之地尽矣。然南北袤不过一千二百余里，嘉、彰最中，腹内自山至海，宽乃百余里耳。入内供粟，岁不过十万，而兵饷给外者倍之，其不能利益国家明矣！嘉庆中，又开噶玛兰，遂及山后，增幅员百里。论者皆以形胜为言，夫圣德遐被，八荒皆我外藩，鸿图式廓，远迈隆古，乃侈言沧海之一舟，大圜之一星，岂非陋耶？若夫雕题裸体之民，言语不通，蹲伏深山，垦耕自给，没世不敢出山一步，然犹慕化充屯，则是我天朝之赤子，较诸汉奸不法者奚翅十倍，此土牛立界所以严申厉禁，诚仁之至也。有司守此边陲，不以宣播德威为务，乃任彼私人交通豪猾，违禁开边，且肆其凶残，暴其枯骨，所当骈首境上，以昭炯戒，而慰番黎。乃复隐忍逾年，越垦之诰，发自镇臣，斯时犹有阿意庇奸为依违之说者，向非邑令抗争，镇、道明决，则奸人之计仍行矣。卒之投鼠忌器，曲赦有罪，使固禁不申，番冤莫理，政刑之失，孰有甚于此者哉！火炎不烈，厉禁益虚，于是奸人故智复萌，不及数年，而水社之谷复归汉佃。番愚不知讼诉，社众日衰，外迫凶番，内惧汉逼，不得已从奸人之谋，欲引外番自卫，汉奸更从而蹑其后，养虎掉盗，其事益愚，其情益可悯矣。邓君深入内山，穷履生番之境，可谓壮甚。而水社之山川秀美，埔社之地土沃饶，言次犹津津称之，且以番黎拙于治田，不能深耕灌溉为惜。自余观之，喜功利者，贪壤地之膏腴；惧开边者，守土牛之虚禁，此皆见止一隅，未深计久安之策也。水埔二十四社，自雍正、乾隆间，即称沃衍，惟时番族犹盛，足以自固，汉人不知虚实，无敢深入。且台湾开辟未久，地利有余；今山前无隙土矣。旧族日滋，新来不已，无业可执，则有三种莠民：一舆夫，千百为群，动与兵斗；二赤棍，结党立会，散处市廛；三盗贼，窃劫频闻，诛之不尽，此全台之大患也。不为区处，台湾未可言安，则旷土之开，云胡得已。汉人番衍，丁口已二百五十余万，而生熟社番不及二十分之一，匪惟贫削，实亦丁衰，寡弱之形，殆若有天数焉。其不能自固者，不仅水、埔二社也。势既寡弱，则奸民欺凌益甚，况频年深入，虚实周知，即外社熟番，亦垂涎至矣。虽有明禁，而趋利忘生，旋驱复入。昔者杀番掘冢，其首恶既释不诛，今兹负耒而来，安能遂置重典，一再宽宥，禁碑尚可恃乎！既不能禁，不但社番被逼，有走险之虞，抑且地形险阻，设有巨奸招聚亡命，即林爽文之大里杙也，其患可胜言哉！则安抚之道，又不可不讲矣。

校记

〔一〕圮，原作「圯」，据《昭代丛书》本改。

〔二〕已，原作「巳」，据《昭代丛书》本改。

〔三〕土，原作「上」，据道光刊本改。

〔四〕昼照，原作「恳照」，误，字当作「昼」。

《东槎纪略》卷二

筹议噶玛兰定制

噶玛兰之入籍也，知府杨廷理创议十八事。嘉庆十五年，总督方勤襄公维甸奏之，汪制军志伊、张抚军师诚，续有奏列，举行未竣。先是，兰地皆深林浅草，番人不知耕作，廷理丈其地，可垦田、园七千余甲。议田比屯租六等，每甲征谷六石；园四等，每甲征谷四石。仿同安下沙则例，分为正供、耗羡、余租。其供、耗，征本色，余租一石折征番银一圆。而部议令比台湾入官叛产，每甲上等田，征谷三十二石；中等田，征谷二十六石；下等田，征谷二十石。上等园，如中等田；中等园，如下等田；下等园，征谷十八石。通判翟淦争之，言兰地贫瘠，初议田六园四，民人输将已久，若令加租，殊非轻赋薄敛之意。大吏是之，而未能复奏也。廷理丈量，本牵绳约计，谓可七千余甲。乃垦后，地多硗瘠。西势汤围、白石、新兴诸庄，近汤溪，为热泉所伤。又清、浊二溪，不时冲刷，成熟田园，实仅五千余甲而已。兰人一甲抵内地十一亩有奇，通计五百余顷。年纳正供谷九千一百八十二石，耗羡谷一千二百七十五石，余租番银一万八千六百有奇。较淡水一厅，幅员不及其半，而赋额过之。道光三年，赵文恪公督闽，询知其状，叹曰：「弹丸之区，民力尽矣，岂复堪重敛乎！」特奏赋则请如杨议，而七千余甲不能足额。得旨俞允。乃以福州府知府方传穟署台湾府，侯补盐运副吕志恒借补噶玛兰通判，往竣其事。志恒条列应造册者十事，议行及停罢者二十事。传穟复核，上之院司，悉如所议奏咨。凡费部院司胥纸张饭食银五千有奇，悉筹捐以给，兰制始定。传穟与志恒所论颇详，今备载之，俾后来者考镜焉。

一、田园赋则，应请复奏核定也。志恒议曰：「噶玛兰厅丈报升科田园，前守杨廷理原议援屯案成例：田六等，每甲征租六石，仍照同安下沙则例，划完正供谷一石七斗五升八合四勺七抄二撮，耗羡谷一斗七升五合八勺四抄七撮，余租谷四石零六升五合六勺八抄一撮。园四等，每甲征租四石，划完正供谷一石七斗一升六合零一抄一撮，羡耗谷一斗七升一合六勺六抄一撮，余租谷二石一斗一升一合七勺二抄八撮。供、耗谷征收本色，余租每石折征番银一圆。前督宪汪、抚宪张奏入，部议以台湾叛产入官，每甲上等田，收官租谷三十二石；中等田，二十六石；下等田，二十石。上等园，如中等田；中等园，如下等田；下等园可收谷十八石，行令升科。前厅翟淦，以兰疆新辟，地瘠民贫，田园输将已久，遽令加租，不无竭蹶。且西势汤围、白石、山脚、新兴等庄，及辛仔罕、民壮围六结诸荒埔，或因田禾被热泉泡伤，或因地多沙砾，或因溪水淹浸，数据各佃哀乞豁减余租。禀蒙前院宪批允，汤围等庄止征供、耗，免纳余租；其余悉照同安下则征收，转行到厅。缘册籍繁多，一切纸张、饭食，费无所出，延未造册，详咨复奏。卑职到任查案，缘台地入官叛产，本系成熟田园；噶玛兰乃初开荒埔，肥瘠悬殊；况叛产系田园全没入官收租，兰地田园系民自管业，只输供赋，尤非叛产可比。卑职亲赴村庄履勘，兰境地本硗薄，非比嘉、彰。加以僻处极边，雨多晴少，小民终岁勤动，收成不易，照田六园四征租，已觉力有不支，断难再议增赋，仰恳核明。翟淦原详汤围、白石、山脚、新兴等庄，止征供、耗，免纳余租，其余田、园，仍照同安下则，以六石、四石分划，正、耗、余租照数征收。余租一石，亦照原议折收番银一圆，先行复奏定案。容即选派经书，设措各衙门纸张、饭食之费，造其佃户花名清册，详咨送部。其已报升科之汤围等庄田园应扣豁余租，及未报升科之辛仔罕等庄埔地两款文册，请俟专案分别勘丈造册，通详核办。」

传燧复核曰：「田六园四额则，现经督、抚宪专折入奏。其汤围、白石、山脚、新兴等庄，止征供、耗，免纳余租一节，未经并奏，应请俯如所议。但此等田园只可另为一册，与拨换城基埔地一项，俟正案定后，附案咨部，自未便入于正册，以免混淆。但此项汤围等庄田园，久已升科，历年俱有征收供谷应入奏销，与未报升之辛仔罕等庄不同，应饬该厅勘丈造册，先行送核。」

一、建造城垣、衙署，取用民人田园，换给埔地，应另款征收也。志恒议曰：「噶玛兰创始善后事宜案内，以五围地处适中，局面宏敞，堪以建筑城垣。奉部复准：所有城垣濠沟、文武衙署、监狱、较场、演武厅、营房，皆取用民人田园地基，换给东势奇武荖荒埔。取用民田一甲者，换给埔地二甲；园一甲者，换给埔地一甲五分；店地一间，换给埔地二分五厘。自嘉庆十八年拨补，至二十三年满限。因肥硗不齐，而各佃与泉籍垦佃争界讦讼，至二十五年甫经定案。道光三年，始垦透熟园三十二甲九分，额征正供、耗羡谷六十二石二斗，余租谷六十九石六斗。请以是年起科，另立征册征收，历年一律奏销，俾免淆混。」

传檖复核曰：「拨补城基，屡奉檄催升科。缘在城各佃，与泉籍垦佃争界讦讼，至道光三年，始行垦透，系属实在情形。应请俯如该厅所议，另立征册征收，历年一律奏销。仍催承赶造名（一）册，详送核咨。」

一、奏销限期，请照部议奏定也。志恒议曰：「噶玛兰奏销、原议以嘉庆十七年十月开征，十八年三月完半，九月全完，十九年报奏销。奉部核驳，与实例不符，饬令复议。卑职查兰地自嘉庆十七年八月设官，所有十七年分额征供，耗、余租，若通判翟淦详报：是年八月到任，十月开征，限以次年三月完半，九月全完，十九年造册报销。缘兰地僻在万山之后，每至秋冬二季，霖雨连绵，虽有征收之名而无其实。翟前倅莅任开征，已值雨多晴少之际，是以于次年三月完半后，定以九月全完，亦属因地制宜。递年以来，相沿成俗，必得递展一年奏销，民力稍有宽裕。仰恳据情复奏，仍以每年十月开征，次年三月完半，九月全完，再于下年通台厅、县，一律造册奏销。事无窒碍可行，农民胥受其福。」

传檖复核曰：「通台钱银，皆以二月开征，四月完半；八月开征，十月全完。分上下忙，与民休息，次年奏销。定例通行已久。兰地一隅，独以十月开征，次年三月完半，九月全完，再展至下年奏销。是一年之供租，凡经三年而后奏销，匪但与例不符，且征期太宽，人情易于观望。民既不急完纳，官亦藉口缓征，势必年有积欠。且时历三年，事多迁变，有事逃亡，动成无着。于国课既有妨碍，迨至事后追呼，小民愈加困苦，转非所以便民。兰地新辟之区，本应年清年款，乃核历年奏销，积欠不少。立法之初，即已如此；将来流弊，不可胜言。是即立法不善之明验也。但如原奏及该厅所议，兰地僻在山后，秋冬多雨，翟前倅于设官初年八月莅任，九月开征，正值雨多晴少，次年三月始得完半。后遂定以九月全完，递展一年奏销，相沿已久。今道光三年始完二年供租，若遽改制，并征三年新赋，民力实有拮据。请以道光四年为始，照例二月开征四年新赋，四月完半；八月开征，十月全完。其道光三年旧赋，准其分限，于四、五、六三年带征，仍于道光五年，将三、四两年分供租，并奏销具报。其经征接征各官处分，亦自道光五年后与常例一律办理。如此则民不病，而国课可冀清完，且奏销章程，亦得划一矣。」

一、仓谷储备二万石，实贮在仓，余谷应拨补淡防兵粮也。志恒议曰：「噶玛兰厅仓盈余谷石，先奉宪檄，拨补淡水埔垫给艋舺营不敷兵米。各前厅以兰城运谷至溪交仓，陆程四日，中隔三貂、嶐嶐二岭，山径崎岖，牛车、脚力均难挑运。若由乌石港配船，载至八里坌口登岸，其间有鸡屿、卯鼻两处，港门浅狭，礁汕垒垒，各色小船，往来出入维艰。且非春末夏初南风当令之时不可。工费浩大，风水堪虞。议请每谷一石，变粜库纹银六钱，解府发交淡防厅采买。又以粜价不敷买补，致奉议驳，而兰地潮湿非常，仓廒贮满，所收供、耗，支结兰营兵食外，盈余之谷日多，无廒可贮，霉变糟朽，势所不免。尤虑不肖官吏，乘机粜卖，及至查参治罪，业经银谷两空。卑职伏查，彰化县征收供粟，定于八里坌口每年配运内地一万七八千石。彰邑距八里坌陆路五站，水程亦须由鹿仔港登舟，出大洋行走。是水陆两途亦与兰厅至八里坌相仿。而原奏系征收供谷之后，准其变价，携至八里坌买运兰境，似可仿照。惟彰谷贵于淡防，而兰谷则较淡防为贱，其中谷价有贵贱之殊，办理则有难易之别。请令兰厅，将每年盈余谷石，官为变粜。每石粜番银一元，携价赴淡，照每年盈余应运之数，各买一年，归补淡厅不敷兵食，毋许推诿。如此立定章程，庶变粜谷价，与折征余积之数相同。而携价赴买，亦与彰邑赴八里坌买谷配运成案吻合，再与淡防分年承买，亦免兰厅独耽赔累，节省公家运费，一举而数善备焉。」

传檖复核曰：「沪尾水师一营，自添设以来，淡厅支放兵食，岁有不敷，从而有将四县截旷兵谷拨补接济之议。但截旷之数无定，且四县纷纷核计，为数畸零；又运淡道远维艰，自不若以邻境兰厅之有余，补淡厅之不足。而陆运既有峻岭之阻，海运又有风水之虞，二厅互推，久未定议。今吕淬议令兰厅盈余谷石，官为变粜，每石番银一圆，携价赴淡，各买一年，归补不敷兵食（二），实为妥洽，应请俯如所议。惟淡厅每年不敷若干，其数有定，而兰厅每岁盈余之谷难定。盖岁有丰歉，官有勤惰，则征收多寡不同，而盈余即不能划一。且兰营现议添兵三百名，岁应多支谷二千余石，并旧额编支之外，实在盈余若干，酌中定数，是否足敷淡厅兵食，必须通盘筹算，容俟专案议详可也。」

一、加留余埔番租，应官为经理也。志恒议曰：「噶玛兰番社，东势一十六社，西势二十社。嘉庆十五年，前守杨廷理因番性愚，不知积蓄盖藏，将来生齿增繁，势必生计日绌。所以原议加留各社余埔，大社周围二里，小社周围一里。东势余埔，与民人垦升之地接壤，非特搀越混占，且捏造赎约，纷纷争垦。故前通判翟淦议令漳、泉、粤籍头人，各举殷实之家，充当佃首，责令召募佃户承耕，按甲年议番租四石，计丁匀配。每届收成，各通、土，带同佃首、社丁，公同向佃收租，详奉宪允在案。近据土目八宝宠等呈称：伊等与汉人杂居日久，多有通晓汉音，并略知文字者，承耕余埔佃户，亦多认识，尽可自向收租，毋庸再由佃首经收。卑职复查，东、西势各社番加留余埔，原为保恤番黎。今社番既晓自收，应如所请，给予社番向佃收租。每届岁底，由各通、土造册报查，间有佃欠，并准呈官拘追，毋庸官为经理。」

传鎹复核曰：「噶玛兰东、西势社番，各有通事、土目，所称加留余埔，其情形亦自不同。东势十六社，最大者有三：曰加礼宛，曰扫笏，曰奇武荖。通事三人：一曰龟刘，二曰武沥大里滑，三曰斗氏打噜妈。西势二十社，最大者亦三社：曰哆啰美远，曰珍仔满力，曰辛仔罕。通事一人，曰八宝笼。凡番社之事，东势则龟刘等为首，西势则八宝笼为首，各偕其土目出为经理。其加留余埔，所谓大社周围二里，小社周围一里者，东势十六社也。盖东势之地最后辟，汉人犹未尽垦，故番得留其有余。然与民人升科之地接壤，非特易于混占，而且捏造贌约，纷纷争垦。前通判翟淦，议以官为招佃，按甲分租。前督宪汪复奏，东势社番自耕田园，栽树为内界，不许汉人贌耕。其加留余埔，一里、二里之外，亦栽树为外界，准贌给汉人开垦。呈官在案，按年完纳番租。至西势荒埔，先为民人开垦，已无余埔。前督宪汪复奏，将西势沿海一带沙崙，自乌石港起至东势浊水溪止，约长三十余里，宽一二里不等，永为西势番业，不准民人越垦。如番社人少，愿贌给民人开垦者，亦照东势之例，呈官立案。道光元年，署通判姚莹，率番总理林兴邦、通事八宝笼暨各社土目，勘定界址，按社计丁分配，绘造图册详送。是东、西势加留余埔，案已久定。今吕倅据八里笼等所呈，议将东、西势番社余埔租谷，给予社番向佃自收，毋庸官为经理。卑府窃以为立法务期可久，而愚番尤须曲为筹虑。吕倅意以官设佃首，难免朘削，不如俾番自理。然番性愚拙易欺，纵不足，犹十得八九；若听番自管，恐日久汉奸谋占，私买私贌，并埔业归于无有，官亦无从清查。即如台、凤等邑屯租，原系官为经理，后租收不足，议归番丁自收，遂至屯业失其大半，乃复议由官征给。一事章程再易，至今屯务大坏，兰地余埔，岂可再仍复辙！且台、凤诸邑，番丁归化已百余年，甫能略通汉语，粗识文字。兰地诸番，归化甫十余岁，所谓通语言文字者，殊未可信，难保非汉奸图争佃首不得，唆弄愚番，从中渔利。应请仍照原议，未可率改。抑卑府犹有请者，余埔番业定制后，惟以图册为凭，此时官存案卷，番众不得见之，更历日久，恐汉奸不免侵越，社番无凭控理。若官存案卷遗失，即官亦无凭稽核。请将详送图册，照造一分用印，给予社番通、土收存，并将章程刻石，以垂久远。仍令通、土，将图册用石匣存贮，以备水火。每届三十年，呈官清厘一次，凡侵越番埔者，不论从何典买，一概追还。倘或官吏为其朦混，误给印契、垦照，查出一概注销。如此，庶奸民有所顾畏，愚番有所据依，即百余年后案卷沦亡，而图册具在，官亦有以查核矣。」

一、设隘防守生番，隘丁口粮，应分给隘地，自行耕收也。志恒议曰：「噶玛兰民垦靠山课地，常被生番扰害。前守杨廷理详请奏明各隘口添设隘寮，募举熟谙隘务之人为隘首，选雇壮丁分管地段，堵御生番，防卫耕佃(三)，以及往山樵采诸民人。所有隘首、隘丁口粮、铅药、辛劳之费，由附近承垦课地诸佃，按田园甲数均匀鸠给。责令隘首向佃科收，毋庸官为经理，详奉咨部复准在案。迨前通判翟淦任内，以兰属各佃民四六征收租课，赋税匪轻，再令均摊隘费，穷黎不堪其累。议请将东、西势三籍民人分垦埔地，除正额外，其附近山麓之荒林砾石瘠地，准隘首召佃垦升，列为不入额之款，备作隘丁口粮，由官筹给，以公济公。议免咨部，旋奉宪檄，以与原奏不符，应奏明更正，以昭核实。卑职查兰属东、西势沿山二十隘，分配隘丁二百二十六名。每隘分管界外附近山麓瘠地，或一二十甲或二三十甲不等。各隘丁在地垦种，数年以来，开辟尚未尽透。卑职管见，应请仍将各隘地，予隘丁自行耕收，以充口粮。俟垦辟全透，再行丈量甲数，造册详查。其耕凿佃民，可免匀鸠隘费，亦与原奏「毋庸官为经理」之议相符。

传襚复核曰：「噶玛兰三面负山，所在生番出没。沿山设隘，守以壮丁，行旅佃耕，始免番患。自始入兰境之远望坑起，至苏澳，凡二十所，皆设隘丁。其口粮、铅药、辛劳等费，虽原奏附近诸佃，均匀鸠给，但兰地耕佃，戈甲核实，赋则匪轻，再令鸠给隘费，民力实形竭蹶。翟前倅请将附近山麓瘠地，准隘首召佃垦升，由官筹给，济隘卫民，颇为两便。惟与原奏不符，自应奏明更正，以昭核实。今吕倅议请将不成片段隘地，给隘丁自耕，俟垦透再行丈量甲数，应请俯照所议奏行。但隘地逼近生番，诚恐各丁恃强贪垦，侵入番界滋事，不可不予以限制。卑府管见，请仍委员先往勘丈各隘首所垦若干甲，约计足敷口粮需费而止，给予垦照，仍严定界址，不许越垦，致生番衅。但此项隘地，虽由官授，其开垦工本，皆丁首自备，究与民耕官业有间。若丁首缘事斥革，或其人身故，并无亲丁接充，由官另募，即将隘地交接充之人经管。仍酌给地租十分之二，以赡恤原垦丁首家属。其无子孙者，不许冒领。如此，则规制有定，可免事端，而隘业亦不致于沦没矣。」

一、东势未垦顶二结、鹿埔等埔地八百一十余甲，应请暂免报升，以纾民困也。志恒议曰：「前守杨廷理丈报东势漳、泉、粤三籍民人荒埔二千五百三十八甲。前通判翟淦，于嘉庆二十一二两年，丈报升科田园一千二百余甲，又被水冲沙压田园二百八十余甲，详准豁免外，尚有未垦埔地八百十余甲。卑职查此项未报升科埔地，实系东势靠近山脚之项二结、鹿埔、马赛等庄，地多砾石，瘠劣最甚。虽有穷民往彼垦种杂粮，鲜有收成，以故抛悬至今，不成田园，难以征输供赋。前厅高大镛履勘地力瘠薄，仿照西势汤围等庄，请免余租，严限勤垦。又经三载，仍未垦成。应请暂免报升，仍由厅每年查勘，结报一次，不拘年限。如可开透，即令升科；如仍系荒埔，即据实结报请缓，以纾民力。」

传礎复核曰：「噶玛兰僻在台湾极北山后，本属水寒土瘠，徒以地势平衍，溪流灌注，故有膏腴之名。然其地可种者，北起头围，南至马赛，不及百里；西自生番山脚，东至海边，宽者约四十余里，狭者不及十里。自开辟以来，已垦田园，报升者五千七百余甲，中遭水冲沙压，旋垦旋坍者数百甲，实在升科成熟田四千七十三甲二分，园一千一百七十六甲七分。虽较原奏之七千零五十甲缺额已多，但核现在额征正供谷九千一百八十二石有奇，耗羡谷一千二百七十五石有奇，余租番银一万八千六百八十八元统计，赋则已逾三万。文武廉俸、兵米饷干，一切取足于此，每岁尚有余谷以济淡水之不足。弹丸之区，地力尽矣。其不能无水堀沙砾之瘠地者，势也。前守杨廷理，仅于深林茂草中，牵绳约计，辄以七千余甲具报，初亦不料其中水堀沙砾若是之多者，情也。兹蒙宪台，深恤民艰，特奏赋则不能加增，甲数不能足额，实仰体圣朝薄赋轻税，予民宽大之意。兰民闻知，无不欢欣感戴。吕倅所议东势尚未垦透顶二结、鹿埔等埔地八百一十余甲，实缘地多砾石，瘠劣最甚，议请暂免报升，不拘年限，以纾农力，实为体恤民艰起见。应请俯如所议奏咨，兰民不胜幸甚！」

一、西势未垦埔地一百七十六甲，应请缓报升科，以恤民隐而免漏赋也。志恒议曰：「噶玛兰西势原报荒埔二千零六十九甲，先经民人占定分垦，勒限嘉庆十七年开透，报丈征租。迨至限满，先后报丈升科田园一千八百九十余甲，外未垦埔地一百七十六甲。现奉饬令入官，另行召佃垦种。卑职查此项未垦埔地，皆积水之区，每遇秋雨连绵，即成洼穴。嘉庆十六七年，屡遭水淹，各佃逃亡。通判翟淦，令结首另招新佃。嘉庆十九年，佃户始集，复定以二十一年开透，二十二年征租，并取结绘图造册，附同汤围、白石、山脚、新兴等庄瘠地，详请豁减余租。又为浊水溪流涌决，屡筑堤堰，皆遭淹没。本年八月大雨，田禾颗粒无收，佃户纷纷退垦，应请将此两处低洼瘠地一百七十六甲，缓报升科。仍由厅每年查勘结报一次，如得水干土润，即谕令佃民上紧承垦升科；如仍水淹，即据实结报请缓，以恤贫农。」

传樾复核曰：「西势未垦埔一百七十六甲，久已谕限。现据吕倅查系积水之区，每遇秋雨连绵，即成水窟。屡次召佃领垦，数为浊水溪淹没。本年八月间大雨，田禾无收，佃户不愿承耕，系属实在情形。应请俯照所请，由厅每年查勘结报一次，如得水干土润，即令上紧承垦升科；如仍水淹，即据实结报请缓，以恤贫农。并分别咨部立案。」

一、民人承种田园，毋庸换给司照，以苏民困也。志恒议曰：「噶玛兰收入版图，业户开垦田园，先由各前厅填给丈单，付花户执业，并未赴司请给垦照。卑职到任检查，承种花户，计有一、二万人，若令自行赴司，换给垦照，重洋阻隔，跋涉维艰。应请仿各厅、县赴司请领契尾司单之式，颁定空白联二垦照，编列字号，盖用司印，发行下厅，由厅填给各花户分领执业，以照信守。仍将填过花户姓名及四至甲分，挨号造具承种细册，随同截留垦照存根，详报定案。」

传樾复核曰：「吕倅请颁司照，以昭信守，诚为郑重课业起见。但兰民请垦，向凭厅给丈单，已十余年。有原给某甲丈单，无力承垦，给某乙垦成报升者。又有某甲报升之业，典卖某乙报税换户者。又有原领丈单，地段颇大，其后分给某乙、某丙垦升者。又有原领一单，后因分卖，只立契券，原单仍存者。又有展转典卖，数易其主者。现在管业之佃，半非当时领单之人，后来升科之戈声，亦非当日原单之弓丈。就田问赋，自以现在承耕各佃为准，此不能与原单符合，所可虑者一也。民人请垦之初，皆尝遣派胥役、弓手，同往勘丈四至戈声，填单给领。至陆续垦熟报升，又往勘丈造册。现因造报升科定则咨部，又奏明委员复勘。是一田已三经勘丈，若换给司单，又必逐户复丈，民间已不胜其扰矣！民人始执厅单为凭，及至买卖报税之后，则凭司印契尾。投税之时，并无查丈，若换单复丈，其弓戈难免与契载不同，则并印契亦当更换。换契，则原主、中证，皆须传同查勘，方免控争。是换一司照而全兰之民纷纷骚动，恐非绥安海外穷黎之意。所可虑者二也。兰地初垦，先经前守杨廷理给予垦照，后乃易给厅单。两次给单，民间即有两次之费。将来换给司单，需费势所难免。是一田而三次换单出费，小民其何以堪！势必抗延不领，从而差役追呼，需索更甚。即使肯领而所费既巨，田本已贵，田价必昂。田价昂，则米谷安能使贱！兰地新开之初，田园米谷，即已昂贵，将来流害，益无穷矣！所可虑者三也。卑府愚见，以为给单者所以使民有据，俾免纷争，本便民也。今民已有所据，厅单亦由官给，屡次纷更，徒滋病累，殊非便民之本意。应请邀恩免换司单，以苏民困。」

一、加礼远港炮台并南关围墙、外委公所，应请暂缓建造也。志恒议曰：「噶玛兰创始善后事宜案内，应达东势加礼远港口炮台，南关围墙、外委公所、兵房三案工程，前厅高大镛，会同守备翁朝龙勘估：东势加礼远港口炮台一座并围墙等工，估需银四千八百八十三两六钱一分六厘。又加礼远港口外委、额外公所、兵房等工，估需银二千二百九十三两零七分七厘。又东势马赛地方，建造南关并围墙等工，估需银九千八百七十四两零九分八厘。前府以数目浮多，驳令删减。前署厅姚莹，复勘详送，蒙藩宪行查，并未出结。姚莹所送册结，系高前倅衔名。高倅已故，饬换现任衔名印结详送核转，卑职抵任，会营复加察核，与姚署厅勘详无异。所有原估工科银两，专案会营，出具现任衔名印结，填明年月，另文送府核转，仰恳宪台察核，奏咨施行。」

传璲复核曰：「噶玛兰各工，俱已报竣，惟加礼远港炮台并南关围墙、外委公所未建，吕倅议请照原议估修。卑府复核所估工料，并无浮冒。但兰地各工，皆在历年征存余租动拨，吕倅现送历年征收支销总册内，截至道光元年止，已尽数支拨，并无盈余银款。南关加礼远港炮台、兵房，工程浩大，应请暂缓兴修。且现奉宪檄，议于兰营添设都司大员、戍兵三百名。所有添设营署、兵房，及兵糈兵饷，亦未筹议，容俟卑府通盘筹划，专案议详，仍请于复奏案内先行声明。」

一、城垣莿竹，俱已茂密，如有缺坏，应随时修补也。志恒议曰：「噶玛兰创始善后事宜案内，五围地方应建城垣，挑挖濠沟，春筑城基。前府杨廷理，原议栽种土产九芎树为城。前通判翟淦莅任，因九芎树本过大，一时不能生根，令总理、结首，城基之上遍插莿竹，已经全活，再于城基之旁，另栽小九芎树。将来树竹茂盛，即有空隙，亦可将竹枝编排，城垣愈形巩固，系属因地制宜。

奉宪檄照所议办理，仍令将承办各总理、结首姓名，及捐筑丈尺，造册详送，以凭奖励。卑职抵任，督同总理陈奠邦等履勘所插城垣莿竹，现在茂密。其城边并无所种之小九芎树，询据陈奠邦称：城边种树，已非一次，因兰地每于秋冬雨多，地土松湿，不能存活。惟莿竹一律整齐，又濠沟淤浅，亦即挑挖通流，可资捍卫。卑职现查各总理、头人承办丈尺姓名，造具清册，另文详送，仰祈察核咨部。」

传燧复核曰：「兰地既经开辟，建城设官，自当修筑砖城，以资巩固。但兰地沙土，不甚胶粘，烧砖皆不可用。故本地并无砖甓，向须运自内地，工费浩大，一时难以兴修。原议栽种九芎树为城，嗣因树本过大，一时不能生根，议令总理，头人等，在城基上遍插莿竹，另栽小九芎树，已奉宪准在案。今吕倅查勘，所插城垣莿竹，现在茂密，而小树屡种，不能生活，自属实在情形。应请俯如所请，随时修补。其濠沟倘有淤浅，亦即挑挖通流，以资捍卫。」

一、入山备道，应照前署厅姚莹原议缓修也。志恒议曰：「噶玛兰应修备道二条，泉、粤二籍民人，分垦地界，各得其一。各前厅遵照奏案，谕催二籍头人兴修。旋据泉籍总理翁清和、粤籍总理林典等，禀请宽展年限。前署厅姚莹，传齐各头人、结首，细加咨询。缘两处备道，一由艋舺之大坪林进山，从内山折转至大湖隘，始抵东势之溪洲，系泉人分得地界。一由竹堑之九芎林进山，经盐菜甕翻玉山内鹿埔，可出东势之小叭哩沙喃口，系粤人分得地界。计程皆应三日，而所历悬崖峭壁，山径崎岖，树木丛杂，须扳藤附葛而上，生番处处皆可出没。兼隔大溪数重，深不可测，怪石罗列，舟楫难施。溪流复移徙不定，并无崖岸可建桥梁。若欲进山修筑，须待溪流干涸之际，各负干粮，执持器械，结队前进，以防生番肆杀，野兽搏噬，需数载之久，始能将事。计其工费，非万金不可。详准咨部展限缓修在案。今卑职复加查察，该两路山径，天限险峻，纡迴百数十里，并无平坦之地可以垦辟田园。山内向无居民，即樵采之人，亦不敢穷幽深入。本年山匠林允春滋事，经水师提督许带兵围捕，各犯狼奔鼠窜，亦无一犯敢从此二处逃走者可为明证。刻下三貂正道，大半业已修整宽平，行旅往来不绝。况备道开成，无人镇压，必弃为盗贼逋逃之薮。应请仍照姚莹所议，准予缓修。将来民人入山樵采渐多，人烟稠密，或行旅渐通，生番潜迹，再议兴修，未为不可。」

传檖复核曰：「杨守原议修筑进山备道者，盖缘兰民三籍，漳居十之七八，泉仅十分之二，粤人则不及十分之一。又三貂正道进兰，头围、西势一带，尽属漳人。台地好分气类，恐有械斗缓急之事，泉、粤二籍为漳人所困，不能自通。且三貂径险，设有不虞，易于梗塞。故欲更修二道，诚为远虑。卑府细加咨询，泉、粤二籍，自以人少，皆与漳民和睦，并无争竞之心。设有不虞，尚有乌石、及加礼远二港，可由海道径达鸡笼、艋舺，不必假道内山。前署通判姚莹查议，此二道深曲险阻，事非急要，详准咨部缓修。今吕倅亦照姚莹所议，与卑府管见相同，所有杨守原议请修入山备道之处，应毋庸议。」

一、坛庙城垣，俱已创建成规，应请修造城隍神庙，以符职守而顺舆情也。志恒议曰：「噶玛兰创始事宜案内，奉准部文，天后、城隍神庙，应就兰属官民捐建。各前厅议设董事、经理，出示劝捐，未有成效。今卑职于抵任后，查自开辟兰疆以来，所有山川、社稷坛，风、云、雷、雨、城隍祭祀神位，以及城垣池沼、文武员弁衙署、兵丁卡房各工，俱已创建成规。天后庙亦于城内建有庙屋两进，规模粗就。惟城隍无庙，仅于天后庙内附设纸牌，实不足以昭诚敬。况城隍尊神，凡有府、州、县城池者，无不建庙，以便民间祈报。今噶玛兰收入版图，设官分职，阴阳之道，理无二致，城隍尊神，不可无庙。卑职倡捐经费，买定本城北门内空地一所，择本年十月初八日兴工，建庙塑像，以顺舆情。」

传樾复核曰：「神道设教，说本羲经；燮理幽明，赞襄圣治。故凡建都设邑，皆有城隍尊神，职同守土，咸受敕封，载在礼官，恭承祀典。杨守原议兰厅建立山川、社稷二坛，春秋致祭，准销祭品银二十两。乃社稷有坛，城隍无庙；典仪未备，人神不安。现据吕倅倡率本地民人捐资兴建，以顺舆情，殊与大部官民捐建之文相符，惟祭品支销，尚未议及，虽为数无几，而不载礼官即不足以昭崇敬。又厉坛者，所以妥慰无主幽魂，俾有凭依乃不为厉之意。应请饬该倅，俟城隍庙工完竣，并捐(四)设厉坛，以祀无主民、番。所有城隍及厉坛，自道光四年为始，准其每年在余租项下动支祭品银十两，以昭崇敬，并乞宪台察核，咨部立案。」

一、罗东巡检，兼管司狱，毋庸移驻也。志恒议曰：「原奏自五围至罗东，陆程二十二里，设巡检一员，为专管捕官。现在罗东荒埔，多未开垦，户口较少，政务亦简。新设巡检，援照竹堑巡检之例，与印官同城，兼管司狱，时往罗东稽察。仍俟罗东荒榛尽辟，户口日聚，应否移驻，随时酌量办理。卑职查罗东荒埔，虽已陆续开垦，其近山荆榛荒土，尚未尽透，居民户口，亦未稠密。罗东离城较近，巡检不时亲赴各庄稽察，尽堪控制，且该巡检兼司狱务，朝夕稽查，尤关紧要。现在衙署已于城中建盖，应请仍与印官同城，兼管司狱事务，毋庸移驻东罗。」

传燧复核曰：「兰厅治在五围，北距淡、兰交界，约百余里；南距苏澳边境，约四十里。罗东在东势之中，距厅治仅二十二里。地虽开辟，民仍无多，巡检驻居城中，控制稽查，往来甚便。且该巡检兼管司狱，有监狱之责，应如吕倅所议，毋庸移驻。」

一、乌石港及加礼远港口，小船出入，应请由厅督同县丞，会营稽查挂验，免其配载官差也。

志恒议曰：「噶玛兰西势乌石港、东势加礼远港，二处小口，向于春末夏初南风当令之时，有台属之鹿港、大垵、八里坌、鸡笼等处小船，载民间日用货物进港贸易。并有内地之祥芝、獭窟、永宁、深沪等澳采捕渔舟入口，售买盐鱼、鱼脯，换载食米回内。其船每只仅可装米三百石。所有兰境每年额销郡垣濑北场课盐七千石，必须雇觅此项渔船二十余只，方足以敷运载。如装米至四五百石之商船，因港门浅狭，莫能进港，且入口海道回环曲折，而乌石港口礁汕罗列，旁有鸡屿、卯鼻潮水分流之险，一交秋令，港门沙塞，即垵边各项小船，亦难出入矣。稽自兰疆收入版图十有余年，未有堪以配载官谷之船入港者。兰地僻处全台山后，生齿日繁，人烟辐凑，一切日用所需，全赖各处小船于春夏之间入口贸易。倘累以官差，或小加裁禁，舟商一经裹足，地方立见衰颓。惟是每年进口商、渔船只，或一百余号至二百余号不等，若不官为稽察挂验，难保无夹带违禁货物，甚或附搭匪人偷渡，实不可不防其渐。查全台虽例止鹿耳门、鹿仔港、八里坌三口通行，其余小口，一概不准私越，即未便官为挂验。但噶玛兰另为一区，由艋舺入山，计程四站，其间崇山峻岭，货多滞重，难以陆行。是乌石港、加礼远港二处，必须舟楫往来，以为民便。头围县丞、头围千总驻劄之所，切近二港，应请由厅督同县丞会营，于船只进港出港之时，逐加查验，盖印放行，并令县丞按月造册，由厅核明转报。其进港一切船只，免其配载官差，以昭体恤，而免繁扰。」

传檖复核曰：「台地各船，配载官差，惟有官谷最大。但三口配载官谷，皆用大船，盖运载客货二三千石，赀本既厚，载价亦多，派令配载官谷，大者一百八十石，小者一百三十石，给与七分运脚，商民赔费无多，故得久远遵行。至于遭风到口小渔船，梁头五尺以上至八九尺者，载货不过数百石，向不配载官谷。嗣因大船稀少，官谷欠运甚多，嘉庆十五年后，始议令到口小渔船一概配载。五尺以上，配谷三十石，六尺、八尺以上，配谷四五十石至六十石不等。然必正口始可押配，其私口小港，虽遭风到岸之船，亦必押归正口配载。缘正口人户殷繁，百货集各有行保。配运官谷，设有遭风失水，皆行保看赔。其私港小口，向无行保，即令配载，而其船妥否，并无把握。设有失水，官谷即归无着。此各口配载官谷之情形也。噶玛兰虽有乌石港、加礼远港二口，港门浅狭，入口之船，不过二三百石，得利甚微。兰地民间百货，旱路难通，皆赖其贩运。若累以官差，或小加裁禁，诚如吕倅所言，舟商一经裹足，地方立见衰颓。且仅春夏之间港门通畅，秋令后，港门沙塞，即小船亦难出入。此又与通台各口情形不同。应请俯如所议，二港小船，免配官差。惟责成该厅，督同头围县丞，会营于船只出入时，稽查挂验，并于船照内登明所载货物，并来往处所，不许夹带违禁货物，及匪人附搭偷渡诸弊。仍按月造册，由厅转报，洵于体恤民、商之中，仍寓慎重海防之意。」

一、仰山书院因乏经费未建，延请山长于文昌宫作课，以端士习，而振文风也。志恒议曰：「噶玛兰厅自嘉庆十五年收入版图，生齿日繁，人烟辐辏。其间工、商、农业者十居八九，多以强霸刁健为能，明于孝弟礼让者，十难一二。地方僻陋，学校未施，必先设书院，延师教育人才，日渐观摩，以期振兴文教。前厅翟淦，议设仰山书院名目，因乏经费，未能建创，仅于文昌宫内延师作课，每岁甄录生童六七十名。所需师生膏火花红，前厅高大镛将阿里史等社余埔原议设屯未准之租谷，改作此项经费。后来历任照办，俱未详明立案。此时文昌宫内，现经前署厅姚莹延有台邑拔贡生李维扬主讲，从师肄业生童共八十余名。事难中止。经费不敷，除将阿里史等社租额，另列专条，议请宪示外，所有原设仰山书院名目，现经延师设课缘由，伏乞宪鉴，应请毋庸奏咨，以省案牍。」

传檖复核曰：「噶玛兰新辟之区，三籍人民，风气强悍，自宜选择俊秀，教之诵习《诗》、《书》，俾知孝悌礼让。从前虽经议设仰山书院，因乏经费，未能创建。既有文昌宫可以作课，并延请山长，生童肄业八十余名。近年附入淡水厅学者已有两三人，是即造就人材之效。若能建立学舍，增益膏火，文风可望彬彬日盛。此时自可毋庸奏咨。惟卑府更有请者，兰厅远在山后，至郡十三日程，道路险窄。生童肄业，每逢考试，跋涉艰难，希图进取，似宜格外鼓舞，以昭体恤。但文风初肇，生童不及百人，未能立学，向皆统由淡水厅录取送考。可否奏请于卷面别立兰字号，每岁台湾道拔取一名，以为定制，仍附淡水学教谕管束。如此，则兰厅士子进取有阶，必更蒸蒸向学，其于地方不无裨益。」

一、阿里史等社埔地，每年征租不能如数，请拨充书院膏火也。志恒议曰：「前厅翟淦续查出东势罗东、阿里史、马赛流番各社，及沿山界边田园，每年征租，可得番银一千三百余圆，请免升科，以充屯饷。嗣准前任台湾镇、道以兰地流番并非土著，番黎止应设立通、土，未便议设屯丁。所有田园应照例升科，或完纳番租，分别办理。当蒙院司饬行丈量办理。卑职查翟淦前厅议作屯地之时，原系未垦荒埔，追设屯之议奉驳，当将罗东、阿里史等社埔地一百零五甲，饬令流番垦报升科。其马赛番埔四十甲，即令佃首招佃承垦，给番收租。又沿山一带荒地，常有生番出没，翟前厅饬就马赛、施八坑口添设隘寮，募举隘首、隘丁，堵御生番。余地划付(五)垦种，以充口粮，并未详复。嘉庆二十五年，前厅高大镛，往勘罗东、阿里史等社流番垦成田园，系沙砾之地，不堪供纳正赋，议令完租，作为仰山书院膏火，定于道光元年起科。其马赛社垦透番埔，仍议归佃首收纳，给该社番等领作口粮，亦未造册通详立案。卑职查罗东、阿里史等社，年仅收租四百余石，自起科之年起，历任所征皆不足数。已经各前任支给书院生童膏火，用讫无存。可否仍照前厅所议，将历年租谷拨归仰山书院，以为延请山长，并生童膏火之需。其马赛番埔，及沿山一带余地，既经翟前厅分别划还社番，由佃首招佃完纳番租，并添设隘寮口粮之用，似应仍循其旧，以恤番黎，而重巡防。是否可行，伏候宪裁。至此条似可毋庸奏咨，以省案牍。」

传禨复核曰：「噶玛兰本地生番只三十六社，自三籍民人进兰开垦之后，有彰化之阿里史、阿束、岸里、东螺、马赛等社熟番，先后流入罗东沿山一带开垦，谓之流番。其性愚质，所得皆沙砾最劣之地，不成片段。兹据吕倅查明：阿里史等社，年仅收租谷四百余石，起科以来，所征并不足数，历年已支给书院生童膏火，用讫无存。请照高倅所议，准将此项租谷拨归仰山书院，以为延请山长，并各生童膏火之费。其马赛番埔，及沿山界外余地，仍与社番招佃收租，并设隘口粮之用，实为体恤番黎起见。卑府查此等田园，既称系各社流番所垦，与民人承垦膏腴之地不同。应请俯如该倅所请办理，并无庸奏咨，以省案牍。」

一、兰属保甲，应分为七保，遴举公正之人为保甲牌头，按户编查也。志恒议曰：「编查保甲，原为稽察奸宄，并可考核民间。士、农、工、商，各有执业，于听断词讼之时，按册而稽，多所裨益。而向来承充保甲之人，专司呈报命盗案件，及地方杂务差徭，于编查户口，不无潦草塞责，且有抗玩之户，不听编查。自应另举公正服众之人，承充保甲牌头，以十户为一牌，十牌为一甲，十甲为一保，所有向日承充办理杂务之保甲，仍循其旧，与编查户口之保甲牌头，各司其事，两不相涉，方能著有成效。今卑职将噶玛兰全境通盘筹划，应分为七保：西势头围抵美简庄为第一保，四围淇武兰庄为第二保，五围本城为第三保，民壮围镇平庄为第四保，东势罗东为第五保，鹿埔顺安庄为第六保，马赛南兴庄为第七保，捐给纸张，颁发格式，令其挨户查填年貌籍贯、丁口事业，并该管牌首姓名，编造循环簿册，呈官核明。再照册填给门牌，按户张挂，严禁胥差勒索。至于每年户口之增减，住址之迁移，执业之更易，悉照奉行章程，随时添注涂改，按期抽查，以照核实。」

传穟复核曰：「保甲一法，台湾各属，因地广民稠，又多浮寄往来，未免行之不能尽矣。惟兰地初开，民人尚少，且皆垦佃，不肯轻弃田园，其余百工游艺闲民无几，犹易编查。且该处民人向系分结开垦，各有头人、结首，只须于此中选举其人，承充保正、甲长，不令承应一切差徭，责成约束村庄，编排户口，事即易办。应请俯照吕倅所议，分为七保，遴举牌头。保甲按户编造清册、门牌，悉照奉行章程，随时添注，以昭核实。」

一、兰境食盐年配台场七千石，能否加销，应俟编查户口，定有确数，以昭核实也。志恒议曰：「噶玛兰厅属年额销台郡之濑北场课盐七千石，前升守汪楠，详准归于兰厅经理。历年应征课本番广银二千三百一十两，拨给兰营戍兵加饷纹库银一千九百一十两零四钱，以九一伸，折番广银二千零九十九两三钱四分一厘，尚存盈余番广银二百一十两零六钱五分九厘，按年批解府库，抵兑台饷，造报奏销在案。计自嘉庆十七年八月初十日，兰地设官分职之日起，至嘉庆十八年六月十九日止，应销课盐，系汪前守代办，行销所有。嘉庆十八年六月二十日以后，始归兰厅经理。屡奉盐道饬查，户口日增，行令加配盐斤。卑职查兰境流寓土著户口，原报六万余人，系约计之词，其间去来无定，本难作准，是以历年俱有缺销课归赔累。阅今十有余年，生齿日繁，户口总属有增无减，应请俟此次编查保甲户口得有确数，能否加增，容再专案另文详请办理，以昭核实。」

传檖复核曰：「噶玛兰僻处海外极边，弹丸之地，田园供租，至于三万，闾阎已难藏富。又征盐课、饷银二千三百余两，年额行销台郡濑北场盐七千石。案经前人议定，奏准遵行。至今甫十余年，并无缺欠课饷，若复议令加销，恐非国家爱民轻赋之意。议者以嘉庆十七年初设官时，核计丁口不过六万有余，议销食盐七千石。近来户口渐增，故请加销。卑府愚见，闽省近年盐务颇形疲敝，内地各帮，欠课纷纷，独台湾年额清完者，以额少而课轻也。兰地大小丁口，极多不过八万，而行销食盐七千石，计每口年配食盐一斤，尚不为多，故课轻而易销。若议加销，恐民间避官食私，转致有名实无。且此一节，原奏所无，请免议加销兰盐，俾得课饷年清，实于盐务民情两有裨益。」

一、兰地五方杂处，人烟日众。其间只身游荡不安本分者，应请照例刺字逐水也。志恒议曰：「噶玛兰居民，皆系山前厅、县移徙而来，只身游荡，不安本分。每因鼠牙雀角细故，辄行凶互斗，滋生事端。究其所犯，又止枷杖。查例载台湾流寓之民，凡无妻室者，应逐令过水交原籍收管。卑职前于查办山匠林允春一案之后，将先后所获只身无业游民十余名，面刺逐水二字，递解内渡，交原籍管束。从此以后，地方较前大为安靖。请嗣后遇有只身流寓之人，一经滋事，犯该枷杖者，即行刺逐。如向在嘉、彰一带南路而来者，即递交新庄县丞衙门，暂为收管，移会淡防厅，由八里坌配渡。如系淡水、新庄、艋舺而来者，即递交彰化县，由鹿仔港配渡，以免在地匪党代为布置逗留。」

传穟复核曰：「台地游民，半由私僻小港偷渡，日聚日多，因而滋事，自当随时清查驱逐。兰地初开未几，现在尚少，易于清理，不可稍事容隐，及至增多，转难办理。应如吕倅所议，嗣后遇有只身流寓之人滋事，即照例刺字逐水，以免在地逗留，扰害闾阎。」

校记

（一）名，原作各，误，字当作「名」。

(二)食，原作实，据下文字当作「食」。
(三)佃，同治本作「田」。
(四)捐，同治本作「掇」。
(五)付，同治本作「村」。

《东槎纪略》卷三

噶玛兰原始

噶玛兰僻在荒裔，既入图籍，建城设官，制田赋，宣教化，雕题凿齿之人，渐知伦理，粗习衣冠，而游民乐业，群聚室家，其秀者，亦稍事诵读矣。顾草昧初开，纪载阙略，台人所传，惟谢教谕金銮之《蛤仔难纪略》、杨太守廷理之《议开噶玛兰纪略》二书，乃权舆也。杨书仅纪开拓之功，谢书稍详形势，并其原起。然杨不及见十七年以后之事，而谢仅得自传闻，未尝亲履其地，所言或有未确。莹以道光元年，奉檄权判其地，访诸耆老，则多身与经营目击前后者，考诸案牍，咨询旧吏，爰纪其实，以贻后之君子。噶玛兰，本名蛤仔难，在淡水东北三貂、鸡笼大山之后，社番地也。三面负山，东临大海，三貂、金面掖其左，摆芝、苏澳、草岭扼其右，员山、玉山枕其后。自山至海，宽广不及四十里。自三貂溪南至乌石港三十余里，皆山石无地。自乌石港至苏澳，山下绵亘不及百里，然一望平畴，溪港分注，实天生沃壤也。其始，番居不知开辟，杂处深林水窟之中，捕鱼打鹿而已。康熙中，即有汉人与通市易。蓝玉霖《鹿洲集》、周宣子《诸罗县志》皆已载之。乾隆三十三年，民人林汉生，始召众入垦，为番所杀。后或再往，皆无成功。吴沙者，漳浦人，久居三貂，好侠，通番市有信，番悦之，民穷蹙往投者，人给米一斗、斧一柄，便入山伐薪抽藤自给，人多归附。淡水厅闻，惧其为乱，乃遣谕羁縻之。林爽文之乱，虑贼北窜内山，同知徐梦麟言三貂有吴沙，民、番素信，可堵贼毋使遁入者是也。沙既通番久，尝深入蛤仔难，知其地平广而腴，思入垦。与番割许天送、朱合、洪掌，谋招三籍流民入垦，并率乡勇二百余人，善番语者二十三人，以嘉庆元年九月十六日，进至乌石港南，筑土围垦之，即头围也。沙虽首纠众入山，而助之资粮者，实淡水人柯有成、何缵、赵隆盛也。沙所召多漳籍，约千余，泉人渐乃稍入，粤人则不过数十，为乡勇而已。初入，与番日斗，彼此杀伤甚众。沙使人给番曰：「我奉官令，以海贼将据蛤仔难，尽灭诸番，特来堵贼，且护番垦田足众粮而已，非有他也。」番性愚，不事耕凿，间有耕者，用力苦而成功少，故视地不惜。得沙言，疑信者半，斗又屡败，以为汉人有神助，稍置之。番社患痘，沙出方施药，全活甚众，德之。二年，沙死，子光裔无能，侄吴化代理其事。复有吴养、刘胎先、蔡添福附之，渐开地至二围、汤围，亦时有争斗。四年，乃与番和。沙与化皆能约束其众，番既听垦，亦不复侵扰，番喜，益进垦至四围。是时漳人益众，分地得头围至四围辛仔罗罕溪。泉籍初不及二百人，仅分以二围菜园地人一丈二尺。粤人未有分地，民壮工食，仰给于漳。四五年间，粤与泉人斗，泉人杀伤重，将弃地走。漳人留之，更分以柴围之三十九结、奇立册二处，人四分三厘。化及三人者戒约其众，毋更进，亦相安矣。七年，三籍人至益众。漳人吴表、杨牛、林循、简东来、林胆、陈一理、陈孟兰，泉人刘钟，粤人李先，乃率众一千八百十六人，进攻得五围地，谓之九旗首，每人分地五分六厘。漳得金包里股、员山仔、大三阄深沟地，泉得四阄一、四阄二、四阄三、渡船头地，又自开溪洲一带；粤得一结至七结地。九年，有漳化社番首潘贤文、大乳汗乇格犯法惧捕，合岸里、阿里史、阿束、东螺、北投、大甲、吞霄、马赛诸社番千余人，越内山逃至五围，欲争地。阿里史众强而鸟枪多，漳人不敢斗。相与谋：阿里史无粮，不若助之粟而散其众。乃阳与和，分置诸番而食之。阿里史众喜，渐乃换买其鸟枪几尽。阿里史乃弱，悟悔而无如何。十一年，山前漳、泉械斗，有泉人走入蛤仔难者，泉人纳之，亦与漳人斗。阿里史诸番，及粤人、本地土番皆附之，合攻漳人，不胜。泉所分地尽为漳有，仅存溪洲。斗几一年始息。阿里史诸社，乃自开罗东居之，潘贤文为之长。十四年，漳、泉又斗，漳人林标、黄添、李观兴，各领壮丁百人，吴全、李佑前导之，夜由叭哩沙喃潜出罗东后径攻之。阿里史众惊溃，走入土番社内。漳人遂有罗东，已复和泉人。乃自溪洲沿海开地至大湖，粤人乃至东势开冬瓜山一带，此皆十五年前事也。」

谢退谷《蛤仔难纪略》曰：「嘉庆三年，有龙溪萧竹者，颇喜吟咏。于堪舆之术自谓得异传。竹从其友游台湾，穷涉至蛤仔难，吴沙疑之。居且久，乃为标其胜处为八景，且益为十六景，今所传兰城拱翠、龙潭印月，曲径香泉、浊水含清之类者是也。竹悉为赋诗，或论述其山水，遂为图以出。其图于山水脉络甚详，时未有五围、六围，要其可以建围(一)之地，竹于图中皆递指之，后悉如其言。」余按：嘉庆三年，吴沙已死，安有款居萧竹之事？若谓二年，则是时仅开头围，与番争斗未息，安得游览全势？以余考(二)之，盖凝萧竹者，吴沙之子光裔与吴化辈也。化等既得二围与番和，乃延竹进窥其地。

噶玛兰入籍

噶玛兰之入图籍也，其议倡自淡水同知徐梦麟。乾隆五十三年，林爽文〔三〕既平，徐署府事，乃为台湾府杨廷理言吴沙可信用，及蛤仔难生番易于招抚。杨议上之巡抚徐嗣曾，以界外地恐肇番衅，弗许。吴沙既入垦，惧获罪，嘉庆二年赴淡水，请给札招垦。同知何茹莲予之。沙出私单招佃，每地五甲为一张犁，取番银二十，助乡勇费。沙死，四年，其众诡名苏长发，赴省请垦。藩司刘栻檄府察之。淡水同知李明心，议以蛤仔难远在淡水、三貂以外，距淡城五百里，深林密箐、叠嶂重峦，鸟道迂回，人迹罕至，三十六社生番，性同枭獍，勿许便。时栻已去，藩司李长森从之。六年，沙子光裔及何绘、赵隆盛、柯有成等，请复如前议，置之。然三籍人众亦未议逐出山封禁，民垦自若也。绘等多方求为业户，不克。十一年，海寇蔡牵至乌石港，欲取其地，使人通谋共垦。众患之。贼舟有幼童被掳者，乘间登岸，遇其父匿之。贼索不得，扬言且灭头围。众益惧，头人陈奠邦、吴化辈相与谋，今通贼，官兵必讨，不如拒之，且以为功。乃夜定计，集乡勇并各社番，伏岸上为备，贼犹未觉，晨入市货物，众乃缚之，得十三人并贼目。贼闻之怒，连帆进攻，众断大树塞港，贼不得进。拒敌久之，贼败去。化等乃以所擒贼献，将军赛冲阿闻，乃有该处膏腴，为蔡逆窥伺之奏。夏四月，奉命官兵相机筹备，犹未议开也。七月，杨廷理以事成伊犁返，复授知府。召见问状，廷理奏蛤仔难当开，不宜弃置贻边患。上使驰驿至闽，与督、抚商之，未果。十二年七月，海贼朱濆，大载农具(四)泊苏澳，谋夺溪南地方贼巢。五围头人陈奠邦等，遣人告急，廷理乃与南澳镇王得禄，水陆赴援。先是漳人尽得有西势地，柯有成、何绘、陈奠邦、赖岳、吴化、吴光裔六人为之董事。而东势之强者，独潘贤文处罗东社。自罗东以南至苏澳数十里，朱濆谋夺之，以哔吱、红布散给东、西势各社番。有漳人李祐，阴结党与通，廷理乃以札谕柯有成、潘贤文七人，晓以大义，以哔叽十板、红布五百疋、番银千饼赉众番。贤文大悦，民咸踊跃。乃设木栅于海口，各出器械巡逻，捕通贼者。祐党惧，絜妻子入于贼舟。贤文复获海寇黄善等七人以献。有黄灶者，大股贼目也，遁于蛤仔难，为黄姓所匿。廷理索之，黄姓缚灶出献。于是蛤仔难民竞出治道以迎廷理。时镇、道以地叵测，檄勿往。廷理勿从。九月九日，自艋舺入山，四日而至五围。蛤仔难向多雨，秋以后，山海气蒸，瘴云暝合。及杨至而群峰开霁，民以为祥。集耆老抚慰之，众皆鼓舞听命。义首林永福、翁清和等，愿率精壮效用。朱濆踞苏澳港内之南澳，王得禄以舟师追至港口。港内宽外狭，贼以巨缆缠铁锹横沉港口。林永福等番勇千二百人，穿山开路，以达苏澳，合舟师。潘贤文以众断贼樵汲。戊午，得禄以舟师攻贼于苏澳，廷理率林永福等，自澳后夹之。贼大败突出，官军截击，焚贼舟三，沉其大舟一，获二舟，贼以十六艘顺流东遁。廷理安抚其民而归，言于将军赛冲阿，请设官丈升田园，弗许。旋去府任，又力言之。将军令与署府邹翰议之。十二年春，乃奏请设屯，而免其升科。部驳中止。十二月，少詹事闽人梁上国，上言：蛤仔难田土平旷丰饶，每为海盗窥伺，前朱濆、蔡牵皆欲占之，俱为官兵击退。若收入版图，不特绝洋盗窥伺之端，且可获海疆之利。并条奏其状甚悉。上命总督阿林保、巡抚张师诚议之。阿林保乃以同知徐汝澜署台守诣勘，徐仍如赛冲阿议。十四年正月，上谕阿林保曰：「蛤仔难居民，现已聚至六万余人，且盗贼窥伺时，能知协力备御杀贼，深明大义，自应收入版图，岂可置之化外。况其地又膏腴，素为贼匪觊觎。若不官为经理，妥协防守，设竟为贼匪占踞，岂不成其巢穴，更添台湾肘腋之患乎！该督、抚其熟筹定议，如何设官，安立厅、县，或用文职，或用武营，随宜斟酌，期于经久乃善。梁上国折内，叙及蔡逆贼船，近至苏澳时，先率众上岸，有番人与斗，居民吴氏擒获数贼以献，贼始惊溃而去。嗣朱濆窜往，亦经居民与官兵夹攻败贼，如此出力，从前曾否奏明施恩？彼时如曾擒献贼犯，即当加之奖赏，亦此时收抚之要着也。」时以漳、泉分类械斗，未及行。十五年，总督方维甸过台治之，既定，乃谋此事。至艋舺，有蛤仔难番土目包阿里，率噶里阿完等社番迎见，呈送户口清册，遵制剃发，请入版图，并请设立通事，以免熟番侵凌。又有民人何绘等，呈请已垦田地，照则升科，设官弹压，分定地界。维甸大悦，生番各予奖赏，传民番面询其状，乃复奏曰：「淡水玉山之后，地名噶玛兰，系番语，闽音不正，讹为蛤仔难；其地三面距山，东临大海，平原宽广，形若半规。南有苏澳，可进大船；北有乌石港，仅容小艇。中有浊水大溪，出山东注，原在噶里阿完社东旁入海，近年故道淤浅，正溜北徙，绕过员山，迳五围之东，由乌石港入海。民人所居，自五围之外，尚有员山、溪洲、罗东、汤围、柴围、大湖围、三十九结围、都美鹤围、劳劳围、下溪洲、几穆捞、辛那罕等处，及围外零户。浊水溪故道之北，尽为漳人开垦，十之七八。故道之南，系泉人、粤人开垦。又有岸里社、阿里史社、阿束社、东螺社、牛骂头社熟番，迁居其中，荒埔尚未全垦。此噶玛兰地势情形也。当令总兵武隆阿、知府杨廷理勘查，复称：噶玛兰南北约长六七十里，东西约宽二三十里不等。漳人四万二千五百余丁，泉人二百五十余丁，粤人一百四十余丁，熟番五社九百九十余丁，归化生番三十三社四千五百五十余丁。未垦荒埔，应请分出地界，何处令何籍民人开垦，何处令何社番开垦，分划公平，以杜争执。已垦田地，丈量升科，其员山东北，地处适中，可以设官安营。头围为水陆扼要之处，应设分汛。臣查噶玛兰田土膏腴，米价较贱。流寓日久，又有朱濆帮内散去余党，及逃逸要犯潜匿其中。前年漳人亦与泉人械斗，熟番互相党护。泉人为漳人所困，大半避出。以强凌弱，相习成风。良善民、番，皆思设官纳赋，若竟置之化外，恐台湾日后或添肘腋之患。镇、道佥议，皆以设官经理为宜。然该处数十年为王化所不及，一旦绳以法度，亦不能立就安贴。知府杨廷理丁忧，巡检胡桂于情形最为熟悉，臣已令其清查田甲，分划地界，俟其查明，会同抚臣详议具奏。」四月初五日，杨廷理入山，请定章程十八则，丈绳一具以行，何绘等始犹谋为业户，廷理不许。令各结首，分领垦单，自往丈量，经三月始毕，乃草其节略具报。时维甸已去闽，汪志伊继之，檄台澎道张志绪与廷理复勘。十六年三月，廷理至郡定议。九月，汪志伊与巡抚张师诚，酌定条例以闻。

西势社番

西势社番者，在浊水大溪之北，自溪北至乌石港，凡二十社。未入版图之先，茹毛饮血，蓬发露体，男女莫别。婚姻无时，野合择配，听人自便，不识五伦。不谙岁序，以花开纪四时，打牲为恒业，间有汉人教之耕种稻谷，以为宝贵。以短刀代犁锄，并无牛只。间织树皮，仅蔽下体。其富者，惟知蓄积虾米、花布。又俗重金鲤鱼，以铜线编成，形如新月，佩之出入，群以为艳羡矣。不重银钱，与人无犯。各社自立头人，不相统属。嘉庆元年，汉人吴沙，率众入兰占垦，西势各社，首被侵夺殆尽。十五年，归沐王化，始赴官控理，已为民人先报升科，不能给还。知府杨廷理，乃举汉人为各社总理，设立通事、土目，约束社众，造报丁册，教以人事，剃发着衣，始知置备耕牛、农具，渐通汉人语言，亦知爱重银钱，烹调饮食矣。惟伦常、祭葬、婚姻，尚沿旧习。今纪道光元年各社通、土、番丁之数，以备考焉。

哆啰美远社，距城十二里。通事一人，曰八宝笼。土目一人，曰銮仔。番丁男妇三百四十三口。

打马烟社，距城二十二里。土目，曰远老思问。番丁男妇一百二十六口。

奇立极社，距城十里。土目，曰敏碌。番丁男妇八十一口。

麻里目罕社，距城十里。番耆，曰那眉。番丁男妇四十一口。

摆离社，距城五里。土目，曰厨瑶。番丁男妇一百零二口。

珍仔满力社，距城五里。土目，曰夺孝棆。番丁男妇二百三十八人。

抵美福社，距城六里。土目，曰阿返。番丁男妇一百四十九口。

流流社，距城二里。土目，曰龟刘沙简。番丁男妇七十口。

麻芝镇社，距城四里。番耆，曰阿纲吻。番丁男妇四十二口。

仔罕社，距城四里。土目，曰阿纲合必舟。番丁男妇三百零八口。

抵美抵美社，距城八里。土目，曰武礼把老。番丁男妇七十三口。

踏踏社，距城八里。土目，曰武歹。番丁男妇二百六十一口。

高东社，距城八里。番耆，曰龟刘。番丁男妇九十八口。

打那岸社，距城八里。土目，曰武歹夏马述。番丁男妇四十四口。

奇武暖社，距城六里。土目，曰芥力。番丁男妇六十七口。

奇兰武兰社，距城十二里。土目，曰谢马抵。番丁男妇四十九口。

辛仔罗罕社，距城二里。土目，曰龟刘武朗。番丁男妇八十九口。

棋立丹社，距城十四里。番耆，曰武歹吧荖郁。番丁男妇六十八口。

抵把叶社，距城十四里。土目，曰阿纲。番丁男妇五十口。

抵美简社，距城二十里。土目，曰敏碌。番丁男妇六十二口。

以上西势二十社，番通事一人，土目十六人，番丁二千二百六十二口。以番总理一人、社丁一人管束之。

嘉庆十六年，总督汪志伊奏：「噶玛兰东、西势社番，前皆不谙耕作，是以埔地听汉人占垦。尔来与汉人相习日久，渐知耕种。惟番性愚，不知积蓄，恐荒埔分尽，地不加辟，将来社番生齿日繁，未免生计日绌。是以杨廷理原议：大社周围加留余埔二里，小社加留余埔一里。兹据镇、道、府议，请东势几穆捞等十七社，命通事、土目，将社番自耕田园栽树为内界，不许汉人贌耕。其加留余埔一里二里之外，亦栽树为外界，准赎给汉人开垦，呈官立案，按年完纳番租，免其升科。其西势哆啰美远等二十社，群处沿海一带沙仑之上。西势番埔，久为民人开垦，不能再留余埔。应将现在沙仑余埔，自乌石港口起至东势界止，约长三十余里，宽一二里不等，永为西势番业，不许民人过溪越垦。如番社人少，情愿赎给民人开垦，亦照东势之例，呈官立案，完纳番租，免其报升。庶东西番社各安其业，日久相安。」奏入，上许之。西势加留沙埔，久未及行。道光元年，署通判姚莹，乃督西势番总理林兴邦，社丁张金标、通事八宝笼，会同各社土目，勘定西势加留沙埔，自乌石港起至东势浊水溪止，沙仑埔六百二十四甲四分一厘七毫二丝，除原存奇立板、猫里露罕、流流等社地，及各社番自田一百二十八甲七分零外，实存沙埔地四百九十五甲七分零二毫八丝。西势大小二十社，统计番丁二千二百七十七口，按丁分配，每丁得地二分一厘七毫七丝，定明界址，分交各土目收掌，并绘造图册详司，其制乃定。

东势社番

东势社番者，在浊水大溪以南，自溪南至苏澳凡十六社。嘉庆十五年，噶玛兰既入版图，西势民垦已定。杨廷理乃遣三籍头人，往丈浊水溪南十六社荒埔，分授漳、泉、粤民人开垦，凡二千五百三十八甲。各社番性本愚弱，既归化，益不敢较，于是，膏腴悉为民有。通判翟淦与杨廷理，议请总督汪志伊，以各社近埔处所存给之：大社二里，小社一里，谓之加留余埔。仍官为召佃，以三籍头人为佃首，经理收租，按社计丁而分给之，社番坐受焉。共得丈地一千二百五十五甲二分，自十五年至二十一、二、三年，次第垦成造册，详定其制。

漳佃首二人，原分埔地七百六十二甲七分三厘四毫七丝九忽，每甲租四石，年额纳番租三千零五十石九斗三升九合。配社十二：

加礼宛社，距城十六里。通事一，曰龟刘。土目一，曰武歹加礼。番丁男妇四百五十三口。

流流社，距城十四里。土目一，曰武歹夺。番丁男妇九十八口。

扫笏社，距城十四里。通事一，曰武沥大里滑。土目一，曰富笼。番丁男妇三百三十一口。

芭荖郁社，距城十四里。土目一，曰阿返。番丁男妇九十二口。

歪仔歪社，距城十四里。土目一，曰夺眉党。番丁男妇九十六口。

猫里府烟社，即马荖武烟社，距城十五里。土目一，曰武裂末加眼。番丁男妇一百一十九口。

南搭吝社，即马鲁烟社，距城十五里。土目一，曰比兰。番丁男妇九十三口。

武罕社，距城十五里。土目一，曰九敏。番丁男妇一百三十三口。

打那美社，即打纳美社，距城十五里。土目一，曰那眉猫荖。番丁男妇二百零四口。

打那岸社，即打郎巷社。土目一，曰那爻担武郎。番丁男妇一百零八口。

猴猴社，距城二十五里。土目一，曰罩伯。番丁男妇一百二十四口。

其泽简社，距城二十里。土目一，曰那爻甲武烈。番丁男妇一百口。

泉佃首一人，原分埔地三百八十三甲四分八厘九毫三丝六忽，每甲定租四石，年额纳番租一千五百三十三石九斗五升七合。配社三：

奇武荖社，距城二十五里。通事一，曰斗氏打噜妈。土目一，曰远噜劬令。番丁男妇四百四十口。

里脑社，即里荖社，距城二十里。土目二，曰喇喇哈喇噜，曰八里抵氏。番丁男妇一百八十三口。

婆罗新仔宛社，距城十六里。土目二，曰武歹龟刘，曰打那罔施八。番丁三百七十一口。

粤佃首一人，原分埔地一百三十五甲四分零七毫(五)八斗三升一合五勺二抄。合(六)配社一：

珍珠美简社，距城二十里。土目二，曰芥力素马干、曰劬劳包依力氏。番丁男妇二百四十八口。

以上东势番十六社，通事三人，土目十九人，番丁男妇三千三百零七口。无总理即以三佃首、一社丁约束之。

沿边各隘

噶玛兰地势，东面海，西南北三面皆山，所在生番出没。自设官后，沿山次第设隘，以壮丁守之。二十一、二年间，犹有生番逸出杀人，今则防堵益密，林木伐平，沿山皆成隘田，而居民安堵矣。自三貂入噶玛兰，首境为远望坑，民壮寮在焉。始用以开道，继以护送行人。过远望而南为大里简，设民壮寮与远望同。

自大里简以南，乃沿山设隘，各有田园数十甲，以为口粮。曰梗枋、乌石港、金面山、白石、汤围、柴围、三围、四围一结、四围二结、四围三结、旱溪（又名枕头山）、大湖、叭哩沙喃、鹿埔、清水沟、崩山、员山庄、马赛、施八坑（新设）。

以上隘地十九所，北自梗枋，南至施八坑，不过弃界外数百甲之地，免其升科。隘丁贪利，尽力守之，而兰民无番患焉。

施八坑

嘉庆十七年，民人林朝宗等，请垦苏澳施八坑。通判翟淦，遣役李泉往侦之。回报云：「查施八坑乃由东势山尾过山盘仑始至其处。西南北俱叠山茂林，惟有一坑，形势甚狭。坑首西接叭哩吵喃生番社，坑口东出苏澳港，乃生番出没隘口。该地离东势马鞍山、草山，及议设南关之地，约五六里，阻隔山仑，本生番地界，不与三籍应分埔地毗连。前有民人陈金、郑观凤，在彼欲求设隘开垦，奉批不准，已经弃置。至于坑头水掘，皆生番巢穴，尚有埔地若干，不能穷究。查兰地自入版图以来，东势一带民、番，屡被生番杀害；南风甚发之时，又常有匪船寄泊澳内伺劫。易于藏奸，实属要地；去城窎远，最难防御。似可就地设隘把守，内御生番逸出，外护居民樵采。如遇匪船寄泊，亦可随时飞报防守，以杜奸民私垦、藏奸之念，似于地方实有裨益。」淦未及许。其后稍为泉籍民人私垦，道光元年，聚居已三百余人。署通判姚莹，请查造丁册，籍其田亩，以为隘地，未竣而去。

噶玛兰飏异记

皇帝登极之元年六月癸未夜，噶玛兰风，飓也，或曰飏。雨甚，伐木坏屋，禾大伤；继以疫。于是，噶玛兰辟十一年矣，水患之岁五，飏患之岁三。兰人大恐，谓鬼神降灾，不悦人之辟斯土也，将禳之。姚莹自郡反，闻灾驰至，周巡原野，倾者扶之，贫者周之，请于上而缓其征，制为药而疗其病，疫以止，民大悦。乃进耆老而告之曰：「吾人至此不易矣！生人以来，此为荒昧，惟狉獉之番，睢睢盱盱，巢居而穴处，其所以异于禽兽者几希。始自吴沙数无赖召集农夫，负耰锄以入荒裔，剪荆榛，凿幽险，御虎狼之生番，数濒于死矣。乃筑围堡，置田园，聚旅（七）成邪。既以无所统而相争夺，大吏以闻，天子悯焉，然后为设官治之，黔首绥和，文身向化。今则膏腴沃壤，士、农、工、商备矣。城郭兴，宫室毕，妇子嘻嘻而乐利。夫山川之气，闭塞郁结，久而必宣，宣则泻，泻则通，通然后和，天道也。今以亿万年郁塞之区，一旦凿其苞蒙，而破其澒洞，泽源与山脉偾兴，阴晦与阳和交战，二军相薄，梗塞乍通，于是乎有风雷、水旱、瘯疾之事，岂为灾乎！昔羲、轩之世，淳风古处，百姓浑浑，不识不知，未有所为灾者。逮乎中天运隆，五臣递王，文明将启，而于是乎有尧之水、汤之旱，圣人以为气运之所由洩，而不以为天之降殃于人也。不然，德如唐尧，功如成汤，岂复有失道以干鬼神之怒哉！若夫地平天成，大功既毕，则惟慎修人纪，以保休嘉，而于是乎时和年丰，百宝告成，宇宙熙皞，臻于郅治。苟有失德，肆为淫慝败乱，则鬼神恶之，而天乃降灾，此天地之气既通，而人事不和之为厉也。今兰地初开，虽风、水屡洊而不为异，五患水，三患飓，而民不饥，无有散乱，何也？民皆手创其业，艰难未忘，不敢有淫慝之思也。虽然，吾特有惧焉，惧夫更数十年后，地利尽辟，户口殷富，老者死而少者壮，民惟见其乐而不见其艰也，则将有滋为淫佚，而乐于凶悍暴乱者，人祸之兴，吾安知其所极耶。然则如之何而后可也？曰崇节俭，修和睦，戒佚游，严盗贼。守斯四者，庶乎可以久安而不为灾，禳何为者！」耆老曰：「善。」乃记之。

噶玛兰厉坛祭文

呜呼！上帝好生，蠢灵无异；圣王御世，中外一家。安民以惠为先，善俗以和为贵。冤惨之深，莫过沙场不返；厉气之积，多由馁鬼无依。嗟尔噶玛兰，开辟之初，三籍流民，皆以孤身，远来异域，或负耒营田，披荆斩棘；或横戈保众，贾勇争先。探身鲸鳄之渊，射利虎狼之窟，始与凶番格斗，继乃同类相残。战争越十五年，死亡以数千计。聚众夺地，殁既无名；违例开边，死且负咎。重洋阻隔，魂踯躅以安归；乱塚纵横，骨抛残而莫辨。肝脑空涂，未得一弓之地；幽冥沦滞，长衔九壤之悲。至于三十六社土番，被发文身，圣化未沐；含生赋性，复载攸同。草为衣而肉为食，狼鹿是伍，何知布粟之精；巢斯处而穴斯居，风雨飘零，不解宫室之美。射鹿打牲，以镖弩为耒耜；赤男裸女，无葬娶与室家。睢睢盱盱，榛榛狉狉。乃始以市买而通汉，继因土地而交争。战斗屡摧，信汉人果有神助；疆原日蹙，疑番众殆是天亡。生虽愚陋无知，白刃可蹈；死亦沉冤莫释，碧血难消。更有黄发少年，白衣壮士，奋孤忠而讨贼，识大义以勤王。当孙恩猖獗之时，亦卢循纵横之会。蛟吞鲸视，屡思破卵营巢；大旆楼船，尚待焚艘拔帜。乃父老深明顺逆，士女争馈壶浆。生擒丑类投辕，愿效前驱破敌。成功碧海，身丧黄泉；莫考姓名，未蒙恤典。忠诚不灭，义魄何安；方今天子怀柔，泽周海外，嘉群番之向义，负籍疠诚；悯绝域之初通，设官布化。授地分田，鍉瀛有截；食租免税，鳞册无颇。十二年教养涵濡，七万户讴歌鼓舞，汉庶则成家聚族，都忘锋镝之艰；番黎亦凿雨锄云，渐有衣冠之象。生人安矣，受福方长；死者哀哉，含悲何极！万众青燐之鬼，不免馁；而频年瘯厉之灾，良有以也。莹等共膺此土，保赤为怀，睹民、番之错处，日久而安；念溟漠之沉沦，心悲以恻。爰广安民之惠，更修祀鬼之坛。建旛招魂，设屋为主。传集三籍各社耆长，涓吉致祭。俾知忘身保众，死事无别乎公私；木本水源，此日犹申其禋祀。苑楹既置，足以栖灵；生籍虽殊，何妨共食。奋身以争地，身亡地丧，尚复何争；为汉以怨番，汉睦番和，可以无怨。如果仇忿两释，自能厉气潜销。汉乘风而内渡，速返乡园；番超脱于沉幽，各登善地。从此人鬼相安，民番永乐，殊方异域，皆成舜日尧天；滞魄冤魂，尽化和风甘雨。岂不休哉，尚飨！

噶玛兰始入版图，民、番未能和辑，时有械斗；又频岁多灾。莹锄除强暴，教以礼让，民、番大和。乃以秋仲，会集三籍汉民、生熟各社番，设厉坛于北郊，祀开兰以来死者。为漳籍之位于左，泉、粤二籍之位于右，列社番之位于地，以从其俗。城隍为之主，列位于上。是日文武咸集，率各民、番，盛陈酒醴牲核以祀之。至者二千余人，社番亦具衣冠，随众跪拜，如汉人礼。祀毕，又使民、番互拜。莹乃剀切谕以和睦亲上之义，陈说五伦之道，使善番语者逐句传译之，环听如堵，多泣下者。

台北道里记

旧说台湾南至瑯峤，北至鸡笼，绵亘一千七百余里。以台、澎为中路，凤山为南路，嘉、淡、淡水为北路。今噶玛兰新辟，又过鸡笼极北，越三貂大岭，转折而南，至苏湾为界，计增幅员一百余里。其南路仍旧。余以辛巳年正月入兰，乃记北路道里于左：

台郡出北门，五里，柴头港，有塘汛。又二里，洲仔尾，民居颇稠。三里，三崁店，有溪二道：一由鲫鱼潭出，一由大穆降出，会流至盐埕出海。有汛。又一里许，台、嘉二邑交界。十里，木栅，有汛，民居小村市。十五里，曾文，民居稠密，有溪，即湾里也，有汛。又五里，茅港尾，民居街市颇盛，有汛并馆舍。十里，铁线桥，有汛。十里，汲水溪，有塘。十里，下茄苳，大村市，馆舍，有大汛，驻守备一员。十里，八浆溪，有汛。十里，水堀头，有溪，不甚大，有汛。五里，树头，有汛。十里，嘉义县城，文职：知县一员，教谕、训导、典史各一员。武职：都司一员，千总一员。自嘉义北门五里，杀狗溪。五里，打猫雾，大村市，有汛。十里，大埔林，民居稠密，有汛。五里，兴化店，有溪。五里，他里雾，大庄市，有溪，有汛。五里，榕仔脚，有溪。五里，鹿场溪，嘉、彰交界。十里，西螺，大市，有汛，驻把总一员。有溪，出柑，香美异他柑。五里，三条圳，圳即俗亩字，土人读如浚，凡三道，水盛时非舟不渡。十里，东螺溪。三里，宝斗，大村市，即旧东螺也。民居稠密，街市整齐，有汛。五里，茉莉庄。五里，关帝亭，庙宇甚新峻。前有僧能诗，而还俗矣。五里，大埔心，民居小村舍，多盗匪。其东北沿山即下林仔，东南沿海为二林，皆匪巢也。五里，巩固桥。五里，燕雾。五里，茄荖脚，皆有汛。五里，口庄。五里，彰化县城南门。文职：知县一员，教谕一员，典史一员。武职：北路协副将一员，都司一员，守备一员。县北有八卦山，陈周全之乱，文武官出守八卦山，城陷失守，即斯地也。今新城重建，复于山上砌小砖城为援，工甫竣。自县东北五里，茄荖脚。五里，大渡溪，有村市。五里，龙目井。五里，乌瓦窑。五里，沙路，有汛。五里，牛骂头，民居稠，有街市、馆舍。七里，青埔，前入淡水界。自嘉义之下茄荖至是一百五十余里，皆平壤，山水清秀，田膏腴，人殷富，洵沃土也。入淡水界则沙瘠矣。入界一里，大甲溪，溪广数重，水盛时一望无际，下皆乱石，溪流湍激，舟筏一不慎，即入海不返。每天雨后，行者必守溪数日，水退乃敢渡。八里，大甲街，民居颇稠。驻巡检一员，外委一员。自大甲西去八里，即大垵海口也。自大甲北五里，大垵溪。十里，坊里溪，有汛。十里，椿梢，街市，有溪汛、馆舍。五里，椿梢园。五里，望高寮。五里，白沙崙，有汛，驻外委一员。五里，乌梅崎，毗连打那拔，有溪。七里，后垄，民居街市稠密，馆舍甚整洁。有汛，驻千总一员，稽查海口。是夕上元，居民张灯甚乐。后垅北行五里，山仔顶。五里，中港街，有汛，外委一员，巡查海口。五里，鲁衢崎，一名蝼蛄崎，两边皆山，盖如峡矣。五里，望高寮。三里，香山，有汛。八里，竹堑，围竹为城，四门民居约二千余户。淡水同知驻此。同城：教谕一员，嘉庆二十三年初，立学宫，修尚未竣。巡检一员，兼司狱。都司一员，守备一员。都司署前较场不甚大，学宫即在其南。每逢操阅，枪炮轰震，殊非妥侑先圣之所。而土人士以地理家言，贪较场地吉而置，有司惑而从之，过矣！竹堑北行三里，金门厝，有溪渡。十里，凤山崎，山甚平，广袤十里，为大湖口，又名粪箕湖，涸湖也。十里，枋碑。十里，杨梅枥，大村市，有汛，驻把总一员。五里，头重溪。十里，中枥街，民居稠，有汛。十里，内𫝆脚。十里，桃园，大村市。山清水秀，田土膏腴，恍如江南道上矣。十里，龟仑顶，有汛。五里，大邱园，小溪数重，两边皆山。八里，龟仑脚。七里，新庄，大村市，民居约近千家。驻县丞一员，有汛。五里，渡大溪至艋舺。途中山水曲秀，风景如画。摆接十三庄在其东南，为北路第一胜境。艋舺民居、铺户，约四五千家。外即八里坌口，商船聚集，阛阓最盛，淡水仓在焉。同知岁中半居此，盖民富而事繁也。驻水师游击一员，守备一员。由艋舺东水程二十里，即八里坌海口，设沪尾一营，与内地五虎门对渡。自郡至艋舺皆北行，由艋舺以上乃东北行。十里，锡口，有街市。五里，南港，入山，沿山屈曲，其港水自三貂内山出，上自暖暖，下达沪尾。十里，水返脚，小村市。水返脚者，台境北路至此而尽，山海折转而东出台湾山后，故名。过此，天山岭。近日东行十五里，为一堵山。再北过五堵、七堵、八堵，凡十里，至暖暖。地在两山之中，俯临深溪，有艋舺小舟。土人山中伐木作薪炭、枋料，载往艋舺。铺民六七家，皆编篱葺屮，甚湫隘，每岁镇、道北巡，及钦使所经，皆宿于此。盖艋舺以上至噶玛兰头围，凡三日程，皆山径，固无馆舍耳。暖暖迎日东行二里许，稍平广，可三百余亩。居民四五家散处。三里，至碇内，渡溪。北岸更东行二里，枫仔濑。复过溪，南岸仍东行三里，至鲫鱼坑。过渡沿山二里，伽石，路甚险窄，土人白兰始开凿之，奇其事以为神所使云。二里，至三貂岭下，俗云三貂仔，有汛。四里，茶仔潭，过渡，水深无底，有小店，为往来食所。三里，则三貂岭矣。盘石曲磴而上，凡八里至其巅。岭路初开，窄径悬磴，甚险，肩舆不能进。草树蒙翳，仰不见日色。下临深涧，不见水流，惟闻声淙淙，终日如雷。古树怪鸟，土人所不能名，猿鹿之所游也。藤极多，长数十丈，无业之民以抽藤而食者数百人。山界广约数十里，内藏生番，其外熟番。有社及街市，在杨廷理新开路东。因其路迂远，人不肯行，故多由此旧路云。岭上极高，俯瞰鸡笼，在岭东南，海波汹涌，观音烛台诸屿、八尺门、清水澳、跌死猴坑、卯里鼻诸险，皆瞭然如掌，盖北路山之最高矣。下岭八里，牡丹坑，本名武丹坑，武镇军隆阿改今名。有民壮寮守险于此，护行旅以防生番也。六里，粗坑口，过渡。六里，顶双溪，有渡。八里，鱼行仔，有溪。八里，下双溪，过渡，为远望坑民壮寮。里许至三貂大溪。西淡水界东噶玛兰界。嘉庆十六年，总督汪志伊奏定。过溪迤北转东八里，半岭。四里，草岭。十里，下岭至大里简民壮寮，则山后矣。自此以下，皆东面海，为兰北境。沿海南行十里，番薯寮。七里，大溪。五里，梗枋(八)。皆有隘，设丁防护生番。四里，至北关，有汛，驻外委一员。八里，乌石港，水自叭哩沙喃出，至此入海。与龟山海中相对，山形如龟，首北而尾南。港口沙线一道如蛇，土俗以为天生玄武之象，建真武庙祀之。港门春开秋塞，盖乘南北风为通塞。内地及鸡笼、艋舺一带小船，每乘南风进港。兰地惟产米谷，百货皆仰给于外。隔山难通，故赖小船出入，以济百物。有炮台守港，以防海寇。更二里，乃至头围。二十五里，则五围兰城矣。

校记

（一）围，原作「图」，误，字当作「围」。
（二）考，原作「攻」，据同治本改。
（三）林爽文，原夺「文」字，据《昭代丛书》本补。
（四）具，原作「椇」，据《昭代丛书》本改。
（五）毫，「毫」字下当有脱漏。
（六）合，「合」字疑衍。
（七）旅，同治本作「族」。
（八）梗枋，「梗」原作「硬」，误，字当作「梗」。

《东槎纪略》卷四

台湾班兵议(上)

比闻大府檄下，议改台湾班兵，召募土著。愚窃以为过矣！台湾自古海外荒服之地，明末，郑氏窃据，为闽、浙、江南忧者数十年。圣祖仁皇帝命将兴师，克塽衔璧归降，始入版图，于今一百三十三载。设立重镇，总摄师干，俾以专杀之典，为东南延海数十郡外藩。日本、荷兰，无敢窥伺者，台湾之功也。台澎一镇，水陆十六营，额兵一万四千六百五十有六。自督、抚两院，水陆二提，漳州、汀州、建宁、福宁、海坛、金门六镇，福州、兴化、延平、闽安、邵武五协五十八营，抽拨更戍，多者七八百人，少者百数十人。其到台也，又分布散处，每内一营，分台营者十数，极多不过百人而已。匪特三年之中，分起轮班，出营收营，纷纷点调之烦，配坐峭船或商船，重洋风涛，岁有漂溺之患，而且戍台之兵，既有兵糈，又有眷米，岁费十数万。天庾正供不少惜，而何所取而必为之哉？盖尝推原其故。窃见列圣谟猷深远，与前人立法定制之善，不可易也。夫兵者，凶器，至危，以防外侮，先虑内讧。自古边塞之兵，皆由远戍，不用边人，何也？欲得其死力，不可累以室家也。边塞战争之地，得失无常。居人各顾家室，心怀首鼠。苟有失守，则相率以迎，暮楚朝秦，是其常态。若用为兵，虽颇、牧，不能与守，故不惜远劳数千里之兵，更迭往戍，期以三年，赡其家室，使之尽力疆埸，然后亡躯效命。台湾海外孤悬，缓急势难策应，民情浮动，易为反侧。然自朱一贵、林爽文、陈周全、蔡牵诸逆，寇乱屡萌，卒无兵变者，其父母妻子皆在内地，惧干显戮，不敢有异心也。前人犹虑其难制，分布散处，错杂相维，用意至为深密，今若罢止班兵，改为召募，则以台人守台，是以台与台人也。设有不虞，彼先勾接，将帅无所把握，吾恐所忧甚大，不忍言矣。其不可一也。兵者，貔貅之用，必使常劳，勿任宴逸。自古名将，教习士卒，劳苦为先。手执戈矛，身披重铠，虽遇寒冬雨雪，盛夏炎蒸，而大敌当前，亦将整旅而进。苟平居习为安逸，何能驱策争先！故练技艺，习奔走，日行荆棘之丛，夜宿霜冰之地，寒能赤体，暑可重衣，然后其兵可用。今营制训练，各有常期，将弁操演，视同故事。惟班兵出营，约束烦难。且以数十处不相习之人萃为一营，彼此生疏，操练势难画一，将备惧罚，即欲不时勤操演，有所不能。是于更换之中，即寓习劳之意，益以贤能将帅，讲习训练，斯成劲旅。若改为召募，则日久安闲，有兵与无兵等。其不可二也。兵者，猛士，以勇敢为上。胜败在于呼吸，胆气练于平时。百战之兵，所向无前者，胆气壮，故视敌轻也。古者，名将教士，或卧于崩崖之下，或置诸虎狼之窟，所以练其胆气，使习陷危机而不惧。台洋之涉，亦可谓危机矣。骇浪惊涛，茫无畔岸；巨风陡起，舶折桅攲。舟师散发而呼神，邻舶漂流而破碎。大鱼高于丘岳，性命轻于鸿毛。若此者，班兵往来频数，习而狎之，胆气自倍。一旦冲锋镝，冒矢石，庶不致畏葸而却步。且平日海洋既熟，即遇变故，亦来往易通，兵法云：置之死地而后生。此之谓也。今若改为召募，免其涉险，则恇怯性成，遇难望风先走，胆气既无，鲜不溃败。爱之适足以死之，甚非国家所以养兵之意。其不可三也。以必不可易之制，而欲变更，是以台湾视同内地，毋乃于列圣谟猷、前人美意，有未之深思者乎！然大府之所以议改者，亦自有说，请释其疑，可以无惑。一曰节縻费。闽省兵糈，仅能支给。自林、陈、蔡三逆军兴，各府、县运谷赴台，积贮空其大半，频年买补，尚缺额者十数万石。而台湾每岁运谷不能时至。各县借动仓谷，垫放兵米，旧贮未满，又有新借，各县藉口，不免亏空。且台湾新设艋舺一营，兵米不敷支给，是闽省仓储，颇形支绌。若改班兵为召募，则内地眷米一项，岁可省谷数万，数年之后不惟补足，且有盈余，并可减运，以给艋舺兵米。此节縻费之说也。殊不知内地储仓，并不亏于军需，而亏于官吏。军需所缺，历年采买，不难报竣。所虑者，有采买之名，而无买谷之实，及至交代，辗转流底，虚报存仓。至于台谷，不过运期稍迟，虽则借垫，运到即还，何至亏空？若艋舺不敷兵米，则台地亦尚有别款可筹，何必贪节省之虚名，而误百年之大计。二曰处游民。台地口禁虽严，而港汊纷歧。自鹿耳门、鹿港、八里坌三正口外，南路则打鼓港、东港、大港、喜树仔；北路则笨港、五条港、大甲、椿梢、后陇、中港、大垵、乌石港；其他私僻港口，不可胜纪。无业之民，偷渡日多，非游聚市廛，则肆为盗贼，捕治不胜其众，若募为兵，若辈有可资生，亦所以区处之道。此处游民之说也。不知召募之额有常，而游民之来无限，不为兵者，又将何以处之！且若辈惰游无根，小不遂意，及或犯法，则逃去无所顾忌。若操之稍急，又鼓噪为变，一旦奸民蠢动，此辈皆其逆党矣。况台地漳、泉、粤三籍，素分气类，动辄械斗。将弁带兵弹压，非彼之仇，即彼之党，不更助之乱乎！其患无穷，不待智者而决矣。三曰免烦扰。台湾班兵，三年抽换，往来络绎，则有造册移报之烦；缺额事故，则有补革案牍之烦。台湾、鹿港、蚶江、厦防四厅，配船候渡者无虚日，内五十八营，外十六营，收营出营者属于途，且班满出营之后，多不遵约束，纷纷滋事。带兵员弁，既畏如虎狼；地方厅县，更难于治问。若改为召募，则诸弊皆清。此免烦扰之说也。不知文移案牍，不过书识之劳；厅营纷纭，各有旧章可守。倘其出营滋事，一能吏足以安之。若虑烦扰，务求安便，此事简民纯之区所宜讲求，而非所以施于繁要，况海外重兵之事乎！然则由前三者，其害甚大；由后三者，并无所利。吾不知议者何取，而轻改旧章也。夫老将言兵，计出万全；忠臣谋国，期于久远。事必权其利害，而利之所在，弊即在焉，亦视其大小何如耳。班兵之制，于今一百余年，推其弊不过如此，其利则保障全海；而改为召募，则其害不可胜言，并无所利，可以决所从违矣。

台湾班兵议(下)

班兵之不可易如此，则大府欲易之也其误明矣。吾闻大府入觐，尝面言事宜，已得谕旨，必有言之甚切者，此可揣而知也：以为班兵不得力耳。朱一贵之乱也，全台陷矣；林爽文之乱也，南北两路俱陷，不破者郡城耳；陈周全之乱也，始陷鹿港，既陷彰化；蔡牵之乱也，始入艋舺、新庄，既陷凤山，据洲仔尾，郡城受攻者三月。班兵不能灭贼，皆赖义民之力，继以大兵，而后殄灭，是为班兵不得力之明验。嗟乎，此文武诸臣之罪也，班兵何与乎！台湾地沃而民富，糖蔗、米油之利，北至天津、山海关，南至宁波、上海，而内济福州、漳、泉数郡。民商之力既饶，守土者不免噬肥之意。太平日久，文恬武嬉，惟声色宴乐是娱。不讲训练之方，不问民间疾苦，上下隔绝，百姓怨嗟。致使奸人伺隙生心，得以缘结为乱。仓卒事起，文武官弁，犹在梦中，一贵致乱之由，言之使人痛恨。后来者不知炯戒，久而渐忘，又有爽文之事。陈周全本陈光爱余孽，诛之不尽，及彰化米贵，匪民肆抢，台守驰往，仅擒治二十余人，粉饰了事，又置周全不问，以致纵成大患，甫旋郡而难作。蔡逆大帮，骚扰海上二十余年，以重利啗结岸上匪类，受伪旗者万余人，一旦扬帆直入，匪民内应，故得直薄郡城。此皆诸臣经略不足，于班兵何尤！藉使不设班兵，当时已皆召募，能保无事耶？然吾闻朱一贵乱作，文员先载妻子走避澎湖，是以人心无主，总兵欧阳凯力战死难。若林爽文初据嘉义，总兵柴大纪一出而歼贼复城。陈周全别股贼首王快攻斗六门，千总龙升腾，以兵百人败贼千数。蔡逆攻台，澎湖副将王得禄，以水师兵六百人，破贼数万于洲仔尾，不三年卒歼蔡逆。台人至今犹能言之。则是班兵非不得力，顾用之何如耳。而欲改变旧制，岂理也哉！抑台营今日有宜讲者五事：一曰无事收藏器械，以肃营规。二曰演验军装枪炮，以求可用。三曰选取教师，学习技艺，以备临敌。四曰增设噶玛兰营兵额，以资防守。五曰移驻北路副将，以重形势。台湾班兵器械，除炮位、铅药外，皆由内地各兵配带。因杂派各营，恐有遗失，向皆自行收管，不交弁备。然分类之习未除，每口角细故彼此出械相斗，将备不及弹压，已致伤人。虽屡加严惩，此风不免。良由器械在手，易于逞凶故也。今宜定制，自入营点名之后，所有器械，编号书名，交本营守备收入库局。惟操演教习，差派出营，逐捕盗贼，按名散给。无事则皆缴收，不许执持。各汛距营稍远，亦交千、把总收管。如此，则手无挟持，平时可免械斗，而营规整肃矣。武备之用，利器为先，藤牌、鸟枪、长矛、半斩腰刀，在在必须坚利。大小炮位，一发击贼数十人，尤为取胜要具。台营军装，惟火药硝磺，由内地运给，自行煎煮；其余皆由省局制造，委参、游大员解运赴台；旧坏者，收回缴省。尝见刀刃脆薄，不堪砍斫。每斩决囚犯，仅一再用而缺。藤牌甚小，围圆不过三尺，藤尤轻薄，此仅利于操演时腾舞轻便耳，若以临敌，不足遮蔽矢石。鸟枪尤短，不能及肩，安能中远。至于炮位，铁多未经熟练，又搀杂铅沙，掷地稍重，两耳即断。火门又或欹斜，往往炸裂伤人，至于不敢演放。武备若此，虽有健锐，亦难胜敌。向者出局交营，皆顾瞻情面，草率收受，贻误军情，莫此为甚。今宜严定制度，务以厚大坚利为主，枪炮必经委员当面演放，并由镇、道会验，然后收营；否则驳回另造，且治工匠以应得之罪。如此，则省局不敢偷减工料，委员不敢徇情解运，台营不敢草率点收，而军装可期坚利矣。营制操演，弓箭、鸟枪、藤牌、刀矛，各有用法；进退跳荡，腾走击刺，各有规矩。平时督抚、提镇较阅之时，皆按一定阵图演习，此不过死法陈规，练其步伐耳。及至遇敌冲锋，则临机应变，惟以勇敢便捷整齐为上。必使手与器调，器与心调，心与伍调，伍与弁调，弁与将调，然后千人一气，众志成城，无不克敌之理。每见市中无赖，皆有膂力相尚，一营之中，岂无娴长技艺之人！苟能留心拔取，使为众兵教师，朝夕训练，将备亲自董率，日省月试，考其优劣，能教十人以上者赏，百人以上者拔用。如此，则人争以技艺见长，劲旅可成，临敌必能制胜矣。噶玛兰新开，额设守备一员、千总一员、把总一员，战兵二百六十名、守兵一百四十名，归艋舺水师游击管辖。所拨班兵，皆用上游四府。惟兰境北至三貂，南至苏澳，边界横亘百余里，三面负山，口隘二十处，皆生番出没之所。东临大海，其内港则乌石、加礼远二口，自三月至八月，港道通畅，民人贩载米石，小船络绎。外洋则苏澳、龟山、鸡笼洋面，南风司令，每有匪船游奕，防堵尤要。兰地僻远，在台湾极北山后，距郡十三日程，中隔三貂大山，径窄溪深，极为险阻，设有不虞，百人可以梗塞。今额兵裁四百名，分守汛防，未免单薄。须添设战兵一百二十名、守兵八十名，设都司大员统之。驻五围城内守备，移驻头围；千总，移驻三貂。更设在城千总一员、外委二员，始足以资弹压。惟添兵即须筹饷，窃见兰营兵米饷银，皆就兰厅正供、余租支放，每岁银谷皆有盈余。谷约五千石，余租番银二千。今若抽拨战、守兵三百名添防，则岁增兵米七百二十石，不过用谷一千四百四十石，岁尚有余谷矣。增设兵饷：战兵一百二十名，每名月饷银一两四钱；守兵八十名，每名月饷银一两，岁约用银二千九百七十六两。都司全年俸薪、马干、养廉，约银四百四十九两。千总俸薪、马干、养廉，银一百九十二两。外委养廉银三十六两。增设各兵加饷，银九百五十五两耳。凡共需银四千六百余两。兰厅余租一项，颇有盈余，以给官弁养廉、戍兵加饷，足敷支给。至此项额兵，若再从内地抽拨，似觉纷烦。阅军册内台郡城中，驻城守参将一员，兵一千一百七十九名；北路左营都司，驻嘉义，兵一千二百八十二名，额兵颇多。今若于城守及嘉义二营中，酌量抽拨，即可足额，且无庸另筹饷银、眷米。如此，则兰营兵力，可无单弱之虞，而防守更为周密矣。台湾府治，东南路至瑯峤，四百五十里；北路至苏澳，一千二百余里。以形势而论，南短北长。兰境未开，初设北路副将一员、中营都司一员，额兵一千二百三十八名，驻彰化城内。辖嘉义都司为北路左营；竹堑守备，额兵七百二十六名，为北路右营。艋舺、新庄以上空虚。故嘉庆九年，蔡逆从沪尾登岸，径至新庄。后乃添设沪尾水师一营，驻游击一员，以艋舺营守备、陆路兵八百七名，及兰营陆路守备，皆归管辖。所以两营陆路，皆辖于水师游击者，北路副将驻彰化，鞭长莫及，故为一时权宜之计耳。沪尾游击所辖洋面，上自苏澳，下至大甲，八百余里。中隔鸡笼，须候南风。由鸡笼至沪尾及于大甲，须候北风。此一路浅澳最多，向为匪船出没之所，哨捕稽查，殊为不易。今更统以陆路，实有顾此失彼之虞。一旦淡、兰有事，仍不得力。愚意不若以北路副将移驻竹堑，改右营为中营。抽拨彰化营额兵二百名、艋舺营额兵一百名，归竹堑守备，加都司衔，随同副将驻札。改彰化都司为北路左营，改艋舺守备为北路右营，同兰营守备，共四营兵统归副将管辖。其嘉义所辖驻左营都司，改为郡中城守营参将管辖。如此，则北路副将中权淡水，南可以应彰化，北可以应艋舺，噶玛兰形势始为扼要。郡城可无北顾之忧，而艋舺水师游击，惟尽心洋面，以专责成，水陆两路，皆可得力矣。以上五条，实为目前台营之急务，见诸施行，必有实效。然自古治法，莫如治人，苟守土之官，平时廉正公明，勤于政事，不贪安逸，吾知台人必爱之如父母，畏之如神明，虽有奸宄，不敢萌心。即万一不虞，而吾以有备之兵御之，再以子弟之民助之，有不旦夕扑灭者，未之有也。又何致上廑宸衷，远烦数万大兵，耗费无限之粮饷也哉！

道光二年，督、抚以前台道叶公言，欲改班兵之制，观镇军疑不能决，就莹问策，为议上之。镇军亟以为然，而叶公旋擢闽抚，面对犹及此事。上命与总督筹之。三年，赵文恪来督闽、浙军，见此议乃罢。复采其言，于台北营制有增改焉。

复笛楼师言台湾兵事书

奉六月望后谕，以台营恶习，几有魏博牙兵之势，深虑之。集思广益，令博采舆论以闻。莹以为此不足为台地深忧，皆告者过耳。自古治兵与治民异，盖兵者凶器，其人大率粗鲁横暴，驭之之道，惟在简严。简者，不为苛细，责大端而已；严者，非为刻酷，信赏罚而已。夫虎豹犀象，虽甚威猛，然而世有豢畜之者，驭得其道也。马牛犬羊，虽甚驯扰，仆夫童子，操鞭箠而驱之，壮夫卤莽，或受踣角之伤死者，驭之不得其道也。市井无赖，三五群殴，其势汹汹，妇人孺子，心胆欲碎。老儒学究，向判曲直，反受诟谇而归，摇手气愤，痛骂其无良而已。道傍之人，袖手窃议短长，纷纷未已。一武夫健者，奋怒叱之，二比阒然而散。台营情势，亦若是而已矣。今之走告于夫子者，非妇人老儒，则道傍袖手者也，何足以烦明听哉！请质言之：台湾一镇，水陆十六营，弁兵一万四千有奇，天下重镇也。兵皆调自内地督、抚、提、镇、协，水陆五十八营，漳、泉兵数为多。上府各营兵弱，向皆无事；兴化一营稍黠，多不法。其最难治者，漳、泉之兵也。人素勇健，而俗好斗，自为百姓已然，何况为兵！水提、金门两标尤甚。昔人惧其桀骜，散处而犬牙之，立意最为深远。然如械斗、娼赌、私载违禁货物，皆所不免，甚且不受本管官钤束，不听地方官申理。盖康熙、雍正之间尤甚，乾隆、嘉庆以后，屡经严治，乃稍戢。此兵、刑二律，所以于台地独重也，岂惟今日哉！重法如迅雷霹雳，不可常施；常施则人侧足不安，故曰：「一张一弛，文武之道。」然小者可弛，而大者不可弛。小者宿娼聚赌，揽载违禁货物，欺虐平民之类是也。若械斗人命，不受本官钤束，不服有司审断，则纪纲所系，必不可宥，此轻重之别也。故治兵者，不可不知简严之道。不辨轻重者，不可以简；不简者，不可以严；不严者，不可以威；威不足，则继之以恩；恩不足，则守之以信，自古名将，得士力者，皆由用此。今之用兵者，大抵既不知简，又不能严。有罪而不诛，则无威；将不习弁，弁不习兵，劳苦之不恤，而朘削之是求，则无恩；当罚者免，当赏者吝，则无信，此所以令之不从，禁之不止也。然则以为不足虑者有说乎？曰有。兵之可虑而难治者，叛变耳。自古骄兵乱卒，大抵在其本乡，形势利便，易于叛变。若客兵，则有溃而无叛，其形势不便故也。魏博之牙兵，皆魏博人也，故敢屡杀逐其大将，而不受代。若台兵，则皆拨自内地，上游与下游，不相能也；兴化与漳、泉，不相能也；漳与泉，复不相能也。是其在营，常有彼此顾忌之心，必不敢与将为难明矣！况其父母妻子，皆在内地，行者有加饷，居者有眷米，朝廷豢养之恩甚至。设有变，父母妻子，先为戮矣，岂有他哉！虽台地之民，大半漳、泉，而兵与民素有相仇之势，故百余年来有叛民而无叛兵，乃治兵者，每畏之而不敢治，则将之懦也。且漳、泉之人，其气易动而不耐久，一夫倡而千百合，初不知何故；及稍知之，非有所大不愿则已懈；更盛气势以临之，鼠伏而兔脱矣。如吹猪泡然，初虽甚壮，但刺小孔即索然，此漳、泉之人之情也。漳、泉之兵既治，则他可高枕而卧矣。请以近事证之。嘉庆二十四年七月，安平兵斗，死数人矣，将备理谕之不止，情恳之不息，镇军怒，整队将自郡往剿，众兵闻声而解，竟执数人，分别奏诛，无敢动者。二十五年正月，郡兵群博于市，莹为台湾令，经过弗避，呵之，众皆走矣。一兵诬县役掠钱相争。莹命之跪而问之。众散兵以为将责此兵，一时群呼持械而出者数十人，欲夺犯去。县役从者将与斗，莹约止之。下舆，手以铁索絷此兵往迎之，曰：「汝敢拒捕，皆死矣！」众愕然不敢犯，乃手牵此兵，步行至镇署。众大惧求免，不许，卒责革十数人，而禁其博。自是所过，兵皆畏避。又是年九月，兴化、云霄二营兵斗，将谋夜起。诸将备仓卒戒严，莹亦夜出巡视。各营众兵百十为群，见莹过皆跪，好谕之曰：「吾知斗非汝意，特恐为人所劫，故自防耳。毋释仗，毋妄出，出则不直在汝，彼乘虚入矣。」众兵大喜曰：「县主爱我。」至他营亦如之，竟夜寂然，天明罢散。观镇军切责诸将，众兵乃惧，皆叩头流血，察最狡桀者营数人，贯耳以徇，诸军索然。此三事，其始汹汹，几不可测，卒皆畏服不敢动，可见台之兵犹可为也。及再至台，则闻纷纷以兵横为言者，或虑有变，诘其事，大率如拿赌不服之类。将备懦弱畏事，又镇道、营县不和，是以议者纷纷，张大其词，而非事实。观镇军每为莹言，未尝不扼腕，恨无指臂之助，此所以决意引疾也。既去，而营、县中，乃有思之者矣。今年正月，凤山、淡水两营，皆有营兵铳毙小夫之事。营将规避处分，厅、县始意将外结，方守护道与观镇力持不许，然后得以凶兵解郡，而将备中或有以为怨者。五月，安平营兵与民人乘危抢米，将备又思不究。幸抚军巡台值其事。严责之，斩三人，余以军流抵罪。方抚军之盛怒切究也，台中论者纷纷，以为兵民习惯久矣，骤治之恐变。或言安平兵皆溃走下海矣；或言出斩之日，将谋劫夺矣！方守入见抚军，力陈无虑之状，惟请勿多杀而已。案奏之日，兵民畏服。然则悠悠舆论，其可凭乎！善乎夫子之言曰：「非得有如李临淮者，安可望其壁垒焕然一新！」斯言可谓得其要矣。夫李临淮固不可得，若以台营视魏博，则尚不至此。虽有不法，一健将、能吏，足以定之，保无他也。且夫聚兵一万四千余人之众，远涉重洋风涛之险，又有三年更换之烦，旧者未行，新者又至，此其势与长年本土者固殊。而营将能以恩、威、信待兵者，百不得一；又时方太平无事，终日嬉游廛市，悍健之气无所泄，欲其无嚣叫纷争、违例犯法之事，必不可得也。而僄懦无识者，既不能治，徒相告以惊怪，是可喟矣！

复笛楼师台湾兵事第二书

日前一书，备言台兵可无深忧，惟在镇将得人，能以简严为体，恩威信为用，即无难治。说已详矣，既又思之，此言为将之略，惟深明其意者能变通行之，非今日诸镇将所知也。不知此意，而偏执台兵不足虑之言以相诟病，非疑则骇矣。颖斋太守见莹稿，以闻于荃溪观察，索取阅之，谓太守曰：「所言戍兵不敢叛，则有然矣，以为不足虑，则吾不信，吾即虑其溃耳！」莹在此落落，观察虽有世谊，而不数见，不能为道所以然者。惜乎观察有忧世之心，而不识兵情，此难以口舌争也。在台湾者，尚不能无疑，况吾师远隔重洋，兵事岂能遥度！赵充国老将深谋，犹必亲至塞上指画军势，可见古人不易言之也。请毕申其说，惟夫子毋惑焉！自古名将，非拔自行阵，则皆出身微贱，不矜细行，兵卒尤多无赖健儿，故能强悍勇敢，捐躯致敌。若皆循循规矩，则其气不扬，气不扬，则情中怯，将焉用之！壮士如虎，懦夫如羊，牵羊千头，不能以当一虎之𧇊，何必费国家亿万金钱哉！明季边事之坏，正由书生不知兵，挠军情而失事机，虽有猛将劲卒而不能用。一切以法绳之，未见敌人，其气先沮，此壮士所以灰心，精锐所以销折也。近时武人，大都习为文貌，弃戈矛而讲应酬，以驯顺温柔取悦上官。文人学士尤喜之，以为雅歌投壶之风。嗟乎，行阵之不习，技艺之不讲，一闻炮声，惊惶无措，虽有壶矢百万，其能以投敌人哉！驯弱如此，无宁粗猛。粗猛之甚，不过强梁，强梁即勇敢之资，善驭之，犹可得力；一经驯弱，则鞭之不能走矣！且将卒者国之爪牙，苟无威，岂设兵之意！昔李广以私憾杀坝陵尉谢罪，汉武报书曰：「报忿除害，捐残去杀，朕之所图于将军也。若乃免冠徒跣，稽颡谢罪，岂朕之指哉！」武帝此言，可谓知将略矣。若夫差其过失小大施刑，此乃军吏之职，非将略也。故郭汾阳、岳忠武，名将知礼者也，然皆尝犯有司法矣。科条繁细，武人粗疏，最易触犯，虽郭、岳之贤，犹且不免，而以绳今之悍卒，其能行乎！不求所以训练之方，而惟悍不守法是虑，吾故曰不识兵情也。今不虑其叛，更虑其溃，夫兵则何为而溃哉！古之溃兵者，或师老而罢则溃，或守险粮尽则溃，或强敌猝惊则溃，此皆非今之情势也。无故而溃，四面重洋之阻，溃将安往乎？且班兵可虑之说，不自今日始也，其议自叶健庵中丞倡之。中丞尝观察台湾，深以班兵为忧，建议改换之制更为招募。未及行，而中丞罢去，犹以未行其志为憾。今吾师已洞知其说之不然矣。而闽中执事者不虑情形，往往耳食其论，且不独文官，近有一游击告人曰：「台兵吾不能治，他日有急，惟自刭耳。」一将备犹作此言，故文员益惧而深恶之，每见兵丁不法，辄张大其辞以相告，于是兵之势愈张，此文武诸官皆不能无责耳矣！夫台兵本无难治，不咎已之无能，而曰兵悍可虑，至为自刭之言，亦可哂矣！独惜台营巨万健儿，皆国家劲旅，坐误于三五庸懦之将官，兵事尚可问耶！有将则兵精，无将则兵悍，自古不易民而治，于今岂易兵而治乎！故为吏而曰民恶者，其人必非良吏；为将而曰兵恶者，其人必非良将。虽然，良将难矣，执法之不能，更何知将略！莹所力争于众人者，明戍兵可治，欲安众心，而释群疑，救其懦而壮其志，冀有振作耳，岂好为是喋喋哉！不得已而求其次，姑为救弊之法，有三事焉：一曰小事勿问，大事勿赦。二曰按期实操，每月亲考。三曰责成千、把，不得频易。夫军法最重，有事然后用之。时方太平，不能常用此律。然不可不使知之，若寻常易犯及兵民交涉，宜分别其事之大小，小事宜有以容之；大事有犯，则必以其罪之，而不可赦。盖小事常有，不容则繁密，而军必不安；大事不常有，若赦，则无所忌，而法令不行。一宽一严，恩威并著矣。中枢政考操演，本有常期，每三、八、五、十，皆应操之日。弓马器械，枪牌阵图，各有定法，今悉以为具文，无一营实在奉行者，条教虽明，而遵行不力，此方今之大病也。宜责诸镇，督饬各营，实力行之。每月由副、参、游亲考一次，分别等第，造册送省，以观优劣，有不遵者，特予纠参以惩。如此，营伍自能整肃，兵卒可收实效，并免惰游滋事矣。至于班兵到台，分营分汛，各有本管千、把。向以并无操演，兵士任意出营他往，而各汛千总、把总、外委，不时更易，非规避处分，则揣量肥瘠，营将不肖，至有以为利薮者。以此之故，往往千、把不识头目，更无论兵卒。前书所云「将不习弁，弁不习兵」者此也。今宜分定营汛，责成将备，不时抽查点验，使兵无妄出。千、把总各守汛地，不得任意更换，按季一报，由总兵不时抽查，使千、把、外委无常易。如此，责成既专，然后勤惰功过有所归矣。以上三事，至为浅易，而认真行之甚难。其严罚信赏，不足以示惩劝而挽颓风，故必赖有贤镇将也。废弛已久，必有力言不便多方阻挠者，即察出特参以警，然后令乃可行。谚曰：「慈不掌兵。」

故简严尤治兵之要，惟裁念之。

答李信斋论台湾治事书

阁下在晋江，贤能懋著。近调台邑，海外之幸也。乃抝词下逮，谆然以地方之张弛垂问，愧不敢承。顾莹于此邦，有旧令尹必告之义，谨竭所知。莹闻：善治国者，如理一身，气血流通，官骸运动，乃可以无病。苟一支一节，气滞血凝，则病作矣。然投剂者，必审其秉体之强弱，与受病之浅深，有同病而异药者，其奏效一也。又闻：为政在乎得民，而得民者，必与民同其好恶。阁下由泉而之台，台之民，半泉人也。泉人之为病与其好恶，既习知之矣，若台人之为病与其好恶，容或有同而异者，是岂可以无辨乎哉！今夫逞强而健斗，轻死而重财者，泉之俗也。好讼无情，好胜无理，赌馆娼闻，槟榔鸦片，日寝食而死生之，泉之所以为泉也。台人固兼有之。然而台之地，一府五厅四县，南北二千里，有泉人焉，有漳人焉，有粤人焉，有潮人焉，有番众焉。合漳、泉、潮、粤、番、汉之民而聚处之，则民难乎其为民。一总兵、三副将、水陆十六营，为督标，为抚标，为水提标，为汀、邵，为延、建，为长福、烽火，为兴化，为诏安、云霄、平和，为金门、同安，合通省五十八营之兵而更戍之，则兵难乎其为兵。民与民不相能也，兵与兵不相能也，民与兵不相能也，番与兵与民不相能也，其日错处而生隙焉，势不能免，则安抚而调辑之者，难在和睦。台之门户，南路为鹿耳门，北路为鹿港、为八里坌，此正口也。其私口则凤有东港、打鼓港，嘉有笨港，彰有五条港，淡水有大甲、中港、椿梢、后陇、竹堑、大垵，噶玛兰有乌石港，皆商艘络绎。至于沿海僻静港汊纷歧，在在可以偷渡。士也怀箧，农也负锄，商贾负贩而云集，来往不时，居处靡定。其内地游手无赖之徒，重罪逋逃之犯，溷迹杂沓而并至，有业者十无二三，地力、人力，不足以养，群相聚而为盗贼，则所以稽察而缉捕之者，难在周密。内地之民，聚族而居，众者万丁已耳。彼此相仇，牵于私斗，无敢倡为乱异者。台之民，不以族分，而以府为气类。漳人党漳，泉人党泉，粤人党粤，潮虽粤而亦党漳，众辄数十万计。匪类相聚，至千百人，则足以为乱。朱一贵、黄教、林爽文、陈锡宗、陈周全、蔡牵诸逆，后先倡乱，相距或三十年，或十余岁，虽不旋踵而灭，然戕官陷城，生民涂炭，兵火之惨，谈者寒心。縻国家数十百万之金钱，劳将帅累月经年之战讨，而后蒇事。人心浮动，风谣易起，变乱之萌，不知何时，其难在守常而知变。风邑之民，狡而狠；嘉、彰之民，富而悍；淡水之民涣；噶玛兰之民贫。惟台邑附郡，幅员短狭。艋舺通商，户多殷实，其民稍为纯良易治。然逸则思淫，一唱百和。官有一善，则群相播颂而悦服；官一不善，则群相诟谇而为奸欺。故举措设施，其难在有德而兼才。凡此皆台之病也。知其病而药之，则投剂必有其方矣。虚者补之，毒者攻之，捍隔而不入者，和解而通守之。虽扁、卢，无以易此。夫所谓与民同好恶者，非为苟安之政一切姑息也。其民既浮动而好事，非严重不足以镇靖。锄强除暴，信赏必罚之谓严；事有豫立，临变不惊之谓重。威以震之，恩以结之，信以成之，大要尽于此矣。民恶盗贼，而我严缉捕；民恶匪类，而我诛强横；民恶狱讼，而我听断以勤；民恶枉累，而我株连不事，其同民之恶也如此。民好贸易，而我市廛不惊；民好乐业，而我闾阎不扰；民好矜尚，而我待之以礼；民好货财，而我守之以廉，其同民之好也如此。宽以容奸，而有犯必惩；惠以养士，而非公不见。调和营伍，平心以燮浃洽；亲接兵民，广问以达下情。防患于未萌，慎思以明决。文武同心，官民一体，则血脉自尔流通，百骸无所壅滞，尚何病之不治哉！

与鹿春如论料匠事

顷过观察，言兰地军工料匠一事，虑厅中不能尽善，委员下就近察治，想素爱知遇，无不欣然奉命也。惟此事原委，不可不知；治法宽严，又须得当，庶不滋生事端。缘军工大厂所用本地土料，木件，向系南路之琅峤、北路之淡水两匠首承办。而北路为最多，匠首杜长春又最久，历以煮樟脑获利。噶玛兰新开，未设匠首，其本地游民，无食入山，采伐木植，为居民建盖房屋，农具器用，皆赖于此。其地并无松杉，惟产硬木，即军工小料之木也。是以淡水大匠首杜长春今承办军工，历年四载，每载一百二十件无误。嗣因附近兰民，往往入山煎煮樟脑，售卖渐多，因杜长春之樟脑滞销不行，乃请入兰设立料馆，以采军工为名，而实在欲收樟脑之利。兰地各山小料匠，以为历办军工无误，一经设馆，不无多所派累，颇有怨言。而私煮樟脑者，亦不肯遵禁，遂勾结众料匠，拒杜长春不任立馆。杜长春大受辱而逃，匿其情以抗办军工具控。前观察使叶公，严札饬拿，众匠惧，赴厅投诉乞免。高前厅许之，罚令各制头围县丞衙署料植减半，而为详销设馆及辱匠首之案，众匠以为无事矣。详上而杜长春禀亦至，叶公严斥，厅中急拘之。众匠大哗，遂相谋聚众缚厅役欲杀，因而为乱。此役畏死，重赂得免。然杜长春固犹哓哓不已也。莹时在台邑，闻之，力言于叶公，谓噶玛兰僻远，鞭长莫及。此等皆亡命，且平心计之，其曲不尽在民。人情汹汹，急操之，恐且有变。公纳之，稍缓其事。今春至兰，益得其状。盖兰地采料者，皆沿山架寮，自头围至员山、大湖凡七处，各有头人。多者十数寮，少者四五寮，每寮小匠，或三四十人至一二十人不等。皆赤手无赖，故不避生番，身入险阻，岁常为番杀者数十人而不顾。其头人亦无大资本，即以随时卖料为工资，采者与头人均其利焉。藉以活者，斯甚众矣。若煎煮樟脑者则又不然，盖亦略有身家，而出资鸠工俾利矣。此二者本不相涉，因煎脑者为杜长春病，欲并之而不可，则思除之，追而与采料者合，乃并采料者亦病之矣。采料、煎脑二者，既合为杜长春病，然后淡水匠首，始疲于军工，而船政大敝。杜长春因得有所挟持，而时时求退，历任皆姑容之，匠首益骄。其始志在除私脑而已，继乃欲除私料。兰地十万丁，日用取资于料，势不可除，则思不出工资而坐抽其利。兰之人不甘也，誓不使其设馆，而愿照旧例，承办四载之料。杜长春必不可，故久而不决，其煎脑者，亦藉此有太山之安焉，此其原委也。愚以为杜长春固贪矣，无赖之徒，动以鸠众抗拒，致害军工，此风亦不可长。然若辈自出工资，忘生冒险，以求口食，本无抗办军工，徒以匠首争利，故而坐以罪，此不足以服众心而平众怒。将舍采料，而独治煎脑，则又虑其势力合，恐煽为变。将彻底实究之，则治众采料者以鸠众殴辱官人之罪，必先究匠首以争利勒派之咎，庶两平之道。而军工方在需人，去一杜长春不足惜，军工之害，不可胜言，此投鼠忌器之势也。然则审思而善处之，惟有增设料馆，而宽其抗拒之罪，使众料匠与匠首一体办公，稍为津贴匠首，以示有所统辖。料匠既归料馆，匠首亦藉得所利，不致独肩军工之累。然后独声私煎樟脑之罪而捕之，采料者必不复与合；然后煎脑之势孤，一干役可系治之矣。去其煎脑之病，则匠首之利，必专于以裕匠济工，岂不善哉！此莹今秋在兰所筹画出于万全者也。既详请未及得批去任，乃杜长春贪婪无已，众料匠既听从设馆，不取工资，而听匠首九一加抽以为津贴之费，亦不复与煎脑者通，咸赴案具结矣。杜长春则必欲加抽二八不可得，复以料匠抗办为辞，不往设馆，阴为挟持军工之计。今观察慎择能事之人，而足下适在兰，故属莹致书陈其始末。相机度势，是在大才之审处，而不可以悬定。足下勉为之，无负观察意。

《东槎纪略》卷五

陈周全案纪事

乾隆六十年三月甲子，台湾匪民陈周全作乱，陷鹿港，同知朱慧昌、游击曾绍龙、外委任尚标死之。乙丑，攻彰化，右营游击陈大恩，出据八卦山，副将张无咎、知县朱澜走就之，皆遇害。城陷，典史费增运、千总吴见龙、郭云秀死之。

（先是二月，南路凤山匪民陈光爱谋反，攻石井汛未破，被获，斩其党数十人，众溃，事且定矣。捕少懈。已而内地米贵，商船争集，台米亦贵，石米钱五千文。北路彰化游民，聚众抢夺，知府遇昌、右营游击陈大恩，驰往擒治十数人，晓谕彰、鹿有谷之家出粜，市价平。三月乙卯，遇昌回郡，大恩留彰化弹压，陈周全遂为乱。周全，同安人，生长台湾。乾隆五十七年，回籍与同安匪民苏叶谋反，未成事败，逃至凤山。与陈光爱结会，再败，逃至彰化湖仔庄泉州人马江家。复谋潮州人陈荣即陈光辉、漳州人黄朝、黄亲，分漳、泉、粤三股，各招千人作乱。周全称长，拜晋江人洪棕为军师，陈光秀、许蒿、阮四、吴加令、杨成佳，皆封伪将军。诡言内地朱一贵之后朱九桃，有海船数千，将以三月十五入鹿港。令旗书大盟主朱，又刻木印，四角刻竖、仰、攻、济四字，中为桃形，桃中刻小朱字。其党皆以朱为号。三月辛酉，洪栋定计，先攻鹿港。癸亥，彰化城中，闻鹿港有贼将起，游击陈大恩，以兵二百人往备。有告城中匪民吴添应贼者，返捕之，交县收讯，复出城驻扎。是夜，贼遂起。甲子黎明，攻破鹿港，围同知署。同知朱慧昌有勇力，持刀御贼，杀毙贼目陈光秀，众贼齐入，遂遇害。鹿港营亦破，游击曾绍龙、外委任尚标，皆战死。大恩闻变，还屯八卦山，为城声援。署副将张无咎、署知县朱澜，闻城中有贼，惧不敢守，出夺八卦山就之。乙丑，贼攻彰化西门，都司焦光宗拒守，炮伤贼颇多。贼绕攻八卦山，大雨，官兵火绳淋湿，枪炮莫施。贼乘雨夺山，殊死攻。大恩见事急，燃火药自焚，无咎、澜，被害。城中见八卦山火起，无固守心，贼遂入。典史费增运、千总郭云秀、吴见龙，皆战死。都司焦光宗，自刎未殊，民人匿之。贼释囚，掠仓库，出榜安民。郡(一)贼因乘雨攻山，衣湿，就周全取衣。周全令各当铺暂借，众贼因肆掠。民大怨，乃相谋逐贼矣。)

丁卯，提督兼台湾总兵哈当阿、台湾府知府遇昌，以兵九百人讨贼。戊辰，至湾里溪，阻雨，溪涨，弗克进。贼攻斗六门，千总龙升腾击败之。

(彰化初获吴添，供有海盗船进鹿港，定日攻鹿港、彰化，并有沿海匪民附和。翼日果有贼陷鹿港之事。丁卯，营、县报至。原任凤山县张植发，自彰化奔郡，言内地红头贼船约数十号，俱穿白布领褂，本地附和匪徒，以白粉涂抹衣衫为号，其势甚炽。初不知贼首为陈周全也。郡议以郡城根本重地，林逆之乱，台湾道杨廷理固守得民心，与中军游击潘国材留守。哈当阿、遇昌，以游击麦瑞水陆兵九百人剿贼，使安平副将陈上高哨船赴鹿港堵截。连日夜大雨。戊辰，至湾里，溪水涨，不克进，遂驻之。是日，斗六门贼王快数百人，与陈周全应，乘雨夜攻斗六营。守备吴大瑞出援彰化未返，千总龙升腾御之。贼退。次日复至，从贼益众。畏营中枪炮，以方棹测转车轮木上，铺浸湿棉被，贼藏棹后，推拥而前。升腾约军士持鸟枪不发，度贼近，升腾亲燃大炮击棹破，乃排枪齐发，击贼死伤甚众。又先日因雨，预备斗篷一百具，以是兵带雨战，火绳不湿。贼已败，守备吴大瑞兵亦至，贼走散。时升腾兵仅百人，破贼千余人，皆壮之。）

己(二)巳，贼出攻田中央社，武生林国泰，率义民击败之。汀州府同知沈飑潜城中，密招义民逐贼。鹿港廪生杨应选，集义民应之。都司焦光宗，亦以林国泰义民至，贼溃走，遂复彰化。鹿港贼亦溃，复鹿港。

（汀州府同知沈飑，以督、抚委查工程至彰化，遇变，避匿城中民房。密与贡生吴升东谋，转约廪生杨应选集义民二千余人。城内汹汹言逐贼。大肚、鹿港各处义民皆起。己(三)巳，贼出掠山仔脚田中央社，武生林国泰，率庄民击败之。贼惧，不敢驻城中。伪军师洪栋先遁，都司焦光宗，自田中央率义民至，自西门入，城内义民大呼逐贼，贼众惊溃，遂复彰化。鹿港贼亦为义民逐走，复鹿港。飑安抚居民，与都司焦光宗，率义民共守彰化，以收复闻，且请兵。）

提镇哈当阿，分兵守嘉义县；台湾道杨廷理，发乡勇一千人赴湾里溪，添兵守鹿耳门。

（是时彰化、鹿港已复，镇、道皆未知也。提督闻嘉义县北虎尾溪渡船为贼焚断，恐嘉义失守，分兵二百人，令守备林国升赴嘉义协守，仍自驻湾里溪南。嘉义各庄义民首张添锡、生员张田玉，率义民数千，夜禁筏渡虎尾溪，至嘉义，从原任知县单瑞龙协守县城。杨廷理亦选乡勇千人，赴军营济之。郡中讹传海贼且至，安平右营游击陈光昭，遥望鹿耳门外有十余艘，疑为贼，发炮击散之。廷理闻，复添拨乡勇助守鹿耳门。）

壬申，收复奏闻。以沈飏署鹿港同知，单瑞龙署彰化县。

（沈飏收复彰化、鹿港报至，郡中人心大安。飏请增兵拨饷，以保城邑。廷理发库银一万两，委丁忧典史陈圣增运送军营，以收复闻，请委飏署鹿港同知，前嘉义知县单瑞龙署彰化县。）

甲戌，埔心庄民获贼首陈周全。提镇哈当阿渡虎尾溪，乙亥，至彰化。游击麦瑞，以水师一百人、广东义民三百人、鹿港义民一千人赴鹿港。

（贼众既溃，陈周全只身南遁，至埔心庄，乡民陈祈、庄南光，诱执之以献。守备吴大瑞，亦与义民丘景山获贼目陈光辉。马江为铺民所杀。各路报获余贼甚众。哈当阿夜渡虎尾溪，乙亥至彰化。遣游击麦瑞，以水师一百人、广东义民三百人、鹿港义民一千人赴鹿港。）

丁丑，南路贼将起，获之，南路平。

（南路贼郑贺，绰号红面猴，住凤山中州，与陈光爱余党许强善。郑贺闻提、镇赴彰化剿贼，意郡城兵单，谋作乱。陈善、黄皮、李和尚、邹茂、郭旭等附之。约分招贼党。贺夜往邀许强，强先见台湾道示谕，各贼投诚或能擒贼自效，皆免罪。乃阳许之，饮以酒，乘醉，擒贺以献。陈善等至大目降，亦为线民郭猴助、义民首方耀汉等所获，解郡。又擒献贼目李计、赵好、沈辉、陈韭。许强又侦获谢楚、卯浩。贡生李登元又获其族人为匪者李聪明、李占解献，皆诛之。南路平。）

提镇哈当阿，护北路协副将吴大瑞、知府遇昌，分捕余贼，搜各匪巢毁之，北路平。

（哈当阿自彰化分兵与吴大瑞、遇昌，搜捕各路：埔盐、湖仔、内埤脚、梧厝、水尾河、婆峇、四块厝、浸水、同安寮、荷包厝凡十庄，皆贼巢穴。捕获百余人，悉诛之，焚毁其巢。获贼目杨成佳、黄潮，与陈周全、陈光辉解郡。）

四月甲申，哈当阿至鹿港，增水师兵二百人守之，增陆路兵二百人守彰化。

（甲申，提镇至鹿港，同知署已焚折（四），营房损坏，惟民居市肆如故。理番同知关防，经朱慧昌家属获缴，游击关防已失，以安平中营游击麦瑞署之。益以水师兵二百人守鹿港，陆路兵二百人守彰化。）

丁亥，陆提督乌兰保，以水师兵二千人，自蚶江渡至鹿港。

（三月壬申，厦门同知黄奠邦禀报至，福州总督伍拉纳闻乱，度台地镇、道必已剿捕，奏请自至泉、厦一带，相机调度。途次，得内渡商民言戕官状，贼势且盛。乃奏请陆路提督乌兰保，以水师提标兵五百、陆路提标兵五百，出蚶江赴鹿港；海坛镇总兵特克什布，以督标兵一千、抚标兵五百、福宁镇标兵五百，出五虎门，至八里坌合剿。又调兴化标兵五百、长福营兵五百，遣游击朱龙章，出厦门，赴台湾府城，防御南路。及闻贼已破，两路兵罢，惟陆提兵至。）

乙未，获洪栋。

（洪栋，晋江人，生长彰化打廉庄。陈周全起事，拜伪军师。教周全攻破鹿港，再抢彰化。鹿港既破，栋教周全约束贼党，不得掳掠。及攻八卦山，贼惧官兵枪炮，不敢进。栋逆知官兵遇雨，火绳必湿，督贼力攻。乃入彰化城，栋又出示安民，故两处民居得无伤破。及贼就周全乞衣，周全令当铺借取，群贼因之肆掠，义民乃起。栋见势败，携妻子先遁，至是为义民首监生洪绍彤、生员林超英执献解郡。）

陆提督乌兰保、水提镇哈当阿，搜剿贼党二百余人，皆伏诛。

（陆提督乌兰保、提督哈当阿，以鹿港粗定，回屯彰化。遣兵四出搜捕，先后获贼二百二十名，皆诛之。漳、泉民人，素分气类。林爽文之乱，泉人为义民击贼。陈周全以泉人谋逆，漳人亦为义民败之。民间颇以为口实，将谋械斗。及乌兰保兵至台，传闻内地大兵且至，乃止。杨廷理奏请留兵一千，驻彰化镇抚之。）

获王快。

（斗六门贼首王快，自攻斗六败后，其党亦散，至嘉义被获，并获贼党三十二人，送郡诛之。）

贼首陈周全伏诛。

（捷奏至京师，上命：「陈周全如尚在台湾，即凌迟处死，俾乱民触目惊，可不涉海洋，免致疏虞。」至是同贼目陈光辉、黄潮、杨成佳、洪栋，皆伏法。）

署泉司刘大懿至彰化。

（总督伍拉纳奏：「台湾自福康安于五十二年生擒贼首，大加惩创，民情至今畏惧。数年以来，镇、道有事必惩，亦尚无因循。此等乌合之众，不难立时扑灭。内地正在招集官兵。泉州民风剽悍，又上年被水，舂米价昂，沿海无赖之徒，多入海为盗，以致商船报劫频闻。镇将出洋缉捕，不能净尽，请在泉、厦一带，弹压策应。贼首就擒，民心已定，一切善后事宜，委令署泉司刘大懿往台，会同镇、道办理。」四月己酉，大懿至鹿港；庚戌，至彰化。）

五月甲寅，总督伍拉纳渡台，台湾道杨廷理至彰化，沈凞知台湾府。

（伍拉纳不亲渡台办贼，上切责之。即时趋渡，甲寅至鹿港。沈凞赏戴花翎，授台湾府知府，遇昌撤回内地。）

论获贼复彰化、鹿港功，赏义首监生庄南光、武生林国泰官职银币有差。

（论获贼首功监生庄南光，给五品顶带；民人陈祈，给六品顶带，加赏银各二百两。其复城击贼之武生林国泰，给五品顶带；廪生杨应选、民人林清标、陈光宗，给六品顶带。魏廷文、王松，先以平林爽文功，已赏六品顶带及蓝翎千总，至是，加赏五品顶带。上命：诸义首愿就文武职者，听从所请，送都引见。其随同击贼及擒获贼目之义民林雄四十九人，皆给顶带，赏花红银牌，散遣归农。免各义民村庄本年钱粮，誊黄晓示，台民大悦。）

恤死事官费增运、吴见龙、郭云秀、任尚标，旌节烈鲁氏及幼女群姑。

（鲁氏，朱澜子妇；群姑，朱澜幼女，年十三岁，城破奔投园池，水浅不死。皆自缢。）

赏阵亡及受伤义民六人；恤阵亡兵丁七十九人；诛临阵逃弁何孟元、陈金定，兵丁施万宝等十一人；遣革溃兵及溃后随同义民复城外委李朝辉以下兵丁各有差。

（阵亡义民林波宗、吴均、蔡灿、林稳、陈良，皆赏银五十两；受伤义民吴四，赏银二十五两。临阵逃弁额外何孟元、陈金定，逃兵施万宝等十一人，正法。溃兵雷允科等一百一十五人，发新疆，给种地兵丁为奴。外委李朝辉、兵丁薛春等，被贼冲散，协同义民收复县城、鹿仔港，朝辉斥革，发新疆效力赎罪；额外郑高龙、张玉桂，兵丁薛春等六百三十一名革伍递籍安插。）

革教谕林居义、训导邱廷清。

（彰化城破，教谕林居义、训导邱廷清，匿民舍，以擅离职守斥革之。）

续获贼目、余匪一百四十人，伏诛。

（续获贼目曹商、卢烹，皆受伪将军号；吴加令、洪崇、黄得喜，皆贼股头；卢胶、许会、蔡会观、胡柯，皆领贼令旗伪示，攻城杀害官兵。余匪一百四十人，分别凌迟、斩决。旋又获贼目林敬元、李敏、黄阿国、程文妙及陈光爱案内逸匪柯取元、杨辉，正法又三十余人。计先后擒斩五百余人。）

论南路获贼功，贡生李登元、武生李必魁、义民方耀汉、郭子璋等，赏官职品级有差。

（上谕：李登元及必魁获献李聪明有功，赏六品顶带，二人愿就文职或武职听之，事竣后分送吏、兵二部引见。义民首方耀汉、郭子漳、郭学渊、郭友直、林廷玉、郭有才，线民郭猴助，实赏五、六、七、八品顶带。投诚许强，赏九品顶带。陈周全诬供之王宁七人，被累较甚者，酌赏八、九品顶带，以示体恤。）

六月壬午，哈当阿回郡。

命沈陋议行善后事宜。总督伍拉纳、泉司刘大懿内渡，伍拉纳旋革职。

（先是伍拉纳闻陈周全乱，不即渡台，奏获犯事，与镇、道不符，皆蒙切责。将军兼署巡抚魁伦，又奏海贼扰五虎门，关税缺额。至是，内地亏空案起，命在台先摘翎顶，俟回内地即行革职质审。闽、浙总督，以长龄接署，其鹿港、彰化，善后事宜，令沈颾议行。丁亥，沈颾至彰化；辛卯，伍拉纳及泉司刘大懿内渡。）

谴提镇哈当阿。台湾道杨廷理，自请治罪，免之。

（哈当阿阻雨驻湾里溪，屡奉切责。陈周全、洪栋续有解京之命，而镇、道已在台正法。提镇先后奏折皆迟。上以哈当阿咎多，交部严加议处。杨廷理自请严加治罪，加恩宽免。台湾文武各员，实在出力者，亦免其参处。盖以彰化之乱，南路贼匪谋乘机起，廷理预先示谕，贼党自相擒献，免罪。是以许强获郑贺，又通信义民方耀汉，先后获贼，事得解破，故宥之也。）

校记

〔一〕郡，字疑当作「群」。

〔二〕、〔三〕已，原作「已」，误。

〔四〕折，同治本、《昭代丛书》本均作「拆」。

《安徽古籍叢書萃編》書目

定本莊子故
康輶紀行　東槎紀略
北山樓集
疑庵詩
方望溪遺集
識小録　寸陰叢録
東萊詩詞集
明太祖集
王侍郎奏議
朱楓林集
敬孚類稿
施愚山集（全四册）
吴敬梓吴烺詩文合集
張孝祥詞箋校
賓山公家議校注
翠微南征録北征録合集
阮大鋮戲曲四種
老子注三種
杜詩説
朱書集
論語解注合編
郭祥正集
皖人詩話八種
績學堂詩文鈔
唐詩評三種（上下）
鈍齋詩選
老子注譯
莊子詮詁
説文假借義證（全五册）
劉銘傳文集
包世臣全集（全三册）
田間易學
莊屈合詁
田間詩集
田間文集
古事比（上下）
安徽出土金文訂補

道聽途説
蘭茗館外史
青泥蓮花記
秋崖詩詞校注
舌華録
明語林
夜雨秋燈録（上下）
包拯集校注
毛詩後箋（上中下）
壹齋集（上下）
孟子講義
楊仁山全集
不得已（附二種）
歙事閒譚（上下）
惜抱軒詩集訓纂
張孝祥詩文集
吴汝綸全集（全六册）
青溪集
藏山閣集

田間詩學（上下）
俞正燮全集（全三册）
皖人戲曲選刊　鄭之珍卷
詠懷堂詩集
所知録
文選箋證（上下）
七頌堂集
程瑤田全集（全四册）